KB130332

블루 라이트 연가

백리향 지음

블루 라이트 연가

1판 1쇄 발행 2023년 5월 26일

지은이 백리향

교정 주현강 편집 유별리 • 이새희
마케팅 • 지원 김혜지

펴낸곳 (주)하움출판사 펴낸이 문현광

이메일 haum1000@naver.com 홈페이지 haum.kr
블로그 blog.naver.com/haum1000 인스타 @haum1000

ISBN 979-11-6440-361-5

좋은 책을 만들겠습니다.
하움출판사는 독자 여러분의 의견에 항상 귀 기울이고 있습니다.
파본은 구입처에서 교환해 드립니다.

블루 라이트 연가

백리향 지음

하움출판사

차례

첫 번째 이야기

안개비에 젖은 해바라기

♦ ♦ ♦

영주 이야기

프 롤 로 그

서울을, 영등포를, 구로공단을 떠나기로 했다. 이 삭막한 도시를 떠나기로 했다.

또 한 번 밤을 지새우며 지옥이 어떤 건지 모르지만 그보다 더 무섭고 고독한 이 도시를 떠나기로 했다.

더 버티려 하면, 더 살려고 애쓰면 애쓸수록 깊은 수렁 속에서 숨 막히고 말라 죽을 것 같아 죽지 않으려면 떠나야 했다.

단 이틀 만에 무너지면서 미쳐 가고 죽어 가고 있다. 단 이틀 만에 서울은 무서움의 도시로 변했다.

가방도 제대로 챙기지 않고 청량리행 버스에 올라탄 영주는 자신의 몰골이 말이 아님을 안다.

옆 사람들의 주시에 개의치 않는다.

버스는 성재와 같이 다니던 길들을 지난다. 다시 오지 않을 이 길들을 눈에 담고 이 길과 함께 있었던 성재와의 기억을 새겨 두고 스쳐 지나간다.

미련하게도 불나방 사랑을 했기에 죽을 만큼 아프다. 슬픈 사랑이라고 하기보다는 불나방 사랑이었다.

영주의 두 빰에는 눈물이 얼룩져 있다. 이틀 동안 흘러내리는 눈물은 마르지 않는 눈물의 샘이 있는가 보다.

홀로 남겨지게 되었다는 것이 슬프고 화나고 무섭고 견딜 수 없는 고독감이 영주를 무너뜨렸다.

기차를 타고 춘천으로 가기로 했다. 이 기차도 성재와의 추억이 있는 경춘선 기차이다.

기차는 서울을 뒤로하고 춘천을 향해 가고 있다. 다시 오고 싶지 않은 서울, '잘 있어라.'라는 마음속 인사를 한다.

차창에 성재의 얼굴이 비치는 것 같은 착각이 든다.

나는 정말 오빠를 사랑했구나. 근데 그는 나만큼 나를 사랑하지 않은 것은 분명하다.

그래도 상관없다. 누구든지 애 딸린 년이 남의 남자에 미쳐 죽어 버렸다고 해도 괜찮다.

틀린 말이 아니고 사실이다. 미친 듯이 사랑한 것에 대한 후회는 없다.

하지만 혼자 남겨졌고 그가 나만큼 아프지 않다는 사실에는 화나는 점도 있다.

그 사람으로부터 떠나야지 내가 살 수 있을 것 같은데 죽는 날까지 그의 곁을 떠날 수 없을 것 같다.

그와의 사랑은 처음 해 본 사랑이었기에 더 힘든 것 같다. 남편과 어린 아들이 있었지만 그에게 빠졌던 사랑은 처음 느껴 보는 사랑이었다.

어제 낮에 성재와 통화를 한 이후 저녁에 다시 통화하자고 했지만 영주는 의미가 없다는 생각에 다시 전화하지 않았다.

통화를 하면 더 깊은 나락으로 떨어져 버릴 것 같았다. 절망에서 그가 손을 내밀어 줄 수 없다는 것을 다시 확인하면 죽을 수밖에 없을 것 같았다.

하염없이 대합실 한쪽에 멍하니 있는 모습은 개찰구 역무원의 주시를 받을 수밖에 없다.

서울로 가려는 사람들과 서울에서 춘천으로 오는 사람들이 대합실을 통과할 때마다 나와 있는 역무원의 눈길을 의식한 영주는 대합실을 빠져나와 역 광장을 천천히 걸어 나왔다.

주변의 가로수들은 이미 엷은 녹색의 잎들로 가지를 두르기 시작했고 군데군데 철 늦게 꽃을 운 벚꽃의 잔해들이 바닥에 흐트러져 있다.

하지 말았어야 할 사랑이 이 벚꽃으로 시작되었다. 벚꽃이 피면서 시작된 그 사랑이 지금 바닥에 볼품없이 떨어져 아무렇지 않게 바람에 쓸려 다닌다.

사랑도 꽃과 같은 것인지 피었다 지고 그러나 보다. 꽃은 피어나기 위해 혹독한 한겨울을 인내하고 기다리다 마침내 화사한 그의 자태를 드러낸다.

그에 비하면 사랑과 꽃은 비슷하지만 아닌 것 같기도 하다. 사랑은 쉽게 피지만 질 때는 꽃이 겪는 한겨울의 혹독함보다 더 시리고 죽고 싶을 만큼 아프다.

언제든지 돌아간다고 할 때 보내 주겠다고 했지만, 내 곁에 있어 달라는 말을 한 적 없지만 그는 쉽게 가 버렸다. 내가 이렇게 죽을 만큼 힘든데.

그는 나의 전부였고 나의 온 세상이었던 것을 지금 알게 되었다. 그런 그를 보내고 나면 나에게 남는 것은 아무것도 없다는 것을 이제야 알게 되었다.

이별의 말도 없이, 작별 인사도 없이 그렇게 떠나고 나는 이렇게 홀로 남아 있다.

어김없이 새벽이 오고 뜬눈으로 아침이 오기를 기다렸다.

여인숙을 나와 버스 터미널을 찾아 나섰다.

아직도 어디로 가는 버스를 탈지 마음을 정하지 못하고 버스 터미널을 향해 터덜터덜 걸어간다.

집으로 가야 할지, 성재가 있는 곳으로 가야 할지 아니면 아무도 없는 곳으로 가야 할지….

터미널 안으로 들어가 한쪽 구석에 앉아서 들고 나는 버스를 보고 있다.

그 들고 나는 버스 중 어느 것도 탈 용기가 나지 않았다. 먼 하늘만 본다. 들고 나는 버스는 관심이 없다. 사람들은 부지런하게 오가며 버스를 타고 내리고 한다.

⬩◆⬩

성재를 만난 건 2년 반 전 구정 때 간성 읍내에서다.

다시 서울에 가서 일을 할까 하여 국희 언니와 만날 약속을 했는데 언니는 길에서 성재를 만나게 되어 같이 왔다고 했다. 우연히 만나 같이 오게 되었으니 양해해 달라고 했다.

지금은 결혼하여 속초에서 살고 있는 그 언니는 영주 초등학교 시절 3학년 위의 아랫마을 언니였다.

국희 언니는 서울에서 가발 공장에 다니고 있었고 영주가 중학교를 졸업하던 해에 영주를 서울로 불렀다.

영주가 국희 언니와 같이 일하던 중간에 국희 언니는 구로동 어느 가발 회사로 옮겼고, 옮겨 가면서 새 회사에서 자리 잡는 대로 영주를 부르겠다고 했었다.

국희 언니가 옮겨 간 후 1년이 안 될 즈음 집에서 오라는 연락을 받았다.

영주 아버지는 처녀가 외지로 돌아다니면 못쓴다고, 중학교도 보내지 않으려 했는데 하도 떼를 써서 보냈건만 지금도 집에서 조신하게 있지 못하고 콧바람이 들어 시집이나 제대로 갈 수 있을지 모른다고 하면서 지금의 남편을 소개했다.

나름 영주도 서울 생활이 고달프기도 하였었고 자주 집 생각이 나기도 했던 터라 그것도 괜찮다 싶어 큰 고민 없이 결정했다.

남편도 적당한 외모에 서울의 험한 애들과 달리 순박한 모습을 보여 주어 이 정도 남자면 나쁘지는 않다는 느낌이었다.

결혼 1년 반 만에 아들 주호를 출산했고 출산일 저녁에 남편은 사고를 당했다.

아들을 출산했다는 연락을 받고 저녁에 부리나케 오던 중 뒤에서 오는 차가 남편의 자전거를 들이받고 도망쳤다고 한다.

남편은 다리에 큰 부상을 당한 채로 길옆의 도랑으로 떨어지면서 오랜 시간 누구의 도움도 받지 못해 결국은 한쪽 무릎 아래를 절단해야 했다.

영주는 가장이 되어 버렸고 바닷가 시장에서 생선 만지는 일을 해야 했다.

이 힘든 일을 하면서 몇 푼밖에 벌지 못하는데 서울에 가면 두 배 이상을 벌 수 있다는 생각에 국희 언니와 얘기를 하고 싶었다.

들어 보니 성재는 언니보다 3학년이 위였으니 같은 초등학교 선배라 해도 영주와는 6년의 차이가 있고 게다가 영주는 읍내에 사는 사람들은 잘 알지 못한다.

두 사람은 영주의 존재 자체를 잊고 있는 듯이 학교 시절과 누구 알지, 걔는 또 어떻고 등 수다에 한동안 열중했다. 두 사람의 대화 중 성재라는 사람이 이 언니의 동창과 결혼한 사실도 알게 되었다.

그리고 두 살 된 아들이 있고 지금 또 둘째가 곧 출산 예정이라고 한다.

어느 정도 지난 후 국희 언니는 말없이 조용히 앉아 있는 영주를 의식하고 멋쩍은 표정으로 미안함이 묻은 톤 낮은 소리로 말을 시작했다.

"네 남편 얘기 듣고 나도 무척 놀랐어. 아들 이름이 주호라고 했던가? 아이는 잘 크지? 하여간 어떻게 하냐? 보나 마나 들으나 마나 네가 힘들게 사는 모습이 상상이 간다."

그 언니의 위로 같은 말이 영주를 더 위축시키고 눈물이 돌게 만든다.

이 대목에서 괜찮다고 할 수도 없고 낯선 남자 앞에서 눈물을 짜는 더 초라한 모습은 보이고 싶지 않은데 얼굴을 들 수도 없다.

앞에 앉아 있는 남자를 제대로 쳐다보지 못하지만 느낌이 전해 온다.

차분한 관심과 정황상 어려운 상황의 여자에게 보내는 안쓰럽고 측은한 눈길.

두 사람을 응시하지 못한 채 그저 주위를 휘둘러보는 척하면서 영주는 서울로 가 볼까 하는 생각을 얘기했다.

"언니, 나 서울 가서 돈 벌어야 해. 그래서 언니 보려고 했어. 언니가 다녔던 회사는 크고 좋은 회사라고 들은 적 있는데 나 거기 다니게 해 줄 수 있을까?"

"그럼, 너 정도면 환영할 거야. 내가 회사 부장님께 얘기 잘 해 볼게. 얘기 잘 하나 마나 내가 소개하면 무조건 오라고 할 거야. 물론 너같이 숙달된 사람은 봉급 많이 줘야 한다고 말할 수 있어. 작년에 나 그만둘 때 사람 채워 놓고 그만두라고 하셨는데 그렇게 하지 못해서 죄송한 일은 있었지만."

"언니는 부장님하고 잘 알아? 거기 큰 회사라며. 근데 언니가 그런 회사 부장님한테 얘기한다고?"

"그럼, 그 회사는 우리가 같이 다녔던 성수동 회사하고는 모든 게 달라. 같은 서울 사람들인데 어쩜 그렇게 다르냐? 성수동 그 인간들은 정말 징그럽다."

언니의 그 말이 그나마 위안이 되었다.

당장이라도 갈 수 있다고 했다. 사실이다. 이것저것 계산해 볼 상황이 아니었다.

집으로 돌아오는 길에 눈 쌓인 밭들이 보인다. 간성 읍내에 갈 때는 춥기만 하고 아무것도 기억이 나지 않는 길이었다.

집으로 들어서자마자 남편에게 서울로 갈 계획을 얘기했다.

원래 말이 많지 않은 성격이지만 다치고 난 이후부터는 더 말이 없다. 이런 중대한 얘기에도 별다른 말이 없다. 당연히 그런 사람이니 애초부터 영주는 남편의 반응을 걱정하지 않았다. 더군다나 남편으로서는 특별한 대안도 없고 영주만 바라보고 살아야 하는 입장이다.

단지 이제 돌 지난 아들이 엄마 없이 잘 커 줄 수 있을까 하는 염려가 있을 뿐.

가슴이 미어지지만 아들을 제대로 키우기 위해 방법이 없는 것을 아들이 이해해 주기를 바랄 뿐이다.

시간이 허락되는 대로 자주 오도록 할게. 딱히 언제 온다고 말할 자신도 없다. 말 그대로 구정 아니면 시간을 낼 기회가 거의 없다.

불편한 다리로 아들을 안은 남편의 배웅이 더 서러워질 것 같아 문밖에도 나오지 못하게 했다

서울로 향하는 이 여자의 눈에서는 비슷한 상황의 누구라도 그렇듯이 눈물이 쏟아지고 있다.

내 아들….

몇 달 후에는 꼭 보러 올 수 있어. 스스로 다짐한다. 정말 몇 달 후에는 어떤 방법을 써서라도 오겠다고.

세상을 많이 살아 보지 않은 22살의 젊은 여자가 아이를 낳았고 아이를

뒤로하고 떠나는 마음이 이렇게 서글프고 처량하다.

철없는 엄마인지 가족을 지키기 위한 불가피한 선택인지…. 하지만 그런 이유나 명분은 중요하지 않다.

사실 속내는 도망가고 싶은 것이다. 이 절망적인 상황에서 결혼 전 서울 생활이 그리웠다.

서울 생활 중에는 고향이 그리웠었고 항시 집으로 돌아가는 희망으로 공장 생활을 했었다.

하지만 경제적, 육체적 고통으로 살아가는 이 고향을 벗어나 사람 많고 바쁘게 돌아가는 서울이 영주의 숨통을 터 줄 수 있다는 생각이다.

아들 주호를 낳고 지금까지 일 년의 시간은 희망 없는 생활이었다. 남편의 사고, 그로 인해 무기력에 빠져드는 남편의 모습을 보는 것이 힘들었다.

무엇보다도 돈이 없었다. 바닷가 시장에서 생선을 손질하는 것은 가발 공장에 비해 훨씬 힘든 노동이다. 노동의 강도는 더 힘들고 돈은 적다. 찬바람 부는 계절이 오고 영하의 기온이 될 때는 생선 만지는 것이 너무 고통스럽다.

도망치듯이 떠나고 있지만 아들을 두고 가는 것은 너무 힘들다. 아이에 대한 사랑일까? 아니면 여타의 동물들처럼 단순한 모성 본능일까?

버스가 진부령 고개를 넘을 때까지도 눈가는 젖어 있었다.

춘천까지 대략 4시간 정도는 갈 것이고 춘천에서 운이 좋아 금방 서울로 가는 버스가 있으면 또 4시간 정도, 서울 버스 터미널에서 구로 공단까지는 또 한 시간 정도 소요된다.

춘천에 내리니 영주 또래의 많은 남녀가 서울로 가는 버스를 기다리고 있다.

춘천 버스 터미널, 2년 못 미쳐 마지막으로 들렀던 곳이다. 지금도 변한 것 없이 익숙하다.

버스를 기다리는 삼삼오오의 사람들, 나와 같은 사연을 가진 사람은 한 명도 없는 듯싶다.

뭔가 활기가 있고 말하는 소리도 크다. 웃기도 한다.

나도 예전 서울 생활을 할 때 저렇게 웃고 떠들었지. 명절 때 집에 갈 때 뿌듯하고 기대감으로 들떠 있던 그런 시절이 있었지.

앞으로 행복할 시간이 내게 다시 주어질 수 있을지…. 정말 그런 시간이 다시 주어지면 더없이 감사한 마음으로 욕심 없이 살고 싶다.

힘을 내야 해.

열심히 일해서 돈을 모으고 고향에 가서 뭔가를 하면서 욕심 없이 아들을 잘 키우고 남편이 뭔가를 할 수 있게 그렇게 만들어야지. 고향에서 뭘 할지는 돈을 모은 이후 생각하면 되고.

이런 희망으로 다짐을 한다. 그러면 뭔가 힘이 나는 것 같다.

서울이 다가올수록 깊은 서글픔에서 조금씩 헤엄치듯이 벗어나는 느낌이다.

서러움은 뒤로하고 오히려 긴장감이 느껴진다. 서울의 불빛들이 군데군데 모습을 나타낸다.

오랜만에 마주치는 서울의 불빛은 가슴 안을 비추듯이 영주의 얼굴을 환하게 한다.

잘 적응이 될까. '언니가 얘기했던 상황과 다르면 어떻게 하지?' 하는 우려감이 조금 있지만 기대감은 그런 우려를 쉽게 덮어 버린다. 언니가 얘기한 대로면 해 볼 만하다. 월급도 그전 서울 생활할 때의 공장보다 두 배 가까이 된다고 했다. 월급 생각에 기분이 한결 나아진다.

버스가 서울 터미널에 서서히 진입할 때 영주의 눈길은 창밖을 바쁘게 뒤졌다.

속초 언니가 알려 준 사람이 있고 그 사람이 마중을 나와 숙소로 데리고 갈 거라 했다.

차에서 내려서도 적당히 추측되는 얼굴은 보이지 않는다. 불안감과 함께 주변을 돌아보는데 뒤쪽에서 "백영주 씨인가요?" 하는 소리가 들린다.

예쁜 여자 둘이 환하게 웃는다. 나이는 영주와 비슷한 또래로 짐작이 간다.

"네, 저예요."

"미안해요. 저희가 좀 더 일찍 나왔어야 했는데."

그중 하나가 밝은 목소리로 미안하다고 한다.

이 둘은 완전히 서울 아가씨 냄새가 난다. 이 예쁜 두 여자는 공장에서 일하는 여자로 보이지 않는다.

"저는 명자이고, 얘는 선희예요. 저는 전에 국희 언니하고 같이 생활했어요."

"네, 저는 백영주이고 전에 제가 다녔던 성수동 회사에서 언니와 같이 일했던 적 있어요. 성수동 회사에 같이 있다가 언니는 구로동으로 옮겼고 저는 그대로 성수동 회사에 있다가 고향으로 내려갔었죠. 고향 학교 선배이기도 하고요. 새 회사에 자리 잡으면 나도 데려가겠다고 했는데 어쩌다 보니 저는 고향으로 가게 되었죠."

영주는 묻지도 않은 말을 장황하게 했다.

왜 고향으로 갔는지 이들은 알고 있을 것이다. 내가 결혼을 했고 돌 지난 아들이 있다는 것도 알고 있을 거고.

주눅 들지 않은 평범한 사람으로 보이기 위해 물어보지 않은 말도 유쾌한 억양으로 할 필요가 있었다. 불편한 사실은 얘기할 필요 없지만 그러한 사실이 대수롭지 않은 듯 굳이 지금 대화의 주제와는 어울리지 않으니 감춘다고 할 수도 없다.

"네, 언니가 얘기해 줘서 알아요. 저희에게 당부도 많이 했어요. 우리 앞으로 잘 지내요."

두 여자 모두 영주가 의지하고 싶을 정도로 당당하다. 얼굴도 예쁘지만 키도 둘이 거의 비슷하게 크다. 무엇보다 사람을 편하게 해 주는 밝고 자신 있는 얼굴이다.

나도 이 두 사람처럼 저렇게 밝고 당당하게 살 수 있을까?

긴장과 기대감은 남편과 아들 주호에 대한 상념을 저 멀리 밀어 놓았다.

영등포로 향하는 버스에 올라탔다.

어색한 시간을 일 초라도 두지 않기 위해 명자와 선희는 쉴 새 없는 대화의 주제를 찾아 영주의 어색함을 덜어 주려 한다.

그러니까 전체적으로 서로의 관계를 종합해 보면 국희 언니와 명자가 같이 자취 생활을 했었고 국희 언니가 떠나자 선희를 만나 지금 같이 지내고 있는 것이다.

국희와 명자의 인연은 국희가 가발 공장 반장으로 근무할 때 같이 방을 쓰던 후배가 방을 나가게 되어 사람을 찾는 중 명자와 만나게 되었다는 것이다.

각자의 일하는 회사가 다른 것도 알았다.

명자는 근처 의류 회사의 총무부 사무실에서 근무한다고 한다. 어쩐지 사무실 아가씨 분위기가 난다고 생각했는데 맞았다.

선희도 공단 내에 있는 니트 회사에 다닌다고 한다. 생산이 아닌 품질 검사 파트에서 일한다고 한다. 그녀들은 우리가 스스로 항시 비하하는, 남들도 그렇게 비하하는 공순이들이 아니다.

그런 그들이 내 친구라면 뭔가 자랑스럽고 나도 그들을 따라 당당하고 세련된 모습으로 살 수 있을 것 같다.

영등포 시내를 지나 좀 더 가서 내렸다.

그녀들의 방은 예상한 대로 깨끗하고 전의 성수동 생활과는 비할 바 없이 좋았다.

"우선 여기서 지내면서 생각해 봐요. 우리하고 같이 여기서 살아도 되고 나중에 생각이 바뀌면 따로 나가도 되고요."

명자가 얘기했다.

영주는 그러고 싶었다. 지금 처지에 따로 나가서 산다는 것은 상상할 수 없고 무엇보다 이 두 사람과 친구가 되고 싶었다.

"여기서 영주 씨 다닐 회사는 걸어서 20분 정도로 보면 될 거예요. 내가 다니는 회사도 영주 씨 회사하고 가까이 있어요. 내일 나하고 같이 가면 돼요."

짐을 풀어 정리하고 쌀쌀한 날씨지만 밖에서 대충 씻고 자리에 누웠다.

익숙하지 않은 잠자리는 오늘 피곤한 여정이었어도 쉽게 잠들게 하지 않는다.

아들과 남편의 얼굴이 떠오른다.

머리맡 라디오에서는 〈별이 빛나는 밤에〉를 시작하는 음악이 나온다.

이 두 여자는 라디오를 틀어 놓은 채로 잠이 들었다.

⬧◆⬧

“저기인 것 같아요.”

선희의 손가락 방향으로 본 회사는 성수동 회사와 비교할 수 없는 웅장한 느낌이다.

회사 간판도 영어로 쓰여 있다.

〈BEST WIG COMPANY KOREA〉

출근하는 직원들이 무리 지어 들어간다. 여기 인원은 못 잡아도 삼백 명 이상은 될 것 같다. 전의 성수동 공장은 백 명이 채 안 되는 규모였다.

나중에 연락하라고 하고 선희는 돌아갔다.

출근하는 직원들이 거의 들어가고 늦어서 달음박질쳐 오는 몇 명 정도가 수위실을 통과하고 나서야 영주는 자신이 누구를 만나러 왜 왔는지를 수위에게 설명했다.

밖에 있던 수위가 안쪽 수위에게 영주의 방문 내용을 전했다. 영주는 두근거리는 마음으로 수위실 옆에서 기다렸다.

긴 시간이 안 되어 누군가 영주가 있는 곳으로 오고 있다.

긴장한 목소리로 인사를 했다.

“안녕하세요, 저 백영주인데 혹시 ○○○ 부장님이신가요?”

"아니요, 저는 김 과장이라고 하고 일단 같이 가시죠. 부장님이 지금 방에서 기다리고 있어요."

과장이란 분이 참 깍듯이 한다. 전에 성수동 공장 간부들은 공장 직원들에게 거의 반말 내지는 욕이 섞인 말들이었는데 이 사람들은 그렇지 않다.

일종의 면접 비슷한 거지만 부장님은 자상하게 회사에 대하여 설명해 준다.

회사 사장님은 미국에 있는 재미 교포이고 한국에는 가끔 오신다고 했다.

회사 사장님 방침이 모든 근로자가 불편하지 않게 하는 것이며 복지 정책을 중시한다고 했다.

월급도 같은 가발 회사 중 최고로 준다고 했다.

여러 설명이 있었지만 월급에 대하여, 직원 복지에 대하여 그리고 사장님이 미국에 있는 재미 교포라는 것이 귀에 새겨진다.

첫 달의 월급도 6만 원을 준다고 한다. 시간이 지나고 능력을 보여 주면 언제라도 반장으로 진급할 수가 있다고 한다. 이것도 사장님의 방침이라고 한다. 능력이 뛰어나면 근무 연수와 상관없이 진급이 가능하다고 한다. 반장 초임은 8만 원이라고 한다.

2년 전 성수동에서 3만 5천 원을 받을 때와 비교해서 꽤 많은 편이다.

간성에서 하루 종일 생선을 손질해도 손에 쥘 수 있는 돈이 2만 원도 채 안 되었다.

정말 열심히 해서 빨리 반장이 되고 싶다. 그 정도 봉급이면 몇 년 모아서 간성에서 뭔가 할 수 있을 것 같다.

회사에 대한 설명이 끝날 즈음 추가로 배치에 대하여 말씀해 주셨다. 생산 2과에 배치하려고 했기에 생산 2과 과장을 수위실로 보냈던 것이라고 추가로 설명해 주신다. 면접 비슷한 시간이 끝날 즈음까지 생산 2과 과장은 같이 배석해 있었다. 진심으로 정말 가슴속에서 우러나오는 감사한 마음으로 잘하겠다고 인사를 드리고 부장님 방을 나왔다.

"앞으로 같이 일하게 되어 저도 든든합니다. 저는 생산 2과의 김석훈 과장이라고 합니다."

그저 인사치레의 인사말이라고 생각하면서도 성수동 공장의 과장, 부장들과 비교해서 너무 신사들이었다.

그리고 부장님에 대해서도 얘기해 준다. 보통 생산 직원 채용에는 과장 정도에서 알아서 하는데 영주 같은 경우는 국희 언니와 부장님의 개인적인 인연으로 각별히 관심을 가지신다고 했다.

그 인연이라는 것은 부장님 어머니가 시골에서 올라오셔서 부장님 집에 머무르는 동안 부장님이 일요일임에도 출근하게 된 날이 있었다. 오전 중 퇴근할 수 있다고 했고 어머니는 아들 회사에 가서 퇴근하는 아들과 시간을 보내고 싶었다. 전에도 아들과 같이 회사에 온 적이 있어 찾아가는 길이 어려울 거라는 생각은 하지 않은 것이다.

버스를 타면 세 정거장만 오는 길이라 쉽게 생각하셨는데 버스를 잘못 타셨는지 예상치 못한 거리에서 당황하신 것 같았다.

길가 한쪽에서 망연자실, 두려움으로 앉아 계신 것을 참으로 다행스럽게 국희 언니가 관심을 가져 무사히 부장님 댁으로 돌아가실 수 있었다.

그 시간 부장님 댁에서는 아들만 혼자 들어온 그 순간부터 난리가 났다.

국희가 뭔가를 사러 집 밖으로 외출하는 중 아무래도 뭔가 도움이 필요한 분 같아 말을 건네고 사정을 들어 보니 국희 회사의 어느 부장님 어머니라는 것을 알게 되었다.

일단 회사로 모시고 당직 사무실 비상 연락망을 찾아 부장님 댁으로 전화를 걸었다.

화급히 달려온 부장님과 사모님은 국희가 황송할 정도로 몇 번이고 감사의 인사를 했다.

그 이후 국희의 회사 생활은 날개를 달았다. 며칠 되지 않아 다른 과의 생산 라인에 반장으로 가게 되었고 뿐만 아니라 부장님은 다른 간부들 앞에서도 대놓고 개인적인 친근감을 보여 주었다. 부장님과 국희 언니는 그런 인연이 있었다.

회사 생활은 어렵지 않게 잘 적응해 갔다.

부장님의 다른 특별한 지시가 있었는지 김 과장도 영주에게 관심을 많이 가져 주었다.

그런 김 과장의 영주에 대한 관심이 예사롭지 않았던지 영주 라인의 모든 사람이 가급적 잘해 주려고 하는 것을 영주도 느꼈다. 대개의 일터에서 까탈스럽게 굴거나 거슬리는 사람들이 있겠지만 여기서는 그런 불편함이 아직까지는 없다.

퇴근 시간도 즐거웠다. 일을 끝내고 쉬러 간다는 즐거움보다 명자와 선희가 있는 집으로 가는 그 즐거움이다.

영주와 같은 생산 라인의 직원들은 야근이 많다.

사무실에서 근무하는 명자는 거의 제일 먼저 퇴근을 한다. 품질 검사 업무를 하는 선희도 거의 야근 없이 제시간에 퇴근한다. 어떤 때는 선희가 더 일찍 퇴근하기도 한다고 했다.

두 사람이 항시 저녁 준비를 해서 영주를 기다리고 그런 그네들이 항시 고마웠다.

미안한 마음에 무엇이라도 하려 하면 그네들이 벌떡 일어나서 같이 하려고 나선다.

기대 이상의 회사에 다니게 되었고 명자와 선희를 만나 같이 생활하게 된 이 운 좋은 길을 만들어 준 국희 언니에게 항시 고마운 마음이다.

과거 성수동 회사와 비슷한 곳에서 일하고 명자와 선희가 없는 공간에서 생활을 하게 되었다면 내가 잘 버텨 갈 수 있었을까?

영주는 스스로 자신의 변화를 느낄 수 있었다. 유쾌하고 당당한 명자와 선희, 그네들처럼 변화하는 모습, 아니 그네들의 어투나 표정을 따라 하려고 노력한다. 그러면 영주도 서울 아가씨로 보일 수 있을 것 같았다.

어느 정도 회사의 일과 생활이 어색하지 않을 즈음 남편과 전화 통화를 하고 싶었다.

서울에 있는 가정집들은 전화기를 들여놓은 집이 많은 거로 알고 있다.

고향 마을은 가격이 비싸 전화선 설치하는 것을 엄두를 내지 못한다.

마을로 들어오는 입구의 점방에는 전화가 설치되어 있다. 그곳 주인아주머니는 영주 엄마와 친구 관계다. 영주의 초등학교 시절 그 아주머니는 밭을 팔아 담배와 막걸리 그리고 라면 및 과자 등으로 가게를 시작했다. 지금은 농사짓는 일보다 훨씬 수익이 나는가 보다. 다시금 땅을 사 보려고 기웃기웃했고 작년에는 전화기도 놓았다.

마을 사람 누구도 전화가 없었고 공중전화도 없으니 점방의 전화는 주민에게 도움이 되었고 전화 요금으로 생기는 수입도 괜찮았다.

영주는 그 점방 아주머니에게 부탁해서 30분 후에 전화할 거니 남편을 점방으로 나오도록 해 달라고 부탁했다.

남편이 그곳에서 전화하면 아주머니가 계산하는 요금은 응당 비쌀 거라 생각해 여기서 공중전화로 걸기로 했다.

말주변 없는 남편의 목소리는 궁금함과 불안감이 묻어 있다.

1초라도 남편의 불안감을 없애려 남편의 말이 끝나기 전 밝게 얘기했다.

"응, 나 걱정 안 해도 돼. 주호는 괜찮지?"

월급 얘기, 회사 생활 얘기, 그리고 명자와 선희의 얘기 등 전에는 없었던 영주의 아주 밝고 신나는 목소리로. 지금 살고 있는 자취방의 주인집 전화번호를 알려 주고 앞으로 전화할 일 있을 시 저녁 이후면 가능하니 전화하라고 했다.

집을 떠난 후 남편과의 첫 통화가 보름 남짓의 시간이다.

다음 달에는 봄이 시작될 거고 영주의 마음에는 이미 봄이 와 있다.

활짝 열린 대문으로 시원한 바람이 들이닥치며 그간 막혀 있던 가슴이 일시에 터지는 느낌이다.

보이는 거리의 사람, 간판, 차 등 모든 것이 사랑스럽다.

그리고 방으로 가면 명자와 선희에게 결혼했고 아들이 있다는 사실도 얘기하려고 한다.

알고들 있겠지만 영주 입으로 말하기 전 그네들은 지금까지 영주 신상에 대하여는 물어본 적이 없다.

딱히 죄를 지은 것도 아닌데 언급 자체가 없다는 것이 더 이상할 것 같다.

영주가 방에 들어서니 명자와 선희는 카세트에서 나오는 노래를 듣고 있었다. 일본 말로 부르는 일본 노래다.

"어디 갔다 온 거야?"

서로가 말을 놓기로 한 지는 한 열흘 정도 되는가 보다. 공교롭게도 셋 다

22살, 23살의 나이에서 왔다 갔다 하는 정도라 서열 따지지 않고 친구를 하기로 했다.

"응, 집에 전화하고…. 아들이 잘 있는지 해서 남편하고 통화하느라고. 나 아들이 있고 남편도 있어."

명자와 선희는 알고 있었다는 표정이다.

"아들이 엄마 보고 싶다고 안 해?"

"찾기는 하는데…."
더 말을 하게 되면 눈물이 날까 하여 말꼬리를 내렸다.

명자와 선희는 호기심과 관심의 눈빛이다.
특히 명자는 뭔가 말하려 하는 듯하다 그만두고 방문을 나선다. 그런 명자의 뒤를 선희도 멈칫거리면서 쫓아 나선다.
"뭐 먹을 것 좀 사 올게. 영주야, 뭐 사 올까?"

"아니, 나도 갈게."

"금방 올게. 영주, 너는 물 좀 올려놔라. 세수할 물."

물이 다 데워져도 한참 후에나 명자와 선희가 들어왔다.
특히 명자는 고개를 돌려서 자세히 보이지 않게 했지만 울었던 것 같다.
사 들고 온 봉지에는 소주도 있었다.

"우리 오늘 소주나 한잔하자."

그날 저녁 모두 눈물바다였다.

명자에게는 두 살 된 아들이 고향에 있고 부모님이 키운다고 했다.

결혼하지 않은 상태에서 아이를 낳았고 애 아빠는 없다고 했다. 남자에 대한 얘기는 하지 않았다.

가끔 아들을 보러 가는데 돌아올 때는 아들이 떨어지려 하지 않는단다.

말을 배우기 시작한 아들은 엄마인 명자에게도 엄마라 부르고 할머니인 명자 어머니에게도 엄마라고 부른다고 한다.

항시 웃고 당당하고 시원한 용모의 명자가 그런 아픔을 안고 살고 있는 것을 상상도 하지 못했다.

명자는 아들이라는 단어에 눈물을 찔끔거린다. 아들이 좀 더 크면 서울에서 같이 살고 서울에서 학교를 다니게 하는 것이 희망이라고 했다.

울고 나서는 손으로 눈을 훔치며 웃어 보이기도 한다. "나 좀 모자라지?" 하면서 웃는다.

⬩◆⬩

간성을 떠나온 후 남편에게 두 번의 월급을 보냈을 때 공단의 거리 곳곳에는 개나리꽃들이 모습을 드러내기 시작했다. 영주의 눈에는 그네들이 영주를 향해 미소 짓고 있는 것처럼 보였다.

아직 따뜻하지 않은 좀 쌀쌀한 바람이 스쳐 오지만 봄바람이다.

월급을 보낼 때는 명자에게 부탁한다. 근처 은행들은 점심시간 때는 항시 돈을 보내려는 공단의 공원들로 붐빈다. 회사별로 월급 날짜가 다르니 한 달 내내 붐빈다.

명자는 자기네 회사 경리부에 동기 비슷한 친구가 있어 그에게 송금을 부탁한다.

그 경리부 친구는 매일 은행을 다녀와야 해서 그런 부탁은 어렵지 않다.

매일도 아닌 겨우 한 달에 한 번 정도이기에 명자도 크게 신세 진다고 생각하지는 않는다고 한다.

월급을 간성으로 보내는 날은 항시 뿌듯하다.

남편과 아들 모두 힘든 생활에서 벗어나 잘 사는 모습이 보인다.

봄바람이 몰고 온 개나리꽃처럼 영주의 가슴도 따뜻한 노란색으로 물들고 있다.

수줍게 미소 짓던 개나리꽃이 화사한 얼굴의 절정이 되어 영주 앞으로 다가오던 그즈음 아마도 4월 초순인가 보다.

퇴근하는 공장 정문의 길 건너편에서 누군가 영주의 이름을 부르며 손을 흔든다.

남자였고 여기서 영주를 아는 남자는 없을 거라 여기고 가는 발길을 재촉하는데 그가 건너오는 모습이 보인다. 다시 보니 기억나는 얼굴이다.

간성에서 국희 언니와 같이 만났던 그 사람. 얼굴은 기억나는데 이름이 뭐였는지 모른다.

그때 이름을 말해 줬는데 그 참담한 분위기에서 모르는 남자에게 관심을 가질 여유가 없었다.

"백영주 씨, 저 기억하지요?"

"아, 네…. 근데 여기서 볼 줄 상상도 못 했어요. 여기 근처에 계세요?"

"네, 아주 근처는 아니고 직장은 문래동에 있어요."

"아, 네. 그런데 어쩐 일로…."

"백영주 씨 보러 왔지요. 국희가 영주 씨 어려운 일 있거나 도울 일 있으면 도우라고 지난번 올라올 때 당부했거든요. 저도 그간 짬이 잘 나지 않아 오늘에서야 왔네요. 별일 없이 잘 지내죠?"

근데 이 사람 느낌이 좋다.
환한 그의 얼굴과 자신감 있는 몸짓은 남편과 비교를 하게 만든다.

보여 주고 싶지 않았던 영주의 초라했던 모습을 그는 기억하겠지만 지금은 그때의 그 영주가 아니란 것을 다짐해 본다.
간성의 다방. 그곳에서 있었던, 그 초라한 내가 아니야.
영주도 그간 명자와 선희를 따라 하면서 옷도 그네들 스타일을 따라 입는다.
그리고 화장도 진하지는 않지만 엷게 꼭 하고 출근을 한다.

"근데 영주 씨, 왜 이렇게 예쁘게 달라졌어요? 서울 물이 정말 좋네요."
그의 그런 칭찬은 영주를 더 자신감 있게 한다.

그가 저녁을 같이 먹자고 했다.
공중전화로 가서 주인집 아주머니에 전화했다.

"저 영주인데요, 저 저녁 먹고 간다고 명자와 선희에게 전해 주세요."

전과 다른 영주라는 것을 보여 주고 싶었고 나름 당당한 영주라는 것을 보여 주고 싶었다.

특히 이 사람에게는, 나의 어두웠던, 초라해 보였던 여자의 이미지를 기억하는 이 사람에게는…. 그가 어디로 가자고 제안하려 할 때 영주가 먼저 그를 잡아끌었다.

"전에 내가 가 봤던 식당이 있어요. 그리로 가요. 괜찮죠? 근데 나 사실 오빠 이름 기억 안 나요. 그때 뭐라고 했는데 잊어버렸어요. 고향 오빠가 찾아오니 너무 반갑네요. 국희 언니가 오빠라고 부르는 것 하나로도 나에게는 큰 손님이에요."

영주의 달라진 모습과 말에서 성재가 멈칫하는 눈치다.

"아, 내 이름 오성재."

그랬던가? 이 남자 이름이 오성재?

영주는 스스로 놀랐다. 내가 이렇게 자신감 있게 얘기해 본 남자가 있었던가?

영등포 쪽으로 가는 버스를 타고 세 정거장을 가면 식당들이 즐비하게 늘어선 거리가 있다.

퇴근 시간이라 버스가 만원이다. 비집고 겨우 버스에 올라섰고 성재와 포개지듯이 밀착하게 되는 것을 피할 수가 없다. 마주 보고 얼굴이 닿을 정도의 상태가 어색하지만 싫지는 않았다.

전에 가 봤던 식당이라고 했지만 사실 가 보지는 않았다. 명자와 선희와 함께 가 봤던 식당이 있는데 그 근처에 크고 비싸 보이는 식당이 기억에 있었다.

예상대로 실내 분위기도 영주를 조심스럽게 만드는 분위기였고 비싼 가구들로 채워져 있었다.

예의 바르고 깍듯이 맞아 주는 종업원도 부담스럽다. 그 부담감이라는 것이 결국 돈이다.

이런 정도면 꽤 많이 내야 할 듯싶다.

성재와 마주 앉아 그의 얼굴을 보는 것이 쑥스럽지도 않다. 몇 번 본, 그래서 어색하지 않은 것처럼.

이 사람, 느낌이 좋은 이유가 얼굴에 항시 엷은 미소가 있어 그런 것 같다.

그가 얘기를 할 때도, 영주가 말을 하면 들어 줄 때도 엷은 미소가 항시 있었다.

남편은 표정이 없는데 이 사람은 항시 미소를 띤다.

그런 그를 보면서 영주는 엉뚱한 생각을 해 본다.

이 사람의 아내이자 국희 언니의 친구인 그녀는 어떤 사람인지…. 그 사람은 이런 남자를 만나서 참 좋겠다.

식사가 끝나 갈 즈음에 자연스럽게 성재는 말을 놓기 시작했다.

고향 동생이라는 의미가 있고 친근감이 묻어나는 그의 얘기가 좋았다.

많은 얘기를 들었다.

성재는 간성에서 초등학교를 졸업하고 춘천에서 중학교와 공업 고등학교를 나왔다고 했다.

학교를 졸업하고 지금 회사에서 1년 근무하다 군대에 자원입대했고 제대 후에 다시 다니던 회사로 복귀해서 지금까지 다니고 있다고 했다.

지금은 현장의 주임 직책이고 이삼 년 후 정도면 과장이 되기를 기대한다고 했다.

과장이라는 단어는 영주 회사의 과장을 떠올리게 한다.

높아 보이는 과장님, 이 사람도 조만간 과장이 된단다. 그가 듬직해 보인다. 그가 자랑스럽다.

영주와 상관없는 남남인데 그런 마음이 드는 것이 우습다고도 생각했다.

연인 사이도 아니고 친오빠도 아닌데 이런 듬직하고 자랑스럽다는 발상은 왜 나오는지.

오늘 성재가 여기까지 찾아왔으니 저녁 식사 계산은 영주가 하려고 했다.

그 이유보다 이전의 초라한 영주가 아니란 것을 보여 주려고 호기롭게 비싼 식당을 택한 것이다.

하지만 성재는 영주를 나무란다. 무슨 말도 안 되는 그런 말을 하냐고.

영주가 계산대 근처로도 오지 못하게 하고 그가 계산을 마친다.

집으로 데려다주고 가겠다고 한다.

말로는 그러지 말라고 했지만 내심으로는 좋다. 버스 정류장 근처에는 오가는 사람들이 많다.

오가는 택시, 버스도 많다. 식당과 가게들의 네온사인 광고와 함께 이 거리는 화려하다.

오늘 특히 화려한 불빛들이다.

불쑥 그 노래가 생각난다. 명자와 선희와 함께 가끔 듣는 〈블루 라이트 요코하마〉.

일본 방송 금지곡이지만 이 노래의 테이프는 많이 퍼져 있다고 한다.

처음 들을 때는 잘 몰랐지만 몇 번 듣고는 리듬이 참 좋은 노래라고 생각했다. 알아듣지 못하는 일본 말이지만 가사의 내용에 대해 들은 후부터는 우리나라의 어느 노래보다 좋았다.

〈블루 라이트 요코하마〉 가사의 요코하마 불빛이 아마도 이 거리의 불빛과 다르지 않을 것 같다.

가사에서도 둘이 걷는 요코하마 항구인데, 지금 이 거리도 성재와 같이 걷는다.

어깨를 마주하며 걸으면서 흘깃 옆의 성재 팔을 보았다. 그 팔에 팔짱을 끼어 보고 싶다.

미쳤어. 거리의 분위기에 취해도 이런 상상을 해 보는 내가 미친년이지.

고향에 남편과 아들이 있으면서, 또 이 사람도 처와 아이들이 있는데.

집으로 돌아오는 골목길 근처에서 헤어지자고 했다.

"명자나 선희 볼까 걱정되어서요. 괜한 오해나 억측이 있을까 봐."

"그래? 그러지. 그러고 이것 내 명함이야. 명함에 전화번호 있으니 아무 때나 전화해도 돼. 그리고 내가 연락할 수 있는 전화번호 알려 줘 봐."

이 사람은 명함도 있네.

명함을 받아 들면서 성재의 얼굴을 보니 항시 그렇듯 엷은 미소가 떠올라 있다.

그러면서도 설레는 가슴은 또 왜 이리 주책을 부리는지. 또 만날 수 있다는 생각이 더 설레게 한다.

"영주야, 그다음 일요일에 여의도 놀러 가자. 여의도에 벚꽃이 만개할 거야. 내가 데리러 올게."

그의 제안이 가슴을 뛰게 한다. 이 남자와 꽃구경을 하러 간다는 상상은 얼굴에 홍조를 띠게 한다.

"네, 알았어요."

작은 소리로 대답했다. 부끄럽기도 하고 이래도 되는지 걱정이 되기도 해서다.

하지만 '뭐 어때? 고향 오빠인데.' 속으로 그렇게 합리화를 해 버린다.

방에 들어서자마자 명자와 선희는 영주가 누구를 만나 저녁을 먹었는지 궁금해한다.

"응, 국희 언니가 보낸 고향 오빠. 나 잘 지내는지, 불편한 것 있으면 도와주라고 해서 왔대."

"하여간 국희 언니는…. 그 언니는 항시 누구에게도 그렇지만 영주한테 참 잘하는 것 같아."

명자가 혼자 지나가는 말을 하며 카세트 녹음기를 만지고 있다.

눈을 마주치면 뭔가 숨기고 있는 것이 들통날 것 같다. 딱히 감출 만한 일도, 잘못한 일도 아닌데.

오늘 같은 묘한 기분과 어울리는 노래, 〈블루 라이트 요코하마〉.

요코하마의 야경과 같이 걷는 연인의 모습이 오늘 영주와 성재의 모습과 너무 닮았다. 성재의 미소가 아직도 머릿속에서 사라지지 않는다.

자리에 누워 남편과 아들의 모습을 떠올려 보지만 곧 성재의 모습에 지워진다.

다음 주 일요일, 성재와 꽃구경을 하러 가는 상상에 입가에 미소가 번진다.

말만 들었던 여의도 벚꽃 구경을 그와 함께 간다는 상상을 하면 설레기도 하지만 가슴 한쪽에 착잡한 기분이 있다.

정말 미친년이네. 나는 왜 이리 한심하지? 아들을 위해, 그리고 남편의 불운으로 인해 가장의 위치에서 돈을 벌러 서울로 와서 뭐 하는 짓이냐고 스스로에게 묻는다.

하지만 그런 양심의 소리는 너무 작아 성재와의 데이트에 대한 기대감에 묻혀 버린다.

⬩◆⬩

미국에서 사장님이 오신다고 했다.

사무실마다, 그리고 생산 라인 모두 청소에 분주했다.

업무 시간 이후 이틀간 쓸고 닦았다. 정문 수위실과 마당 구석구석도 예외가 아니었다.

옛날에 학교에 다닐 때 장학사가 온다고 하면 학교가 청소하느라 난리였는데 회사도 그와 별반 다름이 없는 것 같다.

하기야 사장님이 미국에서 일하면서 1년에 분기별로 온다고 하니 이런 난리가 이해는 된다.

이 회사에는 생산부장, 경리부장, 무역부장 세 명의 부장이 있고 그분들 이외에는 다른 회사처럼 그 위에 상무, 전무 그런 직책이 없다.

창밖을 힐끗 보니 사장님이 곧 오시는가 보다.

부장님들 이하 차장, 과장 등 모든 간부가 회사 마당 안에 도열해 있고 차에서 내리는 사람들을 보니 외국 사람도 있다.

사장님인 듯 보이는 분과 노란 머리의 백인 여자와 남자도 있다.

실제로 미국 사람은 처음 본다.

그런 긴장의 시간이 3일 정도 지난 후 간부들이 좀 여유가 있어 보인다. 내일이면 사장님이 미국으로 돌아간다고 한다.

그네들의 긴장이 우리와는 큰 상관이 없지만 그래도 같이 긴장이 되고 조심스러워진다.

퇴근길 길가 중간중간에 벚나무가 몇 그루 있다.

이미 살짝 피어 있는 꽃도 보이지만 대부분 아직 피지 않은 꽃봉오리 상태이다.

일주일 후면 성재와 여의도 꽃구경을 갈 것이다. 여의도, 들어 본 적 있지만 가 보지 않은 곳이다.

서울 생활을 즐기며 살고 싶다. 꽃구경도 가고 영등포 시내에는 춤추는 곳도 많다고 하던데 그런 곳도 가 보고 싶다. 촌닭 티를 벗고 싶고 서울 아가씨처럼 멋도 부리고 싶다.

성재와 여의도 꽃구경을 가는 것이 기대된다.

성재 명함을 꺼내 전화번호를 확인해 본다.

전화를 해서 일요일 약속을 다시 확인해 볼까 하다가 아직 그건 아닌 것 같은 생각이 들었다.

성재가 먼저 전화 주기를 기다리는 것이 나을 듯싶다.

요즘은 명자도 늦게 올 때가 있고 선희도 늦게 올 때가 있다.

주인집 아주머니가 전화 왔다고 알려 줄 때 수화기 너머에서 명자나 선희 목소리면 실망이다.

명자와 선희도 같이 있던 초저녁에 주인아주머니가 전화가 왔다고 알려 준다.

"영주야, 남자가 전화했네."

아주머니의 목소리는 명자와 선희도 들었다.

성재가 일요일 오전 10시까지 골목 앞 버스 정류장에서 기다리겠다고 한다.

기다렸던 전화에, 약속이 문제없는 것에 안도감과 함께 가슴은 또 왜 두근거리는지.

"간성에서 남편이 했나 보지?"

당연히 그럴 거라는 호기심이나 궁금증 하나도 없이 선희가 빨래를 개면서 영주를 쳐다보지도 않고 말한다.

성재와 통화가 끝나고 방으로 오면서 이런 비슷한 질문이 있을 거라 예상하고 이미 그렇게 준비했었다.

"그럼, 남편이야. 그냥 안부…. 아들도 잘 지낸다고."

명자와 선희도 각자 개인 일들로 바쁜가 보다.

혹시 일요일에 어디 가자고 하면 어떻게 변명하고 빠질까 하는 걱정을 할 필요도 없이 각자가 바쁜 모양이다.

오히려 혼자 일요일을 보내야 하는 영주에게 미안해한다.

명자는 일찌감치 나갔고 선희도 영주 나가기 바로 전 방을 나갔다.

선희가 나가자마자 영주는 서둘러 화장을 했다. 화장이라고 하기에는 크림과 약간의 분 바르기, 그리고 입술 그리는 거밖에 없지만 그래도 선희의 호기심을 부추길까 하여 선희가 나가기만 기다리고 있었다.

골목길을 나서자 저 멀리에서 성재의 손 흔드는 모습이 보인다.

이 골목 입구만 주시하고 있었나 보다.

성재는 전보다 더 멋있어 보인다. 성재는 서울의 어떤 남자보다 멋있다.

사실 영주도 지난 일요일 성재와 만날 때 입을 옷을 사겠다고 영등포 시내 여기저기를 뒤졌고, 오늘 그 옷을 입고 나왔다. 그리고 오늘 영주는 새 옷과 함께 자신감이 있다.

성재는 그 특유의 미소가 아닌 함박웃음으로 영주를 치켜세운다.

"영주야, 진짜 너 맞아? 이렇게 예쁜 여자였어?"

"오빠, 왜 그래…. 부끄럽게. 그렇게 비행기 태워 주면 떨어질 때 어떻게 해."

말로만 듣던 여의도에 왔다.

멀리서 보니 정말 여의도 벚꽃 길은 하얗고 푹신한 뭉게구름이 낮게 내려앉아 길을 만들고 있는 것처럼 보인다. 그 하얗고 중간중간 연한 분홍빛으로 물든 구름 길 밑으로는 수많은 사람이 천천히 움직이고 있다.

그 사람들 대개가 젊은 남녀들이다. 그들 중에서도 연인처럼 보이는 청춘들이 대부분이다.

영주도 그들 중 한 사람으로 이 길을 걷고 있다. 바로 몇 달 전만 해도 추운 겨울날 간성에서 생선 손질을 하던 그 여자가 여기 서울에 와서 이렇게 환한 꽃길에서 환하게 웃고 있다.

성재는 같은 말이라도 유머 있게 표현하여 영주를 웃게 해 준다.

회사 사람들 이야기, 일에 대한 이야기 등. 그런 얘기를 그냥 하면 재미있는 얘기가 아닌데 그는 재미있게 하는 재주가 있다.

영주도 지금의 생활 얘기, 회사 얘기 등 많이 감사하고 생활하고 있다고 그리고 국희 언니에게 특히 감사하다는 그런 얘기를 했다.

바로 전에 다녀간 회사 사장님과 지금까지 미국 사람을 본 적이 없었는데 사장님과 함께 온 미국 사람 얘기 등등.

길 중간쯤에서는 사람들이 너무 많아 어깨를 부딪쳐 가며 걸어야 했고 자칫 성재와 떨어질 정도로 비좁은 길이 되었다. 영주가 처질까 하여 성재는 영주의 손을 잡았다.

손을 놓아도 될 정도의 덜 복잡한 길에 와서도 성재는 꼭 잡은 손을 놓지 않는다. 영주도 굳이 빼고 싶지 않았다.

손을 잡고 있는 것이 별일 아닌 것처럼 하던 얘기를 계속하며 걷는다.

근데 무슨 말을 하고 있는지 또 성재가 무슨 얘기를 하는지 건성이면서 신경은 꼭 잡은 손에 집중해 있다.

남편과 처음 손을 잡았을 때는 결혼 첫날밤이었던 것 같다. 그때는 이런 느낌이 아니었다.

이 사람, 성재는 고등학교를 다녔고 군대도 다녀와서 아는 지식도 많다. 그런 그에게 무한한 신뢰감을 느낀다.

손을 잡은 채로 그저 땅만 보고 걸었다. 이제는 할 얘기도 생각나지 않는다. 그냥 손을 잡고 걷는 이 묘한 기분을 느끼며 걸어가는 것이 좋았다. 오감이 여기에 집중되어 화려한 벚꽃도 담담해 보인다.

그저 이렇게 오래 걸으면 좋겠다. 서로 말이 끊어진 지 오래지만 서로가 손의 촉감을 즐기고 있는 것 같다. 그리고 머릿속은 서로가 같은 마음으로 복잡할 수도 있겠다.

밥은 영등포에서 먹자고 한다.

영등포로 가는 버스 정류장에서 버스를 기다릴 때 영주는 손을 빼고 성재의 팔에 팔짱을 끼었다.

전에 처음 만났을 때 그러고 싶었던 대로 오늘 그렇게 한다.

버스에 올라서도 앉을 자리가 없어 서서 가면서 성재의 팔을 놓지 않았다.

고향에서는 손만 잡아도 그 남자와 결혼을 해야 한다는 그런 관념이 있는데 서울에서는 귀신 뭐 까먹는 소리라고 한다.

영주가 중학교에 다닐 때도 근처 마을의 언니가 간성 읍내의 어떤 오빠한테 강제로 당한 일이 있었고 그 사건으로 인해 할 수 없이 결혼을 해야 했던 일을 알고 있다.

그간 서울 생활을 하면서 여러 가지 들은 것이 있다.

첫날밤에 처녀가 아니라고 이튿날 소박맞았다는 얘기. 결혼 전 다른 과거가 있다 해도 처녀인 척 남자를 속일 수 있는 방법에 대한 다소 황당한 묘책.

하여간 그런 얘기는 주로 공장의 아가씨들이 했던 얘기지만 서울의 여대생들은 연애 몇 번은 해 보고 결혼한다고 한다.

영주는 서울 여자가 되고 싶고 고향의 무지한 관념에서 탈피해 "연애는 연애, 결혼은 결혼." 그런 말을 하는 서울 여자가 되고 싶다.

그런 상념에 잠기면서도 앞으로는? 이 남자가 키스하자고 하면? 그렇게 순서가 되겠지. 하자고 하면 해야지.

키스 이후 이 남자가 자자고 하면? 잘 수도 있지. 내가 좋아하고 있는데. 그리고 그것이 표시도 나지 않는 언제 들은 얘기인지 모르지만 한강에 배 지나가고 또 지나가도 표시가 나지 않는다는 그 말처럼 영주에게는 부담스러운 일이 아니다.

그런 상상을 하는 영주의 머릿속을 이 남자가 보는 재주가 있다면 당혹해하고 도망갈 수도 있겠다.

구로동 생활 시작에서 지금까지는 회사의 일에 적응하고 명자와 선희와의 생활을 접하면서 새로운 세상을 경험하고 있다. 성재의 등장은 그간 감추어져 있었던 영주의 강한 남자에 대한 호기심을 불러일으킨다. 모르고 있었던 남자의 체취를 알게 해 준다. 앞으로 이 남자가 아니면 일상이 무료해질 수도 있겠다는 생각이 든다.

영등포 시내에서도 팔짱을 끼고 또는 손을 잡고 보통의 젊은 청춘들처럼 걸었다.

그렇게 한참을 쏘다니면서 헤어져야 할 시간이 다가옴에 아쉬운 느낌이다.

집으로 오는 버스에서는 앉아서 올 수 있는 자리가 있어 나란히 앉았다. 앉아서도 손을 놓지 않았다.

다음 만남에 대하여 영주는 다소 엉뚱한 제안을 한다.

"오빠, 다음에 만날 때 춤추는 데 가요. 그런 데 가 봤어요?"

"응?"

성재는 의외라는 듯이 그리고 가 본 적 있고 좋다고 한다.

"그럼 두 주 후에 어때? 내가 오빠한테 전화할게."

성재도 좋다고 한다. 영주는 여자가 남자에 대한 그런 적극성을 보여 주는 게 멋있게 보일 거라 해서 그런 제안도 해 본다.

하지만 춤을 추는 곳, 흔히 고고장이라 하는 그곳을 영주는 가 보지 않았다.

그런데도 다녀 본 적 있는 활달한 영주라고 보이고 싶다. 허세 비슷한 뭐 그런 것이다.

성재의 표정은 '이 여자 참 재미있네. 이 여자 만날수록 매력 있네.' 이런 표정처럼 보인다.

물론 영주의 주관적인 해석이다.

성재가 돌아가고 골목길로 들어오는 길 내내 가슴이 벅차고 오늘의 영주는 참 멋있는 여자이자 당당한 모습이라는 생각이 든다.

방문을 열었을 때 명자와 선희의 모습을 기대했지만 아직 둘 다 들어오지 않았다.

그들이 오기 전에 성재와의 시간을 혼자서 하나둘 꺼내 보는 것도 좋을 듯하다.

혼자서 웃고 부끄러워하고 성재와 잡았던 손도 신기한 듯 다시 보기도 한다.

명자가 먼저 들어왔다.

표정이 그리 밝지는 않다. 요즘 자주 그러는 것 같다.

"아, 영주! 오늘 안 나가고 집에 있었어?"

"아니 나가서 여기저기 돌아다녔어. 회사 애들하고 같이. 근데 명자야, 우리 이번 일요일에 고고장 가 볼까?"

성재와 가기 전에 먼저 답사 비슷하게, 그런 데는 어떤 곳인지 경험이 필요해서다.

"응? 고고장? 그래, 오래간만에 한번 몸 풀러 갈까? 근데 영주 너 가 본 적 있어?"

"아니, 오늘 회사 애들이 하는 얘기를 들어서 나도 한번 가 볼까 해서."

곧 선희도 들어왔고 선희도 좋다고 했다.

명자 얘기로는 선희는 고고장에서 최고의 여신 같다고 했다.

재능도 있지만 많이 다녔다고 한다. 선희는 명동에도 가 봤고 무슨 호텔 나이트클럽도 가 봤다고 한다.
물론 명자가 하는 얘기다.
선희와 몇 번 갔었는데 모든 남자가 선희의 춤추는 모습에 반했다고 한다.

"선희는 영등포보다 명동 쪽으로 많이 다녔어."
영주는 명자의 그런 얘기가 놀라워 선희를 본다. 명동, 들어 봤지만 가 보지 못했던 그 유명한 명동.

"와, 선희야! 정말 그래?"

"아마도 춤 좀 춘다는 서울 애들도 선희 앞에서는 꽁지 내릴걸?"

"어떻게 그런 데를 그렇게 다녔어?"
존경스러운 눈빛으로 계속 선희를 응시했지만 선희는 웃기만 한다.
대신 명자가 대답해 준다.

"애인하고 열심히 다녔지. 애인이 재일 교포 남자야."
그래도 선희는 웃기만 한다.

지금까지 경험해 보지 못했던 새로운 세상이 보인다.
좋은 회사에서 좋은 사람들과 일하고 있다. 회사에서 주는 월급도 꽤 괜찮다. 약간의 돈이 마음을 이렇게 편안하게 하고 생활도 여유롭게 해 준다.

돈 몇 푼 때문에 긴 시간은 아니지만 간성에서 했던 고생은 돈에 쫓기는 것뿐 아니라 정신도 피폐해지고 사람 꼴도 망가뜨렸다.

누구는 돈이 다가 아니라고 한다. 누구는 사는 데 있어 돈이 제일 중요하다고 한다.

돈의 중요함을 새삼 느낀다. 많지 않아도 된다. 욕심내지 않고 사는 데 지장 없을 정도로.

명자와 선희를 만나고 난 후 그들에게 보고 배우고 느끼는 점이 많았다.

그네들은 영주가 지금까지 갖고 있던 관념이나 사고에 대한 의심을 하게 만들고 변화를 일으키게 했다. 그네들은 같은 여자인 영주의 눈에도 매력 있는 여자들이다. 외모가 이뻐서도 그렇지만 말이나 행동에 있어서, 그리고 풍기는 뭔가 묘한 매력이 있다.

간단하게 정리하면 촌스럽지 않고 멋있는 서울 여자라고 할 수 있겠다.

무엇보다 요즘 성재의 출현이 온통 머릿속을 지배하고 가슴을 요동치게 한다.

이런 것이 사랑일까? 그럼 첫사랑인데.

많이 들어 온 첫사랑 얘기. 학교 선생님에 대한 짝사랑부터 이런저런 첫사랑에 대한 이야기를 많이 들었지만 영주는 그 비슷한 경험이 한 번도 없었다.

영주의 상황, 아이가 있고 남편이 있다는 그 현실적인 상황은 마음 한편에 밀어 놓았다. 그런 것이 새로 시작된 영주의 사랑에 굴레를 씌우게 하고 싶지 않았다.

고향에서라면 상상도 못 하는 일이고 만약 그런 일이 있어 소문이라도 난다면 그 좁은 간성 바닥에서 온전할 수가 없다. 하지만 여기는 서울이다.

고리타분하고 일상이 항시 정지되어 같은 생활의 반복인 그 고향이 아니라 하루하루가 찬란한 서울이다.

호기심과 기대 그리고 걱정이 어우러지는 춤을 추러 가는 날이다.

원래 일요일로 생각했는데 그런 곳은 밤에 가야 하니 토요일 저녁이 좋다고 한다.

그러고 보니 그 말이 맞다. 아침이나 대낮에 춤추러 가는 것은 이상할 것이다.

각자가 퇴근하자마자 부리나케 집으로 돌아와서 옷을 갈아입고 서둘러 영등포 시내로 갔다.

토요일의 영등포 밤거리는 네온사인이 휘황찬란 그 자체다. 특히 고고장들이 위치한 거리는 불빛이 정신이 없을 정도다.

오르는 계단도 양옆에서 불빛이 번쩍인다. 처음 접하는 문화에 대한 흥분감도 있다.

안으로 들어가서는 옆 사람 소리도 듣기 어려울 정도로 볼륨이 극대화된 음악이 귀를 때린다.

이러고들 살고 있었는데 나는 이런 세상을 모르고 살았던 촌닭이었네.

춤추는 사람들이 너무 많아 다들 거의 밀착된 상황에서 몸을 움직인다.

"영주야, 그냥 이렇게 하면 돼. 별거 없어."

명자가 영주의 귀에 대고 큰 소리로 얘기해 준다.

"남들 하는 거 보고 따라 하면 되는데 오늘은 사람이 너무 많아. 이런 날은 선희 춤을 볼 수가 없어. 틈이 좀 있어야 선희가 본때를 보여 줄 텐데…."

계속해서 얘기해 주는 명자의 목소리와 음악 소리만으로도 영주는 흥분이 된다.

그러다 음악이 멈추고 잔잔한 음악이 나오자 비좁은 상태에서 흔들던 사람들이 썰물처럼 빠져 공간이 휑하다.

"블루스 타임이야."

명자가 설명해 준다.

몇몇 커플이 서로를 안고 부드럽게 움직인다.

저렇게 추는 것이 블루스라는 것도 오늘 알았다.

"저런 춤 배우는 거 어려워?"

"아니, 그냥 여자는 손을 이렇게 잡고 그냥 남자가 이끄는 대로 맡기면 돼. 아니면 재네들처럼 그것도 저것도 필요 없이 그냥 부둥켜안고 있어도 돼."

명자가 가리키는 커플을 보니 정말 껴안고 돌고 있다.

고고장도 알고 블루스라는 것도 알게 되었다.

나중에 성재와 와도 자연스럽게 춤을 출 자신이 생긴다.

블루스 타임이 끝나고 다시 우르르 나갈 때 선희는 영주 손을 잡고 나가서 같이 추자고 한다.

"나도 처음에는 남들 따라 하면서 배웠는데 좀 춘다 싶으면 머리와 가슴과 엉덩이가 따로따로 움직이게 리듬을 주고 춰 봐. 처음에는 잘 안되지만 추다 보면 되더라. 그리고 팔은 이렇게 접었다 폈다 하고 싶은 대로 하면 되고."

선희의 움직임은 비좁은 공간에서도 남다른 유연한 몸짓을 보여 준다.

노래의 흐름과 몸의 움직임이 때로는 격하게 때로는 부드럽게 움직이며 참 잘 춘다.

영주는 선희에게 가끔 신비로운 호기심을 갖는다.

외모에 있어서도 그렇다. 선희는 말할 때나 웃을 때 보조개가 파인다. 머리도 항시 말총머리처럼 묶고 다닌다. 머리가 곱슬머리라 묶고 다니면 그렇게 티가 나지 않는다. 가끔 머리를 감으려고 묶음을 풀면 파마머리를 한 외국 배우 모습이다.

성격도 긍정적이다. 가끔 우울해 보이는 적도 있지만 밝게 산다. 누구를 욕하는 말도 거의 없고 말투도 참 예쁘다.

또다시 블루스 음악이 시작되어 영주와 선희는 자리로 돌아오는데 힐끗 뒤를 보니 누군가 명자의 팔을 붙든다.

명자는 멈칫 놀라 돌아보다 망설임 없이 그의 팔을 뿌리치고 돌아온다.

멋쩍은 그 남자의 표정이 보인다.

"아는 사람 아닌가 보지?"

"아니, 아는 회사 직원이야. 경리부에 있는 직원."

"아, 저 사람이 그 사람이야?"

선희가 고개를 끄덕이며 배시시 웃는다.

그들만 알고 있는 뭔가에 대하여 영주가 궁금해하는데 말을 해 주지 않으면 서운하다 할 것 같아 선희가 영주에게 얘기해 주었다. 경리부 직원이 명자를 좋아하는데 명자가 틈을 주지 않고 있다고 한다.

"내가 낳은 아들이 있다고 하면 저 사람은 그날로 도망가."

명자의 한숨 섞인 소리다.

시계의 바늘이 곧 11시를 향해 움직일 시간에 그네들은 그 클럽을 나와 집으로 향했다.

돌아오는 길에 영주는 오늘 새로 접한 문화에 아직도 흥분이 남아 있는데 명자와 선희는 이미 담담한 저녁 시간 일상의 분위기이다.

침묵이 흐르는 시간이면 여지없이 침묵을 깨 주는 이는 선희다.

“내일 약속 있는 사람 있어?”

두 사람 다 별 약속 없다는 표정과 눈빛을 보낸다.

“그럼 아침에 늘어지게 자고 여의도 꽃구경 가자. 이번 주 지나면 꽃이 질 거야. 영주야, 너 여의도 벚꽃 구경 가 본 적 있어?”

갑작스러운 여의도 꽃구경 얘기에 영주는 흠칫 놀라 뭐라고 해야 할지 말이 막힌다.

이런 상황에 대한 예측을 하지도 못했고 이에 대비한 모범 답안이 준비가 안 되어 있었다.

그냥 잘 알아듣지 못한 것처럼, 그러나 머릿속은 당황해서 엉켜 있다.

“영주야 들었어? 내일 여의도 같이 가자고.”

“응? 아, 그래. 좋아.”

명자의 재촉 내지는 확인해 주는 말로 상황이 해결된다.

말 그대로 일요일 아침까지 늘어지게 잤다. 온갖 게으름을 피우고 나오니 정오가 다 되어 있었다.

일주일 전에 왔던 여의도 꽃길을 지금 다시 세 여자가 걷고 있다. 꽃들은 여자를 웃게 하는가 보다.

여자가 셋이면 접시가 깨진다고 했던가? 세 여자의 수다가, 웃음이 그렇게 유쾌할 수가 없다.

지난주 성재와 손을 잡고 걸을 때는 주변의 꽃을 볼 경황이 없었는데 오늘은 꽃 수술도 찬찬히 볼 수 있다.

길 시작에서 끝까지 다 걸었을 즈음 좀 한가한 구석에 앉아 쉬기로 했다.

"아이들 데리고 나온 가족들도 꽤 되네. 애들이 이쁘다."

명자의 담담한 목소리다. 들으라고 하는 소리가 아닌 혼자만의 말이다.

나들이 나온 사람들 대개가 젊은 남녀들이지만 어린아이들을 데리고 나온 가족들도 군데군데 보인다. 영주의 머릿속은 성재가 온통 지배하고 있어 그런 사람들이 눈에 들어오지 않았는가 보다.

"영주는 나중에 아들과 남편하고 저렇게 오면 되겠다."

영주에게 들으라는 것보다 이 또한 혼자 하는 말처럼 나지막한 소리다.

영주는 대답을 해야 하나 말아야 하나 망설이며 명자를 슬쩍 본다.

사실 영주는 지금 그런 희망이나 상상을 해 보지 않았다. 대개의 여자라면 그럴 것이라고 영주도 공감은 하는데 그렇지 않은 사실이 머리를 복잡하게 만든다.

나라는 년 머릿속에는 뭐가 들어 있는지 참 한심한 인간이다.

"응, 기회가 되면 그렇게 해야지. 명자 너도 나중에 아들하고 와."

근데 쓸데없이 한 말인 것 같은 후회가 느껴진다.

명자는 자리에서 일어나 엉덩이를 털면서 가자고 한다.

선희와 영주는 서너 걸음 뒤에서 명자를 쫓아가고 어색한 침묵의 시간이다.

이 침묵을 선희도 끝내기 어렵다는 것을 모두 안다. 좀 전까지도 신나게 떠들었는데…. 하지만 침묵의 시간 유발자는 명자이고 명자 스스로 해결해야 하는 것을 그녀가 안다.

“뭐지? 왜 조용해? 내 눈치 보는 거야?”

돌아서 웃는 명자는 좀 전의 유쾌한 목소리다. 나머지 두 사람도 따라 웃는다.

그리고 자신의 처지가, 청춘의 나이에 길이 막힌 듯한 인생이니 가끔 이런 기분이어도 이해하라고 했다.

이런 처지에 마음 있는 남자 만나서 이해를 구해 달라고 하면, 제대로 된 놈이라면 그 누가 이해를 한다고 하겠냐고 한다. 집에선 나이 많은 홀아비라도 어떻겠냐고 했다고 한다.

“아들과 둘이 사는 게 차라리 좋아. 그럴 바에는.”

솔직하게 담담하게 얘기해 주는 명자가 고맙고 명자를 어떻게 도와줄 수 있는 방법이 없어 안타깝다.

그런 명자의 얘기를 들으면서 영주는 명자와 자신의 차이에 대해 생각해 본다.

명자도 아이가 있고 나도 아이가 있다. 그것은 같은 점인데 나는 남편이 있고 명자는 없다.

그런데 나는 성재를 만나 연애를 하고 있는데, 명자는 누구와도 그런 관계를 만들려 하지 않는다.

차이점이 분명하다. 내가 성재와 연애를 해도 결국은 나중에 피차 돌아갈 곳이 있는 사람이고 명자는 그렇지 않다는 차이점이 있다.

의심할 여지가 없이 영주는 그렇게 될 거라 생각하고 있다. 아니 다짐한다.

하지만 연애와 결혼은 별개라는 서울의 관념대로 서울에서는 그렇게 살면 되고 고향에 가면 남편과 아들하고 잘 살면 된다는 영주의 편한 생각이다. 깨어 있는 여자로 넓은 서울의 바다에서 마음먹은 대로 헤엄쳐 다니고 싶다.

어차피 각자가 돌아갈 곳이 있고 이 좋은 세상에서 일만 하고 돈을 벌어 집으로 보내는 일에만 열중하기에는 너무 아까운 시간이고 아직 젊은 여자다. 누구도 알아주지 않고 그렇다고 상을 주는 것도 아니다.

서울에서 남자와 만나기도 하면서 춤을 추기도 하고 같이 생활하는 친구들과 마음껏 즐기고 싶다.

나중에 고향에 가면 생각도 하지 못할 서울의 문화를 이곳에 있는 동안에는 최대한 즐기고 싶다.

⬩◆⬩

지난번 성재와 헤어질 때 영주가 먼저 전화하기로 했기에 성재 명함의 회사 전화번호로 전화를 해서 성재를 찾았다. 남자 회사에 전화해서 상대가 나올 때까지 기다리는 그 시간도 설레는 마음이다. 그리고 그런 설렘이 좋다.

"오빠, 영주인데 모레 저녁에 만나도 돼? 모레가 토요일인데 괜찮아?"

전에 밥을 먹었던 곳은 혼자서도 찾아갈 수가 있어 이쪽으로 오지 말고 그곳에서 만나자고 했다.

우선은 그 식당 옆 건물의 지하 다방에서 보자고 했다.

명자와 선희와 같이 갔던 그 클럽이 그 거리에서 멀지 않은 것을 눈에 익혀 두었기에 성재를 데리고 그 클럽을 찾는 것은 어렵지 않다.

남은 문제가 있다. 명자와 선희에게 어떤 구실을 대고 빠져나올지, 토요일 저녁 시간에 누구를 만나는지 그런 답변을 준비해야 했다.

그네들 모르게 연애를 하려 하니 머리 굴리는 일도 해야 하고 거짓말도 해야 하고 눈치도 보아야 한다.

영주가 서둘러 나왔지만 성재는 이미 그 다방 한쪽에서 다방 출입구 쪽으로 눈길을 고정하고 영주를 기다리고 있다. 오늘도 역시 손을 크게 흔드는 성재의 모습이 보여 주위를 둘러볼 일 초의 시간도 필요치 않는다.

"오빠, 빨리 왔네."

"너 보는데 늦으면 안 되지. 그리고 우리 회사에서 여기 오는 게 너희 회사보다 훨씬 가까워."

밥부터 먹고 가기로 하고 전의 그 식당으로 가기로 했다.

다방에서 식당으로 그리고 밥을 먹고 하는 그런 일련의 과정들이 오래 해 왔던 것처럼 자연스럽게 흘러간다.

성재의 손을 잡고 나이트클럽으로 향한다. 오늘은 영주가 리드하고 있다.

"영주야, 사실 나 이런 데 자주 오지 않았어. 춤도 잘 추지 못해."

영주 앞에서 항시 큰 산처럼 느껴지던 성재가 쭈뼛쭈뼛하며 그런 말을 한다.

그것이 더 좋았다. 매사가 성실해 보이는 이 남자가 이런 곳을 뻔질나게 다니면 안 되지.

"나도 그래, 오빠. 나도 춤 잘 못 춰. 그냥 남들 따라 하는 거지, 뭐."

전과 마찬가지로 스테이지는 발 디딜 틈 없이 공간을 파고들기 어려울 정도로 비좁다.

그런 비좁은 공간이 더 편하다. 누구도 두 사람에게 신경을 쓰지 않고 춤을 잘 추지 못해도 휩쓸려 서 있다시피 하는 그런 것이 더 편하다.

말을 하고 들으려면 서로의 귀에 입을 대고 말을 해야 할 정도로 음악 소리가 크다.

그것도 좋았다. 성재의 입김이 영주의 귀에서 볼을 타고 전해지며 그 짜릿함이 저 큰 음악 소리와 함께 손끝까지 흐르는 느낌이다.

블루스 음악이 나오자 성재가 자리로 돌아가려 했다. 영주는 성재의 팔을 잡았다.

오늘은 블루스 타임에도 많은 커플이 남아 있다.

전에 배운 그대로 성재의 어깨와 허리를 잡고, 그리고 성재의 손도 자신의 어깨와 허리에 감도록 알려 주면서 다른 커플들의 몸 움직임도 슬쩍슬쩍 보며 영주가 리드한다.

영주가 항시 우러러보던 성재가 오늘은 말 잘 듣는 학생처럼 잘 따른다.

스테이지 음악이 두 번 정도 바뀌고 다시 블루스 타임이 오자 성재는 잘 적응하고 여유도 생긴 것 같다.

"앞으로 자주 오자고 할 것 같아. 이런 데 잘 와 보지 않았는데 영주와 같이 오니까 너무 좋다."

성재가 시간을 보면서 오늘은 이만 가자고 한다.

밤 열 시 반 정도가 넘었고 영주를 데려다주는 데 30분, 성재가 다시 돌아오는 데 30분 정도 잡으면 통행금지 시간이 신경 쓰였다.

돌아가는 버스는 늦은 시간이지만 앉을 좌석이 없다. 토요일 저녁의 사람들은 시간이 아까워 열두 시까지 채워서 쓰나 보다.

싱숭생숭하다. 마음도 그렇지만 몸도 싱숭생숭하다.

토요일 밤의 춤추는 열기보다 몸으로 전해진 성재의 냄새와 성재의 어깨, 허리, 등에 대한 촉감이 아직 남아 있다.

술을 마시지 않았는데 취한다. 성재라는 남자에게 취하고 차창 밖으로 스치는 서울의 거리에 취한다.

다리가 풀리는 듯하고 누가 영주의 눈을 본다면 눈동자도 풀렸을 것 같다.

다음에 내려야 한다는 소리에 나른함을 즐기는 것을 접었다.

버스에서 내려 성재는 가야 할 골목길 방향이 아닌 다른 곳으로 영주를 끌고 어느 후미진 장소에 영주를 세웠다.

그 시간인가 보다. 기다리던 그 시간이 왔구나.

영주는 무엇을 하려고 하는지 안다는 듯이 조용히 눈을 감았다. 이미 전에 만났을 때도 그랬고 오늘 춤을 추면서도 영주는 신호를 보냈고 성재도 그 신호에 대한 응답을 할 거라 생각했다.

격정적이지도 않고 생각보다 짧은 키스다. 그의 서투름도 느껴지고 어색한 표정의 그를 실눈 사이로 볼 수 있다.

"미안해, 영주야."

무엇이 미안할까? 내가 남편이 있어서, 그런 여자에게 이렇게 해서 미안한가?

고향에 있는 그의 아내 생각에 그녀에게 미안하다는 말을 내게 하나?

영주는 아무 소리도 하지 않았다.

그가 타야 할 버스를 기다리는 동안 서로 말이 없었다. 성재는 버스가 오는 방향만 주시하고 영주는 땅만 보고 있었다.

성재가 타야 할 버스가 저 멀리 보인다. 뭔가 말을 해야 할 것 같았다.

"괜찮아, 오빠. 오늘 참 좋았어."

잘못 말한 것 같다. 오늘 밥을 먹고 춤을 추러 가서 즐기고 그런 시간이 좋았다는 것인데 잘못 이해할 수도 있는 표현이었던 것 같다.

다시 연락하겠다고 버스에 올라탄 성재는 버스가 출발하고 보이지 않을 때까지 영주를 보고 있다.

버스가 보이지 않을 때쯤 영주도 발을 움직여 집으로 향한다.

헤픈 여자라고 생각하지 않을까? 좀 거부하는 시늉이라도 해야 했나?

남자를 밝히는 여자라고 생각하면 어떻게 하지?

그런 불안한 생각을 하다 또 다른 걱정이 떠오른다.

앞으로 그는 나를 어떤 생각으로 만날지…. 그의 아내를 생각해서 나와의 만남을 기피할지도 모른다는 불안감이 인다.

영주는 성재를 만나면서 고향 집에 있는 남편에 대한 죄책감 같은 것은 이미 던져 버린 지 오래다.

그녀의 관념 자체가 변해 있고 지금은 성재만 올려다보고 있으니 누구도 머릿속에 들어올 여지가 없다.

영주 스스로도 먼발치에서 지금의 영주를 보면 서울 가서 바람난 여자라고 할 수 있겠다고 생각한다. 남편 두고 돈 벌러 간다고 하더니 바람이 났다고 하는 소리, 남의 남편 꾀어낸 못된 화냥년.

충분히 고향에서 나올 듯한 말들이고 딱히 틀린 말이라고 할 수 없다.

하지만 누가 뭐라고 해도 나는 내 인생이 있고 처음 알게 된 나의 사랑을 피워 보고 싶다.

골목길로 들어서려다 다시 나왔다.

머리가 너무 복잡하다. 분명 오늘 행복한 시간이었는데 키스 이후 이런 저런 상념이 얽혀 있어 정리하고 풀고 들어가야 할 것 같다.

오늘 이후 성재 태도에 대한 불안감과 자신의 생각과 행동에 대하여 정당성을 확고하게 해 놓는 그런 정리가 필요할 듯하다.

큰길에서 서성이는데 멀리 익숙한 걸음걸이의 여자가 천천히 걸어온다. 명자다.

명자는 아직 영주를 보지 못했고 영주는 그런 명자가 깜짝 놀라게 앞을 막고 "야!" 하는 소리를 질렀다.

"깜짝이야! 너도 이제 들어오는 거야?"

명자는 정말 깜짝 놀란 표정이다.

"응, 좀 늦었네."

나도 늦고 너도 늦었다는 한마디 표현으로 다 알아듣는 대답이다.

왜 늦었냐고 물어보지 않는 것이 좋을 듯하다는 서로의 암묵적인 합의도 있다.

"영주야, 우리 술 한 병 사자. 내일 일요일이니까 오늘 한잔해도 되지?"

명자가 술을 마시자고 하는 날은 명자가 우울하거나 힘든 날이다.

영주도 이 복잡한 머리를 술로 정리하고 싶은 생각도 있어 의기투합이 되었다.

술을 사고 안주용으로 과자도 좀 사고 집에 들어가니 선희는 라디오를 틀어 놓고 비몽사몽이다.

“벌써 자는 거야? 토요일 밤에 벌써 자려고? 술 사 왔는데 어때?”
영주의 호기로운 제안과 동시에 명자는 상을 편다.

“야, 너희 지금 들어와? 몇 시야, 지금!”
힐난하는 듯 나무라는 듯, 하지만 선희의 얼굴은 금세 보조개와 웃음이 핀다.
한쪽에 이불을 밀어 놓고 자리를 잡는다.

“오늘은 모두 주정 금지야. 나 빼놓고.”
명자가 각자에게 술을 따라 주면서 우스갯소리처럼 말한다. 하지만 오늘도 어떤 아픈 일이 있었나 보다. 명자가 운다.

“나 내일 집에 가 봐야 해. 아들이 아파서 마산 큰 병원으로 갔어. 많이 아픈가 봐. 어쩌지? 잘못되면….”

오늘 오후 퇴근 직전 회사로 연락이 왔다고 했다.
오후 시간에 서둘러 보아도 차편이 마땅치 않았고 움직일 수 없는 답답함에 거리를 쏘다니다 온 것 같다. 길거리를 배회하면서 온갖 나쁜 생각은 다 들었을 거고 자신의 암담한 처지에 더 나쁜 생각도 하지 않았는지.
그런 명자를 두고 오늘 선희는 성재와 클럽에 가서 놀았다는 것이 정말 미안했다.

“명자야, 내일 나도 같이 갈게. 아침 일찍 휴가 낼 테니 같이 가자.”
선희는 명자의 어깨를 감싸면서 너는 혼자가 아니고 나도 있다면서 진심이 담긴 의리를 보여 준다.

“그래 주면 고맙다. 너와 같이 가면 덜 무서울 것 같고 힘이 될 수 있어. 정말 고맙다. 그리고 선희 너는 회사에 휴가 낼 위치가 되는 것으로 알고 있으니 사양하지 않을게.”

그네들의 눈가에 눈물이 어려 있다. 그 상황에서 영주는 남의 일처럼 침묵할 수가 없다.

“나도 같이 갈게.”

그렇게 호기롭게 말하면서도 회사에 뭐라고 해야 하나 걱정이다. 내 아이가 아파서 그런 것도 아니고 친구 집안일 때문이라고 할 수도 없다.

그럴 생각은 전혀 없었지만 지금의 분위기가 그렇게 되어 버렸다.

명자와 선희는 생산 현장이 아니라 가능하겠지만…. 또 근무 연수가 제법 되고 그렇게 일해 왔으면 주변에 ‘빽’이라도 있을 거고…. 하지만 영주는 생산 현장에 있는 공원일 뿐이다.

명자가 만류한다. 말은 고맙지만 얼마 다니지 않았던 회사에 휴가를 내면 미움을 받는다고 만류했다. 선희만 있어도 된다고. 선희 역시 명자의 말에 동조하며 그럴 필요가 없다고 했다.

영주가 이들에게 배운 또 하나는 의리라는 것이다. 남자의 전유물이 아닌 여자들 사이에서도 의리를 배운다.

선희가 휴가를 낼 위치에 있다는 명자의 말이 궁금했다. 그곳에서 오래 근무해서 직급이 있다는 것인지 아니면 말 그대로 힘센 ‘백’이 있는지 묻고 싶었지만 지금은 그런 것을 물어볼 상황이 아니었다.

◆◆◆

명자와 선희가 월요일 아침 일찍 서둘러 출발하는 것을 보고 회사로 출근하였더니 앞으로 한 달간은 야근을 해야 한다고 했다.

그간 이틀 삼 일 간간이 야근을 했지만 이번에는 족히 한 달은 해야 한다고 한다.

야근이 많으면 생산 직원들은 수당이 더 붙는다. 회사도 주문이 많다는 것이고 주문이 많으면 회사 수익도 높아진다.

야근은 해도 일요일 휴식은 보장된다. 어떠한 일이 발생해도 일요일은 주일이라 해서 회사 출근은 하지 않는다.

그래서 야근이 부담스럽지 않고 오히려 환호하는 동료들이 더 많다.

미국에 계신 사장님이 교회에 다닌다고 한다. 그래서 주일은 꼭 지켜야 하고 회사의 간부급들은 거의 교회에 다닌다고 한다.

이런 점이 전의 성수동 회사와 다른 점이고 이런 회사에서 성실하게 그리고 충성스럽게 일하면서 꿈을 이루고 싶다.

그리고 교회에 나가고 싶은 생각도 든다.

그렇게 그 주의 절반이 되는 수요일 저녁에 명자로부터 연락이 왔다.

지금 경상남도 마산에 있고 아이는 홍역이었지만 심해서 위험한 지경까지 갔었고 지금은 안심해도 된다고 했다.

지난주 명자가 연락을 받을 때는 이미 심하게 앓고 있는 상태였고 합천 고향의 작은 병원에서 치료를 하고 있어도 차도를 보이지 않는 상황이었다.

겁이 난 부모님이 명자에게 연락했고 명자는 우선 마산 큰 병원으로 데리고 가라고 했었다.

자신은 서울에서 곧바로 마산 병원으로 가겠으니 우선 그곳에 입원을 시켜 놓고 거기서 만나기로 했다.

그리고 오늘 걱정하지 않아도 될 정도로 회복하는 상태라고 한다.

모레 정도는 올라올 것이라 한다.

명자와 통화가 끝나고 십 분도 되지 않아 또 전화가 왔다고 주인아주머니가 알려 준다.

성재였다.

그런 일은 없을 거라 생각하고 있었지만 어딘가 숨어 있는 약간의 불안감을 느끼고 며칠을 지내 왔다. 앞으로 영주를 만나지 않겠다고 하는 그런 말. 이런저런 합리적인 이유를 들어 만나면 안 되겠다고 하면 어쩌지 하는 그런 불안감.

"아, 오빠."

주인아주머니가 근처에 없음을 확인하고는 최대한 유쾌하게 전화를 받는다.

성재의 목소리도 전과 다르지 않다. 음색도 그렇고 자신 있는 목소리 톤도 그렇다.

지난주 키스 이후 달라진 것이 아무것도 없다고 느끼자 영주도 안도감과 함께 불안감을 날려 버린다.

남편의 느릿하고 낮은 톤을 접하고 살아오다 성재의 활발하고 힘이 넘치고 자신감 있는 목소리는 들으면 영주에게도 유쾌함이 전해 온다.

일요일에 데리러 온다고 했다.

명자와 선희가 돌아오고 또 전과 같은 일상이다.

야근을 해야 하는 영주의 퇴근 시간이 늦어져서 셋의 일상에 약간의 변화가 있지만 대체적으로 큰 문제가 없이 그럭저럭 평화로운 일상이다.

이번 일요일 외출에 대하여 미리 적절하게 생각해 둔 것이 있다.

앞으로 교회에 다닐 거라고, 그래서 이번 일요일에 한번 가 보겠다는 것인데 영주가 생각해도 기발한 아이디어다.

미국에 계신 사장님과 회사의 임원들도 거의 교회에 다니고 일반 직원들도 많은 인원이 교회에 나가는 그런 회사라고 설명해 주었다.

일요일 휴무가 보장되는 것이 그런 이유이고, 그래서 교회에 관심이 있다고.

명자와 선희는 관심 있게 들어 준다. 믿어 의심치 않고 진지한 얼굴들이다.

회사에 대한 내용은 사실이지만, 교회에 가겠다고 한 거짓말이 미안하다.

"너희 회사 좋구나. 우리 회사도 일요일에 야근하는 경우 많아. 사무실은 거의 하지 않지만 생산 부서는 자주 하는 것 같더라."

명자의 말에 선희도 자기네도 그렇다고 거든다.

토요일 점심시간에 영주는 성재 회사로 전화를 했다. 데리러 오지 말고 영등포 그 다방에서 만나자고. 앞으로 특별한 일이 아닌 이상 항시 그곳에서 보자고 했다.

행여 집 근처에서 성재를 만나다 친구들이 볼까 걱정이 되었다. 들켰을 경우의 상상은 까마득한 추락에 모든 것이 끝장나는 공포다.

국희 언니의 귀에 들어갈 것이고 그러면 두 사람은 물론 고향의 두 가족도 무사할 수가 없다.

그런 상상을 하면 명자와 선희가 부담스럽다. 국희 언니와 연결 고리가 있는, 나에게 너무 잘해 주는 이 친구들이 이제는 부담스럽다. 성재를 만나는 한은 그렇다.

무슨 거짓말을 해서라도 이들이 눈치채지 못하게 해야 한다. 모두가 편안하고 큰 사단을 방지하려면 그리고 내 행복을 지키려면 거짓말에 대한 양심은 모른 척 묻어야 한다.

일요일에는 항상 늦게 일어나 외출 채비를 한다.

"교회 갔다 올게."

"몇 시에 오니?"

"가 봐야 알 것 같지만 교회 끝나면 회사 친구들하고 어울릴 것 같은데."

거짓말은 계속 층을 쌓아 가고 그런 거짓말이 얼굴에 표시가 날까 뒤돌아서 얼버무리고 나왔다.

골목길을 벗어나고 큰길로 나왔을 때 버스 정류장으로 냅다 달렸다.

시간에 늦어서 달려가는 것이 아니라 영등포 시내로 일 초라도 빨리 가고 싶은 거다.

그 거리는 항시 영주의 가슴을 꿈틀거리게 하는 뭔가가 있는 거리다.

지하 다방에 들어서고 전과 같은 그 방향에서 역시 오늘도 손을 크게 흔들며 일어서는 성재가 보인다.

반갑게 맞아 주는 성재 그리고 환한 웃음과 다방에서 흐르는 잔잔한 음악 소리, 참 살 만한 세상이다.

"우선 지금 밥 먹고 영화 보러 가려고."

성재는 오늘 계획을 얘기해 준다. 영화를 보고 나서는 성재 숙소로 가서 성재가 저녁밥을 해 주겠다고 한다. 그의 숙소도 궁금하다. 그는 어떻게 살고 있는지.

"숙소에 다른 사람도 있지 않아?"

"아니, 나 혼자야. 전에 같이 근무하던 과장님이 살던 곳인데 다른 데로 가면서 그 집에 가서 살아도 된다고 해서."

앞으로도 계약 기간이 4달 정도는 남아 있어 그곳에서 살고 있다고 한다.

그 과장님은 부산 출신인데 부산으로 내려가 부산의 다른 회사에서 근무하고 있고 서로가 계속 연락하고 지낸단다.

극장은 성수동에 있을 때도 몇 번 다녀 본 적이 있었다.

또래 회사 친구 한두 명과 몇 번 다녀 본 기억 중에 커플들이 꽤 많았었고 그런 그들이 부럽기도 하고 컴컴한 극장 안에서 애정 행위를 하는 사람들을 보면 부끄럽기도 했었다.

언젠가는 나도 저 사람들같이 저런 시간이 있을까 했는데, 오늘이 그날이다.

항시 그렇듯이 극장 안은 어두컴컴하다.

영화는 코미디를 하는 배우들이 나오는 웃기는 내용이다.

그런데 눈은 화면에 가 있지만 오감은 내내 긴장해 있다. 성재가 안고 있는 팔이 가슴 쪽까지 돌아와 그의 손이 영주의 가슴을 만질 듯 가까이 있다.

영화가 끝날 때까지 그 영화 내용이 무슨 내용인지 머리에 들어오지 않았고, 간간이 웃는 소리가 들릴 때는 왜 웃는지 모르고 따라 웃었다.

지난주 헤픈 여자로 보일까 걱정도 했지만 그대로 그의 손길을 받아들인다. 받아들이는 정도가 아니라 그의 손길이 영주를 구석구석 탐사해도 좋다는 통행증도 주었다.

그 통행증은 영주의 눈빛으로 성재에게 전해지고 통행증을 확인한 성재의 손은 거침없이 영주의 몸을 탐사하다 극장의 불이 들어올 때 중지를 하고 일어섰다.

극장을 나서 환한 큰길을 나서서도 두 사람은 손만 잡고 말없이 앞만 보고 걷는다.

몸과 마음이 상기되어 있었고 쑥스러운 분위기인지라 서로 쳐다볼 수가 없었다.

"뭐 좀 사서 가야 해. 영주에게 맛있게 저녁을 해 주려면 고기도 사고 이것저것 사야 하니 저기로 가서 찾아보자."

아무 일 없었다는 듯이 성재는 영주를 끌고 시장 골목으로 들어갔다.

그랬었지. 오늘 성재 집에 가서 저녁 먹기로 했었지. 잠깐 잊고 있었다.

시장 골목을 기웃거리던 성재가 발을 되돌려 다시 나왔다.

"영주야, 여기 말고 백화점 가 보자. 거기에 더 좋은 물건들이 있어."

말로만 들었던 백화점, 명자와 선희와도 가 볼 기회가 없었던, 지금까지 한 번도 가 보지 않은 백화점을 오늘 성재와 간다.

전에 와 봤냐고 물어보려다 말았다. 촌스러운 물음일 것 같았다.

지하의 매장으로 향하고 남들이 하는 것처럼 카트라고 하는 작은 수레를 가져온다.

사람들이 많다. 이런 비싼 물건을 파는 백화점에 사람이 이렇게 많은 것을 보니 돈 많은 사람들이 서울에 많다는 생각이 든다. 서울에 살면 이런 백화점도 가끔은 와야 한다는 생각도 든다.

식품을 판매하는 지하 매장은 카트와 사람들이 뒤엉켜 지나기가 참 불편하다.

그래도 좋다. 저 서울 사람들과 섞여 둘이서 장을 보는 것이 재미있고 뿌듯하기도 하다.

백화점에서 나와 성재 집으로 향하며 이 남자가 사는 집에 오늘 가 보는 것에 대해 기대감과 호기심 그리고 파고가 몰려와 잔잔한 흥분을 느낀다.

성재가 손가락으로 가리키며 저 집이라고 한 집은 기대를 넘어 좋은 집이다.

이 층 구조였다. 아래층은 주인이 사는 것 같고 이 층은 대문 안으로 들어가서 양방향으로 오르는 계단이 있는데 그 왼쪽 계단으로 올라가면 성재의 방이고 오른쪽 계단으로 올라가는 집은 다른 사람이 살고 있다고 한다.

방 안도 깨끗하다. 혼자 사는 남자의 방치고는 참 깨끗하다. 방이 두 개이고 작은 부엌도 있다.

혼자 살기에는 아까운 집이다. 신혼부부나 가족이 살면 좋을 듯한 공간 구성이다.

모두가 깔끔하다.

"오빠, 참 깨끗하게 하고 사네."

"어제 청소 깨끗하게 했어. 지저분하게 사는 것 보면 영주가 흉볼까 봐 애 많이 썼다."

성재의 그런 말이 고마운 마음을 넘어 감동적이다.

나를 위한 최대한의 예우와 배려의 마음, 나에 대한 존중감이 있는 이 남자. 지금까지 살면서 이렇게 내게 다가와 준 남자는 없었다. 그런 그가 너무 좋다.

이 공간이 아쉽다. 주방에서 칼질을 하는 그의 뒷모습을 보며 저 남자가 나의 남자가 아닌 것이 아쉽고 그의 여자가 될 수 없다는 현실이 슬프다.

그런 상념에 잠겨 있으면서 물끄러미 보는 주방에서 서투른 성재의 솜씨가 눈에 띈다.

"오빠, 비켜 봐. 내가 하는 게 낫겠다. 너무 서툴러 보여."

"잘 못하지? 그래도 같이 하자. 내가 할 만한 것 나한테 시켜."

소꿉장난 같다. 좁은 주방에서 둘이 저녁을 준비하는 것이 어렸을 때의 소꿉장난, 그 기억과 비슷하다.

왜 이제야 만나게 되었는지 억울한 느낌이 드는 것은 주책이다.

저녁을 먹고 설거지까지 마쳐도 창문 밖은 아직 어두워지지 않았다.

해는 넘어간 것 같지만 넘어간 해가 남기고 간 빛이 아직 어둠을 허용하지 않는 시간이다.

"영주야, 오늘 일찍 들어가지 않아도 되지?"

동네 한 바퀴를 돌자고 한다.

당연히 일찍 들어갈 생각은 없었다. 오늘 시간이 허용하는 한 모든 시간을 이 남자와 보내고 싶다.

동네의 골목은 조용하고 깨끗이 정리되어 있다. 지나치는 골목마다 비슷하게 정렬된 반듯한 동네이다.

말 그대로 동네 한 바퀴만 돌고 들어왔다.

아까와는 다르게 방문을 들어서면서 가슴이 두근거린다.

◆

방에 들어서고 가슴이 두근거리는 것은, 이미 예측 가능한 일이 그다음 순서라는 의미일 것이다.

극장에서 달아오르던 몸의 그 꿈틀대던 것을 잠시 눌러 놓았다가 지금 풀어 놓는다.

성재는 급히 서두르고 영주는 그를 품는다.

스물두 살의 젊은 여자이고 남자를 아는 건강한 여자의 본능이 성재를 집어삼킨다.

두 사람 다 아무런 생각도 없고 말도 필요하지 않다. 그저 서로를 확인한 포만감으로 나른한 시간을 즐긴다.

이렇게 영원한 시간이었으면 좋겠다. 최소한 오늘 밤은 이 남자와 보내면 좋겠다.

그런 영주의 머릿속을 들여다보았는지 성재가 비스듬히 일어나 영주를 보며 얘기한다.

"영주야, 오늘 여기서 자고 내일 아침 일찍 가서 출근하면 어때?"

그러고 싶다. 이 평화로운 시간을 쫓기듯이 서두르고 싶은 생각은 없다.

그런데 명자와 선희에게 뭐라고 하지?

일요일은 교회에 다닌다고 하고 외박은 뭐라고 해야 하지? 그러면서도 영주는 마음을 굳힌다.

남자에 미치니 겁나는 것이 없는가 보다. 무슨 짓이라도 해서 이 남자의 말이라면 다 들어주고 싶다.

"알았어, 오빠. 그렇게 할게. 근데 숙소 친구들에게 오늘 못 간다고 전화해 줘야 해."

그러면서 옷을 챙겨 입는다.

이 남자가 자신의 벗은 몸을 보아도 부끄럽지 않다. 이 한 번의 과정이 여자를 그렇게 만든다.

이 동네도 골목에서 큰길가로 나오는 데는 천천히 걸어도 5분이면 족하다.

성재가 가리키는 쪽에 공중전화 부스가 있다.

"명자야, 오늘 회사 친구 하나가 생일이라고 걔네 집에서 놀자고 해서 나 못 들어갈 것 같아서…. 글쎄, 뭐 이것저것 사고 밤새워 놀자고 하니 그런 줄 알아."

믿든지 말든지, 항시 '어떻게 거짓말을 할까?' 머리 굴리는 것도 지금은 귀찮다.

어쩌다 보니 명자와 선희에게는 입만 열면 거짓말을 하는 횟수가 많아졌다.

전화를 끊으면서 뭔가 해결했다는 안도감의 한숨이 살짝 나온다.

시계를 보니 아직 아홉 시가 되지 않았다. 이제 시간에 쫓기는 불안감 없이 이 남자와 여유로운 긴 밤을 보낼 수 있다.

봄이 여름에 자리를 내주려 준비하는 이 밤의 공기가 시원하다. 서울의 밤이 풍기는 향기도 있다. 그 향기는 꽃향기처럼 코를 자극하는 것이 아니라 가슴에서만 느낄 수 있는 향기다.

"오빠, 우리 술 한 병 사 가자. 안주는 아까 했던 반찬으로 하면 되고 술만 사면 돼. 아니, 과자도 좀 사고 뭐 다른 살 만한 것 있으면 사자. "

생각해 보니 오늘 이 남자와 첫날밤을 보내는 것이고 의미를 새기고 싶다. 둘만의 자축으로.

남편과의 첫날밤은 관습과 규정으로 치르는 행사였을 뿐이었다.

영주 인생에서 자신의 내면 깊숙이 있는 사랑을 끄집어낸 사람이 성재이고 그런 성재와의 첫날밤을 진정으로 기념하고 싶다.

짧은 시간에 영주의 가슴속에 숨겨져 있던 열정의 불을 지펴 내 사랑이란 것을 알려 준 성재를 죽을 때까지 가슴에 품고 기억하고 싶다.

평상시보다 좀 더 일찍 출근했다.

동료들이 현장으로 하나둘 뜸하게 들어오고 그들에게 아침 인사를 건네는 영주의 목소리는 유난히 유쾌하다.

깊은 잠을 자지 못했지만 피곤을 느끼지 못하고 오히려 더 힘찬 하루인 것 같다.

퇴근하면서는 살짝 부담스러운 상상이 떠오른다. 명자와 선희가 작정을 하고 캐묻는 상상.

그럴 두 사람이 아니고 피차가 불편한 주제들은 피해 주는 사람들이라 걱정할 필요는 없다.

단지 거짓말을 하는 것이 미안한 일이다.

퇴근하니 이미 선희가 저녁 준비를 하고 있다.

"어머, 벌써 왔구나. 내가 할게. 어제 집에 안 들어온 벌로 내가 할 거야."

농담이 섞인 웃는 소리로, 그리고 크게 말했다.

"같이 하면 되지. 외박한 것이 미안하지?"

선희가 의미를 두고 하는 말이 아니란 것을 알고 있지만 외박이란 단어를 쓰는 것이 뜨끔하다.

외박은 정당하지 못한 단어라고 생각해서 영주가 '집에 안 들어온'이라는 단어를 굳이 사용했지만 선희가 쓴 외박이라는 단어가 도둑이 제 발을 저리게 한다.

저녁 준비가 끝날 즈음 명자가 들어온다.

명자는 평상시 분위기 그대로다. 그런 명자를 확인하니 안심이다.

저녁을 마치고 설거지도 끝내자 명자가 할 말이 있다고 했다.

"나 집 새로 구해서 따로 살아야 할 것 같아."

의외의, 전혀 상상하지도 못했던 말이다. 영주가 화들짝 놀라며 명자와 선희의 얼굴을 보는데 선희는 놀라지 않고 예상했다는 표정이다.

"엄마가 우리 아들을 데리고 올라오실 거야. 아이를 내가 맡아서 키워야 해. 두 해 정도는 엄마가 같이 있으면서 돌봐 주시기로 하고."

지난번 아이가 심하게 아팠을 때 명자는 크게 느낀 것이 있다.

잘못되면 어쩌나 하는 두려움으로 만약 그런 일이 발생하면 온전히 살아갈 수 없을 것 같은 생각이 들었다고 한다.

그래서 천주님께 기도했다고 한다. 아들을 살려만 주시면 이 세상 어떤 험한 일이라도 감수하겠다고. 살려만 주신다면 아들만을 위해 살겠다고.

그런 기도가 받아들여졌다고 생각하기에 직접 아들을 키우면서 살아가겠다고 한다.

영주도 선희도 당연히 그래야 한다고 공감하며 고개를 끄덕였다.

근처의 집세는 비싸 좀 멀리 나가서 김포나 부천 쪽까지 생각한다고 했다.

지금과 같은 방 하나를 세를 얻는 것보다 좀 넓은 단독으로 된 집을 찾아볼 것이고 고향 집에서도 돈을 좀 보태 줄 계획이라고 했다.

그 주가 지나 일요일에 셋이서 구로동에서 부천 쪽으로, 또 김포 쪽으로 나서서 적당한 집을 찾아다녔고 그날로 적당한 집을 찾았다. 명자 회사에서 차로 반 시간 정도의 거리다.

집은 이 층 구조의 집인데 명자가 얻는 집은 이 층의 단독 가구이다. 새로 지은 집이고 제법 넓은 평수였다. 집 안에는 방이 세 개 있고 부엌도 따로 있다. 게다가 화장실도 집 안에 있었다.

영주도 이렇게 좋은 집에서 한번 살아 보고 싶은 생각이 들었다.

비어 있는 집이라 언제라도 들어갈 수 있어 다음 일요일에 계약과 동시에 이사하기로 했다.

어머니와 아들이 오기 전 명자부터 먼저 살면서 치우고 준비를 하겠다고 한다.

영주는 중간중간 성재에게 전화를 한다.

명자의 집 구하는 시간, 이사하는 시간 등 일이 많아 당분간 시간이 안 된다는 말도 했다.

명자의 짐을 옮겨 주고 명자를 두고 오는 두 사람은 편치 않은 마음과 함께 짠한 느낌이다.

"고마워, 어서들 가. 왜 그래? 자주 가 볼 건데. 그리고 너희도 자주 오면 되고. 아들 올라오면 제일 먼저 너희에게 보여 줄게."

두 사람의 등을 떠미는 명자는 두 사람의 기분과는 다른 것 같다.

명자는 아들과 어머니가 와서 같이 살게 되었다는 희망이 얼굴에 보인다.

그런 명자가 다행이다. 그래서 돌아가는 두 사람의 발길도 무겁지만은 않다.

돌아오는 길에 선희가 명자에 대한 얘기를 해 준다. 그간 전혀 해 주지 않았던 얘기다.

결혼하지 않은 상황에 아이를 낳은 점이 궁금했었고 아이 아빠에 대해서도 궁금했지만 얘기해 주기 전에 물어볼 수 없었다.

명자가 서울에 오기 전에 마산의 자유 수출 공단에서 일을 하다가 아이 아빠를 만났었고 그 남자와의 사이에 아이가 생겼단다. 그 남자는 마산에서 근무하던 군인이었고 그가 제대를 해서 서울로 간 이후에 명자는 출산을 했다고 한다.

그 남자는 대학에 다니다 군대에 입대하였기에 제대하면 다시 학교생활을 해야 하고 학교를 졸업하면 취직을 하고 그런 시간들이 한참이나 남았기에 아이를 가진 사실을 얘기하기가 겁이 났다고 했다.

남자를 너무 좋아했기에 그에게 부담을 주는 것을 원하지 않았고 그 사실을 알려 주었을 때 그의 반응이 어떨지 겁이 나서 얘기를 안 했다고 했다.

그 남자와 명자의 관계는 그 남자가 제대하면서 그 흔한 이별의 통보도 없이 끝났고 명자는 고향 집에 아이를 맡기고 서울로 왔다.

고향 합천의 명자 집안은 천주교를 믿는 집안이라고 한다. 증조할아버지 때부터 성당에 다녔고 명자도 영향을 많이 받았다고 한다. 서울에서 성당을 다니지 않았던 것은 천주님과 성모 마리아님은 명자의 기도를 한 번도 들어준 적이 없어 반항의 감정으로 다니지 않았다고 한다.

그랬었구나.

그 인간은 어떤 놈인데 저렇게 멋있게 생긴 명자 같은 여자를 마다하고 떠났을까 하는 의문도 들었다.

"근데 그놈은 도대체 어떤 놈이야?"

영주가 분개하는 말투로 선희를 쳐다보며 묻자 선희는 담담한 표정으로 말한다.

"대학에 다니다가 군대에 갔었고 제대 후에 복학해서 아마도 지금은 졸업하고 사회생활을 할 것 같아."

상황에 대한 그림이 그려진다. 군 생활 중 갖고 놀다 제대하면서 버려 버린 그런 그림.

제대하고 대학으로 돌아가면 널린 게 예쁜 여대생들일 거고 명자 같은 공단 아가씨는 버리고 갔겠지.

그래도 그렇지. 한 사람의 인생이 망가지고 지가 뿌린 씨가 세상에 나와 크고 있는데 그놈은 다른 여자 만나서 잘 살고 있을 것 같은 생각이 드니 하느님은 그런 인간 왜 잡아가지 않고 놔두는지 모르겠다.

두 주가 지나서야 성재를 만났다. 두 주밖에 안 되었는데 두 달도 넘은 시간인 것 같다.

계절은 초여름의 날씨로 접어들었고 날씨가 그래서 그런지 미니스커트 차림의 여자들이 많이 눈에 띈다. 성재와 걸을 때 그런 그네들이 눈에 거슬린다.

그들의 아슬아슬한 차림에 성재의 눈이 현혹될까 봐 신경이 쓰인다. 전에 느끼지 못했던 이런 우려의 감정은 내 남자를 지키겠다는 생각인가 보다.

"오빠, 나도 미니스커트 입고 다닐까? 저 여자들처럼."

저런 미니스커트 입은 여자에게 눈길을 주지 말라는 경고의 의미다.

"좋지, 근데 아무도 안 보는 곳에서 나하고만 있을 때. 남들 보는 길거리에서는 안 돼. 영주 예쁜 다리는 나만 봐야 해."

이 남자는 영주가 원하는 모범 답안을 참 잘 작성한다.

눈에 거슬리는 여자들이 있는 거리보다는 둘만의 공간이 보장되는 성재 집으로 가는 것이 더 좋다. 점심을 먹고 곧바로 성재 집으로 가기로 했다.

두 번째로 온 성재의 집이지만 내 집처럼 편하고 익숙하다.

얘기 중 명자에 관한 얘기도 성재에게 했다.

성재는 그러니까 여자들이 좀 조심을 해야 하고 생각을 하면서 남자를 만나야 한다는 말을 했다. 그 말이 내게도 해당되는지 물으니 성재는 웃으면서 말을 흐린다.

"아니, 내 말은…. 글쎄, 뭐라고 할까. 하여간 너하고는 상관없어."

성재가 들려주는 얘기는 참 많다. 아는 것도 참 많고 말도 잘한다.

회사 얘기, 춘천에서의 학교생활, 군대 얘기 등 그가 하는 얘기는 재미있다.

오늘은 저녁때 갈 거고 다음 주는 명자 아들과 어머니를 보러 명자 집에 가야 하니 못 만난다고 미리 알려 주었다.

실망과 섭섭함의 표정이다. 참고 기다리라며 얼굴을 만져 주니 알았다고 하며 풀어지는 이 남자는 항시 주머니에 넣고 다니고 싶은 존재다.

저녁을 먹고 혼자 기다릴 선희를 생각해서 초저녁이지만 돌아가기로 했다. 혼자 있을 선희를 생각해서 서둘러 돌아와 방문을 열었지만 빈방이다.

방에는 메모 한 장이 달랑 있다. 연락할 수 있는 방법이 없어 메모를 남긴다고.

내용은 오늘 저녁 회식 때문에 아주 늦을 거라는 메모다. 망할 계집애. 진작 얘기해 주었으면 이렇게 일찍 서둘러 오지도 않을 것을.

이럴 줄 알았으면 성재와 시간을 더 가질 수 있었는데 억울하다.

⬩◆⬩

명자가 나가고 난 이후 두 사람의 생활은 확실히 전의 분위기가 아니다.

선희도 그렇겠지만 영주도 허전한 구석이 있음을 느낀다. 그래도 기대감 하나로 그 허전함을 크게 느끼지 못한다.

그 기대감은 매주 성재를 볼 수 있다는 기대감을 말한다.

다시 한 주가 지나면서 명자 집으로 가는 일요일이 되었고 전날 저녁 준비한 몇 가지 선물을 들고 명자의 집을 찾아갔다.

처음 집을 보러 왔을 때 이후 이번이 두 번째라 정확하게 그 위치를 기억하지 못해 명자가 버스 정류장에 나와서 기다리고 있었다.

명자 아들도 같이 나와 있다. 명자의 손끝에서 매달리듯 붙어 있는 아이가 그 아들이다.

"진명아, 이모들이야. 인사해야지."

명자의 얼굴은 활짝 핀 꽃만큼 생동감이 있다.

영주는 이런 상황에서 아들 얼굴이 떠오르지 않을 수 없다. 그간 성재와의 만남으로 인해 영주의 머리에 아들에 대한 생각이 자리할 공간이 거의 없었다. 아들에게 미안했다.

그저 건성으로 잘생겼다 하는 말과 고사리손 한 번 잡아 주는 것이 첫 대면의 인사다.

선희처럼 명자 아들을 번쩍 안아 올리고 하는 그런 것은 할 수 없었다. 내 아들도 그렇게 해 주지 못하고 있는데 남의 아들에게 그럴 수는 없었다.

방에서 나와 맞아 주는 명자의 어머니는 촌에서 농사를 짓는 시골 아낙의 느낌보다는 학교 선생님의 부인인 사모님의 기품도 엿보인다.

셋이 모이니 전처럼 옥구슬이 쟁반에 굴러간다는 표현의 웃음소리와 접시를 깨고도 남을 정도의 수다로 일요일 하루가 지나간다.

돌아오는 버스 안에서 선희가 나지막한 소리로 묻는다.

"진명이 보니까 고향 아들 생각날 것 같은데…. 보고 싶지?"

하지 않아야 되는 질문을 해서 미안한 표정도 같이 묻어 있다.

"당연히 그렇지. 추석에 볼 수 있으니 괜찮아."

추석 휴무가 며칠일지 아직 잘 모르지만 무슨 일이 있더라도 꼭 다녀오려 한다.

여름이 시작되는 6월 중순이니 4개월 남짓이면 추석이다. 그때는 아들과 남편을 볼 수 있고 떠날 때 진절머리 나던 고향이 슬며시 그리워진다.

매주 일요일, 영주는 교회에 가는 것으로 되어 있어 아침 9시면 집을 나온다.

어떤 날은 영등포 기차역에서 기차를 타고 경기도 어디까지 갔다 돌아오고, 서울을 빙 도는 기차도 타 보았다. 명동도 가 보고, 인천 월미도도 구경하고 일요일은 항시 즐거웠다.

그렇게 보내던 중 다음 달이 지금 성재가 살고 있는 집의 계약 만기여서 새로 집을 찾아야 한다고 한다. 전에 성재와 같이 근무했던 과장님이 계약 기간 동안 살아도 된다고 했던 기억이 난다.

"다음 주는 집을 찾아보자. 우리 회사와 너희 회사 중간 지점 정도에서 찾아보게."

영주는 그러자고 했고 그렇게 하면 만나는 데 더 편할 거라는 생각이다.

그런데 성재 회사와 우리 회사 중간에? 성재 회사와 지금 내 숙소 중간이 아니고?

방향에 약간의 차이는 있지만 그게 그거라 생각하고 더 묻지 않았다.

한 주가 지나 성재가 일요일 아침 영주를 데리러 왔다. 같이 나가서 집을 보기로 했기에 오늘은 영등포에서 만나지 않고 신도림으로 같이 가기로 했다. 신도림이면 성재 회사와 영주 회사의 중간 위치 정도라고 한다.

버스를 타고 신도림에서 내려 항시 그렇듯이 성재는 영주의 손을 잡고 걷는다.

걷는 중 손을 놓고 영주 얼굴을 보며 할 말이 있다고 한다. 항시 미소가 있던 성재의 얼굴은 진지하고 굳어 있다.

"영주야, 내가 좀 넓은 집을 얻을 거니 거기서 영주도 같이 살아. 우리 매주 만나도 저녁에는 돌아가고 그러는 것보다 매일 보면서 사는 게 좋을 것 같고 방세도 이중으로 낼 필요 없고."

전혀 생각지도 못하고 꿈도 꾸지 않았던 성재의 제안이다. 이 의미는 흔히 말하는 동거라는 거다. 그리고 무서운 느낌이 들었다. 남편에 대한 정조 관념이나 양심 때문만은 아니고 상상해 보지 않았던 동거라는 단어 자체가 무서운 느낌이다.

그러나 그런 두려움은 잠시이고 현실적인 생활에서 성재의 제안은 생각해 볼 만한 제안이다.

영주는 그를 좋아하고, 아니 그에 대한 감정은 사랑이라고 생각한다. 사랑하는 사람과 같이 보내는 것은 좋다.

"오빠, 우리 그래도 될까? 나 무서운 생각이 들어."

"여기 서울에서는 우리만 생각하자. 서울에 우리만 살고 있고 어느 누구도 없다고 생각하자. 네가 돌아가겠다고 하는 때가 오면 미련 없이 보내 줄게. 그때가 언제일지 몰라도."

미련 없이 보내 준다는 말은 부담을 덜어 주는 말이 아니다. 차라리 너 없으면 못 살 것 같으니 영원히 놓아주지 않을 거라는 말이 더 좋을 텐데.

"그래, 좋아."

영주는 성재의 손을 다시 잡고 눈가에 살짝 눈물이 고인 차분한 얼굴로 성재를 바라본다.

나는 네가 원하는 것이면 뭐든지 들어주고 다 주고 싶다는 그런 눈빛도 담아서.

몇 집을 보았다. 그중 영주가 맘에 드는 집으로 결정하라고 한다.

지금 성재가 살고 있는 집 구조와 비슷한 곳이 맘에 들어 가격을 물어보니 꽤 비싸다.

가격에 주저하는 영주에게 성재는 맘에 들면 계약하겠다고 한다.

구조도 괜찮지만 2층 단독의 작은 집에 작은 마당 같은 공간이 있고 화분들이 몇 개 놓여 있는 것이 맘에 들었다.

다음 주에 계약하면 한 달 후에는 들어올 수 있는 점도 시간상 좋았다.

지금 살고 있는 사람들은 큰아이가 초등학교 1학년에 다니고 있고 3살짜리 아이도 있다고 한다.

이 집에서만 8년을 살았고 이제는 집을 사서 이주할 거라 했다.

보아 둔 집이 있어 한 달 안에 비워 줄 수 있다고 했다.

집으로 돌아오면서 한 가지 넘어야 할 산을 어떻게 넘을지 걱정이다.

선희를 혼자 두고 나와야 하는데 뭐라고 해야 할지. 셋이 생활하다가 하나가 빠져나가도 남아 있는 둘이 허전한데 선희 혼자 남겨 두고 나올 생각을 하니 마음이 무겁다.

아직은 시간이 있으니 천천히 생각해 보기로 한다.

그거는 그렇고 집 가는 내내 가슴이 두근거린다. 금방 도둑질을 하거나 나쁜 짓을 하고 도망가는 그런 기분이 이런 비슷한 것인지 안정이 되지 않는다.

방문을 열고 들어갔지만 역시 오늘도 영주가 먼저다. 오늘은 늦는다는 메모가 없는 것으로 보아 곧 들어올 것 같다.

밤 열 시가 넘어 선희의 들어오는 기척이 있다. 얼굴이 발그레한 것을 보니 술도 좀 걸쳤나 보다.

"늦었지? 미안해, 혼자 있게 해서. 일찍 들어왔어?"

미안한 표정과 웃는 얼굴이 섞여 애교 있는 말투다. 이런 선희에게 어떻게 나가겠다고 말하지?

아직 시간이 있지만 머지않은 난감한 상황을 어떻게 넘겨야 할지 걱정이다.

계약하기로 한 시간에 맞추어 성재와 함께 복덕방으로 갔다.

집주인으로 보이는 아주머니가 먼저 와서 기다리고 있었다. 사람 좋아 보이는 아주머니가 반가워하며 잘 지내 보자고 한다.

"신혼부부라 나도 좋아요. 지금 살고 있는 부부도 신혼살림을 여기서 차려 지금까지 살았거든요. 여기서 애 둘 다 낳고 이제는 집까지 사서 나가니 집터가 좋은 것 같아요. 새댁도 여기서 집 살 때까지 살다가 가면 좋겠네."

영주에게 새댁이라고 하는 그 아주머니의 표현이 참 좋다. 누구라도 두 사람을 그렇게 볼 거고 그렇게 보여야 한다.

남들에게 성재의 아내로 보이는 것이 뿌듯하다. 서울에서만큼은 나는 성재의 아내이다.

영주도 신혼부부의 새댁으로 잘 부탁드린다는 인사를 주인아주머니에게 했다.

계약을 끝내고 나오는 영주는 성재의 팔을 잡고 폴짝폴짝 뛰며 걷는다. 행복하다. 나중에 험난한 산들이 가로막아도 지금은 행복하다.

서울은 꿈이 있는 도시이고 누구든 희망을 품고 살 수 있는 도시다. 그래서 〈서울의 찬가〉라는 노래도 있다.

종이 울리고 꽃이 피고 새들의 노래가 있는 서울.

처음 만나 사랑을 맺은 마음의 거리, 아름다운 서울에서 살겠다고 하는 그 가사 내용.

실제로 영주의 가슴에는 꽃이 피고, 귀에서는 종이 울리고 새들의 노래가 들린다.

영주가 느끼는 서울이고 이런 서울에서 정말 영원히 살고 싶다.

다음 주부터 차근차근 이사 준비를 할 거니 매주 일요일 성재 집으로 가기로 했다.

영주의 짐이라 해야 한나절이면 정리가 되지만 성재 방에 있는 짐들은 좀 많다.

수일 내로 아니 당장이라도 선희에게 말을 해야 하는데 도무지 그럴듯한 거짓말이 떠오르지 않는다. 마음은 이미 성재와 같이 살 수 있는 새로운 집에 가 있는데 이 문제가 발목을 잡고 있다.

잘못하면 선희는 물론 명자도 잃을 수 있다. 어려운 시절 손을 잡아 주고 새로운 세상의 시작에 도움을 준 그 자랑스러운 친구들을 잃을 수는 없다.

그들이 납득할 만한 그럴듯한 거짓말을 짜내려고 몰두하지만 좀처럼 묘안이 없다.

하지만 선희가 전과 같지 않고 대화를 해도 눈길을 피하기도 한다.

이전의 선희의 모습이 아니다. 이전의 활달하고 밝은 선희의 모습이 아니었다.

이 방에 유일하게 있는 사진이 있다. 탁자 위에 있는 사진 하나는 명자와 선희 그리고 영주 셋이서 얼굴 위주로 찍은 사진이다.

그 사진을 물끄러미 보던 선희가 영주를 돌아보며 얘기한다.

"영주야, 나 지금 할 말이 있어."

정색을 하는 선희의 모습은 처음 본다. 바짝 긴장하면서 동시에 내가 뭘 잘못한 것이 있는지 머릿속에서 기억을 더듬어 본다. 도둑이 제 발 저려서인지 성재와의 관계를 알고 그러나 싶은 두려움도 있다.

"정말 너무 미안해서 어떻게 할지 모르겠어. 영주야, 나 오늘 회사에 사표 냈어. 엄마가 계신 청주로 가야 해. 너 혼자 두고 가야 하니 어떻게 해? 명자 집으로 가면 어떨까? 거기 방이 두 개이니 가도 되지 않을까?"

어쩔 줄 몰라 하며 말하는 선희의 얘기에 우선 안도감이 든다. 그리고 넘어야 할 큰 벽이 스스로 무너져 앞의 시야가 터지며 넓은 지평선이 눈에 들어온다.

“갑자기 무슨 소리야? 집에 무슨 일 있어? 회사에 문제 있어?”

짐짓 놀란 표정으로, 하지만 사실 놀라운 선언이다. 정말 예상하지도 못했다.

“아니, 나중에 얘기할게. 내 개인적인 문제야. 지금은 설명하기가 곤란해. 그리고 이 사진 내가 가져도 돼? 내가 갖고 싶어.”

탁자 위에 있는 사진, 활짝 핀 해바라기 얼굴의 세 여자가 함께 웃고 있는 그 사진이다.

보조개가 있고 항시 웃는 얼굴의 선희는 가끔 보이지 않는 차가움이 있기도 하고 신비로움도 있는 여자다. 그녀가 나중에 얘기한다고 하면 그렇게 알고 있어야 한다.

“당장 필요한 짐은 지금 내가 정리해서 싸서 놓고 내일 가져갈게. 오늘은 다른 친구 집에 가서 자고 내일 짐 가지러 올게. 그 시간에는 네가 출근한 시간이니 못 보고 가겠구나. 그리고 당장 필요하지 않은 짐은 두고 갈 테니 나중에 명자 집으로 보내. 걔네 집이 크니까 명자가 보관하는 게 더 낫겠지?”

그렇게 말하고 선희는 짐을 챙기는 데 십 분도 걸리지 않았다.

더 필요한 것이 생각나면 내일 더 챙기겠다고 하며 짐을 한쪽에 밀어 놓았다.

그리고 나중에 연락하겠다고 하며 방을 나갔다.

영주는 선희의 그런 행동과 말에 당혹스러웠다. 뭔가를 알고 나에게 그러는지 걱정도 되었다.

선희가 나가고 명자에게 지금의 상황을 전화로 알렸다.

영주의 전화를 받은 명자는 충격으로 말을 잇지 못한다.

“내가 그 얘기 듣고 줄곧 생각해 봤는데 그 일본 애인이 원인인 것 같아. 그리고 선희는 그렇게 된 것 할 수 없지만 영주 너는 우리 집으로 와. 거기서 혼자 사는 것보다 우리 집에서 사는 게 더 나을 거야.”

이런 제안을 예상하고 있었고 이런 말이 나올 경우 단박에 거절해야 하는 것을 맘먹고 있던 터였지만 확실하게 거절은 하지 못한다.

“응, 차차 생각할게.”

⬧◆⬧

선희가 청주로 내려가고 그럭저럭 시간이 지나 성재의 새로 계약한 집으로 이사하는 날이 다가왔고 영주도 짐을 정리하여 두 사람의 짐이 합쳐졌다. 그렇게 두 사람의 신혼 생활이 시작됐다.

영주는 성재보다 일찍 일어나 성재를 위한 아침을 준비한다. 성재를 먼저 출근시킨 후 영주가 출근한다. 그의 출근을 배웅하고 출근 준비를 하는 그런 생활이 참 좋다.

성재는 매달 만 원을 생활비로 하라고 준다. 물세와 전기세를 포함해서 식비에 드는 비용을 다 합쳐도 한 달을 풍족하게 쓸 수 있는 돈이다.

성재의 월급이 얼마인지 물어보지 않았지만 꽤 많이 받는 것 같다.

그런 것을 물어보지 않아야 하는 것에서 서로에게는 보이지 않는 선이 존재한다. 내 남편이 아닌 다른 여자의 남편이라는 참 편치 않은 사실이 자주 머릿속에 떠오른다.

그런 현실적인 사실을 인정하고 지금의 둘만의 공간에 만족한다. 여기서 더 욕심을 내면 이러한 소중한 공간마저 사라질 수 있다는 것을 영주는 분명히 인지하고 있다.

지금의 영주는 성재가 무조건 좋다. 그가 원하면, 그를 위해서는 무엇이든지 할 수 있다.

이 공간에서는 영주의 아들이나 남편은 보이지 않는다. 오직 성재로만 가득 차 있다.

자신의 어떠한 생각이나 말로 그를 불편하게 만들어서는 안 되기에 여기서 한 발짝도 나가려 하지 않는다.

더운 여름이 지나고 있다. 남들은 이번 여름이 유난히 더웠다고 하지만 영주는 그렇게 더웠는지 모르고 여름을 보냈다. 신혼의 시간은 더위도 느끼지 못하게 하는 마법이 있는가 보다.

9월에 접어들면서 추석 휴무에 대한 이야기들이 주변에서 나온다.

올해는 회사에서 휴무 기간을 다른 데보다 좀 넉넉하게 줄 거라는 희망 섞인 기대감들을 얘기한다.

지난 2월 추운 날, 간성을 떠나오면서 아들에게 한 마음속 약속이 생각난다.

추석 때 꼭 오겠다고 한 그 약속.

그 당시에는 절실한 약속이었다. 하지만 서울로 올라온 이후 새로운 세상을 접하면서 희미하게 기억나는 약속이 되어 버렸다.

지금은 모든 것에 대한 우선이 성재이다.

성재의 상황을 물어보고 성재가 간성에 간다면 갈 것이고, 이번 추석은 생략하고 구정에 간다고 하면 영주도 그렇게 하려고 한다.

깊이 생각하려 하지 않는다. 간성 집에 대한 어떤 상념도 덮고 지금 보이는 것만 보고 지금 사랑하는 사람만 사랑하고 지금 살아가고 있는 이 새로운 세상이 중요할 뿐이다.

남들은 이런 영주를 바람난 화냥년이라고 하겠지만 영주는 그런 폄훼된 소리는 억울하다고 생각한다.

말 그대로 자식과 남편을 버리고 다른 놈과 사는 사실에는 바람난 화냥년이라는 표현이 맞겠지만 살다 보니 나도 내 인생이 있다는 것을 알았고 인생이 안내하는 대로 내 길을 가는 거라고.

성재와의 인연이 운명이고 이 운명의 귀결이 어떻게 될지 모르지만 그동안 척박했던 내 인생에 성재는 하나의 보상이라고 생각한다.

억지로 합리화하느라 운명이라는 단어를 가져다 붙이는 것이 아니라 부처님이 기도를 들어주었다고, 그래서 그 보상이 성재라고 생각하고 있다.

고향 마을에서 진부령으로 가는 쪽에 절이 있다. 영주가 힘들고 지친 마음일 때는 종종 가서 기도를 드렸다. 왜 나는 이렇게 힘들게 살아야 하느냐고 부처님께 원망도 했었다.

저녁에 성재도 퇴근하고 밥을 먹으면서 추석에 어떻게 할 건지 물었다.

“아직 나는 잘 모르겠는데 영주는 가야지. 내가 못 가도 너는 가야지.”

그 말은 영주를 생각해서 해 주는 말이지만 영주는 서운하다.

집에 아들과 남편이 기다리고 있으니 너는 가야 한다는 배려의 말인 것을 알지만 서운하다.

“오빠가 안 가면 나도 안 가. 오빠 여기 혼자 두고 나 혼자 가기 싫어.”

영주의 진심이 담긴 얼굴, 그 얼굴을 두 손으로 감싸고 성재는 자기도 회사에 무슨 일이 있어도 가겠다고 한다.

영주의 얼굴을 감싼 그의 손길에서 전해 오는 감촉은 가슴의 파장으로 변하여 나도 너를 네가 나를 사랑하는 그 이상으로 사랑한다는 울림으로 전해진다.

며칠이 지나고 추석 휴무 일자에 대한 공지가 회사 게시판에 붙었다.

실제 법적인 휴일은 9월 16일에서 18일까지 3일이지만 영주 회사는 9월 15일부터 19일까지 휴무를 한다는 공지다.

그리고 성재 회사는 법정 공휴일 3일만 휴무라고 한다.

먼저 가고 먼저 돌아오고 싶지 않았다. 성재의 일정에 맞추어 같이 갔다가 같이 돌아오고 싶었다.

"오빠, 그러면 16일에 같이 갔다가 18일에 같이 돌아와."

차라리 잘되었다고 생각한다. 성재가 간성에서 그의 아내와 하루라도 더 있는 것이 싫었다.

대부분의 사람이 그렇듯이 영주와 성재도 추석 연휴 전에 고향에 갖고 갈 선물들을 준비해야 했다. 성재가 고르는 것은 물론 영주가 고르는 것도 성재가 다 계산했다.

영주가 그러면 안 된다고 하자 성재는 단호하고 짤막하게 그런 소리를 하면 화를 낸다고 경고한다. 그중 아들 주호 선물은 성재가 직접 골라 주었다.

"네가 배 아파 낳은 주호를 남이라고 생각하지 않아. 그래서 내 손으로 사 주고 싶어."

그는 이렇게 자주 영주를 감동시킨다. 이럴 때마다 욕심이 슬금슬금 올라오고 이 남자가 내 남자가 아니라는 것이 억울할 뿐이다.

"아! 그리고 영주야, 한 가지 좋은 일이 있는데 이번에 갈 때 버스 타지 않아도 돼. 집에 갈 때 트럭 한 대 내가 쓰겠다고 부장님에게 얘기했더니 그러라고 하셨어."

"응, 정말? 오빠가 운전도 하는 줄 몰랐어."

많은 날 동안 시시콜콜한 얘기를 많이 했어도 운전을 한다는 얘기는 없었다.

운전면허는 군대 생활을 할 때 따 놓았고 회사 업무로 자주 운전을 하고 다녔다고 한다.

이 남자는 재주도 많고 아직 영주가 모르는 매력이 얼마나 더 있을까 궁금하다.

전에 성수동 시절에는 집에 한번 가려면 버스를 타는 것이 큰일 중 하나였다.

다른 지방과 달리 속초, 양양, 고성 등 강원도에는 기차도 없었다.

춘천까지 기차로 가서 버스를 갈아타거나, 서울에서 직접 가는 버스도 있기는 하지만 한번 놓치면 많은 시간을 기다려야 했다. 사람들을 채울 수 있는 대로 채우고 버스 안내양은 한 명이라도 더 태우려고 버스 안으로 사람들을 쑤셔 넣고 출발하게 했다.

이제는 그런 수고가 없으니 참 다행이고 성재와 둘이서만 차를 타고 간다고 하니 이 얼마나 행복한 여행인지.

회사 휴무가 시작되기 전날은 오전 근무만 하고 전 직원이 분야별로 청소를 하고 퇴근하기로 되어 있다. 사무실은 해당 사무실 직원들이, 현장은 라인별로 각자의 영역을 청소한다.

그리고 문을 나서기 전 회사에서 준비한 선물들을 각자 받아 들고 회사 문을 나선다.

또 느낀다. 나는 운이 좋다. 좋은 회사에 다니고 성재를 만나 새로운 세상을 살아가고 이 모든 것이 있는 서울, 특히 영등포가 좋다.

일찍 퇴근을 하게 되어 집으로 가기 전 장을 봐서 오늘 저녁은 성재에게 좀 특별한 음식을 해 주고 싶었다. 이런 시간이 참 사람을 여유롭고 행복하게 한다.

빠듯한 주머니 사정이어서 사고 싶은 것도 망설이는 그런 것이 아니어서 좋다. 사랑하는 사람을 위해 장을 보는 새댁은 비싼 것도 아깝지 않다.

살아오면서 처음이다. 넉넉한 주머니에 혼자서 여유롭게 장을 보는 것이 처음이다.

성재가 퇴근하여 현관문을 열기 전 성재의 코는 이미 영주가 만들고 있는 음식을 감지했다.

"이야…! 뭐가 이렇게 맛있는 냄새가 나지? 오늘 회사 일찍 끝났나 봐. 이렇게 벌써 다 해 놓았네."

"응, 오늘 3시쯤. 오빠가 좋아하는 불고기하고 생선전 좀 해 봤지. 오빠 먼저 먹고 있어. 나 이것 아래층 주인아주머니에게 드리고 올게."

영주는 접시에 따로 덜어 놓은 음식을 챙겨 아래층으로 내려갔다.

아래층에서 들리는 말소리는 주인아주머니의 칭찬 소리다. 새댁 솜씨가 이렇게 좋냐는 등의 그런 칭찬의 소리들.

늘 그렇듯이 저녁을 마치고 주변 산책을 나선다.

항시 조용하고 편안한 동네지만 오늘은 편안함에다 뿌듯함도 있다.

어느 집 화단에는 코스모스가 피어 있다.

"아, 그리고 영주야. 좋은 소식 하나."

“오빠는 무슨 좋은 소식을 맨날 알려 줘. 어떤 좋은 거야?”

“우리 낼 오후에 출발할 수 있어. 부장님이 어디 외근 나가는 거로 핑계 대고 들어오지 말고 그대로 퇴근하라고 하셔. 물론 차 갖고 나가고.”

그렇게 썩 좋은 소식은 아니다. 서둘러 간성으로 출발하고 싶지는 않은데 성재는 영주 속내를 모른다.

아침에 성재가 출근을 하고 영주는 갖고 갈 선물이며 필요한 짐들을 챙긴다.

차만 오면 그냥 들고 나가서 차에 실을 수 있게 준비한다.

참 편해졌다. 짐짝처럼 쑤셔 넣은 채로 버스를 타지 않아도 되어 너무 좋다.

점심시간 이후 올 거라고 예상했던 성재는 점심 전에 왔다.

골목에 차를 세우고 부리나케 들어와서 짐들을 실어 나른다.

“점심은 가다가 사 먹을 거니 빨리 올라타.”

영주는 주인아주머니에게 갔다 오겠다는 인사를 하고 차에 올라탔다.

차는 작은 트럭이지만 조수석 자리는 그런대로 넓어 편하다. 예전에 간성에서 타 보았던 바퀴가 세 개 달린 삼륜차와는 비교가 되지 않을 정도로 편하다.

그 삼륜차는 지금도 간성에서는 자주 보이는데 서울에서는 전혀 보이지 않는다.

성재는 서울 길도 잘 안다.

중간중간 보이는 이정표를 보면서 서울을 빠져나간다. 이 큰 서울에서 보지 못했던 서울의 다른 곳들을 구경하는 것도 좋다. 서울은 정말 큰 도시다.

어느 정도 가다 보니 눈에 익은 이정표들이 보인다.

청평, 가평, 춘천 등.

청평의 읍내로 들어서서 음식점을 찾아 들어갔다.

“오빠는 서울 길도 너무 잘 아는 것 같아.”

자리에 앉아 주문을 하고 나서 존경스럽다는 듯이 칭찬한다.

항시 성재가 자랑스러운 영주는 빈말 아닌 진심이다. 그는 뭐든지 잘하고 아는 게 많다.

“아이고, 서울 생활이 몇 년인데 그 정도는 알아야지.”

대수롭지 않은 듯이 말하고는 간성에 도착해서는 어떻게 해야 하는지 묻는다.

지금 차로 집 앞까지 갈 수 있지만 그럴 수는 없을 것 같아 묻는 것이다.

“그냥 간성 읍내에서 택시 타고 들어갈게. 그러니 택시 탈 수 있는 곳에서 내려 줘.”

전 같으면 몇 시간을 기다리더라도 버스를 타려 했지만 지금은 택시를 타도 될 정도의 여유가 있다.

춘천을 지나고 진부령 고개를 넘을 때가 되어서야 가을의 빛이 아주 조금 보인다.

간성 읍내로 들어가기 직전 빈 택시가 지나가는 것을 본 성재는 택시를 세우게 하고 영주의 짐을 내려 택시에 실어 주었다.

“그럼 18일 월요일 아침 10시 정도에 〈고래다방〉에서 만나서 출발하자.”

〈고래다방〉은 지난 2월 국희 언니와 성재와 같이 만났던 다방이고 읍내에서는 꽤 알려진 다방이다.

갑작스러운 헤어짐인데 고작 이 정도의 말로 끝내는 게 서운한 감정이다.

남들의 눈이 있겠지만 애틋한 표현 하나 없이 아쉬운 표정 하나 없이 휭하니 떠나가는 그의 차 뒷모습을 보니 저 사람이 오늘 아침까지 나와 같이 한 이불 속에서 잤던 사람인가 싶다.

⬩◆⬩

남편에게 미리 연락을 하지 않았다. 지난번 통화에서 추석 연휴가 짧아 갈 수 있을지 모르겠다고 했었고 가기로 결정된 후에 갈 수 있다고 얘기해 주지 않았었다.

미리 알려 주면 읍내로 마중을 나온다고 할 것 같고 성재와 같이 가는데 혹시나 마주치는 일이 있으면 불편할 수도 있기에 미리 알려 주지 않았다.

집 안 작은 마당은 조용하다. 다른 집들은 있는 그 흔한 강아지 한 마리도 키우지 않아 인기척이 있어도 마당은 조용하다. 반년 좀 넘어 돌아온 집인데 변한 모습은 어디에도 없다.

"주호야, 엄마 왔다."

선물 보따리들을 툇마루에 올려놓으면서 불러도 방문이 열리지 않는다.

영주가 방문을 열어 보았지만 남편도 주호도 없다. 어디 나간 모양이다.

올 때까지 기다리기로 하고 방이며 부엌이며 청소를 하기로 했다. 크게 거슬리는 것이 없이 대체적으로 깨끗하다. 작은 집에 간단한 살림 도구라 청소하는 데 긴 시간이 필요하지 않았다.

주변에 있을지 모르는 남편과 아들을 찾아볼 겸 동네 다른 집에 돌아온 인사도 할 겸 해서 집 밖을 나섰다. 밖은 이미 어둠이 깔리고 있는데 아직 돌아오지 않고 있으니 겁도 나고 화도 난다. 우선 옆집에 들러 인사 겸 아들과 남편에 대하여 물었다.

"집에 없으면 읍내에 가지 않았을까? 잘 모르겠네. 그나저나 네가 잘 있고 돈도 잘 번다고 자랑을 하던데 참 다행이다. 네 남편이 주호를 워낙 꼼꼼하게 챙기고 키우니 애도 탈 없이 잘 크고 그런 것이 큰 복이지."

옆집 아주머니는 남편의 가까운 친척뻘 된다. 아주머니의 말에 걱정과 불안감이 사라진다.

무엇보다 아들이 잘 크고 있다는 말에 안심이다.

이런저런 얘기를 나누는 중 아주머니가 어딘가를 가리키며 이제 오는가 보다 하신다.

돌아보니 멀리 버스가 지나는 모습이 보이고 남편이 주호의 손을 잡고 걸어온다.

남편의 목발 짚은 손에는 뭔가 들려 있다.

주호는 걸음마에서 조금 더 발전한 아장거리는 단계다. 그래도 잘 걸어온다. 그 모습을 보니 영주의 눈에서 눈물이 왈칵 쏟아진다.

나 없이도 잘 자라 주어서 대견하고 아들을 두고 새로운 세상으로 떠나간 엄마로서 너무 미안한 마음이 지금에서야 터져 나온다.

달려 나가서 주호를 안고 "우리 아들 미안해." 하고 말한다. 흐르는 눈물과 함께 섞여 들릴 듯 말 듯 가느다란 흐느낌이다.

아직 말이 서툰 아들은 엄마를 알아본다. 뭐라고 말하려 하는데 손짓이 엄마가 보고 싶었고 엄마를 그리워했다고 하는 것 같다. 엄마가 와서 너무 좋다는 표현이다.

아들을 안은 채로 한참을 울었다. 그런 영주를 기다리고 있던 남편은 이제 들어가자고 한다.

영주는 아들을 안고 걷고 남편은 한 발짝 뒤에서 목발을 짚고 걷는다.

"아이 데리고 다닐 때 택시 타고 다니지, 왜 버스를 타. 매일도 아닐 거고 어쩌다 다니는데 그러다 다칠 수 있으니 앞으로 꼭 택시 타고 다녀."

그간 계속 보내 준 돈이면 충분히 그럴 수 있고 앞으로도 잘 벌어서 보낼 수 있다는 자신감을 남편에게 보여 주는 것이다.

"그래, 알았어. 그렇게 할게. 근데 당신 안 오는 줄 알았는데 어떻게 왔어?"

남편은 영주에게 항시 '당신, 여보' 이런 호칭을 쓴다. 결혼 후부터 들어온 그런 호칭이 어색하고 싫었지만 틀린 말도 아니어서 그렇게 하지 말라고 한 적도 없다. 주호를 출산하고 난 이후 영주는 남편을 부를 때 주호 아빠로 자연스럽게 부르게 되었다.

지금은 전보다 더 그런 호칭이 거슬린다.

남편이 사 온 꾸러미는 주호가 먹어야 하는 분유와 죽을 만들 수 있는 가루들이다.

요즘은 분유와 죽을 섞어서 먹이기도 하고 밥도 떠먹여 준다고 한다.

영주가 저녁을 준비하는 동안 남편은 주호가 먹을 죽을 준비한다.

지금까지 남편의 방식대로 남편이 해 오던 일이라 그것이 더 나을 듯싶다.

중간중간 전화 통화가 있었지만 반년이 넘는 시간 동안 있었던 일들이나 할 말들이 많이 있을 법한데 남편은 항시 그렇듯이 별말이 없다.

영주도 마찬가지다. 서울로 가기 전부터 남편과의 시간은 이랬었고 익숙해져 있었다.

이런 조용한 시간이 불편하지 않다. 남편은 감정 표현이 거의 없고 다친 이후로는 더 그렇다.

저녁 설거지를 마치고 영주는 아들을 데리고 밖으로 나왔다. 남편에게는 동네 어른들을 뵙고 인사를 드릴 거라 하니 집에 있겠다고 한다.

아장아장 걷던 주호를 안아 올리고 눈을 맞추며 엄마가 많이 사랑한다고 말해 준다.

그러면 주호는 안다고 손을 흔들어 준다. 아빠라는 말도 하면서. 엄마라는 말은 아직 배우지 못했는지 아빠라고 한다. 다른 아기들은 엄마부터 배우는데 주호는 엄마라는 단어를 아직 모른다.

“내 아들 주호야, 엄마 없어도 잘 커야 해. 우리는 좀 더 떨어져 살아야 해. 엄마가 돈 많이 벌어서 오면 그때 우리 같이 살고…. 우리 서로 좀 더 참고 그럴 수 있지?”

영주의 눈에서 또 눈물이 흘러내리지만 지금 하는 말은 전에 간성을 떠날 때 했던 다짐과는 다르다. 그때는 막연한 다짐이었지만 지금은 꼭 그렇게 할 자신이 있다.

아무것도 모르는 이 아들은 또 엄마 없이 살아가야 한다.

데리고 갈 수도 없고 그냥 눌러앉아 살 수도 없다. 서로가 참고 기다리는 수밖에 없다.

얼마 전까지만 해도 돈을 벌면 고향에 와서 뭔가를 해 보려는 생각이었지만 지금은 그럴 생각이 없다. 서울에서 살아야 한다고 생각이 바뀌었다.

고향은 아니다. 아니, 고향의 모든 환경과 좁은 세상에서 매일 마주하는 일상이 감옥과 같아 싫다. 주호는 서울에서 살아야 하고 서울에서 학교를 다니게 할 거라고 다짐한다.

주호를 안고 몇 집 안 되는 동네를 다니며 인사를 하고 돌아왔다.

방에 들어서니 남편은 이미 잠자리를 준비해 놓았다. 큰 이불이 한 채 펴져 있고 주호가 자는 작은 이불이 옆에 놓여 있다.

그 방 안의 이불 펴진 광경이 왜 이렇게 생소한지 모르겠다. 전에도 이랬었는데.

오늘 밤 남편은 자신의 여자인 영주와 잘 수 있는 권리가 있고 영주는 자신의 남편과 자 주어야 하는 의무가 있다는 것을 비로소 자각하고 자리에 누웠다.

그런 자각과 함께 남편이라는 이 남자에게도 미안한 마음이다.

지금은 미안한 마음이다. 성재와 사는 동안에는 그런 마음이 전혀 들지 않았었는데 남편을 대하고 보니 그런 마음이 든다.

의무감으로 대하지 말고 잘해 주고 싶다. 오랜만에 자신의 여자를 탐하는 남편은 거칠었고 영주는 그런 남편에게 적극적으로 응해 준다.

이튿날 일어나서 오늘은 아들하고 간성 읍내로 시장 구경을 할까 생각하다 혹시나 성재를 만날지도 모른다는 생각에 읍내 나가는 것은 그만두기로 했다. 그러다 국희 언니가 생각이 났다.

추석 때면 왔을 거라고 예상할 거고 전화 한 통 없으면 배은망덕이라 할 수 있다.

전화라도 해야 할 것 같아 아들과 같이 점방으로 가서 전화를 했다.

"아, 영주구나. 언제 왔어?"

"응, 어제저녁에. 언니도 잘 지내고 있지?"

언니 덕분에 좋은 회사에 다니고 있고 회사 부장님, 과장님 다 잘해 주시며 명자를 소개해 줘서 고맙다는 말도 빠트리지 않고 진심으로 감사한 마음을 전한다.

그리고 시간이 되면 만나고 싶다고 했더니 당장 만나자고 한다.

아들 주호와 시간을 보내고 싶고 그저 인사치레로 언제 한번 만나자고 한 것을 이 언니는 당장 만나자고 한다. 회사와 서울이 궁금하여 얘기를 듣고 싶다고 한다.

점심때 읍내에서 보기로 했다. 약속 장소는 또 그 〈고래다방〉이다.

남편에게 국희 언니와 만나게 되어서 읍내에 다녀오겠다고 하고 주호도 같이 데려가기로 했다.

나가는 김에 간성 시장이라도 둘러볼 겸 일찍 채비를 하고 나갔다.

아들을 데리고 시장을 돌아보는 중에 가끔 지나던 아주머니들이 아장아장 걷는 주호가 귀여워 관심과 칭찬의 소리를 해 준다.

서울에서 성재가 골라 사 준 옷을 입힌 주호의 모습은 부잣집 아들처럼 보이고 그런 아들이 남들의 시선과 칭찬을 받으니 영주도 어깨가 으쓱하고 말이나 표정도 여유로웠다.

지난겨울까지 일했던 가게에 들러 자신의 변모된 모습도 보여 주고 싶었다.

잘생기고 귀티 나는 아들을 자랑하고 싶었다.

가게에 들어서서 주인 사장님 내외에게 인사를 하니 예상대로 변모된 영주에게 놀람과 칭찬이 가득한 말을 해 준다. 아들도 참 잘생겼다고 하며 안아 준다.

이런 대접이 서울 생활의 힘이다. 많지 않아도 살아가는 데 필요한 약간의 돈만 있어도 사람대접을 받게 된다.

얼추 약속 시간이 되어 〈고래다방〉으로 갔다. 다방 안을 휘둘러보아도 국희 언니의 모습은 보이지 않는다. 속초에서 와야 하니 시간이 좀 걸리겠구나 싶어 자리를 찾아 앉으려 하는데 영주를 부르는 소리가 들렸다. 국희 언니가 막 도착해서 영주에게 손을 흔든다.

"와, 너 영주 맞아? 몰라보게 예뻐졌다. 서울 물이 그래서 좋은 거야. 주호도 잘생겼네."

국희 언니의 칭찬은 인사치레가 아닌 진심이 담겨 있는 것 같았다.

"정말 언니 보기에 나 예뻐졌어? 언니한테 그런 소리 들으니 진짜로 예뻐졌나 봐. 다 언니 덕분이야. 항시 고마워하고 있어. 정말로."

회사 부장님과 국희 언니의 인연으로 부장님이 특히 신경을 써 주셨다는 얘기, 명자가 따로 독립해서 나간 얘기 등 시간 가는 줄 모르게 웃고 떠들었다.

명자 얘기에 대해서는 국희 언니도 모르는 부분이 많았고 놀라기도 한다.

선희의 존재에 대해서는 국희 언니도 몰랐다. 명자와 국희 언니와 같이 생활하다 국희 언니가 떠나고 나서 만난 이가 선희였다. 그래서 국희 언니는 선희를 모른다.

명자가 아들이 있었다는 사실도 몰랐다고 한다. 같이 생활할 때 전혀 내색하지도 않아서 상상조차 하지 못했고 그런 힘든 사연을 갖고 살아오면서 항시 밝은 척하는 명자가 대단하다고 한다.

"아, 그리고 오 성재 오빠. 내가 너 만나서 도와줄 수 있는 것 있으면 도와주라고 했는데, 너에게 찾아갔어?"

순간 당황했다. 국희 언니를 만나게 되면 어떤 식으로 얘기할지 성재와 말을 맞춰 놓았을 터인데 국희 언니를 만나는 생각을 하지 못해 그에 대한 말 맞추기가 없었다.

옆자리에 눕힌 아들은 주변의 떠드는 소리에 아랑곳없이 잠을 자고 있다. 그렇게 자고 있는 아들의 자세를 바로잡아 주는 척하면서 1초라도 시간을 벌어 궁리를 해야 했다.

"응? 아, 성재 오빠. 그렇지. 지난 3월인가 그쯤 회사로 왔고…. 근데 명자와 선희가 잘해 주고 회사도 잘해 줘서 특별하게 불편한 것이 없었어."

"그 첫 번째 이후 또 본 적 있어?" 이런 질문이 나오면 등에 식은땀이 날 것 같았다. 다행히도 그 대목에서 추가로 묻는 것은 없었다.

그리고 호칭도 성재 오빠라고 한 것이 마음에 걸린다. 한 번 본 사이에 오빠가 자연스럽게 나오는 것도 짚으려면 짚을 수 있는 대목이다.

"영주야, 잠깐 기다려. 성재한테 같이 점심 먹자고 전화하려고, 괜찮지?"

국희 언니의 생각지 못한 제안이 또 좌불안석이다. 안 된다고 하는 것이 더 말이 안 되고 성재와 모른 척을 어디서부터 어디까지 해야 할지 참 힘든 시간이 될 것 같다.

전화를 끊고 돌아온 국희 언니는 좀 있다가 나가서 옆의 〈○○식당〉에서 만나기로 했다고 한다.

성재의 반응이 궁금했다. 국희 언니와 성재의 통화 내용에 따라 대처할 준비가 필요했다.

"나도 같이 있다고 했어?"

"당연하지. 너도 같이 나와서 좋다고 하더라."

그 말에 좀 안심이다. 이미 성재 오빠도 눈치가 있어 상황을 파악한 것 같다.

자리를 식당으로 옮기고 시간이 얼마 안 되어 성재가 들어온다.

반갑다는 듯이 손을 번쩍 쳐들고 식당 사장님과도 인사를 한다. 아는 사이인 것 같다.

하기야 이 좁은 간성에서는 웬만해서는 안면들이 있을 거다.

항시 그렇듯이 성재의 유쾌한 인사는 여기서도 변함이 없다. 그리고 주호를 본다.

주호가 입고 있는 옷이 성재가 사 준 것임을 그가 모를 리 없고 그 옷을 입혀 나온 것에 만족한 성재의 표정을 영주는 알고 있다.

"이놈 잘생겼네. 영주 씨, 아들이죠?"

영주 씨라는 말 한마디가 둘 사이는 한 번밖에 만난 적 없는 사이라는 것으로 정리된다.

"네, 그간 잘 지내셨죠?"

전전긍긍하던 시간이 말끔히 해결되고 나니 무슨 주제가 나와도 걱정이 없다.

정신만 차리고 헛소리만 나오지 않으면 된다.

오늘 세 사람의 만남에서 성재를 한 번 더 볼 수 있어서 좋다.

서울로 다시 올라가는 날이다.

그제 간성에서 들어올 때 택시를 타고 들어왔고 오늘 아침 9시 반까지 다시 와 달라고 기사 아저씨에게 부탁했다.

짐을 챙기고 채비를 마친 영주는 이번에도 남편에게 배웅을 하지 말라고 한다.

가서 잘 있을 거니 걱정하지 말고 아들 잘 보라고 하고 아들을 한 번 안아주며 작별 인사를 한다.

아들은 아직도 잘 모르는 것 같다. 엄마가 또 멀리 가야 한다는 것을 모르나 보다.

남편의 품에 안겨 손을 흔들어 대며 뭐라고 한다. 잘 다녀오라는 뜻인지.

아들의 세상에서는 엄마가 손님 정도로 생각되나 보다.

이번에는 그렇게 눈물이 나지 않는다.

새로운 세상으로 복귀한다는 기대감으로 전처럼 이별이 서럽지 않아서 그렇다.

택시는 〈고래다방〉 앞에 멈추고 영주가 내리려 할 때 성재의 모습이 보였다.

성재는 다방 안에서 기다리지 않고 밖에서 영주를 기다렸다.

그리고 영주가 택시에서 내리자 영주의 짐을 받아 들고 따라오라고 하며 앞장선다.

다방에서 멀지 않은 곳에 성재의 차가 세워져 있다. 혹시라도 아는 이의 눈이 있을까 주변을 경계하면서 영주에게 얼른 타라고 한다.

주변을 살피는 것은 영주도 마찬가지다. 이런 식의 떳떳하지 못한 출발에 마음이 좋지 않다.

빨리 이곳을 벗어나 자유로운 세상을 향하여 날아가고 싶다.

이래서 저번에 간성에 도착했을 때 영주가 맘이 상할 정도로 화급히 떠난 성재를 이해한다.

다른 사람들의 이목을 생각해서 그렇게 했다는 것을 그때도 이해했고 지금도 알고 있다.

하지만 지금 마음이 좋지 않으면서 이런 상황에 부아가 난다. 그런 성재를 이해하고 받아들여야 하는 것을 알고 있지만 투정이라도 부려야 속이 덜 답답할 것 같았다.

차가 진부령을 넘어갈 즈음에 영주는 뾰로통하게 얘기한다.

"오빠, 나 할 말 있어. 지난번 나 내려 주고 뭐가 급해서 그렇게 잘 가라는 말만 하고 뒤도 돌아보지 않고 갔어? 나 맘 많이 상했어, 지금까지도."

영주는 그간 성재가 불편해할 말은 단 한 번도 해 오지 않았다. 오늘 이런 식으로 성재에게 말하는 것은 처음이다.

"집에 가서 애들과 부인 빨리 보고 싶어서 그랬던 거야?" 이런 도발적인 추궁이 목까지 넘어왔지만 뱉지는 않았다. 이런 식으로 그를 몰아붙이면 그가 도망갈 수도 있다는 생각에 이성적인 자제심을 발휘할 수 있는 영주다.

"아, 맘 상하게 해서 미안해. 거기는 아는 사람들이 많아서 혹시 누가 볼까 봐서 그랬는데…. 하여간 미안해. 그래도 기분 풀었으면 좋겠다. 그래서 차 타고 오는 내내 말도 안 했구나."

그렇게 변명하는 성재는 멋쩍은 표정과 별다른 오해는 말라는 진정성 있는 말로 영주를 달래 준다.

그럴 수밖에 없다는 것을 충분히 이해하고 있지만 확인하고 싶었다. 그리고 다짐한다. 욕심을 내지 말자고.

다시 일상으로 돌아왔다. 각자가 출근을 하고 퇴근한 이후는 전과 같이 소꿉장난의 신혼으로 돌아온 일상이다.

그러던 어느 날, 날씨는 저녁이면 많이 쌀쌀한 겨울의 길목인 11월 중순경 퇴근해서 들어온 성재는 좋은 소식이라고 알려 준다.

"영주야, 나 다음 달부터 과장으로 진급해."

그러면서 영주의 허리를 살짝 안는다. 그에게 허리를 맡기면서 영주도 감격한 목소리로 축하해 준다.

예상보다 빨리 진급한 이유는 회사의 주문이 늘고 게다가 일본에 있는 새로운 거래처가 생겨 한 개의 과를 더 늘려야 해서 그 새로운 과의 과장으로 성재가 임명될 거라고 한다.

그리고 그 새로운 일본 거래처는 이미 성재 회사에 다녀간 적이 있고 최근에 거래를 결정했다고 한다.

또한 그 일본 회사는 성재 회사의 부장과 과장이 일본으로 방문해 줄 것을 요청했고 그래서 과장인 성재와 부장님이 구정 전에 일본에 방문해야 한다고 한다.

일본에 가려면 여권을 만들어야 하고 서류를 준비하고 기다리는 시간도 한 달이 넘어 당장 서류를 준비해야 하고 새로운 과를 조직하고 준비해야 하기에 내일부터는 야근을 해야 하고 아마도 연말까지는 해야 할 것 같다고 한다.

그런 설명이 남의 얘기처럼 들린다.

이 사람이 자랑스럽게 느껴지지 않고 오히려 불안하다. 이 사람이 잘되는 것이 나와 상관없고 이 사람이 출세하면 내가 보이지 않을 수 있다는 불안감이 생긴다.

하지만 그런 불안감을 숨기고 정말이냐고 너무 잘되었다고 오빠가 자랑스럽다고 호들갑 섞인 칭찬을 해 주었다.

그가 서류를 준비하느라고 고향 집과도 연락하고 사진을 찍으러 다니고 자신의 일에 몰두하는 것을 보며 영주에게는 문득문득 소외감이 느껴진다. 여권이라는 것이 해외에 나갈 때 필요하다고 들어 그런 줄 알고 있었지만 어떻게 생긴 것인지 보지도 못했다.

그가 바빠지고 매일 야근으로 늦게 들어오니 전과 같은 일상이 깨져 버리고 영주의 심사도 편치 못하다. 성재가 매일 늦게 들어오니 심심해서 재미가 없다고 완곡한 표현으로 투정해 본다.

"아, 그렇지. 미안해. 하지만 일요일은 출근하지 않으니 일요일마다 재미있게 노는 것을 보장하면 되지? 서울 시내들 여기저기 구경하고."

혼자 우두커니 집에 있기가 그래서 영주 혼자 영등포 시내로 나와 봤다.

12월 초임에도 영등포 시내에서는 크리스마스 캐럴 음악이 곳곳에서 흘러나온다.

크리스마스가 되려면 아직도 멀었지만 서울은 이미 크리스마스 분위기를 즐기기 시작했다.

해가 짧아져서 영등포는 이미 불빛 찬란한 밤거리가 크리스마스 캐럴과 어울려 낭만의 도시가 되었다. 지나는 이들도 이 거리를 즐기고 있다.

나온 김에 성재에게 줄 크리스마스 선물을 미리 찾아보기로 했다. 몇 가지 점 찍어 놓고 나중에 사기로 하고 여기저기 둘러보는 것도 재미있다.

문득 성재에게 전화해 보고 싶었다. 몇 시쯤 퇴근하는지 물어보고 그 시간에 맞추어 집으로 돌아가려는 생각이다.

몇 번 하지 않았던 전화지만 전화번호는 영주의 머릿속에 외워져 있다.

신호가 가고 곧바로 수화기에서 들려오는 목소리는 여자의 목소리다. 전에도 어느 여자가 받아서 건네준 적 있지만 이번에는 누구인지 묻는다.

당황했다. 뭐라고 해야 할지. 그러다 얼결에 나온 소리가 아내라고 말해 버렸다.

"아, 네, 안녕하세요? 과장님 사모님이세요? 저는 오 과장님하고 같이 일하는 미스 윤이라고 합니다. 잠시 기다리세요. 과장님 현장에 계시는데 곧 오실 거예요."

영주에게 사모님이라고 한다. 사모님이라는 소리를 들었다. 사모님은 남의 얘기이고 영주와는 평생 관계가 없을 단어인데 지금 들었다. 황송하기도 하고 뭔가 큰 잘못을 한 것 같다.

성재가 들어오는지 발소리가 들리고 곧 성재의 목소리가 나온다.

"오빠, 나 크게 잘못한 것 같아. 전화를 받은 아가씨가 누구인지 물어 얼결에 아내라고 했어. 나는 그냥 오빠 언제쯤 퇴근하는지 물어보려고 했는데. 여기 영등포 시내거든. 오빠 퇴근 시간 맞춰서 집에 갈려고 전화한 건데…."

영주의 안절부절못하는 목소리에 성재는 웃는다.

"뭐 틀린 말도 아닌데, 괜찮아. 나 반 시간 정도 후면 퇴근할 것 같아. 나중에 얘기하자."

틀린 말이 아니라고 해 준 성재가 고맙다. 앞으로 삐지는 일 없이 진심을 다해 잘해 주도록 할 거다.

반 시간 후 퇴근이라 하니 서둘러 돌아간다. 그러면서 '사모님'이라는 단어와 '틀린 말 아니라는' 표현이 영주의 얼굴을 거리의 불빛만큼 환하게 해 준다.

영주가 집으로 돌아오고 곧바로 성재가 들어왔다.

성재가 들어오자마자 영주는 성재를 안는다. 성재의 입술에 잠시 입맞춤을 하고 잔잔하고 나지막한 소리로 그러나 간간이 격정을 토해 내듯이 말한다.

"오빠, 나 오빠 많이 사랑해. 오빠는 내게 너무 과분한 사람이란 것을 알아. 모든 사람에게 오빠를 자랑하고 싶어. 하지만 그럴 수 없는 것이 너무 나를 아프게 해. 우리의 끝이 언젠가는 있겠지. 그때는 오빠 보내 줄게. 그때는 견딜 수 없게 힘들 수 있겠지. 그래도 보내야 한다는 것을 알아. 내 곁에 있어 달라고 말할 수 없는 것도 알아. 그래서 돌아가야 한다고 말할 때 보내 줄게. 오빠를 보내고 나서도 오빠가 내 앞에 없어도 죽을 때까지 사랑할 거야. 지금 오빠와 같이 살 수 있는 이 시간 1초도 헛되이 쓰지 않고 살아 보려고 해. 이런 내 생각도 욕심을 부리는 것 같아. 곁에 있을 수 있는 한 오빠 곁에서 머물러 오빠를 사랑하는 것도 욕심이겠지? 이 욕심 허락해 주는 거지?"

눈물이 흐른다. 주체할 수 없는 격정에 대한 눈물과 아픔의 눈물이 섞여 있다. 오늘 전화 통화로 인해 불안과 아픔, 그리고 이 남자에 대한 사랑의 깊이가 끝이 없도록 깊어진다.

"영주야, 나도 그래. 네가 돌아간다면 잡지 않아. 그리고 지금 우리 둘이 있는 공간은 우리 외에 아무도 없다고 생각해. 여기 서울에서는 네가 내 여자야. 너도 그렇게 생각하면 돼. 이 세상에 여기서는 우리 둘만 있다고. 그리고 나는 네 남자라고 생각해도 돼."

영주의 얼굴을 양손으로 감싸 안고 말하는 성재의 눈가도 촉촉하다.

성재의 그런 말이 위로가 되지 않고 영주에게는 더 아프다. 이 사회가 만들어 놓은 틀을 깨고자 하는 것이 욕심인데 깨지지도 않을뿐더러 그런 욕심을 내면 둘만의 지금 공간도 깨질 수 있다는 두려움에 더 아프다.

"오빠가 그렇게 말해 줘서 고맙네. 이런 못난이 오빠 곁에 있게 해 줘서 고마워."

성재는 무슨 그런 소리를 하느냐면서 영주의 입술에 손가락을 살짝 댄다.

"그리고 오빠, 나 솔직한 말 하나 해도 돼?"

성재는 무슨 말이라도 해 보라고 고개를 끄덕인다.

"나 사실 오빠가 요즘 잘되는 것 마냥 좋지만은 않아. 어떻게 하지? 오빠가 진급하고 일 보러 일본도 다니고, 그러다 보면 계속 더 높은 사람이 되고 그러면 나는 보이지 않을 거고 그런 게 겁이 나. 오빠 회사 아가씨가 나 보고 사모님이라고 하는 그런 것이 두려워지는 것은 내가 내 위치를 잘 알고 있기에 그런 마음이 들어. 사실 남들이 얘기하는 공순이가 나야. 이런 내가 오빠 덕에 사모님 소리를 들었어. 진짜로 사모님이 되고 싶은 마음이 생기면 벌을 받는다는 것을 알아. 나 진짜 형편없는 년이지? 오빠가 잘되는 것 싫어하고 괜한 욕심을 부리고…. 근데 솔직한 심정이니 나 어떻게 해?"

성재가 보는 영주의 눈은 참 애절하다. 이 여자의 애절한 눈은 눈물과 함께 비추어져 애절함이 더 반짝인다. 자신을 이 세상 누구보다 원하고 사랑하는 이 여자에 대하여 지금 해 줄 수 있는 말이 없다. 성재도 답답하고 아프다.

그날 밤 눈물을 추스르고 이튿날 아침에는 마음을 추스르고 각자의 일상으로 돌아간다.

출근하면서 영주는 성재의 크리스마스 선물로 일본 출장에 필요한 물품으로 구두와 외투 등을 사는 게 낫다고 생각했다. 비싸고 좋은 것을 해 주고 싶다. 보통 사람들은 해외 출장을 꿈도 꾸지 못하는데 이 남자의 해외 출장에 아까울 것이 없다.

저녁에 성재가 퇴근하고 영주는 일요일에 시내에 가자는 의견을 얘기했다. 출장 갈 때 옷을 사 주려 한다고.

"그래? 근데 어쩌면 우리는 이렇게 잘 통하지? 나도 오늘 영주 네 옷 사 주려고 생각했어."

크리스마스를 앞둔 영등포 시내의 일요일 거리는 오늘도 활기차다.

영주는 성재의 손을 끌고 백화점 안으로 들어갔다.

"오빠, 오늘은 내 맘대로 골라서 살 거니 사 주는 대로 입어야 해. 비싸다고 뭐라고 하면 안 돼. 우리 회사 이번에 크리스마스 보너스가 있어. 그거로 오늘 다 쓸 거야."

성재는 참 좋은 회사라며 크리스마스 보너스를 준다는 회사는 처음 들어본다고 한다.

구두와 코트, 셔츠와 양복 한 벌까지 사니 거의 영주 한 달 치 월급이다. 크리스마스 보너스는 월급의 반이라고 했는데 그나마 그게 있어서 다행이었다.

성재는 너무 많이 쓴다고 하면서도 쇼핑백을 받아 든다. 그리고 영주와 같은 소리를 한다.

"영주야, 너도 마찬가지야. 내 여자 옷은 내 맘대로 살 거니 사 주는 대로 입어야 해. 나도 월급 오른 것 알지?"

성재도 영주의 구두와 코트 그리고 투피스 정장을 골랐다.

그리고 나오면서 근처의 여자 속옷 매장으로 영주를 끌고 간다.

"영주야, 속옷 사 줄게. 내 여자가 입는 속옷 내가 고를 거니 간섭하지 마, 알았지?"

부끄럽다고 앙탈하면서도 싫지 않다. 내 남자만 볼 수 있는 속옷을 그가 고르는 것도 괜찮다 싶다.

그리고 어제의 슬프고 아픈 대화를 의식하는지 '내 여자'라는 단어를 쓴다. 그 표현이 좋다.

그러면서도 영원히 그의 여자가 될 수 있으면 하는 욕심이 또 스멀스멀 기어 나온다.

◆◆◆

이번 크리스마스는 정말 처음 맞이해 보는 찬란한 크리스마스다.

서로가 사 준 옷을 입고 명동에 갔다. 명동은 두 번째다. 거리에서 퍼지는 캐럴 음악과 몰려나온 인파, 거리의 상점들은 영등포와 비교할 수 없을 정도로 찬란하다. 그리고 이 거리에서는 외국인도 군데군데 보이기도 한다.

명동은 발 디딜 틈이 없다. 중심 거리로 들어가면 그대로 빨려 들어갈 듯이 군중 속에 흡수된다.

며칠 있으면 신정 연휴가 시작된다. 그래서 연말은 푸근하다.

크리스마스는 그래서 더더욱 편하게 즐길 수 있다. 이 시간 간성은 어둠 속에 묻혀 있지만 여기는 홍콩이나 요코하마보다 더 화려한 축제의 도시인 것 같다.

성재의 일본 출장은 1월 6일로 잡혀 있고 출장 전에는 1일부터 3일까지 신정 연휴이다.

신정과 구정 두 개의 명절을 쉬면 국가적으로 손해라 하여 구정을 못 쉬게 되어 있다.

도시의 회사들이나 공무원들은 나라의 신정 정책을 따르지만 지방에서는, 특히 촌에서는 구정이 지켜지고 있어 불편한 것이 많다.

추석에 고향을 다녀온 지 석 달도 되지 않아 또 가기는 뭐해서 많은 사람이 신정에 갈 생각을 접고 영주도 마찬가지다. 성재도 출장을 바로 앞에 두고 고향에 다녀오면 부담도 되고 영주를 두고 갈 수는 없는 일이었다.

처음 갖는 둘만의 연휴였다. 먹고 자고 먹고 자고 하는 시간들로 3일간의 연휴를 보냈다.

집 밖에 한 번도 나가지 않은 날도 있었다. 이런 시간들도 영주 인생에 처음 갖는 시간이었고 구름 속처럼 포근하고 몽롱한 편안함이다.

출장 일자가 다가오면서 성재의 긴장하는 모습을 읽을 수 있다.

일본 회사는 그네들 연휴가 끝나면서 곧바로 일을 진행하고 서둘러야 하는 상황이라고 한다.

성재 일행은 일본 회사 측이 준비한 도면을 갖고 상의하면서 수정, 변경 사항이 있을 시 현지에서 서로가 확인하고 수정하기로 했다고 한다.

정밀함을 요하고 그들의 주문량이 꽤 괜찮아서 회사 측도 꽤 중시하고 신경 쓰고 있다고 한다.

성재가 출발하고 영주는 성재 없는 빈방이 허전하다.

신년 초는 영주 회사도 생산 라인이 바쁘지 않다. 봄이 되어야 바빠질 예정이라고 한다.

이런 시기에는 조기 퇴근도 간간이 한다.

시간도 한가하여 명자를 만나 볼 생각이 났다. 한동안 연락이 뜸했던 명자가 궁금하기도 했다.

전화를 받은 명자는 신년 초에 모두가 하는 인사인 "새해 복 많이 받아." 라고 하면서 집으로 오라고 한다.

명자 아들 진명은 하루가 다르게 성장하는지 마지막으로 본 이후 몰라보게 달라졌다.

말도 잘한다. 언어 표현이 다양해지고 자신의 생각을 얘기할 줄도 안다.

"어머, 진명이는 왜 이렇게 똑똑해. 지금 세 살인데 다섯 살 같아."

"애가 말이 좀 빠른 것 같아. 엄마도 그러셔."

그러면서 명자는 진명이를 끌어당겨 무릎에 앉히고 주호에 대하여 묻는다.

"응, 이제는 잘 걷기도 해. 말은 아직 안 되고."

그렇게 대답하면서 모처럼 주호 생각이 난다. '별일 없이 잘 지내겠지. 내일은 전화 한번 해 봐야지.' 하는 생각이다.

선희는 어떤지 물었지만 명자도 시원한 대답이 아니다. 선희의 청주 집에는 전화가 있어 지난달 연락을 해 보았지만 집에 없었고 명자 연락처를 알려 주었지만 아직 연락이 없다고 했다.

선희와 연락이 되면 다시 연락하자고 하고 명자의 집을 나섰다.

성재의 출장 기간 4일은 더디게 흘러가더니 그래도 시계는 돌아가는지라 돌아오는 날이 되어 서둘러 퇴근했다.

예상대로 성재가 먼저 와 있었다. 성재는 들어오는 영주를 안고 입을 맞춘다.

4일이 아니라 넉 달 만에 보는 것 같다고 너스레도 떤다.

"나도 그래. 나 너무 심심했어. 너무 보고 싶었고. 일은 잘 하고 온 거지? 음식은 잘 맞았어? 아픈 데 없었고? 어디 보자, 얼굴이 더 좋아진 것 같은데? 나 없이도 잘 살았네. 그러면 안 되는 거 아냐? 나는 얼굴이 상했는데…. 오빠 없어서 잘 살지 못했는데."

눈웃음도 치고 눈을 흘기기도 하면서 애교를 발산한다.

고향 집에서의 영주와 여기 서울에서의 영주는 완전 딴판이다.

어수선한 1월이 지나고 짧은 2월도 지나 코앞까지 봄이 와 있는 3월 어느 일요일 영주와 성재는 영등포 시내로 나갔다. 그전에도 자주 밥 먹으러 나오긴 했지만 봄옷을 사려고 나왔다.

천천히 걸으며 둘러보던 중 성재가 멈칫한다. 앞에서 오는 어느 남녀와 눈이 마주치고 그들은 멈칫 정도가 아니라 당황해하는 것이 역력하게 보인다. 여자는 남자의 뒤로 숨기까지 한다.

"아니! 김 주임, 미스 윤! 너희 무슨 사이야? 회사에서 일은 안 하고 연애하는구나?"

웃으면서 하는 성재의 말에 그네들은 낭패스러운 기색이지만 비밀 연애에 대한 변명을 체념하는 모양이다.

"네. 과장님, 비밀 지켜 주세요. 회사에서 알아서 좋을 일 하나도 없으니 과장님이 지켜 주셔야 해요."

김 주임이란 남자가 그렇게 얘기하자 뒤에 숨어 있던 미스 윤이라는 아가씨도 그제야 얼굴을 보이며 아주 작은 소리로 인사를 한다.

"야, 등잔 밑이 이렇게 어두운 줄 몰랐다. 언제부터 그런 사이가 된 거지? 미스 윤은 우리 과가 새로 구성되면서 신입으로 들어와서 나하고 일한 지 이제 넉 달이고 김 주임은 우리 과에 온 지 이제 두 달 좀 넘는데. 김 주임, 너 참 재주가 좋다. 미스 윤이 넘어갈 정도면 너 굉장하다."

성재는 그들이 일한 개월 수를 손가락으로 계산도 하면서 놀린다. 그런데 그들이 당황스러운 만큼이나 영주도 하늘이 노래질 정도다.

그러고 보니 저 미스 윤이라는 아가씨가 생각난다. 지난번 영주에게 사모님이라고 했던 그 아가씨이다.

이내 그네들이 영주에게 따로 인사한다. 그러자 성재가 제대로 소개를 하겠다고 한다.

“여기 김 주임과 미스 윤은 우리 과 직원들이야.”

영주도 가볍게 목례를 하는데 성재의 영주 소개가 뒤따른다.

“이 사람은 집사람이고 이번에 잠깐 일이 있어 서울에 왔어.”

그러자 미스 윤도 기억난다며 저번에 통화했던 미스 윤이라고 다시 인사한다.

뒷감당은 성재의 몫이니 알아서 하겠지 싶으면서도 불안하고 그들에게 자신감이 서지 않는다.

피차가 예상치 못한 조우에 어색해서 어정쩡한 마무리로 헤어졌다.

그렇게 대놓고 말해도 되는지 걱정스러운 표정으로 성재를 보니 성재는 그저 웃는다.

“괜찮아. 저 친구들은 내 개인적인 일에 대해서 잘 몰라. 결혼은 했고 집은 간성이라는 것 외에 다른 것들은 잘 몰라. 그러니 걱정하지 마.”

하지만 영주는 걱정거리가 생긴다. 앞으로 성재와 영등포에 나오는 것에 대한 걱정이 생긴다.

성재를 아는 또 다른 누구와 마주치면 어떻게 하나 그런 걱정.

“오빠, 앞으로도 이런 식으로 또 다른 사람들을 만날 수 있다는 걱정이 생겨. 우리 영등포 다니는 것 좀 줄이자.”

사실 큰 걱정이다. 성재가 아는 사람일 수도 있지만 영주 아는 사람도 부딪힐 수 있다.

영주 회사의 동료, 부장님, 과장님 등. 게다가 명자도 있다.

간성에서만 피하면 될 줄 알았는데 서울도 자유롭지 않음을 느낀다.

"아이참, 쓸데없는 걱정이다. 우리 아는 사람들이 얼마나 된다고."

그렇게 얘기하는 성재는 정말 아무 걱정 없는 듯이 보인다.

"그렇게 걱정이면 여기 시내에 나올 때는 손을 잡거나 팔짱을 끼지 말고 다니자. 그러다 누구 만나면 적당하게 둘러대면 되지. 고향 오빠, 고향 후배 뭐 이런 식으로."

그 말도 괜찮을 듯싶다. 오늘 같은 일이 성재 말대로 자주 발생할 것 같지도 않고 만에 하나라도 그런 일이 있을 경우 대수롭지 않은 듯 얘기하고 모면할 수 있겠다는 생각이 든다.

"그러지, 뭐. 괜찮은 생각이네. 지금부터." 하면서 영재는 성재의 팔을 놓았다.

쪼그라졌던 가슴은 이내 회복이 되고 집으로 돌아오는 발걸음은 한결 가벼워졌다.

집 앞에 거의 다 왔을 때 주인아주머니가 어떤 아저씨와 같이 나오는 모습이 보였다.

그 아저씨에게 잘 가라는 인사를 하고 영주와 성재에게도 손을 살짝 들어 인사를 건넨다.

그 아저씨는 애써 모른 척 영주와 성재를 지나갔다.

그가 누구인지 묻지 않았는데 아주머니는 그가 자신의 남편이라고 한다.

매일 아침에 출근하고 저녁에 퇴근하고 또 쉬는 날이면 싸돌아다녀 아래층 주인집 식구들에 대해서는 아는 바가 별로 없다.

가끔 출근길이나 퇴근길에 아래층 두 딸을 본 적은 있다. 큰딸은 고등학생이고 마주치면 인사를 하는데 중학생 작은딸은 부끄러워 영주가 먼저 아는 척을 해야 마지못해 미세한 반응으로 인사를 하는 둥 마는 둥 한다.

하지만 아저씨라는 분은 지금까지 살면서 본 적이 없다.

방으로 들어와서 성재는 그 아저씨를 전에 한 번 본 적이 있다고 한다.

"우리가 이사하고 한 달 정도 좀 넘었을 무렵인데 집에 두고 간 것이 있어 점심때 집에 다시 온 적이 있는데 그때 본 적이 있어. 그래서 저분이 주인아저씨구나 해서 나올 때 인사를 하려고 문을 두드렸더니 아주머니가 좀 꺼리는 눈치더라고."

지금 급한 뭔가를 해야 해서 나중에 하자고 그랬다고 했다. 그리고 덧붙이는 말이 아주머니의 옷차림이 좀 부자연스러웠고 급히 옷매무새를 추스르고 나오는 상황을 기억한다고 한다.

그래서 성재의 생각은 그 아저씨라는 분은 여기서 살지는 않고 가끔 오는 거고 아주머니는 첩 같은 그런 관계인 것 같다고 한다.

그것은 성재의 추정이지만 그 추정이 맞을 수도 있다.

주인아주머니는 집에 있는 여자치고는 잘 꾸미는 편이다. 인상도 좋고 잘은 모르지만 나이가 삼십 대 후반 정도로 보이는 차라리 영주가 언니라고 부르고 싶은 아주머니다.

성재와 아래층에 대한 얘기를 하면서 명자가 떠오른다.

명자가 했던 그 얘기, 집에서는 어디 홀아비 있으면 찾아보겠다고 한 얘기, 홀아비가 낫지 첩은 절대로 할 짓이 못 된다는 얘기, 그럴 바에야 혼자 아들하고 살겠다고 한 얘기.

그러다가 문득 영주 자신에 대한 의문이 든다. 아래층 아주머니와 영주의 차이점에 대한 의문이다. 저 아주머니가 첩이면 나는 무엇인지. 저 아주머니도 그 아저씨와 사랑하는 관계이고 그것은 영주가 성재를 사랑하는 것과 같다고 할 수 있다.

그 아저씨의 본부인이 있는 것처럼 성재도 본부인이 있다. 저 아주머니가 본부인을 인정하는 것처럼 영주도 성재의 부인을 인정하고 있다.

그러면 저 아주머니와 내가 똑같은 상황이면 나도 성재의 첩인가?

다른 점을 찾아보려면 있기는 있다.

나는 성재와 자 주는 것으로 해서 성재가 내게 돈을 주지는 않는다. 내가 성재를 죽을 만큼 사랑하기에 모든 것을 다 주고 싶은 것이다. 하기야 생활비를 성재가 내놓기는 하니 완전히 부인하는 요소는 아니다.

저 아주머니에게는 그 아저씨의 딸이 있으니 양육비나 교육비 그리고 생활비를 주어야 할 의무도 있는데 나는 성재와의 사이에 아이도 없으니 이런 돈으로 명분을 찾기는 어렵다.

나는 성재가 돌아가겠다고 하면 언제라도 보내 준다고 했다. 저 아주머니도 그 아저씨에게 그렇게 얘기했을 수 있으니 이것도 차이점이 있다고 볼 수 없다.

그러면 저 아주머니나 나나 똑같다는 결론이다.

이런 사실들에 대해 실망하면 욕심이라고 그렇게 누누이 다짐했지만 잘 안된다.

사랑하는 사람을 만나게 되고 그 사랑이 허용되는 것에 대하여 감사하게 생각하자는 그런 것이 이럴 때는 잘 안된다.

⬩◆⬩

매년 그렇듯이 올해도 4월에는 벚꽃이 여의도에 줄지어 구름 모양을 만든다.

지난해 여의도에서의 일들을 끄집어내며 영주는 성재에게 눈을 흘긴다.

"그때 손잡고 그런 일만 없어도 오빠한테 넘어가지 않았는데, 처음부터 나 꼬셔 보려고 작정했던 거지?"

성재는 그렇다고 하면서 손을 잡는다. 영등포 내에서는 손을 잡지 않기로 했지만 오늘은 예외다.

"오빠, 그리고 한 가지 좋은 일이 있어. 나 다음 달부터 월급 오르면서 우리 라인 반장이 되었어. 국희 언니도 우리 회사 반장으로 있었던 것 알지?"

작년에 처음 입사했을 때 부장님과 과장님이 얘기한 대로 예상보다 빠르게 진급이 되었다.

가발 생산 경력은 이전 성수동 경력과 더불어 반장으로 진급하는 데 이상할 것이 없었고 능력도 주변으로부터 인정이 되고 마침 생산 라인 한 개를 더 증설해야 할 필요가 있던 참이었다.

"그래? 정말 좋은 일이네. 정말 축하할 일이야. 잘했다, 영주야. 오늘 축하 파티를 하자."

너무 좋아하는 성재의 표정에 영주도 신이 난다.

그러면서 얼마 전 영주가 했던 말이 부끄럽다. 성재가 잘되는 것이 좋지만은 않다는 말 등.

이 사람은 이렇게 좋아해 주는데 그런 말을 했던 것이 부끄러워진다.

"근데 영주야, 좀 문제가 있어."

"무슨 문제?"

성재의 얼굴을 보니 곤란한 표정이다. 간성에서 성재의 아내와 아이들이 온다고 했다. 첫째가 다섯 살 딸이고 둘째가 두 살 아들이다. 어린이날이 휴일과 맞물려 있어 서울에 와 이틀, 삼 일 있다가 갈 거라고 한다. 전혀 생각지도 못한 일이다.

놀라서 가던 길을 멈추고 길옆으로 빠져 성재와 마주했다.

"그러면 어떻게 해? 내가 잠시 나가 있어야 해?"

"아니, 생각을 좀 해 봤는데 내가 다른 데 방을 얻어서 잠시 있다가 오면 돼. 한 달 쓰는 달 방 같은 것 찾아서 이삼일 있다가 들어오면 되지. 옷가지 일부하고 끓여 먹는 그릇 몇 개 옮겨 놓으면 돼."

그렇게 얘기하는 성재는 그렇게 되어 미안하다는 표정으로 영주를 다독여 준다.

"오는 날이 언제이지?"

"5월 3일에 온대."

5월 3일이면 두 주도 안 된다. 마음이 급해졌다.

"그럼 서둘러 찾아야 하겠네. 우리 여기서 꽃구경을 할 시간이 아니네. 지금 찾아보러 가자."

영주는 성재의 팔을 끌고 우선 문래동 쪽을 찾아보기로 했다.

가면서 아무리 달방이라도 좀 좋은 것을 찾아 주고 싶었다.

"오빠, 잠깐 쓰더라도 좀 좋은 것으로 해. 내가 그렇게 해 주고 싶어. 내 돈으로 해 줄 거야. 왜 그래야 하는지 이해할 수 있어? 내 남자의 일은 내 일이라서 그런 거야."

나는 너의 첩이 아니고, 너는 나의 남자이기에 내가 알아서 한다는 자존심이다.

"그래, 알았어. 네가 하자는 대로 다 따를게."

복덕방에는 왜 한 달만 써야 하는지 적당한 이유를 대고 찾아 달라고 했고 복덕방에서 소개한 방은 좀 비싸지만 지금 영주와 성재가 사는 그 비슷한 정도는 된다.

방은 비어 있고 생각이 바뀌어 일 년을 계약하면 싸게 해 준다는 복덕방 아저씨의 설명이다.

전혀 그럴 일은 없지만 진지하게 듣는 척을 하며 한번 살아 보고 결정하겠다고 했다.

"명색이 과장님인 오빠를 허름하게 살게 할 수는 없지. 단 하루를 살지언정 그렇게는 못 하지."

쓸데없이 돈 쓰는 것 아닌가 하는 성재의 표정에 영주는 단호하게 그러나 웃으며 말한다.

그다음 주부터는 퇴근하면 이것저것 있어야 할 물품들을 생각날 때마다 사다 날랐다.

성재의 식구들이 돌아가면 다시 갖고 들어와서 쓰면 될 것이니 괜찮은 물건들로 구입했다.

우선 주방에서 쓰는 물건들 위주이고 소소한 일상 용품들도 사서 날랐다.

물건을 들여놓을 때는 영주는 들어가지 않고 성재가 나올 때까지 집 근처에서 기다렸다.

혹시 나중에 성재 아내가 주변 사람들과 소통이 될까 염려하여 그런 계산까지도 했다.

"전에 다니던 여자가 부인인 줄 알았는데?" 뭐 이런 불상사가 있을 수도 있는 일이었다.

그리고 그날이 내일이다. 내일 그의 아내와 아이들이 온다.

앞으로 3일 정도는 보지 못하고 혼자 있어야 한다. 이번에는 전의 일본 출장 때와 달리 마음이 심란하다. 성재를 보지 못해서, 성재 없이 홀로 지내야 해서 심란한 것이 아니다.

지금 나를 품고 있는 이 남자가 내일 다른 여자를 품을 거라는 생각에 심란하다.

그래서 다른 밤보다 성재의 가슴에 더 파고들고 놓아주지 않을 것처럼 그를 품는다.

아침에 출근 시간이 되어도 영주는 성재를 안고 놓지 않는다. 그런 영주가 안쓰러워 성재는 영주의 머리를 감싸 안고 그녀가 풀어 줄 때까지 기다린다. 고개를 든 영주의 눈에 눈물이 고여 있다.

지금 성재가 출근하고 나면 최소한 3일은 이 집으로 들어오지 않을 것이다. 그런 것은 문제가 안 되는데, 며칠이고 아니 한 달간 들어오지 않아도 견딜 수 있는데 다른 여자와 시간을 보낼 거라는 생각이 견디기 힘들다.

언젠가는 보내야 할 사람이다. 욕심을 내지 말자. 잠시 빌려 사는 것만으로도 감사하자.

머리로는 이렇게 명령하지만 감정은 흐트러진다.

퇴근 후 빈방에서 홀로 저녁을 대충 먹는데 혼자 먹는 밥이 맛이 없다. 자주 다니던 동네 산책도 혼자 걸으니 처량한 기분이다.

잠을 청해도 잠이 오지 않는다. 머릿속에서는 지금 시간 성재가 그의 아내와 갖는 잠자리의 상상으로 견디기 힘들다. 이런 자신이 미친년인 줄 알고 있다.

다음 날은 어린이날이라 출근도 하지 않아 늦게 일어나도 되는데 밤새 잠을 설치고도 누워 있기가 답답했다. 오늘은 혼자 어떻게 보내야 하다 고민하는데 명자 생각이 났다.

지난주 잠깐 통화할 때 명자 집에 전화 개통이 곧 될 거라며 알려 준 번호가 있다.

전화 놓는 비용이 꽤 들지만 주인집에 전화가 없어 회사에서 수시로 진명이나 엄마와 통화를 해야 하는 명자가 전화를 신청했다.

처음 걸어 보는 전화에서 명자의 음성이 들린다.

"명자야, 오늘 우리 시내에서 같이 밥 먹을까? 어머니하고 진명이도 같이 나와서. 오늘이 어린이날이니 진명이 선물도 해 주려고."

명자도 좋다고 한다. 그렇지 않아도 영주하고 같이 어린이날을 보낼 생각이었는데 어제 영주 회사로 연락하는 것을 깜박했다고 한다. 오늘은 당연히 회사 휴무라 연락이 안 되기에 자기네 식구들만 나가 볼까 하는 중이었단다.

사실 영주는 아래층 집에 전화가 있지만 사용하지 않는다. 명자와 선희에게도 새로 이사한 집에는 전화가 없다고 알려 주지 않았다. 회사 전화로 충분하다고 생각했고 무엇보다 성재와의 공간에 어떤 영향이라도 미칠까 하는 우려가 더 컸다.

만나기 전 진명이에게 줄 선물을 미리 구입해야 했기에 약속 시간 훨씬 전에 시내에 도착했다.

일 년 중 어린이날은 문구점이 기다리는 대목이다. 진명이 물건을 고르면서 '주호도 내년에는 장난감을 갖고 놀 수 있겠지?' 하는 생각이 든다.

로봇 장난감과 자동차를 사서 진명이에게 선물하고 점심을 먹었다.

근처에는 진명이 데리고 갈 만한 장소가 마땅치 않아 잘 가던 여의도로 향했다.

벚꽃은 이미 지고 잎들이 커지고 있다. 바닥에는 떨어진 꽃비의 잔해들이 있을 뿐이다.

어린이날이라 아이들을 데리고 나온 가족들이 대부분이다. 길가에 자리를 깔고 앉아 김밥이나 과자 등 펼쳐 놓고 먹는 가족들이 많다.

지난밤 잠을 설친 후유증인지 영주는 피곤함을 느낀다. 저녁 시간은 좀 이르지만 영등포 시내로 돌아가 저녁 식사를 하고 헤어지기로 했다.

이른 저녁을 먹고 명자부터 버스를 태워 보냈다. 피곤하지만 이렇게 일찍 집에 가서 혼자 있고 싶지 않았다. 혼자서 시내를 기웃거리다 그런 혼자의 방황이 처량한 것 같아 이내 집으로 가는 버스를 탔다.

대문 앞에 다가갔을 때 집 안에서 싸우는 소리가 난다. 대문 앞에 멈추어 기척이 나지 않게 틈새로 살짝 들여다보니 주인아주머니와 큰딸이 다투는 중이다. 아주머니는 큰딸의 팔을 잡고 큰딸은 그 손을 뿌리치려고 한다. 그 모습을 작은딸이 서서 보고 있는데 울고 있다.

큰딸은 집을 나가겠다고 하는 것이고 아주머니는 만류하는 상황이다.

큰딸의 말은 자신의 진짜 아버지가 누구인지 사실대로 말하라고 한다. 찾아가겠다고.

그 아저씨 돈으로 공부하기 싫으니 동생을 데리고 나가겠다고 하는 소리다.

아주머니는 너희를 키우기 위해서는 방법이 없다는 말을 한다.

곧이어 딸의 앙칼진 소리가 들렸다.

"나는 첩 딸로 사는 것을 원하지 않아. 나도 나중에 첩으로 살면, 엄마는 그런 나를 원하지 않지? 첩 딸로 내가 제대로 시집이나 갈 수 있겠어? 학교도 때려치우고 공장 가서 돈 벌 거야. 엄마도 공장이든 식당이든 알아봐. 그렇게 한다면 여기서 살게. 대신에 그 아저씨 다시는 여기 못 오게 해."

아주머니는 빌다시피 그러겠다고 하면서 동네에 다 들리니 들어가서 얘기하자고 한다.

마당의 소동이 대충 수습되는 것을 확인하고 영주는 발길을 돌려 큰길로 나갔다.

그 소동에 영주의 가슴이 쿵쾅거린다. 성재의 추정이 맞았다. 아주 정확하게 맞았다.

시내 반대 방향으로 곧장 걸으면서 아주머니는 딸이 원하는 대로 정리를 할지 궁금하기도 하다.

그런 궁금함과 함께 비로소 영주는 자신이 그 아주머니와 다른 점이 있다는 것을 확신한다.

주인아주머니는 딸들 교육 때문에 방법이 없다는 말을 했다. 사랑보다는 돈 때문에 그런 것이 명확하고 바로 그 점이 영주와는 다른 점이다.

나는 내가 벌어서 사랑이든 가족이든 지키는 거다. 아무리 절박한 상황이라도 내가 나가서 벌지, 남자에게 분 냄새 풍기며 기생하지 않는다. 그 차이다. 그런 결론으로 명확하게 차이점이 정리되니 영주의 자존감이 다소 회복되는 것 같다.

요즘 많은 번민과 회의감 그리고 불안감 등이 영주를 괴롭혔다.

자존감은 이러한 번민과 회의감, 불안감에서 좀 벗어나게 해 주는 것 같다.

다시 집으로 돌아와 대문 안의 동정을 살피니 조용하다. 문소리가 크게 나지 않게 조심하면서 영주의 집으로 올라갔다.

이불을 펴면서 피곤함이 밀려오는 것을 느낀다. 오늘은 잠을 좀 잘 것 같다.

아침 출근길 버스 정류장에서 버스를 기다리는데 주인아주머니의 딸들이 보인다.

영주는 그네들을 보았지만 그네들은 영주를 인지하지 못하고 건너는 신호등이 파란불이 되기를 기다리고 있다. 어제의 일도 있고 해서 오늘은 알은체를 하지 않았다.

아래층 상황이 앞으로 어떻게 될지 궁금함과 아울러 걱정이 된다.

내일은 성재가 돌아오는 날이다. 하루만 지나면 그가 오는 것이니 희망도 있다.

그가 돌아오면 표시가 나지 않도록 조심하자는 생각이다. 별거 아닌 일, 다 이해하고 있으니 괜찮다는 식으로 대해 줄 것이다.

퇴근을 하고 남아 있던 밥으로 간단하게 저녁을 마치고 산책길에 나섰다. 시간 죽이는 방법은 동네 산책밖에 없었다. 평소 같으면 빨래도 하고 청소도 하겠지만 혼자 집에 있기가 싫었다.

돌아와 방문을 열기 전에 신발을 벗으려다 성재의 신발이 보였다. 내일 오기로 한 성재가 와 있었다.

"아니 오빠, 어쩐 일이야? 내일이 오는 날 아냐?"

반갑고 놀라웠다. 그런 영주를 성재가 안아 준다.

"응, 오늘은 잠시 들러서 너 보고 가려고. 별일 없는지 걱정도 되고 해서. 잘 먹고 잘 자고 잘 지내고 있지?"

그런 그가 너무 고맙다. 날 걱정해서 잠시 들러 준 것이 영주의 모든 상념을 날려 버린다.

"잘 못 지내지. 심심해. 빨리 안 오면 나 딴 놈하고 바람피운다."

눈을 흘기면서 투정 부리듯이 말하고 성재를 있는 힘껏 끌어안는다.

늦으면 식구들이 걱정할 수 있으니 빨리 가라고 하면서 성재의 팔을 잡고 문을 나섰다.

같이 버스 정류장으로 나왔지만 영주는 지나는 택시를 잡아 성재를 태워 보냈다.

그가 잠시 들러 준 것만으로도 영주는 그에 대한 마음의 여유가 생겼고 동시에 나보다 아이들과 아이들 엄마가 우선이라는 큰 아량을 보여 주고 싶기도 했다.

⬩◆⬩

성재가 돌아오고 일상은 전처럼 회복되었다.

초여름에 접어들면서 몸에 이상 기운을 느꼈다. 날씨가 더워지기 시작해서 그런가 보다 했지만 느낌이 불안하다. 3년 전 주호를 임신했을 때의 기억을 더듬어 보니 그와 흡사한 것 같았다. 의심이 들기 시작하니 회사에 출근해서도 종일 마음이 어수선하다. 당장이라도 병원에 가서 진단을 받아 보고 싶은 마음이 굴뚝같지만 조퇴의 명분이 마땅치 않다.

공단에서 영등포 시내 방향에 산부인과 두세 곳이 있는 것을 기억한다. 퇴근 후에 가면 병원도 문을 닫을 수 있고 일요일에 간다고 해도 병원도 일요일은 쉬는 날일 것 같다.

헛걸음을 하더라도 퇴근 후 가 보려고 마음먹는다. 하루라도 빨리 알아보고 싶은 초조함도 있다.

회사를 나오자마자 누가 볼까 주위를 살펴 가면서 도착한 병원에는 빛바랜 낡은 현수막이 걸려 있다. "아들딸 구별 말고 둘만 낳아 잘 기르자."

그러고 보니 전에 회사에서 스치듯 들었던 얘기가 생각난다. 여기 공단 주변에 산부인과가 많은 이유는 낙태하는 여공들이 많아서 그렇다고 한다. 이쪽의 산부인과들은 저녁 늦게도 열어 놓고 일요일에도 근무한다는 소리가 있었다.

그래서 그런지 병원은 열려 있었고 붐비지 않아 길게 기다리지 않고 의사의 검진을 받을 수 있었다. 영주의 초조함은 아랑곳없는 그 의사는 임신 4주라고 진단을 해 준다.

보통의 산부인과는 "축하합니다."라는 소리도 있을 법도 하지만 여기서는 그런 소리가 없다.

낳을 것인지 일단은 묻고 항시 오는 젊은 여자들의 목적을 알고 있기에 곧바로 수술할 거냐고 묻는다. 지금도 가능하다는 말도 덧붙인다.

그리고 추가적인 안내의 말은 간단하게 금방 끝나고 비용은 얼마라는 기계적인 말투다.

임신인지 아닌지 확인하러 왔고 남편과 상의해 보겠다고 하고는 병원을 나왔다.

그럴 것 같다는 예상은 했지만 확실한 결과를 들으니 방금까지도 초조했던 마음은 사라지고 차라리 차분해진다.

혼자서 알아서 처리를 해야 할지 처리를 해도 성재에게 알려야 할지 아직 생각의 정리가 되지 않았다.

낳아야 하나 말아야 하나 문제의 고민이 아니라 무조건 지워야 하는 것이기에 성재에게 알려야 하나 말아야 하나로 생각의 정리를 해야 한다.

그날은 성재에게 임신에 대한 사실을 얘기하지 않았다. 하루 더 생각을 해 보기로 했다.

다음 날 출근해서도 머릿속에는 이런저런 잡념과 상상들이 가득 차 있다.

사랑하는 사람의 아이를 낳고 싶다. 아들이든 딸이든 사랑하는 사람의 아이를 낳아 키우고 싶다.

아이 아빠가 없어도 내가 키울 수 있다는 생각도 든다. 그러면 주호와 지금의 남편은 어떻게 될지 계산도 없이 대책이 없는 그런 망상도 한다.

성재에게 이혼하라고 하고 나도 이혼해서 성재와 나와 그리고 둘 사이에 있는 아이를 키우면서 살자고 할까? 나는 그렇게 할 수 있는데 오빠는 그렇게 할 수 없을 거야. 그러면 나만 이혼하고 아이를 데리고 살고 성재가 자주 들르고 그런 방법은 어떨까? 이 방식은 결국 내가 첩이 되는 것이다.

엄청난 대가를 치르고라도 성재의 아이를 낳아 보겠다는 생각은 미친년이 아니면 할 수 없는 생각이라고 정신도 차려 본다.

그냥 성재만 사랑하는 것으로 족하다고 여러 번 다짐했지만 아이가 생겼다는 예기치 못한 변수에는 이렇게 미친 생각과 끝 모르는 욕심에 휘둘려 이성이 흐려지고 있다.

생각의 정리 없이 그저 얘기해 보려 한다.

마주 보고 얘기하기가 두려웠다. 성재의 반응이 어떨지 모르지만 그 반응도 보기가 두려웠다. 저녁 식사 후 거의 매일 하는 동네 산책에서 얘기하기로 했다.

"이 얘기를 해야 하나 말아야 하나 고민하다가 하는 거야. 말하지 않고 내가 혼자 결정하는 것도 아닌 것 같아 얘기하는 거야. 나 오빠 아이 가졌어. 그러니 이런 문제는 오빠에게 당연히 알려 주어야 하는 것 맞지?"

발길을 멈춘 성재는 아무 말이 없다. 얼굴을 마주하지 않으니 어떤 표정인지 모르겠다.

"내가 미안하다. 큰 고민을 안겨 주었네. 내가 조심하지 못해 이렇게 되니 미안하다. 그러면 이제 어떻게 하려고? 영주 네 생각은 어때?"

성재의 반응이 어떨지 내내 두려웠는데 이 사람이 미안하다는 말을 하고 영주의 생각도 물어본다.

내가 이 남자에 미치는 이유가 이런 것이다.

두려워했던 반응은 "어쩔 수 없지만…." "아쉽지만…." "우리 상황에…." "당연한 결론…." "앞으로 조심하자." "빨리 지우자." 등의 말들이 성재로부터 나오는 것이었다. 그런 단어가 섞인 말을 내가 하면 괜찮지만 성재가 하면 큰 상처일 것 같았다.

"결론이야 뻔한데 나 너무 슬퍼. 우리 상황에서 낳을 수가 없는 것은 알아. 그런데 이 아이가 내 배 속에서 크고 있는데, 내가 이 아이를 세상 구경도 못 하게 하면…."

더 할 말이 있지만 목이 메고 눈물이 쏟아져 말을 잇지 못한다. 그런 영주를 성재는 마주 보며 안아 준다.

"일단 집에 들어가자. 들어가서 더 생각하자."

생각해 보자는 그의 말이 고맙다. 하지만 그런 말은 영주의 끝없는 욕심과 망상에 미련을 갖게 하는 것도 사실이다.

방으로 들어온 영주는 한쪽 구석에 무릎을 세우고 앉아 눈은 허공을 응시한다. 그런 영주를 바라보는 성재의 표정은 착잡하다. 방에 들어온 이후 성재는 계속 방 한가운데에 서서 영주를 바라보고만 있었다.

"나 이번 토요일에 병원 가서 지우고 올게."

초점 없는 눈으로, 맥없는 소리로 혼자만의 소리처럼 말한 영주의 눈에서는 또 눈물이 솟는다.

성재는 아무 말도 없다. 집에 들어가서 더 생각하자고 했던 성재는 아무 말이 없다.

무슨 생각을 할 수 있겠나 하고 이해는 하지만 말도 안 되는 헛소리라도 해 주길 바랐지만 그의 침묵이 야속하다.

그날 밤은 계속된 침묵의 시간이었고 잠을 잘 때도 떨어져서 잤다.

아침에 일어나서도 둘의 침묵은 계속되고 성재는 매 순간 영주의 눈치를 보면서 걱정하는 듯한 얼굴이다.

출근을 하고 나서도 하루 종일 마음을 다잡고 다짐하느라 애를 썼다. 더 이상 어떤 방법의 수를 찾아보려 하거나 미련을 갖지 말자고, 그리고 오늘부터는 다시 전처럼 아무 일 없는 듯이 생활하자고. 그렇게 마음먹고 그날 저녁 퇴근하여 아무 일 없었다는 듯이 저녁도 준비해 놓고 성재를 기다렸다.

퇴근하고 들어온 성재는 자신의 예상과는 달리 영주가 웃어 보이자 의아한 표정이다.

영주의 이런저런 얘기에도 반응이 전과 같지 않다. 뭔가 깊이 생각을 하는 듯했다.

"영주야, 우리 다시 생각해 보자. 아이 낳는 쪽으로."

성재의 표정은 굳어 있고 하는 말도 비장하다. 전장에서 죽음을 앞두고 결사 항전의 다짐을 하는 장군의 말도 이러했을 것 같다. 빈말이어도 아이를 낳자고 하는 말에 영주는 눈물이 난다. 그가 너무 고마워서다.

"내가 오늘 내내 생각해 봤는데 이러면 어떨까?"

잠시 주저한다. 하던 말을 잠시 끊고 영주의 표정도 살핀다.

"아이를 낳아서 영주가 키워. 우선 낳아서 여기서 같이 키우다가 나중에 간성에 가면 아는 사람의 아이인데 키울 수가 없는 상황이 되어서 데려왔다고, 그런 후에 입양 방식으로 하면 어떨까? 아이 키우는 데 내가 돈 같은 것은 충분히 해 줄 수 있어. 그러면 우리가 계속 볼 수도 있고."

그런 성재의 표정은 간절함이 없다는 것을 읽을 수 있다. 단지 책임감에 대한 한 가지 방법을 제시하는 정도라고 보인다. 그래도 모른 척 아무 말을 하지 않는 것보다는 낫다.

"오빠, 아무 생각도 하지 마. 내가 결정한 대로 내가 알아서 할게. 오빠가 이혼하고 나하고 산다고 하면 나도 이혼할게. 그런 거라면 몰라도 오빠가 얘기하는 방식은 아니야. 돈으로 책임을 다한다고 생각하는 거야? 아이에게 아빠를 속이고, 우리 둘 다 앞으로 수많은 날이 힘들어질 수 있다는 생각은 안 들어? 무엇보다도 가까운 사람들을 속이고 살아야 하는데 그게 가능할까? 오빠 부인과 나의 남편 그리고 아이들을 말하는 거야. 아이 나아서 내가 키우고 오빠는 뻐꾸기 새처럼 그렇게 살고 싶어? 나중에 어느 시점에 밝혀진다면 속았던 사람들의 배신감은 어떨지 그런 생각은 안 해? 그 속았던 사람들의 우리에 대한 배신감을 어떻게 감당할 수 있을까? 그래도 그렇게 얘기해 주어 고마워."

영주는 성재의 손을 잡고 설득하듯이 차분하게 얘기한다. 솟아오르는 눈물로 가슴에서 터져 나오는 격정을 씻어 내리며 단호하게 얘기한다.

토요일까지 기다리는 동안 번민과 쓸데없는 미련이 계속 영주를 괴롭힌다.

'이 아이는 아마도 성재를 똑 닮은 아들일 텐데, 그를 닮아 성격 좋고 똑똑한 아이로 클 수 있을 텐데.' 하는 생각이 영주를 괴롭힌다. 성재의 제안도 말도 안 되지만 자꾸 미련이 있다.

명자가 보고 싶다. 명자는 가톨릭 신앙의 영향이 컸다고 얘기했지만 아마도 사랑하는 남자의 아이를 지우는 것이 힘들 수도 있었겠다고 생각했다.

명자의 사연을 들을 때 '그랬었구나.' 하는 정도였지만 그 입장에 대해서 깊이 생각해 보지는 않았었다. '명자의 고통과 번민이 이랬었구나.' 하는 생각이다. 이 힘든 고통을 명자는 겪었고 지금도 겪고 있다. 나만큼, 아니 나보다 더 큰 아픔이었을 거고 그 아픔의 벽을 넘지 못해 주저앉았기에 지금도 주저앉아 아파하고 있다.

토요일 아침이 되고 성재는 오후에 병원에서 기다리겠다고 한다.

그것도 괜찮다. 혼자 치르고 나서의 허탈감이나 허전함, 또는 상실감이 있을 것이고 곁에 성재가 있어 주면 위안이 될 듯싶다.

회사의 하루는 길었다. 일에 집중이 되지 않고 겨우겨우 하루를 채우는 긴 시간이었다.

병원으로 가니 문 앞에 성재가 기다리고 있다.

들어오지 말고 밖에서 기다리라고 하고 혼자 들어갔다. 뒤에서 성재가 뭐라고 하는 소리가 있었지만 잘 들리지 않는다. 아마도 잘 하고 오라는 소리일 것이다.

간호사가 지난번 진료 서류를 확인하면서 잠시 기다리라고 한다. 이름이 호출되고 십 분도 되지 않아 간단하게 끝났다.

아무 생각도 하지 않기로 했지만 병원 문밖에서 서성이는 성재를 보자 또 눈물이 난다.

성재가 걱정스러운 듯이 다가와 영주의 어깨를 살짝 안아 준다.

"오빠, 미안해. 우리 아기 내가 이렇게 하늘로 보내서 미안해."

그렇게 말하고 나니 눈물만 아니라 울음이 소리 내어 나온다. 엉엉 소리를 내어 운다.

성재는 아무 말도 하지 않고 그저 영주의 어깨를 감싸 안고 걷는다.

성재는 집으로 돌아와 영주를 눕게 하고 미역국을 끓일 준비를 한다.

회사에서 일찍 나와 미역이며 고기 등 재료를 사다 놓고 병원으로 갔었다.

성재가 저녁을 준비하는 동안 영주는 돌아누워 곧 피곤함으로 잠이 든다.

며칠간의 번뇌와 고뇌에 대한 피로감 그리고 한참을 울고 난 후의 피곤함이 몰려와 쉽게 잠이 든다.

그런 영주를 깨우지 않고 일어날 때까지 성재는 기다려 주었다.

영주가 일어나 보니 밤 열 시 정도가 되었고 기다리고 있는 성재를 보고는 웃어 보였다.

괜찮다는, 걱정하지 말라는 그런 의미의 웃음을 보내고 싶었다.

허기도 진다. 미역국을 많이도 끓였다.

"웬 미역국을 이렇게 많이 끓였어?"

"오늘도 먹고 내일도 하루 종일 먹어야 해. 내일 새로 한 번 더 끓일 거야. 며칠간 미역국만 먹어."

그렇게 말하는 성재가 귀엽기도 하고 듬직하기도 하다.

허기도 지고 미역국도 맛있게 끓였기에 많이 먹었다. 몸 생각을 해서 많이 먹으려고도 했다.

"오빠, 미역국 참 맛있게 끓였네. 정말 잘 먹었어. 고마워, 오빠."

모처럼 보는 영주의 편안한 얼굴에 성재도 안도감이 생긴다.

다시 자리에 누워 다음 주에 명자를 만나 보겠다는 생각을 해 본다. 명자가 겪었던 아픔은 어떤 아픔이었는지, 나와 비슷한 건지 다른 건지 알아보고 싶었다.

대강 선희에게 들었던 말이지만 명자에게 직접 들어 보고 싶은 생각이 든다.

고향의 아들과 남편에 대한 생각을 할 겨를이 없기도 했지만 하려고도 하지 않았다. 지금도 그렇다. 오늘 지워 버린 아이에 대한 아쉬움과 미안함만 남아 있을 뿐이다.

◆◆◆

수술 이후 며칠간은 머리가 멍한 상태로 지냈다. 스스로가 혼란스러운 감정에서 헤어 나오지 못해 생각이 깊은 시간이 많았다.

지워 버린 아이에 대한 죄책감이 아니다. 사랑하는 남자의 아이를 버려 버린 아쉬움도 아니다.

며칠 사이 영주의 위치를 새삼 느꼈고 성재의 위치를 분명하게 확인하게 된 그것 때문이다.

항시 다짐은 했었다. 언젠가는 보내야 할 사람이고 지금 잠시 그와의 시간에 감사하고 욕심내지 말자는 다짐을 수없이 했지만 그의 아이를 가졌을 경우의 예상은 하지 못했고 속수무책으로 헤매다 깊은 상처를 입었다.

명자와 통화하고 공단 근처의 식당에서 저녁을 먹자고 했다.

명자와의 사이에 격식이나 인사를 차릴 것도 없고 적당한 곳에서 술 한 잔을 하자고 해서 그 전에 몇 번 다녔던 식당에서 만나기로 했다.

작년에 선희도 같이 있을 때 밥을 하기 싫으면 같이 나와서 밥을 먹던 몇 집 중 하나이다.

영주가 식당 안으로 들어서자 아는 얼굴임을 확인한 아주머니가 반가워한다. 왜 발길을 끊고 오지 않았느냐고 힐난도 한다. 다 헤어져 살고 다른 곳으로 옮기고 그래서 그렇다는 변명도 하며 자리에 앉고 곧 명자도 들어왔다. 좀 자주 오라는 아주머니의 너스레에 명자도 "그럴게요."라고 하면서 영주와 마주한다.

진명이와 어머니의 안부를 묻고 못 본 사이에 더 예뻐졌다는 칭찬의 말도 곁들였다.

그냥 실없이 놀리는 것이 아니라 더 예뻐 보이는 것은 사실이다.

그렇게 회사 얘기, 지난 시절 선희와의 생활에 대한 추억 등에 대한 얘기로 호호 하하 웃는 중에 술병은 이미 두 개가 비어 있었다.

"명자야, 너 아직도 진명이 아빠에 대한 얘기 내게 해 주지 않았는데 나 좀 서운해. 너에게 묻기 뭐해서 전에 선희에게 물었더니 너에게 직접 들으라고 하더라."

선희가 대충 얘기해 준 사실은 말하지 않고 전혀 알지 못한다는 식으로 얘기했다.

말 그대로 대충 얘기한 거였고 진명이 아빠에 대한 얘기는 선희도 해 주지 않은 것이 사실이다.

명자는 잠시 생각하는 듯하더니 그런 얘기를 할 틈이 별로 없었고 영주에게 말 못 할 비밀도 아니니 섭섭한 생각은 하지 말라고 한다.

"진명이 이름이 왜 진명이인지 모르지? 그 사람 이름이 진규야. 그래서 그 사람 이름의 '진'과 내 이름 '명' 두 개를 따서 지은 이름이야. 그 사람 만난 곳이 경남 마산인데, 그때 그 사람은 마산에서 군대 생활을 할 때고 나는 거기서 합섬 회사의 공장에 다닐 때였어. 그 사람은 대학에 다니던 중 군대에 입대하고 제대 후에는 다시 학교로 복학했고 뭐 그러다 진명이를 낳게 된 거야.

왜 지우지 않았냐고? 우리 집이 옛날부터, 먼 조상 때부터 성당에 다니는 집이거든. 낙태는 절대 안 된다고 해도 내가 마음먹으면 지울 수 있었어. 마산에서 집안 모르게 처리할 수도 있었지만 그러고 싶지 않더라. 애 낳는 것도 아니고 병원 한 번 다녀오면 누구도 모르게 할 수 있었지만 낳고 싶었어. 지금 생각하면 미친 짓이라고 하겠는데 그때는 진명이를 낳고 싶었어.

그 사람 아이이기 때문에.

그때 나는 합천 골짜기 촌에서 세상 물정 모르는 촌뜨기로 마산에 와서 낮에는 일하고 저녁에는 회사에서 운영하는 야간 고등학교에 다니던 중이었고 그 사람은 마산에 있는 부대에서 군 생활을 하는 중이었고.

그 시절에는 안경 낀 군인이 그렇게 멋있어 보이더라. 우리 동네에는 안경 낀 사람이 한 명도 없었거든.

하늘 같은 존재였어. 서울에 있는 대학 중에서도 좋은 대학이라고 하더라. 그 사람 부모님 얘기를 들은 적이 있는데 내가 그 사람을 넘볼 주제가 안 된다고 생각했거든.

물정 모르는 촌뜨기였지만 분수는 알고 있었지. 그저 그 사람이 무조건 좋더라, 그때는.

그 사람 아이를 내가 키우는 것만도 과분하다는 생각에 그냥 낳아 버렸지, 뭐.

그때 마산에서 그 사람이 한 얘기 중 하나가 사랑에 대한 얘기였어.

배운 사람이라 아는 것도 많았는데 그중에 사랑은 열정과 집착으로 이루어진다는 뭐 그런 소리.

자기도 책에서 읽었다고 하고 이런저런 얘기도 해 주었는데 사랑은 열정과 집착의 결정체라는 것만 알아듣겠더라.

내가 생각해 보니 나는 열정도 없었고 집착하지도 않았던 것 같아. 그저 등신같이 무조건 좋아서 헤헤거리는 그런 푼수였네."

거기까지 담담하게 얘기하던 명자는 마지막 술잔을 입에 털어 넣으면서 이제 가지고 한다.

둘이서 소주 두 병은 그렇게 과하게 취하지는 않는 양이다.

식당을 나와 걸으면서 명자는 아직 하지 않은 얘기가 있다고 한다.

"진명이 낳고 나서 몸을 추스르고 난 후에 혼자 그 사람 다니는 대학교에 찾아갔어.

네 아이 낳았으니 책임지라고 간 게 아니라 그가 그리웠고 보고 싶어서 무작정 찾아가기로 했던 거지. 다시 만나서 뭔가의 여지가 있으면 아이를 낳았다고 말할 수도 있겠다 싶은 막연한 희망도 있었지.

그 넓은 대학교 안에서 영문과 학생을 만나려면 어디로 가야 하느냐고 물어 찾아가던 중 채진규를 안다는 사람을 만나 가까스로 그를 찾았지.

나를 보더니 당황해하고 놀라더라. 더구나 상황이 좀 좋지 않은 상황이었어. 다른 여학생과 같이 있을 때 본 거야. 그 상황에서 나도 그냥 뒤돌아 나왔지, 뭐. 그게 다야. 다 얘기했으니 서운하다고 하기 없기! 알았지?"

명자 동네로 가는 버스가 오자 명자는 손을 흔들고 올라탔다.

공감이 가는 얘기도 있지만 영주 관념으로는 이해할 수 없는 부분도 있다. 그런 질문을 해 볼 기회를 주지 않고 명자는 훌쩍 차에 올라타고 가 버린다,

시간이 늦었지만 좀 걷기로 했다. 명자를 만나면 좀 위로가 될까 했더니 명자의 얘기는 혼란만 더 가중시킨다.

그럼에도 공통적인 결론은 자신이 만든 일에 대한 결과는 스스로 책임져야 한다는 것임을 다시 확인시켜 주는 것이다.

성재를 보낼 수밖에 없는 것은 분명한 사실이고 그가 떠나갈 때 내가 힘들어하지 않기 위해서는 뭔가의 준비와 생각의 정리가 필요할 듯싶다.

버스에서 내리니 늦은 시간임에도 성재가 정류장에서 기다리고 있었다.

언제 올 줄 알고 여기서 기다리고 있냐고 하니 조금 전에 나왔고 방보다는 여기가 시원해서 괜찮다고 한다.

자리에 누워서도 명자가 이해되지 않는 부분이 여러 개 있지만 그중 하나가 왜 아이 낳았다는 얘기를 그 사람에게 하지 않았는지 궁금하다. 명자의 자존심인지도 모르겠다.

남자에게 질척거리지 않고 내 아들은 내가 키운다고 하는 명자가 참 멋있어 보인다.

성재를 사랑한다. 이 사랑하는 사람을 나중에 보내 줄 때 나도 명자와 같이 그렇게 멋있게 보내 줄 수 있을지 의문이다. 옆을 보니 성재는 이미 잠들어 있다.

영주에게 그해 여름은 우울한 여름이었다. 더위가 기승을 부리고 있던 어느 날 아랫집에 변화가 생긴다. 영주가 퇴근하고 돌아오니 주인아주머니가 영주를 기다리고 있었다.

집이 팔렸고 곧 새 주인이 이사를 올 거라 한다. 그래도 세 준 이 층은 아무런 변동 사항이 없을 거니 걱정하지 말라는 얘기다.

"어머, 생각지도 못했어요. 그럼 어디로 가세요?"

뜻밖의 일이었기에 영주는 놀라움을 감추지 못하고 물었다.

아주머니의 본가가 충청도 당진이어서 당진으로 가고 두 딸도 당진에서 학교를 다닐 거라고 한다.

지난번 큰딸이 엄마에게 대들며 했던 말이 생각난다.

첩의 딸, 학교 때려치울 거야, 공장, 그 아저씨 다시 오지 못하게 해, 그런 얘기들.

그들이 떠나기 전 아래층 마당에 작은 화단과 같이 어우러져 있던 화분들을 이 층에 올려놓고 떠났다. 영주가 퇴근 후 대문을 열고 마당으로 들어설 때 아래층 집은 이미 비어 있었다.

화분 몇 개를 이층에 올려놓고는 인사도 없이 그렇게 떠났다.

평소에도 조용한 아래층이었지만 비어 있다고 생각하니 적막한 느낌이다.

성재도 아직 돌아오지 않고 영주 혼자 있으니 그런 생각이 든다.

골목을 지나는 사람들의 발걸음 소리가 반갑게 느껴진 것은 처음이다.

떠나간 이들의 그간 사정이 어땠는지 궁금하다. 아주머니와 아저씨의 관계도 어떤 결말인지 궁금하다.

그네들이 남기고 간 화분을 물끄러미 보며 성재를 기다린다. 화분의 꽃들은 이름을 알 수 없는 들꽃 같은 소박한 모습의 꽃들이다.

성재가 대문을 열고 들어오는 모습이 보일 때 영주는 저녁 준비를 하는 것을 잊고 있었다는 것을 깨닫는다.

성재는 왜 밖에 있느냐고 하면서 마당 안의 분위기가 전과 다르다는 것을 느끼는지 아랫집 창문 쪽과 영주를 번갈아 본다. 영주는 별거 아니라는 식으로 내려와서는 성재의 팔을 잡고 나가자고 한다.

"오빠, 오늘은 우리 나가서 저녁 먹자. 나도 방금 들어와서 저녁 준비 못 했어."

그간의 일들에 대해서 성재는 거의 알지 못한다. 영주는 보고 들은 아래층에 대해서 일절 성재에게 얘기한 적이 없다.

며칠 전 아래층 아주머니가 이사할 거라고 미리 해 준 얘기도 성재에게 알리지 않았었다.

그전 큰딸의 소동에 관한 일도 말하지 않았었다.

그런 얘기를 하고 싶지 않았다. 남의 일이 아닌 것 같아 일부러 말하지 않았다.

큰길 근처 식당에서 밥을 먹으면서 대수롭지 않은 듯 집주인이 바뀌고 오늘 이사를 갔고 우리 이 층은 변동 사항이 없고 그렇게 간단하게 말해 주었다. 성재는 얼떨떨한 표정이다.

"오빠, 우리 뭐 재미있는 일 없을까? 더워서 그런지 처지기도 하고 무료해."

지난 수술 이후 정말 우울한 기분이며 매사 재미가 없다. 출근해서 일을 하고 퇴근하고 자고 또 출근하고 매일이 반복되는 일상이다.

"나도 그런 생각을 하고 있었어. 요즘 영주가 처져 있어 어떻게 해 주면 즐거울까 하는 생각을 하고 있었어."

대성리라고 하는 데가 물놀이를 하기 좋았다는 얘기를 회사에서 들었다 한다.

일상에서 벗어나기만 하면 될 것 같아 그러자고 했다.

다음 주 일요일 아침 일찍 서둘러 영등포역에서 기차를 타고 청량리까지 가서 또 춘천 가는 기차를 탔다. 기차 안은 대학생 차림의 남녀들로 붐볐다.

그들 중 일부는 바닥 한쪽에 앉아 기타를 치며 노래도 부른다. '대학생들은 저렇게 노는구나. 우리 같은 사람은 매일 공장에서 일하는데, 저들은 노는 것도 우리와 다르네.' 하는 생각이 든다.

문득 명자의 그 사람이 생각난다. 그도 저 부류 속의 한 사람이겠지. 어쩌면 저 중에 있지 않을까?

나쁜 놈, 망할 놈, 혼자 잘 먹고 잘 살아라.

대성리에서 내려 철길 아래로 물이 흐르는 골짜기를 따라 한참을 올라가니 사람도 별로 없고 물이 많은 계곡이 나타난다. 다녀갔던 사람이 좋다고 할 만하다.

밥도 짓고 국도 끓이고 처음 해 보는 야외에서의 놀이는 그런대로 좋았다. 바지를 걷어 올린 채로 물속을 거니는 것도 좋았다.

물길이 흐르는 양옆의 산에서는 새 울음소리도 들렸다. 고향에는 이렇게 맑게 흐르는 큰 계곡이 없었다. 그저 물이라면 드넓게 펼쳐진 바다만 볼 수 있었다.

돌아오는 기차는 아침보다 더 붐볐고 승객의 대부분은 대학생이다.

그네들은 그 붐비는 기차 안에서도 엉켜서 기타를 치고 노래를 부른다. '이런 것은 우리만 할 수 있어.' 하는 그네들이 맘에 들지 않는다. 여학생들도 많이 섞여 있다.

명자의 그 사람도 저런 부류의 사람이고 같이 있던 여학생도 그럴 거고 그런 그들의 눈에는 명자 정도는 하찮게 보일 수도 있을 거다.

불현듯 명자와 진명의 모습이 떠오른다. 명자가 새삼 더 불쌍하게 느껴졌다.

언젠가 들은 적이 있다. 누가 몸에 불을 질러 자살했고 버스 차장 몸수색에 항의하다 잡혀간 아가씨도 있고 또 누구는 월급을 못 받아 데모하다 잡혀갔다는 그런 소리.

우리는 그러고 사는데 너희는 좋은 부모 만나서 저러고 사는구나.

서울이 좋다고, 서울에서 살고 싶다고 했던 생각들에 대한 의문도 든다.

고향은 못살지만 서울처럼 살벌하지는 않았다. 서울은 돈이 없거나 지위가 없으면 사람대접도 못 받는다는 것을 보여 준다.

괜히 대성리라는 곳에 갔다가 기분만 더 망쳤고 보지 말아야 할 세상을 본 것 같다.

♦◆♦

여름의 더운 날씨가 고개를 숙일 즈음 아래층에 새로 오는 가족들이 이사를 마쳤다.

곧 새로 사람이 들어오는 것으로 예상했는데 여름이 다 가도록 빈집으로 남아 있던 것이 신경이 쓰였다. 영주와 성재가 출근하고 나면 혹시 도둑이라도 들까 걱정이 되기도 했다.

아래층은 빈집이고 이 층 영주 살림에서도 도둑이 탐낼 만한 물건은 딱히 없지만 하루 종일 집에 사람 하나 없다는 것이 불안해서 퇴근해서 대문을 열 때마다 신경이 쓰였다.

집을 사서 온 그 주인일 것 같기도 하고 하여간 새로 이사 온 가족에 대한 반가움에 문을 반쯤 열고 인기척을 해 본다. 분주하게 정리 중인 그네들 중 한 여자가 나와서 영주를 맞는다.

가족은 부부와 아이들 셋이 있는데 아들 둘과 딸 하나라고 한다. 그리고 이 사람들은 이 집의 주인이 아니고 이들 역시 세를 얻어 이사 왔다고 한다. 덧붙여 큰아들과 작은아들이 보통 개구쟁이들이 아니어서 좀 시끄러울 수 있으니 양해를 부탁한다는 말을 한다.

절간처럼 조용했던 집이었는데 아이들 시끄러운 소리가 사람 사는 집 같아서 좋다.

아침저녁으로는 선선하여 곧 가을이 문턱에 다다를 것 같은 날에 회사에 공지문이 붙었다.

다가오는 추석에 대한 공지문이다. 이번 추석은 일주일 정도 휴무하고 회사에서 선물을 하려 하니 어떤 선물이 좋을지 전 직원 대상으로 의견을 취합하여 결정하겠다는 그런 공지이다.

그러고 보니 추석 연휴가 한 달도 채 남지 않았다.

퇴근하고 평시와 같이 저녁을 마치고 성재와 동네 산책을 하며 영주 회사의 추석 공지문에 대하여 이야기했다.

"우리 회사 사장님은 참 좋은 것 같아. 미국에서 사니 미국 사람 같은 생각을 갖고 있는 것 같아."

성재도 동의한다. 그런 회사는 별로 없다고 하면서. 하지만 생각은 딴 데 있는 것같이 집중을 하지 않는 것 같다. 뭔가 골똘히 생각에 잠겨 있는 듯하다.

"오빠, 무슨 고민 있어? 그래 보여. 말해 봐."

영주의 재촉에 성재는 아마도 앞으로 다른 일을 해야 할 것 같아서 여러 가지 생각을 하고 있다고 한다. 그에게 좋은 기회가 될 수 있는 일이다.

먼저 퇴사하고 부산으로 옮겨 간 전의 그 과장님이 부산에 있는 회사와 관련된 일을 속초나 주문진 정도에서 공장을 만들어서 하면 어떻겠냐고 제안을 했다고 한다.

그 회사는 어선의 수리 및 부품을 생산하는 업체인데 성재가 공장을 만들어 그 회사의 부품도 사서 쓰고 과장님이 성재의 기술을 아는지라 부품이나 기계 제작도 성재가 직접 하면 충분히 사업성이 있을 거라는 제안이었다. 그 부산 회사가 성재가 만드는 기계나 부품을 구입할 수도 있고 서로가 필요한 것을 주고받고 할 수 있으니 전망이 좋다고 했다.

순간 영주는 '이 사람을 보내야 하는 시간이 다가오는가 보다.'라는 직감이 생겼다.

여기까지인가? 그 인연의 끝이. 그의 설명은 그 후에도 좀 더 계속되었으나 귀에 잘 들어오지 않는다.

영주의 침묵에 성재도 더 이상 말을 하지 않았다. 집으로 돌아오는 내내 두 사람의 침묵은 계속되었다.

"그럼 이제 오빠를 보내야 할 시간인가? 잘되어서 돈 많이 벌면 좋지. 내가 항시 그랬지. 오빠가 돌아간다면 언제든지 보내 주겠다고. 하지만 막상 그렇게 된다고 하니 슬프네."

방에 들어서면서 성재를 뒤에 두고 하는 말이다. 성재는 뒤에서 영주의 팔을 잡아 마주 보게 하면서 영주의 얼굴을 감싸 안는다.

"아직 아무 결정도 나지 않았어. 그런 일 시작하려면 그렇게 쉽게 뚝딱 되는 거 아니야. 그리고 그 일을 해도 우리 인연이 끝이라고 생각하지 않아."

영주는 자신의 얼굴을 감싸 안은 성재의 손을 살짝 풀어 내린다. 이제부터는 헤어지는 연습을 해야 한다.

조금씩 티 나지 않게 거리를 두자. 갑자기 티 나면 둘 다 힘들어질 수 있으니 아주 조금씩 연습을 해 보자. 그가 '인연이 끝이 아니라고' 하는 말에 미련 두지 말자. 그런 말에 미련을 갖는 바보가 되지 말자. 애초에 슬픈 사랑을 만들지 말아야 했고 그 결말에 대한 대가는 온전히 내가 받으면 된다. 그에게 초라한 모습을 보여 주지 않으려면 접을 때는 확실하게 접는 모습을 보여 주어야 한다. 명자가 그랬던 것처럼.

그리고 그가 당장 내일모레 떠나는 것이 아니고 아직 시간은 많이 있다. 그의 말대로 아직 어떻게 될지 결정 난 것은 없다. 이런 말이 나온 것이 차라리 다행이었다. 헤어질 준비를 할 시간이 주어진 것이 다행이라고 생각했다.

그의 길이 나의 길과 다르다는 운명과 팔자가 만들어져 있는데 어떻게 해 볼 생각은 하지 말고 헤어지는 준비를 하자.

추석 연휴가 코앞에 다가왔고 전에도 그랬던 것처럼 고향 집으로 갖고 갈 선물들 준비해야 했다.

이번에도 성재는 전에 그랬듯이 주호의 옷을 사 준다. 그러지 말라고 하려 했지만 해 오던 것은 그대로 두기로 했다. 그러지 말라고 하면 티 나는 행동이나 말일 것 같아서 아무 소리를 하지 않았다. 전과 마찬가지로 회사 차를 같이 타고 가고 외형적으로 작년과 달라진 것은 없다.

단지 영주가 쏟아부었던 마음을 조금씩 거두어들이기만 하면 된다.

가능할 것 같다는 생각이 든다. 언제부터인지 성재로부터 느끼는 설렘이 거의 없는 것 같았다.

매일 같이 살다 보니 그에 대한 긴장감도 느껴 본 지 오래인 것 같다.

사랑은 열정과 집착이라고 명자가 해 주었던 말이 떠오른다. 지금 영주는 성재를 향한 열정이 있는가? 욕심은 버리기로 했고 집착도 없는 것 같으니 그 열정적인 사랑이 이제 식었을지도 모른다고…. 그러면 그렇게 힘들어하지 않고 보낼 수 있다는 생각도 든다.

영주가 헤어지는 연습을 하고 있는 중이라는 것을 성재는 전혀 느끼지 못하는 것 같다.

항시 얼굴에 웃음이 있고 말투도 변함이 없다. 성재는 간성 읍내에 도착해서 차를 세우고 내린다.

택시를 잡아 주겠다고 하며 빈 차의 기사 얼굴을 확인한다. 혹시 아는 얼굴일까 염려해서다.

간성 바닥은 한 사람 건너 다 아는 사람일 정도로 좁다. 모르는 얼굴인 것을 확인하고 뒤 트렁크에 짐을 옮겨 실어 주고 만나는 날짜와 시간을 알려 준다.

영주가 탄 차가 떠날 때까지 기다리다 손을 흔들어 준다. 작년에 서둘러 먼저 가 버린 것에 대한 영주의 불만을 정확하게 기억하고 있어 이번에는 영주 먼저 택시를 잡아 보내는 것이다.

그런 것에 고마워하지 말고 감격하지 말자. 이제부터는.

차는 집 앞 큰길에 멈춰 서고 뒤의 짐들을 내려 집 쪽을 보았다. 오늘도 동네와 집 근처는 조용하다. 멀리 밭에서 일하는 동네 어른 한 분이 보일 뿐이다.

양손에 짐들을 들고 마당에 들어설 때 남편이 나오는 것이 보인다. 영주가 돌아오는 것을 본 남편은 절뚝거리는 다리로 급히 나온다. 올 줄 알고 몇 번이고 나와 봤다고 하면서 짐을 나누어 들고 들어갔다.

아들은 아직 초저녁인데 잠을 자고 있었다. 오늘 밖에서 많이 놀아 피곤해서 그렇다고 한다.

이제는 뜀박질도 한다고 하며 남편은 아들을 깨워 일으킨다.

선잠을 깬 아들은 투정을 부리려다 영주를 보고는 "엄마!" 하면서 안긴다.

이제는 말도 많이 늘었다고 한다. 작년과 달리 말을 할 줄 아는 아들과 몇 마디 대화를 하다 보니 아들이 참 대견스럽다. 작년에는 아들을 안고 울었지만 지금은 또박또박 엄마에게 말하는 아들을 보니 영주의 입가에는 웃음이 걸려 있다.

남편이 저녁 준비를 하겠다고 해서 그렇게 하라고 했다. 아들하고 놀아야 하니 그렇게 해 주라고.

남편이 부엌에서 일하는 동안 영주는 아들을 데리고 밖으로 나왔다. 정말 뜀박질도 잘한다.

그런데 못 보던 식구가 있다. 강아지 한 마리가 주호를 졸졸 따라다닌다.

"응? 쟤는 뭐지? 주호야, 저 강아지 우리 강아지야?"

"응, 우리 강아지. 시장에서 내가 샀어."

아들은 당당하게 자기가 샀다고 한다. 아마도 사 달라고 조르니 남편이 사 온 모양이다.

웬만한 집에서 다 기르고 있는 개다. 생각해 보니 그간 개를 키우지 않고 살았다.

곧 추석이라 만월에 가까운 달이 비추는 시골의 동네는 그리 어둡지 않다.

저녁 준비가 되었다고 알려 주는 남편의 소리에 엄마 손을 놓고 냅다 뛰어가는 주호와 또 그 뒤를 따라 쫓아가는 강아지의 모습이 영주 입가에 미소를 띠게 한다.

일 년 만에 말도 잘하고 뛰기까지 하는 주호가 대견스럽다.

남편과 아들과 함께 온 가족, 셋이 마주한 저녁상은 처음인 것 같다. 작년만 해도 밥상에 주호의 밥은 차려지지 않았는데 올해는 주호의 밥도 같이 차려져 있다.

설거지를 마친 영주가 가져온 선물 보따리를 풀고 주호는 호기심에 이것저것 만져 보면서 궁금한 것에 대한 질문도 한다. 두 부자가 선물에 정신이 팔려 있는 사이 영주는 혼자 마당으로 나왔다.

강아지는 밖에서 누가 나오기를 바라는 듯이 기다리고 있다가 나오는 영주를 반긴다.

만월의 달빛에 멀리 큰길도 보이고 추수가 아직 끝나지 않은 밭둑에 널려 있는 코스모스도 보인다.

달을 보면서 기도한다. 아들이 건강하고 잘 크게 해 달라는 기도다. 남편에 대한 기원도 덧붙이고. 달을 보며 마음속 기도를 하던 영주는 남편과 아들에 대한 미안함이 생긴다. 마음으로 채워 주지 못했던 미안함이다.

오늘 저 달은 남편과 아들을 지킬 수 있는 사람은 유일하게 영주 한 사람이라는 것을 일깨워 준다.

영주는 꼭 남편과 아들을 지키겠다고 달과 자신에게 약속한다.

이번 추석 연휴는 다른 해의 추석보다 여유가 있어 양양의 친정에 방문했다.

그간 아버지에 대한 원망이 있었고 아버지도 영주에 대한 미안함이 있었던 터라 소식을 끊다시피 하고 지내 왔다. 아버지가 영주에 미안했던 것은 강권하다시피 지금의 남편과 맺어 주고 그 때문에 딸이 고생하고 있다는 그런 미안함이다.

영주만 가지 않았지, 그간 거의 모든 형제가 모이고 있었던 것 같다. 오지 않는 영주를 기다렸을 부모님의 속은 항시 편치 않았을 것이다.

위로 언니 셋, 오빠 둘 그리고 아래로 남동생 하나 모두 영주까지 7형제가 모였다.

형편이 나아 보이는 영주와 영주의 식구들을 보고 가족 모두 안심하고 환대한다. 두 오빠의 아이들이 4명, 세 언니의 아이들이 5명 그리고 주호까지 아이들만 10명이다.

무엇보다 아버지가 짐을 벗어 놓은 표정이시다.

영주도 이 많은 가족 구성원 중의 하나이고 영주가 있어야 할 곳이 여기였는데 그간 무엇을 하고 있었는지 모르겠다는 생각이다.

서울로 돌아가야 할 날짜가 되었고 떠나기 전날 저녁 남편은 통장을 보여 준다.

통장에는 백만 원 정도 되는 돈이 있다. 그동안 보내 준 돈을 참 아껴 쓴 모양이다.

“돈이 왜 이렇게 많아? 좀 쓰고 살지. 꽤 많이 모았네.”

정말 생각지도 않게 많은 돈이다. 왜 보여 주냐는 표정으로 남편의 얼굴을 쳐다보았다.

남편은 이 정도면 우리도 돈 많은데 언제까지 서울에 있을 거냐고 조심스러운 듯 묻는다.

주호도 커 가고 같이 살아야 하지 않겠냐는 말이다.

"좀 더 벌어서 뭔가 먹고살 가게라도 해야 하지 않겠어? 농사를 짓는 것은 어렵고. 한 백만 원 정도 더 벌면 적당한 가게를 할 수 있을 것 같은데."

남편은 고개를 끄덕이며 알겠다고 한다. 항시 영주의 처분과 결정에 따라 주는 남편이 측은하다.

정상적이던 사람이 영원히 신체의 장애를 안고 살아가야 하고 가장으로서 생계를 책임지는 역할을 할 수 없다는 좌절감이 그를 더욱 위축시키게 했다.

원래부터 말이 많지 않고 조용한 성격적 특성에다 신체의 장애가 발생한 이후로는 더욱 그를 작게 만들었다.

이미 약속해 둔 택시가 큰길에 도착했다고 경적을 울린다.

아들 주호는 모든 엄마는 다 이렇게 잠시 집에 들르고 다시 돈을 벌러 서울에 가는 줄 아는지 잘 다녀오라는 인사를 한다.

보통의 또래 아이들은 가지 말라고 울고불고 매달릴 것 같은데 주호는 그렇지 않다.

이런 주호의 모습은 대견하다는 생각에 앞서 영주를 서운하게 만든다. 엄마 없이도 잘 커 주기를 추석 보름달에 빌기도 했지만 정말 엄마 없이도 잘 살 수 있다는 아들의 표정은 영주에게는 착잡한 마음이다.

그래도 이번에는 눈물의 이별이 아니다. 그간 아들을 두고 떠날 때 항시 눈가를 적시던 눈물은 지금은 나오지 않는다.

택시가 간성 읍내에 들어서고 멀리 성재의 차가 보인다.

차 앞에서 기다리던 성재가 영주를 발견하고 다가온다. 며칠 만에 보는 성재의 얼굴이다.

변함없이 환한 그의 얼굴이 반갑다. 추석 기간 중간에 몇 번 성재의 얼굴이 떠올랐지만 식구들에게 집중하려 노력했고 애써 그의 모습을 감추고 지내 왔다.

차는 서울로 향하여 출발하고 딱히 얘기할 주제가 생각나지 않아 잠시 침묵의 시간이 흐른다.

여기서 할 얘기가 마땅치 않다. 보통의 사람들이라면 추석에 대한 얘기, 가족들에 대한 얘기 등 많겠지만 두 사람은 그런 주제에 관한 얘기를 피해야 했기에 딱히 할 말이 없다.

기껏 "길에 코스모스가 많이 있네. 날씨가 참 좋다." 이런 정도의 간단한 주고받기로 어색한 침묵의 시간을 보낸다.

회사의 주문량이 다시 많아지면서 새로운 샘플들에 대한 생산을 영주 라인에서 시범적으로 실시하게 되었다. 항시 해 오던 기본 가발이 아닌 해 보지 않았던 패션 스타일로 회사에서는 기대가 크니 영주 라인에서 세팅이 성공적으로 된다면 다른 라인으로 확대해 보겠다고 한다.

처음에는 손발이 잘 맞지 않고 익숙하지 않은 제품이라 속도가 나지 않았다. 위에 계신 분들은 수시로 내려와 진행을 확인하고 문제점 보완에 주력하였다.

며칠간은 출근하면 신경이 많이 쓰였다. 여기에 입사한 이후 긴장의 시간을 이렇게 오래 보낸 적이 없는 것 같다.

어느 정도 라인의 세팅이 순조로워지고 마음의 여유가 생길 즈음 점심시간이 지나 찾아온 손님이 있었다.

수위 아저씨가 와서 알려 주고 누구일까 하는 궁금함을 안고 나가 보니 멀리서 봐도 딱 알아볼 수 있는 선희였다. 선희는 나오는 영주를 보자 손을 흔든다.

정말 뜻밖에 찾아온 손님이다. 예상 순위에 전혀 없었던 선희가 와 있다.

변함없이 예쁘다. 옛날에 보지 못했던, 이 가을에 잘 어울리는 옷을 몸에 걸친 선희는 정말 예쁘다.

"너 정말 사람 이렇게 놀라게 하고…. 말이 안 나온다."

그녀의 갑작스러운 출현은 말이 막힐 정도로 반가웠다.

"응, 내가 많이 미안하다. 명자한테 욕 엄청 먹었다."

영주에게 오기 전 명자에게 먼저 전화를 했다고 한다. 명자는 "미친년, 네가 사람이냐?" 이런 소리를 섞어서 엄청 화를 냈다고 한다.

선희는 영주 퇴근 시간에 맞추어 전에 셋이 잘 가던 식당에서 만나자고 했다. 물론 명자와 그렇게 약속이 되었다고 한다.

선희가 일단 돌아가고 영주는 성재에게 전화로 오늘 늦는 것에 대해 알려 주어야 했다.

회사 안으로 들어가 전화하려다 밖의 공중전화가 편할 것 같아 정문에서 멀지 않은 공중전화 부스로 갔다. 수화기를 들면서 좀 편치 않다. 그 미스 윤이라는 아가씨가 전화를 받을 확률이 높고 그러면 또 과장님 사모님이니 이런 소리가 나올 거니 그런 것이 참 부담스럽다.

신호가 울리자마자 거의 예상대로 미스 윤이 나온다.

어쩔 수 없이 거쳐 가는 그런 단계로 그런 인사로 넘어가니 성재의 목소리가 들린다.

오늘 갑작스러운 약속으로 늦으니 저녁은 알아서 잘 챙겨 먹으라고 하는 간단한 내용이다.

웬만해서는 전화를 잘 하지 않는 영주의 전화에 살짝 긴장했던 성재는 안도감이 드는 소리로 알았다고 한다.

삼총사가 다시 모였다.

그 추억의 식당에 선희가 먼저 와서 기다리고 있었고 영주 그리고 명자가 차례로 도착했다.

식사 주문은 선희가 먼저 알아서 다 시켰다고 한다.

"선희는 변함이 없이 예쁘구나. 좀 수척해지긴 했어도 더 예뻐졌다. 이시다 아유미가 너 보면 울고 가겠다."

명자의 너스레에 다른 한편의 손님들이 쳐다보며 수군대는 것이 보인다. 전에 선희의 별명이 이시다 아유미라고 들은 적이 있었지만 익숙하지 않은 일본 이름이라 건성으로 듣고 흘렸었다.

셋이서 자주 들었던 〈블루 라이트 요코하마〉 노래를 부른 여자가 일본의 가수이고 선희와 외모가 비슷해서 붙여진 별명이라고 들은 적이 있다. 노래는 좋았지만 그 가수의 이름에는 관심이 없던 영주였다. 그래서 아직도 그 이름을 외우지 못한다.

수군대는 한편의 손님들이 고개를 끄덕이고 계속 이쪽을 쳐다본다. 선희가 이시다 아유미를 닮았다고 인정한다는 말인 것 같다. 잘 들리지 않지만 정황상 그리 추리해 본다.

식당 안의 다른 좌석 손님들이 두 번, 세 번 바뀌는 늦은 시각까지 그네들은 웃고 떠든다.

밥이 있던 자리는 술로 바뀌었고 주변에 누가 있든 없든 신경 쓰지 않고 웃고 떠든다.

영주와 명자의 가장 큰 관심사는 선희의 거취 문제다. 그다음 궁금한 것은 왜 연락을 하지 않았고 그간 무엇을 하고 있었나 하는 것이었다.

거취는 조만간 서울로 다시 올 거라고 답변했지만 연락하지 않은 점이나 그간 무엇을 했는지에 대해서는 배시시 웃는 것으로 대신한다.

늘 그러했듯이 선희가 말을 하지 않으면 다시 재촉해도 소용이 없다는 것을 알기에 배시시 웃음의 답변으로 만족해야 했다.

집으로 돌아오니 성재가 자지 않고 기다린다. 어쩌다 가끔 영주가 많이 늦게 오는 날은 한 번도 먼저 잠들지 않는 성재다.

술이 좀 과했던지 방으로 들어서자마자 그대로 누워 버렸고 비몽사몽 성재의 손길을 느낄 수 있었다. 겉옷을 벗겨 내고 양말도 벗기고 이불을 덮어 주는 그의 손길을 느낀다.

기척이 있어 눈을 떠 보니 성재는 아침밥을 준비 중이다.

"아이고, 오빠 미안해. 어제 어떻게 들어와서 잤는지 기억이 안 나."

성재는 그렇게 말하는 영주를 힐끗 돌아보며 시간이 좀 늦었으니 빨리 출근 준비를 하라고 한다. 해장으로 김칫국을 준비하고 있다고 덧붙인다.

서둘러 씻고 대충 바를 것을 바르고 성재가 해 준 김칫국에 밥을 말아 한 그릇 뚝딱 먹는다. 바쁜 영주를 성재가 도와준다.

영주는 문을 나서면서 다시 한번 미안하다고 하고 저녁때 잘해 주겠다고 하면서 냅다 달렸다. 그런 영주의 뒷모습을 보는 성재는 그런 그녀가 참 귀엽게 느껴진다.

12월이 아직 되지 않은 초겨울 날 아침 성재가 출근하려고 문을 나서다 급히 영주를 부른다.

부르는 소리에 문가로 가서 밖을 보니 눈이 쌓여 있다. 첫눈이라 많이 쌓인 것은 아니지만 그래도 세상을 하얗게 바꾸어 놓았다. 성재도 그렇지만 영주는 특히 눈을 좋아한다. 세상의 거의 모든 사람이 눈 내리는 것을 좋아하겠지만 영주는 특히 백색의 세상을 좋아한다.

기분 좋은 아침에 기분 좋게 출근을 했다. 생산 라인의 반장은 가급적 다른 직원보다 일찍 출근하여 그날의 일에 대한 점검을 체크해야 한다. 반장은 말로만 반장이 아니기에 반장의 역할을 해야 한다. 그래서 반장 수당이 있다.

일을 시작하고 한 시간 남짓 되었을까. 김 과장이 내려와서 영주를 찾는다. 부장님 방에 김 과장과 같이 들어가니 부장님은 만면에 웃음을 지으면서 앉으라고 한다.

부장님이 직접 커피를 만들어 김 과장과 영주에게 준다.

"김 과장과 백 반장이 일을 아주 잘해 주어 사장님이 나를 많이 칭찬해 주었어.

지난번 패션 스타일 시험 오더했던 것 10가지 모두 주문 수량이 꽤 좋아. 사장님은 나를 칭찬해 주셨지만 다 자네들 공이지."

추석 연휴가 끝나자마자 시작했던 그 패션 스타일의 결과가 좋았다. 선적한 지 한 달이 되지 않았는데 시험적으로 했던 초도 물량이 꽤 큰 주문으로 이어졌다.

부장님은 김 과장에게 전체 라인 중 절반 정도의 라인을 이번 신제품 생산으로 넓히라고 지시했다.

알겠다고 하고 부장님 방을 나서려 할 때 다시 할 말이 있다고 하신다.

"내가 사장님에게 김 과장과 백 반장이 노력한 결과라고 공을 자네들에게 돌리니 사장님 하시는 말씀이 두 사람에게 특별 보너스를 지급해 주라고 하셨어. 경리부에 내가 올리게 할 테니 그리 알고들 있어."

김 과장은 예상치 않았던 특별 보너스에 몸을 저절로 90도로 굽히며 '충성, 맹세' 같은 말을 하면서 거듭 감사하다고 인사한다. 영주도 얼결에 김 과장과 같이 90도 인사를 하게 되고 말은 하지 않았지만 김 과장과 같은 심정이다.

감격적이다. 지금까지 남들보다 우선하여 공로를 인정받는 일이 없었다. 스스로가 자랑스럽다.

김 과장과 상의하여 5개 생산 라인을 선발하여 각 반장에게 영주가 전에 만들어 놓은 시스템을 전수해 주기로 했다. 그날은 어떻게 하루가 갔는지 모를 정도로 아주 바빴다.

스타일을 구분하여 각 생산 라인 반장들과 상의하여 배분하는 일과 우선적으로 시작되는 스타일들에 대한 영주의 교육 등으로 정신없이 하루가 지나갔다.

첫눈이 내린 날 이렇게 좋은 일이 생겨났고 무엇보다도 영주 스스로에 대한 자부심이 생기고 있다는 사실이 좋다. 항시 남보다 못하다고 생각하는 열등감 비슷한 것들이 영주를 지배해 왔고 주변의 알고 있는 모든 사람은 영주보다 훨씬 나은 사람들이라고 생각하여 그들을 배우려 애쓰며 살아왔다.

그런데 오늘, 남들은 받지 못하는 특별 보너스를 받을 정도로 우뚝 서 있다.

퇴근하면서 고기와 반찬거리를 사서 들어왔다.

저녁 준비를 하면서 콧노래가 나온다. 성재가 들어오면 맘껏 자랑하고 싶다.

아래층 두 아이의 칼싸움하는 소리가 들린다. 저런 소리가 있으니 사람 사는 집 같다.

아이들이 잠시 노는 것을 멈추고 누군가에게 인사하는 소리가 들린다. 성재가 들어오고 있다.

영주는 문을 먼저 열어 주며 환한 웃음으로 성재를 맞고 오늘 일에 대한 자랑을 늘어놓았다.

"정말? 영주 대단해. 좀 특별한 사람이라고 생각하고 있었지만 이렇게 잘난 영주인 줄 몰랐네."

성재는 영주를 안고 한 바퀴 휙 돌리며 좋아해 주고 칭찬해 준다. 그렇게 성재가 진심으로 축하해 주니 영주도 새삼 흥분이 된다. 나는 그렇게 잘나지 않았지만 그래도 남보다 못하지 않아 그런 스스로에 대한 자신감이 또 생겨난다.

저녁상을 앞에 놓고도 영주는 말이 많다. 성재는 영주의 말에 맞장구를 쳐 주며 농담 비슷한 말도 한다.

"특별 보너스 얼마라고 그래? 많이 나오면 우리 크리스마스 파티할까? 좋은 데 가서."

보너스 금액이 얼마인지 부장님이 말해 주시지 않아 모른다. 그래도 어디든지 가서 멋진 크리스마스를 보내고 싶다.

저녁 설거지를 끝내고 밖으로 나왔다. 늘 하던 것처럼 팔짱을 끼고 동네를 돈다. 아침에 내린 눈은 흔적도 없이 사라졌다.

오늘 일에 대한 흥분이 조금씩 가시면서 다른 주제로 화제가 돌려졌다.

전에 얘기하던 부산의 과장님과 새로운 일에 대한 얘기다.

"영주야, 부산 과장님하고 추가로 최근에 한 얘기인데 자금 문제도 있고 해서 과장님하고 나하고 5:5 동업 방식으로 얘기가 되고 있어. 과장님은 이 일에 대한 성공 확신을 갖고 있어. 솔직하게 말하면 욕심이 난다고 하시네. 자기가 월급을 받으면서 나 도와주고 내가 돈 많이 벌면 배 아플 거라고 하면서 같이 하자는 거야."

진작 얘기할 수 있었을 텐데 오늘같이 영주가 기분 좋은 날 골라서 하는 것 같다.

전에 처음 얘기가 나올 때와는 다르게 이번에는 담담한 느낌이다.

그간 노력도 했고 지난번 추석 때 간성에서 자신이 돌아올 곳에 대한 분명한 정리가 되었기에 이번에는 충격적이지 않다. 더구나 오늘 자신의 존재감을 확인한 날이고 성재가 떠나더라도 영주에게는 회사가 있고 아들과 남편이 있으니 큰 문제는 없을 거라는 생각이다.

"잘해 봐. 그 과장님이 그런 생각이라면 잘되겠지. 내 걱정은 말고. 나도 잘해 낼 수 있어."

그렇게 말하는 영주는 실제로 그렇게 생각한다. 영주는 몇 년 더 일하고 돈을 모아 해야 할 명확한 목표가 있다.

특별 보너스는 며칠 되지 않아 지급되었다.

경리부에서 김 과장과 영주를 불러 올라갔고 경리과장이 두둑한 봉투를 내어 준다. 수고했고 축하한다면서 그리고 생산 부장님의 누구에게도 말하지 말라는 지시가 있다고 얘기해 준다.

얼마를 주었는지도 얘기해 주지 않았다. 물어보기도 뭐해서 둘은 그냥 인사를 하고 나왔다.

경리부를 나와서 김 과장과 영주는 각각의 위치로 돌아갔다. 영주는 봉투에 얼마를 넣었는지 궁금하여 현장에 들르기 전 화장실에 가서 봉투를 열어 보고 싶었다.

누가 있는지 확인하면서 화장실 안에서 봉투를 열어 세어 보았더니 30만 원이다.

넉 달 치 봉급에 준하는 돈이다. 한 번에 이렇게 큰돈을 만져 본 적이 없다.

영주는 다시 부장님 방으로 올라가서 감사하다는 말을 다시 한번 전하고 싶었다.

그런 영주에게 부장님은 항시 열심히 노력해 주어 자신이 더 감사하다고 한다. 국희 언니가 참 좋은 사람을 보내 주어서 그 또한 국희 언니에게 감사하다고 하였다.

그러면서 저녁에 야간 고등학교라도 다녀 보면 어떤지도 물으신다. 고등학교 졸업장이 있으면 나중에 주임이나 과장으로 진급할 수도 있으니 생각해 보라고.

그런 생각은 추호도 해 보지 않았었다. 부장님은 새로운 길을 보여 주신다.

여자도 야망이 있어야 한다는 말씀도 해 주셨다.

내가 고등학교 졸업장을 딸 수 있다고? 하기는 명자도 일하면서 야간에 학교를 다녀 고등학교 졸업장이 있어 사무직 근무를 하고 있는데 왜 진작 그 생각을 못 했을까?

부장님 방을 나오면서 새로운 세상이 펼쳐지는 듯한 느낌이다. 이 회사에서는 야간에 학교 다니는 것이 가능하다. 부장님이 편의를 봐줄 것이다.

나도 야망을 가져 보자. 돈을 모아 간성에서 뭔가 해 볼 생각보다 서울에서 출세하여 아들과 남편 다 같이 서울에서 살아 보자.

퇴근을 하고 성재에게 야간 고등학교에 대한 얘기를 했다.

성재도 미처 생각해 보지 못했는데 정말 좋은 생각이라고 그렇게 해 보자고 한다. 자기가 도울 수 있는 것은 돕도록 하겠다고 응원도 해 준다.

당장 내일부터 근처에 다닐 수 있는 학교를 알아보겠다고 하며 적극적이다.

◆◆◆

아래층 집 아이들 둘이 올라왔다.

저녁 준비를 하는 중 문 두드리는 소리가 있어 문을 열어 보니 개구쟁이 두 녀석이다.

손에는 크리스마스카드를 들고 영주에게 전해 준다.

"아줌마, 이거 제가 학교에서 만든 카드인데 아줌마, 아저씨 드리려고 만들었어요."

큰아이가 두 장의 카드를 건네며 학교 미술 시간에 만든 것이라고 한다. 그리고는 꾸벅 인사를 하고 부끄러운지 후다닥 내려갔다. 개구쟁이 녀석들도 부끄러움은 타는지 고맙다는 인사를 듣지도 않고 가 버렸다.

작년 크리스마스가 생각났다. 이번에는 좋은 데 가자고 했는데 어디를 갈까 생각을 해 보아도 좋은 생각이 떠오르지 않는다. 어쩌면 이번 크리스마스가 성재와 함께하는 마지막 크리스마스가 될 수도 있다는 생각이 든다. 차근차근 이별의 준비를 하고 있는 영주이지만 '마지막 크리스마스'라는 단어에 가슴이 덜컥 내려앉는 느낌이다.

작년 크리스마스는 행복한 날들이었다.

곧 성재가 들어오고 아래층 아이들의 카드를 건네주었다.

"이 카드 아래층 아이들이 준 거야. 근데 우리는 크리스마스에 어디 가지?"

바로 전의 우울함은 감추고 상냥하게 그리고 기대감에 찬 목소리로 의견을 묻는다.

"글쎄, 어디 가면 좋을까? 아직 생각 못 했는데…. 우리 또 명동 갈까? 작년처럼."

그렇게 중요하지 않다는 식이고 그보다 더 중요한 얘기가 있다고 했다.

"학교 말이야, 야간 고등학교 알아봤는데 여기서 멀지 않은 양평동에 있어."

문교부 인정의 산업체 근무자를 위한 학교라고 한다. 중학교 졸업 증명서만 있으면 별도의 시험 없이 입학이 된다고 한다. 크리스마스를 어떻게 보내느냐는 주제는 이미 잊어버린 듯 성재는 학교에 대해서만 얘기한다.

"영주야, 여기 졸업하면 너 대학도 갈 수 있어. 대학은 시험 쳐서 가야 하니 공부는 잘해야지."

고등학교 졸업도 꿈같은 일인데 이 사람은 대학까지 앞질러 나간다.

그리고 영주를 빤히 쳐다보면서 자기의 눈을 보라고 한다. 중요하게 할 말이 있단다.

"영주야, 내가 요새 학교 알아보면서 너에 대한 생각을 아주 심각하게 해 보았어.

나 내 공장 시작하면 지금 월급과 비교할 수 없을 정도로 돈 많이 벌 자신 있어.

그래서 하는 말인데, 너 공부 열심히 해서 대학 가도록 해 봐. 가기만 하면 대학 등록금 다 내가 해 줄게. 나 돈 많이 벌 자신 있어."

성재는 진지하다. 영주는 그의 진지함에 웃음이 나오는데 영주의 웃음이 의미하는 바를 영주 자신도 모른다.

"오빠, 무슨 소리야. 내가 어떻게 대학을 가. 그리고 오빠가 왜 나 대학을 보내 준다고 해. 나는 싫어. 오빠가 나중에 여기 떠나면 우리는 끝 아닌가? 그런 생각하지 마. 오빠는 오빠 길 가고 나는 내 길 가면 돼."

영주의 웃음은 오열로 바뀌었다. 이 사람은 괜히 뚱딴지같은 소리를 해서 나를 감격시키고 조금씩 잡아 가는 마음을 일시에 허물어 버린다.

그가 생각해 주는 것에 대하여 감사하고 감격해서가 아니라 그렇게밖에 얘기할 수 없는 영주의 지금이 서럽다. 오열하는 영주를 보며 성재는 당황해하고 영주의 얼굴을 감싸 안고 말한다.

"영주야, 우리는 두 해를 넘게 한 이불 덮고 살았어. 내가 너를 두고 훌쩍 쉽게 갈 수 있다고 생각하니? 내가 어떻게 그래. 너도 나 그렇게 쉽게 보내고 나면 잘 살 수 있다고 생각해?"

"그럼 어떻게 해. 오빠, 이혼하고 오면 나도 이혼할게. 그럴 수 있어?"

"그런 식으로 말하지 말고…. 꼭 같이 안 살아도 자주 보면서, 완전히 끊지 말고…."

"오늘은 그만 얘기해. 그냥 자자. 피곤하네."

그의 제안은 받아들일 수 없고 이런 말로 영주를 또 흔들어 버리는 성재가 야속하다.

그날 밤 이후 그런 얘기는 없던 일처럼 묻어 두고 다시 언급되지 않았다.

크리스마스 날 작년과 마찬가지로 명동에서 보냈다. 그 찬란하고 화려했던 명동은 지금도 마찬가지이지만 영주의 가슴에는 모든 불빛이 사라졌다.

야간 고등학교 입학에 대한 서류가 2월 초에 준비되어야 한다고 한다.

가장 중요한 중학교 졸업 증명서가 필요해 구정 때 다시 간성으로 가기로 했다.

구정은 법적으로 휴일이 아니라 공무원이나 은행은 근무를 하지만 일반 작은 회사들 그리고 시골에서는 큰 명절이다. 그 옛날부터 내려오던 관습을 없애기는 쉽지 않아 정부 시책을 따르기는 하지만 일반 회사들은 이틀이나 3일 휴가를 주기도 한다.

성재도 속초에서 약속이 있다. 부산의 과장님이 속초에 오니 같이 만나기로 해서 잠시 다녀와야 한다고 했다.

구정 때 다시 가 보는 것이 잘되었다고 생각한다. 아들과 남편을 보게 되면 다시 흔들린 마음을 다잡을 수 있을 것 같았다.

우울한 생활이 계속되고 있고 학교에 다니는 상상으로 그 우울함을 희석시킬 수 있는 것 같다.

새로운 세상에 도전을 하는 목표가 헤어질 준비에 도움이 되고 있다.

성재는 양양부터 들러서 가기로 했다. 영주가 졸업한 중학교가 양양에 있어 졸업 증명서부터 받고 간성으로 가기로 했다.

방학 중이지만 일직 선생님이 나와 있어 증명서 발급이 문제없다는 것을 성재는 전화로 이미 확인을 해 놓았다.

오랜만에 와 본 중학교는 여전하다. 운동장을 가로지르며 교무실로 향하는 길도 변한 것이 없다. 변한 것이 하나 없는 시골의 중학교이다.

간성 집에서 하루만 있다가 다시 돌아가야 한다.

전과 마찬가지로 성재는 영주를 간성읍에 내려 주고 이틀 후 시간을 약속하고 돌아갔다.

전과 마찬가지로 영주는 택시를 타고 집으로 향했다.

그렇게 각자 짧은 시간을 간성에서 보내고 다시 서울로 돌아왔다.

야간 고등학교 입학을 위한 서류가 준비되어 학교를 찾아가 서류를 제출하기로 한 날 성재가 같이 가겠다고 했지만 혼자 가기로 했다. 성재의 도움 없이 혼자 살아가야 하는 연습도 해야 했다. 헤어질 연습과 마찬가지로.

학교에 서류를 제출하니 입학식 날짜를 알려 준다. 입학식 겸해서 반 배정이 되니 가급적 참석하라고 한다. 여기는 합격자 발표도 없이 서류만 제출하면 그것으로 입학이 결정되는 모양이다.

다음 날 부장님 방으로 올라가서 학교에 다니게 되었고 그렇게 말씀해 주신 부장님께 감사하다는 인사를 했다.

"아, 그래. 백 반장, 잘했네. 난 백 반장이 한 귀로 흘려서 들을 줄 알았는데 정말 잘했네. 열심히 해. 회사 일 말고 공부 열심히 하라고."

영주의 인사에 부장님은 정말 기분이 좋은 것 같았다. 자신의 충고를 귀담아듣고 실천하는 영주에게 아낌없는 지원을 하겠다고도 약속한다.

3월 초 학교 수업이 시작되고 영주는 회사가 끝나면 곧바로 양평동 학교로 내달린다.

학교가 끝나고 집에 돌아오면 성재가 밥을 준비해 놓고 기다린다.

밥을 대충 먹고는 또 책을 펴 들고 오늘 배운 것을 다시 들여다본다. 옛날 중학교 때와 달리 여기서는 숙제가 없다고 한다. 낮에 일하고 밤에 공부하는 야간학교 학생에게 숙제는 무리라고 생각해서 숙제가 없는 것이 학교의 방침이라고 했다.

3월은 정신없이 지나가고 헤어질 연습이라는 것을 생각해 볼 시간도 없이 꽃이 피는 4월이다.

영주가 야간 고등학교에 다니는 것을 아는 명자는 가급적 영주에게 연락을 하지 않으려 한다.

쉬는 일요일도 영주의 시간을 뺏으려 하지 않는다. 처음 영주의 학교 입학 소식을 듣고 회사 부장님만큼 기뻐해 준 명자였다.

매일 빠듯한 시간이지만 벚꽃 구경은 명자 식구들과 해 보고 싶은 생각이 든다.

명자와 약속을 하고 성재에게 이야기했다. 명자 식구들과 일요일 벚꽃 구경을 약속했다고.

성재는 서운한 표정이다. 아까운 시간 일요일, 그리고 얼마 남지 않은 둘만의 시간을 명자와 보내는 것으로 허비하면 어떻게 하냐는 소리도 한다.

성재와의 시간은 피하고 싶었다. 어느 순간 내리누르고 있던 그 무엇인가가 터져 나올 수 있다는 두려움이 있다. 헤어질 연습을 해야 하는데 모든 추억의 반복은 더 힘들게 만들 수 있다.

회사 생활과 학교생활을 병행하는 것이 쉽지 않다는 것을 각오는 했지만 만만치가 않다.

학교생활이 시작되면서 성재와의 시간을 피할 수 있는 출구가 된 것은 분명하다.

이렇게 지내다 보면 그 끝이 올 것이고 그때도 이렇게 정신없이 살다 보면 정리가 되는 시간이 오겠지 싶다.

얼마 남지 않은 시간임을 안다. 지난 구정 때 속초에서 성재와 부산의 과장님이 최종 결정을 한 대로 속초의 공장이 이미 진행되고 있다는 것을 얼마 전 성재가 말해 주었다. 기존의 작은 공장을 인수해서 좀 더 확장한다고 했다. 과장님은 먼저 퇴사하고 그 작업을 하고 있으면 나중에 성재가 합류해야 한다고.

얼마 남지 않은 시간이지만 언제 떠날지 모른다. 그리고 물어볼 용기도 나지 않았다.

'자연스럽게 흐르는 대로 두면 종착지가 있겠지.'라는 생각이지만 요즘은 차라리 그 시간이 빨리 오는 것이 낫다고도 생각한다. 어차피 부딪힐 일 빨리 부딪쳐 보는 게 낫다.

벚꽃 구경을 명자와 하고 들어온 저녁, 성재는 저녁 준비를 끝내고 영주를 기다리고 있다.

영주가 아침에 나가면서 저녁 전에는 올 거라 했기에 시간 맞춰 준비를 끝내고 기다리고 있었다.

그가 매일 저녁, 밥을 해 놓고 기다리고 오늘 같은 일요일도 그가 상을 차리니 많이 미안한 생각이 든다. 이것도 걱정 중 하나이다.

혼자 남았을 때 밥을 해 주는 사람 없이, 기다려 주는 사람 없이 살아가야 하는 것이 걱정이다. 저녁을 끝내고 영주가 설거지를 하려고 일어서는데 성재가 설거지도 자기가 하겠다고 한다.

"영주야, 그냥 쉬어. 오늘도 구경 다니느라 피곤할 텐데. 나 있는 동안에는 내가 다 해 줄게."

떠나갈 시간이 얼마 남지 않은 모양이다. 물어보고 싶은데 겁이 난다.

망설이는 중 성재의 말이 이어진다. 영주를 보지 않고 말을 한다.

"나 이달 말까지 근무하는 것으로 하고 오늘 사표 냈어."

들을 말을 들었고 올 것이 왔다.

"그럼 이달 말에 가는 거야?"

담담한 듯이 물었다. 그는 그렇지 않고 다음 달 중순경에 가겠다고 한다. 두 주간은 영주와 시간을 보내려 하기에 그렇게 할 거라고 한다.

사형수가 사형 집행일을 받아 놓고 기다리는 심정과 마찬가지일 텐데 이 사람은 그런 소리를 한다.

"그렇게 하지 않아도 돼. 일 새로 시작하면 빨리 가서 해야지. 그리고 나도 혼자 사는 것 빨리 적응해야 하니 말일에 그냥 가."

무슨 의미인지 성재도 이해한다. 알았다고 하며 그렇게 하겠다고 한다.

영주가 학교를 다니고 난 후로는 동네 산책의 시간이 없었다. 들어오면 항시 책을 펴 들고 공부하다 잠들곤 했고 오늘 저녁도 영주는 책을 펴 든다.

하지만 글이 눈에 들어오지 않는다. 그가 떠나는 날짜가 잡혔다. 인연의 종지부를 찍는 날이 잡혔다.

그는 끝을 낼 수 없다고 했고 오히려 대학교까지 공부를 시켜 주겠다고 했는데 영주는 이제 끝이라고 생각하고 있다. 그를 이제는 잊어야 하는데 그의 호의가 자꾸 미련을 갖게 하는 것 같아 혼란하기만 하다.

'내일은 이런 기분이 좀 나아지겠지. 또 바쁜 하루가 시작되니 이런 기분 모르게 시간이 가겠지.'라는 희망을 가져 본다.

그를 보내는 게 아쉽지만 할 수 없이 보내는 것이고 동요가 크지 않다는 것을 보여 주고 싶었다.

영주가 성재의 품을 파고들면서 웃으며 말한다.

"오빠, 얼마 남지 않았으니 오늘부터 나 매일 안아 줘야 해."

영주의 의외의 반응에 성재는 영주에 대한 걱정이 줄어드는 듯하다.

4월 말일이 다가오면서 성재는 짐을 정리하고 떠날 준비를 한다.

학교에서 돌아와 보니 방이 전과 달라 보였다. 성재가 자신의 짐을 정리하여 한쪽에 쌓아 놓은 것이 보인다.

"오빠, 짐 쌌어?"

영주 보는 앞에서 짐을 싸면 심란한 마음일 것 같아 영주가 없을 때 하는

게 더 나을 듯해서 그랬다고 한다.

“무슨 그런 소리야. 이번 일요일에는 오빠하고 시내 나가서 오빠 필요한 것 사서 보내려고 하는데…. 이러지 마. 짐도 같이 싸 줄게.”

제법 호기로운 모습도 보여 준다. 그래야 가는 사람 마음도 편할 것이다.

일요일이 되어 괜찮다고 하는 성재의 손을 잡고 시내로 나갔다.

영주가 생각하기에 성재가 필요할 듯한 물건들을 골라 산다. 성재에게 “이것 어때?” 물어도 어차피 괜찮다고 하니 영주가 알아서 산다.

이제 이곳도 성재와 오는 일이 없을 거라는 생각이 들면서 목이 멘다. 그런 얼굴을 성재에게 보이지 않으려 물건 고르는 데 집중한다.

집으로 돌아와 새로 사 온 물건과 집 안에 있는 물건을 정리하여 두 보따리 정도로 만들었다. 집 안에 있던 물건들 중 옷가지 몇 벌 정도만 갖고 가고 새로 산 것들 위주로 짐을 만들었다.

명절날 고향에 갈 때는 회사 차가 있었지만 지금은 차가 없으니 짐을 최소화해서 싼 것이다.

다음 날 월요일은 성재의 마지막 출근이고 인사할 곳이 많다.

지금의 회사도 앞으로 성재의 고객이 될 수 있기에 마지막까지 잘하고 나와야 한다고 했다.

물론 사표를 낼 때 앞으로의 계획이 이렇기에 부득이 사표를 내기로 했다고 회사에 알렸었다.

회사에서도 성재의 기술과 성실함을 익히 알고 있기에 충분히 고려할 가치가 있으니 검토해 보겠다고 했다.

영주는 월요일 출근 준비를 하면서 ‘내일은 성재가 떠나는 날이니 오늘 저녁은 학교를 결석하고 같이 저녁을 먹을까?’ 하는 생각이다.

"오빠, 오늘 일찍 들어오는 거지? 내일 출발해야 하니 우리 오늘 저녁 같이 먹을까? 나 오늘 학교에 전화해서 결석한다고 하면 돼."

성재도 그렇게 말하려고 했다고 한다. 그간에 해 왔던 이별의 연습이 오늘 마지막이다.

마지막까지 눈물을 보이지 않고 잘 보내고 싶다.

축하할 일도 아니고 무슨 좋은 날이라고 시내의 좋은 집에 갈 필요는 없는 것 같아 집 근처에서 간단하게 먹기로 했다.

회사는 일보다는 미국에서 오시는 사장님을 맞을 준비로 분주하다.

매년 이맘때 사장님이 오신다. 항시 그렇듯이 각자의 영역에서 쓸고 닦고 그런 일로 분주하다.

생산 라인도 제품 만들기보다 가끔은 청소하는 것을 더 좋아하는 것 같다.

요즘 주문량이 좀 뜸할 시기이고 해서 일도 바쁘지 않아 오후 내내 청소로 시간을 보냈다.

학교에는 미리 회사 일이란 핑계를 대고 결석을 해야 한다고 전화로 통보했다.

퇴근하여 집으로 돌아오며 수없이 다짐한다. 그가 가는 길과 내가 가는 길은 다르니 오늘 이후로는 각자의 길을 가야 한다. 그는 자기 공장을 잘 운영하고 나는 야간 고등학교라도 나와서 더 갈 수 있으면 대학에도 가 보도록 하자. 그래서 아들과 남편을 지킬 수 있는 능력 있는 여자가 되자.

성재는 이미 집에서 기다리고 있었다. 영주는 기다리고 있는 성재에게 밝은 웃음의 얼굴을 보여 준다.

"일찍 왔어? 나도 일찍 끝났는데. 내일 사장님 오는 날이라서 오늘 오후는 청소만 하고 끝났어."

생각보다 밝은 표정으로 얘기하는 영주를 보고 성재도 웃으며 농을 한다.

"나 내일부터 없어지니 기분이 좋은가 보다. 서운한데?"

서로가 웃으며 이야기하는 시간을 가지려 노력하고 있다는 것을 서로가 알고 있다.

저녁을 먹으면서도 그러려고 노력한다. 성재의 새로운 공장이 지금 어느 정도의 단계에 있고 영주의 회사 얘기와 학교생활에 대한 얘기 등이 주요한 주제다.

지나간 추억에 관련된 주제들은 절대 피했다.

성재가 떠나가는 모습을 보고 싶지 않아 영주는 평상시처럼 출근하고 성재는 영주가 출근한 이후 출발하기로 했다. 영주가 문을 나설 때 성재가 전화번호가 적힌 쪽지를 준다. 새로 시작하는 공장 전화번호이다. 그 쪽지를 받아 들고 평상시와 같은 인사말을 남기고 문을 나섰다.

"오빠, 조심해서 잘 가."

그렇게 간단한 작별 인사의 의미를 성재도 알고 있을 것이다. 포옹이나 입맞춤의 작별 인사는 자신이 없다.

아침부터 회사는 어수선한 분위기이다. 사장님이 도착하고 간부들은 분주히 뛰어다닌다.

그런 상황과 아랑곳없이 영주는 성재가 지금은 어디쯤 가고 있을까 하는 그런 생각에만 사로잡혀 있다.

지금은 청평을 지나고 있을까? 아니면 대성리는 지났겠지.

오후가 되어서도 '지금은 진부령 근처는 갔겠지. 진부령만 넘으면 금방 도착할 텐데.' 하는 생각으로 하루를 보냈다.

학교에 가서도 수업이 머리에 들어올 리가 없다. 옆의 아이가 무슨 말을 해도 건성으로 답하고 교실이 답답하다.

학교가 끝나고 나오면서 심호흡을 크게 해 본다. 답답한 가슴을 토해 내고 싶은데 아무리 애써 봐도 뻥 뚫리지 않는다. 아직은 밤공기가 싸늘한 기운이 있지만 가슴이 막히니 몸에 열기를 느낀다.

집으로 들어와 문을 열었다. 알고는 있지만 성재가 없는 빈방을 보니 막혔던 가슴은 이제 무너져 버린다. 성재의 물건이 하나도 없다. 바닥에 주저앉아 오열한다. 소리를 내지 않으려 입을 막으면서 오열한다.

헤어질 연습을 그리 해 왔건만 소용이 없다. 눈물을 그치려 애쓰면서 밖으로 나왔다.

항시 덮어 둔 채로, 풀어 헤쳐 보이는 것이 두려운 그 '인연의 끝' 보따리를 서서히 풀면서 헤어질 준비를 해 왔지만 이렇게 무너진다.

동네를 돌면서 마음을 진정시켜 보려고 했지만 이내 발길을 돌려 큰길로 향했다.

동네는 저녁이면 항시 성재와 돌던 길이라 영주의 마음을 진정시키는 데 도움이 안 된다.

그와 걷던 길을 혼자 걷는 것은 더 힘들 뿐이다.

저녁 늦은 시간이라 지나는 사람도 별로 없다. 아들 주호 생각을 하면 나아지려나 싶어 아들의 얼굴, 아들의 뛰는 모습을 떠올리려 해도 이내 사라진다.

다시 집으로 돌아와 방문을 열려 하는데 방문 열기가 무섭다. 그가 없는 방에서 혼자 밤을 보내야 한다는 것을 생각하니 지옥도 이런 지옥이 없을 것 같다.

들어와 방 한쪽 구석에 쪼그리고 앉았다. 그의 목소리라도 듣고 싶어진다.

이미 도착했을 거고 지금 시간에 자고 있을까? 지금 내가 이러고 있는데 그는 잠을 잘 수 있을까?

항시 다짐했었다. 돌아갈 때가 되면 잡지 않고 보내 주겠다고. 고향에 있는 그 누구도 모르게 성재와 보냈던 시간들은 가슴에 묻어야 한다고.

그의 곁에는 다른 사람이 아이들과 같이 있다는 현실을 존중하고 욕심을 내지 않으려 수없이 되새기며 다짐했었다.

성재와 같이했던 지난 세월 동안 그가 내 남자처럼 익숙해지면서 내 남자가 아니기에 언젠가 돌려보내야 한다고 머리에 새겨 놓고 살았지만 가슴이 힘들다.

언제일지 모르지만 언젠가는 각자의 원래 자리로 돌아가야 한다는 그런 두려움은 그저 살짝 덮어 두고 불나방 같은 사랑을 해 온 것이다.

그는 이 깊은 어둠 속에 나를 홀로 남겨 두고 가 버렸다. 이 깊은 어둠 속에, 가슴 텅 빈 서러움의 늪으로 집어넣고 그는 가 버렸다.

내가 살기 위해서는 늪에서 벗어나야 하는데 깊은 곳으로 빠져들기만 하고 숨이 막힌다.

성재의 모든 것을 지워야 내가 살 수 있다는 생각은 더 손발을 묶어 버리는 것 같다.

지워질 수 있을까? 그 추억들이, 깊은 터널 안에서 끝이 보이지 않을 만큼 가슴에 새겨진 그 추억들을 어떻게 해야 지울 수 있을까?

쪼그리고 앉은 상태에서 밤을 새웠다. 벽에 있는 작은 창에서 새벽이 오는 어스름한 빛이 나타나기 시작한다. 무릎 저림이 심하게 느껴져 다리를 펴고 누웠다.

몸의 피곤함에 앞서 머리는 멍한 상태라 금세 다시 일어나 방을 서성인다.

출근 준비를 천천히 하고 아침 이른 시간이지만 방을 나섰다. 한시도 방에 머물러 있고 싶은 생각이 없다. 걸어서 출근하기로 했다. 걸어서 출근해도 회사 출근 시간 한참 전에 도착할 만큼 이른 시간이다.

회사에 도착해서 정문을 통과할 때 친하게 지내던 수위 아저씨가 왜 이렇게 일찍 출근하느냐며 인사를 건넨다. 생산 현장으로 들어가니 당연히 나와 있는 사람은 아무도 없다.

아무리 생각해 봐도 오늘 일을 제대로 할 수 없을 것 같다. 김 과장의 출근을 기다려 오늘 청원 휴가 요청을 해 보기로 했다.

마침 김 과장도 일찍 출근을 하고 있다. 사장님이 와 계시니 간부들은 다른 때보다 더 일찍 출근하는가 보다. 영주의 하루 휴가 요청에 김 과장은 쾌히 승낙하며 영주의 초췌한 몰골을 보고 어디 많이 아프냐며 걱정의 말도 해 준다.

회사를 나와 사람들이 뜸한 한적한 골목에 주저앉았다. 이제는 무엇을 하지? 어디로 가지?

그리고 '오늘 학교에 전화해야 하나?'라는 생각도 들지만 귀찮다.

다시 일어선 영주는 영등포 시내 방향으로 발길을 잡는다. 영등포 시내로 가는 길, 이 거리도 성재와 수없이 다녔던 거리다.

성재 없이 걷는 이 거리에는 버스와 택시가 변함없이 다닌다. 이 친숙한 거리가 무서워지고 가슴의 답답함이 또 느껴진다.

숨을 깊게 들이마시며 하늘을 본다. 하늘은 맑고 점점이 흐르는 구름이 약간 있다.

시내로 걸어가다 문득 성재 회사로 가 보고 싶은 생각이 들었다.

방향을 바꾸어 문래동으로 향하고 버스 정류장이 보였지만 그대로 지나쳐 걸어가기로 했다. 급한 일도 없고 오늘 하루를 어떻게 보내야 하는지 아무런 대책이 없으니 그저 걷는 게 좋다.

터덜터덜 걸어서 가다 보니 멀리 성재가 다녔던 회사가 보인다. 그러면서 성재와 같이 일하던 미스 윤도 생각이 난다.

영주가 가끔 문 건너편에서 성재를 기다리던 그 회사 정문 앞에서 서성이고 있다. 성재는 없지만 이 회사의 전경을 눈에 담아 두고 싶었다.

다시 영등포 시내로 방향을 돌렸다. 시내가 가까워지면서 익숙했던 상가들이 보인다.

그 상가들을 건성으로 스쳐 지나가며 앞으로 이 거리도 혼자 다닐 수 없음을 직감한다.

성재와의 기억이 있는 모든 것이 영주에게는 아픔이다.

예전에 항시 성재의 따뜻한 손을 잡고 걸었던 이 길에 오늘도 변함없이 많은 인파가 오가고 있지만 이제는 영주 혼자 서 있는 텅 빈 거리가 되어 버렸다.

혼자서 이겨 내기 어렵다는 것을, 성재가 도와주지 않으면 죽을 수도 있다는 생각이 든다.

성재에게 전화를 해 보고 싶었다. 그런데 전화번호 메모를 집에 두고 와서 갖고 있지 않았다.

버스를 타지 않고 택시를 타기로 했다. 전화를 하겠다는 생각이 들자 마음이 바빠졌다.

일단 그의 목소리를 듣고 싶다.

집으로 돌아와 전화번호 쪽지를 들고 나와 공중전화 부스로 달렸다.

수화기를 들고 다이얼을 돌리는 손가락이 떨리고 가슴도 쿵쾅거린다.

신호가 가고 저쪽에서 흘러나오는 목소리는 다른 사람의 목소리다.

"저, 여기 서울인데 오성재 씨 계신가요?"

기다리라는 말 이후 기다림의 시간은 참 길게 느껴졌다. 가슴은 계속 쿵

쾅대고 목소리도 떨린다. 수화기 너머 발걸음 소리가 들리면서 성재의 목소리가 흘러나왔다.

서울에서의 그 목소리와 같은 목소리로, 변한 것 하나 없이 평상의 목소리다.

"성재 오빠, 나 영주야."

그 말만 하고 더 말이 나오지 않는다. 울음이 말을 막아 버린다.

성재가 놀란 목소리로 무슨 일 있냐고 묻는다. 당황한 목소리다.

"오빠, 나 죽을 것 같아. 나 어떻게 하지? 오빠가 다시 와 줘야 할 것 같은데…. 말도 안 되는 소리라는 거 알지만 다시 와 줄 수 없을까?"

잠시 침묵의 시간이 흐르고 성재는 저녁에 다시 통화하자고 한다. 저녁 시간은 다른 사람들이 퇴근하여 통화를 자유롭게 할 수 있으니 그렇게 하자고 하는 것이다.

이렇게 무너질 줄 상상도 못 했다. 나는 이렇게 죽을 것 같은데 그는 아무렇지도 않다. 그가 아무렇지도 않다는 것이 더 절망적이다. 나는 이러고 있는데 그는 아무렇지도 않고 새로운 일에 집중해 있다.

저녁에 통화를 한들 그로부터 받을 위안이 없음을 알고 그가 다시 올 일은 없다는 것을 안다.

다 내가 저지른 일이고 내가 주워 담아야 하는 일인데 어떻게 할 수가 없다. 무너져 주저앉아 일어설 힘도 없다. 이 상태에서는 아무것도 할 수 없다는 것을 알고 있다. 아들도 남편도 생각이 나지 않는다.

어디로든 떠나 여기를 벗어나고 싶다. 이틀 전까지 그와 함께했던 이곳을 벗어나야 살 수 있을 것 같다. 이렇게 될 줄 상상도 못 했다. 왜 이러는지 스스로도 이해가 되지 않았다.

두 번째 이야기

아가씨와 편지

♦ ♦ ♦

명자 이야기

프 롤 로 그

떠나겠다는 말도 없었고 잊어 달라는 부탁의 말도 없이 가 버린 그를 오늘 보았다.

기억을 더듬어 보면 그가 나를 버렸다고 할 수도 없다. 또 내가 그에게 매달린 적도 없다.

그가 찾아오지 않은 것에 대한 실망과 분노가 있었을 뿐이다. 그를 찾아가 아들의 존재를 말하지 않은 것이 큰 잘못이었을까? 그 당시에는 그러고 싶지 않았다.

내가 그를 보러 간 것도 아니고 그가 나를 찾아온 것도 아닌 그저 일 때문에 우연히 찾아온 그를 오늘 보았다.

내 엄마와 아버지에게 그리고 내 형제들에게 큰 상실의 시간을 안겨 준 그다.

'지금은 다른 여자와 결혼해서 살겠지.' 하는 분노, 그리고 잊고 있었던 좌절감을 다시 새겨 주고 있다.

학교로 찾아간 그때 같이 있었던 여학생의 모습이 떠오른다.

아마도 그 여자하고 결혼했을지도 모르고 진명이는 홀로 커 가고 있는데 그를 도저히 용서할 수가 없다는 기분이다.

한때 나의 우상이었고 나의 희망이었고 나의 사랑이었던 그 사람은 아들 하나 때문에 어쩔 수 없이 힘들게 살아가는 나를 또 죽고 싶게 만들고 있다.

지난 시절은, 같이 사랑했던 그 시절은 거짓과 위선의 시간이었는지 따져 보고 싶은 생각도 든다.

많은 날이 지나면 기억이 희미해지고 지친 마음은 그렇게 적응해서 살 수 있을 거라는 희망도 가져 본 적이 있다.

'아플 만큼 아파서 아픔이 무디어질 수 있는 그 시간이 언제인가는 오겠지.' 하며 살고 있는데 아직 끝없이 먼 시간 후인 것 같다. 그 시간이 오기는 할지.

그 오랜 세월 동안, 그는 나를 배신하는 그럴 사람이 아니고 그럴 만한 이유가 있을 거라고 믿어 보려는 노력도 해 보았다.

믿으려고 하면 오지 않는 그에 대한 미련이 생기고 그 미련은 나를 더욱 힘들게 만들었다.

그저 그를 무조건 사랑했다는 그것 하나만으로 만족하고 그 사랑 하나만 간직한 채로 살아가자는 생각도 있었다.

그는 나를 잊었어도 그래도 상관없이 나는 그를 기억하며 살아 볼 생각도 했었다.

지난 시간을 돌아보면 나는 그가 떠나고 난 후에도 그 자리를 지키고 있었던 것 같다.

잊어 보겠다는 노력도 없이 그저 그가 떠나간 후에도 그 자리에서 움직이지 않고 있었던 것 같다.

우연히, 갑작스럽게 오늘 모습을 보인 그는 긴 이별의 시간 동안 나의 죽을 만큼 힘들었던 시간을 아주 조금이라도 상상할 수 있었을까?

내가 혹독한 시간을 보낸 것은 그렇다 쳐도 아들 진명이의 힘들었던 세월을 그에게 말해 주고 싶은 생각이 든다. 그냥 집으로 갈까 하다가 다시 회사로 발걸음을 옮긴다.

이렇게 된 마당에 진명이의 존재를 알려 주어야 한다는 생각이다.

진명이를 인정하든 부인하든 얘기는 하기로 했다.

길가에 세워진 차 백미러를 보니 얼굴이 엉망이다. 그에게 이쁘게 보일 필요는 없지만 최소한 망가진 얼굴은 보이지 말자는 생각이다. 가방에서 거울을 꺼내 골목 한 귀퉁이에서 얼굴을 고치고 회사로 들어갔다.

무슨 말부터 해야 할지 모르겠지만 우선 부딪혀 보면 아무 말이라도 하겠지. 그가 먼저 하든 내가 먼저 하든 할 말은 많을 것이다.

회사 정문 안으로 들어가면서 보니 그네들이 타고 왔던 SS물산의 차가 보이지 않는다.

명자는 망연자실 회사의 빈 마당을 보고 다시 한번 그에 대한 실망과 절망에 주저앉는다.

나를 분명히 보고 내가 예전의 그 김명자인 것을 확실히 알면서도 그는 그대로 가 버렸다.

적어도 내가 들어올 때까지 기다려 몇 마디 변명이라도 할 필요도 없다고 생각하는 것일까?

그렇게 나를 하찮게 생각하는 것인가? 그런 사람이 아니었는데, 그렇게 나에게 진심이었던 그가 그럴 수는 없다.

망할 새끼. 이제는 쌍욕이 입가에서 맴돈다.

다시 일어서서 사무실로 향한다. 진명이에게 미안한 마음이 또 들었다.

엄마가 똑똑하지 못해서 미안하다 내 아들. 이제는 울지 않을 거다. 일말의 기대감이 없지 않았지만 오늘 보니 이제 우리는 그 사람을 잊어야 할 것 같다. 그 사람 '채진규'를 우리 인생에서 영원히 삭제하도록 하자. 그럴 수 있지? 내 아들.

입을 꽉 다물고 아무렇지도 않은 척 씩씩한 발걸음으로 사무실 쪽으로 가는데 과장님이 급히 나오면서 괜찮은지 묻는다. 어찌 되었든 나는 일을 열심히 해서 돈을 벌어 내 아들을 잘 키워야 한다.

◆◆◆

명자가 진규를 처음 만난 때는 5년 전쯤 마산에서 어느 일일 찻집에 봉사를 나갔을 때였다.

고향 합천에서 중학교를 졸업하고 동네의 거의 모든 오빠, 언니가 외지에 돈을 벌러 가듯이 명자도 그 대열에 합류하여 마산으로 와서 공장에 취업하였다.

처음 멋모르고 대충 간 공장에서 생활하다 보니 이런저런 듣는 말들이 있었고 마산에 대한 눈이 뜨여 ○○합섬이라는 회사에 들어가게 되었다.

무엇보다도 좋은 것은 ○○합섬에 다니면 학교가 운영하는 고등학교에 다닐 수 있었다. 물론 야간에 다녀야 하지만 나라가 인정하는 고등학교 학력의 학교라고 했다.

그렇게 마산에서 생활하던 중 친구 옥분이와 같이 일일 찻집 봉사를 거의 매주 일요일 해 오고 있었다. 옥분이는 교회를 다니고 있는 마산에서 만난 친구였다. 옥분이는 고향 친구인 영숙이를 통해서 알게 되었고 옥분이 고향은 명자의 고향에서 멀지 않은 거창이었다. 옥분이를 알게 되면서 ○○합섬에 입사하게 되었다.

일일 찻집에는 옥분이뿐만 아니라 몇 명의 또래 아가씨가 있었고 그 행사는 옥분이가 다니는 교회 권사님이 주관한다고 했다.

영숙이는 일요일에 쉬는 것이 불규칙하여 일일 찻집 봉사에 참여할 수 없었다. 영숙이는 버스 차장 일을 했기에 일요일에 쉬는 것이 보장되지 않았다.

명자는 평일에 일하고 야간에 공부하고 거기다 일요일 아침 성당에 다니면서도 남을 도와줄 수 있다는 생각에 주저하지 않았다. 게다가 학교는 3학년까지 거의 마친 상태이고 졸업만 앞두고 있어 그리 힘들지 않을 것 같아 흔쾌히 수락했다.

일일 찻집은 산호동의 한 작은 다방을 매주 일요일 하루만 빌려서 하고 수익은 전액 교회로 기부하여 어려운 곳에 쓰인다고 했다.

대개 오는 손님들은 교회와 관련된 사람들이거나 각자가 개별적으로 갖고 있는 인연의 사람들이다.

가끔은 전혀 상관이 없는 손님들도 오기도 한다.

그 전혀 상관없는 손님이 진규였다. 군인 두 명이 들어와서 차를 시키고 수작 비슷한 농을 했다.

사람들은 '으레 군인들이란 그렇지.'라고 생각하며 이해를 하고 넘어갔다.

마산에는 사단급의 부대가 있어 그들도 그 부대에서 나온 군인들이다. 그날 두 군인은 특별한 기억 없이 돌아가고 한 달이 채 안 되어 그중 한 군인이 혼자 바깥에서 서성이는 모습을 보인다.

그와 눈이 마주치고 그는 수줍게 손을 흔들어 보인다. 그때 그가 기억이 났다.

안경을 낀 군인이어서 기억이 난 것이다. 명자는 안경 낀 사람들에게 호기심이 많았다.

고향에서 안경을 낀 사람들은 학교 선생님 한 분 그리고 성당의 어느 수녀님 정도만 봐 왔었다.

그래서 기억이 났고 호기심이 있어 그의 손짓에 답하여 밖으로 나왔다.

쪽지를 준다. 끝나면 저녁 몇 시에 근처의 누구도 다 아는 〈대학다방〉에서 기다리겠다고.

쪽지를 받으면서 이놈이 무슨 수작인가 우습기도 하면서 무시하려고 했지만 글씨 모양이 배운 사람의 잘 쓰는 필체였다.

안경을 쓴 사람이고 공부도 좀 한 사람 같으니 가 보기로 생각을 굳히고 다시 다른 손님들을 맞았다.

옥분이는 영주가 나가서 잠시 있던 상황을 안 보는 척하면서 끝까지 본 모양이다.

옆구리를 쿡쿡 쑤시며 말하라고 한다. 한쪽 눈을 윙크해 보이면서 '나중에!' 하는 신호를 보내 주었다.

찻집의 영업은 계속되고 그 군인이 알려 준 시간이 거의 되어서 중간에 먼저 나왔다.

창원의 공장에 다니던 남자들과 미팅 같은 것도 해 본 적 있고 학교 아이들과 이런저런 미팅 주선에 다녀 본 적도 있지만 명자가 관심 가질 만한 남자는 없었다.

무엇보다도 자신에게 쪽지를 준 남자는 지금까지 처음이었다. 비록 군인이었지만 안경 낀 사람이 자신을 목표로 하여 쪽지를 주었고 뭔가 이 사람에게는 함부로 하면 안 될 것 같은 생각이 든다.

아주 큰 넓이의 다방이지만 그를 찾는 것은 어렵지 않았다. 군복 입은 사람은 그 한 명만 있었기에 쉽게 찾아 자리로 갔다.

그의 표정은 기대하지 않았는데 명자가 나타나니 기쁜 표정 반 놀라운 표정 반이다.

일어나서 인사를 하는 그는 좀 전의 수줍게 쪽지를 전하던 그 모습이 아니었다.

"이렇게 나와 주셔서 감사합니다. 저는 채진규라고 합니다. 안 나오시면 어쩌나 했는데…. 이름이 어떻게 되시지요?"

그의 짧은 몇 마디는 단박에 명자를 흔들어 버린다. 서울 말씨에 말투는 많이 배운 대학생임에 틀림이 없고 이곳 마산의 어느 대학에 다니면서 공장 여공들을 공순이라고 무시하던 그네들과는 매우 다르다. 고향에서나 마산에서나 서울 말씨를 쓰는 사람은 만나 본 적이 없었다.

"네, 저는 김명자라고 해요."

이제는 명자가 수줍게 대답한다. 지금까지 봐 왔던 남자들에게 볼 수 없었던 그 뭔지 표현하기 어려운 하여간 그 무언가가 느껴졌다.

실제적인 첫 만남이 그렇게 시작되었다.

"저녁 먹으러 갈까요? 내가 외박 나오면 가끔 가는 집이 있어요. 분식집 괜찮죠? 우리 같은 군인은 돈이 없어서 좋은 것 못 사 줘요."

예의를 갖추면서도 당당하게 말하는 그에게 몸과 마음이 저항하지 못하고 있음을 느낀다.

3월의 마산 봄바람은 매섭다. 바닷가로부터 불어오는 해풍으로 겨울보다 춥다.

그가 앞장서고 명자가 바로 뒤에 쫓아가면서 10분이 안 되는 거리 한쪽에 자리 잡고 있는 분식집으로 들어간다. 마산 생활을 한 지 시간이 꽤 되었지만 이 집은 와 본 적이 없다.

"명자 씨, 우선 김밥 한 개와 떡볶이 한 개는 시킬 테니 라면이나 잔치국수 중 시켜 봐요. 나는 잔치국수 할게요. 아, 회국수도 괜찮은데…. 지금은 추워서 따뜻한 라면이나 국수가 낫지 않을까요?"

이 사람은 이런 것도 다른 이들과 좀 다르다. 다른 이들은 대개 "뭐로 할까?" 이런 식이고 뭐로 할지 망설이거나 고민을 하게 되는데 이 사람은 그렇게 하지 않는다.

그것도 좋았다.

"김밥도 하고 떡볶이까지 하면 많지 않을까요?"

모자를 수도 있다고 하며 지금은 그렇게 많이 먹지 않지만 졸병 시절에 라면 3개는 기본으로 먹었다고 한다.

먹는 중간에 명자는 술은 하지 않는지 물었다. 대개 명자는 누구를 만나면 소주는 거의 빠지지 않았기에, 그리고 지금은 어느 정도 낯가림이 해소되어 물어보았다.

"아, 술이요? 사실 지금 내 동기가 여관방에서 혼자 나를 기다리는데 술 한 병 사 가기로 해서 같이 근무하는 동기하고 마시려고 해요. 왜 지금 명자 씨 술 생각나요?"

명자는 이 사람과 첫 만남부터 술을 마시면 안 될 것 같다는 생각에 지금은 괜찮다고 했다.

하지만 그는 소주 한 병을 주문하고 안주로 어묵을 시켰다.

고향에서는 술을 마실 기회가 없었고 처녀가 술을 마신다는 생각조차 불경하게 여겼지만 여기 마산에서는 아가씨들이 술을 마시는 것이 전혀 이상하지 않다.

하지만 술의 예법이나 도를 어깨너머로 배워 최소한의 예는 지키고 마신다.

자신보다 직책이 높거나 나이가 한참 위인 사람에게는 얼굴을 돌리고 마셔야 하고 항시 두 손으로 따라야 하고 아무 남자에게 술을 따르면 안 되고 등.

진규가 따라 주는 술잔을 받으며 고개를 돌려 마시는 것도 이상할 것 같고 친구와 마시듯이 하면 예의가 아닌 것 같아 어정쩡하게 고개를 반 정도 돌리고 마신다. 이런 자신의 어정쩡한 모습이 바보 같다는 생각이 들기도 한다.

그리고 또 하나의 예법, 술은 남편이나 아버지, 오빠 등에게 따라 줄 수 있지만 처음 본 이 사람에게 술을 따라도 되는지 그것도 걱정이다.

다행히 진규는 알아서 따라 마시고 명자의 잔이 비면 따라 주고 강요나 권고를 하지 않았다.

얘기 중 신상에 관한 얘기가 빠질 수 없고 그중에서도 나이는 응당 묻게 되어 있다.

진규가 명자 나이를 물었을 때 명자는 스물한 살이라고 했다. 사실은 스무 살이지만 몇 달 전까지 십 대였던 어린 소녀 취급을 받을까 싶어 한 살 더 올려 말했다.

진규는 스물다섯 살이고 대학 3학년에 다니다 입대했고 지금은 군대에서 상병이라고 했다.

술은 당연히 긴장을 해소시켜 주고 대화 상대와의 거리를 가깝게 해 준다.

오가는 말들의 횟수가 많아지며 진규의 말끝은 짧아지기 시작하더니 아예 말을 놓겠다고 한다.

"네, 저의 큰오빠와 나이가 같으시니 그렇게 해요. 나도 이제부터 아저씨라고 하지 않고 진규 오빠라고 할게요."

명자의 동의에 진규는 거리낌 없이 명자라고 부르기 시작했다.

"명자야, 우리 부대에서는 한 달에 한 번 정도 하루 외박을 보내 주니 외박 때마다 만난다고 해도 한 달에 한 번밖에 보지 못해. 비상이나 훈련 때는 그마저도 금지되는 수가 있어. 그래서 하는 말인데, 우리 매주 편지하면 어때? 얼굴도 모르는 사람들이 펜팔을 많이 하고 있는데 우리는 만나면서도 편지로 얘기하면 좋을 것 같아."

그간 펜팔에 대한 로망이 있던 시절이 있었다. 주변에서 펜팔을 한다는 얘기를 자주 들었고 명자도 한번 해 봤으면 했는데 앞에 있는 이 남자가 편지를 주고받자고 한다.

처음부터 빠지게 만드는 이 신사 같은 사람이 편지를 주고받으며 만나자고 한다. 이 신사 같은 사람이 사귀자고 한다. 우연한 인연으로 이런 사람을 만나게 되었다. 그가 보여 주고 말하는 모든 것은 명자가 처음 접하는 다른 세상의 느낌이다.

시간이 어느 정도 되어 오늘은 헤어지자고 하며 주인아주머니에 메모지를 구해 부대 주소를 적어 명자에게 건넨다.

명자가 메모지를 가방에 넣고 있을 때 진규가 계산하려 앞으로 나간다.

명자는 자기가 계산하겠다고 하면서 진규를 뒤로 세우고 급히 지갑을 열어 계산을 했다.

"진규 오빠, 오늘 내가 낼게요. 군인은 돈도 없다며. 들은 적 있어. 고향 합천에도 작은 부대가 있는데 우리 큰오빠가 거기 다녔거든요. 방위로 다니고 오래전에 제대했는데 그때 그런 소리를 들은 기억이 나요. 월급이 있지만 몇백 원도 안 된다고 들은 적 있어요."

명자가 그렇게 말하고 있는 중에 진규의 손이 명자의 손과 접촉이 되면서 아예 명자의 손을 잡고 걷는다. 손을 뺄 생각은 하지 말라는 신호인지 진규의 손은 힘이 들어가 있다.

밤바람이 매섭지만 명자는 잔뜩 긴장하고 있어 추운 줄 모른다. 긴장이 아니라 손끝으로 전해지는 남자의 향기에 취해서 그런 것 같다.

진규는 데려다준다고 했다. 명자의 숙소는 양덕동에 있고 버스로 십 분 정도 걸린다.

얼마 전까지만 해도 회사 숙소에서 지내다 최근에 버스 차장을 하는 친구 영숙이가 같이 살자고 해서 양덕동에서 지내고 있다.

버스에서 내려 명자의 집까지 걸어가는 시간은 5분도 안 된다. 집 주변이라 영숙이를 만날 수도 있고 다른 아는 얼굴들도 만날 수 있지만 개의치 않는다. 누구를 만나더라도 이 남자를 자랑하고 싶은 생각도 기꺼이 있다.

그가 손을 흔들고 돌아가는 모습을 끝까지 보고 있다가 그의 모습이 사라졌을 때 명자는 집으로 들어갔다. 영숙이는 아직 들어오지 않았다.

방에 들어서자마자 거울을 본다. 얼굴은 상기되어 있다. 술 때문에도 아니고 바람이 차서 추워서도 아니다. 남자의 향기에 취해 상기되어 있다.

두근거리는 가슴을 진정시키고자 심호흡을 여러 번 해 본다.

옷을 갈아입고 씻자 가슴은 좀 진정이 되는 것 같았다. 자신의 얼굴을 다시 거울에 비춰 본다. 내가 예쁘게 생겼나? 그래서 진규 오빠가 나를 찍었을 거야. 내가 예쁘게 생겼으니 다시 찾아왔던 거지. 그래, 뭐 이 정도면 어디서 빠지지 않는다는 소리를 들은 적도 있고.

그렇게 거울을 보며 혼자 중얼거리는 중에 영숙이가 들어오는 기척이 들린다.

밥도 먹지 못하고 들어왔다고 툴툴거린다.

“아니, 내 근무 마치고 나오려 하는데 배차 주임이 펑크 때우라고 해서 밥도 먹지 못하고 지금까지 돌다 왔어. 지지배 하나가 갑자기 못 나와 그렇다고 하니 어쩌겠어. 명자야, 나 좀 씻을 테니 라면 하나 끓여.”

명자는 서둘러 냄비에 물을 넣어 연탄아궁이가 있는 밖으로 나가 냄비를 올려놓고 들어왔다.

영숙은 항시 씩씩하다. 호탕한 성격은 웬만한 남자 성격 이상이다.

옷을 갈아입고 씻느라 분주한 영숙은 맛있게 끓이라고 참견도 한다.

라면을 끓여 상을 차려 주고 영숙을 마주하며 앉아 있는데 명자의 표정이 감춰지지 않는가 보다.

"야, 너 오늘 왜 그래? 뭐 좋은 일 있어?"

족집게 도사 같은 소리에 움찔하며 별일 없다고 딴청을 피워 보지만 영숙은 계속 다그친다.

"귀신은 속여도 나는 못 속여. 너하고 네 살 때부터 놀고 학교 같이 다니고 지금까지 같이한 세월이 얼만데. 나는 너를 너보다 잘 알아, 이 지지배야. 너 남자 생겼지?"

정말 족집게 도사다. 추궁을 피하기 위해 설거지는 네가 하라고 하면서 이불 필 준비를 하지만 영숙은 의심의 눈초리를 거두지 않는다. 뭔가 있는데 오늘은 그냥 넘어간다는 식으로 더 이상의 추궁은 하지 않는다.

⬩◆⬩

아침에 출근을 하면서 당장 오늘부터 편지를 준비해야 할 것 같다는 생각이 들었다.

영숙이가 있을 때면 쓸 수가 없으니 영숙이 없는 시간에 쓰면 하루 이틀에 써질 것 같지 않았다. 일주에 한 번이니 정성을 들여 예쁘게 쓰고 싶다.

출근길에 우체통이 어디 있었는지 기억을 더듬는다. 회사 들어가는 입구에 한 개가 있는 것을 분명히 기억하고 출근길 어디선가 또 본 적이 있는데 가물가물하다.

편지 보낼 일이 한 번도 없었기에 우체통은 명자와는 상관없는 것으로 여겨 왔었다.

점심시간에 옥분이가 찾아왔다. 옥분이는 옆 동에서 근무한다. 원래 자주 점심시간에 오는 옥분이다. 명자도 가끔 옥분이가 일하는 옆 동으로 가서 점심을 먹기도 한다.

눈치를 보니 그냥 점심 먹으러 온 것보다 어제의 일이 궁금해서다.

"묻기 전에 얘기 좀 해 주면 안 되니? 괜찮아 보이던데, 정말 괜찮아? 뭐하다 군대 왔다고 그래? 물어봤지? 대학 다니다 온 사람처럼 보이던데."

장난기 있는 표정이지만 호기심이 가득한 눈으로 명자를 재촉한다.

"음…. 좋은 사람인 것 같아. 나이는 우리 큰오빠하고 같은 나이고, 그리고 맞아. 서울에서 대학 다니다 입대한 거래."

명자의 표정을 보던 옥분은 걱정된다는 표정으로 혀를 차며 말한다.

"조심해라. 그런 놈이 너하고 연애하다 제대하면 그걸로 끝인 것 수없이 봐 왔다. 여기 마산에 있는 우리 공순이들은 걔들 밥이야. 우리 사촌 언니 하나도 시집가서 첫날밤 치르고 처녀 아니라고 그 이튿날 소박맞고 집으로 온 것 내가 봤어. 그 언니 여기 마산에 있다가 고향에서 결혼했는데 자기는 그런 적 없다고 하지만 내가 보기에도 그런 적 없다고 하는 그 언니 말을 믿을 수 없어. 그러니까 남자 놈들 조심하라고."

옥분이가 진규의 진면목을 보지 못해서 저런 소리를 한다고 생각했다.

편지를 서로 주고받자고 하는 그런 사람임을 몰라서 저런 얘기를 한다고 생각했다.

알았다고, 조심할 거고 그러니 걱정하지 말라고 했다.

진규를 옹호하고 설명하면 할수록 계속되는 잔소리가 이어질 것이 분명하다.

퇴근하면서 편지지와 편지 봉투를 사 들고 들어왔다.

퇴근하면 밥은 거의 혼자 해 먹는다. 영숙의 퇴근 시간이 늦고 불규칙해서다.

밥을 해 먹을 생각보다 편지를 쓸 생각에 마음이 급하다.

'진규 오빠에게' 한 줄 써 놓고 도대체 진도가 나가지 않는다. 몇 번이나 썼다 지우고 찢고 그렇게 반복하다 겨우 네다섯 줄이 전부다. 학교에서 공부했던 국어책을 꺼내서 베낄 만한 문장을 뒤적이기도 해 보지만 편지가 참 어렵다는 생각이다. 편지는 순수하고 낭만적인지 뭔지 그런 생각을 해오고 있었지만 막상 쓰려고 하니 참 어렵다.

삼 일을 낑낑대며 편지 한 통을 완성했다.

"진규 오빠에게

잘 계시지요? 추운 겨울이 지나고 곧 봄이 오고 있어요.

겨울도 춥지만 여기 마산은 요즘 날씨가 항시 바람 때문에 겨울보다 더 추워요. …

(중략)

… 다음에 다시 만날 때까지 잘 지내세요."

보아 둔 우체통에 넣으니 뿌듯한 마음이다.

'곧 진규 오빠가 받고 답장을 해 주겠지?'라는 기대감은 명자의 일상에 한 줄기 빛을 뿜는 화분을 들여놓은 것 같다.

일일 찻집 봉사는 매주 일요일 변함없이 나가고, 찻집 봉사를 하며 밖을 한 번씩 내다보기도 한다. 당연히 이제는 진규가 이리로 올 이유가 없지만 무의식적으로 내다본다. 길에서도 군복을 입은 군인을 보면 다시 쳐다보게 된다.

당연히 진규는 한 달에 한 번 정도 나올 수 있어 지금 이 거리에 없는 줄 알지만 군인은 쳐다보게 된다.

'지금쯤 진규 오빠는 편지를 이미 받았을 거고 내게 답장을 쓰고 있겠지. 아니, 답장이 벌써 오는 중일 수도 있을 거고….' 그런 상념을 하는데 뒤에서 옥분의 목소리가 들린다.

"권사님, 손님 안 올 때는 명자를 문 앞에 보내요. 명자 미모에 홀려서 들어오는 얼빠진 남자들 종종 있어요."

그렇게 말하는 옥분의 너스레에 권사님도 맞장구를 친다. 자기도 눈치채고 있다고.

부끄러워하는 명자를 보며 그네들은 더 놀리는 농을 한다. 급기야 권사님은 한술 더 뜬다.

"훤칠한 키에 얼굴은 시원한 미모를 가졌으니 우리 찻집에 없으면 안 되는 얼굴마담이지."

그만하라고 하면서도 듣기 싫은 말이 아니다.

편지를 보내고 나서 일주일이 되지 않아 진규로부터 답장이 왔다.

퇴근하여 들어오니 방문 앞에 진규로부터 온 편지가 놓여 있다. 아주머니가 받아서 갖다 놓았을 것이다.

역시 반듯하고 시원한 필체다.

명자를 만나게 되어 좋았고 명자가 편지를 보내 주어 고맙고 그런 모든 것이 단조로운 군 생활에 활력소를 주게 되었다는 그런 내용과 좋아하는 팝송 가사를 일부 써서 번역과 함께 보낸 편지다.

"You are the answer to my lonely prayer. You are an angel from above…."

팝송 가사 중간 "You are my life, my destiny(당신은 나의 인생이고 운

명이에요).” 하는 구절은 몇 번씩 되새겨 읽어 본다.

이렇게 멋있고 정감 있는 표현으로 편지를 쓸 수 있는 사람이 진규다.
이런 남자에게 옥분이는 비유를 해도 어떻게 그렇게 험한 비유를 하는지.
마지막 줄에는 다음에 외박을 나가게 되면 그 일일 찻집 앞에서 기다릴 거라고 한다.
하지만 전처럼 저녁이 아니라 점심때쯤 도착할 수 있다고 한다.
한 달에 한 번 정도 나올 수 있다고 했으니 아마도 두 주 후 정도가 될 수 있을 것 같다.

진규로부터 받은 편지를 영숙이 눈에 띄지 않게 잘 감춰 둘 생각으로 방 안 여기저기를 찾아보는 중 주인집 아주머니가 부르는 소리가 들린다.
문을 여니 주인집 아주머니는 문 앞에 둔 편지를 갖고 들어갔냐고 묻는다.
주인집 아주머니는 자기가 세놓은 다섯 개 방의 모든 사람 중 명자와 많이 이야기를 하는 편이다. 이 아주머니도 합천이 고향이라 명자를 친동생처럼 잘 대해 준다.

“명자야, 편지 보낸 사람이 군인인 것 같은데 언제부터 알았어? 처음 네게 오는 편지인 것 같은데.”
아주머니가 재미있다는 표정으로 묻는다. 명자도 웃으며 누가 소개해 줘서 펜팔을 하고 있다고 짧게 답하고 하던 일이 바쁜 척 별일 아니니 관심 갖지 않으셔도 된다는 표정을 보이자 아주머니는 돌아갔다.
일일 찻집에서 만났다고 하면 그다음 나올 만한 질문이 뻔하고 그렇게 얘기가 길어져서 좋을 게 없다. 약간의 거짓말을 해서라도 화제의 중심에서 벗어나야지 금방 영숙이 귀에 들어가면 옥분이 잔소리와 비슷한 소리를 들을 수 있을 것 같다.

진규의 편지를 읽고 난 후의 잔잔한 감동이 사라지기 전에 두 번째 편지를 써 보자는 생각에 편지지를 꺼내 쓰기 시작한다.

두 번째 편지는 처음 편지보다 쉽게 써 내려간다.

"퇴근 후 들어오니 진규 오빠로부터 온 편지가 있어 반가웠어요.

오빠는 어쩜 그렇게 편지를 잘 쓰는지요.

오빠가 써 준 팝송은 가끔 저도 듣는 노래인데 가사가 그런 뜻인 줄은 오빠가 번역해 줘서 알게 되었어요."

이런 식으로 써 내려가고 미국 사람들 사랑이 우리와 별반 다르지 않다는 느낌도 나름 적어 내려가니 편지지 한 장을 채우는 게 어렵지 않았다. 하지만 글 모양이 예쁘지 않으면 다시 종이를 바꾸어 쓰니 시간은 족히 두 시간도 넘게 걸린다.

편지 읽고, 다시 답장을 쓰느라 저녁을 먹지 못했고 편지를 다 쓰고 나니 공복의 신호가 온다. 어제 해 놓았던 밥은 아침에 다 긁어 먹어서 새로 밥을 해야 한다. 매일 저녁에 하는 밥은 넉넉히 해서 아침까지 먹어야 한다.

잡곡과 보리 그리고 쌀을 같이 섞어서 짓는 잡곡밥인데 쌀이 별로 없다.

쌀이 조금밖에 들어가지 않으면 영숙이는 항시 툴툴댄다. 영숙이가 밥을 할 때는 쌀이 거의 절반이고 그다음 보리와 잡곡은 조금씩 해서 안친다.

영숙이 들어오면서 하는 말은 으레 빨리 밥을 내놓으라고 하는 것이 인사다.

쌀이 조금 들어간 잡곡밥도 금방 한 밥은 맛이 있다. 반찬이라고 해도 총각김치 정도지만 그래도 둘이 수다를 떨면서 먹으면 맛있다.

"야, 근데 쌀이 별로 안 보여. 쌀 좀 먹고 살자."

조용히 넘어가나 싶더니 결국 밥투정을 한다. 쌀이 떨어져서 내일 살 거니 오늘은 그냥 먹자고 하니 순순히 넘어간다. 뭔가 오늘은 그럭저럭 하루를 잘 보낸 모양이다. 매일 별의별 승객들과 씨름하는 피곤한 버스 차장 일인지라 명자는 항시 영숙을 다독여 준다.

영숙은 덩치가 크다. 힘도 세고 밥도 많이 먹는다. 행동이나 말도 처녀 같은 구석은 전혀 없이 거칠기도 하다. 경우에 따라서는 남자와 몸싸움을 할 때도 있다고 한다.

제일 억울하고 분통 터지는 일은 중학생이나 고등학교 남학생들이 내리면서 슬쩍 젖가슴에 손을 대거나 아예 주무르는 일이라고 한다. 버스가 출발하면서 불시에 당하니 쫓아갈 수도 없어 분통이 터져 고래고래 욕을 하는 것으로 울화통을 진정시킨다고 한다.

자기들끼리 "만졌다!" "성공했다!" "크냐?" 뭐 이런 소리를 하는 것을 들을 때도 있다고 한다.

들으면 웃음이 나오는 얘기지만 당하는 영숙이는 웃을 일이냐고 성을 내기에 나오는 웃음을 참아야 했다. 맞장구도 쳐 줘야 한다. 그런 놈들 부모는 어떤 인간들이기에 애들이 그 모양이냐며 같이 욕도 해 주어야 했다.

아침 출근길, 전의 그 우체통을 찾아 어제 쓴 편지를 집어넣고 출근을 했다.

두 번째 쓴 편지가 진규 오빠 손에 들어가려면 언제쯤일지 날짜 계산도 해 본다.

회사로 들어가는 길은 큰 대로변만큼 넓지만 출근이나 퇴근길에는 어깨를 부딪치며 가야 할 정도로 많은 인파가 몰린다.

똑같은 엷은 푸른색의 회사 제복을 입은 아가씨들이 출근하는 모습은 마치 군인들의 행진처럼 보이기도 한다.

명자는 실을 짜는 일을 한다. 기계 소리의 소음은 크지만 지금은 익숙해져 있다.

손도 익숙하여 기계와 손발이 잘 맞는다. 가끔은 이런 일이 무료하고 언제까지 이 일을 해야 하나 싶은 권태감도 있지만 영숙이가 하는 버스 차장 일보다는 훨씬 편한 일인 것 같아 군소리를 하지 않고 일한다.

옆에 새로 들어온 어린 동생뻘 되는 옥자라는 아가씨가 있다.

옥자는 3년 전 명자가 그랬듯이 최근 이 회사 야간 고등학교에 입학을 한 동생뻘 되는 아가씨다.

이미 졸업한 명자에게 학교생활에 대하여 묻고 싶은 것이 많고 듣고 싶은 것이 많다고 했다.

어느 선생님은 좋고 어느 선생님은 성의가 없고 등 나름 며칠 겪어 본 학교생활에 대하여 얘기도 한다.

"옥자야, 하여간 영어 공부는 열심히 해야 해. 나는 공부도 제대로 하지 않고 졸업한 것이 후회된다. 처음에는 졸업장만 있으면 된다고 해서 공부를 소홀히 하고 대충 시간을 보냈는데 너는 그러지 마."

옥자에게 영어 공부를 열심히 하라고 한 것은 진규의 편지에 쓰인 팝송 가사 몇 줄도 제대로 읽지 못하는 자신에 대한 부끄러움 때문이었다.

그런 얘기를 옥자에게 하자 '영어 공부를 다시 해 볼까?' 하는 생각이 들면서 진규가 생각났다.

오빠가 영어를 가르쳐 주면 학교 선생님보다 훨씬 더 잘 가르쳐 주겠지. 오빠 앞에서 나 혼자 배우면 제대로 잘 배울 수 있겠지. 이런 생각이 들자 마음이 바빠진다.

그가 빨리 나와서 명자가 그런 제안을 하면 그도 흔쾌히 그러자고 할 것이다.

만날 때마다 수업을 하고 헤어질 때 숙제를 내 주면 명자 혼자 있을 때도 공부를 하고, 그러다 보면 금방 많이 배울 수 있을 것 같다.

그러면 나도 진규 오빠를 위해 무엇을 해 줘야 하는데 어떤 것이 좋을까? 어떤 것이 좋을지는 차차 생각해 보기로 했다.

♦◆♦

일일 찻집은 매주 일요일 오후 1시부터 문을 연다. 권사님과 교회에 다니는 다른 사람들이 예배를 보고 와서 점심을 먹고 그러면 대략 1시경에는 손님 맞을 준비를 마친다.

진규가 나오기로 예정된 일요일, 명자는 12시 전에 도착해서 근처를 서성인다.

찻집 봉사를 위해 나오는 사람들도 12시 전후로 나올 것이고 아직 찻집은 잠겨 있다.

옥분이나 권사님이 나오면 오늘 봉사는 하지 못할 것이라고 알려 주어야 하고 진규가 어쩌면 더 일찍 나올 수도 있을 것 같아 조금 일찍 도착했다.

찻집은 큰길에서 코너를 돌아 첫 번째 건물 일 층에 위치해서 큰길에 서서 기다려도 누구든 볼 수 있다.

12시가 다 되어 옥분이와 권사님이 모습을 나타냈다. 그네들은 명자가 찻집 열쇠가 없으니 기다리는 것이라 생각하는 것이 당연했을 것이다.

그네들이 문을 열고 들어갈 때 명자는 옥분의 팔을 잡고 작은 소리로 오늘 찻집 일을 쉬어야 한다고 얘기했다. 작은 소리였지만 앞서 들어가던 권사님 귀에는 들리는가 보다.

"명자야, 왜? 무슨 일 있어? 미안해하지 말고 일이 있으면 일 보면 되지. 괜찮아."

옥분이도 알았다고 하면서 내일 회사에서 만나 얘기하자고 한다.

큰길로 다시 나와 진규가 어느 방향에서 오는지 살피며 서 있는 중에 봉사를 나온 아가씨들이 하나둘 찻집으로 들어가는 것이 보인다.

한참을 기다려도 진규의 모습은 보이지 않는다. 한 시가 넘어도 보이지 않는다. 꽃샘바람이 명자를 괴롭힌다. 진규를 만나는 날이라 멋을 부려 봤는데 이 봄옷은 바람을 막아 주지 못한다.

두 시가 넘어서 세 시가 될 때까지도 진규의 모습은 보이지 않는다. 평소 자주 보던 군복 입은 군인들도 보이지 않는다.

실망감과 추위로 몸은 오그라들고 게다가 명자는 아침도 부실하게 먹고 점심도 걸렀다. 몸이 파김치 같다는 말이 이런 상태를 말하는가 보다.

세 시가 넘자 체념을 하고 돌아갈까 하는 생각이 들지만 늦게 멀리서 진규가 뛰어오는 모습이 보이지 않을까 하는 미련으로 쉽게 발길을 돌리지 못했다.

네 시가 되어서야 집으로 향했다.

집으로 돌아와 바깥문에 서서 안을 보니 아주머니가 빨래를 널고 있다.

이 집은 작은 집이라 대문이 없다. 그저 골목길과 집 마당을 구분할 정도의 키 낮은 문이 대문의 역할을 한다. 문을 열고 마당으로 들어서는 명자를 본 아주머니는 왔냐고 말을 건넨다.

방에 들어가기 전 연탄아궁이부터 살폈다. 너무 추워 한기가 온몸에 퍼져 방이 따뜻해야 하니 연탄불이 죽어 가는지 확인해야 했다. 아궁이 불문을 꽉 막아 놓았기에 연탄불은 절반 정도에서 약한 불빛만 보인다. 불문을 확 열어 놓고 방에 들어가서 옷도 갈아입지 않고 이불을 덮고 웅크려 앉았다.

그 추운 길거리에서 4시간 정도를 떨고 사람을 기다리다 허탕을 치고 들어온 심정이 참담하다. 서로 전화번호를 알고 있으면 이런 일도 없을 텐데…. 지난번 여기 전화번호를 알려 주지 못한 것이 후회가 막심하다.

몸이 어느 정도 녹았다 싶을 때 문 두드리는 소리와 함께 주인아주머니가 명자를 부른다.

아주머니는 떡과 커피 두 잔을 쟁반에 담아 들고 같이 마시자고 하면서 방으로 들어왔다.

"오늘은 시간이 있는 것 같아서 차나 하자고 들어왔어, 괜찮지?"

그러고 보니 이사 온 이후 이 방에 온 손님이 아무도 없었다. 하다못해 그 친한 옥분이도 와 본 적이 없다. 모두가 바쁘게 사는 생활이라 짬이 나지 않아 그랬다.

아주머니에게는 두 딸이 있다. 초등학교 3학년에 다니는 큰딸과 아직 학교에 가지 않은 둘째 딸이 아주머니와 같이 살고 있다. 아저씨는 본 적이 없다.

"네, 괜찮아요. 이런 것 갖고 오시지 않아도 되는데…."

아주머니는 곧 출근해야 하니 큰딸 숙제를 좀 도와달라고 부탁한다.

그러면서 사진 한 장을 내보인다. 딸아이 숙제는 엄마 아빠 얼굴을 그려 오는 것이라고 했다. 사진은 아주머니와 아저씨 결혼식 때 찍은 사진이다.

아주머니는 저녁마다 출근하여 거의 밤 열두 시나 되어야 들어온다.

어디 술집의 주방에서 일한다는 얘기를 전에 들은 적이 있다.

"네, 제가 봐줄게요. 이 방으로 오라고 하세요."

국어, 산수가 아니고 그림이라면 부담이 없다.

고맙다는 말을 하고 아주머니가 나간 후 쟁반에 있는 떡을 저녁 대신으로 먹었다.

낮에 굶어서 허기진 배는 떡 두 덩이로 어느 정도 달래졌다.

얼마 시간이 지나지 않아 큰딸이 크레파스와 도화지를 안고 들어온다. 그 뒤로는 작은딸이 따라 들어온다.

명자는 그림 그리는 것을 도와주면서 아빠는 본 적이 없는데 어디 계시는지 조심스럽게 물었다.

"아빠는 월남에 가셨는데 아직 돌아오지 않으세요."

큰딸에게 물었는데 작은딸이 대답했다. 큰딸은 못 들은 척 그림 그리기에 열중한다.

월남 전쟁은 끝났고 군대가 돌아온 것을 명자도 알고 있다. 라디오 뉴스나 굴러다니는 신문에서 보고 들은 게 몇 해 전인데 이 집 아저씨가 돌아오지 않았다면 앞으로도 돌아오지 못할 전사자임이 분명하다는 생각이 든다.

그림 숙제가 다 끝나고 나서 아이들은 돌아갔다. 편지지를 다시 꺼내 진규에게 편지를 쓴다.

오늘 한참을 기다려도 오빠가 오지 않아 기다리다 돌아왔다. 무슨 일 있는지 걱정이 많이 된다. 전화번호를 주었으면 연락이 되었을 텐데 그런 생각을 하지 못해 이런 일이 생겼고 앞으로 무슨 일 있으면 여기로 전화해라. 이런 내용으로 편지를 썼다.

편지를 다 쓰고 나서 저녁 준비를 했다. 저녁을 준비하면서 오늘 허탕 친 것에 대한 아쉬움이 부아로 바뀌어 깨지지 않을 만한 냄비 하나를 냅다 바닥으로 내려치려다가 멈춘다.

무슨 일이 있지 않고서야 나오지 않을 진규가 아닌데 분명 무슨 일이 있다는 생각에 불안한 마음이 생긴다.

밥 뜸까지 들이고 된장찌개도 연탄불에 올려놓고 다시 방으로 들어와 앉았다.

불안한 마음에 편하게 앉아 있을 수가 없어 방 안을 왔다 갔다 서성이기도 한다.

별 나쁜 생각이 다 들기도 한다. 교통사고, 부대에서 좋지 않은 일이 일어난 건지, 어디가 아픈지 등.

영숙이가 들어오는 소리가 들리며 나쁜 상상들이 깨지며 사라진다.

아침에 항시 들리던 그 우체통에 편지를 넣고 출근했다.

그 주는 월요일부터 토요일이 되기까지 진규로부터 온 편지도 없고 출근과 퇴근이 기계처럼 반복되는 무료한 시간들이었다.

일요일이 되어 지난주 입었던 그 옷을 그대로 입기로 했다. 오늘은 분명히 올 것 같다는 생각에 지난주처럼 비슷한 시간에 나갔고 오늘은 아예 옥분이나 권사님을 만나지 않고 근처에 숨어서 진규를 기다리기로 했다. 진규를 만나면 찻집으로 전화를 해 줘도 된다. 오늘도 나가지 못한다고.

적당히 후미진 곳에서 진규가 오는지 기다리고 있는데 권사님이 지나가는 모습이 보이고 곧 옥분이가 지나가는 모습도 보인다.

그리고 멀리 군복을 입은 군인이 나타났다. 가까이 오는 그는 진규가 맞다.

찻집에 가까이 오기 전 명자는 뛰어가면서 손짓을 크게 한다. 그리 가지 말고 이리 오라고.

"오빠, 지난주에 나 내내 여기서 떨고 기다렸어. 내 편지 받았어? 무슨 일 있었어? 도대체 연락이 안 되니 속 터져 죽을 뻔했어."

설명할 틈도 주지 않으며 앙탈 부리듯 말하자 진규는 명자 입에 손가락을 댄다. 그리고 숨 좀 돌리자며 명자의 손을 잡고 일단 걷자고 한다.

부대에 비상이 걸려 지난주 외출, 외박이 전면 금지되었다고 한다.

그리고 보니 지난주에 군인이 한 명도 시내에 보이지 않았던 것이 생각난다. 그래서 그랬구나. 이해가 된다. 보내 준 편지는 이틀 전에 받았고 곧 나올 거라서 답장은 하지 않았다고 한다.

"편지 받고 네가 많이 걱정하고 있다는 생각에 나도 이번 일요일도 못 나가면 어쩌지 싶어 많이 초조했어."

그리고 앞으로 무슨 일이 있으면 알려 준 전화로 연락하겠다고 한다.

"그런데 부대 내에 공중전화가 없어서 만약 무슨 일이 있어도 직접 전화할 수 없을 거야. 정 피치 못할 상황이면 선임 하사님 퇴근할 때 대신 전화해 달라고 부탁은 할 수 있어."

부대 안에 그 흔한 공중전화가 없다는 것을 처음 알았다. 전화 얘기가 나오자 일일 찻집에 전화해 주어야 한다는 생각이 났다. 깜빡 잊고 있었다. 진규에게 잠깐 기다려 달라고 하고 근처의 공중전화로 옥분이에게 알렸다. 오늘도 못 나간다고 하니 옥분이가 짜증을 부린다. 예상했던 옥분이의 반응이라 좀 봐달라고 하면서 내일 회사에서 얘기하자고 하며 수화기를 내려놓았다.

수화기를 내리는 중에도 흘러나오는 옥분이의 채 끝나지 않은 말이 들린다.

화가 난 목소리지만 내일이면 풀어 줄 수 있다. 아양을 떨어 주면 옥분이의 삐지는 시간은 잠깐이면 끝나는 것을 명자는 알고 있다.

점심은 전에 갔던 그 분식집에서 먹기로 했다.

점심을 먹는 중 명자는 지난번 생각했던 영어 공부에 대하여 말을 꺼낸다.

"그리고 오빠, 나 오빠에게 부탁할 일도 있어."

부탁할 말이라는 명자의 말에 진규는 무엇인지 모르지만 말해 보라고 한다.

"나 고등학교 졸업은 했는데 지금 다니고 있는 회사의 야간 고등학교를 나왔어.

고향에서 중학교 다닐 때도 공부에 소질이 없고 가방만 들고 다니다 졸업했고.

그러니 공부는 제대로 하지 못했고 다른 것은 다 괜찮은데 영어 하나는 좀 배우고 싶어.

오빠가 나 영어 가르쳐 줄 수 있어?"

진지하게 말하는 명자를 보며 진규는 재미있다는 듯이 웃는다. 명자는 심각하게 말하는데 진규가 웃어 버리니 당혹감이 든다. 그런 명자의 얼굴을 보고 진규는 또 웃는다.

"그렇게 할게. 그리고 명자야, 내가 대학에서 전공하는 학과가 영문과야. 다른 건 몰라도 명자에게 영어 가르치는 것은 잘 할 수 있어."

영문과라는 학과를 들어 본 적이 있다. 명자의 인생에 그런 단어는 전혀 상관이 없을 단어라고 생각해 왔는데 이 사람이 영문과라고 한다. 마산에서 일하는 한 여공의 위치에서 이런 귀족 같은 남자에게 영어를 배울 수 있다는 것은 행운이다.

'지난번 편지에 팝송 가사를 써 준 것이 영어를 전공하는 사람이어서 그랬구나.' 하는 이해도 된다.

"오빠가 영문과 전공인 줄 몰랐어. 미치겠네, 정말."

진규를 보는 명자의 눈가에는 눈물이 살짝 맺혔다. 기쁨의 감정인지 감격스러워 그런지 잘 모르겠다.

진규는 명자에게 얘기할 필요가 없어 하지 않았던 얘기를 해 준다.

부대 내에서 근무 외 시간에 대대장 아들에게 이틀에 한 번씩 영어를 알려 주고 있다고 한다. 그 중학생 아들의 학교 시간을 감안해서 화요일, 목요일, 토요일 이렇게 삼 일을 한다고 했다.

보통 사병들 외박은 토요일로 이루어지지만 진규는 영어 수업 때문에 토요일 외박을 일요일로 연기해야 했다. 물론 그런 일정 조정은 대대장이 허락해 주어야 가능한 것이다.

이런 외박 외에도 특별한 명목의 휴가를 주는 것으로 아들 과외 선생에 대한 답례가 있다고 했다.

진규는 당장 오늘부터 시작하자고 하며 일어선다. 이번에도 명자는 급히 나가 계산을 한다.

우선 책을 사야 하니 헌책방을 둘러보자고 한다. 당장 행동으로 옮기는 진규의 그런 모습도 멋있었다.

헌책방에 들러 중학교 영어책과 영어 사전을 사서 나왔다.

그리고는 문방구를 찾아 공책과 볼펜을 산다. 볼펜도 검은색, 파란색, 빨간색이 같이 있는 볼펜이어야 한다고 했다.

"그런데 어디서 공부하지?"

진규의 말에 명자는 답변을 하지 못하고 멍하니 진규 얼굴만 본다.

그것이 문제인 것을 생각지 못했다. 바보 같다. 왜 그런 생각도 하지 못하고 영어를 가르쳐 달라고 했는지 참 생각도 짧다.

곰곰이 생각하던 진규가 일단 명자 집 쪽으로 가자고 한다.

마산은 작은 도시라 마산 시내 어디에서도 집까지 가는 시간은 한 시간이면 충분하다.

지금 있는 곳에서 명자의 집은 버스로 이십 분 정도이다. 버스를 기다리면서 진규가 왜 집 쪽으로 가는지 설명해 준다.

"내가 명자 집 근처 여관을 잡고 거기서 공부하자. 그러면 늦게까지 나하고 있다가 돌아갈 때 금방 갈 수 있으니 그게 좋겠어."

이 사람은 방법도 잘 찾아낸다. 좋은 생각이고 오늘 당장 영어 공부를 시작할 수 있다.

여관에 들어가는 것에 대한 거부감도 없다. 이 사람이 섣부르게 행동할 사람이 아니라는 것에 대한 신뢰감이 이미 명자의 가슴에 박혀 있다.

오히려 누구의 간섭도 받지 않고 시선도 의식하지 않는 둘만의 공간을 명자도 원하고 있다.

좋다고, 집 근처 얼마 떨어지지 않은 곳에서 여관을 본 기억이 있으니 거기가 좋겠다고 하면서 진규를 쳐다보니 긴장한 표정이다.

⬥◆⬥

버스에서 내리고 걸어서 5분 정도의 거리에 여관이 있던 것을 기억한다.

그 걷는 5분 동안 진규는 항시 잡고 있던 손도 잡지 않고 걷는다. 하늘같이 보이던 이 남자가 긴장하는 모습은 참 순진한 사람이라는 생각과 함께 동생같이 귀여운 느낌을 준다.

나이만 나보다 다섯 살 더 많지 나보다 더 순진한 사람이다. 알 만한 것을 다 아는 내가 더 까진 계집애라는 생각이다. 웃음이 입가에 걸쳐진다. 그의 긴장을 풀어 주려 명자가 팔짱을 낀다.

늦은 오후의 시간이라 여관은 한가하다. 명자가 앞장서 들어가고 진규가 뒤따른다.

공부를 해야 하니 방값은 당연히 명자가 내야 한다는 생각이다. 공부가 아니어도 돈 없는 군인 오빠에게 돈을 쓰게 할 수는 없다.

명자가 카운터에서 계산을 하고 열쇠를 진규에게 건네준다.

방에 들어서니 어색한 분위기는 피차 마찬가지다. 방 안에는 다행히도 의자 두 개 딸린 탁자가 있어 책을 펴 놓고 공부하는 데 문제가 없다.

진규는 명자에게 와서 앞에 앉으라고 하면서 책을 편다. 공부 준비를 하는 것으로 어색한 침묵은 곧 사라졌다.

책은 중학교 1학년 교과서이다. 책장을 몇 장 넘기더니 읽어 보라고 한다. 그 정도는 몇 자 되지 않아 읽을 수 있었다. 책 중간쯤 열어서 펴 보이는 곳은 문장이 많아 더듬더듬 읽었다.

책을 덮고 나서 진규는 자기가 하는 말을 적으라고 한다. 영어를 공부하는 데 제일 중요한 것은 단어를 많이 외우고 교과서 문장을 통째로 외우는 것이라고 했다.

발음도 중요해서 녹음기로 계속 들어야 하는데 지금은 녹음기 구입 여건이 되지 않아 진규가 읽어 주면 그대로 따라 하라고 한다.

단어를 읽어 주고 단어의 뜻을 사전에서 찾게 하는 방법을 알려 주고 해본 것은 외우게 하고 그렇게 진지한 수업이 계속되면서 저녁 먹을 시간이 되었다는 것을 배가 알려 준다.

"오빠, 밥 먹고 하자. 배고파."

진규도 팔목의 시계를 보더니 시간이 벌써 이렇게 되었냐며 일어선다.

여관 근처에도 식당들이 몇 있지만 좀 멀리 떨어진 곳으로 찾아 들어갔다.

가면서도 진규는 영어 공부에 대한 주의점이나 효율성 있게 공부하려면 이렇게 저렇게 해야 한다는 그런 얘기만 했다.

진규의 말을 건성으로 들으면서 명자는 그와 팔짱을 끼고 걷는 것이 좋기만 하다.

저녁을 마치고 다시 여관으로 향한다. 그와 이렇게 걷는 것이 좋은데 공부는 좀 더 있다가 했으면 해서 천천히 하자고 하니 안 된다고 한다.

"한 달에 한 번 정도 보는데 할 때 많이 해야지. 나 없는 동안에 할 숙제도 준비해야 하고. 첫날인데 땡땡이칠 생각 말고."

단호하면서도 부드러운 말이다. 좋으면서도 엄살을 부려 본다.

"아, 힘들어. 괜히 공부하자고 했어."

명자는 눈을 흘기면서 그의 팔을 더 세게 잡고 안기듯 하며 걷는다.

여관으로 들어와서 다시 공부가 시작된다.

열심히 가르쳐 주려고 하는 진규의 열성과는 반대로 명자에게는 다른 잡념이 생긴다.

그를 만져 보고 싶다는 욕망도 일어나고 '그가 언젠가는 키스를 하려 하겠지?'라는 상념도 생긴다.

'이렇게 지내다 보면 언젠가는 그가 같이 자자고 할 수도 있고 그럴 때는 어떻게 하지?' 이런 웃기는 상상도 해 본다.

명자가 집중을 하지 않는 것을 눈치챈 진규는 손바닥으로 탁자를 탕탕 치며 집중하라고 주의도 준다. 선생님과 똑같다.

그렇게 첫날 수업이 끝나고 진규는 숙제를 준비해 준다.

"다음에 만날 때 지금 내 준 숙제는 꼭 해 놓아야 해. 검사해서 제대로 안 했으면 종아리 걷어야 돼."

종아리를 걷어야 된다는 말은 야릇한 기분이다. 치마를 입으면 다리가 다 보이는 것이 일반적인 것이지만 이 남자에게 종아리를 보여 주는 상상은 좀 야릇한 기분이 든다.

그리고 진규는 가급적 영어 학원 찾아서 학원에 다녀 보라고도 한다. 한 달에 한 번 하는 수업은 효율적이지 못하니 학원에 다니면서 보충적으로 가르쳐 주는 것이 좋겠다고 했다.

진규가 시간이 늦었다며 가라고 한다. 갈 준비를 하면서 이 사람은 처음에 왜 나를 만나려고 했는지, 만약 영어 가르쳐 주는 것이 아니었으면 무엇을 하고 시간을 보냈을지 궁금증도 생긴다.

내가 먼저 만지지 않으면 손도 안 댈 것 같은 사람처럼 보인다.

문을 나서기 전 지갑에 있는 돈을 다 꺼내 공부하던 탁자에 올려놓았다.

"오빠, 내일 나 못 보고 들어갈 거니 이 돈으로 아침 먹고 부대 들어가면 써."

그러지 말라고 만류하는 진규의 손을 잡아 뒤로하고 명자는 진규의 입에 입술을 포갰다.

기다리며 내숭을 떠는 것보다 먼저 다가가는 것도 좋다는 생각에 그렇게 했다.

남자를 한번 건드려 놓으면 거기서 멈추지 못하는지 진규의 손길이 거침없이 명자의 속살을 파고든다. 명자가 엉덩이를 빼면서 손으로 진규를 살짝 밀어내니 그가 멈춘다.

"미안해, 오빠. 그만."

알았다고 하면서 멈춘 진규는 낭패스러운 얼굴로 명자를 보고 이내 고개를 숙이며 마음을 진정시키고 있다.

명자는 손으로 그의 얼굴을 한 번 쓰다듬고 뒤돌아 나왔다. 나오면서 너무 미안한 마음이고 순순히 말도 잘 듣는 그가 측은한 생각도 든다.

집으로 돌아오니 영숙은 이미 자고 있다.

명자의 기척에 눈을 뜬 영숙이 부스스한 얼굴로 일어나 앉는다.

"이렇게 늦은 시간이니 밥은 먹고 왔지? 뭐 하는데 이렇게 늦어?"

못 보던 책과 공책이 눈에 보이자 영숙은 그건 무엇인지 묻는다.

"응, 나 영어 공부 더 해 보려고. 학원도 알아보고 그럴 거야."

명자가 영어 공부를 하겠다는 말에 영숙은 부러운 듯 말한다.

"네가 부럽다. 그런 생각도 하고. 출세하면 나도 좀 끼워 줘."

명자도 자리에 누웠지만 잠이 잘 올 리가 없다. 오늘 일에 대한 흥분이 아직 남아 있다.

지금 저 건너편 여관에서 진규 혼자 밤을 보내겠지. '다음에 오빠 얼굴 어떻게 보지?' 하는 미안함이 크다. 괜히 먼저 건드려 놓고 얌체같이 빠져나오는 명자의 행동에 혹시 오해는 하지 않을까 걱정도 앞선다.

내일은 편지를 쓰자. 미안하다고.

월요일 출근을 하면서 옥분에 대한 걱정도 생긴다. 어제 전화에 아마도 잔뜩 화가 나 있을 거다. 일일 찻집 결근도 결근이지만 옥분이 말하는 중간에 일방적으로 끊어 버린 것에 대하여 단단히 화가 나 있을 텐데 어떻게 모면할지 걱정이다.

예상대로 점심시간 시작되는 종이 울리자마자 옥분은 득달같이 달려왔다.

미리 백기를 들고 항복하는 명자를 보고 전의가 하늘을 찌르던 옥분의 기세는 누그러져 웃고 만다. 하지만 짚을 것은 짚고 가자는 식이다.

"너 그 군인 때문이지? 지난주도 그렇고 어제도 그렇고 그놈은 매주 나오니?"

명자가 미리 생각해 둔 변명의 거짓말이 있다.

"아니야…. 군인이 어떻게 매주 나와. 지난번은 만났지만 어제는 아니야.
어제는 나 영어 배우려고 영어 학원이나 어디 배울 곳 알아보느라고….
누가 알려 준다고 해서 그 사람하고 약속 때문에 그런 거야."

옥분의 의심은 쉽게 걷히지 않는다.

"영어? 웬 영어야? 야, 공장 다니는 년이 무슨 영어를 배운다고 그래. 그래서 또 어떤 놈 만나고 그런 거야?"

옥분의 목소리는 커져 가고 옥분의 그런 말은 명자도 그냥 듣고만 있을 수 없는 내용이다.

"뭐? 나는 영어 배우면 안 되는 공순이라고? 너도 중학교 다니고 여기서 야간 고등학교 나왔지? 6년 동안 영어책 들고 다녔으면서 너 중학교 일 학년 영어책은 제대로 읽을 수 있어? 나도 너하고 마찬가지야. 그게 한심해서 좀 읽는 거라도 해 보려고 그러는데 그게 잘못된 거니?"

좀처럼 보지 못했던 명자의 분노에 옥분은 기가 눌리고 입을 반 열고 멍한 표정으로 명자를 올려다본다. 명자는 그런 옥분을 내려다보면서 더 거칠게 몰아붙인다.

"그리고 네가 내 서방이라도 되니? 내가 누구를 만나던 네가 왜 그렇게 쌍심지 켜고 감시하냐? 나도 너만큼 알 건 다 알아. 네가 생각이 모자란다는 것은 몰라?

너 나중에 시집가서 애 낳고 그 애가 중학교 들어가서 영어 물어보면 답할 수 있어?

나는 그런 것 생각해서, 6년을 영어를 배웠다면 최소한의 기초는 있어야 한다고 생각해서 그러는데 너는 아예 공순이가 무슨 영어가 필요하냐고?"

하나도 틀리지 않는 명자의 말에 옥분은 대꾸도 못 하고 자리를 뜬다. 돌아가는 옥분의 뒷모습은 안쓰럽다. 머리를 떨구고 가는 그녀의 모습에 내가 너무 심하게 몰아쳤나 싶은 생각이다.

염려해서 걱정해 주는 친구를 저렇게 묵사발로 만들어 버린 것이 후회가 된다.

나의 위선에 대한 변명거리의 희생양이 된 옥분에게 너무 미안하다.

오후 일과가 끝나자마자 옥분에게 달려갔다.

옥분에게 미안하다고 사과하면서 오늘 저녁 같이 먹자고 하니 옥분도 고분고분 응한다.

같이 퇴근하면서 어디로 갈까 망설이던 중 옥분은 명자의 집으로 가자고 한다. 밖에서 돈 쓰지 말고 집에서 해 먹자고 한다.

명자가 지금 집으로 옮기고 난 후 한 번도 옥분이 와 보지 않은 집이고 오랜만에 영숙이도 볼 수 있어서 그것도 괜찮은 생각이다. 집으로 들어가기 전 시장에서 몇 가지 반찬과 가게에 들러 술도 한 병 샀다.

명자가 밖의 연탄불에 밥을 안치고 방으로 들어가니 옥분은 명자의 영어책을 뒤져 보고 있다.

들어오는 명자를 보고 책을 덮고 멋쩍은 듯 웃어 보인다. 영어책과 영어사전이 있는 것을 보고 명자가 거짓을 얘기하거나 변명한 것이 아님을 확인했다.

옥분이도 명자를 의심했던 것이 미안했다.

명자는 옥분의 앞에 자리 잡고 앉아 진심으로 미안하다고 다시 사과한다.

옥분은 아니라고 자기도 미안하다고 하면서 눈물을 찔끔거린다.

"명자야, 사실 나 아까 충격이 컸어. 나는 왜 너와 같은 그런 생각을 하지 못하고 항시 찌질하게 생각해 왔는지…. 그런 내 한심한 인생이 부끄러웠다. 영어를 왜 배우려 하는지 네 말을 듣고 너는 참 대단하다는 생각이야. 너에게 보고 배울 것이 많은 것 같아. 너희 집이 옛날에 합천 최고의 가문이란 소리를 들었는데 너를 보면 맞는 것 같아."

눈물을 찔끔거리면서 말하는 옥분에게 더 미안하다.

사실 영어를 배우는 이유가 나중에 자식들에게 부끄럽지 않기 위해서라는 논리는 갑자기 튀어나온 말이었다. 전혀 그런 생각을 한 적이 없는데 어쩌다 보니 그 말이 나왔고, 옥분이도 생각지 못했던 말을 명자가 하니 '명자는 역시 다르구나.' 하는 생각이다.

눈물을 찔끔거리던 옥분은 눈가를 손으로 한 번 훔치고는 명자 얼굴을 바로 쳐다본다.

"근데 네가 나에게 한 서방도 아닌 것이 쌍심지 켜고 뭐 그런 말, 그건 너무 심한 말이야. 그거는 정말 속상해."

명자는 거듭 미안하다고 사과하지만 옥분의 말은 계속 이어진다.

"너 과거 뼈대 있는 집 딸이라는 거 인정해. 그래도 이 마산 바닥에서는 조심하자고 하는 소리야. 뼈대 있는 양반집 딸이라 너는 그렇지 않겠지만 미친년들이 여기 너무 많아. 특히 우리 회사 애들, 저쪽 ○○대학 애들 밥이래. 그 대학생 놈들 자가용이 거의 우리 회사 계집애들이라는 소리 너 듣지 못했어?"

들어보지 못한 '자가용'이라는 소리에 그것이 무슨 말이냐고 물었더니 정말 모르는 말이냐고 반문한다.

"자가용이 자가용이지. 그놈 전용 자가용. 그놈만 전용으로 매일 올라타는 게 자가용이지.

어떤 새끼는 자가용 여러 대 굴리는 놈도 있다고 그러더라. 쌍놈의 새끼들.

그놈들만 욕할 게 아니라 그런 것 좋다고 쫓아다니는 년들이 미친년들이지.

××사단 군인 놈들도 ○○대학 새끼들 못지않아. 그놈들도 볼일 다 보고 제대하고 가 버리면 그걸로 끝이야. 요즘 세상이 이러니 내가 그렇게 잔소리를 했던 거고 오늘 보니 너는 이제부터 내 잔소리가 필요 없는 훌륭한 내 친구야."

진규에게 편지를 쓴다.

지난번 일이 너무 미안하다는 내용 위주다. 그날 잘 들어갔는지, 나도 맘이 편하지 않은데 오빠는 어떤지 걱정이고, 괜히 내가 쓸데없는 짓을 해서 그렇게 된 것 거듭 미안하다는 내용으로 써 내려간 편지 끝에 입술 도장을 찍고 마무리했다.

계속되는 고민과 걱정이 머릿속에 정리되지 않고 있다.

명자도 진규를 만날 때는 그를 만져 보고 싶고 안아 보고 싶은 충동이 있다. 그도 여느 남자들과 다를 바 없을 것인데 언젠가는 명자가 거부해도 달려들 수 있다.

진심으로 사랑하면 조건 없이 무엇이든지 다 줄 수 있다고 생각하는데 아직은 진심이 우러나지 않는지 아니면 명자가 이기적인지 잘 모른다는 생각이다.

4월 초의 마산은 바람이 잦아들면서 따뜻한 날씨를 유지한다. 벚꽃도 피어나고 멀지 않은 진해에는 벚꽃과 함께 군항제가 시작된다. 가 보지 않았지만 다녀온 사람들 얘기로는 전국에서 유명한 곳이라 한다.

진규로부터 편지가 왔다. 지난번 명자의 편지에 대한 답장이다.

미안해하지 않아도 되고 명자에게 원하는 것이 육체적인 것이 아니니 너무 신경 쓰지 말고 괜찮다며 영어 공부는 잘 하고 있는지 묻는 내용이다.

편지를 읽고 나서 지난번 옥분이 한 얘기가 생각난다. 자가용.

오빠는 나를 자가용으로 사용할 그런 사람이 아님을 평소의 말이나 행동에서 보여 준다.

진규 오빠는 그런 놈들과는 질적으로 다른 사람인데 옥분이는 의심을 한다.

이번 주 일요일은 오빠가 얘기한 대로 영어 학원을 찾아볼 것이다.

중학교가 있는 동네 근처는 아마도 그런 곳이 있을 수 있겠다는 생각이다.

진규가 내 준 숙제가 있어 들여다보려 하는데 주인아주머니 소리가 들린다. 할 얘기가 있다고 하시며 전처럼 커피 두 잔을 타서 갖고 오셨다.

그런데 명자가 퇴근하고 들어온 이 시간에는 아주머니가 이미 출근을 했을 시간이었다.

"오늘부터 한 달간 영업 정지 먹었어. 그래서 2주간 쉬어야 해."

아주머니가 출근하는 곳은 아가씨들이 있는 큰 주점인데 뭔가 잘못되어 그렇다고 한다.

원래 더 크게 문제가 될 수도 있는데 돈을 써서 그 정도에서 마무리된 것이 다행이라고도 한다.

그리고 지금 이 집을 팔려고 내놓았다고 한다. 물론 새 주인이 오면 세 들어 살고 있는 사람들에게는 큰 불편이 없도록 하겠다고 한다.

"어머, 갑자기 왜요?"

생각지도 못했던 얘기였기에 놀라면서 물었다.

이전부터 생각해 왔고 지금이 그때라 생각해서 그런 결정을 내렸다고 하신다.

아주머니가 출근하는 곳이 술을 파는 주점이라 딸아이가 싫어한다고 한다. 물론 술집 아가씨 일은 아니고 주방에서 하는 일이지만 딸이 싫다고 하니 방법이 없지 않겠냐고 하신다.

다른 일을 찾아보려 했지만 어떻게 잘못 소문이 나서 딸아이가 놀림을 받은 적이 있다는 것이다. 엄마가 술집에 나간다고. 그래서 딸아이는 여기를 뜨고 싶다고 한다는 것이다.

명자가 묻지 않았는데 아저씨에 관한 얘기를 먼저 해 준다.

아저씨 전사 후 유족에게 주는 돈으로 이 집을 산 것인데 팔고 다른 곳으로 갈 생각을 하니 마음이 좋지 않다는 것이다.

아저씨는 원래 직업 군인으로 둘째 딸 임신 중 월남에 갔고 둘째 딸 얼굴도 보지 못한 채 지금까지 오지 않는다며 눈물을 쏟는다.

아직 젊은 나이의 여자라 시집에서도 재가를 권하지만 그러고 싶지는 않다고 하신다.

아주머니가 돌아가고 다시 숙제를 하려고 했지만 찜찜하다. 두 딸아이 모습이 눈에 밟힌다.

아이들이 아버지 없이 살아가고 있다는 것에 연민을 느낀다.

이번 일요일에 영어 학원을 찾으러 갈 때 두 딸과 같이 가도 좋겠다는 생각이 든다.

아이들과 같이 놀아 주고 먹을 것도 사 주고 싶다.

영숙이 저녁밥을 준비해 놓고 숙제를 시작한다. 다시 진규를 보기까지는 아직 시간이 많다. 진규가 해 준 말대로 진도만 나가는 것이 중요한 게 아니라 천천히 가도 배운 것은 완벽하게 끝내야 한다고 했으니 천천히 해도 될 듯싶다.

영숙이가 들어오고 저녁상을 물린 다음 잠자리 준비 전에 아주머니가 이 집을 내놓았고 그 이유에 대해서도 얘기해 주었다. 아저씨에 대한 얘기에는 영숙이도 탄식의 반응이다.

그래서 이번 일요일에 이 집 딸들과 시간을 보내려 한다고 하자 영숙이도 시간을 내 보겠다고 한다.

옥분이에게는 더 이상 일일 찻집 봉사를 못 한다고 얘기했고 권사님에게 잘 말씀드려 달라고 했기에 앞으로 일요일은 명자가 누릴 수 있는 시간이다.

다음 날 퇴근하고 아주머니를 찾았다.

명자의 제안에 아주머니는 너무 좋아한다. 그렇게 생각해 주니 너무 고맙다는 말을 하며 명자의 손을 잡는다.

방으로 들어와 다시 편지를 쓴다. 지난번 쓴 편지가 아직 도착할 시간이 아닌 것으로 계산되지만 상관없다.

이 집의 아주머니와 아저씨에 대하여 쓰고 싶었다. 아저씨가 군인이었고 진규도 군인이기에 그런 얘기를 쓰고 싶었다.

일요일이 되고 영숙은 모처럼 일요일 휴무를 얻어 내는 데 성공했다.

명자와 영숙은 두 딸아이와 함께 집을 나섰다. 집을 나서기 전 아주머니는 명자의 손에 돈을 쥐여 준다.

한사코 사양했지만 기어코 쥐여 준다.

우선은 영어 학원이 있을 만하다고 생각되는 남성동 근처로 가 보기로 했다.

그곳 외곽 쪽으로 중학교가 있다. 중학교가 멀지 않은 곳에 학원이 있을 것 같다.

예상대로 학원 간판들을 찾을 수 있었지만 영어만 가르치는 학원은 보이지 않는다.

거의 영어, 수학을 같이 가르치는 학원들이고, 게다가 오늘은 일요일이라 문을 닫았다.

간판에 쓰여 있는 전화번호만 적고 나중에 전화하기로 했다.

학원을 찾아다니는 동안 영숙이와 아이들은 군소리 없이 쫓아다닌다.

"이제 우리 어디 가서 점심 먹자. 뭐 먹을까?"

아이들에게 묻자 영숙이 대답한다.

"애들은 무조건 짜장면이지. 그렇지, 얘들아?"

아이들은 고개를 끄덕이며 동의한다. 영숙은 창동 거리로 가자고 한다. 항시 붐비는 인파에 가게가 즐비하고 음식점도 많은 창동 거리다.

먹는 것보다 창동 거리를 다니며 구경하는 것도 재미있다. 아이들도 이런 곳은 처음 와 본다고 하며 재미있다고 했다.

적당하다고 생각되는 중국집으로 들어가서 뭐든지 먹을 수 있으면 다 시키라고 하니 아이들은 욕심만 앞서 이것저것 다 시킨다. 영숙이 적절하게 통제하여 짜장면과 만두 정도로만 주문했다.

"일단 지금은 이 정도만 먹고 나중에 다른 것을 더 먹자. 어때, 좋지?"

그렇게 말하면서 영숙은 명자에게 짜장면을 먹고 나서 용마산으로 가자고 한다.

영숙의 시원한 성격은 아이들의 통솔과 통제에 잘 맞는 것 같다.

용마산은 전에도 몇 번 가 봤던 산이고 아이들이 오르는 데 힘들지 않을 정도의 낮은 산이다.

아이들도 용마산은 전에 엄마와 한번 가 봤던 곳이라고 좋다고 한다.

창동 거리를 나와 용마산으로 가는 버스를 기다리는 동안 아이들은 집에서 보던 모습들이 아니다.

보통의 아이들이 노는 그대로 까불고 웃고 떠든다.

용마산을 오를 때는 영숙이도 아이들만큼 신나서 떠든다. 용마산은 작은 산이지만 정상에서는 마산 앞바다가 펼쳐진다. 정상이라고 해도 평지처럼 넓어 정상 같아 보이지 않지만 그곳에서 바라보는 마산의 앞바다는 시원하다.

오후 늦지 않게 집으로 향했고 집으로 들어서면서 아이들은 엄마를 호들갑스럽게 부른다.

특히 둘째 아이는 오늘 어디서 뭘 했고 등 아주 신이 나서 말한다. 그런 딸들의 모습에 아주머니도 밝게 반응해 준다.

명자와 영숙이 방에 들어가 옷을 갈아입고 저녁 준비를 하려 하는데 아주머니가 부른다.

오늘 저녁은 아주머니가 준비하니 같이 먹자고 하신다. 아이들 돌봐 준 것에 대한 답례인지라 사양하지 않고 그러겠다고 했다.

처음 들어가 본 아주머니의 방에서 아저씨의 사진들을 보았다. 액자에 걸린 사진들을 보니 과거 이 집 식구들의 생활이 어땠는지 상상이 된다. 세월의 흐름 속에 멈춰진 시간이 안타깝다.

월요일 퇴근을 하면서 어제 적어 온 학원 전화번호로 연락을 했다.

중학생은 아니고 직장에 다니고 있는데 영어를 배울 수 있는지 문의한다고 하니 가능하다고 한다.

말 나온 김에 직접 보자고 해서 남성동 학원으로 곧바로 찾아갔다.

선생님이라고 하는 분은 명자보다 몇 살 위 정도의 대학생 같은, 그리고 키가 좀 작고 단발머리를 한 여자 선생님이다.

명자와 같이 늦게라도 좀 더 배워 보겠다는 생각을 하는 사람들이 거의 없는데 참 대단하다고 하면서 돕겠다고 한다.

지금 중학교 일 학년 아이들이 하는 수업이 있고 거기서 아이들과 같이 수업하면 되겠다고 한다. 이미 진도는 나가 있지만 아직 기초 단계이니 그 반에서 수업하면 될 거라고 했다.

매일 수업이 있는 것이 아니라 이틀에 한 번, 한 시간씩 수업을 하니 그리 힘들지는 않을 것 같았다. 그런데 시간이 문제였다.

아이들 수업 시간이 여섯 시에 시작해서 일곱 시에 끝나는데 명자는 그 시간에 올 수가 없다.

시간 문제에 봉착해 낭패한 기색의 명자에게 선생님은 명자 한 사람에 대한 수업을 해 줄 수 있다고 하면서 일곱 시 반은 올 수 있냐고 묻는다.

그 시간은 가능하다. 선생님도 명자 같은 사람이 대단하다고 생각해서 돈 생각은 하지 않고 하는 말이라고 한다. 사실 선생님은 얼마 전까지 서울에서 야학 선생님이었다고 한다.

낮에 일하고 밤에 공부하려는 직장인들을 위한 야학에서 영어 선생님을 했다고 한다. 물론 보수가 없는 봉사 같은 것이라고 한다.

그런 경험과 그런 생각을 갖고 있기에 배우겠다고 하는 학생들은 단 한 명이라도 환영하고 돈은 중요하지 않다고 했다.

그렇게 저녁의 학원 생활이 시작되고 명자에게는 좀 더 바쁜 시간이 추가되었다.

학원 가는 날도 시간이 바쁘지만 가지 않는 날도 학원 숙제와 진규 숙제가 있어 게으름 피울 시간이 없다.

하지만 앞으로의 명자 미래 모습을 생각해 보면 스스로가 대견하다는 뿌듯함이 있다.

이렇게 열심히 3년만 하면 미국 사람들과 말하는 데 전혀 문제가 없다는 학원 선생님 얘기가 명자의 의지를 더욱 불태운다.

숙제를 하고 있는 토요일 저녁, 주인아주머니가 명자를 찾는 전화 왔다고 알려 준다. 남자라고 했다.

진규 전화일 거라는 직감이다. 여기 전화번호를 알려 준 남자는 진규밖에 없으니 직감이고 뭐 고 그의 전화가 분명하다는 생각으로 달려가 전화를 받았다. 명자가 "여보세요?" 하는 동시에 상대의 목소리는 진규 아닌 다른 목소리다.

"안녕하세요? 저는 채진규 상병 동기입니다. 채 상병이 내일 12시경 그곳으로 갈 거라고 전해 달라고 해서요. 그럼 끊습니다. 안녕히 계세요."

알려 주어서 고맙다는 인사를 하고 통화는 아주 간단하게 끝났다.

이번 주가 아닌 다음 주에 나오는 것으로 알고 있었는데 내일 나온다고 하니 좋다.

그리고 그곳이 어디인지 생각하다가 일일 찻집인 것을 깨닫는다.

하는 수 없이 내일 그리로 또 가야 한다. 옥분이나 권사님 눈에 띄지 않는 곳에서 진규를 기다려야 한다.

내일 만나면 앞으로 만나는 곳에 대하여 일일 찻집 앞이 아닌 다른 곳으로 명확하게 정해 놓을 것이다.

•◆•

다음 날 명자는 공부할 책들을 싸 들고 성당에 가서 미사를 마치고 일일 찻집 근처로 갔다.

미사를 마치고 가도 12시 약속 시간 전에 도착한다.

옥분이나 권사님 눈에 띄지 않도록 진규가 오던 방향 훨씬 전의 작은 골목에 숨어 기다렸다.

명자가 도착하고 얼마 지나지 않아 진규가 나타났다. 손을 흔드는 것으로 인사를 하고 급히 진규의 팔을 잡고 그 지역을 벗어났다.

"앞으로 여기서 만나면 안 돼. 전에 말하지 않았나? 일일 찻집 그만둬서 여기 사람이 보면 안 된다고. 음…. 그래서 앞으로는 그 〈대학다방〉에서 만나."

이 약속이 오늘 해야 할 첫 번째 일이다.

"근데 다음 주에 나올 거라고 생각했는데 왜 오늘 나왔어?"

찻집에서 거리가 먼 다른 지역으로 길을 틀면서 명자는 진규의 팔짱을 끼고 물었다.

"나 빨리 보면 싫어?"

명자를 놀리는 듯한 진규의 농담이다.

"아니 그런 게 아니고…."

명자는 코맹맹이 소리를 내며 진규의 팔을 더 감싸 안았다.

앞으로 3주 후에 정기 휴가라 오늘 나오는 것이 낫다고 한다. 다음 주에 나오게 되면 곧바로 그 주에 휴가를 또 가야 하니 아무리 대대장님이 편의를 봐줘도 부대 내에서 눈치를 보게 되어 오늘 나오기로 했다고 한다.

"정기 휴가면 그건 며칠이나 돼? 집에 가는 거야? 서울로 가?"

그렇게 물어보는 명자는 이 사람에 대해서 모르는 것이 너무 많다는 생각이 든다.

진규는 휴가 일수가 보름이고, 당연히 집은 서울이고, 부모님도 진규 휴가를 기다리고 있고, 학교에 가서 친구도 만날 것이라고 답변을 해 준다.

"보름 휴가 중 나에게 삼 일만 허락해 주면 안 돼?"

그냥 해 본 소리다. 농담으로 해 본 소리지만 진규는 잠깐 뜸을 들이더니 웃으면서 답한다.

"글쎄…. 모처럼 휴가인데 3일 동안 너 공부만 가르쳐 주라고? 그리고 하루는 몰라도 삼 일간 너하고 붙어 있으면 내가 힘들어. 무슨 말인지 알지?"

명자는 그 '무슨 말인지 알지?'의 의미를 안다. 그리고 지난번 편지로 미안했다는 말을 썼으면서도 잊고 있다가 그 미안했던 마음이 다시 생긴다.

"무슨 말인지 몰라."

뾰로통하게 답하면서 머리는 혼란스럽고 마음은 갈피를 못 잡는다.

하고 싶은 말이 있지만 그 하고 싶은 말을 하면 둘의 관계가 지금과 같은 편한 상태로 이어지지 않을 수도 있다는 두려움이 있다.

전과 같은 일정으로 점심을 먹고 잠시 산책을 한 후에 전의 그 여관으로 들어왔다.

명자에게 눈길도 주지 않은 채 진규는 책들을 점검한다.

새로 학원에 등록한 것과 학원 교재에 대해서 명자가 설명해 준다. 진규는 학원 교재를 살펴보면서 학원에서 공부한 내용에 대하여 질문을 한다. 곧바로 수업이 시작된 셈이다.

책을 펴기만 하면 이 사람은 영락없는 선생님의 자세로 돌아간다.

까불고 농담을 할 엄두를 내지 못할 정도로 여지를 주지 않는다. 이러니 이 사람을 존경하지 않을 수 없다. 만나는 횟수가 거듭될수록 그의 마법 같은 힘이 명자를 옴짝달싹하지 못하게 지배하고 그 어떤 것에도 저항을 포기하게 만든다.

저녁 시간이 되고 전과 마찬가지로 저녁을 먹고 여관으로 돌아가기 전 잠시 산책을 한다.

진규의 명자에 대한 자제심을 명자는 알고 있다. 힘들게 노력하는 것을 알고 있지만 한편으로는 그런 그의 자제심이 반갑지 않은 것도 사실이다.

청춘 남녀가 여관방에서 이렇게 공부만 하고 헤어진다는 사실을 어느 누구도 믿지 않을 것이다. 옥분이가? 영숙이가? 그네들은 나중에 진규와 내가 그랬다고 얘기해 주면 믿지 않을 것이다.

한 달에 한 번 만나서 영어만 가르쳐 주고 그냥 간다는 놈이 세상에 어디 있겠냐고 믿지 않을 것이다. 만약 그렇다 해도 고자나 그럴 수 있겠다고 조롱만 할 것이 뻔하다.

언제까지 이런 상태로 갈 수 있을까 하는 의문이다. 하고 싶은 말을 해야 할 것 같았다.

"진규 오빠, 오빠는 나 만나서 재미없지. 한 달에 한 번 나오는 외박에 영어만 가르쳐 주고 들어가고. 다른 여자 만나면 이러지 않을 수도 있다는 생각인데…. 나는 정말 미안해. 나는 나중에 어떤 남자와 결혼했을 때 과거가 있는 여자라면 그 남자에게 참 미안할 것 같아. 그리고 아이가 생기면 그 아이에게도 엄마로서 너무 미안할 것 같다는 생각에….”

진규가 말을 이어 가려는 명자의 팔을 붙들고 허리를 감싸 안는다.

“그만 말해도 나 알아. 그만해.”

진규는 한숨을 쉬고 잠시 어두워지는 바닷가 쪽 하늘을 본다. 담배를 꺼내 불을 붙이고 깊게 들이마신다. 담배 한 개비를 다 태우고는 가자고 한다.

이럴 것 같아 말을 하지 않으려 했는데 괜히 꺼냈다. 이럴 줄 알았지만 막상 확인하니 너무 아프다.

나중의 남자는 없을 거고 지금 나 채진규가 너의 남자라는 그런 비슷한 말. 아주 조금은 기대가 있었지만 역시 그는 그럴 생각이 추호도 없음을 확인한 것이다.

그리고 엄습하는 불안감, 이제 그는 내가 부담스러워 더 이상 나를 보려 하지 않을 수 있다.

다른 아가씨를 찾아보려 할 수도 있다. 옥분이 얘기했던 그 자가용 용도의 다른 아가씨는 지천으로 깔려 있는데.

여관으로 향하면서 둘은 아무런 말이 없이 걷는다. 좀 전까지 팔짱을 끼고 걸었지만 지금은 떨어져 걷는다. 어쩌면 오늘이 그와의 마지막일지도 모른다는 생각이 든다. 지난 3개월은 행복한 시간이었는데 참담한 기분이다.

그런 말을 하는 것이 아닌데 괜히 얘기해서 미안하다고 하고 싶다. 내가 너무 이기적이어서 미안하다고 하고 싶다. 오빠는 나에게 무엇이든지 다 주려고 하는데 나는 오빠에게 아무것도 해 주지 않아 미안하다고 하고 싶다. 사랑에는 조건이 없어야 하는데 내가 계산을 해서 미안하다고 하고 싶다.

방으로 들어서고 진규는 책들이 놓여 있는 탁자에 앉아 다시 책을 펴면서 명자에게 앉으라고 한다. 그리고 담담한 표정으로 얘기한다.

"명자야, 네가 하는 말 다 옳은 말이고 그런 생각을 갖고 있는 너는 제대로 된 여자야.

나에게 미안하다는 생각은 갖지 않아도 돼. 너 이제 겨우 스무 살이야."

간단하게 말을 마무리하고 아무 일 없던 것처럼 진규는 공부를 계속하자고 한다.

그런 그의 앞에서 눈물이 나오지 않을 수 없다. 그 눈물은 옛날 중학교 시절의 학교 선생님이나 아버지 앞에서 잘못을 뉘우치며 울 때의 그런 눈물이다.

명자가 진정할 때까지 진규는 기다린다. 돌아서 눈물을 훔치고 행여 눈가가 부어 얼굴이 밉게 보일까 봐 거울을 들여다보다 거울에 진규의 모습이 보인다.

물끄러미 명자의 뒷모습을 보던 진규의 눈과 명자의 눈이 거울 속에서 마주치고 명자는 부끄러운 표정의 웃음을 만들어 진규에게 보낸다.

학원에서 배운 내용에 대하여 계속 이어 가면서 그 학원 선생님이 실력이 좋고 잘 가르치는 선생님이라고 한다. 대개의 학교 영어 선생님들은 과거 일본 선생님들로 배워 온 것이 답습되어 제대로 된 영어를 교육하지 못하고 있는데 지금 학원 선생님은 깨어 있는 영어를 배운 선생님 같다고 한다. 학교 선생님들은 그렇게 중요하지 않은 문법만 열심히 가르치려 하고 정작 그 영어 선생님들조차 미국 사람을 만나면 알아듣지도 못하고 말도 못 하는 경우가 대부분이라고 아주 비판적으로 말하며 지금 학원 선생님의 교육 방식을 칭찬한다.

앞으로 학원 선생님이 가르쳐 주는 대로 열심히 하고 진규가 나오면 공부한 내용을 다시 점검하는 방식으로 가자고 한다.

시간이 늦어지고 오늘은 그만하자고 하면서 진규는 책을 덮고 사전, 공책,

학원 교재 등을 가방에 넣어 준다. 그리고 더 늦기 전에 빨리 가라고 한다.
일말의 아쉬운 표정도 없이 빨리 가라는 말도 서운하다.

"오빠, 일부러 이런 식으로 맘에도 없는 척 그러지 마. 나 이기적이어서 미안해. 오빠는 내게 무엇이든지 주려고 하는데 나는 그러지 못해서 미안해. 사랑에는 조건이 없어야 하는데 그렇게 하지 못해서 미안해. 그래, 나 스무 살이야. 그래도 여자야."

문 앞에서 진규의 얼굴을 두 손으로 감싸며 말하는 명자의 눈동자에 눈물이 넘치는 것을 본 진규는 손으로 그 눈물을 훔쳐 준다.

마음의 준비 같은 것은 필요 없이 지금의 충동대로 맡기고 싶다. 들었던 가방을 바닥에 던져 버리고 진규의 손을 명자의 속살 속으로 넣는다. 지금 내가 줄 수 있는 것은 이것이고 진규에게 주는 것은 하나도 아깝지 않다.

진규도 이제는 망설임 없이 명자를 탐하기 시작했다. 브래지어 끈을 푸는 것이 익숙하지 않아 아예 머리 위로 벗겨 버리고 명자를 파고든다. 마치 며칠을 굶다가 밥을 본 사람처럼 허겁지겁 서두른다.

처음 해 보는 경험, 전에 들은 적 있다. 처음 경험에는 무엇인지도 모르게 그 의식은 끝나 버리고 허망한 기분이라고 했다.

지금 명자는 허망한 느낌이 아니다. 줄 만한 사람에게 준 것에 대한 희열이 있다.

무엇인지 모르게 끝난 것은 맞는 말인 것 같다. 명자의 몸에서 내려온 진규는 담배를 물고 옆에 다시 눕는다. 진규는 팔 하나를 명자에게 내주고 명자는 그 팔을 베개 삼아 머리를 얹고 진규의 가슴에 손을 얹으며 말한다.

"오빠, 내가 줄 것은 다 준 거야. 하지만 부담스럽다는 생각은 하면 안 돼. 나는 무조건 오빠가 좋아. 책임감 이런 생각하지 않아도 돼. 나는 오빠 한때의 자가용으로 족해. 이런 기억 가슴에 품고 살아가는 것도 괜찮아. 하지만 자가용은 나 한 대만 써야 해. 다른 자가용은 안 돼, 알았지?"

그렇게 말하는 명자는 편안하고 담담하다. 이렇게 한번 넘어가면 되는 산을 고민과 갈등을 지고 힘들게 오르다 넘으니 편안하고 나른해진다.

"자가용이 무슨 말이지?"

진규는 명자가 옥분에게 들었던 그 자가용이라는 뜻에 대하여 모르는가 보다.

하기는 진규 같은 사람의 환경에서는 그런 말 자체가 없을 수도 있다는 생각이다.

"아, 오빠는 모르는구나. 몰라도 돼. 좋은 말 아니야."

그렇게 말하고는 옷을 입어야 하니 좀 돌아누우라 하고 옷을 찾아 입고는 가방을 다시 챙긴다.

이대로 갈 거니 그 이불 속에서 그대로 자라고 하며 시계를 본다.

아직 통행금지 시간이 30분 정도는 남아 있다. 걸어가도 10분이면 집에 도착하니 여유 있는 시간이다.

진규는 이불로 몸을 가린 채 앉아 있다. 그런 그에게 다시 가서 입을 맞춘다.

"휴가 잘 갔다 와. 휴가 기간 동안 오빠가 마산에 없다고 생각하니 마음이 허할 것 같아."

그렇게 말하고는 가방에서 돈을 찾아 탁자에 올려놓으며 말한다.

"오빠, 다음부터는 이 여관에 못 올 것 같아. 여기 놓은 돈 일부, 내일 아침에 나갈 때 이 집에 좀 주고 나가."

의미 있는 미소를 띠며 말하는 명자에게 진규가 의아한 표정을 보이며 무슨 소리인지 이해하지 못한다고 한다.

“나 돈 있어. 월급은 적지만 대대장님이 가끔 주는 돈 있어. 근데 왜 이 집에 돈을 주고 가라는 거야? 숙박비 아까 계산했는데 왜 더 줘야 하지?”

“이불 속 요에 피 묻었어. 내 피…. 오빠는 나의 그런 것 확인해 보고 싶은 생각 없었어? 이런 말 내가 하면 부끄러운데…. 나 간다. 잘 자. 휴가 끝나고 내려오기 전에 전화해 주고. 시간이 맞으면 역으로 마중 나갈게.”

명자의 말에 진규는 화급히 요를 들추어 본다.

요에 피가 묻었으니 세탁 비용이라도 주면 나중에 여관 사람으로부터 욕을 덜 먹게 될 것이고 오늘 처녀 딱지를 떼어 사랑하는 사람에게 주었다는 당당한 증표를 보여 준 것이다.

당황하고 어쩔 줄 모르는 진규를 뒤로하고 여관 문을 나왔다.

여관을 나와 집으로 향하는 밤공기는 시원하다. 공기가 시원하다는 것보다 가슴과 머리 모두 시원하다. 그렇게 강조되던 여자의 순결을 깨 버리고 나니 시원하다.

고향 집에서, 학교에서, 가끔 성당에서 누누이 강조하던 순결 관념에 묶여 있다가 오늘 진규와 같이 깨부수고 풀어 버리니 시원하다.

⬩◆⬩

이틀에 한 번씩 다니는 영어 학원은 다닐수록 재미가 있다.

스스로 공부에는 재능이 없는 명자라고 생각해 왔지만 영어를 배우는 데 취미가 생긴 듯 학원 가는 날이 부담스럽지 않다.

학원 선생님은 기초부터 쉽게 수업을 해 주고 딱딱하지 않게 가르친다. 그리고 수업이 끝날 즈음에는 좋은 말을 해 주기도 한다. 복습을 잘 해 온다는 칭찬이며, 명자와 같은 올바른 품성의 사람은 보기 어렵다는 얘기며, 좋은 사회가 되기 위해서는 여자도 많이 배워야 한다는 얘기 등 좋은 말을 많이 해 주는 선생님이다.

퇴근을 하고 집에 들어오니 영숙이가 이미 들어와 있다. 영숙이가 쉬는 날이나 일찍 들어오는 날은 무슨 날인지 알고 있었고 어제저녁에도 별다른 얘기가 없었는데 집에 먼저 와 있다.

"웬일이야? 오늘 일찍 오는 날 아닌 것 같은데. 일찍 왔으면 저녁 준비라도 하지 뭐 하냐?"

핀잔 비슷하게 말했다. 영숙은 변명도 대꾸도 하지 않는다.

그런 영숙을 다시 찬찬히 보니 무슨 일이 있는 것 같다. 영숙의 앞에 마주 앉아 조심스럽게 영숙의 얼굴을 보려 하니 얼굴을 돌린다.

목소리가 괄괄하고 덩치도 크고 항시 씩씩하던 영숙이가 소금에 절인 배추같이 힘이 없다.

왜 그러는지 말해 보라고 다그치니 그제야 회사를 그만두었다고 말한다.

그리고 억울하게 도둑으로 몰렸는데 그게 완전히 부인하기는 어려운 일이라고 한다.

버스 차장. 특별한 기술이 없이 누구나 할 수 있는 쉬운 일 중 하나이면서 힘든 일이다.

버스를 타고 승객들에게 돈을 받는 쉬운 일이지만 장시간 차를 타며 일하는 것은 고된 노동이다. 진상 같은 승객에게 시달리는 일, 짓궂은 남학생들에게 무시당하는 일 등 그런 것도 견딜 수 있어야 하는 일이다.

하지만 제일 힘든 일은 의심을 받는 일이다.

돈을 만지다 보니 항시 의심의 눈초리가 따르고 예고 없이 몸수색도 당한다.

운행 일자나 상황에 따라 금액이 차이가 클 수 있지만 금액의 차이가 큰 경우 무조건 몸수색을 각오해야 했다. 누구는 얼마 입금인데 너는 왜 이렇게 입금액이 작은가 하는 이런 이유로 몸수색을 당한다.

그래서 비상금을 비축하는 삥땅이 불가피했고 알게 모르게 거의 모두가 그런 식으로 메꾸고 비축하고를 반복한다는 것이다.

오늘은 영숙이가 된통 걸렸다. 누군가 자신의 삥땅 사건에 영숙을 끌고 들어가서 영숙이 지목되고 심한 몸수색이 이루어졌다.

평소에는 배차 주임 언니가 대강 수색하는 척하며 끝났지만 오늘 같은 경우는 많은 사람이 보는 앞에서 브래지어까지 까발려졌다.

심한 모욕감이지만 숨겨 놓았던 돈의 물증 앞에서 항변도 못 하고 쫓겨났다고 한다.

경찰에 넘길 수도 있는데 그냥 넘어갈 거니 찍소리도 하지 말라고 했단다. 누구 하나 나와서 위로해 주는 사람도 없었단다.

"명자야, 나 어디 취직해야 해. 나 이대로 집에 갈 수 없어. 나도 알아보러 다니겠지만 너도 좀 알아봐."

고향 대개의 집이 넉넉한 살림을 하는 집은 거의 없다. 특히 영숙의 집은 더 곤란한 상황이며 그 동네 집들 중 생계유지가 가장 어려운 집이다.

읍내 중학교에 다닐 때도 영숙은 초등학교만 마치고 집에서 농사를 거들었다.

영숙이 초등학교 3학년 때 정도로 기억되는데 영숙이 엄마가 집을 나가서 돌아오지 않았고 이듬해에는 아버지마저 집을 나갔다. 아버지는 엄마를 찾아오겠다고 했지만 무슨 이유인지 집을 나간 이후 일 년도 안 되어 죽어서 돌아왔다.

초등학생이었던 영숙이가 제일 큰딸이고 밑으로 두 여동생과 어린 남동생 하나를 두고 아버지는 영원히 돌아오지 않게 되었고 엄마도 결코 돌아올 생각이 없이 다른 길을 가는 것 같았다.

할아버지와 할머니가 얼마 안 되는 땅에 농사를 지어 어린 동생들 밥을 먹이는 것은 녹록지 않은 일이다.

매달 영숙이가 보내 주는 현금은 최소한 굶는 것은 해결해 주었고 이런 상황에서 한 달이라도 공백이 생기면 곤란할 뿐 아니라 할머니와 할아버지의 걱정까지 있을 것이다.

우선 명자는 옥분이에게 영숙의 상황을 설명하고 옥분의 교회 내에서 영숙의 취직을 부탁해 볼 만한 사람들이 있는지 알아봐 달라고 했다.

명자가 다니는 성당도 생각해 봤지만 긴밀한 소통이나 관계를 유지해 온 사람들이 없어 마땅한 사람들이 떠오르지 않았다.

거리에 사람을 구한다는 광고가 여기저기 붙어 있지만 가 볼 만한 곳은 기술이나 경력이 있어야 하고 초보자도 가능하다고 하는 곳은 뻔한 곳이다. 월급이 아주 적거나 힘든 환경에서 일해야 하는 그런 곳이고 세상이 험해 선불리 발을 들여놓았다가 낭패를 볼 수도 있다.

학원 수업이 있는 날, 수업이 끝나고 선생님께도 물어보았다. 혹시 알아봐 줄 곳이 있으면 부탁을 드린다고 했다.

영숙의 전후 사정을 들은 선생님은 분개한다. 돈이 없고 힘이 없는 사람들에게 사람 취급을 하지 않는 무자비한 세상이 되었다고. 그러면서 서울은 더 심하다고 했다.

남편이 다니는 곳은 창원의 기계 회사들이라 여자가 일하기에는 마땅치 않고 선생님 스스로 알아보겠다고 한다.

그런 어수선한 시간들이 지나는 중 저녁에 퇴근하여 저녁을 준비하는데 주인아주머니로부터 명자를 찾는 전화가 왔다고 한다. 진규일 거라는 확신을 갖고 전화를 받았다. 진규가 전화한 것이고 그의 목소리가 들리면서 울컥하는 반가움이 숨겨지지 않는다. 지난번 그의 몸을 받아들인 후 그에 대한 감정은 전과 다른 묘한 변화가 있다.

매일매일 진규의 모습이 머릿속에서 떠나지 않고 항시 그가 그리웠다.

진규는 이번 토요일 늦은 기차로 마산역에 도착한다고 알려 준다.

반가움의 감정과 소리를 있는 그대로 표현하고 싶었지만 안 듣는 척을 하면서 귀를 명자 쪽으로 집중하는 아주머니를 의식해서 더 긴 이야기는 할 수가 없었다.

수화기를 내려놓고 고맙다는 인사를 아주머니에게 하고 돌아서는데 한마디 하신다.

"누구? 애인 생겼나 봐."

웃으며 하는 아주머니의 말에 쑥스럽기도 하고 부끄럽기도 하다.

"네? 아, 그래요."

감출 필요도 없는 일이다. 그를 자랑하고 다니고 싶지만 그러지 못하는 상황인데 굳이 감출 이유는 없기에 그렇다고 대답했다.

"누구인지 호박이 넝쿨째로 들어갔네. 명자 아가씨 같은 여자를 채 가니 그 남자 엄청 복 많은 남자야."

그런 주인아주머니의 놀리는 듯한 말을 뒤로하고 방으로 건너왔다.

다음 날 학원에 가니 선생님이 영숙이가 갈 만한 곳이 있다고 얘기해 준다.

부산에 있는 신발 만드는 공장이고 아주 큰 공장은 아니지만 모든 제품은 외국으로 수출하는 회사라고 한다.

선생님이 서울에서 학교에 다닐 때 학교 동기가 그 회사 무역 담당이어서 생산부에 얘기해서 입사하게 할 수 있다고 한다. 처음 배우는 시기는 월급이 적지만 기술이 습득되면 월급도 올라간다고 했다.

그런 기술을 배우게 되면 영숙의 자산이 되어 앞으로 살아가는 데 힘이 될 수 있다고도 했다.

우리 사회도 외국처럼 남자와 여자가 동등하게 일하는 사회가 되어야 한다는 말도 했다.

배움이 없고 일하는 것이 없이 어떤 남자를 만나 팔자가 정해지는 그런 것을 운명처럼 받아들이는 여자는 되지 말아야 한다며 여자 스스로 운명을 개척하려는 의지가 중요하다는 말도 한다.

여자를 소유물로 생각하는 남자들의 관념을 바꾸려면 여자들 스스로가 공부를 많이 하거나 기술을 배워야 한다고도 했다.

선생님의 모든 말에 공감하지만 '여자를 소유물로 생각하는 남자들'이란 말에는 좀 다른 생각이다. 적어도 지금 명자의 상태에서는 그렇다. 스스로 진규의 소유물이 되고 싶다.

집으로 돌아와 영숙이에게 부산의 신발 회사 얘기와 함께 그 선생님이 해 준 충고들을 해 주었다. 영숙은 당장이라도 가겠다고 한다.

말이 나온 이틀 후 영숙은 부산으로 떠났고 또 이틀 후면 진규가 마산역에 내리는 날이다.

저녁 여덟 시에 마산역 대합실에서 만나기로 했다. 퇴근해서 여덟 시까지 마산역 도착은 충분한 시간이다. 이틀의 시간이 참 느리게 간다. 진규를 마중 나가는 시간은 상상만 해도 설레고 얼굴에 웃음이 가득하다.

영숙이 생면부지의 부산으로 갔음에도 궁금함이나 걱정하는 마음은 진규의 그늘에 가려 찾아볼 수가 없다.

마산역은 지척에 두고도 처음 가 본다. 합천을 오갈 때 버스를 타고 다녔기에 기차를 탈 기회가 없어 지금이 처음이다.

대합실로 들어가니 시계는 아직 7시 반이다. 누구를 기다린다는 일이 이렇게 좋은지 몰랐다.

누구를 기다리고 있는 각양각색의 사람으로 대합실은 붐비기 시작했다.

역무원 몇 명이 대합실 문을 열고 나가고 곧 멀리서 기차 경적이 들린다.

기차가 도착하는 소리가 들리자 기다리는 사람들은 자기가 찾는 사람을 행여 놓칠세라 목을 길게 뽑아 출입구에 시선을 고정한다. 명자도 그렇게 목을 길게 뽑아 군복 입은 사람을 찾는다. 사람들이 빠져나오는 행렬에 진규의 모습이 보인다.

진규의 모습을 확인하고는 장난기가 발동되어 진규를 놀려 주고 싶은 생각이 든다.

대합실의 출입구 앞쪽 구석에 몸을 숨기고 있다가 명자를 발견하지 못한 진규가 두리번거릴 때 뒤에서 와락 껴안았다.

놀라는 진규를 깔깔거리며 놀리면서 진규의 짐을 받아 든다.

우선 저녁을 먹기로 하고 역 근처의 식당을 찾아 들어갔다. 할 얘기도 꽤 있었다.

영숙이가 버스 차장을 그만두게 된 일, 그로 인하여 학원 선생님이 부산에 취직시켜 준 얘기 등 그간의 얘기를 진규에게 했다.

진규는 진지하게 들어 주었지만 별말은 하지 않았다. 안됐다는 말 정도만 했을 뿐이다.

식당을 나와 버스 정류장으로 향하면서 여기서 명자 집으로 가는 버스가 있냐고 묻는다.

갈아타면 되고 굳이 집 쪽까지 갈 필요는 없다고 이미 생각을 하고 온 명자다.

감시자 영숙이가 없으니 집에 가지 않고 오늘은 진규와 같이 있으려고 마음먹고 나온 명자다.

이미 그에게 모든 것을 주었고 그의 소유물이 되는 것을 원하는 명자다.

"오빠, 오늘 굳이 그 동네 안 가도 돼. 내일 일요일이고 집에 영숙이도 없으니 오늘은 나랑 같이 보내도 돼."

명자의 말에 진규는 좋아서 정말 그래도 되는 것인지 다시 확인한다.

"알았어, 그럼 우리 좀 좋은 여관 찾아가자. 그리고 나 귀대 시간이 월요일 저녁까지야. 그럼 우리 이틀을 같이 있을 수 있네? 나 너무 좋다."

진규는 정말 좋아하면서 누가 보든지 말든지 명자를 안고 한 바퀴 돈다.

버스를 타고 창밖을 보면서 좋아 보이는 여관이 있는 곳에서 내렸다.

여관에 들어가면서 진규는 여관 사람에게 특별히 더 비싼 방이 있는지 묻고 그 방을 달라고 했다.

진규가 계산을 하고 열쇠를 받아 이 층으로 올라가며 빨리 오라고 재촉

한다.

명자를 방 안으로 쑤셔 넣다시피 하며 일 초도 아까운 양 서두른다. 명자는 주인이 시키는 대로 말 잘 듣는 순한 노예처럼 진규에게 몸을 맡긴다.

진규가 명자의 몸에서 내려올 때 명자가 한마디 한다.

"그렇게 급한데 어떻게 참았어?"

"응? 음…. 그냥…."

진규가 어물어물하며 대답이 시원치 않자 명자는 더 놀린다.

"오빠는 여자 되게 좋아하는 사람 같아. 명자가 좋은 거야, 오빠하고 자는 이 여자가 좋은 거야?"

⬩◆⬩

일요일 아침 늦은 시간에 눈을 떴지만 진규는 아직도 곤하게 자고 있다.

어떤 집 귀한 아들인지 모른다. 그저 이 사람의 부모는 훌륭한 분들일 것이고 이 사람이 사는 집은 좋은 집이겠지. 막연한 추측이다. 그분들의 귀한 아들은 지금 내 품에 있다.

허락 없이 당신들의 귀한 아들을 품어 죄송하지만 이해해 달라는 마음속의 말이 머릿속에 떠오른다.

옥분이가 한 말대로 흘러가도 괜찮다. 하지만 옥분은 이 사람의 진심을 모르고 한 말이고 나는 이 사람의 진심을 알고 있다. 그래서 괜찮다. 나 같은 공순이 꼬셔 자가용으로 쓰다 버리고 떠나도 괜찮다.

언제까지일지 모르지만 이 사람이 내 품에 있는 한 최선을 다해 사랑할 것이고 이 사랑은 죽을 때까지 가슴에 묻고 살아갈 것이다. 그럴 수 있을 것 같다. 가슴속 깊이 새겨진 이 사람은 결코 빛바랜 낙엽처럼 떨어져 조각나지 않을 것이다.

슬픈 날이 언젠가 오겠지. 그 언제 올지 모르는 슬픈 날 때문에 미리 겁먹지 말고 그와 같이 있는 시간은 그날 하루를 산다는 생각으로 최선을 다하자.

진규의 자는 얼굴을 쓰다듬으며 그만 일어나자고 했다.

진규는 눈을 감은 채로 알았다고 하면서도 일어나지 않는다.

"그럼 좀 더 자. 나는 씻고 있을게."

그렇게 말하고 명자가 주섬주섬 옷을 챙겨 입자 진규는 마지못해 일어난다.

명자가 씻고 나오니 진규는 어제 가지고 온 보따리를 풀어 놓고 기다리고 있다.

"명자야, 이리 와 봐. 이거 녹음기하고 녹음테이프야. 매일 틈나는 대로 틀어서 듣고 따라 하면서 외우도록 해 봐. 미국 사람들 발음이어서 발음 공부에 아주 좋아."

최근에 나온 것인데 명자 영어 공부를 위해 사 왔다는 것이다. 작동법을 알려 주려고 녹음기를 틀어 시범을 보여 준다. 처음 보는 물건이다. 미국 사람의 말소리가 나는 처음 보는 신기한 물건이다. 미국 남자와 여자가 번갈아 대화하는 내용과 음악 소리도 중간중간 나온다.

책도 꺼내 준다. 책의 내용이 이 테이프에 녹음되어 있단다.

이 사람도 나에게 아까운 것이 없는가 보다.

보기에도 아주 비싸 보이는 물건인데 나를 위해서라면 뭐든지 다 하는 사람인 것 같다.

이러니 내가 이 남자를 죽어도 좋을 만큼 좋아하고 사랑하지 않을 수 없다.

"어머, 정말? 와, 이거 내 거야? 이런 게 있었어? 비쌀 것 같은데."

신기해하고 감탄하는 명자를 보며 진규는 처음부터 생각했던 거라고 한다.

명자가 영어 공부를 얘기했을 때 겨우 한 달에 한 번 하는 수업으로는 별 도움이 되지 않을 것이기에 고민을 하다 녹음기를 생각했다고 한다.

진규는 무조건 외우고 발음을 따라 하는 것이 영어를 배우는 왕도라고 생각하기에 녹음기는 훌륭한 선생님이니 곁에 두고 열심히 하라고 한다.

전에 강조했던 얘기, 학교에서는 쓸데없는 문법을 강조해서 학생들이 영어에 흥미를 잃으니 문법은 멀리하라는 자상한 잔소리도 또 해 준다.

아침에 문을 여는 식당이 별로 없을 것 같으니 아침은 건너뛰고 점심때 짜장면을 먹자고 한다. 온전하게 하루를 보내는 그와의 시간은 처음이고 아직도 오늘 밤부터 내일 아침까지 그와의 시간이 남아 있다. 더 이상 바랄 게 없는 풍족함과 행복한 시간이다.

시간이 많이 있으나 멀리는 가지 않는 것이 좋다고 한다. 마산 외곽에 검문소들이 있어 군복을 입고 돌아다니는 것이 부담스럽다고 한다.

점심을 먹고 여관으로 들어가고 저녁을 먹고 또 여관으로 들어갔다. 그와 둘만 있는 여관방은 누구를 의식하지 않아도 되기에 그것도 좋다. 하루 종일 안고 있을 수 있어 좋다.

꿈같은 시간이다. 그를 품고 있는 시간들이 꿈같은 시간이다.

이런 꿈같은 시간을 보내며 서로가 영어 공부라는 것에 방해를 받고 싶지 않아 영어 공부에 대한 것은 아예 말을 꺼내지도 않았다.

월요일 아침 곧바로 출근하려 한다. 집에 연탄불은 꺼져 있을 것이고 요즘같이 춥지 않은 날씨에는 꼭 연탄을 피우지 않아도 된다.

진규가 돈이 있든 없든 항시 그렇게 해 오듯이 탁자에 돈을 올려놓고 아직도 자고 있는 진규를 깨우지 않고 살며시 나왔다.

'오늘은 오빠에게 편지를 써야지.' 생각하다 문득 저녁에 학원 가는 날인 것을 깨닫는다.

회사에 출근해서 일하던 중 오늘 집에 들어가면 이틀간 방을 비운 것에 대하여 아주머니가 물어볼 것 같다는 걱정이 든다. 혼자 사는 처녀의 외박은 뻔하게 짐작이 갈 것이고 이유가 불분명하면 실망을 줄 수도 있다.

학원에서 선생님이 들어오기 전 책을 펴 놓고 진규가 준 녹음기를 꺼내 배운 대로 작동을 해 보았다. 작동법이 어렵지 않다. 녹음기에 정신이 팔려 있어 선생님이 들어오는 것도 보지 못했다.

"와, 이런 녹음기 어디서 구했어요?"

좀 보자고 하더니 이리저리 살펴보면서 감탄하는 소리다. 아주 최신으로 나온 것이고 뒷면에 새겨진 MADE IN JAPAN을 보여 주며 일본제라고 한다.

이렇게 작으면서 정교한 녹음기는 처음 본다고 했다. 얼마에 샀냐고 묻는다.

"아, 이건 내가 산 것은 아니고 선물로 받아서 가격을 몰라요."

그렇게 대답하면서 또 누가 선물해 주었는지 물을 것 같아 아예 먼저 얘기했다.

"내가 영어 공부를 한다고 하니 오빠가 서울 갔다가 사 주었어요."

오빠라고 하면 친오빠로 이해할 것이고 친오빠인지 성당 오빠인지 동네 오빠인지는 묻지 않을 것이라는 생각에 그저 오빠라고 했다.

거짓말로 말한 것은 하나도 없다. 진규 오빠가 서울 가서 사다 주었으니 거짓말은 아니다.

선생님도 테이프 내용을 들어 보고 테이프에 녹음된 책을 살펴보며 명자에게 딱 맞는 교재라고 한다.

'역시 영어를 공부한 사람들의 안목은 거의 같구나.'라는 생각이 들어 기분이 뿌듯하다.

수업이 끝나고 집에 들어가니 모두 조용하다. 명자는 자신이 들어와 있다는 것을 아주머니가 알도록 연탄불을 피우며 소리를 냈다. 오늘도 명자가 들어온 것을 알지 못하면 3일을 외박한 덤터기가 될 수도 있기에 아주머니가 인지하게 해야 할 필요가 있다.

역시나 아주머니는 문을 열고 나온다.

"집에 들어오지 않아 걱정했는데…. 무슨 일 있는 줄 알고. 못 들어오면 전화라도 할 것이지."

그 생각을 하지 못했다. 그렇게 말해 주는 아주머니에게 고맙고 미안한 생각이 든다.

"죄송해요. 급히 집에 다녀오느라 생각을 못 했어요. 집에 일이 좀 있어서."

생각해 둔 거짓말이다. 그리고 그렇게 별일 아니게 넘어갔다.

자리에 누워 지난 이틀간의 시간을 떠올려 본다. 꿈같은 이틀간의 시간.

부대로는 잘 들어갔을 것이고 또 만나는 시간은 앞으로 한 달이나 기다려야 한다.

오늘 헤어졌는데 벌써 그가 보고 싶다. 내일은 편지를 써야겠다는 생각이다.

그러다 문득 진규가 전에 한 말이 생각난다. 면회를 오면 면회 시간은 주어진다는 얘기. 외박은 안 되어도 한두 시간 볼 수는 있다.

그러면 내일 편지를 쓰고 이번 일요일에 면회를 가자. 그러면 되겠다. 한 달은 너무 길다. 한 달 동안 그를 보지 못하는 것은 힘든 일이다.

다음 날 퇴근을 하고 편지를 썼다.

몇 번 써 본 편지여서 지금은 처음과 다르게 어렵지 않다.

녹음기를 사 주어서 고맙고 그 녹음기가 좋은 거라고 학원 선생님이 얘기해 주었고 이 녹음기로 열심히 공부할 것이라는 등 그런 얘기와 아주 중요한 말을 썼다. 처음으로 하는 말, 사랑이라는 단어를 썼다. 오빠를 사랑하게 해 주어 더 고맙다는 말을 썼다.

편지를 우체통에 넣고 출근을 하면서 이번 일요일 면회를 가려면 옷을 사야 할 것 같다는 생각이 들었다. 다른 군인들도 있는데 이쁘게 하고 가야지 오빠의 체면이 설 수 있다는 생각이다.

퇴근을 하고 옷 가게가 많은 시장을 찾아 적당한 가게에 들어갔다.

예쁜 속옷들도 진열되어 있다. 오늘 속옷을 사려는 계획은 없었지만 속옷을 사는 것이 더 중요하다는 생각에 속옷들부터 살피며 최대한 야한 속옷들을 골랐다. 겉옷도 중요하지만 앞으로 진규를 만나면 항시 보여 주어야 하는 중요한 속옷이다.

옷을 사러 다니고 학원도 다니고 일주일이 금방 지나갔다.

대개는 화장을 하지 않고 출근하는 명자지만 오늘은 화장에 공을 들인다. 거울에 비치는 명자의 얼굴에 명자도 만족한다.

진규가 보냈던 편지의 주소를 적어서 가방에 넣고 거리로 나서 지나가는 사람에게 ○○사단으로 가려면 어떻게 가는지 물어 버스를 탔다.

버스를 타고 가면서 진규가 놀랄 생각을 하니 웃음도 나온다. 진규는 오늘 명자가 면회를 가는 줄 상상도 못 하고 있다.

처음 가 보는 면회실이다. 안내를 받아 면회 신청서를 작성한다.

공병대대 상병 채진규. 그리고 면회 신청자의 이름과 주민등록번호, 연락처 등을 기입하여 제출하고 기다렸다.

기다리는 동안 면회실에서 근무하는 군인이나 지나가는 군인들이 흘끔거리며 훔쳐보는 것을 의식한다.

한 시간 정도 되고 진규가 달려오는 모습이 보인다.

면회실로 들어오기 전 그도 간단한 신고가 필요한지 면회실 안쪽에 잠시 있다가 명자가 있는 면회장으로 들어선다.

면회장을 들어서는 진규는 놀란 표정이다.

명자는 일어서서 진규를 맞고 진규는 아직도 얼떨떨한 표정이다.

"뭘 그렇게 놀라서 그래. 나도 면회라는 것 해 보고 싶어서 왔어."

명자가 웃으면서 하는 말에도 진규는 아직 얼떨떨한 표정을 지우지 못한다.

"놀랄 일이지. 첫째로 면회 오는 것을 상상 못 했고 두 번째로는 명자 네가 이렇게 예쁜 여자인 줄 몰랐어. 와, 너 이렇게 예쁜 여자였어?"

진규의 칭찬은 명자의 자존감을 세워 주고 지금도 흘끔거리는 다른 군인들이 왜 그러는지 알 것 같았다.

사실 오늘 공을 많이 들였다. 머리도 고데기로 한참을 만지면서 씨름했고 얼굴과 입술에는 얼마나 많은 공을 들였던가. 오늘은 하이힐도 신어 보았다. 굽 높은 하이힐은 진규의 키보다 더 큰 키로 만들어 준다. 게다가 진규는 처음 보는 미니스커트에 가슴이 살짝 파인 하늘하늘한 블라우스를 입고 진규 앞에 서 있다.

"근데 명자야, 이쁘기는 하지만 옷을 이렇게 입고 이런 데 오면 안 돼. 이런 옷은 나하고 둘이 있을 때만 입고 밖에서는 안 돼. 특히 이 미니스커트.

이렇게 앉아 있으니 팬티도 보이겠다. 다른 사람들이 네 다리만 보고 있어."

진규는 다른 사람이 들을까 소리를 죽여 말한다. 진규의 말은 명자를 탓하는 말이지만 그리 싫지는 않은 것 같다.

"알았어, 밖에서는 이렇게 안 입고 오빠 앞에서만 입을게."

명자도 장난치듯이 속삭인다.

면회를 갈 때는 먹을 것을 준비해서 간다는 소리를 어디서 들은 적이 있다. 김밥과 빵, 과일 등 버스를 타기 전 사 온 것들을 풀어 앞에 놓고 진규에게 입을 벌리게 하고 넣어 준다. 그렇게 해 주고 싶었고 또 진규는 잘 받아먹는다. 지난 월요일 보냈던 편지도 그제 받았다고 한다. 진규도 명자와 같은 마음이라고 고맙다고 한다.

면회 시간이 거의 다 되고 다음을 기약하고 일어서야 했다. 다음에 나오면 처음 만났던 그 〈대학다방〉으로 오라고 했다. 일일 찻집 앞 말고 〈대학다방〉을 강조하고 일어섰다.

진규는 못내 아쉬운 표정이다. 그런 표정을 명자는 처음 본다.

"아, 정말 미치겠네. 그냥 보내야 하니 미치겠네. 이런 미스코리아 그냥 보내야 하니…. 나 그냥 지금 너 쫓아갈까? 탈영해 버릴까?"

농담이지만 그러고 싶은 생각이 굴뚝같은 모양이다.

"3주만 기다려. 이 미스코리아가 조신하게 기다리고 있으니 탈영하는 사고 치지 말고."

그의 얼굴을 손으로 만져 주고 정말 아쉬워하는 그를 뒤로하고 부대를 나왔다.

⬧◆⬧

진규에게 면회를 다녀오고 일주일 정도 후에 학원에 문제가 생겼다.

학원 건물 앞에서 중학생들이 웅성거리며 서 있고 들어가려는 명자를 한 학생이 막는다.

영문을 모르는 명자에게 두세 명의 학생이 설명하기를 형사들이 와서 선생님을 데리고 갔고 학원 안에서 아직도 형사 두 명이 학원을 뒤지고 있다는 얘기다.

그중 한 학생은 선생님이 간첩일 수 있다고도 했다. 명자는 말도 안 되는 기가 찬 소리를 한다고 하면서도 겁이 났다. 열 길 물속은 알아도 한 길 사람 속은 모른다는 말처럼 그럴 수도 있다는 생각이 든다.

집에 돌아와서도 가슴이 벌렁거리며 겁이 났다. 혹시 나한테도 형사들이 찾아오지 않을까 겁이 났다.

다음 날 퇴근하고 공중전화로 학원에 전화를 해 보았다. 전화를 받지 않는다.

그다음 날도 받지 않았다. 분명히 간첩이어서 잡혀가서 아예 나오지 못하는가 하는 불안감이 생긴다.

며칠이 지나고 학원으로 가 보기로 했다.

먼발치에서 학원 쪽을 보니 조용하다. 사람들은 바쁘게 지나가고 학원 출입을 하는 학생들은 보이지 않는다.

돌아서 버스 정류장으로 향하는데 저 앞에서 선생님이 걸어오는 모습이 보인다.

저렇게 오는 것으로 보아서는 그녀가 간첩이 아님이 분명하다는 확신이 들어 명자는 뛰어가 그녀를 불렀다.

얼굴을 들고 명자임을 확인한 선생님은 반가워한다.

우선 학원으로 들어가 얘기하자고 하며 오히려 명자를 놀라게 해서 미안하다고 말한다.

학원으로 들어서고 선생님은 할 말이 많은 것 같았다.

"먼저 명자 씨에게 알려 주어야 하는 얘기는 당분간 학원 문을 닫아야 해요. 지금은 당분간이라고 말하지만 어쩌면 아예 문을 열지 못할 수도 있어요."

명자는 걱정스러운 얼굴로 선생님의 다음 말을 기다리고 선생님은 계속 말을 이어 나갔다.

선생님은 서울에 있는 사범대학교 영어교육과를 졸업했고 중학교나 고등학교 선생님으로 갈 수 있었지만 포기했다고 했다.

야학을 운영하며 노동자를 위한 모임에 참여하다 감옥에도 갔던 경력 때문에 아이들을 교육하는 학교 선생님으로는 취업이 불가하게 되었다.

"마산에 오게 된 것은…. 정말 계획 없이 내려왔어요. 갑자기…. 좋아했던 남자가 있었어요.

그가 이리로 오면서 같이 가자고 해서 사랑을 따라서 온 거지요."

이 말을 할 때는 웃어 보인다. 명자도 그녀의 웃는 얼굴에 같이 웃는 얼굴로 화답해 주었다.

"결혼식 같은 것도 없이, 혼인 신고도 없이 우리는 그냥 같이 살아요. 우리 가족들이나 그 사람의 가족들이나 우리를 축복해 주지 않았지만 우리는 그저 같이 살아요. 이런 것을 동거라고 하죠."

이 말을 할 때는 창밖을 내다보며 혼잣말처럼 말한다. 그리고 그녀의 말은 계속되었다.

서울에서 노동 운동을 할 때 지금의 남자를 만났다고 했다. 그 남자는 창원의 어느 금속 가공 공장의 노동자로 일하게 되었고 거기서도 노동 운동을 시도하다 반국가 전복 혐의로 잡혀간 것이라고 했다.

창원에는 군수 물자를 생산하는 공장들이 많아 정부에서는 심각하게 대응을 하고 있기에 이 남자는 형량도 크게 받게 될 거라고 예상한다고 했다.

이런 일련의 일들은 같이 살고 있는 선생님도 조사를 받게 했고 반복되는 조사에도 연관된 혐의를 찾지 못하자 일단은 풀어 주었다고 한다. 풀어 주면서 항시 주시하고 있으니 딴짓을 할 생각은 하지 말라는 경고도 했다고 한다.

"나는 명자 씨에게 해 주고 싶은 말이 참 많은데…. 이젠 의욕도 희망도 없네."

선생님은 한숨과 함께 다시 창밖을 내다본다.

안타깝다. 총명하고 생각이 반듯한 그녀가 힘들어하고 좌절하는 모습이 안타깝다.

그녀에게 말동무라도 되어 주고 싶은 생각이 든다.

"그럼 선생님은 앞으로 어떻게 하실 거예요? 다시 서울로 가나요? 그리고 그 남자분은 선생님이 곁에 있어 주어야 할 텐데…."

명자의 말에 그녀는 아무런 대답이 없다. 주제넘은 말을 했나 싶고 선생님이 좀 쉬어야 할 것 같다는 생각이 들어 오늘은 이만 가겠다고 하니 그러라고 한다.

그러면서 지친 표정으로 간단하게 하는 얘기는 "엄마 있는 집에 가고 싶어." 이 한마디다.

집으로 돌아오는 길의 명자는 착잡한 심경이다. 많이 살아 본 인생이 아닌 스무 살의 나이에 어떻게 사는 것이 행복하게 사는 것인지 답을 모른다.

명자는 많이 배우지 못한 자신의 부족함 때문에 많이 배운 사람들에 대한 동경이 있다.

많이 배우고 총명한 학원 선생님도 행복하게 살아가지 못하는 것을 보면 배움의 많고 적음이 행복과는 상관이 없는 것 같다는 생각이다.

그러면서 진규를 떠올려 본다. 이 사람 때문에 나는 요즘 행복한 시간을 보내고 있다.

이 사람도 많이 배우지 못한 나를 사랑한다고 했다. 지난번 면회를 갔을 때 그가 분명히 했던 말이다.

학원 수업이 없어졌으니 매일 퇴근하면 녹음기를 틀고 공부했다. 듣고 외우는 것은 그저 열심히 하면 되는 거라 영어를 배우는 것이 어려운 공부는 아닌 것 같다.

그렇게 녹음기와 씨름하던 어느 날 저녁에 영숙이가 전화했으니 받으라는 아주머니의 말소리가 밖에서 들린다.

영숙의 목소리는 예전의 그 씩씩한 목소리다. 떠날 때 풀 죽어 있던 모습이 아직도 짠하게 남아 있었는데 지금은 다시 본래의 영숙이로 돌아왔다.

지금 출근하는 곳이 괜찮다고 한다. 좋은 시설은 아니지만 회사 기숙사도 있어 당분간 기숙사 생활을 할 것이고 일 배우는 것도 재미가 있다고 한다.

버스 차장 일처럼 신경 쓰며 하루를 보내는 것이 아니어서 할 만하다고 했다.

마산의 영어 학원 선생님에 대한 얘기는 일부러 하지 않았다. 듣지 않아도 되는 일이면 굳이 얘기할 필요가 없다는 생각에 하지 않았다.

영숙이 소식을 들었으니 옥분에게도 영숙의 근황을 얘기해 주어야 했다.

명자가 바쁘게 보내는 동안 옥분이와의 만남이 뜸했다.

옥분이와 같이 나와 가끔 가던 분식집을 찾아 들어갔다. 옥분이에게 영숙이 소식을 전해 주고 걱정했는데 버스 차장 일보다 편하다는 말도 해 주었다.

버스 차장이라는 단어에 옥분은 다시 분개한다. 브래지어까지 까발리는 수모를 당하면서 일하는 것이 말이 되냐면서 목소리가 커진다. 흥분하는 옥분에게 다른 사람 듣는다고 하면서 목소리 낮추라고 했지만 옥분의 분이 쉽게 가라앉지 않는다.

화제를 돌려야 해서 영어 공부에 대한 얘기를 했다.

"많이 늘었어? 배운 것 좀 해 봐."

그간 늘어 봐야 얼마나 늘었을까 하는 별 기대감 없는 말투다.

녹음기로 외운 내용이 테이프 한 개의 절반 정도는 된다. 그중 몇 문장을 말했다.

"Where are you going now? I am going to my home." 영어로 말하고 해석까지 해 주었다. 그리고 이어지는 몇 개의 문장이 계속되고 옥분은 입을 다물지 못한다.

"와! 너 정말 대단하다, 김명자. 시작한 지 얼마나 되었다고 영어 선생님처럼 이렇게 잘해?"

옥분은 놀란 정도를 넘어 존경의 눈빛으로 명자를 보고 칭찬해 준다.

"그렇게 대단한 것은 아니고 그저 읽고 외우고 했을 뿐이야."

별로 대단한 것 아니라고 대수롭지 않게 말했지만 옥분은 경탄의 소리를 거듭한다.

토요일 저녁 집으로 또 다른 군인으로부터 전화가 왔다. 내일 채진규 병장님이 나온다고 전해 주라고 했단다.

병장? 전에는 상병이라고 하더니 이제는 병장이라고 한다. 군 계급에 대해서 잘 알지 못하지만 병장의 어감은 상병보다 높으니 진급을 한 것 같다.

내일이 나오는 날이라고 전에 면회를 갔을 때 얘기해 주었지만 다시 확실하게 알려 준 것이다.

아침에 일어나서 전에 면회를 갔을 때처럼 치장에 공을 들이고 그때 신었던 하이힐도 그대로 신고 나섰다.

걸음걸이가 자신 있다. 진규가 미스코리아라고 칭찬을 해 주었으니 세상 어떤 여자에게도 뒤지지 않을 자신감도 생긴다. 얼굴은 저절로 앞을 똑바로 보게 되고 키가 높아져서인지 눈은 밑으로 깔며 보게 된다.

다방에 먼저 들어가 기다리고 있으니 삼십 분이 안 되어 진규가 모습을 나타냈다.

명자를 발견한 진규는 명자를 향해 오면서 손으로 눈을 가린다. 왜 그러는지 물으니 눈이 부셔 그렇다고 말한다.

"명자의 광채가 눈이 부셔."

진규는 웃지도 않으면서 농을 한다. 그렇게 농을 하면서 웃지도 않는 진규가 웃기다고 하자 한마디 더 한다.

"주변의 남자들이 너만 보고 있어. 저놈들 전부 침 흘리면서 보고 있어."

목소리를 작게 하면서, 그러면서도 웃지 않는다. 명자도 작은 소리로 받아 준다.

"나를 품을 수 있는 사람은 오빠밖에 없으니 침 흘리지 말라고 해."

나갈 때 그렇게 하겠다고 하면서 그제야 진규는 웃는다.

"나 이런 야한 말도 하는 여자인 줄 몰랐지?"

부끄럽게 말하는 명자에게 진규는 야한 여자가 좋다고 한다. 그러면서 빨리 점심 먹으러 가자고 명자의 팔을 끈다.

"점심 먹고 우리 바닷가 구경하면 안 될까?"

명자의 제안에 진규는 그냥 여관으로 가자고 한다. 빨리 가서 영어 공부도 해야 하니 시간이 아깝다고 한다.

시간이 아까운 것은 명자도 마찬가지다. 진규와 있는 시간을 영어 공부에 할애하면 아깝다는 생각이다. 그래서 오늘은 아예 영어 공부에 대한 것은 아무것도 갖고 나오지 않았다.

둘만의 공간인 여관방도 좋긴 하지만 오늘은 밝은 태양 아래에서 진규와 걸으며 자랑스러운 나의 남자를 자랑하며 다니고 싶은 생각이다.

진규가 말하는 영어 공부는 명분일 뿐, 빨리 명자를 품고 싶어 하는 것임을 명자는 알고 있다.

"앞으로 우리 만나면 영어 공부는 하지 않아도 돼. 녹음기로 해 볼 것이고 학원에서 하고 그러면 꼭 오빠가 봐주지 않아도 될 것 같아."

명자의 그런 말에 진규는 명분이 없어지니 그럼 가 보자고 한다.

학원을 다시 찾아야 한다며 최근 다녔던 학원에 대한 얘기를 진규에게 했다.

진규는 명자의 세세한 얘기를 묵묵히 듣고 깊은 생각에 잠겨 있는 것 같았다.

명자의 얘기가 다 끝나자 진규는 그런 친구들이 자기 주변에도 있었다고 했다. 그런 친구들 대부분이 용기 있는 친구들이며 부조리한 사회를 개혁해 보려는 정의감을 가진 친구들이라고 한다. 그런 친구에 비해 자신은 용기가 부족한 사람이어서 그들을 볼 때 자신이 부끄러운 존재로 생각되기도 한다고 했다.

“나는 아버지가 군 출신에 지금도 정부 기관에서 일하고 있어서 그런 운동을 하면 안 되거든. 나 때문에 우리 아버지, 어머니가 곤란하면 안 되어서 비겁해도 내 가족이 중요하기에 가족을 위해 살기로 했어. 아버지는 항시 반듯한 모습을 내게 보여 주셨고 어머니는 주변 분들에게 관심을 갖고 항상 배려하시는 분이야. 그래서 두 분 다 존경의 대상이 되시는 분들이지.

그런 부모님을 곤경에 빠뜨리게 하면 안 되지. 아무리 정의로운 행동이라고 해도 내 부모가 우선이야.”

그렇게 말하는 진규의 얼굴은 굳은 표정이다. 그러면서 계속 이어 갔다.

“그들은 간첩도 아니고 그저 공평치 못한 사회를 변화시키고자 하는 것인데 경찰이나 정보부가 반국가 행위라고 덮어씌우는 것이야.”

의도하지 않게 분위기가 무거워지고 말았다. 학원 선생님 얘기가 이렇게 흘러갈 줄 상상도 못 했는데…. 이럴 때는 최고의 처방이 있다.

“괜한 말 꺼내서 오빠를 심각하게 만들었네. 오빠, 내가 품어 줄 테니 빨리 가자.”

◆◆◆

그날 저녁 진규는 집과 가족에 대한 얘기를 해 준다.

이미 말해 준 대로 아버지는 군에서 대령으로 있다가 정부가 운영하는 회사로 옮기고 지금도 그곳에서 일하신다고 했다. 진규 아버지 형제는 여럿 있지만 아버지와 어머니 사이에는 손이 귀해 진규 하나밖에 없다고 한다. 진규 전에도 아기가 생긴 적이 있지만 잘못되었고 진규 이후에도 더 낳아 보려 노력했지만 잘 안되었다고 했다.

어머니도 서울에서 태어나서 서울에 있는 여고를 나오신 분이고 결혼 후에 할아버지와 할머니를 잘 모셨고 아버지 형제분들에게도 항시 관심을 가져 주시는 사임당 같으신 분이라고 했다.

아버지는 진규가 육군사관학교에 가기를 희망했으나 진규는 인생을 군에서 보내고 싶지 않아 일반 대학을 희망했고 어머니는 그런 진규의 생각을 존중해 주셨다고 했다.

어머니의 생각과 결정에는 아버지도 고집을 부리지 않으셨다고 했다. 생각이 다를 경우 어머니는 아버지를 설득해서 어머니의 생각을 관철시켜 온 그런 분이라고 했다.

군에 입대할 때도 아버지는 아들이 염려되어 KATUSA로 보내 주겠다고 했지만 진규는 남들처럼 고생을 경험해 보고 싶다고 했고 어머니 또한 그런 진규의 생각이 기특하여 그러자고 했다.

그것도 어머니가 아버지에게 말씀드렸던 것이었지만 이렇게 대한민국 최남단의 긴장감 없는 비교적 편한 부대에 배치를 받게 된 것은 아버지의 손이 작용했을지도 모른다고 했다.

그런데 지금 돌이켜 보면 운명이 이렇게 되어 여기까지 와서 명자를 만나게 된 것 같다고 한다.

진규가 집에 대한 얘기를 한 것은 처음이다. 만난 지 5개월 정도 된 시점에 처음 얘기한 것이다. 궁금했었다. 하지만 묻지 않았다. 그런데 그가 오늘 얘기해 줬다. 그의 오늘 얘기에 의미가 있는 것인지 묻고 싶다.

"오빠, 부모님 얘기 왜 해 주는 거야? 나도 궁금했지만 묻지 않았던 이유를 오빠는 모르지? 오빠에 대한 욕심을 가져 볼 수가 없어서, 그래서 슬펐어. 부모님 얘기를 해 주는 의미가 있어? 내가 욕심을 내도 될까?"

그 말을 하면서 눈물이 난다.

이런 말은 명자도 처음 해 보는 말이다. 가급적 진규에게 부담을 주는 얘기는 하지 않으려 했지만 오늘은 진규의 입에서 운명이라고 했다.

"지금은 네가 나의 전부 같은 생각이 든다."

진규는 명자의 눈물을 닦아 준다. 그런 진규의 눈에서 명자는 진심을 본다.

"오빠가 나 힘들게 만들 수 있어. 오빠 부모님은 여기 마산에서 공장 다니고 있는 나를 받아 주실 거라고 생각하는 거야?"

"그렇게만 생각하지 마. 어머니는 항시 나를 믿어 주시고 내 편이야."

"그래도 이 문제만큼은 아니야. 항시 믿어 주시던 어머니도 이 문제만큼은 아니야. 내가 어머니 입장이라도 그렇게 못 할 거야. 하나밖에 없는 귀한 아들인데…. 어떻게 하지? 벌써 나 힘들어지고 있어. 그냥 나 갖고 놀다가 떠나면 안 돼? 차라리 그게 편해. 나 이렇게 미련 갖고 있다가 나중에 오빠가 나 책임지지 못하면 나 제대로 살아갈 수 있을까?"

쏟아지는 눈물은 말도 제대로 나오지 못하게 한다. 진규는 그런 명자를 안고 책임지겠다고 한다. 무슨 일이 있어도 책임지겠다고.

아침이 되어 일어나 거울을 보니 눈가가 부어 있다. 밤에 꽤 눈물을 쏟아낸 모양이다.

항시 그렇듯이 진규는 곤한 잠을 자고 명자는 진규가 깨지 않도록 살금살금 옷을 챙겨 입는다. 항상 그렇듯이 탁자에 돈을 올려놓고 나와 곧바로 출근한다.

어제 진규가 했던 얘기들은 고맙지만 그 말에 매달려 희망을 갖거나 미련을 두지는 말자는 생각이다. 그의 진심만 있으면 된다. 더 바랄 것 없이 그것으로 족하다.

나로 인해 부모님과 진규 사이에 문제가 생겨 모두가 힘들어지는 것을 원하지 않는다.

나에 대한 그의 진심 하나면 내가 희생해도 된다.

그렇게 매달 한 번 정도 진규가 나오고 중간에 명자가 면회를 다녀오고 하면서 여름의 끝자락이 되었다. 주인집은 다른 사람에게 팔렸고 새 주인이 들어오기로 했다.

집이 팔렸다는 소리는 한 달 전쯤 들었고 내일이 이사를 가는 날이다.

주인이 바뀔 경우 전화는 반납할지, 새 주인이 인수할지 걱정이었는데 새 주인이 인수하고 번호 변경도 없다고 했다. 다행이었다. 고향 집이나 외부의 친구들과 소통할 수 있는 유일한 주인집 전화가 살아 있어 마음이 놓인다. 다른 모든 것보다 진규의 연락이 가장 중요했다.

명자가 아침에 출근하면 인사도 못 할 것이니 그리 알라고 하며 이사하고 정리가 되면 연락하겠다고 한다. 가는 곳은 김해이고 김해에 친정이 있어 친정 옆으로 가는 것이다.

아이들도 나와서 인사를 한다.

여름이 작별을 고하는 시기에 그들은 이사를 갔고 그 이튿날 새로운 사람들이 이사를 왔다.

사람들이 들고 나고 하며 어수선했던 집이 정리되고 이참에 명자의 방도 대대적인 청소와 정리를 했다.

청소를 하면서 몸 상태가 좀 안 좋다는 느낌이 들었다. 날씨가 더워서일 거라고 생각하고 좀 나아지겠지 하며 지나갔다. 그러다 혹시 하는 생각이 들었다.

임신이라면 흔히 들어왔던 입덧 같은 것도 없었다. 하지만 생리의 기억을 더듬어 보니 아차 하는 생각이다. 배를 보니 잘록했던 허리가 좀 굵어진 느낌이다.

그날 저녁 내내 '설마, 아니겠지? 그러면 어떻게 하지?' 하는 불안감으로 보냈다.

출근하여 일하는 동안에도 걱정과 불안이 머리를 계속 지배했다.

자유수출 공단 인원의 대다수가 여공이어서 공단 근처에는 산부인과 병원 및 내과 병원들이 꽤 있다.

퇴근하자마자 곧바로 공단을 벗어나 병원을 찾았다. 산부인과 병원은 대개 야간에도 문을 열고 있었다.

처음 와 보는 산부인과다. 병원 안의 환경도 낯설다. 진료를 기다리는 그 시간에는 머리에 다른 생각이 비집고 들어올 틈이 없이 긴장과 두려움이다.

처음 온 것이냐고 묻는 의사는 진료가 끝나고 임신 12주 차인데 이 정도가 될 때까지 모르고 있었냐는 핀잔 섞인 듯한 말을 한다.

예상은 했지만 막상 의사의 진단에는 정신이 멍한 느낌이다.

어떻게 할 거냐고 묻는다. 이미 아이가 모습을 갖추었고 늦으면 안 되니 빨리 결정하는 것이 좋다고 한다.

정신이 없지만 아이를 지울 것인지를 묻고 있다는 것은 알고 있다.

아이가 모습을 갖추었다고 해 준 의사의 말은 더 충격을 준다. 그의 아이가 내 배 속에 자라고 있다. 정신을 차리려 애쓰면서 명자는 분명한 의사를 의사에게 전한다.

"무슨 말씀이세요. 손이 귀한 아이예요. 나중에 우리 엄마하고 다시 올게요."

명자의 말에 의사는 당황스러운 얼굴로 미안하다고 했다. 중간에 다시 한번 오라는 말과 함께 명자가 나갈 때는 일어서 배웅도 했다.

병원을 나와 그저 걷기로 했다. 집 가는 방향의 길을 따라 걸어가면서 어떻게 해야 하는지 정신 차리고 정리를 해 봐야 했다.

지우는 것은 무조건 안 된다. 진규의 아이여서 그렇다. 그리고 성당 때문에 집안이 망했지만 천주님에 대한 믿음으로 살아가는 집안에서 낙태는 금기이다.

진규에게 아이가 생겼다고 말할 수 없다. 아직 군대에 복무하고 있고 제대 후 다시 학교를 다니고 학교를 졸업하면 취업을 해야 하는 아직도 갈 길이 먼 진규에게 아이가 생겼다고 하면 그는 뭐라고 할까? 이런 일을 예상치 못한 그의 앞길은 뒤죽박죽이 될 수도 있다.

결론은 우선은 진규에게 알리지도 말고 숨겨야 한다는 생각이다.

집에는 알려야 한다. 혼자서 아이를 낳을 수 없다. 한 번도 경험해 보지 않은 출산을 혼자서 치를 수 없다. 엄마가 도와주어야 한다. 엄마와 아버지는 이런 딸에게 절망하시겠지. 언니들과 오빠 그리고 동생들 모두 난리를 치겠지. 내가 만든 일이니 아이만 낳을 수 있으면 어떤 비난과 수모라도 감수해야 한다. 앞으로 한 달 정도면 추석이 되고 그 추석 연휴에 집에 가서 알리기로 생각이 정리되었다. 가족 모두 모이는 추석이 난장판이 되지 않으려면 다시 돌아오는 날 얘기해야 할 것이다.

진규는 2주 후에 또 나올 것이다. 배가 불러 오는 것이 신경 쓰인다. 2주 후에는 확연히 차이 나게 배가 불러 올 수 있다. 옷을 입으면 잘 표시가 나지 않는데 벗은 몸의 배는 감출 수가 없을 것 같았다.

생각이 정리되고 험난한 가시밭길에 대한 각오를 다져 본다.

이번에 진규가 나오고, 고향에 가기 전 진규를 면회하면 그것으로 아이 낳을 때까지는 진규와 헤어져 있어야 하는 일정이 계산된다.

우울한 일상이 계속되었다. 그 우울한 일상 중 어느 저녁에 전화가 왔다. 학원 선생님이다.

그날 마지막으로 만난 이후 서울로 떠났는지 궁금하기도 했었다. 그녀의 목소리가 들리면서 놀라움 반, 반가움 반의 목소리로 인사했다. 그녀의 전화는 잠시이지만 그래도 명자의 우울함을 깰 수 있었다.

언제 서울에 오면 연락하라고 하며 전화번호를 알려 준다. 올 수 있을지 모르지만 오지 못하더라도 가끔은 연락하고 지내자고 한다. 선생님은 지금 집에서 부모님과 같이 있다고 했다.

다시 진규가 나오는 날이다. 항시 하듯이 머리와 얼굴과 옷에 신경을 쓰는데 오늘은 한 가지 더 신경 쓰는 것이 있다. 매일 예민하게 생각해서 그런지 몰라도 배가 나오는 것이 확실하게 보인다. 벗겨 세워 놓고 보는 일이 아니니 이불 속에서 잘 감추면 눈치채지 못할 거라는 생각이다.

아이가 생겼다고 말하지 못하는 것이 배 속의 아이에게 미안했다. 다른 집에서 생겼다면 좋아해 주고 축복받을 일인데 숨어 있어야 하는 아이가 안쓰럽다.

아기가 배 속에 있는 줄도 모르고 진규는 명자의 몸에 집중하고 정신이 팔려 있다.

전에 언제쯤 제대할 거라는 말을 들은 적 있어서 다시 한번 확인하니 3달 남았다고 했다.

명자의 확인에 제대하면 못 볼 것 같아서 그러냐고 웃으며 말하는 진규는 곧 또 내려와 보고 갈 것이라고 하며 명자의 얼굴을 쓰다듬어 준다.

명자의 몸에 변화가 있는 줄 전혀 눈치채지 못하고 진규는 부대로 들어갔다.

완연한 가을날이어서 가을에 입는 옷은 배 나온 몸을 감추는 데 많은 도움이 된다.

2주가 또 지나고 명자의 배는 확실하게 더 나와 있다. 면회실에서 기다리며 오늘 진규에게 해야 할 말을 머릿속에서 정리한다.

진규가 모습을 보이고 명자는 앉아서 손을 흔들어 준다. 일어서면 행여 표시가 날까 해서다.

항시 그렇듯이 싸 온 음식들을 풀어 진규 앞에 내주며 정리한 내용을 말하기 시작했다.

"오빠, 다음 주 추석에 나 고향 갈 거라고 한 것 기억하지? 이번에 가면 오래 걸려. 가기 전에 회사에 사표 내야 할 것 같아."

오래 걸리고 사표까지 내야 한다는 말에 진규는 놀란다.

"무슨 일인데? 집에 무슨 일이 있구나?"

"할머니가 많이 아프셔서 엄마가 할머니 때문에 아무 일도 못 하셔. 언니들은 다 시집을 가서 우리 집 일에 신경을 못 써. 어쩌면 돌아가실 수도 있는 일이거든. 내가 엄마를 도와주어야 해."

할머니는 오래전 명자가 마산에 오기 전 돌아가셨지만 핑계를 돌아가신 할머니로 돌린 것이다. 그 말을 듣던 진규는 면회실 행정을 보는 병사로부터 펜과 메모지를 가져와 전화번호를 적어 준다.

"이 번호 우리 집 전화번호야. 어쩌면 내가 제대할 때도 못 볼 수 있다는 얘기인데 그렇게 되면 나중에 서울로 전화해 줘."

그가 내미는 전화번호가 적힌 메모를 받아 들면서 눈물이 나오는 것을 감출 수가 없다.

이런 상황을 감춰야만 하는 현실이 슬퍼서인지, 진규가 집 전화번호를 주면서 보이는 신뢰감에 대한 감격인지, 여러 가지 복합적인 감정이 섞여 있다.

진규는 혹시 모르니 명자 집 전화번호를 주라고 한다. 안타깝게도 명자 고향 집에는 전화가 없다. 마을 통틀어서 전화를 놓은 집이 거의 없는 시골 동네다.

"왜 울고 그래, 이별하는 사람같이. 빨리 와야 해. 빨리 안 오면 나 바람 피운다."

그렇게 말하는 진규는 이 엄청난 일에 대하여 전혀 인지하지 못하고 농담을 한다.

"그러기만 해. 나 마산 앞바다에 빠져 죽을 거야."

명자는 눈물범벅이 된 얼굴로 웃으며 진규의 손을 살짝 꼬집는다.

⬧◆⬧

대개 임신을 하면 여자들이 힘들어한다는 얘기를 들은 적이 있다.

하지만 이 아이는 엄마를 전혀 힘들게 하지 않는다. 먹는 것에 문제가 없고 오히려 식욕을 더 당기게 해 준다.

아들이면 좋겠다는 생각이다. 진규를 판박이처럼 닮은 아들이었으면 하는 바람이다.

집에 가는 날짜가 다가올수록 긴장감은 낮아지고 지금은 우울하지도 않다.

마지막 면회 때 받은 진규의 집 전화번호가 부적처럼 용기를 주었다.

합천으로 향하는 버스에 간신히 비집고 올라탔다. 큰 짐은 차 밑의 화물칸에 싣고 가방만 들고 올라탔다. 합천으로 가는 버스는 불편해도 언제나 기분이 좋다.

군데군데 들르며 내릴 사람은 내려 주고 탈 사람은 태워 주고 합천에 도착할 때까지 만원 버스인 상태로 갔다. 합천에서 내리면 다 고향이다. 마산으로 올라오기 전에는 합천 읍내가 명자의 주 무대가 되었던 곳이라 그렇다. 집은 읍내에서 떨어진 작은 동네이고 명자가 읍내에 나가기만 하면 다 큰 계집애가 읍내나 싸돌아다닌다고 부모님에게 잔소리를 많이 들었다.

집으로 가려면 마을로 가는 버스를 갈아타야 한다. 합천 버스 터미널에서 나오는 중 부산에서 오는 차가 들어오고 혹시나 해서 보니 영숙이 모습이 보인다.

며칠 전 영숙이와 통화했고 영숙이도 명자가 오는 날 비슷하게 올 거라고 얘기한 적이 있었다. 초등학교 전부터 같이 놀고 공부했던 영숙이는 마산에서도 같은 방에서 살았던 형제보다 더한 친구다.

반가움은 서로가 말로 할 수 없을 정도다. 다시 재회한 두 여자는 어렸을 때의 모습 그대로 말투 그대로 깔깔거렸다.

농사일도 해야 하는 영숙이는 일요일이면 명자와 몇몇 친구를 데리고 읍내를 휘젓고 다녔다.

명자와 친구들은 덩치가 크고 힘이 센 영숙을 믿고 쫓아다니며 까불고 다녔다.

버스를 기다리는 시간에 많은 얘기를 했다. 영숙은 자기의 길이 확실하게 정해졌다고 말했다.

신발에 대한 기술도 배워 볼 만해서 앞으로의 인생은 신발과 함께 살아갈 거라고 했다.

부산에 가서 보니 기술이 습득된 사람들의 월급이 버스 차장 월급의 세 배도 넘는다고 했다.

명자에게도 방직 공장은 때려치우고 부산으로 오라는 농담 비슷한 말도 한다.

마을로 가는 버스가 오고 명자와 영숙의 옥구슬이 쟁반에 구르는 소리는 버스 안에서도 계속되었다.

읍내에서 버스로 이십여 분 정도면 동네다. 그래서 옛날에는 버스비가 없어 두어 시간씩 걸어 다니기도 했다.

영숙이와 떠들고 오는 동안에는 집안에 엄청난 폭탄을 터뜨려 집안이 쑥대밭이 되는 걱정도 잠시 잊었다.

버스에서 내려 각자의 집으로 향하면서 영숙은 저녁때 집으로 놀러 오겠다고 한다.

영숙이가 혹시 배가 부른 것을 눈치챘나 싶어 조바심이 있었지만 알아보지 못한 것 같다.

고무줄 있는 치마에 헐렁한 재킷으로 가린 몸매는 의심하고 보지 않는 이상 표가 잘 나지 않을 듯싶다.

집 주변 근처 밭에서 엄마와 아버지가 일하시는 모습이 보인다. 명자 왔다고 큰 소리로 인사하니 하던 일을 멈추고 집으로 오셨다.

집은 조용하다. 막내 남동생은 읍내 고등학교에 다니고 있고 집에 아직 오지 않았다.

오빠는 대구에서 일하고 있으니 아마도 오늘 중 올 것이다. 위로 첫째, 둘째는 모두 언니이고 둘 다 시집을 갔으니 모레나 글피 정도에 올 것 같다.

그다음 셋째가 오빠이고 나이는 진규와 같다. 명자가 그 밑이면서 셋째 딸이자 막내딸이다.

그리고 동생이 하나 있고 그 동생이 이 집안의 막내아들이다.

가져 온 선물 보따리를 풀어 놓고 이거는 아버지 것, 이거는 엄마 것, 또 이거는 누구 것 하면서 엄마에게 모두 챙겨 놓으라고 하고 명자도 팔을 걷어붙이고 밭으로 향한다.

오후 늦게 남동생이 자전거를 타고 들어오는 모습이 보인다. 남동생은 자전거를 타고 읍내로 통학을 한다. 학교를 오갈 때 버스를 기다리는 시간이 길어 자전거가 훨씬 좋다고 했다.

들어오면서 명자를 본 녀석은 자전거를 밭둑에 냅다 던져 놓고 명자를 껴안아 들어 올린다.

막냇동생은 형제 중에서 바로 위 누나인 명자를 그렇게 좋아한다.

세 살 아래인 이 녀석은 옛날에도 누나를 놀리거나 집적대는 남자애들에게는 물불 가리지 않고 대들고 싸웠다. 훨씬 나이가 많고 덩치가 큰 남자애들도 독하게 달려드는 이 녀석에게 기가 질려 물러나곤 했다. 명자를 지키는 두 사람 중 하나는 영숙이고 또 하나는 막냇동생 녀석이다.

"오늘 누나 내려올 줄 알고 학교 끝나자마자 냅다 달려온 거야."

그렇게 말하는 녀석은 신이 나서 들었던 명자를 내려놓지 않는다. 배 속의 아이가 걱정되어 그만하라고 하니 내려놓는다.

막내의 그런 행동에 아버지는 싫지 않으면서도 나무라는 식으로 말씀하신다.

"시집을 갈 처녀인데 아무리 형제라도 그렇게 하면 안 돼."

저녁이 되어서 대구에 있는 오빠가 도착했다. 아버지와 엄마는 오빠가 오니 집 안이 꽉 찬 느낌이라고 하셨다. 오빠는 이 집의 기둥이고 오빠 스스로도 장남으로서 가벼운 행동을 하지 않는 든든한 모습으로 부모님의 신뢰를 받고 있다.

오빠는 대구에서 주방 그릇을 만드는 공장에서 일하고 있다. 우리가 쓰는 그런 그릇이 아니고 서양 주방에서 쓰는 그릇이라 제품들은 모두 수출로 나간다고 했다.

오빠와 진규를 비교해 보니 픽 웃음이 나온다. 같은 나이임에도 오빠는 참 듬직하게 오빠 같은데 진규는 귀여운 동생 같은 느낌이 많았다. 같이 자기 시작한 이후 유독 그랬다.

명자는 아예 마산으로 돌아갈 생각을 하지 않고 마산의 방에 있는 짐은 정리해서 싸 놓고 왔다.

계약 기간이 끝나기 전 옥분이나 누구에게 부탁해서 처분할 것은 처분하고 나머지 짐은 보관을 좀 해 달라고 할 참이었다.

추석 다음 날 진주에 사는 큰언니와 의령에 사는 작은언니가 왔다 가고 그다음 날 오빠는 대구로 돌아갔다. 오빠는 떠나면서 언제 가는지 묻고는 항시 처신 잘하고 지내라고 당부한다.

동생도, 오빠도 항시 하는 말이 남자 놈들 조심하라는 잔소리다.

그런 오빠와 동생이 부담스럽다. 배 속에 아이가 있다는 것 알면 그들의 실망감은 상상할 수가 없을 것 같다.

오빠가 떠난 그날 저녁, 이제는 밝혀야 할 때다.

할 얘기가 있다며 부모님과 막냇동생을 다 같이 한 방에 모이게 하고 차근차근 수없이 연습한 대로 얘기했다.

마산에서 군대 생활을 하는 남자를 만났고 앞으로 결혼 예정인데 뜻하지 않게 아이가 먼저 생겼다고. 그래서 마산으로 돌아가지 않고 집에 머무르며 아이를 낳겠다고 했다.

진규에 대해서 자세하게는 얘기하지 않았다. 집안이 좋은 외동아들이라는 둥 서울에서 대학을 다니고 있다는 둥 이런 얘기를 한다면 자주 들어 왔던 그런 의심과 경계의 소리로 더 불편하게 할 수 있다.

이 정도 말로도 부모님과 동생은 충격으로 말을 잇지 못한다.

난리를 칠 줄 알았던 막내 녀석이 의외로 조용하다. 아버지는 한참을 말없이 계시고 정적이 흐른다. 그런 정적을 깨려는 듯이 엄마가 묻는다.

"그 사람 집은 어디이고, 제대하면 무엇을 한다고 그러든?"

"집은 서울인데 서울에서 다니던 직장이 있었는데 제대하면 다시 그 직장으로 갈 거래."

나올 만한 질문에 대한 모범 답안들을 작성해 놓았기에 천연덕스레 대답했다.

"그럼 학교는 서울에서 다녔겠고 어디까지 공부했다고 하든?"

"응, 서울에서 상고를 나왔고 공장에 다니는 게 아니고 사무직인가 봐."

눈치를 보면서 꼬박꼬박 답변을 하니 분위기는 좀 긍정적으로 흐르는 것 같다.

"그럼 제대는 언제 하고 결혼은 언제 할 것 같은데? 결혼은 당장 아니어도 우리 집에는 와 봐야 하는 거 아니야?"

동생의 질문은 부모님이 모두 듣고 싶어 하시는 아주 중요한 질문이다.

"제대는 아직 일 년 정도 있어야 해. 제대하면 여기 올 수 있지. 결혼은 그때 가서 양쪽 집 다 만나고 난 후 결정되지 않을까?"

상황이 그렇고 일정을 얘기하는 것도 상식적이니 더 이상의 추궁은 없었다.

딸을 믿으니 걱정하지 않는다는 부모님의 말씀이 있었고 아기를 낳을 때까지 조심하며 지내라고 하신다.

사실 둘째 언니도 임신한 이후 서둘러 결혼했던 일이 있어 정도의 차이는 있지만 비슷한 맥락으로 간주될 수 있었다. 적어도 부모님 입장에서는.

밖으로 나간 동생을 쫓아가 누나가 걱정하게 만들어 미안하다고 했다.

"나도 누나 믿어. 누나가 좋아하는 그 사람, 나도 빨리 만나 보고 싶네. 그래도 아직 누구인지 보지도 알지도 못하니 살짝 걱정은 돼. 만에 하나라도 누나를 배신하면 내 손으로 죽여 버릴 거야."

"어머! 야, 어떻게 그런 섬뜩한 소리를 해. 내가 좋아하는 사람이고 이 배 속에 그 사람의 아이가 자라고 있어. 아기가 들어."

불같이 화를 내는 명자의 반응에 동생 녀석은 한발 물러서며 놀란다.

누나가 화를 내는 모습을 지금까지 보지 못했기에 더 놀란 것 같다. 밖에서는 물불 가리지 않고 싸우는 녀석이 누나가 화를 내니 꼬리를 내린다.

앞으로의 일이 어떻게 전개될지 예측을 할 수가 없다.

일단 각오했던 일은 의외로 쉽게 넘어갔다. 집이 뒤집히는 일도 없었고 폭탄이 터지는 일도 없었다. 명자를 믿어 주는 부모님과 동생에게 고맙다. 명자의 거짓말도 믿어 주는 부모님과 동생에게 죄송하고 미안했다.

또한 '내가 지금 무슨 일을 벌이고 있지?' 하는 생각에 겁도 났다.

그리고 이제는 마산을 정리해야 한다고 생각해서 전화를 쓸 수 있는 읍내로 나가 옥분에게 연락하고 영숙에게도 연락했다.

옥분에게는 지금 명자가 쓰고 있던 방을 정리해 달라는 부탁을 했다.

당분간 고향 집에 머무를 것이니 방에 있던 물건 중 버릴 것은 버리고 쓸 수 있는 것은 보관을 하든지 옥분이 쓰든지 그렇게 하라고 했다.

영숙에게도 전화했다. 당분간 마산에 가지 않고 집에 머무를 것이니 그렇게 알고 자세한 것은 나중에 구정 때 오면 얘기하자고 했다.

그렇게 통보를 하고 집으로 돌아오는 길은 홀가분한 기분이다.

버스에서 내려 집으로 걸어왔다. 오늘도 변함없이 엄마와 아버지는 밭에서 일하고 계셨다. 명자의 손에는 읍내에서 사 온 찐빵과 음료수가 들려 있다. 아버지는 찐빵을 좋아하셨다.

밭으로 가서 찐빵을 풀어 아버지와 엄마 손에 쥐여 드리고 그런 딸을 사랑하는 눈빛으로 보는 아버지와 엄마를 본다. 가족의 평화로운 모습이 포근하다.

가을날 추수를 하는 농가의 식구들은 더 바라는 욕심도 없이, 근심도 없이 소박하고 평화롭게 살아간다.

해야 하는 마지막 한 가지가 있다. 진규에게 편지를 쓰는 일이다.

집에 잘 왔고 할머니의 상태는 예상대로 좋지 않아 걱정이며, 제대하는 날까지 잘 있다가 집에 돌아가고 이 주소로 답장하면 안 된다고, 나중에 집으로 연락할 거니 오빠는 내가 연락하기 전까지 기다리고 있으라고 했다.

집에서의 생활은 편안하고 푸근했다.

아직은 배도 많이 나오지 않고 밭일 도와주는 것 정도는 큰 문제가 없어 항시 부모님과 같이 밭에서 일을 했다.

저녁에는 막냇동생이 좀 일찍 들어오는 날이면 그도 같이 밭에 나와서 돕는다.

저녁 전 명자는 일찍 집으로 돌아와 저녁 준비를 하고 그런 명자의 귀환에 누구보다 엄마가 행복해하셨다.

해가 지면 명자의 방으로 들어가 녹음기를 열심히 틀어 대며 영어 공부를 했다.

동생은 집을 떠나기 전 누나와 지금 돌아와 있는 누나가 달라졌다며 참 대단한 누나라고 진심으로 감탄했다.

반면 이런 명자를 보는 아버지는 명자에게 미안하다고 하셨다.

아버지는 항시 조용한 분이시다. 훌륭한 조상님의 후예로 그분들 명예에 누가 되지 않는 생각과 몸가짐으로 그리고 성실한 천주교 신자로 천주교의 가르침대로 살아오셨다.

증조부 시절 천주교 사화는 이 집안의 멸문지화를 가져왔지만 아버지, 할아버지는 그에 대한 원망은 추호도 없으셨다.

하지만 후손들을 제대로 가르치지 못하고 어려운 생활을 이어 가는 점에 있어서는 항시 고뇌가 있으신 것 같다.

♦◆♦

명자의 배가 불러 오면서 엄마와 아버지는 주변 동네 분들에게 변명 내지는 설명을 하시기 시작했다.

자식을 잘못 가르쳐 그렇게 되었고 자식 농사가 항시 뜻대로 되지 않아 속상하다는 변명과 설명을 하시고 남자는 제대하면 곧 집으로 올 것이고 그런 후에는 결혼식을 치르고 서울로 갈 것 같다는 말씀도 빼놓지 않으셨다.

추석 때 듣지 못했던 명자의 상황에 대해 오빠와 언니들은 나중에 대충 들었고 그런 명자를 이해하니 출산 준비나 잘 하라는 얘기도 응원 섞어 전해 주었다.

구정이 되기 며칠 전 대구에 있는 오빠로부터 편지가 왔다.

이번 구정에 결혼할 아가씨와 같이 온다는 편지였다. 결혼할 아가씨에 대하여 전혀 내색이나 귀띔이 없었던 터라 부모님과 명자 그리고 동생에게도 놀라움과 호기심 그리고 반가움이 교차하는 큰 뉴스였다.

구정 때 올릴 차례 준비로 엄마는 계속 바쁘게 일하면서도 큰아들과 그의 배필이 될 아가씨에 대한 기대감으로 얼굴에 행복한 미소가 가시지 않는다. 제사와 차례는 없는 살림에 항시 소박하게 할 수밖에 없었지만 정성이면 조상님도 이해해 주실 거라는 생각으로 준비를 해 오셨다.

하지만 이번에는 새로 오는 미래의 식구를 위해 좀 더 풍요롭게 준비하신다.

오빠의 귀향을 식구 모두 긴장과 기대감으로 기다렸고 오빠의 모습과 함께 뒤를 따라오는 한 아가씨를 보고는 엄마와 아버지, 그리고 명자도 동생도 서로 쳐다보며 웃었다.

이 집안의 장손이 짝을 데리고 들어오는 모습에 부모님은 감개무량하고 대견스럽다.

간단한 인사를 마치고 방에 들어와서는 그 아가씨는 큰절을 했다.

아직 결혼도 안 했는데 이러지 않아도 된다고 말씀하시면서도 엄마와 아버지는 마지못해 받는 척을 하시며 절을 받았다.

절이 끝나고 오빠는 결혼식에 대하여 상의를 드려야 한다며 말을 꺼냈다.

오는 봄에 했으면 좋겠다고 했다.

봄이면 서너 달도 남지 않았는데 그리 촉박하게 하지 말고 좀 시간을 가지면 좋지 않겠냐는 엄마 말씀에 오빠는 사정이 있어서 그렇다고 했다.

이미 배 속에 아기가 들어서 서두르려 한다고 말하니 언니 될 사람은 고개를 숙이고 죄송하다고 했다.

아버지는 괜찮다고 하시며 엄마에게 서둘러 준비해 보자고 하셨다.

"우리 새아기가 혼수를 아주 귀한 것으로 준비했구나." 하시며 진심으로 흡족한 표정을 지으셨다.

엄마는 "우리 애들은 왜 이렇게 일의 순서를 바꾸는지…." 하시면서도 싫지 않은 표정으로 말씀하셨다.

그리고 "둘째 딸도 그랬고 셋째, 막내딸도 그러더니 이번에는 아들도 그러니 이것이 자손 번성을 위한 조상님의 음덕이라고 생각해야 하는지…." 하시면서 웃으며 일어서신다.

새 식구와 명자도 따라 일어나며 엄마가 일하는 것을 돕기 위해 쫓아 나갔다.

4월이 되고 오빠는 결혼식을 치르고 대구로 돌아가 새살림을 차렸다.

그리고 며칠 되지 않아 날씨 좋은 4월 꽃들이 만발한 봄날에 진명이가 태어났다.

명자를 힘들게 하거나 고생시키지도 않고 진명은 읍내의 작은 병원에서 태어났다.

오빠의 결혼식과 명자의 출산에 엄마는 바쁜 봄철의 농사 준비를 할 겨를이 없었다.

명자와 진명이가 퇴원하고 집으로 오자 본격적인 엄마의 육아가 시작되었고 농사일은 거의 아버지 몫이 되어 버렸다.

편해 왔던 집이 진명의 출산과 함께 눈치가 보이기 시작했다. 그래도 하루 종일 진명이와 씨름하는 시간은 그렇게 힘들지 않았다. 두 달 정도 지나며 얼굴의 윤곽이 완전히 형성되었고 영락없는 진규의 판박이 얼굴이다. 그런 아들이 깨물고 싶을 정도로 이뻐서 아들과 함께하는 시간이 힘들다는 생각은 하지 못했다.

엄마는 힘들어하셨다. 밭일에 육아에 부엌일에 당연히 힘들 수밖에 없었고 명자는 그런 엄마에게 미안하여 눈치가 보인다.

또 하나는 이제 아이를 출산했고 전에 얘기했던 대로 이 아이 아빠 되는 사람이 제대를 할 때가 되었기에 명자가 어떤 말을 해 줄지 하는 기대감을 나타내시는 아버지에 대한 눈치가 보였다.

진명이 세상에 나온 지 백일이 되어 간단한 백일상을 차려 주었고 그러면서 이제부터는 어떻게 해야 할지를 생각하기로 했다.

전화를 해서 아들을 낳았다고 할 수는 없다. 진규에게는 기절초풍의 일일 것이다. 아직 학교를 다니고 있는 학생의 신분인데 그런 소리를 할 수는 없다.

최소한 만나서 얘기해야 할 일이다. 그러려면 서울로 올라가서 진규를 만나야 하는데 젖먹이 갓난아이를 두고 갈 수는 없는 일이다. 매일 하루에도 몇 번씩 젖을 물려야 하는데 아기를 두고 올라갈 수는 없다.

돌이나 지나야 모유 대신 죽이든 미음이든 해 먹일 수 있는데 돌 전에 홀로 며칠 나가 있는다는 생각은 할 수 없다.

그래도 올라가기 전에 전화를 해서 목소리라도 들어 보고 싶다는 간절함이 있다.

아기도 더운 여름날을 잘 견뎌 내고 아침저녁으로 선선한 바람이 부는 가을 초입 어느 날 저녁에 엄마가 명자 방으로 건너오셨다.

"아버지가 궁금해하셔. 이 아이 아비 되는 사람은 언제나 집에 올 것 같으니?"

엄마는 조심스럽게 물으셨다. 혹시 문제가 있나 하는 걱정스러운 얼굴이다.

"내가 읍내 나가서 전화를 해 봐야 해. 하루에도 몇 번씩 젖을 물려야 하니 내가 읍내를 나갈 수 없어서 아직 잘 몰라. 아들이라고 하면 되게 좋아할 텐데."

명자의 거짓말에 엄마는 그나마 안심이 되는 듯한 표정이고 그런 명자의 말은 아버지에게 곧바로 전해질 것이다. 좀 기다려 보라며 좀 더 크면 아기를 업고 읍내에 가서 전화를 하겠다고도 했다.

사실 전부 거짓말은 아니고 나중에 진명이를 업고 읍내에 나가서 전화해 보려고 하는 것은 맞는 말이다.

그렇게 명자가 얘기한 대로 진명이가 어느 정도 서는 자세를 취할 정도가 되었을 때 명자는 읍내로 나갔다. 진명이를 업고 가지는 않고 혼자 나갔다. 나가서 전화 통화만 얼른 하고 들어와도 진명이 젖 먹는 시간 내 충분히 돌아올 수 있을 것이다.

평일은 진규가 학교에 가 있을 시간이어서 일요일 아침으로 시간을 잡았다. 그 시간에는 분명히 진규가 집에 있을 것이라는 계산을 해서 일요일 아침으로 시간을 잡았다.

나가면서 무슨 말부터 해야 할지 생각해 보았지만 잘 떠오르지 않는다. 진명이 세상에 나온 얘기만 빼면 무슨 말이든지 다 해 보고 싶다. 명자가 없는 마산 시절을 잘 마무리하고 돌아갔는지, 학교에 가서 적응은 잘 하고 있는지 등 서로가 할 얘기가 많을 것이다.

두근거리는 가슴을 안고 수화기를 들었다.

그런데 '어머님이나 아버님이 받으시면 어떻게 하지?'라는 불안감이 확 밀려온다. 인사를 뭐라고 해야 하지? 그냥 진규 오빠를 바꿔 달라고 하면 실례가 될 것이고 누구인지 물으시면 내가 누구라고 해야 하지? 마산의 김명자라고 해야 하나?

망설임과 불안감으로 들었던 수화기를 놓고 밖으로 나왔다. 진규가 직접 받기를 간절히 성모 마리아님께 기도하며 다시 수화기를 들고 다이얼을 돌렸다.

신호가 가고 저쪽에서 울리는 음성을 듣자마자 화급히 전화를 끊었다. 마리아님은 명자의 기도에 답해 주시지 않았다. 진규의 어머님인 듯한 목소리가 흘러나왔다.

이러고 있는 자신에게 화가 났다. 다시 수화기를 들고 전화해서 진규 오빠를 마산에서 만난 김명자라고 당당하게 말하면 될 것을 왜 이리 겁먹고 바보같이 구는지 모르겠다. 다시 수화기를 들었다.

똑같은 목소리가 흘러나오고 명자는 이번에도 본능적으로 수화기를 내려놓고 말았다.

처음 대면이 중요한데 잘못해서 진규를 곤란하게 만들지 않게 하기 위해 이러는 거라고 자위도 해 본다. 세 번째 시도해 볼 만한 용기가 나지 않았다.

공중전화 부스를 나와 하늘을 쳐다보았다. 하늘이 높아지고 말이 살찐다는 말 그대로 가을 하늘은 높고 푸르다.

집으로 가는 버스를 기다리며 진명이에게 미안했다. 못난 엄마라 미안했다. 애써 밝은 표정을 지어 보는 연습도 했다. 엄마에게 또 거짓말을 해야 하고 문제없다는 적당한 핑계를 밝은 표정으로 말해야 한다.

멀리 아버지는 밭에서 일하고 계시고 엄마는 보이지 않는다. 당연히 진명이를 보고 계실 것이다.

진명이를 업고 마당에서 서성이는 엄마에게 다녀왔다고 하며 진명이를 받아 안는다.

엄마는 진명이를 건네주며 명자의 입에서 나올 말을 기다리고 있다.

"통화했는데 금방 제대해서 아직 직장 복귀가 좀 늦어지고 있나 봐. 만약 문제 있으면 갈 다른 회사도 많으니 걱정하지 말라고 했어. 다 정리되면 오겠다고 하네."

엄마에게는 만족스럽지 않은 답변이다. 하지만 엄마는 더 이상 묻지 않고 밭으로 향하셨다.

등에 무거운 짐 하나를 지고 가는 듯 느릿느릿 발걸음을 옮기며 가신다.

"엄마, 미안해. 내가 이렇게 못나서." 눈으로 말하는 명자의 눈에서 눈물이 찔끔 나온다.

안고 있는 아들이 눈물을 찔끔대는 엄마 얼굴을 볼까 봐 고개를 돌려 하늘을 쳐다본다.

가을걷이가 거의 끝나고 부모님들은 전처럼 하루 종일 밭에 나가지는 않는다. 집 안에 있는 시간이 많았고 부모님과 같이 있는 시간은 서로가 편하지 않았다.

명자도 지난번 전화 통화 실패 이후 빠른 시간 내에 진규를 직접 만나 보아야 한다는 생각이다. 아들 진명이가 걱정이다. 이틀, 삼 일을 엄마 젖 없이 견뎌 낼 수 있을지 걱정이었다. 엄마와 상의를 해 보고 싶었다. 출산 경험이 많은 엄마는 뭔가 방법을 찾아 줄 수 있을 것 같았다. 마당에서 추수한 콩이나 참깨를 널어놓고 있는 엄마를 거들어 주며 지나가는 말처럼 물었다.

"엄마, 진명이 언제까지 젖 물려야 해?"

명자의 질문에 고개를 들어 명자를 보는 엄마는 왜 갑자기 뚱딴지같은 질문을 하느냐는 의아한 표정이시다.

"나 아무래도 서울 올라가서 그 사람 만나 봐야 할 것 같아서…. 며칠 걸리면 진명이가 젖을 먹지 못하고 굶게 되니까, 그래서 물어보는 거야."

명자의 말에 엄마는 즉각 반응을 하셨다.

"보통 두 돌까지 젖을 먹이는데 일찍 끝나는 아이도 있어. 두 돌까지 매일 젖만 먹이는 것 아니고 죽이나 밥도 먹이면서 같이들 하지. 진명이도 지금 상태를 봐서는 쌀죽이나 좁쌀죽 먹여도 될 것 같아. 곧 돌이 될 것이니 지금도 죽 먹이면 돼. 젖 며칠 안 먹는다고 큰일 나지 않아."

돌이 되려면 아직 3달이나 남아 있는데 엄마는 곧 돌이 될 것이라고 말씀하셨다. 빨리 올라가 보라는 무언의 재촉이다.

하여간 걱정했던 의문은 해결되었다. 그리고 마음이 바빠지면서 몸은 이미 서울로 향하고 있다. 전에 진규가 해 준 얘기, 내년 2월에 종업이지만 올 11월 말이면 수업이 끝난다는 얘기를 기억하고 있다.

이미 11월에 접어들었고 당장이라도 올라가야 할 것 같았다. 학교로 찾아가면 무조건 진규를 만날 수 있다.

이미 일정이 머릿속에 그려졌다. 내일 오후 버스로 마산으로 가고 저녁에 옥분이에게 하룻밤 신세를 지고 다음 날 아침에 마산역에서 서울 가는 기차를 타는 일정이다.

명자가 당장 서울로 올라가겠다는 말에 엄마는 진명이 걱정은 말고 빨리 올라가라고 하신다.

저녁에 서울 갈 짐을 챙겼다. 오래 있지는 않을 거니까 간단하게 옷가지만 챙겼다.

진규에게 보여 주던 속옷은 필수로 챙겨 넣었다. 미니스커트도 넣을까 하다가 그만두었다.

날씨가 추웠고 갖고 있는 미니스커트는 겨울에 입기에는 얇은 천으로 된 옷이었다.

가방을 닫고 진명이 옆에 누웠다. 진명이는 엄마가 내일 서울에 가는 줄 모르고 잠들어 있다.

내일 이후 엄마가 보이지 않으면 엄마를 찾을 것임이 분명하다. 떼어 놓고 가는 것이 미안하고 안됐지만 그럴 수밖에 없는 일이다.

"우리 아들, 엄마는 내일 아빠 만나러 서울 가니 엄마 없는 동안 잘 지내고 있어요. 금방 갔다 올 거니 기다려요. 나중에 아빠가 진명이 보러 올 거예요."

마산으로 가는 차는 오후 2시에 있다.

12시에 마지막 젖을 물리고 젖꼭지를 입에서 밀어내고 고개를 돌릴 때까지 먹였다.

가방을 들고 나서는데 엄마는 헌 기저귀와 수건 한 장을 내민다.

"젖이 불어서 흘러나오면 닦아 내야 해. 이걸로 써."

기저귀와 수건을 받아 들어 가방에 넣으면서 '그렇겠구나.' 하는 생각이 들었다.

하지만 진명이 대신에 진규가 먹을 수도 있을 거고 그러면 굳이 닦아서 버릴 젖은 별로 없을 것 같다는 생각에 명자는 웃음이 나온다.

뭐가 웃을 일이냐며 묻는 엄마는 명자의 웃는 모습이 안심이 되는 얼굴이다.

아버지에게 작별 인사를 하고 엄마는 버스 타는 곳까지 진명이를 안고 나오셨다.

버스가 오는 것이 보이고 명자는 진명이를 얼른 안아 주고 버스에 올라탔다.

⬩◆⬩

마산에 도착하여 먼저 미장원에 들렀다. 가끔 머리 손질을 하러 다니긴 했지만 이번에는 파마라는 것을 하기로 했다. 다 끝나고 옥분의 퇴근 시간쯤에 옥분에게 연락을 했다.

생각지도 못한 명자의 연락에 옥분은 부리나케 달려 나왔고 전처럼 마산 시내 거리를 거닐며 저녁을 먹고 옥분이가 생활하는 방으로 갔다. 눈에 띄는 명자의 몇몇 물건이 보인다.

방을 혼자 쓰는 것인지 물으니 들어 본 누구의 이름을 대며 그 친구와 같이 쓴다고 했다.

오늘 하루는 명자가 올 것이니 딴 데 가서 자고 오라고 했단다.

"이것은 네가 쓸 것 같아서 가져다 놓았고 나머지는 필요한 사람들 주고 그랬지."

잘했다고 하면서 남아 있는 물건도 앞으로 쓸 것 같지 않아 필요하면 옥분이가 쓰라고 했다.

옥분에게 얘기를 해야 하나 하는 망설임이 있었지만 어쩌면 옥분이도 알고 있을 것 같았다.

고향 동네에 소문이 다 나 있고 추석과 구정에 다녀갔던 영숙이도 알고 있었다.

영숙이는 고향에 내려오면 항시 명자를 만나고 갔었고 지난 구정과 이번 추석에는 진명이를 안고 명자와 같이 들길을 다니기도 했었다.

그러니 옥분이가 모를 리가 없다. 먼저 얘기해 주기 전에 묻지 않을 뿐, 이미 알고 있다고 봐야 한다.

옥분이에게 진규와 관련된 모든 얘기는 하지 않고 서울에 가는 이유에 대해서만 설명해 주었다.

어쩌다 보니 아이가 생겼고 그래서 서울에 있는 그 남자를 만나러 가는 것이고 결혼은 할 것이라는 얘기만 해 주었다. 진규의 실체에 대하여 정확하게 얘기해 주면 옛날에 그렇게 조심하라고 했건만 다른 애들하고 똑같이 당하냐는 소리를 할 것이기에 진규와 관련해서는 아무 얘기도 하지 않았다. 예상대로 옥분은 이미 알고 있었다.

"명자야, 너는 다른 애들하고 많이 다른 것 알아. 그래서 걱정하지는 않아. 그 사람이 누구인지 모르겠지만 네가 어련히 알아서 잘 선택하고 결정했겠지."

명자를 믿어 주는 옥분이가 고맙기도 하지만 그녀가 자신을 좋게 평가해 주는 만큼 기대에 부응하지 못해 미안한 마음이다. 명자는 그런 옥분 앞에서 또 눈물을 찔끔거린다. 요즘 눈물이 흔하다. 옥분에게는 네가 너무 고마워서 그런다고 했지만 그게 전부는 아닌 것 같았다. 찔끔거리는 눈물의 이유가….

이튿날 옥분의 배웅을 받으며 마산역으로 갔다.

눈에 익은 마산역의 대합실로 들어섰다. 휴가를 마치고 서울에서 내려오는 진규를 기다렸던 그 대합실이다.

역무원의 검표를 마치고 기차가 있는 곳으로 걸어갔다. 기차가 곧 떠날 것 같아 뛰어가는 사람들이 명자를 앞질러 가도 명자는 진규가 다녔던 이 길을 음미하듯이 천천히 걸었다.

처음 타 보는 기차다. 진규가 서울을 오갈 때 타고 다니던 기차다.

열차가 출발하고 뒤로 지나가는 풍경이 신기했다. 나는 앉아 있는데 철길 옆으로 집들이나 나무들이 지나간다. 얼마 시간이 지나지 않아 기차 안에서 계란이나 과자를 팔며 지나가는 수레도 신기했다. 기차를 탄 이후 접해 보는 세상은 신기한 것이 많았다. 대합실 밖의 세상과 기차를 탄 이후의 세상이 이렇게 차이가 있는데 서울은 얼마나 다른 세상일지 기대가 되었다.

열차가 청량리에 도착하기 전 음악 소리와 함께 모든 승객이 내려야 하는 종착역이라고 알려 주는 방송이 나왔다.

청량리에 내려 역을 나오면서 역무원에게 A 대학교에 어떻게 가는지 물었다.

역무원 아저씨는 역을 나가 버스 정류장에 가서 사람들에게 물어 신촌행 버스를 타라고 했다. 처음 접해 보는 서울은 정신이 없을 지경으로 복잡하고 바쁜 곳이다. 그 넓은 길에 차와 사람들이 분주하게 지나간다.

예전에 명자가 합천에서 마산으로 왔을 때 거리는 넓고 차도 많고 사람도 많아 감탄했던 것에 비하면 서울은 마산과 비교할 수 없는 거대함을 느끼게 했다.

이 서울에 잘 어울리지 않는 지게 진 사람도 보이고 손수레도 보였다. 어디를 보아도 건물들이 즐비하게 늘어서 있고 끝이 보이지 않았다. 마산도 붐비는 곳은 소음과 바쁜 사람들의 분주한 모습들이 있지만 여기는 정신을 차리지 못할 정도로 돌아간다.

신촌으로 가는 버스를 타려면 어디로 가야 하는지 몇 번을 물어 가면서 또 어느 버스를 타야 하는지도 묻고 차 안에서도 다른 사람에게 어디서 내려야 신촌에서 내리는지 묻고 물어 가까스로 신촌이라는 곳에 도착했다.

신촌에 도착하니 이미 늦가을의 해는 언제 사라졌는지 모르게 밤이 되었다.

지나가는 학생처럼 보이는 사람이 손으로 가리키며 저기가 A 대학교라고 알려 준다.

학교는 웅장한 면모를 보이며 명자는 그 앞에서 감탄한다. 진규 오빠는 여기를 다니고 있구나. 학교는 명자를 더 작게 만들었다.

학교를 확인하고는 오늘 묵을 만한 여관을 찾아 나섰다. 한참을 걸어 나오니 여관이 있는 거리가 보였다.

밖에서 보기에 괜찮다 싶은 곳을 골라 들어갔다. 신촌에 있는 여관은 마산과는 큰 차이 없이 익숙한 느낌마저 든다.

저녁을 먹지 않았지만 이 생소한 동네에서 혼자 밥을 먹으러 밤에 나가는 용기는 나지 않았다.

낯선 동네의 여관에서 혼자 보내는 밤은 명자에게 편안한 잠을 안겨 주지 못했다.

내일에 대한 긴장감과 집에서 엄마 없이 보내야 하는 진명이 생각에 더 그러했다.

과연 내일 진규를 제대로 만날 수 있을지도 걱정이다.

새벽에 일어난 명자는 전에 마산에서 진규를 만나러 갈 때 하던 것처럼 머리를 만지고 얼굴을 단장했다.

대학생들은 아침 일찍 등교하지 않고 오후에 나오는 경우도 많다는 얘기를 진규로부터 들은 기억이 있다.

하지만 서울의 신촌 거리를 구경하고 싶어 이른 시간이지만 여관을 나왔다.

신촌은 어제의 청량리와는 또 다른 면모를 보여 준다. 시끄럽고 복잡하지 않고 깨끗한 인상을 준다.

어제 점심도 부실했고 저녁도 먹지 않은 공복은 신호를 보낸다. 천천히 걸으며 국밥집 비슷한 식당을 어렵지 않게 찾을 수 있었다.

아침을 먹고 거리 여기저기를 다니며 구경했다. 부지런히 지나는 사람들은 마산에서 볼 수 있는 사람들과는 차이가 있어 보인다. 비슷하지만 다른 사람들이다. 옷차림새도 그렇고 지나며 하는 말들도 세련된 서울말이고 하여간 뭔가 주눅 들게 만든다.

진규가 부담될 것 같아 진명의 출생을 얘기하지 않으려 했지만 밤을 같이 보내게 되면 진규는 명자의 달라진 몸을 알 수 있을 것이다.

젖이 불어 있는 것을 보게 될 것이고 그런 변화는 진규도 충분히 인지할 것이다.

진명이 얘기를 하는 수밖에 없다.

진명이를 임신한 이후 그저 막연한 기대감과 희망 그리고 불안감들이 교차하는 시간들이었다.

불안감이 과하다 싶을 때는 “무슨 일이 있어도 책임진다.”라는 진명의 말과 건네주었던 진규 집 전화번호로 불안감을 잠재우며 지내 왔다.

나이가 다섯 살이나 위이면서도 진규는 듬직한 면보다는 귀여운 모습을 보여 줬다.

친오빠는 큰 바윗덩어리같이 듬직한 데 비해 같은 나이의 진규는 삐지는 일도 자주 있고 떼를 부리는 동생같이 구는 경우도 많았다. 누나처럼 달래 주고 져 주는 것은 명자의 몫이었다. 그런 그를 생각하면 웃음이 나온다.

어제 본 진규의 학교는 웅장할 정도의 규모로 많은 건물이 학교 안에 있었다.

그 넓은 학교에서 진규를 찾으려면 지금 가야 할 것 같았다. 거리를 돌아다니는 것보다 학교를 구경하는 것도 괜찮을 것 같다는 생각이다.

학교 정문에 들어서고 곧장 계속 걸어 들어갔다. 오가는 학생이 많았고 그중 하나에게 영문과 학생을 찾으려면 어디로 가야 하는지 물었다.

학생은 잠시 주변 건물들을 살피더니 손으로 가리키며 저쪽에 어문 계열 건물들이 있으니 그리로 가라고 말해 주었다.

그가 알려 준 건물들이 위치한 곳으로 가면서 주변을 지나는 학생들을 찬찬히 봤다.

그중 혹시 진규가 있을 수도 있다.

한쪽에 서서 오가는 학생들을 한참이나 지켜보았지만 진규는 보이지 않았다.

누구에게 물어봐야 할 것 같아 지나는 한 학생을 잡고 물었다. 모른다고 했고 또 다른 사람에게 물어도 모른다고 했다. 그러기를 몇 번째, 한 사람이 안다고 했다.

"진규요? 알아요. 걔 내 친구인데…. 잠시만요. 걔가 다음 수업 한 시간이 있을 듯한데…. 여기서 기다려 보세요. 금방 안 나오면 한 시간 내에는 나올 거예요."

친절하게 말해 준 진규의 친구는 바쁘게 가는 길을 갔고 명자는 '드디어

진규를 만나게 되는구나.' 하는 안도감이 들었다.

한 시간이 아니라 하루 종일 기다려도 괜찮다. 어쩌면 한 시간 후에 나올 수도 있으니 한쪽에 비켜 앉아서 기다렸다.

오전에 계속 걸어 다녔더니 다리가 힘들다. 잘 신지 않던 하이힐을 신고 걸어 다녔으니 더 힘들었다.

앉아서 매의 눈으로 한 명도 놓치지 않고 주시했지만 진규의 모습은 좀처럼 보이지 않는다.

발밑에 낙엽이 뒹굴고 간간이 떨어지는 낙엽도 있지만 명자의 눈에는 지나는 학생들만 보인다.

한참을 일어서고 앉기를 반복하며 기다리던 중 진규가 보였다. 항시 군복을 입은 진규의 모습에 익숙했고 사복을 입은 대학생 진규는 낯선 모습이었다.

벌떡 일어났지만 가까이 가지 못하고 망설이다 진규임을 확인하고 앞으로 내달리려는 순간 멈춰 섰다.

진규 뒤로 쫓아오는 여학생이 있었고 그녀가 부르는 소리에 진규는 돌아보며 빨리 가자는 말을 하는 것 같았다. 한쪽에 서 있는 명자를 보지 못하고 진규는 그 여학생과 말을 주고받으며 명자 앞을 지나쳤다.

진규를 불러야 할지 말아야 할지 판단이 서지 않고 처음 예상했던 것과는 너무 동떨어진 상황에 부딪혔다.

지금 불러야 하나 생각하면서 뒤를 쫓아가는데, 진규가 SS물산에 이미 합격 통지서를 받았으니 오늘 축하해 주러 간다는 말이 들렸다.

"오빠."

명자는 주변 모두가 들릴 정도로 큰 소리로 불렀다.

뒤를 돌아보던 진규는 놀라서 걸음을 멈추고 말을 하지 못하고 있다. 갈

이 가던 여학생도 뭔가 심상치 않음을 느꼈는지 뒤를 돌아본다.

서 있는 명자와 진규를 번갈아 보던 그녀는 진규의 팔을 낚아채듯이 하며 진규를 앞세우고 뭐라고 하는 것 같았다.

진규는 다시 한번 돌아보았지만 그때도 아무 말이 없었다. 떠밀리듯이 가는 진규는 다시 돌아보는 것도 없이 무슨 말도 없이 그렇게 가 버렸다.

하늘은 무너졌다. 솟아날 구멍도 없이 하늘이 무너졌다.

어떻게 학교를 빠져나왔는지 모르겠다. 학교를 따라 이어진 길을 걷는데 더 걸을 수가 없어 길가에 주저앉았다. 힐끔거리면서 지나는 사람들을 의식해 일어나 후미진 곳을 찾아 주저앉았다. 하이힐은 이제 필요 없을 것 같아 벗어 버렸다.

"나쁜 놈. 사기꾼. 책임지겠다고? 개자식."

엄마 없이 혼자 뒹굴고 있는 진명이가 떠오르며 눈물이 폭포처럼 흐른다. 터져 나오는 울음소리를 손으로 막아 보지만 소용이 없다.

나쁜 놈. 자기 아들이 고향 집에 혼자 있는데… .

딸의 소식이 궁금한 부모님에게는 뭐라고 해야 하나. 나를 알아주고 나를 사랑해 주는 그분들도 나만큼 하늘이 무너지는 심정일 것이다.

사기꾼 같은 놈. 네놈의 사기가 내 가슴과 우리 부모님 그리고 내 형제들 가슴에 대못을 박았다. 개자식.

정신을 차려야 했다. 여기서 그대로 죽고 싶지만 젖먹이 진명을 두고 죽을 수 없다.

맨발로 다닐 수 없어 다시 하이힐을 신고 청량리로 향했다.

저녁 늦은 시간이어서 마산으로 가는 열차는 마감되었고 내일 아침 열차를 타야 했다.

천천히 가도 된다. 급한 일도 없고.

마음도 추스르고 앞으로 어떻게 해야 할지도 정리를 해야 했다. 무거운 몸을 끌고 여관을 찾아 들어갔다.

⬩◆⬩

밤을 새우면서 다짐했다. 살아야 하기에 이젠 달라져야 한다고.

옛날에 아버지가 보여 준 집안의 족보 내용대로 수백 년을 이어 온 정승 대감의 핏줄이 내게도 있다. 옥분이 말대로 나는 무지렁이가 아니다. 그런 놈은 잊고 눈물도 흘리지 말고 똑바르게 살아가자.

엄마나 아버지가 더 이상 미련을 갖지 않도록 사실대로 얘기했다. 예상대로 두 분 모두 참담한 얼굴로 천장만 보고 망연자실의 상태로 한동안 움직이지 않으셨다.

명자를 탓하는 말씀 하나 하지 않으셨다. 다른 집 같으면 행실이 어쩌니 하면서 쫓아내겠다고 하겠지만 부모님은 그러지 않으셨다.

엄마는 울고 아버지는 오히려 명자에게 미안하다고 하셨다. 아버지가 이렇게 무능한 가장이어서 내 자식들이 천대받게 되어 미안하다고 하셨다.

조상님이 원망스럽다고 하셨다. 천주님도 원망스럽다고 하셨다.

그런 아버지의 말씀에 앞으로 우는 일은 없을 거라고 다짐했던 명자는 다시 울음을 터뜨렸다.

밖에서 듣던 동생은 몽둥이로 무엇이든지 보이는 대로 때려 부수는 모양이다.

전에 명자가 불같이 화냈던 일이 있었기에 이번에는 그 새끼를 죽여 버리겠다는 험한 말은 하지 않고 혼자 분을 삭이는 모양이다.

며칠 쉬면서 생각한 계획이 있다. 막연하지만 지푸라기라도 잡아야 하는 심정이다.

쉰다고 했지만 무기력하게 시간만 보내고 진명이만 껴안고 있는 시간은 더 힘들었다.

미친 여자가 왜 미치게 되었는지 알 것 같다. 진규에 대한 분노로 이러다 정말 미칠 수 있을 것 같았다.

절망은 더더욱 무섭다. 아들과 부모님을 포기하고 이대로 주저앉을까 겁이 났다.

마산은 진절머리 나고 서울로 가고 싶었다. 전에 마산의 영어 학원 선생님 전화번호가 있어 도움을 부탁해 보려는 생각이다. 그 선생님 덕에 영숙이 부산에서 일하게 되었으니 명자에게도 도움을 줄 수 있을 것 같았다.

읍내에 나가 전화를 했고 선생님은 무조건 올라오라고 했다. 와서 같이 모색해 보자고 했다.

진명이도 힘든 시기를 잘 버텨 주기를 바랄 뿐이다. 엄마 없이 할머니와 잘 견뎌 주기를 바랄 뿐이다.

이제는 뒤를 보지 않고 앞만 보며 달리자는 각오다.

엄마와 아버지께는 걱정하지 말고 진명이만 부탁드린다고 하고 고향을 등지고 떠났다.

떠나는 명자의 뒷모습을 보고 있으시다는 것을 알고 있으면서도 돌아보지 않았다.

앞으로 눈물은 없다고 수없이 다짐했지만 떠나면서도 눈물이 나고 앞으로 얼마나 많은 눈물을 쏟아야 할지 모른다.

젖먹이를 떼어 놓고 집을 나서는 독한 여자가 되겠다고 했지만 천성이 그런 여자가 되지는 못할 것 같았다.

선생님과 청량리역 대합실에서 만나기로 마산 출발 전 약속이 되어 있었다.

서로를 발견하고 손을 흔들며 마주했고 명자를 본 선생님은 모습이 전과 좀 다르다고 했다.

야위고 전처럼 힘 있어 보이지 않는다고 했다.

선생님 집은 보문동이라 했다. 선생님은 지난번 통화에서 우선 집에서 같이 기거하면서 앞으로의 일을 생각하자고 했었다.

그리고 선생님의 이름은 정인숙이라고 말해 주었다. 항시 선생님이라고 불렀는데 처음 이름을 알려 주며 이제는 선생님이 아니니 언니라고 부르라고도 했다.

이미 선생님 식구들에게 얘기가 되어 있었고 명자의 등장에 우선 반겨 주는 이가 어머님이었다.

선생님 방은 선생님 성격답게 깔끔했다.

"명자 씨, 그동안 영어 많이 늘었어?"

선생님이 웃으면서 얘기했다. 명자는 영어 테이프와 녹음기를 부수고 진규에게 보여 주었던 속옷들도 모두 태워 버린 일이 생각났다.

명자가 우물쭈물하고 있으니 선생님은 "나 없으니 제대로 하지 않은 모양이구나?" 하며 또 웃는다.

선생님의 대화 방식은 남다르다는 것을 또 느꼈다.

취직에 대한 구체적인 주제로 얘기하지 않고 앞으로 살아가는 목표와 무엇 때문에 살아가는지 등 어려운 말로 물어본다.

"선생님, 저는 전에 선생님이 저에게 해 준 말 있잖아요. 여자도 스스로 노력해서 남자와 동등하게 살아야 한다는 그 말대로 살고 싶어요. 두레박 팔자, 이런 생각은 하지 말고 스스로 개척해야 한다고 해 주셨던 그 말대로요."

명자의 말에 선생님 입가에 웃음이 번진다. 그리고 생각해 둔 것이 있다고 했다.

"나는 처음부터 명자 씨는 좀 다르다고 생각했어요. 공장 다니기에는 아까운 아가씨라는 생각이에요. 단순노동을 하는 공장보다 좀 더 전문적으로 일할 수 있는 직업을 갖는 것이 앞으로 명자 씨를 위해 좋을 것 같아요. 우선 내가 학원 하나를 소개해 줄 테니 거기서 타자도 배우고 주산이나 부기도 배워 봐요. 그 학원에서 우리 사촌 언니가 선생님으로 일해요. 다 배우면 어쩌면 좋은 직장에 갈 수도 있을 것 같아요."

모처럼 들어 보는 무지갯빛 말이다. 당장 그렇게 하겠다고 했다.

학원은 집에서 그리 멀지 않은 시내에 위치하고 있었다. 신설동이라고 했다. 신설동에는 그런 학원 건물이 몇 개 더 있었다.

그 학원 중 한 건물로 들어섰다. 잠시 기다리고 있으니 선생님의 사촌 언니가 나왔고 학원 선생님은 명자에 대한 신상을 간단하게 물어보았다. 그리고 인쇄된 양식에 기입할 것을 기입하면 등록이 된다고 했다.

다음 날부터 학원에 다니기로 했다. 학원비와 선생님 댁에서 신세를 지니 방세라도 내야 했으나 돈은 충분히 있다.

떠날 때 엄마가 그동안 명자가 보낸 돈을 모두 주니 갖고 가라고 챙겨 주셨다. 시집갈 때 쓰려고 모아 둔 돈이라고 했다.

학원을 나오면서 선생님이 학원에 대하여 말해 주었다.

사촌 언니인 선생님이 학원 원장님의 부인이면서 선생님 일도 하고 있다는 것이다.

그래서 좋은 회사에서 직원 추천 의뢰가 오면 명자에게 우선적으로 배정할 수 있다는 얘기도 해 준다.

환경이 급격히 변했다. 하지만 바쁜 일정과 새로 배우는 학원의 학습은 분노와 절망의 늪에서 헤엄쳐 나오는 길을 열어 주었다.

학원에 등록을 해서 수료하는 기간은 3개월로 예정되어 있다. 학습 능력이 좋으면 3개월 전에도 취업이 가능하고 좋지 않으면 더 배워야 할 수도 있다고 했다.

학원 수업 외에 이 서울에서 딱히 시간을 보낼 만한 일도 없어 수업이 끝나도 비어 있는 교실을 찾아 따로 복습을 했다.

보문동 집으로 가도 선생님이 없으면 서먹하고 자연스럽지 못하다. 선생님 어머니는 항시 친절하게 대해 주시지만 선생님이 없으면 뭔가 어색한 분위기는 피할 수가 없었다.

그래서 최대한 학원에 머물러 시간을 보내고 신설동 주변이나 보문동 주변을 돌아다니다 집으로 갔다.

신설동 학원에서 동대문은 지척에 있어 그 주변을 잘 다녔다. 평화시장, 동대문시장, 종로도 잘 다녔다. 거리는 이미 크리스마스 캐럴을 틀어 놓고 길가의 가게들은 크리스마스 장식을 걸었다.

선생님은 종로의 어느 영어 학원 강사로 나간다고 했다.

과거의 노동 운동 전력으로 교사 취업의 길은 막혀 있고 다른 일반 회사에 가는 것도 어렵다고 했다. 동창들은 이미 교단에 서 있고 자신도 그 길로 가고 싶지만 못 가니 가르치는 장소가 있으면 학원이든 학교든 상관없다고 했다.

선생님 집안에 대하여 좀 더 알게 된 사실은, 선생님 아버지는 근처 사립 고등학교 영어 교사이면서 교감으로 근무하신다고 했다. 그리고 선생님 위로 시집간 언니가 있다고 했다. 두 딸을 출산하고 어머니는 여자들에게 생기는 무슨 병으로 인해 수술을 했고 그 이후로는 더 이상 아이를 가질 수 없다고 했다.

이 깔끔하고 조용한 집이 명자는 불편했다. 기거한 지 한 달 가까이 되어 명자는 선생님께 신설동 근처로 옮기겠다는 생각을 말했다.

"선생님, 나 이제는 어느 정도 여기가 익숙해졌으니 혼자 생활하는 것도 문제없어요. 학원 근처로 방 얻어 나가려고요. 이미 알아봤거든요. 그리고 이것은 그간 생활비를 조금 넣은 거예요."

명자는 따로 준비한 봉투를 선생님께 내밀었다.

선생님은 질색을 하며 손을 내젓는다. 엄마에게 동생 같은 명자 씨라고 했는데 이러면 안 된다는 것이다. 나가는 것은 좋은데 앞으로 생활에 보태 쓰라고 한다. 절대 물러서지 않을 기세라 명자는 봉투를 다시 집어넣었다.

학원에 오가면서 셋방이 있다는 광고들이 전신주나 담벼락에 붙어 있는 것을 보았다.

몇 군데를 보면서 그중 하나를 결정했다. 달방도 된다고 해서 그 방으로 정했다.

학원 수료가 끝나 어느 회사로 취직을 하게 되면 여기서 옮겨야 하니 달방이 안전했다.

선생님 집에 있을 때는 저녁에 선생님과 같이 있으면서 같이 자고 하니 잘 몰랐는데 나와서 혼자 있는 방에서는 잡념과 상념이 많아져 괴롭다.

그리움이 아프다. 아들 진명이에 대한, 엄마와 아버지 그리고 동생 및 형제들에 대한 그리움이 아프게 한다. 그런데 그 나쁜 놈 진규와의 추억에 대한 그리움은 왜 일어나는지.

지금 이 현실이 슬프다. 항시 믿어 주시고 사랑해 주시는 부모님이 내가 여기서 이러고 있는 것에 대해 얼마나 가슴 아파하고 계실지.

옥분이는 그리고 영숙이는 내가 여기서 이렇게 혼자 눈물을 짜고 있는 것을 상상도 못 하겠지. 아들 떼어 놓고 와서 나는 지금 무엇을 하고 있는 것인지.

불편한 환경이 더 서럽게 만드는 것 같았다. 허접하고 작은 골방에서 그것도 추운 바닥에 요를 깔아 놓고 웅크린 채로 이불을 뒤집어쓰고 있는 이 상황이 처량했다.

후회가 된다. 선생님 집을 나와서 혼자 달방에 들어온 첫날이 이럴 줄 생각하지 못했다.

누군가와 같이 있었어야 했는데, 절망과 분노는 일시적으로 묻혀 있었고 상처의 깊이가 너무 크다. 내일 저녁은 선생님 집에 가서 놀다 와야 할 것 같다. 거리를 헤매고 다니면 더 처량할 것 같으니 선생님과 시간을 갖는 것이 좋겠다는 생각이다.

“명자 씨, 크리스마스 때 뭐 해? 마산에서 성당 다닌 것 기억나는데 여기서도 다녀?”

갑작스러운 성당 질문에 뭐라고 답해야 할지 주저했다. 합천을 떠난 이후 성당에 관심을 갖지 않았다. 증조부 때부터 깊은 신앙심으로 성실하게 믿었던 천주님과 마리아님은 우리를 외면해 왔고 명자의 절절한 마지막 기도마저 들어주지 않았다. 물론 깊은 신앙심보다는 집안이 그러니 습관적으로 다녔던 것은 사실이다.

그래도 천주님으로 인하여 집안이 풍비박산 났던 것을 조금이라도 생각해 보신다면 우리에게 이럴 수는 없다고 생각했다.

그래서 명자도 천주님이나 마리아님을 믿지 않기로 했고 성당에 대한 관심도 갖지 않았다.

명자가 뜸을 들이다 대답했다.

"전 신앙심도 깊지 않고 나일론 신자예요."

나일론 신자라는 명자의 말에 선생님은 웃음이 빵 터진다.

"그러면 크리스마스이브에 교회 구경 갈래요?"

좋은 제안이었다. 이 서울에서 크리스마스이브에 혼자 길거리를 헤매고 방구석에 홀로 앉아 청승을 떨 것이 불 보듯 뻔한데 선생님의 제안은 더없이 좋은 제안이다.

"네, 좋아요. 서울에서 맞는 첫 크리스마스에 선생님과 같이 교회 구경하는 것 좋아요.

합천에서는 초등학교, 중학교 내내 성당에서 연극을 하는 시간이 있었어요. 12월에는 매일 연극 연습을 하고 그런 재미로 성당에 다녔어요. 마산에서도 크리스마스이브에는 친구들하고 쓸데없이 길거리 쏘다니며 누구 방 하나에 몰려 앉아 밤새워 놀았어요. 원래 그날은 무조건 성당에 가야 하는데 안 가고 놀았죠. 나일론 신자는 그래요."

선생님은 또 빵 터져서 웃는다. 나일론 신자라는 말은 그녀를 웃게 만드는 단어였다.

♦◆♦

학원 수강생 중 명자만큼 열심히 하는 학생은 없을 정도로 명자는 아침부터 저녁까지 학원에서 살다시피 했다. 학원이 제일 편했다. 혼자 지내는 밤이 무서워 학원이 모두 종료되는 시간까지 학원에 머물러 공부하고 연습하며 지냈다.

구정을 며칠 앞둔 어느 날 학원 선생님이 명자를 원장실로 불렀다.

원장님은 학원 수업 두 달밖에 되지 않았지만 3개월을 수료한 학생보다 월등하여 어느 회사에 추천해 주겠다고 하시며 이력서를 들고 가 보라고 하신다.

뜻밖의 말이었다. 아직 많이 배우고 습득해야 한다고 생각했는데 이렇게 빨리 취직이 될 줄은 전혀 예상하지 못했다.

진심으로 감사하다는 말로 인사를 하고 원장실을 나왔다.

학원 양식에 이력서를 작성하되 직접 타자기로 치라고 하면서 선생님이 양식을 내주었다.

그리고 끝부분은 선생님이 직접 칠 것이니 그 칸은 그냥 두라고 하셨다.

본적, 주소, 생년월일, 학력 등을 치고 작성하지 말라고 한 부분은 빈칸으로 두었다.

선생님은 명자를 자리에서 일어나게 하고 대신 앉아 나머지 부분을 채운다.

"타자 2급, 주산 3급, 부기 3급."

이력서를 타자기에서 빼고 명자에게 도장을 찍어 갖고 가라고 하신다.

"급수에 대한 자격증은 지금 명자 학생은 없는데 그 정도 실력은 된다고 생각해서 그렇게 적은 거예요. 자격시험을 치면 충분히 그 급수로 합격할 수 있으니 시험은 나중에 보면 돼요.

지금 추천해 주는 회사는 놓치기 아까워 이런 편법을 쓰는 거고 원래 자격증 사본을 첨부해야 하지만 원장님이 좋은 학생이니 양해를 구한다고 했어요. 채용해서 후회하지 않을 좋은 인재이고 보증한다고 했어요. 이 회사 총무부 인원 채용인데 총무부장님이 원장님 동창이래요.

총무부장님이 면접을 볼 예정이고 그분에게 얘기가 다 되었으니 걱정하지 않아도 돼요."

그렇게 얘기해 주면서 명자의 어깨를 살짝 친다. 가서 잘 하고 힘내서 살자는 뜻이다.

명자는 또 눈물이 난다. 오늘 이런 뜻밖의 행운이 있을 줄이야. 영어 선생님을 만난 것이 행운이었고 그래서 여기까지 왔다.

"사모님, 정말 감사합니다."

학원 내에서 항시 선생님이라고 했지만 지금은 사모님이라는 호칭을 썼다.

사모님이 별도로 메모를 명자에게 준다. 내일 면접 시간과 회사 위치 그리고 총무부 전화번호 등이 적혀 있다.

원장님 방으로 다시 가서 감사의 인사를 하고 배웅까지 나온 사모님에게 다시 찾아뵙겠다는 인사를 했다.

학원을 나와 펼쳐진 신설동 거리는 눈이 쌓이고 있었다. 눈이 내리는 줄 모르고 있었는데 나와 보니 눈이 내린다. 명자의 오늘 행운을 축하해 주는 눈이다.

가슴 깊이 있는 상처들은 적어도 지금 순간에는 느끼지 못하고 세상을 다 얻은 기분이다.

오늘 같은 날은 방에 혼자 있어도 될 것 같았다.

저녁에 보문동 영어 선생님 집으로 전화해서 이 기쁜 소식을 전하고 축하도 받았다.

“명자 씨는 어디 가서도 잘할 거예요. 나도 기뻐요. 내 눈이 틀리지 않아서 나도 기뻐요.”

영어 선생님은 항시 명자에게 힘을 준다.

이튿날 면접 시간은 오후 2시이지만 지리를 잘 모르는 명자는 일찌감치 나섰다.

버스로 구로동까지 가고 그 이후는 택시를 타야 할 것 같았다. 전혀 생소한 구로동에서 주소만 주면 택시는 알아서 잘 찾아갈 것이다.

버스를 타고 구로동에서 내려 시계를 보니 아직도 두 시간은 더 남아 있다. 어제 내린 눈은 구로동 거리에도 아직 흔적이 있다.

이곳저곳을 기웃거리며 시간을 보내고 점심때가 되었지만 긴장이 되어 밥 생각이 없다.

택시를 타고 주소를 보여 주니 근처에 있어 금방 도착한다고 한다.

기사 아저씨의 말이 끝나고 몇 분 되지 않아 다 왔다고 한다. “벌써요?” 하면서 내린 회사 정문에 간판이 걸려 있다. 사모님이 메모에 적어 준 〈JM 실업〉 이름이 간판에 붙어 있다.

회사의 규모는 크지 않았다. 마산의 합섬 회사는 워낙 대규모로 몇 개의 건물이 들어서 있었지만 여기는 합섬 회사의 건물 중 제일 작은 건물 한 개와 그보다 더 작은 건물 두 개로 되어 있는 회사다.

아직도 면접 시간이 되려면 30분 이상 기다려야 했다. 택시 탄 곳에서 이렇게 가까운 줄은 몰랐다. 주변을 보니 이런 정도의 회사가 즐비하게 늘어서 있다.

시간이 되어 정문으로 가서 총무부장님 면접을 왔다고 하니 수위 아저씨는 손으로 방향을 가리키며 작은 건물 안으로 들어가서 2층으로 가 보라고 한다.

작은 건물은 사무실 동이고 큰 건물은 현장일 것이라는 예상이다.

작은 건물 안으로 들어가니 각 층과 방별로 부서 팻말들이 복도 벽에 붙어 있다. 2층으로 오르고 총무부 팻말은 금방 눈에 띈다.

크지 않은 방에서 직원이 5~6명 정도 일하고 있었다. 그중 한 명이 명자를 보고 어떤 용무인지 묻고 명자가 온 이유를 들은 직원은 안의 작은 방으로 명자를 안내했다.

학원 사모님이 알려 준 대로 총무부장님은 학원 원장님과 비슷한 연배로 보였다.

앉으라고 하면서 오는 데 어렵지 않았는지 묻는 그의 친절함은 방을 들어설 때의 긴장감을 어느 정도 풀어 주었다.

갖고 온 이력서를 잠깐 훑어보더니 명자에게 사무실로 나가자고 하신다.

부장님은 일하고 있는 직원 모두에게 인사하라고 하며 새로 일하게 된 김명자 씨라고 소개했다. 그리고 한 직원을 불러 명자의 이력서를 건네준다.

"윤 과장, 김명자 씨 이력서 보관하고 업무나 회사 규율 등 자세한 내용들은 윤 과장이 직접 알려 주도록 해. 신입 직원 중간에 도망가지 않게 잘 가르쳐 줘. 김명자 씨 나중에 못 한다고 하는 말 나오면 자네 책임이야."

부장님의 말에 직원 모두가 웃는다. 부장님이 방으로 들어가고 직원들 각자가 손을 내밀어 인사한다.

면접에 대한 주의 사항을 학원 사모님이 얘기해 주고 예상되는 질문에 대한 답변을 준비했지만 그런 질문도 없이 면접은 끝난 것 같고 사무실 사람들이 손을 내밀고 있다.

이런 낯설고 생소한 느낌은 무엇이지? 이것이 현장과 사무실의 차이인가?

그러고 보니 나는 어느새 생산 현장에서 일하는 공원이 아닌 이 깨끗한 사무실의 직원이 되었다.

총무부 직원이라는 신분의 상승이 감격스럽다. 그것도 서울에 있는 회사에서.

이제는 공순이가 아니고 사무실 여직원이다. 아들 진명에게 부끄럽지 않은 엄마가 될 수 있다.

회사 출퇴근 시간과 총무부에서 하는 일들에 대하여 설명을 들었다. 총무부가 하는 업무 중에서 특히 명자가 주로 해야 하는 일도 무엇인지 알려주었다. 월급도 회사 신입은 모든 부서가 거의 같은 수준으로 정해져 있다고 했다. 명자가 받을 월급은 얼마라고 했는데 마산의 공원 봉급의 두 배였다. 끝으로 여직원이 2명 총무부에 있는데 그중 한 여직원에게 유니폼을 신청해 주라는 말을 했다. 그러자 그 여직원은 명자의 허리 사이즈만 대충 재어 보고 자기 사이즈 정도면 된다며 신청하겠다고 한다. 이 회사의 여직원 유니폼은 예쁘다. 나도 이제 저런 사무실 유니폼을 입게 되었다.

현장의 허름한 유니폼이 아닌 사무실 유니폼을 입게 된 것이 꿈만 같다.

그리고 구정이 다음 주이니 구정 연휴가 끝나고 출근하는 것으로 정했다. 부장님께 인사하고 과장님과 다른 직원에게 인사를 하고 나오는 명자의 눈에 새로운 세상이 펼쳐지는 것이 보인다.

당장 근처에 집을 구해야 했다. 집만 결정되면 가방 하나만 옮기면 되기에 이사라고 할 것도 없다.

회사 정문을 나서 오른쪽으로 갈지 왼쪽으로 갈지 망설이다 왼쪽으로 발길을 옮겨 큰길로 나왔다. 10여 분을 걸으니 예상대로 방을 세놓는다는 광고들이 많이 붙어 있다.

그중 눈에 띄는 문구가 보인다.

"여자 혼자 쓰고 있는데 같이 사용할 사람 구합니다."

방만 괜찮다면 저 사람과 같이 사용하는 것도 괜찮을 듯싶다. 누구와 같이 있어야지 혼자 사는 것은 무섭다. 게다가 방값도 절약되니 반분하며 사는 것이 좋다.

신분도 지금은 공순이가 아니니 여럿이 부대끼면서 사는 방은 싫다.

공중전화 부스가 바로 근처에 보이고 적혀진 번호로 전화를 했다.

전화를 받은 사람은 집주인이고 세놓은 방 중에 한 아가씨가 같이 쓸 사람을 구하고 있다고 했다.

그 방 아가씨는 지금 출근해서 없지만 방은 볼 수 있다고 했다. 명자가 지금 전화하는 위치를 묻고 어디에 있다고 하자 큰길을 따라 2분 정도 내려오면 아주머니가 나온다고 했다.

잠시 후 서로가 통화했던 당사자들임을 쉽게 알아보고 인사를 했다.

지금 명자 기분은 하늘을 찌르고 자신감이 넘쳐 인사하는 말도 시원한 소리로 했다.

아주머니도 그런 명자가 맘에 들어 웬만하면 들어와 살라고 하셨다.

방문을 열어 보여 준 방 안은 그런대로 괜찮았다. 이곳으로 정하고 싶었다. 방 주인을 만나야 하는데 여기서 언제까지 기다리냐고 물었더니 전화를 해 보겠다고 한다.

아주머니가 전화하는 곳은 지금 방 주인의 회사 같았다.

"미안하지만 한국희 씨에게 집으로 전화 달라고 전해 주시면 고맙겠습니다. 급한 일이어서요."

아주머니의 전화는 어렵게 부탁하는 듯하다.

아주머니는 명자의 이런저런 신상에 대해서도 묻는다.

"혹시 저쪽으로 가면 있는 회사 JM실업 아세요? 저 거기 총무부에서 근무해요."

아직 출근 전이지만 명자는 자신 있게 그리고 자랑스럽게 신분을 말했다.

아주머니는 JM실업을 안다고 하면서 좋은 회사에 다녀 좋겠다고 하셨다.

곧 전화가 걸려 왔다. 방 주인 아가씨다. 주인아주머니에게 몇 가지를 물어보는 것 같다.

"응, 글쎄…. 나이는 스물둘 정도? 키가 훤칠하고 미인이야. 지금 JM실업 총무부 직원이래."

통화는 짧게 끝나고 주인아주머니는 볼 것도 없이 들어오라고 했다고 한다.

이튿날 신설동 방은 정리할 것도 없이 가방만 가지고 나오면 끝이었다.

연탄 몇 장 쌓아 놓은 것과 냄비 한 개에 그릇 두어 개 등이 전부였다. 명자 인생 중 한 달 남짓의 신설동 생활은 먹는 것과 생활에 있어서 겪어 보지 않았던 처량 맞은 시간이었다.

영숙이와의 마산 생활은 비교적 풍요로운 시간이었고 보문동 생활에서도 해 주는 밥을 먹고 다녔기에 이런 경험은 처음이었다.

남겨 둔 연탄이나 그릇들은 집주인에게 그냥 쓰라고 하고 나왔다. 뒤도 돌아보지 않고 구로동으로 떠났다.

새집에 도착하여 우선 가방을 밀어 넣고 다시 나왔다. 출근 첫날 실수하지 않기 위해 회사로 가는 길을 다시 한번 확인해 놓는 것이 좋을 것 같았다.

그리고 먼발치에서 회사를 다시 보고 싶기도 했다. 총무부 직원 김명자가 다닐 회사를.

어제 짐작으로는 새로 얻는 집에서 회사까지 20분 정도면 되겠다 싶었는데 오늘 확인해 보니 걸으면 15분 정도면 충분했다.

그리고 해야 할 중요한 일이 있다. 옷을 사야 했다. 합천에서 올라올 때 가장 기본적인 옷만 챙겨 왔기에 새로 출근하는 회사에서 촌티는 나지 않아야 했다.

물론 유니폼도 예쁘지만 사복을 입고 출퇴근하니 사무실 여직원으로서 어느 정도 옷에 신경을 써야 한다는 생각이다.

다시 돌아와 주인아주머니에 물으니 옷을 사려면 그래도 영등포 시장이 제일이라고 했다.

저녁때까지 기다려야 지금의 방 주인 아가씨를 만날 수 있으니 시간은 많아 이곳저곳 돌아보며 옷을 골랐다.

최근까지는 앞으로의 일이 어떻게 전개될지 몰라 궁핍할 정도로 아껴 왔다.

특히 신설동에서는 가끔 사 먹는 밥도 허름한 식당에서, 그것도 가장 싸고 만만한 국밥 위주였다.

저녁때 방에 돌아와 해 먹는 경우가 가끔 있을 때도 거의 반찬 없이 보리밥만 해 먹거나 라면 하나 끓이는 정도였다.

이제는 월급도 많이 받을 수 있다는 자신감이 생기고 엄마가 챙겨 준 돈이 많이 남아 있어 옷을 여러 벌을 샀다.

그리고 번듯한 식당에 들어가 모처럼 밥다운 밥도 먹었다.

⬩◆⬩

"나 한국희라고 해요. 김명자 씨 맞죠?"

방 앞 작은 툇마루에 앉아 기다리는 명자를 보고 손을 내민다.

집 안으로 들어오는 사람이 있었고 혹시 그 여자인지 긴가민가하고 있는

데 불쑥 손을 내밀어 악수를 청하니 명자는 엉거주춤 손을 잡고 그렇다고 답했다.

일단 방으로 가자고 하며 명자 같은 아가씨와 같이 지내게 되어 좋다고 말한다.

그리고 명자의 나이를 확인하고는 자신은 스물다섯이니 언니라고 부르라고 했다.

국희 언니의 성격이 영숙이와 비슷하다는 것을 느꼈다.

체격은 영숙이보다 훨씬 가냘프지만 목소리는 크고 시원시원하다.

방의 내력에 대해서도 얘기해 준다.

"내가 이 방에 온 지 3년 되는데 처음에 나도 광고 붙은 것 보고 왔어. 지금처럼 같이 쓸 사람 찾는다고 해서 왔고 그 이후 먼저 쓰던 사람이 나가서 같이 쓸 사람 또 구해서 살아오다 얼마 전 걔가 나갔어. 아니 이놈 계집애가 두어 달 전부터 자주 외박을 하더니 한 달 전부터는 아예 들어오지를 않더니 나간다고 짐 싸서 나갔어."

국희 언니는 오늘 이사 온 기념으로 밥을 살 테니 나가자고 했다.

집에서 나오니 버스 정류장 근처에 작은 식당들이 군데군데 있었다. 그중 한 가게에 들어가자 식당 주인아저씨는 국희를 반색한다. 단골인 것 같았다. 국희는 명자에게 술도 하냐고 물었고 대답도 나오기 전에 술을 한 병 시켰다. 어쩌면 영숙이와 저렇게 비슷할까 하는 생각이다.

두 사람 다 긴장이 풀리고 오래전 알고 지낸 친구처럼 스스럼없는 대화의 단계로 들어갔다.

"명자야, 나 사실 네가 사무실 직원이어서 더 좋았다. 이 동네에 사무실 근무를 하는 애들은 별로 없어. 다들 자기 집에서 출퇴근을 하거나 세를 얻어도 좋은 동네 가서 사는지 별로 보지 못했어. 네가 와 줘서 정말 고맙다."

이 언니는 내숭과는 거리가 먼 보이는 대로, 생각하는 대로 말하고 감추는 말이 없는 것 같았다.

"나도 언니를 만나게 된 것이 행운인 것 같아요. 편안해요, 언니가.

그리고 나 JM실업 신입이에요. 나도 전에는 마산 회사 생산 현장에서 일했어요.

서울 와서 좋은 분을 만나게 되어 학원도 다니고 그래서 이리로 온 거예요."

국희의 솔직한 환대에 명자도 과거 합천에서부터 마산까지의 여정에 대하여 얘기하고 그때의 친구들에 대한 얘기도 했다. 진규와 진명이에 관한 것만 빼고.

"내가 이제야 사람 같은 사람을 만나는구나. 너 정말 존경스럽다. 어떻게 공순이가 사무실로 올라갔지? 하여간 대단하다, 김명자."

국희의 혀가 약간 돌아간 듯한 발음이다.

구정은 아직 4일 정도 남았지만 명자는 먼저 합천으로 내려가기로 했다.

국희도 3일 후에는 강원도 속초로 간다고 했다. 길지 않은 구정 휴무지만 한 번씩 고향 콧바람은 쐬어야 한다고 했다.

국희가 출근하고 명자는 방을 정돈한 후 청량리역으로 향했다. 아직 구정 전이라 열차는 그렇게 붐비지 않았다. 벌써 세 번째 오는 청량리역이다. 짧은 기간에 세 번이나 온 청량리역이 이제는 익숙하다.

자리에 앉아 모처럼 편안한 시간임을 느낀다. 어제는 아무 생각 없이 잤다. 늦은 시간까지 국희와 수다를 떨고 게다가 술의 효능이 있어 진규에 대한 분노도 없었고 진명이에 대한 걱정도 없이 잘 잤다.

집에 가면 부모님과 형제들에게 괜찮다는 것을 보여 줄 수 있고 진명이에게도 못난 엄마가 아닌 나름 잘하는 엄마라는 것을 보여 줄 수 있다.

몸과 마음이 안정되는 듯하니 진규에 대한 분노보다는 진규와 같이 보냈던 시절이 그립고 그를 이해해 보려는 생각도 든다.

그 시절의 그가 그립다. 그 시절로 되돌릴 수는 없을까? 뭔가 피치 못할 사정이 있었을 거야.

하지만 바로 '미친년 정신 차려, 맹추 같은 년.' 하는 생각이 들어 머리를 흔들고 창밖을 본다.

창밖을 보면서 진규에 대한 상념을 떨쳐 버리려 해도 진규의 얼굴은 계속 떠오른다.

눈을 감아도 그의 웃던 모습이 보인다.

그는 나를 잊었겠지만 나는 지금도 그가 돌아올 수 있다는 미련이 있는 것 같다.

잡지도 못하고 돌아서 눈물만 흘리던 나라는 못난이는 용기도 내지 못했다.

살아가는 동안 그와의 일을 잊을 수는 없는 일이다. 진명이라는 그의 핏줄이 내 앞에 있는데 어찌 그와의 일을 잊을 수 있을까? 살아가는 동안 한 번이라도 볼 수 있을까?

그 시절은 철없던 시절이었나? 그 시절의 나는 철없던 계집애였나?

진심과 순정이라는 말은 철이 없다는 말과 같은 것인가?

이 청춘에 아들 하나 데리고 홀로 살아갈 수 있을까?

오후 늦은 시각에 기차는 마산역에 도착하였다. 서울로 올라가는 표를 미리 예매해 놓고 대합실을 못 본 척 바쁘게 빠져나왔다. 보고 싶지 않고 오고 싶지 않은 마산역 대합실이다.

서둘러 택시를 잡아 버스 터미널로 향했다. 합천으로 가는 막차를 다행히 탈 수 있었다.

합천에 도착해도 집까지는 택시를 탈 것이다. 늦은 저녁에는 집에 가는 버스가 없을뿐더러 설사 있다 해도 바로 택시를 타고 일 분이라도 더 일찍 가고 싶다. 진명이가 궁금해서다.

합천에 오니 마음이 더 바빠진다. 택시는 어두운 시골길을 뚫고 금방 마을 어귀에 도착했고 명자는 짐 보따리를 들고 뛰어갔다.

구정이 아직 3일 더 남아 집 안은 조용했다. 방문을 열어젖히고 엄마를 불렀다.

명자의 갑작스러운 귀향에 모두 놀란다. 대강 눈을 마주치는 것으로 인사를 대신하고 명자는 진명이를 끌어안고 서로의 얼굴을 비비며 눈물을 찔끔거렸다.

자지 않고 놀고 있던 아들은 엄마를 알아보고 손으로 엄마의 얼굴을 만져 본다.

그러고 있는 명자를 부모님들은 아무 말도 묻지 않고 기다려 주었다. 동생이 들어오는 소리가 들리고 문을 열어 보고는 누나를 부른다.

진명이를 껴안고 동생에게 가져온 보따리를 풀어 보라고 하고 그간의 일들을 설명해 주었다.

자랑스럽게 그리고 조금은 과장해서 얘기했다.

회사의 규모, 사무실 관련한 얘기, 봉급에 대해서도 조금은 부풀리고 최대한 신나게 그리고 자랑스럽게 말하는 명자를 보던 엄마는 누구보다 좋아하시며 이제 걱정의 반이 덜어졌다고 하셨다.

구정 전날에 오빠 내외가 도착했다. 오빠의 첫아이는 딸이다. 개월 수도 비슷한, 아직 돌이 되지 않은 두 녀석을 방에 풀어놓으니 기어 다니면서 잘 논다.

오빠도 엄마로부터 명자의 새로운 직장에 대하여 들었다. 학교 공부는 많이 하지 못한 오빠지만 어렸을 때부터 들어 온 가문의 긍지를 갖고 있어 경솔한 처신이나 말을 하지 않는 오빠다.

아마도 그래서 지금의 올케가 대학 병원의 간호사로 있으면서도 그릇 만드는 공장에서 일하는 오빠를 택한 것 같다.

저녁에 아버지는 아무도 없는 방으로 명자를 부르고 곧이어 오빠가 들어왔다.

진명이 호적 문제로 둘을 불렀다고 한다. 오빠 밑으로 호적을 만들려고 하신다. 이미 오빠와는 얘기가 된 듯하다. 그렇게 해야 나중에 학교 문제도 해결되고 무엇보다 명자가 새 사람을 찾아야 하니 그러는 것이 좋다고 하신다.

그런 아버지의 말씀은 전혀 생각해 보지 않았던 터라 당혹스럽다.

호적 문제라는 단어는 공감할 수 있는 말이다. 하지만 새 사람을 찾아야 한다는 말은 절망감을 느끼게 했다. '이대로 끝이구나.' 하는 절망감과 진규와의 마산 시절 추억이 또 떠오른다.

"아버지, 안 돼요. 진명이 내 호적으로 할 거예요. 진명이를 오빠 자식으로 해 놓고 저 시집가게 하려는 거는 아니죠?

설사 내가 다른 사람을 만나도 진명이와 같이 살면서 진명이를 자기 자식으로 인정해 줄 수 있는 그런 사람을 만날 거예요. 누구를 속인다 해도 그게 언젠가는 밝혀질 거고 그다음에는 어떻게 될지 생각하실 수 있잖아요. 아버지답지 않으세요. 오빠도 오빠답지 않아. 나로 인해 집안의 체면이 구겨지고 조상님들에게 죄를 지었지만 더 죄짓는 일을 하지 않았으면 해."

명자의 단호한 말에, 그리고 그 말이 맞는 말인지라 아버지도 오빠도 더 이상 말하지 않았다. 아버지는 알겠다고 하고 먼저 일어서서 나가셨다.

모든 것을 정리하고 새 출발을 하자는 그런 뜻에 명자는 서러운 감정이 생기며 울음이 나왔다.

그런 명자를 물끄러미 보며 오빠는 명자의 울음이 끝나기를 기다렸다. 명자의 훌쩍이는 소리가 잦아들자 오빠는 명자의 어깨를 만지고 일어나 방을 나갔다.

명자는 혼자 나가 밭둑을 거닐었다. 아무것도 없는 황량한 밭들이 펼쳐져 있고 그 황량한 벌판은 명자의 가슴에 가득 들어와 있다.

진규와의 시절은 죽을 때까지 지울 수 없는 추억이다. 그를 미워하고 배신감과 분노가 가득하다. 그래도 분노와 절망을 안고 살아가야지 진규를 기억에서 지울 수는 없다.

그를 지울 수 있는 유일한 방법은 죽어 버리는 일 외에 없다.

영숙이는 보기 좋았다. 항시 씩씩한 영숙이에게 서울에서 방을 같이 쓰는 언니가 너 같아서 좋다는 말도 했다. 영숙이는 진명이에 대한 말은 하지 않는다. 자신이 출근하는 신발 회사와 자신의 일에 대해서 주로 얘기한다. 그리고 명자의 서울 회사 사무직 출근을 부러워하며 그 회사에 자리 잡으면 자기도 불러 주라고 했다.

물론 농담이다. 영숙은 지금 하는 일에 열심이고 흥미를 갖고 일하고 있다.

의령에 사는 작은언니는 추석이든 구정이든 명절 다음 날이나 그다음 날 꼭 친정에 다녀갔지만 진주에 사는 큰언니는 명절에 잘 오지 못한다. 맏며느리 자리에 일가친척이 많고 시집살이가 제법 있는 것 같았다.

작은언니는 명자가 서울로 출발하기 전날 형부와 집으로 왔고 저녁 한 끼 같이 해 먹을 정도의 시간밖에 있지 않았다.

서울로 올라오기 전날 명자는 아버지와 전화 놓는 일에 대하여 상의했다.

전화를 놓는 비용은 매우 큰 부담이다.

진명이와 자주 통화를 해야 명자가 걱정이 덜 될 듯해서 전화를 놓기로 했다.

그리고 만약 명자의 집에 전화가 있어서 진규와 연락이 가능했다면 이런 일도 일어나지 않았을 거라는 생각이다.

지난번 엄마가 챙겨 주었던 통장에 있는 돈을 그대로 이미 엄마에게 돌려주었고 잘은 모르지만 전화 놓는 데 충분하지 않을까 하는 생각이다.

명자가 집에 온 이후 진명은 할머니에게 가지 않았고 명자도 진명을 낮에도 밤에도 끼고 지냈다. 그런 명자에게 엄마는 핀잔의 말씀을 하셨다.

너 가고 나면 어쩌려고 그렇게 끼고 사느냐고. 그러면 애도 힘들고 나도 힘들어질 텐데 그러지 말라고 하셨다.

그래도 마지막 밤은 같이 보내야 했고 잠들어 있는 아들을 보면서 또 눈물이 찔끔 난다.

자는 아들을 두고 방을 나와 작은언니를 불러냈다.

고구마를 구워 먹자고 하며 부엌의 아궁이에서 잔불을 찾아 고구마를 넣고 앉아서 키득거렸다.

이렇게 누구와 얘기하면 서럽고 슬픈 생각들을 막을 수 있었다.

아들과 둘이서 있으면 온갖 청승맞은 상념들이 떠오른다.

이튿날 떠나는 명자를 식구들이 집 앞에서 배웅하고 막내가 읍내까지 가서 누나를 보내고 오겠다고 했다.

역시 진명이는 명자를 놓지 않으려 하고 할머니가 달래도 소용이 없다.

엄마는 손짓으로 어서 가라고 하시며 진명이가 명자를 보지 못하게 가로막는다.

진명이는 그럴수록 악을 쓰며 울어 댄다.

그러니 명자의 눈에서 눈물이 나오지 않을 수 없다. 이놈의 눈물이 마를 날은 언제일지.

막내가 누나의 등을 떠밀며 재촉하고 떠밀려 가면서 뒤를 보니 아버지는 고개를 돌리고 계셨고 엄마는 악을 쓰고 있는 진명이를 안고 마당 안으로 들어가신다.

마산으로 가는 버스 출발 시간까지 막내는 누나 옆에 앉아 분위기를 바꿔 보려고 애를 쓴다.

자기네 학교 선생님이 실수한 사건들, 읍내 사는 어느 여학생에게 한번 집적거려 본 얘기 등 누나의 표정을 보며 웃게 하려고 애쓴다.

버스가 출발하고 막내는 손을 흔들고 돌아갔다.

구로동 집에는 늦은 밤 10시경에 도착했고 국희 언니는 아직 오지 않았다.

늦은 시간이지만 주인아주머니에 연탄 불씨를 빌려 연탄을 피웠다. 아주머니는 불씨를 빌려주면서 빨리 피워 다른 방 사람들이 오면 있으면 불씨를 주라고 하셨다.

아주머니의 말대로 그 시간 이후에도 옆방 사람들이 들어오고 있었다.

첫 출근을 했다. 출근 첫날이라 너무 일찍 나온 것인지 출근하는 사람들이 아직 보이지 않았다. 경비실 지나는데 아저씨가 손을 들어 인사를 한다. 너무 일찍 출근한다는 말도 했다.

사무실 문을 여니 며칠간 사람의 온기가 없어 냉기가 돈다.

자리도 아직 모르고 그저 기다리고 있을 수 없어 사무실을 둘러보니 청소하는 빗자루와 쓰레받기 등이 보인다. 어쨌든 제일 막내이니 그런 일을 해야 할 것 같은 생각이 들어 청소를 시작했다.

그러고 있는 중 한 여직원이 출근하고 청소하는 명자를 보고 반갑게 인사를 건넨다.

그 여직원은 사무실에 있는 두 개의 석유난로에 불을 켜고 부장님 방에도 들어가서 석유난로에 불을 켜고 나왔다.

잠시 후 또 한 여직원이 들어오고 그녀 역시 명자와 인사를 한 후에 걸레를 들고 부장님 방으로 들어간다. 석유난로를 켜던 그 직원은 어느새 걸레로 사무실 각각의 책상들을 닦고 있었다.

과거 생산 현장에도 청소는 있었다. 각자 자기 주변을 쓸고 대강 하는 청소였다.

여기서도 사무실 난로를 피우고 바닥을 쓸고 닦고 하면서 남자 직원들의 책상도 닦는다.

곧이어 다른 남자 직원들도 출근을 하고 과장님, 부장님 모두 출근을 했다. 두 여직원은 커피를 타고 그중 한 명이 부장님 방으로 들어가고 과장님을 포함해서 다른 남자 직원들 책상에 커피를 놓고 업무가 시작되었다.

두 직원 중 한 명이 명자를 불러 유니폼을 받으러 가자고 하여 같이 나갔다.

유니폼을 받아 들고 사무실 바로 옆 작은방을 열어 주며 여기가 여직원이 옷을 갈아입는 곳이라고 말해 주었다. 옷을 다 갈아입고 여기서 기다리라고 하고 나가더니 곧 다른 여직원과 함께 다시 들어왔다. 여직원 회의를 잠깐 한다고 했다.

명자 바로 다음에 출근했던 직원의 이름은 이연순이고 나중에 출근했던 직원의 이름은 정희주라고 했다. 정희주 언니의 나이는 스물일곱이고 결혼했다고 한다.

이연순 언니는 스물셋이고 사무실에서 제일 막내라고 한다. 이제는 명자가 막내지만.

사무실에서 여직원이 해야 할 내용들을 연순 선배가 설명했다. 오늘부터 희주 언니는 청소나 커피 일을 모두 졸업하고 연순 선배와 명자가 하는 것이라고 했다.

한 가지 주의할 점은 부장님 커피는 반 스푼을 더 넣고 설탕도 한 스푼 더 넣어야 한다고 했다. 대개는 연순 언니가 부장님 커피를 타는데 혹시 연순 언니가 없을 때 주의하라는 말이다.

사무실로 들어오니 과장님이 옆으로 오라고 하며 총무부 일에 대하여 설명하고 명자가 해야 하는 일에 대하여 알려 주었다.

회사 비품 관리 및 공급, 생산 현장의 기계 및 소모품 관리, 현장 노동자 인적 사항 관리, 공장 시설 관리 등 자질구레한 일이 많았다.

이 중 명자가 해야 할 일은 회사 비품 관리와 공급에 관련된 일과 현장 근로자 인적 사항 관리였다. 물론 이 일을 하는 남자 직원이 따로 있어 그의 보조 역할이다.

정신없이 긴장 속에서 하루를 보내고 퇴근 시간이 되었다. 오늘 하루 종일 처음 접하는 생소한 서류와 들어 보지 못한 용어들에 진땀을 뺐다.

다른 이들이 다 퇴근하고 명자는 홀로 남아 정리를 해 보고 모르는 것은 메모해 둔다.

모르는 것은 내일 다시 확인할 참이다. 학교 때 제대로 공부하지 않아 머릿속에 든 게 없어 그런지 어려웠다.

늦은 시간 집으로 들어가니 국희 언니가 먼저 퇴근하여 반긴다.

"오늘 첫 출근 잘 했어? 집에는 별일 없고?"

오늘도 이 언니는 변함없이 친절하다. 국희 언니와 얘기하면 힘이 난다.

"네, 그런데 걱정이에요. 내가 실력이 달려서 그런지 어렵더라구요."

이렇게 말하는 명자는 힘이 없고 피곤해 보인다.

"괜찮을 거야. 곧 익숙해지겠지. 배 속에서부터 배워서 나온 놈 있으면 나와 보라고 해.

전에 들었던 말 중에 회사 생활에서 제일 힘든 일은 바로 윗사람이 못된 사람인 거라고 하더라. 그런 것 아니면 힘든 일 없어. 아주 못살게 구는 놈이 있어도 버텨야지. 어떻게 얻은 자리인데."

언니의 말은 명자에게 오늘도 힘을 준다. 이 언니는 친언니보다 더 좋은 언니다.

처음 두 주간은 혼자 매일 남아서 일해야 할 정도로 생소한 업무와 씨름하며 보냈다.

간간이 나오는 영어 단어가 있어 영어 사전도 구해서 책상 서랍에 넣고 필요할 때마다 찾아서 공부하기도 했다. 영어 사전으로 단어 찾는 정도는 알고 있어 그나마 다행이었고 영어 사전을 뒤적일 때마다 진규 얼굴이 떠오르는 것은 피할 수 없었다. 진규로부터 머리통에 꿀밤을 맞으며 배운 사전 찾기였다.

집에서 올라온 지 한 달이 조금 넘은 어느 저녁에 명자를 찾는 전화가 있다는 주인아주머니의 연락이다. 나를 찾을 수 있는 사람은 집 식구일 뿐이고 '혹시 진명이에게 무슨 일이 있어서 전화를 했나?' 하는 걱정으로 전화를 받았다. 역시 엄마로부터 온 전화다.

"왜? 무슨 일 있어?"

급하고 긴장한 명자의 목소리에 엄마는 편안한 소리로 답했다.

"일은 무슨 일. 별일 없고 진명이도 잘 놀고 있으니 걱정 안 해도 돼."

거기까지 말한 엄마는 전화를 놓았다는 말을 해 주고 번호도 받아 적으라고 한다.

명자는 정말을 몇 번씩 소리쳐 확인하고 전화를 끊은 후에도 아주 큰 재산을 얻은 기분이었다.

고향 마을에서 전화를 놓은 집은 명자 집이 유일하다. 명자가 남기고 온 돈으로 비용은 충분했지만 전화 설치에 큰오빠도 돈을 보탰다고 했다.

장남으로서 여동생에게 모든 부담을 지게 할 수는 없는 일이라고 했고 그러지 않아도 자주 연락을 드리지 못해 항시 마음 쓰고 있었는데 동생에게 고맙다는 말도 전해 달라고 했다고 한다. 언제든지 연락을 할 수 있는 전화가 설치되었으니 항시 마음 졸이던 진명에 대한 불안은 해소될 것이고 진명이와 부모님이 항시 옆에 있는 듯 편안한 마음으로 회사 생활에 전념할 수 있다. 그리고 마을에서 유일하게 전화를 갖고 있으니 부자가 된 느낌이다.

단순노동에 길들어 살았던 명자가 사무실 일에 적응하는 데는 남들보다 더 긴 시간의 노력이 필요했고 명자는 하루를 집중하고 긴장하며 보냈다.

한 달 정도 후 어느 정도 일에 익숙하게 되고 사무실 전체적으로 돌아가는 흐름이 눈에 보이기 시작했다.

퇴근 후 국희 언니와의 생활은 명자에게 아주 큰 도움이 되었다. 국희 언니는 명자가 진규의 늪에 빠져 허우적대지 않게 만들어 주었다. 그녀가 하는 말이나 행동은 자주 명자를 웃게 했다.

한 달이 지나자 명자도 회사 업무에 대하여 긴장에서 벗어나 여유를 갖게 되었다.

신설동 학원 사모님에게 전화를 했고 영어 선생님에게도 전화했다. 신설동 학원은 일요일 수업도 있었고 영어 선생님도 일요일이 쉬는 날이니 신설동 학원에 나와 같이 만나자는 약속을 했다.

학원에 빈손으로 갈 수가 없어 무엇을 사갈까 하다가 전에 원장님이 떡을 좋아한다는 얘기를 들은 적이 있어 찹쌀떡과 인절미를 사 들고 방문했다. 영어 선생님은 미리 도착해 있었고 명자를 껴안다시피 하며 반긴다.

"명자 씨가 자랑스러워."

학원 선생님의 말을 이해하지 못해 어정쩡하게 있는데 원장님 사모님이 웃으며 설명해 준다.

원장님 친구인 명자의 사무실 총무부장님이 명자 칭찬을 하셨다고 했다. 원장님에게 좋은 직원을 소개해 주어 고맙다고 했단다.

총무부장님은 머리가 좋지 않아도 성실하게 노력하는 사람을 원하는데 명자가 딱 그런 사람이라고 했다고 한다.

허드렛일을 마다하지 않고 매일 늦게까지 정리하고 사전도 찾아보면서 일하는 명자를 과장님은 주시했고 부장님께 명자에 대한 보고를 했다는 것이다.

세 사람의 칭찬에 명자는 몸 둘 바를 모른다는 표현 그대로 부끄럽고 당황해했다.

자신이 모르게 남들이 자신의 평가를 좋게 해 준 것에 감사하고 정말 더 열심히 해서 인정받고 싶은 욕심도 생겼다.

영어 선생님과 명자는 둘이서 점심을 먹기로 미리 얘기가 되었기에 원장 선생님 부부에게 인사를 하고 나왔다.

"명자야, 네가 계속 나에게 선생님이라고 하니 내가 말을 놓지 못하고 명자 씨라고 부르고 있는데 언니라고 불러 봐."

선생님이 처음으로 명자에게 말을 놓았고 명자도 "네, 언니."로 화답했다.

총무부 생활 4개월 정도 되던 어느 날 총무부에 사건이 생겼다.

명자와 같이 일하던 오 대리가 구설수에 휘말렸는데 제기된 의혹이 어느 정도 사실로 판명되어 회사를 그만두게 되었다.

회사의 비품 공급처가 오 대리에게 가끔 뇌물을 주었다는 의혹이 제기되었고 부장님이 그 공급처를 부르자 오 대리는 자신의 잘못을 인정하고 퇴사하게 된 일이었다.

부장님은 명자를 불러 오 대리의 일을 혼자서 다 하라고 했고 지금까지 같이 해 왔던 업무이기에 누구보다도 명자가 적임자라고 했다.

대리와 둘이 하던 업무였으나 부장님은 명자 혼자 하는 게 충분히 가능하다고 판단한 것이고 명자도 그 기대에 부응하기 위해 열심히 해 보겠다고 했다.

그 사건으로 인해 진급은 아니지만 사무실 내에서 명자의 위상이 올라가지 않을 수 없었다,

둘이 하던 업무를 여직원 혼자 맡게 되었다는 것은 지금까지 생각을 할 수 없었던 일이었다.

대리급을 다시 충원할 때까지 임시로 버티는 것이 아니고 아예 책임자로 임명해 버린 것은 총무부의 획기적인 인사였다.

회사에서 인정을 받아 뿌듯하고 스스로가 자랑스럽다. 진명이에게 자랑스러운 엄마가 되어서 좋았다.

그런데 그놈의 진규는 항시 진명이를 떠올리면 같이 떠오른다.

정말 죽는 그 순간까지 진규를 지울 수는 없을 것 같다.

저녁에 국희 언니에게 사무실 오 대리 사건과 그로 인해 명자가 독립적인 일을 하게 된 것에 대하여 자랑스럽게 얘기했다.

"명자야, 너 대단한 줄 알았지만 그렇게 빠른 시간 내에 인정받을 줄 몰랐어. 너는 정말 우리 공순이들의 표상인지 뭔지 그런 사람이야. 참 아깝다. 네 책가방 끈이 좀 더 길었으면, 대학교 물 좀 마셨으면 우리 같은 사람이 쳐다볼 수 없는 큰 인물이 되었을 텐데…."

국희 언니의 그런 황송한 칭찬에 명자는 호기 부리는 시늉도 해 본다.

"그렇지? 나 회사 때려치우고 다시 공부해서 대학 갈까?"

그렇게 웃고 떠들다 국희 언니는 정색을 하며 해야 할 말이 있다고 한다.

"명자야, 내가 너를 만난 지 그리 오랜 시간은 아닌데 네가 참 좋아. 그런데 어쩌지? 나 고향으로 내려가야 해. 정말 미안해. 여기 방은 10월 만기로 계약되어 있으니 그냥 혼자 써."

국희 언니의 통보는 명자에게 청천벽력 같은 말이다. 그녀로 인해 깊이 파인 상처를 대충 덮고 살 수 있었는데 그녀 없이 혼자 살게 되면 이겨 내기가 힘들 것 같았다.

지난 구정 국희 언니가 집에 갔을 때 집에서 선을 보라는 얘기가 있었다.

혼기가 찬 딸을 둔 대개의 부모가 그러하듯이 그녀의 결혼을 서두르고 싶었고 국희 언니도 딱히 마음에 둔 남자가 없던 터라 싫다고 하지는 않았다.

선을 본 남자에게 특별히 단점을 찾을 수는 없었고 그렇다고 확 끌리는 매력은 없어 그때는 그냥 보기만 하고 헤어졌었다.

한 달 정도 후에 그 남자가 서울로 와서 다시 국희 언니를 만났고 국희 언니는 긍정적으로 생각해 보자고 했다. 그러나 시간을 갖고 생각하기를 원

했다.

그 한 달 후 남자는 또 서울로 와서 국희 언니를 만나고 그런 그가 국희 언니도 마음이 움직였다고 했다.

그리고 지난주 다시 올라온 그 남자는 결혼을 서둘러야겠다고 했다. 연로하신 할머니의 건강이 좋지 않았고 할머니가 손자 결혼을 보고 돌아가시겠다고 하시니 어쩌겠느냐며 재촉을 했단다.

그래서 국희 언니는 가야 한다고 했다. 그것도 일주일 이내에 회사나 그간 서울 생활에 관련된 일이나 인연들을 정리하고 가겠다고 했다.

⬩◆⬩

명자가 이 집으로 올 때 국희 언니가 그랬던 것처럼 명자도 셋방 같이 쓸 사람을 구한다는 광고를 출근하면서 집 근처 몇 군데에 붙여 놓았다.

저녁때 퇴근해서 집에 들어오니 아주머니가 누군가 얘기하고 있는데 모르는 사람이다.

이 집의 셋방은 네 방인데 여기서 세를 살고 있는 사람 모두 알고 지낸다. 그중 방 하나에 살던 자매가 최근에 나갔다.

아마도 새로 들어오려는 사람인 것 같았다. 주인아주머니에게 오늘 아침 광고를 붙여 놓았으니 연락 오는 사람이 있으면 알려 달라고 얘기했다.

명자가 얘기하는 소리에 아주머니와 말을 나누던 처음 보는 아가씨가 돌아본다.

인상이 좋았다. 인상이 좋은 것도 좋은 거지만 배우 같은 미모를 가진 아가씨였다. 키도 명자만큼 컸고 옷 스타일도 공장에 다니는 아가씨는 아닌 것 같았다.

그녀가 먼저 웃어 보이고 명자도 미소로 인사를 대신했다. 이 친구와 살면 좋겠다는 생각이 들어 아주머니에게 물어보았다.

"혹시 방 때문에…?"

아주머니는 그렇다고 하면서 난처한 얼굴이다. 지금 비어 있는 방 안에 주방 시설을 해 달라고 한다는 것이다. 게다가 방 두 개를 하나로 터 주기를 원한다는 것이다.

물론 들어가는 비용과 방 두 개 값은 낼 것이니 그렇게만 해 주면 들어오겠다고 한다.

사실 명자도 주방 시설이 방 안에 있으면 좋겠다는 생각이 전부터 있었다. 방 안에는 임시로 쓰는 탁자와 선반이 주방 비슷하게 사용되고 있었다.

"전에 주방이 있던 방에서 살아서 그래요. 주방이 없으면 안 되니 다른 곳 찾아보죠."

인사를 하고 돌아서는 그녀를 명자가 불러 세웠다. 아주머니도 아쉬운 표정과 고민의 얼굴이다.

"잠깐만요."

명자는 아주머니와 그녀를 번갈아 쳐다보면서 아주머니에게는 요구대로 해 줄 수 있는지, 그녀에게는 그렇게 해 주면 같이 사용할 용의가 있는지 물었다.

아주머니에게도 방법을 제시했다. 지금 명자의 옆방 사람들에게 빈방으로 옮겨 달라고 부탁하고 그들이 옮기면 지금 명자의 방과 터서 큰방 하나로 만들면 되지 않느냐고 제안을 했다.

방값은 두 배보다 조금 더 쳐주고 주방 시설 비용도 부담하겠다는 제안은 아주머니에게도 솔깃한 제안이었다. 명자의 말을 듣던 그녀도 괜찮다고 한다.

그녀의 이름은 이선희라고 했다. 집은 청주이고 나이도 명자와 같은 스물세 살, 다니고 있는 회사는 공단 안에 있는 니트 생산 회사라고 했다. 그 회사의 품질 검사 파트에서 일한다고 했다. 까탈스럽지 않은 성격인 것 같았다. 명자보다 더 소탈한 성격이 맘에 들었다.

무엇보다도 좋은 것은 서울에 와서 사귀게 된 첫 친구라는 것이다.

선희가 가져온 짐의 대부분은 옷이었다. 그리고 비키니 옷장 두 개와 카세트, 음악 테이프 박스 그리고 명자가 가져 보지 못했던 화장품 가방도 있다.

선희와의 생활은 국희 언니와의 생활과는 많이 달랐다. 대화 주제나 각자의 관심사도 많이 달랐다. 퇴근 후 그녀들은 라디오도 듣지만 카세트 음악도 자주 들었다. 카세트테이프의 노래들은 우리나라 노래도 있지만 일본 노래도 몇 개 있었다. 그녀가 자주 틀어 주는 노래는 〈블루 라이트 요코하마〉라는 노래였고 선희는 그 노래를 완벽하게 부를 줄 알았다. 자주 듣게 되니 그 일본 노래는 한국의 어떤 노래보다 듣기 좋았다.

일본 제품이나 노래는 금지되어 있는데 선희는 그 구하기 힘든 일본 화장품도 있고 일제 카세트나 테이프도 있는 이유가 궁금했다.

큰 비밀은 아니지만 친구이기에 말해 준다며 자신의 남자에 대한 얘기를 한다.

그는 여의도에 있는 일본 회사 주재원으로 재일 교포이고 선희가 지금 회사에서 일하게 된 것도 그가 힘을 써서 그렇게 된 것이라고 했다. 그래서 그가 일본을 오갈 때 그런 일본 물건을 사다 준다고 했다.

선희는 명자가 보지 못했던, 경험하지 못했던 문화들을 경험하게 해 주었다.

선희는 명자를 데리고 영등포 시내 고고장도 경험하게 해 주었고 춤도 가르쳐 주었다.

영화도 보러 다녔다. 이렇게 선희가 사는 방식으로 살면 진규의 늪에서 빠져나올 수 있을까?

그렇게 되지는 않을 것 같았다. 춤을 추고 나와도 허탈한 뒤끝이 있으며 그 끝에는 항시 진규가 있다.

이틀에 한 번 정도는 매일 고향 집의 진명이와 부모님과 통화한다.

사무실에서는 절대 말하지 못할 내용이다. 회사에서는 주로 점심시간이나 저녁에 공중전화로 통화를 한다.

다른 부서와 달리 총무부는 모든 부서와 업무가 연관되어 있어 각 부서의 담당자들과 교류를 한다. 생산 현장 출신이라는 명자의 콤플렉스가 있어서인지 명자는 회사 누구에게도 몸을 낮추는 자세로 일한다. 회사에서 명자가 현장 공원 출신이라고 아는 사람은 없다.

그래도 명자는 적어도 사무실 직원들 중 자신보다 못한 사람이 없을 거라는 생각에 그들의 말에 항시 귀를 기울였고 안 된다는 또는 어렵다는 말을 하지 않았다.

회사 사람들은 그런 명자를 좋아했다. 명자는 특히 생산부와 관련된 일에는 더욱더 신경 써서 일을 처리했다. 생산 부서는 고향 사람들 같은 느낌이었다.

명자가 생산부 사무실에 들른 어느 날, 생산부장님은 명자를 보고 미스 JM이라고 불렀다.

생산부 모든 직원을 향하여 앞으로 총무부 미스 김을 부를 때 미스 JM이라고 부르라는 말도 했다. 우리나라에 미스코리아가 있다면 우리 JM실업에는 미스 김이 미스 JM이라고 했다.

물론 농담이지만 생산부 직원 모두가 "맞아요, 자격 있어요. 미스코리아

보다 더 예뻐요."라고 했다.

이런 칭찬은 명자를 부끄럽게도 하지만 신나는 일이다.

생산부장님의 그런 농담이 있고 며칠 후, 사무실로 출근하던 부장님이 명자를 미스 JM이라고 부른다.

"미스 김, 내 부서 직원이 미스 JM이란 것 몰라서 미안해. 미스 JM이 된 것 나만 몰랐어. 미안해."

부장님도 자기 부서 직원이 다른 부서에서 호평을 받으니 기분이 좋았다.

그런 명자를 보고 부서 내에서 시기가 있을 법도 했지만 항시 밑에서 막내 일도 겸하는 명자에게 시비를 거는 사람은 없었다.

칭찬을 받거나 좋은 일이 있으면 항시 진명이에게 전화를 해서 자랑하거나 알려 주었다.

엄마가 무슨 말을 하는지 알아듣지 못하는 아들이어도 자랑스럽게 얘기했다.

선희가 접하게 해 준 새로운 문화 중 고고장에 빠져 거의 매주 다녔다.

몸을 흔들어 대는 그 시간은 물론이고 입장을 하면서 들리는 귀가 찢어질 것 같은 음악 소리는 모든 상념을 멀리 보내 버리는 마법이 있는 것 같았다. 마주 보고 흔드는 선희는 참 멋있는 여자이다.

그 둘이 흔들어 댈 때는 스테이지의 모든 사람이 주시한다. 특히 선희의 현란한 춤 솜씨는 스테이지의 다른 여자들을 주눅 들게 하는 것 같았다.

매번 집적대는 남자들이 있었다. 그만한 가치가 있는 두 아가씨이니 싫지는 않다.

어떨 때는 노골적으로 침 흘리며 집적대는 늑대들이 있다. 그럴 때는 앙칼진 표범의 이빨을 드러내는 선희이고 그 늑대들은 꼬리를 내리고 물러난다.

그냥 혼자 몸으로 이렇게 살면 진규를 잊을 수 있을 것 같았다. 하지만 진명이가 생각나면 곧 딸려 오는 것이 진규였다.
선희는 고고장에 맛을 들인 명자에게 타박을 한다. 춤바람 나서 걱정이라고. 힘들다고 하면서도 같이 가 주는 선희다.

어느 날 저녁, 명자가 퇴근하고 들어오니 〈블루 라이트 요코하마〉 노래가 방에서 흘러나왔다.
문을 여니 선희가 음악을 틀어 놓은 채로 눈물을 찔끔거린 것 같았다. 모른 척을 하고 선희를 보지 않은 채 언제 왔냐고 하면서 그 노래 가사가 어떤 내용인지 물었다.

"이 노래 가사? 음…. 나의 처지와 같은 노래인 것 같아. 야경이 멋진 요코하마 거리를 걷는 연인의 사랑 얘기야. 여자는 남자의 사랑에 행복해하고 여자가 남자를 더 미치도록 좋아하는 그런 내용이야."
가사에 대한 설명을 듣고 노래를 들으니 명자도 이 노래의 느낌이 달리 전해져 온다.
야경이 멋진 요코하마가 아닌 마산의 거리를 진규와 걸었고 그때 정말 명자는 행복했었고 명자가 진규를 미치도록 좋아했으니 이 노래는 나의 노래인 것 같다는 생각이 들었다.

"선희야, 우리 밖에서 술 한잔할까?"
친구라면 나에 대해서 어느 정도는 얘기를 해 주어야 한다고 생각했다.
마산에서 생활하던 중 진규를 만난 얘기, 진명이에 대한 얘기 등 모두 말해 주었다. 그가 떠나고 좌절 속에서 지금까지 버티며 살아온 얘기를 할 때는 선희가 옆자리로 와서 명자를 안아 준다.

"너는 어쩌면 나보다 더 지독하게 아픈 것 같구나."

선희는 자기보다 더 아픈 사람이 있다며 나중에 때가 되면 자신이 왜 아파하고 있는지 말해 주겠다고 했다.

회사의 부서 중 경리과와는 빈번한 일이 없다. 한 달에 두어 번 정도 요청하는 문구나 비품이 있을 뿐이다. 그래도 경리과의 미스 최와는 친구처럼 지낸다. 나이도 같고 미스 최는 경리과의 막내여서 통하는 면도 있다. 그 미스 최와 일하는 이 대리가 명자를 볼 때마다 호의적인 말과 시선을 보내는 것을 명자도 느낀다.

그해 구정이 임박했을 즈음, 이 대리가 복도에서 서성이다 명자를 보고는 다가와 슬쩍 작은 상자를 건넨다. 구정 선물이라고 하며 명자 손에 건네고 급히 경리과로 들어갔다. 상자 안에 들어 있는 것은 화장품이었다.

짧은 구정 연휴에 집에 다녀왔다. 갈 때는 항상 마음이 바쁘다. 설레기도 한다. 이번에 가서 보면 진명이가 또 얼마나 자랐을지 기대도 된다. 하지만 떼어 놓고 올라올 때는 서로가 힘들다.

그리고 또 하나 신경 쓰이는 일이 부모님의 눈길이다. 서로가 한시도 떨어지지 않고 뒹구는 모자를 바라보는 부모님의 눈길이 편한 눈길이 아니어서 신경 쓰인다.

아버지가 주저하시며 사람 좀 찾아보면 만나겠냐는 말씀을 하셨다. 아버지의 염려는 당연한 것이라 그저 지금은 아니라고만 대답했다.

항시 고향 집에 다녀오고 나면 며칠은 후유증이 있다. 다행히 전화가 있기에 전처럼 극심하게 힘들지는 않았다.

다시 출근을 하고 아직도 진명이와 헤어진 후유증이 있던 어느 오후에 명자 책상에 있는 전화가 울려 받아 보니 경리과 이 대리였다. 회사 밖 공중전화로 전화했다고 하면서 밖에서 만났으면 한다고 했다.

오다가다 회사에서 마주치는 일이 있기에 단박에 안 된다고 할 수 없는 일이었다.

가끔 보는 그는 인상도 괜찮은 사람이지만 밖에서 만나는 인연은 생각이 없다.

일단 만나서 얘기하자고 해서 응하기로 했다. 그가 불러 준 장소와 시간을 메모했다.

선희에게 영등포 시내로 같이 가 달라고 부탁했다. 이 대리와 만나는 동안 긴 시간이 아니니 선희는 밖에서 기다리고 있으라고 했다.

약속 장소는 2층의 어느 다방이었고 이 대리는 먼저 나와 기다리고 있었다.

일어서서 명자를 맞는 이 대리는 나와 주어 고맙다는 말을 했다.

이 대리는 전에 느끼던 그대로 괜찮은 사람이지만 명자가 새로운 꿈을 키우기에는 적합한 사람이 아니다. 멀쩡하고 괜찮은 사람이라면 애 딸린 여자와 결혼할 사람은 없을 것이다.

명자는 고향에 결혼할 남자가 있어 그럴 수 없다고 했고 명자의 뜻밖의 말에 당황한 이 대리는 크게 실망한 얼굴이다. 알겠다고 하고 그는 일어서 나갔다.

밖에서 기다리던 선희가 나오는 명자를 보고 손을 흔든다. 명자에게 팔짱을 끼면서 어떻게 되었냐고 묻는다.

"한 방에 날렸지."

주먹을 쥐어 보이며 하는 명자의 말에 선희는 큰 소리로 깔깔거렸다.

집으로 들어와 방문을 열려고 하니 아주머니가 국희 언니가 전화했다고 하며 전화번호 메모를 전해 준다.

이튿날 출근하여 오전 한가한 시간에 국희 언니에게 전화했더니 오늘 저녁에 서울역 버스터미널로 가 달라고 했다. 백영주라는 언니의 후배가 가니 부탁 좀 하겠다고 했다.

국희 언니가 떠날 때 명자에게 돈 한 푼 받지 않고 방을 넘겨주었으니 그 정도 말은 할 수 있다는 생각이었다. 꼭 그런 것이 아니어도 명자는 국희 언니의 말이라면 무엇이든지 다 들어줄 수 있다는 생각이다.

국희 언니는 진작 말해 주었어야 했는데 워낙 갑자기 발생한 일이라 이렇게 급하게 부탁하게 되어 미안하다고 몇 번을 말한다.

한 달 정도만 같이 있으면서 천천히 방을 구해 나가게 해 주었으면 좋겠다고 했고 백영주가 다닐 직장이 국희 언니가 다녔던 가발 회사라는 말도 참고로 해 주었다.

저녁 8시 정도에 도착하는, 춘천에서 출발하는 버스라고 했기에 명자는 집에 오자마자 선희를 끌고 터미널로 향했다.

영문을 모르고 끌려가듯이 가는 선희에게 명자는 국희 언니의 부탁에 대하여 얘기했다.

당분간 백영주 씨와 같이 지내자는 양해를 구했고 선희도 괜찮다고 했다.

백영주를 만나기로 한 버스 터미널에 도착하여 명자는 선희에게 미안하다는 말을 다시 했다.

선희는 명자의 양해를 흔쾌히 받아들였지만 그래도 두 사람의 공동생활에, 비용도 공동 부담인데 명자의 개인적인 일로 한 사람이 더 들어오게 된 것이 불편한 마음이었다.

"명자야, 너 내 친구 맞지? 왜 자꾸 그래. 네 일이 내 일이고 내 일이 네 일이라고 생각해. 그러니 그런 소리는 하지 마."

선희의 그런 말에서 남자들이 말하는 '의리'라는 단어가 떠오른다. 아직도 명자에게 자신을 다 보여 주지 않았던 선희가 명자에 대한 자기 속마음을 얘기한 것이다.

백영주를 처음 보았을 때, 명자는 과거 자신이 서울에 올라왔을 때의 모습이 겹쳐 보였다.

깊은 나락에 떨어져 몸과 마음이 지친 그때, 영어 선생님이 내민 손이 아니었으면 지금의 명자는 존재하지 않았을 것이다.

방으로 들어와 백영주가 짐을 풀고 있을 때, 선희는 화장품 가방에서 뭔가를 꺼내 백영주에게 건넨다.

"백영주 씨, 이거 손이 튼 데 바르면 효과 있을 것 같아요."

손이 튼 데 바르는 크림이었다. 영주의 손등이 동상으로 벌겋게 부어 있는 것을 명자는 그때 보았지만 선희는 이미 알고 있었다.

백영주도 말이나 행동에 있어 반듯한 여자였다. 신세를 지고 있어서도 그렇지만 기본적인 자세가 부지런하고 말도 상스러운 표현이 하나도 없었다.

무엇이든지 도와주고 싶은 명자이지만 대놓고 티를 내기에는 선희의 눈치가 보여 자제했으나 선희는 백영주에게 더 적극적이다. 백영주는 그런 선희를 명자보다 더 편하게 생각하는 것 같다. 셋의 나이가 다 고만고만해서 친구를 하기로 했고 말을 놓으니 세 여자의 관계는 더 부드러워졌다.

세 여자의 공동생활이 한 달이 되어 갈 즈음 명자는 선희에게 영주가 나가서 살 방을 찾아보자는 얘기를 했다. 아직 영주는 퇴근하지 않았고 명자와 선희가 저녁 준비를 할 때였다.

선희는 잠시 생각하더니 영주가 들어오면 얘기하자고 한다.

영주가 들어오고 셋이서 밥상을 마주하고 앉았을 때 선희가 명자와 영주를 보며 말한다.

"영주야, 너 따로 나가지 말고 그냥 셋이서 그대로 살면 어때? 명자 너도 그간 불편한 것 없었지? 영주 너 나가면 돈도 많이 들고 우리도 너 좋아하니 그냥 눌러살자. 어때? 어차피 나가면 돈 들어가니 여기서 살면서 조금만 내."

영주는 당연히 좋다고 했고 그런 선희의 제안에 명자는 또 한 번 고마운 마음이다.

선희의 정체는 신비롭기도 하지만 속은 참 깊은 사람이라는 생각이다. 그리고 셋 중에서 대장 역할을 하기에 충분했다.

그렇게 세 여자의 생활은 나름 즐거운 시간이 많았다. 하지만 그 즐거움 속에서도 퇴근길에 혼자 집까지 걸어오는 15분 정도의 시간에는 항시 가슴이 울컥하며 허한 마음이다. 진규와의 추억에 대한 그리움이다. 분노의 감정은 다 타 버렸는지 그런 것은 없다. 다시 돌아오지 않을 시간에 대한 미련만 생기고 그가 밉지 않았다.

그래서 가끔은 사무실에서 선희에게 같이 퇴근하자는 전화를 하기도 했다. 선희의 회사는 명자 회사에서 5분 정도의 거리에 위치해 있었다.

선희와 같이 퇴근하는 시간에는 진규에 대한 상념을 묻어 둘 수가 있었다.

평온한 시간들이 흐르던 어느 날 퇴근할 준비를 하는데 엄마의 전화를 받았다.

걱정하는 그리고 다급한 목소리다. 진명이가 많이 아프다고 한다. 그제부터 시름시름하면서 상태가 좋지 않아 읍내 병원에 가서 치료를 해도 고

열이 계속 나고 지금도 상태가 너무 안 좋다고 했다.

명자는 다시 전화할 테니 기다리라고 하고 심호흡을 한 번 했다.

이 사무실에서 아들에 대한 얘기를 할 수 없었고 사무실 내 주변을 돌아보니 모두 각자의 일을 정리하면서 퇴근 준비를 했다.

명자는 회사 밖으로 달음질쳐 나와 급히 공중전화 수화기를 들었다.

다시 엄마의 목소리가 들리고 진명이의 상태에 대하여 설명을 하지만 명자는 울부짖는 소리로 엄마를 원망했다. 어떻게 애를 그 지경까지 되게 했냐고. 읍내 병원에서 마냥 그러고 있으면 어떻게 하냐고 하면서 당장 마산의 큰 병원으로 데려가라고 했다. 명자도 당장 내려가겠다고 하고 전화를 끊었다.

그리고 그대로 주저앉아 소리 내어 울었다. 간만에 또 폭포수 같은 눈물이 솟구친다. 겁이 난다. '만약 잘못되면….' 나쁜 상상을 하니 명자도 까무러칠 것 같다.

이 저녁에 서둘러 채비해도 마산으로 갈 차는 없을 것이다. 새벽 일찍 가기로 하고 우선은 사무실에 들러 부장님에게 휴가를 청해야 했다.

명자의 심상치 않은 얼굴과 눈이 부은 것을 본 부장님은 걱정하며 무슨 일이 있느냐고 묻는다.

명자는 엄마 상태가 좋지 않다는 거짓말로 휴가를 신청했다.

회사를 나와 평소대로 집으로 가지 않았다. 가서 내일까지 기다려야 하는 시간을 견딜 수 있을 것 같지 않았다. 지금 걸어서라도 가고 싶은 심정이다. 청량리역까지라도 걸어서 가고 싶지만 통행금지 시간이 있어 그렇게도 못 한다.

그저 걸었다. 불안하고 나쁜 상상을 하지 않으려고 차라리 진규를 떠올렸다. 진규와 같이 밤을 보내던 그 여관방들도 떠올렸다. 같이 거닐던 마산 거리를, 면회 다니던 부대를, 마산역의 대합실도 떠올렸다.

채진규, 네 아들이 사경을 헤매고 있는데 지금 너는 뭐 하고 있는 거야?

그때 학교에서 보았던 그년하고 잘 먹고 잘 살고 있는 거니?

너의 자식이 아마도 또 있겠지? 그년이 낳아 준 네 자식과 내가 낳은 네 자식 모두 같은 네 자식인데 왜 우리 진명이는 외면하니?

너를 사랑하게 된 것이 그렇게 잘못된 거니? 내 아들 잘못되면 나도 살 수 없어.

천주님, 마리아님, 우리가 당신들을 믿고 받아들인 결과가 이렇게 되었습니다. 우리 조상님들이 당신들을 받아들이지 않았으면 우리 집안이 망할 일도 없었고 내가 그런 나쁜 놈을 만날 일도 없었을 텐데 너무 원망스럽습니다.

전에도 간절한 기도를 들어주지 않으셨고 지금은 내 아들도 거두려 하시겠다면 나는 가만히 있지 않을 겁니다.

한 번만 봐주세요. 내 아들 진명이 한 번만 봐주시면 제가 어떤 짓이라도 하겠습니다.

거리를 헤매다 늦게 집으로 들어왔다.

선희와 영주에게 진명이 아픈 것에 대한 얘기를 하니 선희가 선뜻 같이 가 주겠다고 했다.

선희가 필요했다. 혼자 가는 것이 두렵다.

새벽 일찍 청량리역에 도착해 표를 끊을 때 선희는 어딘가 전화를 하고 있었다.

선희가 돌아와서 회사 결근을 해야 해서 전화했다고 한다. 시간이 일러 회사는 출근 시간 전이라 누구에게 했냐고 물었다.

"회사에 아직 사람이 출근하지 않아 다른 사람한테 전해 달라고 했어."

뭐라고 핑계를 댔는지도 궁금했다.

"친구 아들 아파서 결근한다고 하면 회사가 이해하겠냐? 그냥 친구한테 가서 살고 회사 나오지 말라고 할 텐데. 아버지가 위독하다고 했지."

선희는 명자의 긴장을 풀어 주려고 우스갯소리 비슷하게 했다. 그리고는 아버지는 이미 오래전 돌아가셔서 없다는 말을 하면서 웃는다.

선희 아버지가 안 계시다는 것은 오늘 처음 들었다.

마산역에 내리자마자 택시를 잡아 병원으로 내달렸다. 병원 규모가 크지만 쉽게 엄마를 찾을 수 있었다.

아들은 병실에 누워 있고 잠이 들어 있다. 엄마는 진명이가 이제 좀 괜찮아지고 있다고 하셨다.

사색이 된 딸의 경황없음에 엄마의 눈에도 눈물이 고여 있다.

오늘 아침부터 증상이 호전되었고 의사 선생님께서 이틀 정도만 입원하고 퇴원하면 된다고 말씀하셨다고 한다.

엄마가 예상했던 대로 홍역이라고 했다. 엄마는 홍역인 줄 예상해서 읍내 병원으로 데려갔고 생각보다 열이 쉽게 내려가지 않아 엄마도 겁이 났다고 하셨다.

삼 일을 힘들게 버텼던 아들은 지금 편하게 자고 있다. 그 힘든 고통을 이겨 내고 지금 편하게 자고 있다. 엄마가 이렇게 달려와 앞에 있는 줄도 모르고. 그간 엄마를 얼마나 찾았을까?

불쌍한 내 아들, 엄마 없이 잘 버텨 주어서 너무 고맙다. 눈물이 또 흐른다. 이놈의 눈물을 마르게 해 줄 약이 있으면 좋겠다.

모든 상황이 정리되고 정신이 제대로 돌아오자 명자는 전화로 엄마에게 울고불고 난리를 쳤던 일에 대하여 훌쩍거리며 미안하다고 했다.

"그게 자식 가진 어미다. 어미 눈에는 자식밖에 보이지 않아. 부모는 그

다음이야."

선희도 그 말에 눈물을 찔끔거린다. 인사할 경황이 없었기에 선희는 늦게 인사를 드렸다.

진명이는 한참을 자고 난 후 눈앞에 엄마가 있는 것을 보더니 일어나 와락 껴안는다.

또 눈물이 난다. 달래어 눕게 하고 또 잠을 재웠다.

오늘 하루는 아들과 함께 병원에서 보내고 내일은 또 이별을 해야 한다. 그 고통스러운 이별을 아들은 또 겪어야 한다. 진이 다 빠진 아들은 울고 보챌 힘도 없을 텐데.

진명이 다시 잠들었을 때 명자는 엄마와 병실을 나와 따로 얘기했다.

"엄마, 나 좀 도와줘. 나하고 진명이하고 엄마하고 셋이 같이 서울에서 살자. 내가 집은 구할 테니 나 좀 도와줘. 나 매번 이렇게 진명이 잠깐 보고 헤어지는 것 너무 힘들어."

눈물을 보이며 사정하는 애처로운 딸의 얼굴을 만지며 엄마는 쉽고 간단하게 답해 주었다. 그렇게 하자고.

그렇게 너무 쉽게 결정해 주는 엄마를 믿지 못하겠다는 듯이 명자는 재차 확인한다.

"아버지와 막내만 두고 올 수 있는 거야? 농사일도 아버지 혼자 힘들 텐데."

미심쩍어 묻는 명자에게 아직 시간이 있으니 방법을 찾아볼 거고 걱정하지 말라고 하신다.

이튿날 진명이와의 이별은 힘들지 않고 서로가 편한 이별이었다. 진명이는 곧 같이 서울에서 살 거라는 엄마의 약속에 순순히 엄마를 놓아주었다. 빨리 올라가서 같이 살 집을 구하겠다는 명자의 말에 그러면 빨리 가라고 오히려 재촉했다.

병원 문 앞까지 나온 엄마는 명자에게 걱정할 일 없으니 편하게 올라가라고 하셨다.

그리고 앞으로의 방법에 대하여 말씀하셨다.

"명자야, 네가 말을 하지 않아도 엄마는 진명이 보면서 너하고 서울에서 살아 보겠다는 생각을 진작부터 해 왔어. 너 매번 올 때마다 진명이가 매달리며 울고불고, 너도 찔끔거리면서 가는 모습을 보고 너만큼 나도 힘들었어.

의령 사는 네 작은언니를 집으로 불러들이려고 한다. 거기서 농사짓고 사는 것이나 우리 집에서 농사짓고 사는 것이나 매일반이니 주 서방도 싫다고 하지는 않을 거야. 우리 밭 다 부쳐 먹으라고 하고 나중에 땅도 다 준다고 하면 좋아하겠지. 아버지 모시며 들어와서 살겠다고 하면 오빠나 네 큰언니도 다른 말들은 하지 않을 거야. 의령에서 남의 땅 부치는 것보다 자기 밭이 생겼다고 하면 좋아서 열심히 할 것이고. 이제는 아버지도 농사일 힘들어하시고 명자 너에 관한 일이면 반대하지 않으셔."

찬찬하게 말해 주는 엄마의 말에 명자는 엄마의 목을 끌어안고 한참을 그렇게 있었다.

눈물을 찔끔거리는 모습을 엄마에게 보이지 않으려고 엄마의 목을 놓아주지 않고 한참이나 있었다.

마산에서 기차를 타고 서울로 올라가는 기분은 내려올 때와는 극명하게 다른 희망에 찬 시간이었다.

다시 출근을 시작했고 선희와 영주에게 고향에서 엄마와 진명이가 올라오기로 해서 집을 따로 찾아서 나가겠다고 양해를 구했다.

매주 일요일은 집을 찾으러 다녔다. 아침부터 다니는 것은 아니고 성당 미사를 마치고 찾으러 다녔다. 집을 보러 다닐 때는 선희와 영주가 동행하며 같이 다녔다.

천주님과 마리아님이 이번에는 명자의 간절함을 모른 척하지 않으셨다는 생각에 다시 성당에 나가기로 했다.

그리고 며칠 후 저녁에 엄마로부터 전화가 왔다.

의령 언니와 형부 그리고 아버지 모두 엄마의 생각에 찬성을 했다고. 그리고 그간 명자가 보내 준 돈과 전부터 엄마가 갖고 있던 돈 모두 은행으로 부칠 테니 좋은 집을 구하라고 하셨다.

⬩◆⬩

몇 군데를 다녀 보다 부천 쪽으로 빠지는 어느 동네에서 적당한 집을 찾았다.

세가 비싼 듯하지만 명자는 결정했다. 엄마와 아들 진명이가 살 집이어서 좋은 데서 살게 하고 싶었다. 방금 지은 현대식 집의 이 층 단독에서 제일 맘에 드는 것이 주방과 화장실이었다.

수세식 화장실이 집 안에 있는 집은 처음 보았다. 주방도 넓고 주방에 수도도 있었다.

방도 세 개나 있어 엄마가 하나 쓰고 하나는 명자와 진명이가 쓰면 된다. 또 하나의 방은 가끔 집에서 오는 형제나 아버지를 위해 비워 두고 있어도 된다.

아래층은 주인집이고 사람들도 좋아 보였다.

엄마와 진명이가 오는 날을 손꼽아 기다리다 명자는 일찌감치 구로동에서 부천 새집으로 짐을 옮겼다.

퇴근하면 매일 저녁 쓸고 닦았고 부지런히 시장도 들락거리며 장도 보아 놓았다.

일주일 이상 혼자 지내면서 문득 깨닫는 일이 있었다. 혼자 지내는 밤은 외로움과 절망으로 항시 무서워 누구라도 곁에 있어야 했는데 지금은 그 늪에서 벗어났음을 느낀다.

진명이와 엄마를 기다리는 희망이 있고 아들이 오면 아들과 같이 보내는 밤은 무섭지 않을 것이다. 아들이 명자를 괴롭히는 모든 것을 물리쳐 줄 수 있을 것이다.

엄마와 진명이가 오는 날 조퇴를 하고 청량리역으로 마중을 나갔다. 한 손에 진명이 손을 잡고 머리에는 무거운 짐을 이고 엄마가 나오는 모습이 보였다. 진명이는 명자를 보자 할머니의 손을 놓고 뛰어온다. 벌써 세 살이 넘어 곧 네 살이 되는 진명이다.

명자는 번쩍 진명이를 안아 올려 입맞춤과 눈 맞춤을 하고 내려놓았다. 그리고 엄마의 짐을 받아 들고 택시를 탔다. 청량리에서 택시를 타고 다닌 적은 없지만 오늘 같은 날은 생각할 필요도 없이 택시를 타며 호기롭게 부천으로 가자고 했다.

집 안으로 들어온 엄마는 집이 너무 좋다고 하셨다. 화장실을 신기해하고 부엌에서 수돗물이 나오는 것에 감탄하셨다.

진명이는 방마다 돌아다니며 소리도 지른다.

출근을 할 때는 엄마에게 항시 주의를 당부한다. 동네가 익숙하지 않으니 멀리 다니지 말고 가급적 집 주변에 있다가 퇴근하면 같이 다니자는 당부의 말이다.

한 달, 두 달이 지나며 엄마도 부천 생활에 적응이 되신 것 같았다. 혼자서 장을 보러 다니시기도 했다. 엄마와 진명이가 올라온 이후의 생활은 행복했다.

그래도 퇴근할 때는 가슴이 휑한 느낌이 자주 있었다. 버스에서 내려 집으로 가는 골목길로 접어들면 항시 엄마 퇴근을 기다리는 진명이가 나와 놀고 있다.

가끔은 그런 아들을 볼 때 울컥하며 올라오는 뭔가가 있었다. 아빠를 모르고 크는 아들에게 미안했다.

서울로 올라온 이후 진명이는 말하는 것이 부쩍 늘었다. 매일 저녁 엄마가 퇴근해서 오면 엄마 꽁무니를 쫓아다니며 재잘거린다. 그리고 잠이 들기 전까지 엄마와 대화를 주고받다가 엄마 품에서 잠이 든다.

아들의 언어 습득이 빠르다고 느낀 명자는 진명이에게 책을 사 주었다. 진명이는 책을 참 좋아하고 글도 읽을 줄 안다. 아빠를 닮아 영특한 것 같다. 퇴근하고 돌아오면 아들과의 대화는 책을 위주로 이루어진다.

출근을 하면 퇴근 시간이 기다려지고 퇴근 시간이 되어서는 일 초도 아까워 뛰다시피 집으로 온다.

가끔 진규에 대한 꿈을 꾸기도 했다. 진규와 함께했던 좋은 시절의 꿈도 있었지만 나쁜 꿈도 있었다. 진규의 결혼식을 멀리서 보는 꿈도 있었다.

그런 꿈들은 선희, 영주와 같이 생활할 때 가끔 꾼 적이 있다. 최근에 진명이를 품에 안고 자다가 소스라치게 놀라 일어날 정도로 나쁜 꿈을 꾸었다.

보지도 못하여 얼굴도 모르는 진규의 부모님이 방으로 들이닥쳐 진명이는 내 손주이니 데리고 가겠다고 하며 진명이를 안고 나가는 꿈을 꾼 적이 있다.

꿈이었고 편안하게 옆에 잠들어 있는 진명이를 확인하고는 안도의 숨과 함께 이런 꿈을 꾸는 이유가 무엇인지 생각해 보았다.

아빠 없이 크는 아들이 안쓰러워 이런 꿈을 꾸는 것 같았다.

지금은 아니지만 진명이가 커서 어느 정도 철이 들면 진규를 만나게 해 줄 수도 있다는 생각이 들었다. 나보다 환경이 좋은 진규가 진명이에게 도움이 될 수도 있으니 나중에 생각해 볼 수 있는 일이다.

자기 자식인데 외면하지는 않겠지. 비록 나에게는 고개를 돌리고 나를 버렸지만 자기 자식에게는 그러지 않을 거라는 명자의 생각이다.

가을이 오는 어느 날 퇴근 후 집에 들어가니 대구에 있는 오빠가 와 있었다.

서울에 있는 거래처 회사에 일을 보러 왔고 어머니도 뵐 겸 들렀다고 했다.

하지만 정작 중요한 주제는 명자에게 선을 보라는 것이었다. 이미 엄마와도 얘기가 된 것 같았다. 명자는 엄마를 그저 엄마로 생각하지 않는다. 명자의 인생 스승이라고 할 정도로 명자는 엄마를 존중한다. 그런 엄마도 오빠의 제안을 권유하셨다.

상대는 오빠네 대구 공장의 서울 거래처에 근무한다고 했다. 그가 자주 대구 공장에 내려왔고 오빠와 친하게 되면서 사적인 얘기도 나누는 사이가 되었다고 했다.

오빠가 보기에 괜찮은 사람이고 그도 흠이 있다고 했다. 나이는 명자보다 십 년 위이고 지금은 혼자이지만 결혼한 적이 있다고 했다. 남자는 남자가 보는 눈이 정확하다고 하며 그 정도면 오빠가 보기에 참 괜찮다는 것이다. 물론 진명이에 대한 것도 말해 주었다고 했다.

오빠가 여동생 문제로 일을 만들어 보려고 애쓰는 노고를 내칠 수가 없었고 엄마의 권유도 있어 알겠다고 했다.

오빠가 시간을 잡으면 알려 주겠다고 얘기하고 돌아갔고 돌아간 이틀 후에 오빠로부터 연락이 왔다. 일요일 마포에 있는 어느 호텔 커피숍에서 만나는 것으로 약속이 되었다.

잘 다녀오라는 엄마의 배웅과 달리 아들은 심통이 나 있다. 일요일에 회사를 왜 가냐며 심통을 부리고 인사도 하지 않는다.

아들의 심통도 이쁘다. 그런데 슬프고 속상하다.

인상착의를 들어 쉽게 그를 발견할 수 있었다.

평범한 외모에 안경을 쓴 사람이다. 예전에는 안경 낀 남자에 대한 동경이 있었지만 지금은 그렇지 않다. 서울에서는 회사나 거리에서 안경 낀 사람이 많았다.

그는 최대한 예의를 갖추려고 했고 자신의 일이나 자신의 결혼이 잘못되었던 일에 대해서 얘기해 주었다. 명자에게 질문은 가급적 하지 않으려 했고 자신에 대하여 알고 싶은 것이 있으면 물어보라고도 했다.

오빠의 거래처 사람이고 오빠가 나름 애를 써서 마련해 준 자리였기에 명자도 최대한 예의를 차리려 노력했다. 명자도 오빠의 얘기를 포함해서 집안에 대해서 설명했다. 말하는 도중 그가 공감하는 대목에서는 맞장구도 쳐 준다. 나름 화기애애한 시간이었고 명자도 오빠가 소개해 주고 싶은 생각이 들 정도의 사람이니 괜찮은 사람인 것 같다는 생각이다.

다음에 다시 만나서 얘기하고 식사하자는 말로 첫 번째 만남은 마무리하기로 했다.

하지만 아직은 자신이 없다. 진규가 아직 이렇게 가슴 깊이 자리 잡고 있는데 뭔가 시작을 하려는 시도가 있으면 여지없이 가슴을 심하게 후비는 것 같다.

내가 이런 상태에서 지금 만났던 사람이나 또 다른 사람을 만나 어떤 인연을 만들려 한다면 더 깊은 늪에 빠질 수 있다는 생각이 든다.

건너가면 다시는 돌아오지 못할 다리를 건너고 싶지 않다. 그저 아들과 지내면서 나중에 때가 되면 아들을 진규에게 보내 줄 생각이다.

이런 만남을 갖는 것에 대해 아들에게도 미안하고 아들을 배신하는 느낌이 드는 것은 또 무엇인지.

집으로 돌아와 현관문을 열고 들어가니 아들이 화들짝 놀라며 뛰어와 안긴다.

저녁때 올 줄 알았는데 빨리 와서 좋다고 폴짝폴짝 뛰기도 했다.

거짓말을 하고 나가서 다른 남자를 만나고 들어온 미안함에 진명이만 데리고 밖으로 나왔다.

지금이라도 같이 놀아 주고 싶었고 진명이와 얘기하고 있으면 모든 상념이 사라지곤 했다.

뜀박질을 잘하는 진명이는 혼자서 앞으로 내달리다 돌아와 뒤에서 걸어오는 엄마의 뒤를 한 번 돌고 또 내달리는 혼자만의 놀이를 한다.

멀리 앞에는 진명이 또래의 아이가 엄마, 아빠 손을 잡고 가는 모습이 보였다.

뜀박질 놀이를 하던 진명이가 숨찬 소리로 묻는다.

"엄마, 나는 왜 아빠가 없어?"

올 것이 왔다는 생각이다. 진명이 나이 정도 되면 그런 말이 나올 때가 되었다는 생각에 그럴 때 뭐라고 해야 할지가 고민이었다.

"없기는 왜 없어. 아빠 없이 진명이가 세상에 어떻게 나와. 나중에 만날 수 있어. 아빠는 멀리 돈 벌러 갔어."

저녁 시간, 진명이가 먼저 잠들고 명자는 엄마와 오늘 만난 남자 얘기를 했다.

엄마 말을 듣지 않는 딸이어서 미안하다고 했다. 정말 아직은 아니니 엄마가 이해를 해 달라고 했다. 눈물을 찔끔거리는 명자에게 엄마는 괜찮다고 하신다. 그러면서 엄마의 눈에도 눈물이 맺힌다.

"나는 네가 부럽다. 너처럼 죽는 것보다 더 힘든 사랑을 해 보지 못한 나는 네가 부럽다."

이런 말을 할 줄 아는 엄마인 줄 몰랐다. 엄마는 참 누구보다도 멋있고, 그 멋의 끝이 어디까지인지 아직 모르겠다.

새로운 한 주가 되고 월요일 아침부터 부장님은 출근하자마자 사장님 호출을 받고 한참 후 돌아왔다. 그리고 긴급회의를 했다.

우리 회사가 SS물산 일을 하게 되었다고 알려 주셨다. 그래서 생산 부서가 확장이 되어야 하고 인원 증원 및 설비 추가가 되어야 해서 총무부에서는 필요한 지원을 급히 해 주어야 했다.

회의가 끝나고 곧 생산부장님이 들어오셨다. 우선적으로 조치해야 할 긴급 지원에 대한 목록을 갖고 오신 것 같다.

생산부장님은 총무부장님을 만나고 나가면서 명자를 보더니 "미스 JM!" 하며 손을 들어 보이신다.

분주하게 움직이는데 사장님으로부터 총무부장님 호출이 또 있었다.

SS물산 실사가 갑자기 오늘 이루어지게 되었다고 했다. 개편 및 증원은 예정대로 하되 급히 서두르지 않아도 된다고 했다. 그래도 총무부는 발 빠르게 움직여 새로운 부서가 일을 시작하는 데 차질 없게 지원하라는 지시였다.

명자는 과장님과 함께 새로 구입해야 하는 집기나 기타 물품들에 대한 검토를 끝내고 오후에 나가기로 했다.

과장님과 사무실 밖으로 나오던 중 차량 두 대가 수위실을 통과하고 네 사람이 내리는 것이 보였다. 그 네 사람이 차에서 내리는 것을 본 과장님은 저들이 SS물산 사람들일 거라고 말했다.

수위실에서 연락을 했는지 뒤에서 사장님과 전무님이 급히 나오면서 명자와 과장님 앞을 지나 그 SS물산 사람들을 정중하게 맞는다. 그런 그들과 서로 스쳐 지나갈 때 명자와 과장님도 목례를 하며 지나갔다.

그들을 지나치면서 명자는 뭔가 이상한 느낌이었다. 목덜미가 이상한 느낌이어서 뒤돌아보니 그중 한 남자가 명자를 뚫어지게 응시하고 있었다. 진규였다. 채진규 그 사람.

그가 명자를 응시하며 움직이지 않자 사장님과 전무님도 명자 쪽을 본다. 명자 쪽과 SS 사람을 번갈아 보면서 들어가기를 재촉하니 진규도 회사 안으로 발걸음을 옮긴다.

과장님은 자신을 보고 그러는지 싶어 갸우뚱하면서 명자에게 "명자 씨 아는 사람은 아니지?" 하며 묻는다.

걸을 수 없을 정도로 정신이 혼미하다. 속도 메스꺼워진다.

비품 거래처에 도착해서 이것저것 구매하는 과장님의 목소리도 희미하다.

토할 것 같다. 얼굴이 창백해지면서 의자에 주저앉은 명자를 본 과장님은 놀라 걱정을 한다.

약국에 들러 약을 사고 나중에 혼자 들어가겠으니 과장님 먼저 가시라고 말하고 비품 가게를 나왔다.

뒤에서 과장님이 뭐라 말씀하시지만 무슨 말인지 들리지 않는다.

지금 이 시간, 집에서 홀로 놀고 있는 진명이 얼굴이 떠오르자 또 눈물이 솟구친다.

아들아, 오늘 아빠를 보았다. 엄마가 아빠를 보러 간 것이 아니고 또 아빠도 엄마를 보러 온 것이 아닌 그저 일 때문에 왔다가 보게 된 거야.

진명아, 아빠에게 보내 줄까? 근데 진명이 없으면 엄마는 살 수 없는데 어떻게 하지?

아빠는 이미 다른 여자와 결혼한 것 같은데 너를 봐도 외면하면 어떻게 하지?

그냥 못 본 척하고 지금까지 그랬던 것처럼 잊고 살자. 우리 둘이서만 살자. 지금까지 우리 둘이 잘 살고 있었는데 오늘 다시 나타나서 엄마를 힘들게 하는구나.

넓은 길가를 지나는 사람이 많이 있지만 보이지 않는다. 지나는 사람들 소리도 들리지 않는다.

나쁜 놈. 그나저나 저놈 회사와 거래를 한다고 하니 난 여기를 그만두어야 하는가?

세 번째 이야기

어떤 약속

♦ ♦ ♦

선희 이야기

프 롤 로 그

그를 만나기 전에는 세상에 나 혼자 왔고 그렇게 살다 혼자 가는 것이라고 생각했었다.

어쩌다 보니 세상에 나왔고 나와 보니 형제도 없고 아버지도 없이 엄마하고 둘만 있었고 엄마는 내 인생에 보탬이 되지 않았다. 그래서 세상에 믿을 것은 나 하나밖에 없다는 생각을 하고 부딪히는 대로 살았다. 흐르는 대로 밀려가는 대로 살다 보니 몸 파는 일도 한 적이 있다. 그런 나를 너무 좋아해 주고 사랑해 준 그에게 항시 빚진 마음을 가지고 그를 최선을 다해 사랑했다.

그와 함께했던 시간들은 천국의 생활이었다. 불꽃같은 시간도 있었다.

처음 만났을 때를 지금도 또렷이 기억한다. 따뜻했던 그의 목소리. 그리고 마지막까지도 그는 나를 위해서는 무엇이든지 해 주었다.

인생에서 잠시 달콤한 시절을 보낸 대가는 혹독했다. 죽는 것이 편할 정도로 혹독한 시절을 지금까지 안겨 주고 있다.

그와의 마지막은 김포공항이었다. 다시는 그가 오지 않을 것으로 알고 있었고 나 또한 다시는 올 일이 없다고 생각했던 이 김포공항에 얼결에 다른 일로 왔다가 그가 다시 오는 것을 보았다.

내가 죽도록 고통을 받으면서 백일기도까지 하며 마음을 다스리고 몸을 추스르고 있는데 그는 다른 여자와 함께 김포공항에 나타났다.

평생을 나를 지키며 살겠다고 한 그가 전의 여자를 데리고 왔다. 나에게 그리고 나의 엄마에게 한 약속을 저버린 그를 앞으로 어떻게 지우고 살아야 하는지 모르겠다.

막연하게 기다리겠다는 마음으로 살아 보려고 발버둥을 쳤다. 이제는 기다릴 이유가 없어졌다. 그러면 무슨 명분으로 무슨 목표로 살아야 할지 사는 것이 자신이 없다.

오늘 아침까지도 엄마는 딸이 다시 살아나고 있다고 좋아하셨는데 지금 이런 모습으로 돌아가면 엄마는 또 주저앉을 것이다. 지숙이는 또 얼마나 실망을 할지.

〈블루 라이트〉 음악다방을 계속 꾸려 갈 힘도 없다. 이제 어떻게 살아갈지 생각해 보는 것보다 어떻게 죽어 갈지 생각해 보는 것이 훨씬 더 나을 듯싶다.

차는 질주하고 있고 희미하게 스쳐 지나가는 초겨울의 풍경은 을씨년스럽다. 추수가 끝난 황량한 밭과 논들이 지나고 나무는 옷을 벗어 추위에 떨고 있다.

질주하는 차가 뒤집히거나 어디에 충돌하여 이대로 죽었으면 좋겠다. 그와 보냈던 크리스마스의 기억이 떠오른다. 그와 세 번의 크리스마스를 보냈다. 곧 크리스마스가 다가오는데 크리스마스 전에 죽고 싶다.

이런 시간도 언젠가는 지나갈 것이라고 말씀해 주셨던 사장님의 말도 내게는 해당되지 않는 것 같다. 아니 그럴 수 있었는데 오늘 그가 다시 나타난 일로 모든 것이 송두리째 뽑힌 느낌이다.

그를 위해 모든 것을 걸고 사랑했는데 그는 내게 어찌 이럴 수가 있을까?

이해를 하자고 수없이 다짐했다. 그리고 그의 입장과 생각을 존중하기로 수없이 다짐하면서 그를 위한 기도를 해 왔지만 오늘 그는 나를 또 저 깊은 나락으로 떨어뜨리고 있다.

그래도 미워하면 안 된다. 미워하고 증오할 자격이 없지 않은가? 이 사람을 위해 목숨도 아깝지 않다는 생각을 한 적도 있으면서 그러면 안 된다.

옛날 언젠가는 그가 나를 버려도 받아들이겠다고 했고 현지처를 하라고 하면 그것도 좋다고 한 적이 있었다.

그랬던 내가 지금 무슨 욕심을 내는 건지. 단지 약속을 저버렸다고 그를 배신자라고 할 수 있을까? 그와 함께했던 시절에는 항시 그에게 감사하며 살았다.

차가 청주에 진입하면서 진눈깨비가 내리고 있었다. 금일 휴업의 안내문이 붙어 있는 문을 열고 2층으로 힘겹게 올라갔다.

지난 3개월 그런대로 잘 버티게 해 준 이곳 〈블루 라이트〉를 앞으로 어떻게 해야 할지 모르겠다.

기대어 앉을 힘도 없어 소파에 누웠다. 김 원장 언니와 영주, 명자의 모습이 보인다.

누군가 계단을 올라오는 소리가 들린다. 두 사람이 말을 하며 올라오고 문을 여는 소리가 들린다.

힘없이 고개를 돌려 문 쪽을 게슴츠레한 실눈으로 보는데 사장님의 모습이 보이는 것 같다.

'왜 여기까지 또 오셨을까?' 하는 생각이 들지만 일어설 힘이 없다.

◆◆◆

고등학교 졸업 때까지 5개월이 남았지만 청주를 떠나 서울로 가기로 마음먹었다.

술에 중독되어 사는 엄마가 염려되지만 김명길 아저씨가 있으니 엄마는 앞으로도 지금처럼 살면 될 것이다.

고등학교 졸업장이 대수로울 것도 없긴 하지만 악마 같은 K 선생 때문에 청주를 떠나기로 했다.

얼마 전 하굣길에 K 선생이 졸업 후 취업에 대하여 할 말이 있다고 해서 밖에서 만나자고 했다.

선희가 중학교 때 핸드볼을 시작한 이유는 단지 키가 크다는 이유였다. 하지만 재능은 별로 없었다. 고등학교에 올라가서도 중학교 때의 핸드볼 선수 경력으로 계속 학교 대표로 선발되었고 포지션은 키퍼로 바꾸어 선수 생활을 했다. K 선생은 체육 교사와 핸드볼 팀 코치를 겸하는 선생이었다.

평소에도 자주 기분 나쁜 행동을 하던 그였기에 내키지 않지만 가기로 했다.

연습과 훈련을 할 때 그는 노골적으로 엉덩이를 만지고 더 심할 때는 가슴도 주무르기도 했다.

선희에게만 그런 것이 아니라 다른 학생들에게도 습관적으로 그래 왔던 그였지만 모두가 그의 그런 행위에 문제 제기를 하지 않았고 밖에서도 얘기를 하지 않았다.

그중에서도 유독 선희에게만 노골적인 추행을 하던 선생이다.

K 선생이 나오라고 한 곳은 가끔 선수들이 회식을 하는 중국집이었다.

중국집 문을 들어서니 종업원이 이미 와 있는 K 선생 방으로 안내했다. 그 방은 선수들의 작은 밀실 같은 방이었고 K 선생은 이것저것 주문을 했다.

음식이 나오고는 K 선생은 부르기 전까지 문을 열지 말라고 했고 종업원은 "알았습니다." 하고 씩 웃으며 문을 닫는다.

선생은 졸업을 하면 취업할 곳을 알아보고 있다고 하면서 옆으로 와서 앉으라고 했다. 무슨 짓을 하려는지 직감을 하고 일어서는데 그가 먼저 방문 앞으로 가서 선희가 나가지 못하게 막았다.

"조용히 넘어가자. 네가 소리쳐도 여기로 올 사람 없어."

선희는 소리는 치지 않았지만 그와 몸싸움을 하면서 벗어나려 했다. 하지만 그의 주먹이 선희의 옆머리를 강타하고 잠시 정신을 잃는 듯하면서 저항의 의지가 꺾여 버렸다.

방 안은 엎질러진 그릇들과 함께 난장판이고 K 선생은 일을 다 본 후 먼저 나갔다.

주섬주섬 옷을 챙겨 입고 그 방의 문을 열고 나왔다. 힐끔거리는 종업원을 향해 너라는 놈도 공범이나 마찬가지이니 기회가 되면 가만두지 않겠다는 듯이 쏘아보고 나왔다.

어차피 힘들고 재미없는 세상이었다. 꿈도 없고 희망도 없이 그저 날이 밝으면 학교에 가고 그런 생활이었다.

누구를 위해 지켜야 하는 순결도 아니었고 순결을 잃으면 큰일 난다는 관념도 없었지만 악마에게 헌납하고 조용히 넘어가는 일은 있을 수 없다는 생각이었다.

오늘은 엄마가 술을 마시지 않은 것 같다. 술을 마시지 않은 엄마는 힘이 없고 말도 별로 없다. 술을 마시면 힘도 있고 말도 많이 한다.

그래서 선희는 힘이 없고 우울한 엄마를 보는 것보다 생기가 도는 엄마를 보고 싶어 엄마가 술을 마시는 것에 대하여 크게 강제하지 않았다.

학교 월사금을 못 내서 집으로 쫓겨 가는 아이들이 종종 있었고 도시락을 싸 오지 못하는 아이들도 있었지만 선희는 김명길 아저씨 덕에 그리 궁핍하게 살아오지는 않았다.

하지만 앞으로의 삶에 대한 호기심도 희망도 갖지 못하고 살고 있다. 지숙이만 해도 자신의 인생 목표에 대하여 명확한 계획을 갖고 서울로 갔다. 그런 지숙이가 부러웠다.

용기를 내지 못하고 희망을 갖지 못하는 것은 어쩌면 엄마 때문일 수도 있다. 항시 술로 살아야 하는 엄마가 선희를 주저하게 만들었다.

오늘 당했던 일은 선희 스스로도 모른 척 자신을 속이고 넘어갈 수도 있지만 지금까지 살아온 방식대로 계속 주저하며 살고 싶지 않았다.

무엇보다 왜 살아야 하는지에 대한 회의가 들었다. 이 재미없는 세상을 살아가야 하는 이유를 찾을 수가 없었다. 저러고 있는 엄마를 보면서 살기도 싫었다.

더구나 K 선생은 또 그 짓을 하려고 덤빌 것이다. 그놈 하나만큼은 죽이고 난 후 내가 어떤 방식으로 이 세상과의 연을 끊을지 생각하자는 생각이 들었다.

선희의 예상대로 3~4일 후 그 악마는 또 선희를 찾았다. 이번에는 후미진 여관으로 가자고 했다.

선희의 가방 속에는 집에서 갖고 나온 부엌칼이 있다. 그 악마를 죽이겠다고 마음먹었을 때 챙겨 둔 칼이다.

순순히 쫓아오는 선희에게 그 악마는 자기만 믿고 따라오면 앞일에 대한 책임을 다 져 줄 거니 걱정하지 말라는 말도 하며 방으로 들어선다.

그가 경계하지 않고 안심하게끔 선희도 "네, 알았어요." 하는 짧은 말로 대답하고 순순히 그의 손을 받아들였다.

그리고 그가 옷을 급히 벗어 던지고 있을 때 선희는 가방 속에서 칼을 꺼내 휘둘렀다.

"개새끼, 죽여 버릴 거야." 하며 휘두른 칼에 그의 어깨에서 피가 났고 선희의 눈에서 검푸른 불꽃이 튀는 것을 본 그 악마는 반격을 포기하고 냅다 줄행랑을 쳤다.

옷도 제대로 챙겨 입지 못하고 급하게 도망가는 그를 선희도 쫓아가며 "개새끼, 끝까지 쫓아가서 죽일 거야!" 하며 소리쳤다.

쫓아가는 자보다 죽을까 겁이 나서 도망가는 자가 더 빠른지 어디로 숨었는지 보이지 않았다.

집으로 찾아갈 생각도 했지만 그의 집이 어디인지 모른다. 선희의 내면에서 그럴 것까지는 없다는 타협으로 기운다. 저 악마 새끼 하나로 인해 여기서 인생을 끝내는 것보다 좀 더 살아 보자는 타협으로 마음이 기울었다.

먼저 서울로 간 지숙이가 전화번호를 준 것이 있어 연락을 했다.

지숙이는 고등학교에 입학하고 한 학기도 마치지 않은 채 서울에 있는 큰이모네로 옮겨 갔다.

큰이모가 미용실을 하고 있어 미용 기술을 배우면 평생 먹고사는 데 지장이 없으니 한번 생각해 보라는 권유로 일찌감치 서울로 갔다.

지숙이는 서울로 올라가기 전 자신의 포부에 대해서 얘기했었다. 쉽지 않겠지만 아무리 힘들어도 포기하지 않고 미용 기술을 배워 꼭 성공하겠다는 각오를 선희에게 말하고 올라갔었다.

그 이후 두세 번 정도 청주에 왔었고 그때마다 선희를 만나 서울 생활에 대한 얘기를 해 주곤 했다. 처음의 포부와는 달리 생각보다 쉽지 않은 생활이라는 얘기도 했었다.

선희의 전화에 지숙은 놀라는 목소리다. 지숙이 서울로 가고 난 이후 처음 해 보는 전화였기에 지숙은 선희의 전화일 줄은 생각도 못 했다고 놀라고 반가워했다.

“지숙아, 나도 미용 기술 배워 볼까 해서 전화했는데…. 너 있는 곳에서 같이 있을 수 있을까?”

지숙은 잠시 머뭇거리더니 언제쯤 올 수 있는지 묻는다.

당장이라도 갈 수 있다는 선희의 대답에 일단 올라와서 얘기하고 방법을 찾아보자고 한다.

문제없으니 무조건 올라오라는 지숙의 말을 기대했으나 다소 실망스러운 답이었다.

그래도 가야 했고 가서 부딪혀 보기로 했다.

엄마는 서울로 간다는 딸을 간곡하게 만류한다. 돈 안 벌어도 되니 같이 살자고 하셨다. 너마저 없으면 혼자 어떻게 살라고 그러냐고 하셨다. 그러는 엄마의 눈은 간절하고 눈가에 눈물이 맺혀 있다.

“엄마, 아주 가는 것 아니니 조금만 기다려. 중간에 자주 올 거고 내가 자리 잡으면 우리 서울에서 살자.”

엄마는 딸의 결심이 굳어졌다는 것을 느끼고 나중에 서울에서 살자는 희망적인 유혹에 딸의 손을 놓아주었다.

엄마는 항시 술에 취해 있지만 선희 앞에서 눈물을 보인 적이 없었다.

엄마의 눈물을 본 선희는 ‘이제 내가 엄마의 보호자가 되는구나.’라는 책임감을 느꼈다.

선희는 김명길 아저씨가 하는 양복점을 찾아갔다.

집에서 걸어서 십 분 정도의 큰길에 양복점 가게가 있다. 가끔 오가며 본 적은 있지만 한 번도 들러 본 적 없는 김명길 아저씨 양복점이다.

아저씨는 선희의 방문에 놀라 하던 일을 멈추고 황급히 자리를 치우며 앉기를 권했다.

"아저씨, 저 서울 가요. 그간 못되게 군 것 죄송해요. 엄마 잘 부탁드려요."

김명길 아저씨는 뜻밖의 방문에 놀라기도 했지만 선희의 말에 더 당황한 표정이다.

김명길 아저씨의 아버지가 선희 외할아버지네 집의 머슴으로 있었던 인연이 있다. 아저씨의 아버지뿐만 아니라 그의 할아버지, 증조부 등 그 집안의 사람들이 선희 외할아버지네 집에서 머슴으로 같이 살아온 인연이 있다고 했다.

세상이 확 바뀐 요즘에도 김명길 아저씨는 아직도 머슴의 피가 흐른다고 생각하는지 선희에게도 하대를 하지 않았다. 그런 것이 불편해서 그런지 선희와는 말을 잘 하지 않고 지내 왔다.

김명길 아저씨는 엄마에게는 아가씨라고 부른다.

멸문지화를 당한 옛 상전 집안의 사람들을 외면하지 않는 김명길 아저씨였다.

"그러면 어머니 혼자 사시기에 힘들 텐데 꼭 가야 해요? 학교 졸업하면 여기서도 취직은 할 수 있을 것 같은데 다시 생각해 봐요."

간곡하게 생각을 바꾸라고 하는 말은 선희가 청주에서 계속 살 수 없다는 것을 이해하지 못하기에 하는 말이다.

일어서는 선희에게 잠깐 기다리라고 한 김명길 아저씨는 급히 지갑에서 돈을 꺼내 선희에게 주었다. 한사코 사양했지만 아저씨도 물러서지 않았다.

선희가 중학교 입학을 하고 얼마 후 김명길 아저씨로부터 엄마와 엄마 집안에 대한 이야기를 들었다.

잘 기억이 나지 않지만 무슨 일로 엄마에게 심하게 대든 적이 있었고 선희를 말리던 김명길 아저씨가 엄마를 힘들게 하면 안 된다며 엄마를 포함한 외가와 친가에 대하여 얘기해 주었다.

선희 외가는 나주에서 매해 천 섬이 넘는 쌀을 수확하는 제법 큰 지주였다.

나주에 있는 공산면에서는 제일가는 부자였다고 했다.

선희 엄마의 오빠, 그러니까 외삼촌이 서울에 있는 대학에 입학하게 되었고 서울에서 만난 친구를 동생인 선희 엄마에게 소개하여 결혼을 하게 되었다. 그 친구는 선희의 아버지가 되는데 이념에 몰두하게 되어 전쟁이 끝나고 3년 후 월북을 해 버렸다. 선희 외삼촌은 공산 분자가 되어 지금도 교도소에 있다고 했다.

선희 아버지는 처자식보다 이념이 중요했던지 홀로 떠나 버렸고 그때 선희는 엄마 배 속에 있을 때였다.

선희 아버지 집과 외가는 공산 분자의 집안이 되어 풍비박산이 났고 선희 엄마는 광주에서 여고를 나왔어도 어디 가서 일할 수 있는 길도 막혀서 지금 청주로 도망치듯 나와서 산다고 했다. 청주로 오게 된 것은 김명길 아저씨가 청주에서 일을 하고 있었고 아저씨가 지금 살고 있는 셋방도 얻어 준 것이다.

선희도 기억나는 것이 있다. 지금은 아니지만 경찰이 가끔 집에 와서 엄마에게 무엇인가를 확인하고 묻고 돌아가는 일들이 있었다.

지숙이의 확실한 언질도 없이 가는 서울이다. 불투명한 앞날에 대하여 불안한 마음을 안고 가는 서울이다.

지숙이가 전화로 알려 준 대로 종암동 K 대학교 앞으로 가서 다시 전화를 했다.

십 분이 되지 않아 멀리서 지숙이의 모습이 보였다.

오랜만에 보는 지숙이는 성숙한 여자의 모습이다. 미용실 사람이어서 머리는 배우 머리처럼 예뻤다.

"길 가다 마주쳐도 너 몰라보겠다. 어쩜 이렇게 예쁜 아가씨가 되었지?"

빈말로 하는 칭찬이 아니라 정말 몰라보게 달라진 지숙의 모습이다.

"너야말로 원래 예뻤는데 변함없이 예쁘네. 키도 더 커진 것 같아."

지숙이는 이미 이모에게 선희의 서울 상경에 대하여 얘기해 놓았고 지숙이와 같이 일하며 우선 견습생 생활을 허락했다고 했다.

"고마워, 지숙아. 사실 좀 걱정했거든. 나도 열심히 배워 볼게."

일단은 안도가 되었다. 지숙이는 자기가 살고 있는 셋방으로 가서 우선 짐을 풀자고 했다.

이모 집에서 살고 있는 것으로 생각했는데 아닌 것 같았다.

"혼자 사는 거야? 이모 집에서 같이 사는 줄 알았는데."

지숙이 처음 왔을 때는 이모 집에 있었는데 여러 가지 불편한 점이 있었다고 했다.

그래서 미용실 근처에 방을 얻어 다른 아가씨와 공동으로 생활한다고 했다.

마침 그 아가씨가 다른 곳에 직장을 얻어 곧 나가기로 되어 있으니 같이 살면 된다고 했다.

◆◆◆

지숙이는 골목을 여러 번 지나 어느 집으로 선희를 데리고 들어갔다.

방은 셋이 쓰기에는 좀 비좁았다. 다른 네 개의 방이 있는데 그 방들은 다 대학생들이 하숙으로 있는 방이라고 했다.

지숙이 방만 자취방이고 대학생들은 주인집에서 밥도 먹는 하숙이라고 했다.

미용실은 제법 규모가 있는 큰 미용실이다. 이 정도 미용실은 청주에서 보지 못했던 것 같다.

앉아서 머리를 하는 사람들도 많았고 미용사들도 대여섯은 족히 되는 것 같았다.

지숙의 이모는 너그러운 성품은 아닌 것 같았다. 원장의 위치가 있어서 그렇겠다고 이해를 하지만 편하지는 않았고 조카인 지숙이도 눈치를 많이 본다.

지숙이가 올라온 지 2년이 다 되어 가는데도 아직 미용사는 아니었다. 보조 역할에 그치고 손님들 머리를 감기고 바닥 청소를 아직 면하지 못하고 있었다. 미용사라는 언니들도 친절한 사람들은 아니었다. 원장이 그래서 그런지 손님들에게는 갖은 아양을 떨어도 지숙이와 선희에게는 냉랭하고 함부로 대했다.

어정쩡하고 불편한 매일의 연속이었고 잘못 왔나 싶은 생각이 들었다.

그나마 좀 웃는 시간은 퇴근한 이후 저녁 자취방에 들어올 때이다. 옆방의 대학생들이 이 집에 있는 유일한 아가씨 둘에게 환심을 사려고 서로 티

격태격하는 모습을 보는 것이 즐거운 시간이었다.

옆방의 한 대학생과 지숙이는 오래전부터 이미 연애를 하는 사이인 것 같았다.

지숙이 말로는 부정하지만 선희 눈에는 예사롭지 않음을 느꼈다.

출근을 하고 20일 정도 지난 어느 날, 어느 손님이 다른 두 명의 아가씨와 같이 왔다.

차림새가 예사롭지 않았고 두 아가씨도 그랬다.

원장과 다른 미용사들이 그네들을 대하는 태도로 봐서는 특급 손님이 분명했다.

그 여자는 원장에게 오늘 사진을 찍어야 하니 직접 원장이 손을 대라고 했다. 원장은 그런 그녀의 고압적인 말에 바짝 엎드려 바닥에 기는 모양새다.

두 아가씨 다 《선데이 코리아》 표지 모델로 뽑혔다는 말도 뒤에서 들을 수 있었다.

그 여자는 뒤에 앉아서 기다리고 있다가 선희와 눈이 마주쳤다. 선희가 눈인사를 하자 그녀는 선희에게 와 보라고 했다. 그녀는 앉아서 서 있는 선희를 위아래로 훑어보더니 되었다고 하며 일 보라고 했다.

한참의 시간이 지나 두 아가씨 머리가 완성되었다. 그녀는 찬찬히 앞뒤를 살펴보고는 이 정도면 되었다고 하며 원장을 따로 불렀다.

원장은 그녀와 몇 마디 얘기를 나누고 선희를 미용실 밖으로 불러 물었다.

여기 내 밑에서 미용을 배울 것인지 아니면 저 여자가 너를 데려가고 싶다고 하니 쫓아갈 것인지.

“저분이 하는 일이 무엇인데요?”

그렇게 묻는 선희를 향해 언제 나왔는지 그녀가 대신 대답했다.

"내가 하는 일은 많아. 배우나 모델 키우는 일이 주로 하는 일이고 미스 코리아 만드는 일도 지금 새로 하고 있지."

선희가 원장과 대화를 하고 있는 중에도 그녀는 원장은 무시하고 직접 선희와의 대화에 뛰어들었다.

무엇을 하는지 중요한 것이 아니고 선희는 이 불편한 미용실에서 나가는 것이 우선이었다.

그녀는 전화번호를 건네주면서 내일 전화하라고 하며 돌아갔다.

원장은 대놓고 뭐라고 하지는 않았지만 못마땅한 표정으로 들어갔다.

선희가 따라 들어가니 원장이 지숙이와 무슨 말을 하는 것이 보였고 지숙은 선희를 보고 밖에서 얘기하자고 하며 나오라고 했다.

"선희야, 그 여자 쫓아가려고? 솔직히 말해서 여기서도 희망은 안 보여. 내 생각도 그래. 그런데 그 여자한테 가도 좋은 선택은 아닌 것 같아. 운이 좋으면 몰라도 잘못하면 안 좋은 길로 빠질 수도 있어. 차라리 공장에 다니는 것이 훨씬 나을지도 몰라."

지숙의 충고는 선희가 결정을 내리는 데 확실한 역할을 했다. 지숙이 자신도 여기서 희망이 없다고 생각하니 나가야 한다.

'운이 좋으면 몰라도'라는 조건이 붙은 말에는 운이 좋을 수도 있다는 생각이 들었다. '공장에 다녀서는 어느 세월에 엄마를 데리고 오나….' 하는 생각이다.

"지숙아, 한번 해 보려고. 운이 좋으면 잘될 수도 있지."

그녀는 회사인지 학원인지 구분이 되지 않는 〈차밍 아트 스쿨〉이라고 하는 것을 운영하고 있고 원장이라고 했다. 〈차밍 아트 스쿨〉 원장 김숙영이 그녀의 명함이었다.

거의 한 달 만에 선희는 놀라울 정도로 세련되게 변신했다. 그리고 곧 《선데이 코리아》의 표지 모델이 되는 파격적 진전이 있었다.

주변에 같이 있던 다른 아가씨들의 시샘도 있었다. 길거리 가판에는 선희 얼굴이 비치되어 있는 것을 선희도 보았다.

기사와 함께 실린 선희의 프로필은 나이 말고는 다 선희도 모르는 내용으로 쓰여 있었다.

부푼 희망을 갖기에는 석연치 않은 내부의 공기를 느낄 수 있었다. 앞으로 선희 인생에서 모델이나 배우가 될 가능성이 클 거라는 기대감이 없다.

물론 어쩌다 운이 좋으면 삼류 배우라도 할 수 있다고는 하지만 한 주에도 다른 잡지를 포함해서 수십 명의 아가씨 얼굴이 나오는 이 치열한 세계에서 선택되는 일이 쉽지 않음을 이미 경험해 본 선배들이 자조적으로 하는 얘기를 통해 들은 적이 있다.

잡지가 나오고 며칠 되지 않아 김숙영 원장이 선희를 불렀다.

"선희야, 모델이나 배우는 가시밭길이고 힘든 일이야. 성공하기 위해서는 도와주어야 하는 사람도 있어야 하고 돈도 많이 든다. 지금 너 잡지 모델로 만드는 데 들어간 돈이 백만 원도 넘어. 우선 들어간 돈도 빼야 하고 너도 돈을 벌어야 하고, 그러니 내 말대로 잘 따라와 주면 좋겠다."

부드럽게 말하는 김 원장이지만 거절하면 안 될 것 같은 압박감이 있다.

"어떻게 하는 것인데요?"

걱정스러운 표정으로 묻는 선희에게 김 원장은 웃으면서 그리고 계속 부드러운 말로 답했다.

"네 몸이 네 재산이야. 여자가 돈 벌려고 하면 몸으로 돈 버는 것이 제일 빨라."

김 원장의 계속된 설명은 결국 몸을 팔아 돈을 벌고 운이 좋아서 배우라도 되려면 몸을 바쳐야 한다는 말이다.

그래도 이건 아니라고 생각해 못 하겠다고 말하려 하는 순간 김 원장은 허를 찌르고 들어온다.

"너 처녀야, 아니야? 경험 있냐고 묻는 거야. 처녀면 너 같은 애만 찾는 돈 많은 사장이 있는데."

선희의 흔들리는 동공을 눈치채고 김 원장은 탄식을 한다. 일백은 충분히 받아 낼 수 있었는데 틀렸다고 탄식을 하며 실망을 한다.

선희의 대답을 들을 필요도 없다는 듯 김 원장은 자리에서 일어나면서 한마디로 결론을 냈다.

"손님은 내가 연결해 줄 테니 수입의 30%는 내 몫이야. 잊지 마. 너에게 투자된 돈이 백만 원이 넘는 것. 손님도 내가 연결해 주고 다 내가 만드는 일이니 30%면 잘해 주는 거야."

생각할 겨를도 없이 그저 밀리고 끌려가고 했던 지난 한 달의 결과가 결국 몸 파는 일로 결말이 났다. 김 원장이 이미 백만 원을 투자했다는 말은 위협적이고 구속감을 느낀다.

도망을 가도 끝까지 찾아 잡아 온다는 얘기도 들은 적이 있다.

백만 원이 넘게 투자되었다고 하지만 선희는 단돈 십 원도 보지도 만져 보지도 못했다.

두려움이 생기고 집에서 오늘도 술로 지새고 있을 엄마가 떠오른다.

울면 걷잡을 수 없이 주저앉을 것 같아 이를 악물었다. 이 무서운 세상을 헤쳐 나가야 한다. 여기서 벗어나 청주 외곽에서 농사를 지으며 살고 싶다는 생각도 들었다.

김 원장이 데리고 간 곳은 종로 주변에 위치한 대궐 같은 술집이었다. 거기서 김 원장은 김 마담이라는 또 다른 호칭이 있었다.

김 원장은 선희를 작은 방으로 데리고 들어갔다. 그 방은 이 층에 있었다. 이 층 복도에 들어섰을 때 펼쳐진 고급스러운 치장은 아무나 올 수 없는 곳이란 것을 느끼게 해 준다.

방은 한눈에 봐도 비싸 보이는 테이블과 소파로 갖추어져 있고 벽도 특이한 소재로 도배되어 있었다.

아래층은 일반 손님들이 오는 곳이고 이 층은 VIP 고객들을 위한 곳이라고 했다.

VIP들을 위한 아가씨들은 주로 모델이나 배우 그리고 외모가 뛰어난 여대생 일부라고 했다.

아래층 손님들을 맞는 아가씨와 이 층 VIP를 맞는 아가씨들의 차이점은 우선 받는 돈의 차이가 있다. 그리고 매일 정해진 시간에 출근하지 않는다. 연락이 오면 나가고 연락이 없으면 나가지 않아도 된다.

김 원장은 처음 나온 선희에게 귀에 못이 박힐 정도로 주의를 준다. 오늘 네가 받는 손님은 굉장히 중요한 손님들이고 그분들 기분 상하지 않게 잘 받들어 모시라고.

그분들 기분 상하는 일이 있으면 김 원장이 책임을 져야 하니 그렇게 되어 손해가 나는 경우가 생기면 네가 돈을 물어야 한다는 협박과 함께 반복하여 교육을 시켰다.

김 원장과 선희가 방에서 기다리고 있을 때 또 다른 아가씨가 다른 마담과 들어왔다.

김 원장과 다른 마담은 서로 언니 동생 하는 사이였고 다른 아가씨도 김 원장과 안면이 있는지 인사를 했다.

김 원장이 그 두 사람에게 선희를 소개한다.

"얘는 지금 신인이고 곧 영화 찍기로 했어. 주연은 아니고 조연 정도야, 우선은."

김 원장의 말은 선희가 알지도 못하는 거짓말이다.

곧 두 사람이 들어왔다. 그들이 무슨 일을 하는지는 모르지만 김 원장과 다른 마담은 그 둘이 들어오자 한쪽으로 비켜서서 공손한 인사를 했다. 궁녀가 왕에게 인사를 올릴 때 아마 저런 식이겠다 싶을 정도로 예의를 차려 공손하게 인사했다.

다른 마담이 자신이 데리고 온 아가씨에 대하여 손님들께 인사를 시켰다.

"이 친구 가끔 텔레비전에서 보신 적 있죠? 김미화라고."

김미화라는 아가씨는 인사를 하고 자리에 가서 앉았다.

김 원장도 선희에게 인사를 올리라 하고 아까 했던 말을 또 한다.

"우리 이선희 씨는 오늘 여기 처음 데리고 나왔어요. 곧 영화를 찍기로 되어 있고 《선데이 코리아》 표지 모델로 최근에 나왔고요. 처음이라 서투른 점 많이 있으니 이해해 주세요."

김 원장의 설명이 끝나자 그 두 사람 중 한 명이 선희를 옆자리에 오게 했다.

이 방에 들어오기 전 방은 이미 이름도 모르는 양주들과 안주로 세팅이 되어 있었다.

사전 교육을 받은 대로 술을 따르고 묻는 말에도 정신 차려 교육받은 거짓 이력을 얘기했다.

양주 한 병도 다 비우기 전 그들은 일어서 나가고 곧이어 김 원장과 마담이 들어와 쫓아 나가라고 했다.

선희의 파트너였던 사람과 선희는 한 차에 타고 어느 호텔 앞에서 내렸다.

알고 있었다. 김 원장이 사전에 알려 준 대로 이렇게 가는 과정을 이미 알고 있었다.

K 선생에게 당했을 때 처음이었고 지금은 두 번째다.

그때는 K 선생을 죽이겠다고 했는데 지금 두 번째는 다소곳이 열어 준다.

K 선생과 이 사람의 차이는 무엇인가? 그때와 지금의 차이는 돈을 주고 안 주고의 차이여서 그를 받아들이는 건가?

밤새 같이 자는 줄 알았는데 한 번 치르고 난 후 그는 일어나며 가겠다고 했다.

누워 있는 선희에게는 더 자고 내일 아침에 가라고 하며 돈을 준다. 십만 원이었다.

큰돈이었고 여기서 김 원장에게 삼만 원을 주고도 칠만 원이 선희 몫이다. 김 원장은 선희가 주는 삼만 원 말고도 이미 술값이나 다른 것에서도 좀 챙긴 것이 있을 것이다.

칠만 원이면 지숙이가 있는 미용실 미용사 두 달 치 월급과 비슷하다.

그렇게 선희의 호스티스 생활이 시작되었다.

◆◆◆

어차피 이 생활을 할 거면 제대로 해 보자는 생각이 들었다.

김 원장의 빚을 갚고 좀 더 하면 큰돈을 만질 수 있다는 자신감이 생기며 엄마를 서울로 오게 할 수 있는 날이 당겨질 수도 있다.

하지만 시간이 지나면서 선희의 계산대로 돈이 모이지 않았다.

옷을 자주 사야 했고 화장품 비용도 크다. 매주 최소 두 번 정도는 미용실에서 머리를 해야 해서 머리를 하는 비용도 만만치 않았다. 머리를 할 때는 지숙이 있는 미용실을 피해서 다른 곳으로 다녔다. 선희가 무슨 일을 하고 있는지 지숙이는 알고 있을 것이다.

방값과 생활비로 한 달에 오만 원을 내야 했다. 김 원장이 만들어 놓은 집에서 생활을 해야 하는 반강제적인 숙소였다. 물론 보통의 숙소와는 달리 좋은 집이었다.

이곳도 때가 되면 나가야 한다. 완전 독립적으로 스스로 방을 구해서 나가야 했다.

김 원장의 VIP 고객은 40명 정도 된다고 했다. 새로운 얼굴을 이 고객들에게 모두 한 번씩 돌리고 나면 그때는 고급 호스티스 그룹에서 밀려난다. VIP 중에서 가끔은 다시 보자고 하는 사람들이 있기는 하지만 거의 새 얼굴을 원하기에 한번 보인 얼굴들은 용도 폐기가 된다.

이 숙소에서 나가는 때가 바로 그때이고 그 이후에는 아래층으로 내려가야 한다는 것이다.

아래층으로 가면 수입이 줄어드는 대신 씀씀이도 적게 조절할 수 있다.

옷이나 화장품을 좀 더 싼 것으로 하고 방도 훨씬 싼 방으로 스스로 정할 수 있었다.

숙소 생활이 4개월 정도 되었을 때 김 원장이 선희를 불러 지금 쓰고 있는 선희 방에 새로운 친구가 들어오니 방을 구해서 나가라는 통보를 했다.

그것은 이제부터 아래층에서 일반 손님을 받아야 하고 수입도 떨어지게 됨을 의미한다.

또한 김 원장과 정산도 해야 했다. 그간 선희의 수입 30%를 받았으면서도 아직도 투자금에서 모자라니 더 주어야 한다고 했다.

그리고 30만 원을 추가로 주면 앞으로 어떠한 수수료도 요구하지 않겠다고 했다.

30만 원의 명목은 〈차밍 아트 스쿨〉의 이윤이라고 했다. 원금만 회수하려고 하는 장사를 하려면 뭐 하러 사업을 하겠냐고 했다.

그래도 김 원장의 계산 방식은 다른 곳보다 훨씬 양심적이라고 들은 적이 있다.

이 바닥에서 잘못 걸리면 진드기처럼 달라붙어 등골 빼먹는 업주들이 많은데 김 원장은 손님들 중 힘 있는 사람들이 많아 시끄러운 소리가 나지 않게 깔끔하게 정리해 주는 편이었다.

김 원장이 곤욕을 치른 적이 있다고 했다.

김 원장이 데리고 있던 어떤 아가씨가 있었는데 이 아가씨가 만난 VIP 중에 어느 국가 기관의 높은 사람이 있었다. 이 아가씨는 그 VIP의 숨겨진 두 번째 여자가 되는 기회를 얻게 되었고 김 원장은 그런 사이가 된 것도 모르고 야박하게 정산을 요구하다 크게 다툼이 일게 되었다.

그런 일로 김 원장은 간첩들이 조사를 받는 어딘가로 끌려갔고 곧 풀려났다고 한다. 김 원장 역시 그를 보호할 수 있는 누군가가 뒤에 있었다.

선희가 김 원장과 정산을 하고 나서도 50만 원 정도의 큰돈이 남게 되었고 이 중 30만 원을 엄마에게 보내 작은 집이라도 사게 했다. 청주 시내가 아닌 외곽이면 지금 살고 있는 집 전세금을 빼서 합치면 작은 집은 살 수 있을 것 같았다.

선희가 김 원장의 숙소를 나오고 나서도 둘 사이의 관계는 좋은 편이었다.

기본적으로 선희가 돈을 벌 수 있게 된 것은 김 원장의 덕이라고 생각했고 그런 생각은 항시 김 원장을 존중하는 마음으로 이어졌다. 그런 선희의 마음이 김 원장에게 전해지는 것을 김 원장도 느낄 수가 있으니 좋은 관계가 설정되어 있다.

아래층 출근은 위층을 경험했던 선희로서는 만만치가 않은 험한 곳이었다.

우선 제일 모욕적인 것이 선택의 시간이었다. 손님이 4명이면 10명 이상이 들어가고 손님들이 각자 취향대로 한 명씩 택하게 되고 나머지는 돌아서 나가야 했다.

선희가 선택을 받지 못해 되돌아 나간 적은 없다. 하지만 어떤 아가씨 같은 경우는 출근하여 수십 번 방에 들어가도 선택 한 번 받지 못하고 공치는 날이 있었다.

자신을 선택해 준 손님에게는 고마운 마음으로 잘해 주려고 노력한다. 그래야 그 손님이 다음에 올 때 다시 불러 줄 수 있기 때문이다. 공치는 날이 없어야 빨리 이 생활을 청산할 수 있다.

또 하나 피할 수 없는 것이 가끔 진상이 걸리는 경우다. 이런 인간을 만나는 날은 재수 옴 붙은 날이다.

잘 대해 주어도 지랄 염병을 떤다. 조금 맘에 들지 않다고 생각되면 문 닫게 한다고 큰소리를 치고 옆에 앉은 아가씨에게 변태적인 행위를 강요하고 말을 듣지 않으면 발로 걷어차는 인간들도 있었다. 처음에는 겁이 나고 어떻게 수습할지 몰라 당황하고 있으니 비명을 듣고 들어온 웨이터가 수습을 해 주었다.

어느 재수 없는 날 비슷한 일이 또 일어났다.

그런 진상 같은 놈의 등쌀에 견디지 못하고 뛰어나간 한 아가씨를 그놈이 쫓아가서 머리채를 붙잡고 끌고 들어와서는 도망갔다고 손찌검도 했다.

선희는 이번에는 참지 않고 술병을 깨서 그만하라고 소리치며 위협을 했다. 선희의 이성을 잃은 행동에 진상을 포함해서 같이 온 인간들이 사색이 되어 움직이지 못했고 옆에 있던 아가씨들도 놀란 것은 마찬가지였다.

벽 한쪽 모퉁이를 등지고 깨진 술병으로 위협하며 소리치는 난리에 웨이터들이 들이닥치고 선희를 제압하려 했다. 선희는 그 웨이터들에게도 위협을 하며 나가라고 소리쳤다.

마침 나와 있던 김 원장이 그 소란스러운 소리에 쫓아왔는데 그 소동의 주인공이 선희임을 알자 웨이터들을 향해 나오라고 했다.

방으로 들어서는 김 원장을 본 선희는 깨진 술병을 내려놓았다. 김 원장은 진상들을 한 번 보더니 저 인간들 경찰로 넘기라고 웨이터에게 말했고 상황은 종료되었다.

김 원장은 선희를 부축하여 밖으로 나왔다. 가까스로 정신이 차려지면서 초여름의 시원한 공기가 선희를 진정시켜 주었다.

김 원장이 데려간 곳은 오가며 지나치던 포장마차였다.

"원장님도 여기 자주 오세요? 매일 지나는 곳인데 한 번도 와 보지 않았어요. 와 볼 시간도 없었고."

이제는 진정이 되어 괜찮다는 것을 보여 주기 위해, 그리고 고맙다는 표시의 인사말 대신으로 하는 말이다. 오늘 처음 말하는 것이다.

김 원장도 처음 앉아 보는 자리라고 하며 선희의 얼굴을 한참 응시했다.

"너 말 잘 듣는 순한 애로 보였는데 오늘 일 보니 완전 다른 독종으로 보이네. 내가 이 바닥 생활 겪으면서 너 같은 애는 처음 본다. 오늘 같은 일은 깡패나 양아치들이 하는 행동인데 도대체 네 정체가 뭐냐? 너 서울 오기 전에 학교 다니면서 양아치 노릇 하고 다녔어?"

김 원장의 심각한 표정과 선희 과거에 대한 의심을 하며 묻는 말에 적어도 양아치는 아니라는 사실을 말하고 싶었다. 오늘 같은 비슷한 전력이 한 번 있었는데 그래서 서울로 오게 되었다는 설명을 했다.

K 선생의 일과 집에 있는 엄마에 대한 얘기를 모두 김 원장에게 했다.

선희의 긴 설명 동안 김 원장은 소주잔을 몇 번 비웠고 선희에게도 따라 주었다.

선희의 말을 다 들은 후 김 원장은 담배에 불을 붙이고 깊숙이 빨아들인다. 이미 소주 한 병은 비웠고 두 번째 병을 땄다.

"그런 일이 있었구나. 여자가 인물이 반반하면 팔자가 드세. 반반한 여자를 꺾으려고만 하지 두고 보려는 남자들은 세상에 없는 것 같아."

김 원장의 술잔이 비면 선희가 얼른 따라 주었다. 오늘 보여 주는 김 원장의 모습은 의지하고 싶은 언니 같았다.

"선희야, 너 서울 와서 나 만난 것 행운인 줄 알아. 이 바닥에서 뒹구는 것들이 다 나 같지 않아. 그렇지만 내가 참 미안하다. 너를 이런 곳에 끌어들여 그 점이 참 미안하다. 내가 노력을 해서 너를 정말 배우로 보낼 생각을 해야 했는데 그렇게 하지 못해서 너무 미안하다."

김 원장이 하는 의외의 말에 선희는 당황스럽다. 그녀의 눈은 이미 젖어 있다.

원장님 우시는 거냐고 묻는 선희의 말에 김 원장은 너 때문이 아니라 자신 때문이라는 말과 함께 자신의 얘기를 했다.

"시작은 너와 다르지만 네가 과거 내 길을 걸어갈 것 같고 너와 나는 비슷한 점이 있는 것 같다. 내가 걸었던 길은 참 고단하고 쓰레기 속에서 걸었던 길이야. 네가 나 같은 길을 반복하지 않았으면 해. 내 고향이 어디인지 모르지? 나는 너보다 더 어린 나이에 제천에서 올라왔어. 참 먹고살기 힘들었던 촌이지. 내가 큰딸인데 밑으로 동생이 넷이나 있었어. 먹고살기 힘든데 애는 왜 그렇게 많이들 낳았는지.

서울 가서 식모라도 하면 밥 굶지 않는다고 아버지가 나를 식모살이하라고 서울로 보냈어.

중학교 문턱에도 가 보지 못하고 서울로 가게 되었지.

그 집에 가자마자 그 이튿날부터 집에 가겠다고 울면서 보내 달라고 했고 그 집 사람들은 할 수 없이 나를 돌려보내 주었어. 그때 그 어린 나이에 처음 집을 나와 서울 어느 생면부지의 집에서 홀로 있다고 생각하니 무섭고 집이 너무 그리웠어.

다시 돌아가니 나는 좋았지만 부모님들은 반가워하지 않았지. 그런데 시간이 지나면서 친구들이 하나씩 둘씩 없어져 가고 동네에 같이 놀 친구가 없을 정도가 되었어. 전부 서울로 갔어. 돈 벌러 간다고 다 가 버렸어.

그렇게 되니 나 스스로 가고 싶은 생각이 들어 서울로 올라와 지금까지 이렇게 서울에서 살고 있는 거야.

별의별 일 다 해 봤다. 식모, 공장, 가게 점원 등 이런저런 일 전전하다 이 바닥에 들어오게 된 거야.

내 나이 몇인 줄 아니? 나 올해 서른일곱이야. 이 바닥은 열아홉 나이에 시작했지.

아까 말했지? 얼굴 반반하면 남자들이 그대로 두지 않는다고. 나 지금도 그렇지만 이 정도면 너보다 훨씬 예쁜 거야, 안 그래?”

거기까지 말하면서 김 원장은 웃는다. 차분하게 그리고 무겁게 얘기하던 김 원장이 오늘 처음 웃어 보였다. 선희도 그렇다고 맞장구를 쳐 주면서 웃어 보였다.

사실 김 원장의 외모는 아직 시들지 않은 화려한 분홍 장미를 연상하게 한다.

계속된 이야기는 선희가 상상하지 못할 정도의 정말 고단한 인생이었다.

지금의 일을 하게 된 것은 그나마 운 좋게 어느 신문사 사람을 만나게 되어 그의 숨겨진 여자로 살면서 이 사업을 하게 되었다고 했다.

그 신문사 사람과의 사이에 딸이 하나 있고 가끔 그 딸의 아버지가 집에 들러 딸을 보고 간다고 했다.

통행금지 시간이 곧 되어 가면서 김 원장은 자기 집에서 자고 가라고 했다.

〈차밍 아트 스쿨〉 근처에 김 원장의 집이 있다는 것을 들은 적이 있다.

김 원장의 집에 들어가니 늦은 시간임에도 딸이 나와 인사를 했다. 내년에 중학교에 간다고 했다.

김 원장이 방을 하나 알려 주며 그 방을 쓰라고 했다. 갈아입을 옷도 내주면서 다시 선희 옆에 앉았다.

"이 집에 우리 애들 누구도 와 보지 못했어. 네가 처음이야."

딸아이는 엄마가 하는 일에 대해서 잘 모른다고 했다. 그러면서 자기 딸은 훌륭하게 키우려고 하면서 남의 딸을 이용해서 돈을 버는 자신이 너무 싫다고도 했다.

"지금도 싫지만 옛날에도 싫었어. 어느 정도 돈을 모았다 싶어 그 돈을 갖고 고향으로 내려갔어. 부모님께 밭을 사드리고 동생들과 함께 농사를 지을까 해서 갔는데 이틀 만에 생각을 접었어. 서울의 불이 반짝이는 곳에서 전쟁하듯이 살던 생활이 더 낫지, 시골의 조용하고 불빛 없는 고향에서는 살지 못할 것 같았어. 그만큼 서울이 익숙해졌지.

지금 내가 희망을 갖고 살아가는 목표가 있어. 돈을 더 벌어서 딸을 미국으로 유학 보내려고 해. 미국에서 공부하고 한국에 오지 않고 미국에서 살기를 바라. 그러면 엄마가 무슨 짓을 하고 살았는지 모를 거니까.

그리고 나도 나만의 꿈이 아직 있어. 미국에 가서 좋은 사람 만나 사는 것이 내 꿈이야.

숨어 사는 여자 이제는 지긋지긋해. 당당하게 내 남편이라는 사람과 살고 싶어."

항시 냉정한 사업가로 보이던 김 원장이 지금은 가엽게 느껴졌다. 선희도 위로의 말을 건넸다. 원장님은 항시 무엇이든지 잘하시는 분이니 계획대로 잘될 거라고.

"선희야, 내가 50만 원 돌려줄 테니 그 돈 갖고 고향으로 가라. 가서 평범하게 살아."

돈을 돌려준다는 말에 앞으로의 인생에서 김 원장은 선희가 믿고 따를 수 있는 유일한 사람임을 느꼈다. 선희는 괜찮다고 하며 청주에 갈 수 없는 이유를 다시 얘기했다.

김 원장은 알겠다고 하며 다시 제안한다.

"내가 아는 호텔 바를 소개해 줄 테니 거기서 일해. 그곳은 외국 사람들이 주로 들락거리고 몸 파는 데가 아니야. 나중에 고향에 갈 결심이 생기면 나에게 연락해. 돈 보태 줄 거니까. 그리고 앞으로는 내게 언니라고 해."

그녀의 진심과 앞으로 의지할 수 있는 언니가 생겼다는 생각에 선희의 눈시울도 뜨거워졌다.

◆◆◆

김 원장 언니가 소개해 준 곳은 외국인들이 주로 드나드는 남대문 근처 D 호텔의 스카이라운지 바였다.

월급은 호스티스였던 선희가 3일 출근해서 받는 팁 정도밖에 되지 않았다.

하지만 미용실 비용, 옷에 대한 비용 및 화장품 비용들이 필요치 않았다. 무엇보다 김 원장 언니가 해 준 말을 명심하고 있다. 쉽게 번 돈은 쉽게 쓰고 어렵게 번 돈은 잘 쓰지 않는다는 말에 공감하고 명심했다.

출근하면 호텔 유니폼으로 갈아입고 근무를 하니 옷이 별로 필요 없었다. 오히려 진한 화장을 하면 안 되고 머리도 간결하게 묶어야 해서 미용실이나 화장품에 들어가는 비용이 거의 없다고 보면 된다.

환경도 조용하고 손님들도 예의 바르게 해 주었다. 말이 잘 통하지 않는 외국인이라도 그들의 표정이나 행동에서 예의를 지켜 주는 것을 느꼈다. 국내 손님도 〈궁전〉 술집의 가끔 보는 개차반 같은 손님은 없다.

이런 곳에서 인격적인 모독 없이 일한다는 것에 자부심도 생긴다. 그까짓 치사하고 더러운 돈보다 작지만 훨씬 가치 있는 돈이었다.

호텔에 출근한 지 보름 정도 되었고 해야 하는 일에 어느 정도 익숙해져 있다. 유리잔이나 그릇, 접시, 스푼, 포크 등을 닦고 식탁을 청소하는 그런 일이었다.

주문은 영어를 하는 사람인 것 같으면 K 언니가 가고 일본어 같으면 M 언니가 갔다.

선희는 국내 손님 주문을 받았다.

저녁 좀 늦은 시간에 손을 들어 선희를 부르는 손님이 있었다.

선희가 오자 그는 간단하게 커피 하나면 된다고 했고 선희가 커피를 내오자 그는 선희에게 한 번 본 적이 있는 얼굴이라고 말한다.

"〈궁전〉에서 본 적 있어요, 맞지요?"

그가 자신을 알아보고 묻는 질문에 선희는 당황했다.

선희의 당황하는 표정을 보고 그는 같이 앉아 술을 마신 적은 없고 복도에서 본 적이 있다고 말했다.

그나마도 다행이어서 안도의 숨을 쉬고 이번에는 선희가 나지막하게 물었다.

어떻게 지나다 본 얼굴을 지금까지 기억하는 거냐고.

선희의 질문에 그는 옆에 있는 가방에서 사진 한 장을 꺼내 보여 준다. 자세히 보니 선희와 많이 닮은 얼굴이었다.

"비슷하죠? 내 누나 얼굴하고 비슷해서 기억이 났어요."

그의 어눌한 말씨로 보아 국내인이 아니라 재일 교포인 듯했다. 이곳 라운지에 오는 일본 사람과 재일 교포 손님들이 많이 있어 쉽게 재일 교포라는 것을 추측할 수 있었다.

"나 여기 한국에 주재원으로 나와 있어요. 미스 리 시간 되면 나하고 차 한잔할 수 있어요?"

그는 선희가 가슴에 달고 있는 영어로 된 'S. H. LEE' 명찰을 보고 말했다.

그가 자신을 따로 만나 보고 싶은 이상한 이유가 있더라도 단박에 "네." 라고 할 수도 없었고 선희의 과거를 알고 말하는 그에게 야박하게 안 된다고 할 수도 없었다.

그와 오래 얘기하면 이상하게 생각할 듯하여 일단 선희는 자리로 돌아갔다. 고민을 하면서 힐끗힐끗 그를 보는데 그가 다시 손을 흔든다. 와 보라는 것이다.

"제 연락처예요. 쉬는 날이나 시간이 될 때 연락 주세요."

명함을 내밀고 그는 일어서 나가며 한마디 더 한다.

"우리 회사 여기서 멀어요. 연락 안 주면 또 와야 하니 꼭 주세요."

명함을 주머니에 넣고 그날은 수시로 그 명함을 꺼내 보았다. 이번 쉬는 날 연락을 해 보겠다고 마음은 이미 먹었다. 그의 어눌한 말과 순진해 보이는 선한 느낌은 연락을 하지 않을 이유가 없다.

바로 얼마 전까지 처음 본 남자들과 잠자리를 해 왔는데 예의 있게 차 마시자는 사람의 제안을 거절할 이유가 없다.

게다가 그는 선희가 호스티스라는 것을 이미 알고 있어 내숭 떠는 일도 못 한다.

그가 명함을 준 이후 날짜는 더디게 흐른다. 쉬는 날 만나 보려고 기다리는데 시간은 참 더디게 흐른다.

그가 준 명함에는 '곤 이치로'라는 이름과 주식회사 SANEI 한국 지점 지점장이라고 새겨져 있다. 쉬는 날이 내일로 다가왔고 선희는 전화를 했다. 이치로 지점장님을 바꾸어 달라 했고 기다리라고 한 지 몇 초도 되지 않아 그의 말소리가 흘러나왔다.

선희의 전화에 그는 정말 반가운 인사를 건네고 내일 어디서 만날지를 시간과 함께 알려 주었다. 근무하는 호텔에서 가까이 있는 다방이다.

세 시가 약속 시간이었고 그는 쉽게 찾을 수 있는 곳에 앉아서 문 쪽을 보고 선희를 기다리고 있었다. 선희가 들어오는 것을 본 그는 일어나 선희를 맞는다. 서로 인사를 어색하게 나누고 자리에 앉았다.

“전화 주지 않으면 어쩌나 하면서 기다리고 있었어요. 전화 주어서 고맙습니다. 우선 성함이 어떻게 되세요?”

호텔에서는 ‘미스 리’라고 부르고 선희의 이름에는 큰 관심을 두지 않았는데 이 사람은 이름을 먼저 물어본다.

이선희라고 답하자 그 이후 호칭은 ‘선희 씨’로 불러 주었다.

“선희 씨, 사실은 우리 첫 만남에 밥 같이 먹자고 하는 것이 좀 그래서 오늘 시간은 일부러 세 시로 잡았어요. 점심 드셨지요?”

사실 점심을 먹지 않고 나왔다. 약속을 앞두고 무엇을 먹어 볼까 하는 생각이 들지 않았다.

하지만 안 먹었다고 말할 수는 없어 그렇다고 대답했다.

차만 마시고 나가서 걷자고 했다. 날씨는 좀 덥지만 햇빛 없는 다방보다 밝은 밖을 거닐자고 했다. 바로 근처는 남산을 오르는 길이었다. 가급적 그늘이 있는 길로 오르며 자신의 하는 일과 서울에 오게 된 이유를 말해 주었다. 나이 차이가 많이 나는 것 같은데 이제 스무 살 된 선희에게 깍듯한 존대어를 써 주었다.

“눈치채셨지요? 나 재일 교포인 것. 일본 사람은 아니에요.

학교 졸업하고 일본 무역 회사에 입사해서 일본에서 일하다가 내가 한국말 잘해서 서울 지점으로 오게 되었어요. 지금 2년 되었어요.

우리 회사는 옷을 무역하는 회사예요. 옷 중에서도 니트라고 하는 옷 위주로요.

일본 회사지만 일본에 파는 것이 아니고 미국으로 다 나가요. 여기 한국 공장에서 만들어 미국으로 수출하는 거예요. 예전에는 일본 공장에서 만들어 수출했는데 지금은 한국 사람들 기술이 좋고 가격도 싸서 전부 한국에서 생산해요. 내가 우리 회사에 대해서 한 얘기 다 이해돼요?"

이치로는 열심히 얘기를 하다가 선희가 관심을 두는지 궁금하여 선희를 쳐다보며 묻는다. 머쓱한 표정과 미소가 섞여 있는 얼굴이다.

"네, 하시는 말 다 알아들어요. 재미있는 얘기예요. 나도 니트 종류 몇 가지 있어요."

선희의 대답에 이치로는 만족하며 잠시 앉아 쉬자고 하며 길옆 앉을 만한 곳에 자기 상의를 깔아 놓고 앉으라고 했다.

오늘 이 사람의 배려는 당황스러울 정도였고 나의 과거를 알고 있는 이 사람이 이렇게 정중하게 대해 주는 이유가 왜 때문인지 모르겠다.

지금까지 이런 과분한 대접을 받아 본 적이 없는 선희였다. 청주에서는 학교 다닐 때였으니 그랬고 서울에 와서도 몸 파는 여자의 상대였던 사람들이 선희를 존중해 줄 일은 없었다.

그리고 선희는 고작 스무 살 여자이고 그는 서른이 넘어 보였다.

그의 배려와 말이 불편했다. 자리에 앉는 것을 주저하며 선희는 난처한 얼굴로 말했다.

"저, 할 말이 있어요. 제가 불편해요. 저 이제 스무 살이니 말을 놓아 주셨으면 해요. 그리고 제가 무슨 일을 했는지 아시잖아요."

선희의 난처하고 불편해 보이는 얼굴을 본 그는 주머니에서 지난번 잠깐 보여 주었던 사진을 다시 꺼냈다.

"선희 씨, 이 사진의 이 사람 나의 친누나예요. 이 누나가 나 대학까지 공부시켜 오늘의 내가 있게 되었어요. 우리 누나 선희 씨와 같은 일을 했고 그 돈으로 우리 집 먹고살았고 내가 학교도 다닐 수 있었어요. 우리 누나는 나와 우리 가족 때문에 희생했고 지금은 혼자 살고 있어요. 나는 우리 누나가 자랑스럽고 우리 누나를 누구보다 사랑해요. 그래서 선희 씨 외모도 우리 누나와 비슷해서 내가 만나고 싶어 했어요. 그리고 나는 그런 일을 하는 여자들에게 함부로 하지 않아요. 그들의 직업 존중해요."

그는 정색을 하고 어눌한 말투지만 말 한마디 한마디에 힘을 주며 말했다.

선희도 새로운 사실을 듣고 놀란 표정으로 그를 주시하고 그는 계속 말을 이어 갔다.

"사실 그날 복도에서 선희 씨를 보고 내 눈을 의심했어요. 옆에 같이 간 사람들이 있어 잠시 그들에게 기다리라고 하고 선희 씨를 좇아갔는데 찾지 못했어요.

그래서 다음 날 혼자 그곳을 갔지만 찾지 못했고 그다음 날도 갔지만 허탕을 치고 이름을 모르니 물어볼 수도 없었어요.

그러다 일본에서 손님이 와서 그 호텔 스카이라운지 바에 갔다가 선희 씨를 본 거예요.

그때도 나는 선희 씨 아는 척을 하지 않았어요. 우리가 주문을 할 때도 선희 씨는 나를 본 적 없으니 당연히 나를 모르고 나는 선희 씨 보면서 아무렇지 않게 주문했고 그 일본 손님이 가고 나서 선희 씨에게 명함을 준 거예요.

내가 그렇게 찾아다녔던 선희 씨예요. 내게는 정말 중요한 사람이란 것 이제 이해할 수 있어요?"

그의 말은 열정적이다 못해 흥분을 주체하지 못하는 말이었다. 그의 설명이 끝나며 선희는 왠지 미안한 마음과 그의 눈동자를 보고는 측은한 마음도 들었다.

누나로서 안아 주고 토닥거려 주고 싶은 충동도 생긴다. 이것이 모성애인지 모르겠지만 이제 그를 이해할 수가 있었다.

그제야 선희는 그가 깔아 준 자리에 앉으며 그에게 말했다.

"그랬었군요. 이 어린 내가 뭐라고…. 나도 앞으로 자주 만나고 싶어요. 그렇게 하실 거죠?"

"그럼요, 그렇게 찾아다녔는데. 나중에 내가 일본에 가면 누나에게 선희 씨 얘기를 할 거예요."

이치로는 밝은 표정으로 선희의 제안에 좋아했다.

이미 서로의 마음을 확인했지만 선희는 더 조심했다. 그도 그날 헤어지는 시간까지 정중한 배려를 계속 이어 갔다.

다음 쉬는 날 전에 전화하기로 했다. 그렇게 그날은 헤어졌고 돌아오는 길에 선희의 머리와 가슴은 정리가 되지 않고 요동치며 헝클어져 있다.

방으로 들어와서도 가방을 던져 놓고 그냥 누웠다. 옷도 갈아입지 않고 누워서 천장만 본다.

점심을 건너뛰었지만 저녁도 생각이 없다.

가슴만 요동치며 뛰고 있다. 그의 얼굴, 그가 말할 때 표정들이 천장에서 돌아가고 있다.

청주의 K 선생, 그는 그가 마음먹은 대로 쉽게 취할 수 있다는 생각을 가진 악마였다.

〈궁전〉의 고객들, 그들도 하나같이 사람으로 대하지 않고 상품 취급하던 사람들이었다.

그저 그들의 욕망만 채우려 할 뿐 손톱만큼도 배려를 해 주려는 인간은 없었다.

그런데 이 사람 이치로는 나를 그렇게 찾아다녔다고 했다.

단지 자기 누나의 처지와 비슷해서 동정심으로 그런 것은 아닌 것 같았다. 선희를 보는 그의 눈동자에서 갈망하는 것이 보였다. 그 갈망은 육체를 탐하는 갈망이 아닌 사랑에 목마른 갈망이라고 느껴졌다. 나를 존중해 주는 유일한 남자이고 이런 감정을 처음 느끼게 해 주는 사람이다. 이것이 사랑이라면 처음 해 보는 사랑이다.

그로부터 원하는 것은 없다. 단지 그가 나를 원하는 것 같고 나는 그를 안아 주고 품어 주고 그러고 싶다. 처음 만난 사람인데 너무 앞서 나가는 것도 같고 너무 쉽게 빠져든다.

나이는 훨씬 위이고 배운 것도 많고 회사 일도 잘하는 그였지만 선희가 해 주어야 할 만한 일이 있다는 생각이다.

칼부림에 술병을 깨서 싸우는 선희는 이제 없을 것 같다. 스스로의 가치를 떨어트리지 않게 몸가짐을 조심해야겠다는 생각이다.

남동생 없이 살아온 선희는 남동생이 있었다면 잘해 주었을까 하는 생각도 든다.

왜 그가 동생 같은 감정이 드는지 그 이유를 도대체 모르겠다.

호텔 근무 시간은 오전 출근하는 경우와 오후 출근하는 경우, 두 가지로 되어 있다.

주로 오전 7시에 출근하여 오후 7시 퇴근이 많고 오후 5시에 출근하여 밤 12시까지 근무하는 날도 있다. 밤 12시까지 근무하는 날이면 호텔 직원 숙소에서 자고 아침 7시에 그대로 다시 출근한다. 그 이튿날은 하루 휴무이다.

선희의 근무 일정을 대충 알려 주었기에 이치로는 보통 7시 전에 호텔 근처로 와서 선희를 기다렸고 휴무일이면 점심 전에 선희가 세 들어 사는 아현동 집 앞에서 기다렸다.

이치로는 차를 갖고 다녔다. 회사 업무용은 따로 있고 이치로만 사용하는 개인 차라고 했다.

일주일에 두 번 정도는 호텔로 왔고 선희 휴무일이면 그날은 무조건 집 앞으로 왔다.

평일 저녁에 만나면 저녁을 같이 먹고 집까지 데려다주고 간다.

그와 만난 지 두 달이 넘어도 그는 선희의 손도 잡지 않았다. 그 정도 시간이면 서로가 말이나 행동도 스스럼없이 할 정도의 시간임에도 그는 처음과 별반 다르지 않았다.

그를 만난 이후 선희의 가슴이 뛰고 그를 사랑한다고 생각하지만 그는 선희가 여자로 보이지 않는지 어떻게 해 보려 하지 않았다.

선희는 그의 손을 잡아 보고 싶고 그를 만지고 싶지만 싸구려 여자라는 생각을 그가 할까 봐 그러지 못하고 있는데 이 사람은 보통의 남자가 여자에게 하는 그런 것을 할 생각을 하지 않는 것 같았다.

이 사람은 가끔 있다고 하는 남자구실을 못 하는 사람인가 하는 의문이 들기도 했다.

하지만 그것은 아니다. 호스티스가 있는 곳을 출입하던 사람이니 당연히 아니라는 생각이다.

언제부터인지 선희는 이치로에게 오빠라고 부르기 시작했다. 선희는 조심스럽게 물었다.

"이치로 오빠, 오빠가 오해할까 봐 걱정이긴 한데 한 가지 물어보려고. 나 오빠 만나는 것 좋은데 오빠는 나 왜 만나요? 우리 연애로 만난다고 나는 생각해요. 오빠는 어떤 생각으로 나 만나요?"

선희의 표정은 진지한 반면 이치로는 간단하게 답해 준다. 연애로 만난다고.

"나는 우리가 연애하는 것 같지 않아서 그래요. 보통 연애하는 남녀는 손도 잡고 그러지 않아요? 저렇게요. 저기 보세요."

차창 밖으로 지나는 남녀를 보라고 가리키며 선희가 부끄러운 표정으로 말했다.

"그러면 우리도 앞으로 저 사람들처럼 할까요? 나는 선희 씨를 아끼느라고 그러는 건데."

그가 웃으며 말하지만 선희는 그 말이 이해되지 않았다. 남녀의 애정 표현과 아끼고 있다는 말이 무슨 상관이 있다고 그런 말을 하는지 모르겠다.

경험 없는 처녀를 지키게 해 준다면 아낀다는 표현은 말이 되지만 호스티스 출신인 것을 알면서 무엇을 아낀다는 소리인지 이상한 변명 같았다.

"오빠는 내가 전에 했던 일을 알고 있기에 나는 항시 조심스러워요. 무슨 말을 잘못하면 '그런 출신이니 그렇지.'라는 오해를 할까 봐. 나에게 아낄 것이 있다면 그게 무엇이지요?

내 입으로 이런 말을 하기도 그렇기는 하지만 내가 여자로 보이지 않나요?"

선희는 진지하다 못해 심각하게 따지듯이 말했다. 이치로는 그런 선희를 물끄러미 보더니 선희의 손을 잡는다. 그런 것이 아니라고 말하면서 여자로 보인다고 말했다. 아끼고 있다는 의미에 대해서는 명확하게 설명했다.

"선희야, 내가 너를 아낀다는 의미는 잘못해서 깨질 것 같은 도자기가 선희라고 생각하면 돼. 나는 선희를 예쁜 도자기로 생각하고 있어. 도자기는 다루는 것도 조심스럽게 다루어야 하는 것이고 그런 의미야. 그리고 내가 전에 말했지? 호스티스 일을 한 것에 대해 너무 감추고 싶은 과거라는 생각은 하지 마. 적어도 나에게는."

그가 처음으로 말을 놓았다. 호칭도 선희 씨에서 선희로 바뀌었다. 그리고 손도 잡았다.

그가 해 준 말이 조금은 이해가 됐다. 고맙지만 내가 그럴 만한 가치가 있는 여자인지 선희 스스로는 그럴 자격이 없다고 생각한다. 말 나온 김에 궁금한 것은 다 물어보기로 작정했다.

"오빠는 〈궁전〉도 다녔고 다른 곳도 다녔을 건데 그런 곳에는 왜 갔어요?"

선희의 도발적인 질문에 이치로는 난처한 표정으로 답을 하지 못한다. 선희는 말해 보라고 재촉하고 마지못해 이치로는 주저하며 부끄럽다는 표정으로 더듬거리며 말한다.

가끔 공장 사장님들이 접대 차원으로 데리고 간다고 했다.

"그럼 2차도 갔을 거고요."

취조하듯이 물었다. 하지만 답을 하지 않는다.

선희의 마음속에는 제발 갔다고 말해 달라는 간절함이 생긴다. 안 갔다고 하면 문제 있는 남자이기에 실망감이 클 것 같았다.

다 알고 있으니 바른대로 말하라는 압력을 느낀 이치로는 그렇다고 고개를 끄덕였다.

선희는 표정을 감추려 했지만 감춰지지 않았다. 안도감과 웃음이 나왔다.

"나 만난 후로도 간 적 있어요?"

재차 추궁하는 선희의 말에 이치로는 아니라고 하지만 거짓말이어도 괜찮다.

"나 옆에 두고 다른 여자 만나면 안 되잖아요. 앞으로 그런 데는 다니지 말아요. 나 도자기 취급하지 말고요. 무슨 말인지 알겠지요?"

의미심장한 선희의 말에 이치로는 알았다고 고개를 끄덕인다.

그가 알았다고 했지만 선희가 다가가기 전에는 먼저 다가올 것 같지 않았다.

"나 오늘 오빠 집에 가고 싶어요. 나 도자기 아니고 여자예요. 처음이에요, 나. 그렇게 생각해 줘요. 정말 내가 안고 싶은 남자는 처음이고 같이 자고 싶은 생각도 처음이에요."

선희는 이치로의 두 손을 잡고 그의 눈을 보면서 고백처럼 얘기했다. 역시 고개를 끄덕인 그는 차에 시동을 걸고 출발하는데 운전이 자연스럽지 않았다. 그의 복잡한 마음만큼이나 차도 부드럽게 나가지 못했다.

차는 마포로 들어서고 한강이 보이는 한쪽에 새로 지은 아담한 양옥집으로 들어갔다.

이치로는 선희의 손을 잡고 그의 집으로 올라갔다. 방 안에 들어서고 둘은 신발을 벗자마자 서로 부둥켜안고 입맞춤을 한참이나 했다.

이치로는 선희의 어깨를 양손으로 잡으며 오늘은 여기까지 하고 더 이상은 나중에 생각하자고 했다. 타오르던 선희의 몸에 찬물을 끼얹는다. 부둥켜안았을 때 선희는 분명히 솟아나는 그의 몸을 느끼고 있었고 아무 문제가 없는 남자인데 그만하자고 한다.

"선희야, 내가 아직 마음의 준비가 안 되었어. 함부로 너를 손대고 싶지 않아."

선희는 이미 찬물을 맞아서 머리는 이성적이었고, 거절당한 느낌이라 부끄러웠으며 자존심도 상했다. 그는 계속 얘기했다.

"우리가 서로 알아 가는 시간이 필요하고…. 아니, 나는 선희를 알아. 하지만 선희는 아직 나를 잘 알지 못하고 나를 좀 더 알려면 시간이 더 필요할 수 있다고 생각해. 내가 제대로 책임지지 못해서 네가 불행해질까 봐 걱정이야.

다른 일본 사람들이 여기에 현지처 두는 것을 나도 너무 잘 알아. 하지만 선희는 그런 여자로 만들고 싶지 않아. 누나를 생각하면 그런 생각, 나는 절대 할 수 없어."

누나에 대한 언급을 하는 대목에서는 이치로의 눈에 눈물이 반짝이는 것을 볼 수 있었다.

선희는 그를 다시 한번 살짝 안아 주고 그렇게 말해 주어 고맙다고 했다.

그는 저녁 준비를 하겠다며 앉아 있으라고 했다. 선희가 같이 돕겠다고 했지만 그가 만류했고 사실 선희가 할 수 있는 것은 없을 것 같았다. 밥은 몇 번 해 보았지만 반찬 같은 것은 한 번도 만들어 본 적이 없다.

거실 안을 돌아보는 중 책상에 사진들이 보였다. 부모님으로 추정되는 사진과 누나로 추정되는 사진이 있었다. 누나와 같이 찍은 사진 중에는 그가 고등학교에 다닐 때 같이 찍은 사진도 있었다.

누나의 얼굴을 자세히 보니 정말 선희와 비슷한 용모여서 새삼 신기했다.

그는 혼자 생활에 능숙해서인지 반찬도 뚝딱 잘 해냈다. 밥을 먹었다. 밥을 먹고 나서는 둘이 딱히 할 일도 할 말도 별로 없어 방 안은 어색한 공기가 흘렀다.

이치로는 선희에게 데려다줄 테니 가자고 했다. 선희도 그러겠다고 하고 일어서 나오는데 그가 뒤에서 껴안는다.

그의 숨이 거칠어지는 것을 느끼고 선희도 돌아서 그를 다시 안았다.

"선희야, 내가 너를 함부로 대하면 나의 누나한테 함부로 하는 것 같아. 그런데 나도 남자라 괴롭다. 내가 너무 이상한가?"

그의 목소리는 거칠기도 하고 흐느끼는 소리처럼 들리기도 했다.

"나는 오빠가 그저 좋아요. 오빠 때문에 불행할 일 없으니 괜찮아요. 그리고 나는 오빠의 누나가 아닌 이선희예요."

그의 거친 숨소리만큼 손도 거칠게 선희의 옷을 풀어 헤쳤다. 그의 손길이 맨살을 휘젓고 다닐 때는 깜짝깜짝 놀라 몸이 오그라지는 희열이 있다. 처음으로 느끼는 육체의 반응이었다.

그의 몸이 선희의 몸속으로 들어오는 것을 느낄 때는 눈물이 났다. 왜 눈물이 나는지 모르겠다. 그런데 행복하다.

선희를 마주한 채로 옆에 누운 그의 얼굴은 평화로웠다. 그의 누나와 얼굴이 흡사한 것을 인지하고 난 이후 선희의 눈에는 그가 마치 동생 같은 느낌이었다. 한없이 품어 주고 싶고 안아 주고 싶은 사람이다.

선희는 '이제 정말 내가 여자가 되었구나.'라는 생각이 들었다. 한 남자를 받아들이고 그가 나를 원하는 것보다 내가 더 그를 원한다.

생각지도 못한 사랑이라는 것이 갑자기 들이닥쳤다. 그것이 무엇인지도 모르고 살아왔다.

사랑만이 아니라 그 외 다른 것에 대해서도 아무런 생각이 없이 살아왔다. 미래에 대한 목표도 없었고 어떻게 살아야 행복하게 사는지 그런 생각도 없었다.

그저 흐르는 대로 흘러 여기까지 오다 보니 사랑을 만났다. 이래서 사람들이 살아가는가 보다.

그는 잠을 자는 것같이 조용하지만 자는 것이 아니라 뭔가 골똘히 생각하는 것 같았다.

“오빠, 밖에 나가서 강 구경하러 갈래?”

선희가 그를 살짝 흔들며 일어나라고 했다. 이치로는 가자고 하면서 옷을 챙겨 입고 차 열쇠도 챙긴다.

“차 열쇠는 왜? 차 타고 가야 하는 것 아니잖아요?”

선희가 의아하다는 표정으로 묻자 이치로는 구경하고 곧바로 선희를 집에 데려다주려 한다고 했다.

“오빠, 나 여기서 자고 내일 아침 곧바로 호텔로 출근하려고 해요.”

이 남자는 선희가 적극적으로 다가가서 손을 내밀어야 할 사람이고 그렇지 않으면 좀처럼 다가오지 않을 사람이란 것을 알기에 자고 가겠다고 했다.

선희의 자고 가겠다는 말에 이치로는 다시 한번 선희를 안고 그렇게 말해 주어 고맙다고 했다. 그는 차 키를 다시 탁자에 올려놓고 선희의 손을 잡고 나왔다. 둘은 근처 강변이 보이는 곳에서 산책을 하고 들어왔다.

예기치 않았던 첫날밤이다. 오늘 그를 만나러 나올 때만 해도 이런 밤을 맞이할 거라는 상상을 전혀 하지 못했다.

밤새 그는 눈이 떠지면 선희의 몸으로 들어왔다. 선희는 내일 그가 회사에서 일하는 데 지장이 있을까 걱정이 되었다.

그간 인내하고 참았던 그를 오해하고 이상한 의심을 했던 것이 떠오르자 웃음이 나온다.

부지런한 그는 선희가 잠들어 있을 때 일어나 소리 나지 않게 아침 준비를 했다.

선희도 일어나 그가 아침 준비를 하는 것을 보고는 그가 알아채지 못하게 조용하게 옷을 입었다.

그에게 맨몸을 보여 주는 것이 부끄럽다는 생각이 들었다. 그전에는 손님과 일이 끝나고 옷을 입을 때 부끄럽다는 생각이 든 적은 없었다.

아침을 먹고 각자 출근 준비를 하고 나왔다.

이치로는 선희를 호텔까지 데려 주고 자신의 회사로 돌아갔다.

출근하여 먼저 온 언니에게 인사를 하는데 그 언니는 선희 얼굴이 활짝 피었다고 하며 좋은 일이 있는 거냐고 물었다.

화장실로 가서 거울을 보았다. 거울에 비춰진 얼굴은 화사한 꽃이었다.

⬩◆⬩

그날 밤 이후 이치로는 수시로 호텔로 와서 선희를 픽업했다. 쉬는 날 전날 저녁은 무조건 왔고 평상시 저녁 퇴근 시간에도 자주 왔다. 그리고 스카이라운지 바에서 근무하는 직원들은 선희에게 남자가 생겼다고 놀리기도 했다. 그가 올 때마다 미리 전화를 해서 선희를 바꾸어 달라고 했기 때문에 이치로의 전화를 받은 직원은 다 알게 되었다.

선희는 확실하게 달라졌다. 항시 웃는 얼굴로 일을 했고 직원과 고객 모두에게 친절했다.

선희 자신도 하루가 힘든 줄 모르고 지나가는 것을 느낀다.

그렇게 두 달 정도 지나고 이치로는 할 말이 있다고 했다.

"선희야, 호텔 그만두는 것 어때? 그리고 일단 내 집에서 우리 같이 살아 보면 어때? 그래도 될 것 같은 자신이 생겼어."

그가 지옥에 같이 가자고 해도 쫓아갈 선희이다. 묻지도 않고 무조건 "Yes."라고 했다.

그리고 그의 제안이 하나 더 있었다. 그가 거래하는 공장 세 군데 중 한 군데에 출근해 보라는 것이다. 그가 출근하고 나면 혼자 집에 있어야 하는데 할 일 없이 무료한 생활보다는 일을 배우면서 출근하는 편이 훨씬 나을 것 같아 그것도 좋다고 했다.

그런데 자신이 생겼다는 말은 무슨 의미인지 궁금했다.

"자신이 생겼다는 말이 무엇이지요?"

선희의 질문에 그는 미소를 보이며 나중에 말해 주겠다고 했다.

우선 호텔에 사표를 내기 전에 김 원장 언니를 만나 말을 해 주어야 할 것 같은 생각이 들었다.

호텔로 출근한 이후 한 번도 만난 적이 없었고 연락도 취하지 않았었다. 그를 만나고 난 후의 시간들은 원장 언니 생각을 하지 못할 정도의 흥분되고 행복한 시간이었다.

종로의 어느 다방에서 만나기로 약속을 잡았다.

선희를 본 원장 언니는 더 예뻐졌다는 칭찬을 했다.

원장 언니도 별 특별한 일 없이 지내고 있다고 했다. 딸의 안부를 묻자 원장 언니는 기분이 좋은 얼굴로 공부를 잘해서 상을 받았다고 자랑했다.

선희는 하려고 하는 말을 했다.

"언니, 나 호텔 그만두려고요. 애써 넣어 주셨는데 죄송해요."

선희의 그만두려 한다는 말에 원장 언니는 놀라면서 묻는다.

"왜? 누가 힘들게 하니?"

선희는 손사래를 치며 그게 아니라고 했다.

"내 뒤에 언니가 있는 줄 다 아는데 누가 나를 건드리겠어요. 다른 일 배워 보려고요."

김 원장 언니는 그런 선희의 대답이 미심쩍다는 생각에 다시 묻는다.

"너 남자 생긴 것 내가 들었는데 혹시 그것과 연관된 거니?"

원장 언니의 말에 선희는 깜짝 놀랐지만 그럴 수 있다는 생각을 했다. 직원 중 한 사람은 원장 언니와 직접 소통을 하는 관계이니 선희의 얘기를 할 수 있는 것이다.

"어머, 아셨어요? 언니 손바닥에서 벗어날 수가 없네요."

웃으면서 말하는 선희에게 원장 언니는 대답을 재촉한다.

"네, 관련이 있고 공장에 출근해서 일을 배워 보려고 해요. 기술을 배우려고요."

이치로의 이야기는 하지 않았다. 그저 공장에 다니는 평범한 남자로 생각해 주는 것이 좋을 듯하여 간단하게 대답했다.

원장 언니는 기술을 배우는 것도 괜찮을 수 있다고 하며 선희가 마음먹은 대로 하되 항시 남자는 조심하라고 한다.

"남자는 있는 놈이든 없는 놈이든 처음에는 죽자 살자 하다가 제 것이다 싶을 때는 싫증을 잘 내. 싫증 나면 딴 여자 껄떡대는 동물들이니 조심해.

그렇지 않은 남자도 있겠지만 여자가 아무리 반반해도 시간이 지나면 싫증을 내고 마음이 변해. 어떤 사람이 그러더라. 현명한 여자는 남자가 싫증나지 않게 한다고. 근데 어떻게 하는 것이 현명한지 나도 몰라."

아현동 셋방의 짐을 정리하고 마포의 이치로 집으로 이사했다. 그가 사람을 보내 이사를 도와주겠다고 했지만 짐도 많은 짐이 아니어서 혼자서도 충분히 가능했다.

그가 퇴근하기 전 짐을 정리하고 청소도 깨끗이 했다. 그리고 밥을 해 놓고 그를 기다린다.

이런 기분으로 여자들이 사는가 보다. 남편이 출근하고 나면 여자는 집에서 청소하고 밥을 하고 남편을 기다리는 재미로 사는가 보다.

퇴근하고 들어오는 그를 포옹으로 맞이했다. 혼자 이사하느라 고생했다는 말을 해 준다.

방을 둘러보다 처음 보는 선희의 물건들을 보고는 가슴이 뛴다는 소리를 했다. 선희가 쓰는 모든 선희의 물건이 선희를 보는 듯하다고 했다.

저녁을 먹은 후 이치로는 선희가 출근하는 곳의 일에 대하여 설명했다.

그가 거래하는 회사 중 가장 크게 거래를 하는 곳이 구로 공단에 있고 선희는 그곳 품질 검사부에서 일할 것이라고 했다. 생산이 완료된 완성품 검사를 하여 불량이 있는지를 검사하는 일이라고 했다. 검사를 해서 문제가 없으면 이치로 회사인 SANEI 직원이 나와서 출고 전 검사를 하는데 그 직원이 검사를 효율적으로 하기 위해 검사 준비를 하는 것도 해야 하는 일이라고 한다.

검사를 할 때 어떤 것들을 보는지는 내일 샘플을 갖고 와서 설명하겠다고 했다.

이미 공장 사장님에게는 얘기해 놓았다고 하면서 품질 검사는 생산처럼 힘들고 바쁘지 않다고 한다.

품질 검사는 특별한 일이 아니고는 야근이 없으니 저녁 시간에는 일본어 학원에 등록하고 일어를 배우는 것이 어떨지도 묻는다.

"일어 학원에 다니라고요? 일본어 배워야 해요? 일하는 데 필요해요?

선희의 질문에 이치로는 업무와는 상관없고 나중에 일본에 가서 살게 될 수 있으니 배워 두는 것이 좋겠다고 했다.

"어머, 나 일본 가서 살 수도 있다고요? 정말?"

반신반의의 표정으로 묻는 선희를 안아 주면서 그럴 수 있다고 말해 준다.

외국에 가서 산다는 것은 꿈도 꾸지 않던 선희였다. 선희만이 아니라 대부분의 사람이 꿈도 꾸지 못하는 말을 그가 했다.

이튿날 집으로 니트 옷 샘플 몇 장을 가져온 이치로는 검사를 어떻게 하는지 설명해 주었다.

생산품 모두 검사하는 것이 아니고 중간에 몇 장씩 꺼내 검사를 한다고 했다.

니트는 다른 옷과 다르게 옷 한 장의 중량을 검사하고 중량 차이가 크면 문제가 있는 제품이라고 했다. 옷의 무게가 100그램 이상 차이 나면 안 된다고 했다.

사이즈도 보는데 좀 작게 나온 것은 손으로 살짝 늘려 주어도 괜찮다고 했고 그 외 보아야 할 것들이 많이 있는데 한 번에 다 이해하기는 어려웠다.

이치로는 선희를 태우고 구로 공단 내의 회사로 갔다. 정문에 다다랐을 때 수위는 이치로 지점장임을 확인하고는 인사를 하고 문을 열어 주었다.

오는 길에 이치로는 선희를 공장 사람들에게 인사하게 하고 곧바로 여의도 사무실로 혼자 갈 거라고 했다.

오늘은 곧바로 일을 시작하지 않을 것 같으니 집에 올 때 택시를 타고 오라고 했다.

사무실 건물로 들어서고 복도에서 만나는 직원들은 "이치로 지점장님!" 하면서 인사를 했다.

사장님 방으로 들어서자 사장님이 일어나 밝게 선희를 맞아 준다. 그는 사장님에게 잘 가르쳐 주시고 부탁드린다고 하고 먼저 일어섰다.

그가 나가고 사장님은 밖에 있는 직원에게 품질 검사부 과장을 오게 하라고 했고 품질 검사 과장이 곧 들어왔다.

사장님은 서로 인사하게 했고 그 과장님도 이미 선희의 입사에 대하여 들어 알고 있었다.

"아, 이선희 씨. 사장님이 어제 말씀해 주셨어요. 저는 김광규 과장입니다."

"네, 과장님. 많이 가르쳐 주세요. 잘 부탁드려요."

이치로 지점장의 힘으로 들어온 것을 아는 김 과장은 선희가 아무것도 모르는 신입임에도 깍듯하게 대했다. 그는 물론이고 이 공장의 사장님도 마찬가지다.

선희가 〈궁전〉의 호스티스로 있을 때 이 사장님도 자주 왔을 것이다. 이치로 지점장과 함께 온 사람들 중 하나이고 이치로 지점장이 선희를 처음 본 날 이 사장님도 분명히 같이 왔을 것이다.

그런 생각은 선희를 위축시켰다.

김광규 과장이 선희를 생산 현장에 데려가서 제품이 생산되어 나오는 과정을 대략 설명해 주고 생산 부서 직원들과 인사를 하게 했다. 그리고 다시 품질 검사부로 돌아와서 미리 준비된 선희의 책상을 알려 주고 품질 검사부 다른 직원들과도 인사하게 했다.

인사를 할 때마다 이들이 속으로는 비웃을 것 같다는 생각에 자신감 없는 말과 소극적인 자세로 인사를 하게 되었다.

불편한 인사를 끝내고 내일부터 정식으로 출근하자고 했다.

이치로의 말대로 택시를 타고 마포로 돌아왔다. 집 안을 청소하고 빨래도 하며 이치로의 퇴근을 기다렸다.

퇴근하고 들어온 이치로는 신발도 벗지 않고 문 앞에서 선희를 불러 지금 일본어 학원에 등록하러 가자고 하며 빨리 나가자고 했다.

차는 영등포 시내로 향하고 차 안에서 선희는 오늘 내내 마음을 찜찜하게 했던 것에 대하여 말했다.

"오늘 갔던 그 회사 사장님이 나 알 것 같아서 걱정이에요. 오빠가 거기 〈궁전〉에 와서 나 봤을 때 그 사장님도 같이 왔을 것 같아요, 맞지요? 그러면 그 사장님도 나를 기억할 것 같아서 회사 사람들이 다 나를 어떻게 생각할지 걱정이에요."

불안감이 묻어 있는 선희의 말과 의기소침한 표정을 힐끗 본 이치로는 걱정하지 않아도 된다고 했다.

"〈궁전〉은 비싼 곳이라서 잘 가지 않는 곳이야. 그 사장님하고 같이 갔었지만 그날 그 사장님은 선희 얼굴 보지도 못했어. 그리고 선희를 그 사장님에게 소개할 때 호텔에서 일했고 내가 나중에 결혼까지 생각하는 사람이라고 말했으니 잘해 줄 거야."

오늘 내내 기분을 무겁게 했던 감정들이 이치로의 짧은 설명에 모두 사라졌다.

"그리고 니트에 대한 일이 처음이니 그 사람들 다 잘 가르쳐 줄 거야. 그러니 잘 못해도 그 사람들 다 이해하니까 걱정하지 마. 호텔 일을 하던 사람이니 당연히 처음에는 잘 모르지."

차는 영등포 시내로 들어서고 그는 주변을 찬찬히 살피더니 어느 건물 주차장으로 들어가 차를 세웠다.

그 건물 2층에 일본어 학원이 있었다.

학원 안으로 들어서고 누군가 나와 인사를 하는데 이치로는 일본 말로 말했고 상대도 곧바로 일본 말로 대화를 이어 갔다.

같이 얘기하던 사람은 나이가 좀 있는 여자였고 이 학원의 원장이라고 했다.

원장은 잠시 기다리라고 하더니 다른 젊은 여자 선생을 데리고 와서 인사를 시켰다.

앞으로 선희의 수업을 담당할 선생님이라고 했다. 내일부터 저녁 일곱 시까지 나오면 되고 교재는 학원에서 다 준비해 줄 거라고 했다.

학원 등록이 끝나고 이치로는 근처에서 저녁을 먹고 가자고 했다.

저녁밥을 준비해 놓았지만 그러기로 했다.

식당에서 주문을 하고 음식을 기다리는 중 이치로는 봉투를 꺼내며 매달 생활비로 쓰라고 했다.

학원비와 회사로 출근하는 택시비 등도 다 여기서 쓰라고 했다.

아주 짧은 시간 며칠 사이에 엄청난 변화가 힘찬 물길처럼 흘렀다.

호텔을 갑자기 그만두었고 회사에 다니게 되었으며 이제는 일본어 공부도 하게 된 변화는 요 며칠 사이에 일어났다.

모든 주변 사람이 선희를 존중해 준다.

청주에서의 치욕스러운 일, 서울에서 사람이 아닌 하나의 상품으로 취급되었던 호스티스 시절의 선희가 지금은 사람으로 대접받는 곳으로 자리를 찾아간다.

이 모든 것이 이치로 아니었으면 꿈도 꿀 수 없는 것이었고 무엇보다도 그는 나를 책임지겠다는 생각을 갖고 존중해 주고 아껴 주고 있다.

항시 가슴에 새기고 있다. 이 사람을 위해서는 목숨도 아깝지 않다고.

⬩◆⬩

회사의 출근이 시작되고 이치로는 선희를 영등포 시내에 내려 주고 여의도 사무실로 출근한다.

선희는 영등포 시내에서 택시를 타고 회사로 출근한다. 시내에서 공단의 회사까지는 택시로 20분 정도 소요된다.

매일 택시로 다니면 택시 비용이 만만치 않을 것 같지만 아직 익숙한 길이 아니어서 버스는 차차 생각하기로 했다. 버스를 타면 30분이 넘을 것 같은데 그러면 좀 더 일찍 나와야 하고 이치로의 출근 시간이 좀 더 빨라져야 하니 그 점도 생각해야 했다.

물론 퇴근 시에는 버스로 나오면 학원 시간을 충분히 맞출 수 있다.

첫 출근부터 품질 검사부 직원들은 친절하게 대해 주었다. 아무도 선희의 어두웠던 과거를 모른다고 생각하니 그들의 친절 뒤에 숨어 있는 조롱은 없다는 생각이 들었고 그 점은 선희가 좀 더 적극적인 자세를 갖게 해 주었다.

품질 검사부는 검사 인원이 적어 최고 관리자가 김광규 과장이라고 했다. 선희 외에 3명의 여자 직원만 있을 뿐이었다.

그네들은 친절하지만 선희에게 궁금한 점이 많이 있는 눈치인 것 같았다. 하지만 대놓고 물어보는 사람은 없었다.

업무에 대하여 잘 알려 주었고 SANEI에서 나오는 출고 담당은 사람이 좋은데 물건 보는 눈은 아주 까다롭다는 얘기도 했다. 그러면서 미스 리가 와서 좀 편하게 일할 수도 있다는 말을 했다. 그 의미는 선희도 알고 있다. SANEI 이치로 지점장과 결혼할 여자가 품질 검사부에 와 있으니 선희를 든든한 '빽' 정도로 생각하는 것 같았다.

그 사무실 여직원들은 미스 박, 미스 정, 미스 고 이렇게 세 명이 있다.

첫날임에도 여러 가지에 대하여 배우고 회사에 관련하여 들은 것도 있다.

품질 검사부는 야근이 필요 없는 부서이고 그래서 봉급도 다른 부서에 비해 좀 작다고 했다.

생산 부서는 야근이 일 년 내내 있고 다른 부서들도 야근이 만만치 않지만 이 회사의 품질 검사부만큼은 야근이 거의 없다고 했다.

이 회사의 주문 80% 이상은 이치로 지점장이 주는 것이라는 사실도 알게 되었다.

그러니 이들이 선희에게 거는 기대가 크지 않을 수 없다.

학원은 회사에서 버스로 30분 넘게 걸렸다.

어제 만났던 선생은 우선 한 달간 개인 교습으로 선희에게 기초를 가르친 이후 일반 수업반으로 옮기게 할 거라고 얘기해 주었다. 그 선생은 기초 과정의 수업을 전문으로 하고 있고 7시 수업이 없어 개인 교습을 한다는 것이다.

처음 접해 보는 일본어를 이 선생님은 어렵지 않게 그리고 흥미를 갖게 수업을 해 주었다.

배우는 시간들에 적응이 되었다. 회사 업무에 대해서 배우고 일본어를 배우는 것에 재미도 붙였다.

이치로의 업무 시간도 나름 바쁜 것을 알게 되었다. 일 년에 몇 번은 미국에서 바이어가 온다고 했다. 미국 거래처들 중 3곳은 중요한 바이어라고 했다. 그들이 번갈아 오는 때에는 이치로도 3일, 4일 정도는 밤 12시 가까이 되어 파김치가 되어 들어왔다.

미국 바이어들이 올 때는 항시 일본 본사의 사장님이나 부장님이 같이 들어왔다.

그리고 1년에 3번 정도는 일본 본사로 출장을 간다. 출장을 가면 일주일 정도 후에 돌아왔다.

그가 일본 출장을 갔다가 돌아온 어느 날 그는 카세트 녹음기와 테이프를 선희에게 선물로 주었다.

SONY에서 나온 신형이고 그 회사 제품 중 제일 비싸고 좋은 것이라고 했다.

그리고 노래를 틀어 주는데 처음 들어 보는 노래지만 쉬운 음정은 흥을 나게 했다.

노래가 끝나고 이치로는 테이프 박스에 새겨진 그 가수의 얼굴을 보라고 한다.

그리고 다시 그의 누나 사진을 갖고 왔다. 노래 주인공인 그 여자 가수와 이치로의 누나 얼굴이 흡사했다. 그것은 그 여자 가수와 선희의 얼굴이 흡사하다는 말이다.

이 노래는 벌써 몇 년 전에 나와 지금까지 일본 최고의 히트곡이라고 했다. 그가 가장 좋아하는 일본 가수이고 그가 가장 좋아하는 노래라고 했다. 제목은 〈블루 라이트 요코하마〉이고 가사는 요코하마에서 사랑하는 연인의 이야기라고 했다.

이치로는 가사를 번역해 줄 테니 계속 들어 보라고 했다. 그가 가사를 번역하는 동안 네 번 정도는 들은 것 같다. 들으면 들을수록 따라 부르고 싶을 정도로 친근한 리듬이었다.

그가 가사를 번역해서 선희에게 내밀었다. 선희가 가사를 읽는 동안에도 노래는 계속 흘러나온다.

"거리의 불빛이 무척이나 아름다워요, 요코하마.

당신과 나 우리 둘 행복해요.

전처럼 언제나 사랑의 말을 해 주세요.

당신이 먼저 내게 와 주세요.

걷고 걸어도 나는 작은 조각배처럼 흔들려요, 당신의 품속에서.

발소리만 따라오네요.

부드러운 입맞춤 다시 한번 더.

당신의 담배 연기 좋아해요. 언제까지나 영원히 둘만의 세계."

선희가 그에게 품고 있는 생각을 이 가사가 그대로 대변해 준 것 같았다.

이 사람은 운명인 것 같다는 생각이 새삼 다시 새겨진다. 깊은 생각에 빠진 선희에게 이치로는 비슷한 말을 했다.

"선희, 너를 처음 보았을 때 운명을 만났다고 생각했어. 중학교 시절 이 가수 얼굴을 보고 마치 누나를 보는 것 같았어. 누나와 너무 닮았고 이 여자도 재일 교포라는 말이 있어 내가 너무 좋아했어."

그의 운명이라는 말에 용기를 얻어 선희도 하고 싶은 말을 했다.

"나의 마음이, 오빠를 향한 나의 마음이 이 노래 가사 그대로예요.

우연치고는 너무 운명적인 것 같아요. 오빠를 둘러싼 세 여자의 얼굴이 이리 쌍둥이 같을 수 있을까요? 이 가사에 있는 대로 오빠가 먼저 와 주고 나는 오빠의 품속에서 언제까지나 둘만의 세계 속에서 살 수 있는 희망을 가져도 될까요?

그저 오빠가 하라는 대로 쫓아가기는 하지만 감히 희망이나 욕심을 가질 수 없었어요.

분명한 것은 나중에 내가 싫증이 나서 버리면 버린 대로 살아갈 거예요. 현지처로 살라고 하면 그것도 감사하게 생각하고 살 수 있어요.

그런데 이 노래의 가사 '당신의 품속에서, 언제까지나 영원히 둘만의 세계'라는 말에 욕심을 부리고 있네요."

선희의 눈에 눈물이 고였다. 욕심을 내니 슬퍼졌다. 그가 자주 하는 안심하게 해 주려는 말을 알고 있지만 선희 스스로가 확신을 갖지 못했다. '정말 그럴 수 있을까?'라는 회의감이 항시 있었다.

이치로는 그런 선희를 안아 주며 그렇게 될 거라고 말했다.

일주일 넘게 떨어져 있었던 시간인지라 이치로는 선희의 품속으로 파고든다. 가끔은 선희도 그의 넓은 가슴에 얼굴을 묻고 싶지만 그는 항시 먼저 선희의 가슴으로 파고들고 그런 그를 선희는 항시 아이를 품듯이 품어 주었다.

선희의 품속에서 이치로는 왜 자신에 대하여 묻는 것이 없냐고 한다.

"나에 대해서 알아 가는 시간이 필요할 거라고 전에 말했지만 물어보는 것이 별로 없네. 제일 중요한 질문도 없었고. 내가 결혼했는지도 묻지 않았어."

"내가 그런 것을 물어볼 자격이 되지 않아서 묻지 않았어요. 그런데 남에게도 나를 결혼할 여자라고 소개했고 나에게도 책임진다는 말을 했으니 굳이 궁금하지 않았어요.

오빠는 나를 책임지고 지키려는 사람이니 나는 아무것도 의심하지 않고 오빠가 하라는 대로 할 거예요."

선희의 대답에 이치로는 선희의 품속에서 나와 선희를 자신의 가슴에 안으며 그간 하지 않았던 말을 해 주었다.

그가 대학에 다니는 동안 사귀었던 여자가 있었다.

이치로는 그녀와 대학 1학년 때 만나 졸업 때까지 사귀었고 참 괜찮은 일본 여대생이었다고 했다. 그녀도 이치로 없는 인생은 생각할 수 없다고 했고 이치로 역시 그런 생각이었다.

일본 사회의 한국인 인식이, 그들의 사랑을 쉽게 용인하지 않은 것이 그들의 사랑을 열매를 맺지 못하게 했다.

특히 그녀의 아버지는 일본 의회의 중의원이고 곧 참의원을 목표로 하는 정치인이었다. 그런 그녀의 집안에서 '조센징' 사위는 상상할 수 없었다.

결국 집안을 버리기로 마음먹은 그녀는 집을 나왔고 그 둘은 둘만의 공간을 만들어 살기 시작했다. 이치로도 회사에 다니고 그녀 역시 그녀가 공부한 전공을 살려 광고 회사에 취직을 했다.

그들이 같이 산 지 한 달이 되지 않아 그녀의 집에서는 두 사람이 사는 곳을 찾아내어 그녀를 데리고 가 버렸다. 거기에 그치지 않고 야쿠자 같은 몇 명이 이치로의 본가에 들이닥쳐 난장판을 만들고 부모님에게 위협을 가했다고 했다.

애인을 데리고 간 것까지는 이해하고 체념할 수도 있지만 부모님에게 저지른 일에 대해서는 참을 수가 없는 일이었다. 그 분노는 그녀에게도 향했고 그런 분노는 그녀를 체념하는 데 괜찮은 역할을 했다.

하지만 그녀는 전혀 변하지 않았고 나중에 외출이 가능해졌을 때 이치로의 회사로 찾아와 만나곤 했다. 틈만 나면 멀리 도망가서 살자고 했다. 부모님이 찾을 수 없는 외국으로 가자고 했다. 이치로의 마음은 다시 흔들렸고 외국에서 근무가 가능한 회사를 찾아 옮긴 것이 지금의 SANEI 회사였다.

이치로는 희망을 갖고 지금의 회사에서 열심히 일했고 과거 경력도 있고 한국어를 할 줄 아는 유일한 과장급 직원이었기에 한국 지점 지점장으로 오게 되었다.

하지만 그녀가 짐을 싸고 서울행 비행기를 타기 직전 다시 집으로 붙잡혀 들어갔다.

또 한 번만 이렇게 하면 이치로의 집안을 모든 합법적인 수단을 동원하여 망가뜨리겠다는 협박이 있어 다시 행동으로 옮길 수 없었다.

그렇게 지금까지 서로 강제적인 이별 상태였다고 했다.

그래서 처음 선희를 본 순간 이치로는 운명이라고 생각했지만 그의 사랑 미하루가 마음속에서 정리되지 않아 주저했던 것이라고 말했다.

하지만 선희를 만난 것이 미하루를 마음속에서 정리하는 데 도움이 되고 선희와의 미래를 생각해 볼 수 있는 자신감이 생겼다고 했다.

미하루와 10년을 만났기에 그녀를 지우기는 쉽지 않았지만 지금은 선희만 가슴에 있다고 했다.

그의 가슴 아픈 사랑 얘기를 듣고 '이 남자에게 어딘가 외로움이 보였던 것이 이것 때문이었구나.' 하는 생각이 들고 이해가 되었다. 그래서 품어 주고 싶은 사람으로 보였던 것 같다.

그가 안쓰러웠다. 그를 다시 품어 주었다.

그저 누나와 흡사하게 생겼다는 것 말고 별로 내세울 것이 없는 많이 부족한 여자지만 그가 더 이상 외롭지 않도록 최선을 다해 사랑하겠다는 말을 했다. 무엇을 걸고라도 맹세할 수 있다고 말해 주며 그를 깊이 품었다.

신혼 같은 생활이 어느덧 반년이 지나며 그 반년 동안 회사 업무도 숙달이 되어 있었다. 일본어도 꽤 늘었다. 학원 수업 외에도 이치로의 도움이 결정적으로 컸다.

짧은 일본어라고 해도 저녁 시간에는 가급적 일본 말로 대화했다. 반년의 시간 동안 배운 일본어치고는 진도가 빨라 학원 선생님은 남들이 일 년 동안 공부한 것과 비슷하다는 소리를 했다.

어느 저녁 시간에 선희는 일본어 교재를 찾아보던 중《선데이 코리아》한 권이 있는 것을 보았다. 표지 모델 기념으로 한 권 갖고 있던 것이었다.

다시 집어넣으려고 하는데 이치로가 그 잡지는 무엇인지 묻는다.

책을 들어 보이며 옛날 표지 모델을 했던 거라고 하자 관심을 보이며 줘 보라고 했다.

선희가 옛날에 찍었던 것이라고 부끄러운 듯이 말하며 잡지를 건네주었다.

잡지의 표지에 있는 선희 얼굴을 본 이치로는 눈이 휘둥그레졌다.

"와, 이시다 아유미와 복사판 얼굴이네! 아니 더 이쁘네!"

이치로는 감탄을 하면서 잡지 사진과 선희의 얼굴을 번갈아 쳐다본다.

"선희야, 이 잡지에 있는 여자 한번 데려와 봐."

그가 하는 장난스러운 말은 선희를 더 부끄럽게 만든다. 농담이지만 화려한 선희를 보고 싶다는 진심인 것 같았다.

"알았어요. 조만간 데려올게요."

선희도 농담처럼 말했지만 오래간만에 꾸며서 그에게 보여 주고 싶은 생각이 들었다.

매일 화장하지 않은 얼굴로 머리를 질끈 동여매고 다니는 선희였다.

미장원에서 잡지처럼 미스코리아 머리를 하고 화장도 제대로 진하게 해서 그에게 보여 주고 싶었다. 그가 원하면 무엇이든지 다 들어줄 것이다.

그리고 이 사람도 남자인지라 예쁘게 꾸미는 여자를 좋아한다는 것을 생각하지 못한 것에 미안한 생각이 들었다. 공단에 출근하면서 외모에 별로 신경을 쓰지 않고 다녔다.

항시 편하다는 이유로 머리도 고무줄로 묶고 화장도 하지 않은 얼굴에 옷도 청바지에 편한 상의들을 대충 걸치고 다녔다. 신발도 구두를 신기보다는 거의 운동화를 신고 다녔다.

아무렇게나 해도 항시 이쁘다고 해 주는 그였지만 가끔은 그에게 색다른 면모를 보여 주는 현명함이 있어야 할 것 같았다.

⬧◆⬧

다시 화장품을 사기로 했다. 기본적인 것이라도 사서 게으름 피우지 말고 얼굴에 신경 좀 쓰자는 생각이다. 진한 화장과 화려한 머리로 회사에 출근하는 것은 안 되지만 적어도 아침에 기본 화장 정도는 하고 다녀야 같이 사는 남자에 대한 최소한의 예의라는 생각이 들었다.

옷도 좀 사고 예쁜 속옷도 좀 사기로 했다. 김 원장 언니가 전에 했던 말이 생각났다. 여자 얼굴이 아무리 예뻐도 남자들은 시간이 지나면 싫증 나게 된다고. 현명한 여자는 남자가 싫증 나지 않게 한다는 그 말이 생각났다.

어쩌면 이렇게 외모에 신경을 쓰는 것도 현명한 여자가 하는 방법 중 하나일 것이다.

이치로의 회사 SANEI는 토요일은 오전 근무지만 퇴근하지 않고 혼자 사무실에서 오후에도 일을 본다. 선희가 토요일 오후에도 근무를 하기에 이치로는 선희가 퇴근하는 시간까지 기다려야 했다.

다행히 일본어 수업이 없는 토요일이라 그나마 평일보다는 좀 일찍 만날 수 있다.

토요일 점심시간에 선희는 전화를 했다.

"오늘 좀 늦게 와. 근데 학원 주차장으로. 7시 반에 오면 그 《선데이 코리아》 표지 모델 만날 수 있어."

선희의 전화에 이치로는 함박웃음으로 알았다고 했다.

사실 아침에 출근할 때 옷을 신경 쓰긴 했다. 너무 티 나는 옷은 회사 사람들 이목이 있을 것 같아 수수한 청바지를 입고 상의 블라우스는 좀 신경을 쓰고 코트로 가렸다.

회사가 끝나자마자 버스를 타지 않고 보이는 택시를 잡았다. 전에 학원 근처에서 보아 둔 미용실로 향했다.

미용실에 앉아 가방에서 이시다 아유미의 사진을 꺼내 보여 주며 이런 머리와 비슷하게 해 달고 했다. 어려운 머리 스타일이 아니어서 웬만한 실력의 미용사라면 충분히 할 수 있는 스타일이다.

기대를 저버리지 않고 선희가 원하는 스타일대로 잘 나왔다.

머리가 끝나고 한쪽 소파에 앉아 다시 화장을 했다. 아침에 하지 않았던 바르고 그리고 하는 화장을 직접 하고는 학원 주차장으로 뛰었다.

이치로는 이미 와서 기다리고 있다. 선희는 차 문을 열고 "안녕하세요, 처음 뵙겠습니다." 하면서 올라탔다. 밖은 어두웠지만 차 안의 실내등으로 본 선희의 화려한 얼굴에 이치로는 진심으로 감탄한다. 그러면서 그 역시 처음 만나는 사람처럼 인사를 했다.

차는 마포 집으로 가지 않고 시내로 향했다. 어디로 가는지 선희에게 말도 해 주지 않았다.

어디로 가고 있는지 묻는 선희의 말에 이치로는 그제야 대답한다.

"우리 춤추러 가자. 충무로로 가서 밥 먹고 춤추러 가자. 오늘 같은 토요일에 고고장은 사람이 많고 10시까지만 하니 밥 먹고 나면 한 시간 정도밖에 시간이 없어.

그래서 호텔 나이트로 가려고. 호텔 나이트는 새벽 4시까지 하니까. 가서 한국의 이시다 아유미가 내 여자라는 자랑 좀 하려고."

전에 없이 이치로는 충동적으로 호텔 나이트에 가기로 결정하고 그리로 가는 중이다. 전에는 대개 제안을 하고 선희의 의향을 묻고 그랬었다.

"오빠 나 춤 못 추는데. 그런 데 가 본 적 없어."

자신 없어 하는 선희의 말에 이치로는 걱정할 것 없다고 한다. 가서 남들 하는 대로 따라 하면 되는 거라고 하며 일단 가 보면 안다고 했다.

난감한 기분이 들었다. 오늘 이쁘게 꾸민 모습을 보여 주려고 하루 종일 신경을 썼건만 차에서 한 번 보고는 별로 관심이 없는지 춤추러 가자는 이 남자의 발상에 속이 상하기도 했다.

밤새 춤추려면 밥을 든든하게 먹어야 한다며 어느 식당으로 들어갔다.

오늘 이치로의 얼굴은 신나고 활기찬 모습이다. 반면 선희는 뾰로통한 얼굴이다.

밝은 불빛에서 오늘 치장한 선희를 음미하고 칭찬해 주는 시간을 기대했는데 엉뚱한 방향으로 끌고 가는 그가 못마땅했다.

밥을 주문하고 나서 이치로는 혼자 방에서 보기에는 너무 예쁜 선희이기에 밖에 있는 다른 사람들에게 자랑하고 싶다는 말을 또 했다. 너무 예쁘다고 했다. 이치로의 누나보다 그리고 이시다 아유미의 얼굴보다 더 예쁘다고 했다.

그냥 해 주는 칭찬이 아니라 그의 진심이 담긴 칭찬에 선희는 화가 풀어졌다. 그러나 한 번도 춤을 춘 적이 없어 그것이 살짝 불안했다.

밤을 새워서 춤을 춰야 하니 많이 먹으라고 했지만 긴장감으로 마음을 풀고 음식을 즐길 수가 없었다. 선희는 깨작거리면서 대충 먹었지만 이치로는 잘 먹고 일어났다.

엘리베이터를 타고 입구에 내리니 흔히 길거리에서 듣던 음악 소리가 들렸다. 귀에 익은 팝송들이다.

안으로 들어가니 수많은 남녀가 흔들어 대고 있고 이 공간은 이들만의 세상이었다.

이치로는 선희의 손을 잡고 그 인파 속으로 그리고 노래의 소음 속으로 들어갔다.

블루스 시간이 되면 이치로는 선희를 안으며 다른 여자들이 남자의 어디에 손을 놓는지 보고 따라 하라고 하며 스테이지를 돌았다.

또 고고 타임이 되면 다른 사람들의 몸짓을 보고 따라 하면서 몸에 리듬을 싣고 즐겼다.

팔이 다른 여자들보다 좀 더 길어 선희의 작은 동작도 커 보인다.

춤에 소질이 있다는 것 처음 느껴 본다. 선희는 어릴 때부터 자신에게 주어진 어떤 재능을 찾아보려 했지만 찾아볼 수 없었다. 공부도 운동도 노래도 하다못해 바느질 손재주도 없었다.

그런데 춤에 소질이 분명히 있다. 블루스와 고고, 처음 밟아 보는 이 세계에서 단 한 시간 만에 자연스럽고 거의 완벽하게 습득이 되었다. 리듬과 몸은 일체가 되어 무아지경의 경지에 달했다고 할 수 있다.

시간은 새벽의 정점을 지나며 이치로는 쉬는 시간이 많았다. 하지만 선희는 앉아서 쉬는 시간이 아까웠고, 힘든 줄 모르고 즐겼다.

블루스 타임에 돌아와 앉은 선희를 보고 이치로는 참 신기하다고 했다.

"처음 추는 사람 맞아? 대단하다. 보면 볼수록 어떻게 이렇게 매력덩어리지?"

선희 이마에 맺혀 있는 땀을 닦아 주며 좀 쉬라고 하며 하는 말이다.

"오빠, 정말 재미있어. 이런 재미들이 있었는데 모르고 살아 억울해. 우리 최소한 일주일에 한 번은 오자."

선희의 그런 말에 이치로는 예뻐 죽겠다는 식으로 선희의 얼굴을 감싸 쓰다듬는다.

"크리스마스가 다음 주이니 그때 또 오지."

이치로의 흔쾌한 대답에 선희는 이치로의 새끼손가락을 걸어 흔들었다.

앉아 있는 두 사람을 힐끔거리면서 지나는 사람들이 있음을 느낀다.

이치로는 저들이 보는 것은 선희라고 말해 준다. 아마도 저들은 이시다 아유미의 얼굴을 아는 사람이거나 몰라도 선희가 너무 빛나는 존재라서 그럴 거라고 했다.

"나 이런 맛으로 오늘 여기 오자고 한 거야. 이럴 줄 알고 온 거지. 내 여자 만인에게 자랑하고 싶어서."

선희는 아까 심통 낸 것이 미안했다. 콩깍지가 씐 그가 나를 이렇게 사랑해 주고 자랑하고 싶어 하는 그런 뜻을 이해하지 못한 것에 미안했고 지금은 눈물이 날 정도로 행복하다. 그런 그가 옆에 있어서.

그해 겨울 크리스마스부터 봄이 오기 전까지 거의 매주 충무로와 명동을 다녔다.

한 주라도 거르면 몸이 신호를 보낼 정도로 중독에 가까울 정도로 재미를 붙였다. 집에서도 가끔은 노래를 틀어 놓고 흔들어 대기도 한다.

너무 빈번하게 충무로와 명동을 드나드니 알아보는 사람들이 꽤 많아졌다.

선희는 스스로 춤을 변형하여 창조하는 능력도 되었고 선희가 시작한 춤은 금방 충무로와 명동에 전파될 정도였다.

선희를 여신으로 부르는 부류도 있고 이시다 아유미로 부르는 부류도 있었다.

이치로는 그의 의도와 다르게 너무 춤에 빠져 있고 어쩌다 유명인이 되어 가는 선희가 걱정되었다.

"선희야, 우리 이제 자제 좀 했으면 해. 고고장이나 호텔 나이트 말이야. 남들이 너에게 환호 보내는 것 나 싫어. 질투라고 생각해도 돼. 처음에는 자랑하려고 했는데 이건 아닌 것 같아."

조용하게 하는 말이지만 이치로의 표정은 심각하고 진지했다.

"그런 줄 몰랐어요. 그냥 오빠도 즐기는 줄 알았는데…. 오빠 말대로 이제 발 끊어요."

선희는 이치로의 표현 중 질투라는 단어가 싫지는 않았다. 이제는 그가 나를 혼자만 보려 하고 있다는 생각에 당장 그의 말대로 하기로 했다.

공단 화단이나 거리 곳곳에 개나리가 꽃을 피우려 움트기 시작하는 3월 말에 엄마로부터 전화가 왔다. 품질 검사부에 단독으로 있는 전화번호를 알려 준 이후 처음으로 온 전화였다.

전화를 하지 않던 엄마가 전화를 한 것에 대해 처음에는 불안했지만 의외로 밝은 엄마의 목소리에 안심이 되었다.

"잘 있는 거지, 선희야? 집 새로 샀어. 네가 보내 준 돈으로 집을 사고 나도 이제 일하러 다녀. 술도 잘 안 마시고. 술은 끊기 힘들었지만 네 생각을 하면서 견뎌 냈지. 많이 나아졌어."

지금까지 살면서 엄마가 이렇게 의욕이 있고 희망적인 말을 한 적이 한 번도 없었다. 그런 엄마가 다른 사람처럼 의지를 갖고 노력했고 일을 하러 다닌다고도 했다.

엄마가 하는 말을 들으며 선희도 눈물이 나서 제대로 말을 하지 못했다. 김 원장과 헤어지면서 정산하고 남은 돈을 보냈고, 지금 회사에 다니면서 받는 월급으로 매달 4만 원씩 꼬박꼬박 보내 주고 있었다.

이치로는 매달 선희에게 생활비로 5만 원씩 주기에 선희의 월급 4만 원을 그대로 보낼 수 있었다.

잘 쓰고 풍요롭게 살아도 5만 원 중에 반도 못 쓰고 있지만 이치로는 매달 생활비를 주었다.

없는 사람에게는 큰돈이고 있는 사람에게는 적은 돈이겠지만 적은 돈이어도 사람을 살리고 죽이고 한다.

"엄마, 너무 고마워. 엄마가 집 밖으로 나와 활동하게 되어 너무 고마워."

가슴이 막힐 정도로 감격스러워 말도 더듬거리며 울기도 했다.

그런 대화가 이어지다 엄마는 딸이 보고 싶다고 했다. 회사 다니는 딸은 올 시간이 없으니 엄마가 서울로 올라와 보겠다고 한다.

주저하면 엄마가 실망하거나 이상하게 생각할 것 같아 그러라고 했다.

"엄마, 내가 다시 전화해서 나 편한 시간 좀 생각해서 알려 줄게."

생각할 시간이 필요했다. 하지만 큰소리는 쳤다. 빨리 오라고.

엄마는 김명길 아저씨 양복점 전화번호를 알려 주고 여기로 전화하라고 했다. 일하러 다니는 곳이 김명길 아저씨 양복점이라고 했다.

엄마와 통화를 끝내고 잠시 돈이라는 것에 대하여 생각해 보았다.

선희는 돈이 없으면 없는 대로 살았고 식구들이 굶지 않도록 악착같이 돈을 버는 또래들처럼 돈을 벌겠다는 의지가 없었다. 김 원장 언니처럼 집안을 위해 돈을 벌려고 하지도 않았고 이치로의 누나처럼 동생들 학비를 대려고 돈을 벌려고 하지 않았다.

그런데 돈의 노예가 되지 않았고 노력에 비해 돈이 수월하게 붙었다는 생각이 든다.

운이 좋다. 김 원장 언니를 만난 것이 최고의 행운이었다. 그녀로 인해 사랑하는 남자를 만나게 되었고 지금은 엄마까지 세상에 나오게 되었다. 좀 더 거슬러 올라가면 지숙이로 인해 김 원장 언니를 만나게 되었으니 지숙이의 공도 크다.

집으로 퇴근하여 그에게 엄마가 오시겠다는데 어떻게 하면 좋겠냐고 물었다.

선희의 걱정스러운 말에 이치로는 반색을 한다.

"그래? 그러지 않아도 시간이 되면 같이 내려가 보려 했어. 인사도 드려야 하고. 허락도 받지 않고 이렇게 사는 것이 사실 난 마음에 무척 걸렸어."

그도 고민스러운 표정을 보여 주지 않을까 걱정했었다. 그런데 그의 그런 반응은 선희를 또 울컥하게 만든다.

"우리가 주말에 시간 낼 수 있으니 토요일, 일요일 이틀간 오시게 하자. 선희도 토요일 하루는 청원 휴가 내고. 그동안 회사에 청원 휴가 한 번도 내지 않았으니 이참에 내자."

눈물을 글썽이는 선희를 보고 그는 계속 얘기했다.

"오시면 우리 둘이서 여기저기 모시고 다니자. 그리고 계시는 동안 나는 근처 호텔에 가 있으면 되고. 어머니가 계시는데 내가 이 집에 같이 있으면 너무 뻔뻔한 것 같아서 그래."

선희는 그의 품으로 안기면서 몇 번이고 고맙다는 말을 했다.

엄마가 오는 날이다. 금요일 저녁에 서울에 도착해 일요일에 내려가시게 할 계획이다.

이치로는 구로동 회사 근처에서 미리 와서 기다리고 선희가 퇴근하여 나오는 대로 곧장 버스 터미널로 같이 가기로 했다.

터미널로 가면서 마냥 좋은 것보다 걱정도 된다. 아직 엄마에게 이치로의 얘기를 하지 않았다. 전화로 얘기하는 것보다 만나면 하는 것이 좋을 듯하여 남자가 있다는 내색을 전혀 하지 않았다.

"내가 아직 엄마에게 오빠에 대한 얘기를 하지 않았어요. 엄마가 놀라실 수도 있을 것 같아요. 내가 잘 알아서 말할게요."

차에서 내리면서 선희가 말했고 이치로는 알았다고 하며 선희의 손을 잡고 터미널 쪽으로 향했다.

청주에서 오는 차는 아직 도착하지 않았고 터미널 안쪽으로 꼬리를 물고 들어오는 차들의 출발지 표시판을 놓치지 않고 집중했다.

청주의 표시판을 앞에 붙이고 들어오는 차를 발견하고 차가 들어서는 쪽으로 갔다.

차 안에 엄마의 모습이 보였다. 옆에 서 있는 이치로도 긴장의 얼굴이다.

선희는 엄마를 안고 훌쩍였고 엄마도 그런 선희의 등을 토닥거려 주었다. 그리고 누군가 같이 온 사람이 있다는 것을 느낀 엄마는 포옹을 풀고 묻는다.

"오시면 얘기하려고 했어요. 오빠, 우리 엄마예요."

이치로는 허리를 굽혀 인사하고 엄마는 어정쩡한 자세로 그러시냐고 하면서 예상치 못한 사람의 출현에 당황스러운 표정이다.

"일단 집으로 가요. 오시느라 힘들었을 테니 집에 가서 간단하게 저녁 먹고 쉬어요."

이치로는 그러자고 하면서 모녀를 뒷좌석에 태우고 마포로 향했다.

엄마가 제일 궁금한 것은 앞에서 운전하는 오빠라고 하는 남자였다. 작은 소리로 누구인지 묻는다. 선희도 웃으면서 작은 소리로 집에 가서 말하겠다고 했다.

마포 집에 도착한 엄마는 주변을 두리번거리며 집이 좋다고 말한다. 하지만 엄마의 표정은 어둡다.

좋은 자가용을 타고 왔고 집도 이렇게 좋은 데서 사는 딸이 정상적이지는 않기에 불안했다.

집으로 들어와서 이치로는 엄마를 소파에 앉게 하고 큰절을 올렸다.

엄마는 처음 보는 남자가 그리고 아직도 두 사람의 관계에 대하여 사실 파악도 하지 못한 상태에서 절을 한다고 하니 그러지 말라고 할 수도 없고 해서 이번에도 어정쩡하게 절을 받았다.

"어머님, 저는 재일 교포이고 이름은 '곤 이치로'입니다. 먼저 죄송하다는 말씀을 드립니다.

미리 인사도 드리지 못하고 허락도 받지 않고 선희 씨와 만나 여기서 같이 살게 된 점 사죄드립니다. 하지만 일본에 계신 부모님과 상의해서 결혼식을 올릴 것입니다. 부모님이 아직 선희 씨를 만나 보지 못했지만 제가 좋아하는 여자라면 부모님도 좋아한다고 하셨습니다. 걱정 끼쳐 드려서 정말 죄송합니다."

이치로는 절을 한 상태에서 몸을 일으키지 않고 엄마에게 말했다. 그런 그의 진실함이 엄마에게 전달되고 엄마는 그제야 마음이 놓이는가 보다.

그리고 이치로 집안에 대하여 간단하게 물어보고 하는 일 등에 대해서도 물었다.

그리고 일본에 대해서도 묻고 이치로는 그런 엄마의 질문에 세세하고 자상하게 답해 주었다.

엄마와 이치로의 대화가 자연스럽게 이루어질 때 선희는 저녁상을 차렸다.

저녁상 앞에서도 엄마는 궁금한 것이 있으면 이것저것 다 묻는다. 엄마가 저렇게 많은 말을 하는 것을 선희는 본 적이 없었다.

저녁을 마친 이치로는 가겠다고 일어섰다.

"어머니, 저는 근처 호텔로 가서 자고 내일 아침 일찍 오겠습니다."

이치로의 가겠다는 말에 엄마는 집을 놔두고 어디를 가느냐며 못 가게 하셨다.

선희는 그런 엄마를 만류한다.

"나 엄마하고 같이 자고 싶어서 그래. 우리 할 얘기도 많으니 밤새 얘기하고 놀자."

선희의 말에 엄마는 할 수 없이 문 앞에서 이치로를 배웅했다.

엄마는 묻고 싶은 것이 많지만 그간의 얘기를 선희가 해 주기를 바랐다.

선희가 잠자리를 준비하는 동안 엄마는 탁자 위의 사진들을 유심히 보다 그중 하나를 집어 들고 선희에게 묻는다.

"이 사진 너냐? 아닌 것 같기도 하고."

엄마는 이치로 누나의 사진을 보고 묻는다. 엄마의 질문에 선희는 웃었다.

"나 아니고 그 사람 누나야. 옛날에 찍었던 사진인데 나도 놀랐어."

선희의 대답에 엄마는 혼잣말로 중얼거렸다. "희한한 인연이구나."

모녀가 나란히 자리에 누웠다. 엄마는 우선 묻고 싶은 것이 있었다. 다른 얘기는 선희가 알아서 해 주면 되지만 딱 한 가지, 어떻게 큰돈을 보내 집을 사게 했는지는 궁금했다.

"그 돈, 이 사람이 준 거니?"

선희는 아니라고 하고 그간의 얘기를 했다.

청주에서 서울로 오게 된 계기와 중간에 지숙이와 함께하며 미용실에 잠시 있다가 김 원장 언니를 만나게 된 얘기를 장황하지 않고 간결하게 했다.

호스티스 생활도 사실대로 말했다. 지숙이도 어느 정도 눈치채고 있던 일이고 제일 중요한 사람 이치로 그도 알고 있는 사실을 굳이 엄마에게 비밀로 하고 싶지 않았다.

선희가 담담하게 얘기했지만 K 선생 얘기에 엄마는 벌떡 일어나 몸을 부르르 떨었다.

호스티스가 남자에게 몸을 팔아 돈을 버는 일이라고 했을 때 엄마는 울었다.

처음 30만 원을 보내 준 것은 그 돈이라고 했고 김 원장 언니에 대해서도 얘기했다.

이치로를 만나게 된 상황과 인연에 대하여 말해 주었고 지금 다니는 회사에 들어가게 된 것도 이치로의 힘으로 다니게 된 것이라고 말해 주었다.

그와 같이 살고 있기에 월급 모두를 엄마에게 보내 줄 수 있었고 그가 주는 생활비로 잘 살고 있으니 걱정하지 말라고 했다. 무엇보다도 그를 믿고 살고 있으며 그를 사랑한다고 했다.

이튿날 아침, 좀 늦게 일어났다. 토요일이지만 회사에 입사한 이후 처음 청원 휴가를 내어 귀중한 이틀간의 시간을 엄마와 함께할 수 있었다.

울리는 전화벨 소리에 깼다. 한 시간 후에 오겠다는 이치로의 전화였다.

서둘러 일어나 씻고 아침밥을 준비하고 허둥대는 두 여자는 서로 우스워 키득대기도 했다.

이치로는 아침임에도 뭔가를 사서 들고 왔다. 호텔에서 파는 샌드위치였다.

엄마는 이치로의 밥을 정성스럽게 떠서 앞에 놓는다.

"이치로 씨, 이 밥 내가 정성을 들여 한 밥이에요. 나중에 청주에 오면 더 크게 해 줄게요."

이치로는 황송하다는 표정으로 무릎으로 앉아 상을 받고 고개를 깊이 숙인다. 그의 인사는 일본식과 한국식이 섞여 있다.

이치로는 오늘 일정을 이미 준비하고 있었고 그 일정에 대해서는 선희와 상의하지 않아 선희도 오늘 어디를 다니는지 잘 모른다.

처음 일정은 남산이었다. 선희도 처음 타 보는 케이블카를 탔다. 점심때까지 남산을 구경하다 근처 H 호텔로 점심을 먹으러 갔다. 호텔 식당은 별

천지 세상이다. 엄마에게는 그랬다.

내부도 보지 못한 세상이지만 식당 안에서 일하는 사람들의 태도나 말씨가 기분을 좋게 했다.

"너도 호텔에서 근무했다고 했는데 저 사람들처럼 일한 거야?"

선희가 고개를 끄덕이며 그렇다고 하자 이치로도 거들며 오늘 그곳에 가 볼 거라고 했다.

점심을 마치고 이치로는 창경원에 간다고 했다. 창경원, 비원, 덕수궁 등을 돌아보겠다고 했다. 선희에게도 남산이나 창경원 등은 처음이다.

앞장서는 이치로의 뒤를 따라가며 선희는 엄마에게 작은 소리로 말했다.

"재미있지? 일본에서 온 사람이 우리를 안내하고 다니니 좀 우습지?"

작게 말했는데 이치로의 귀에도 들어갔는지 이치로가 웃으며 말한다.

"자주 하는 일이야. 일본 본사에서 손님들이 오거나 미국 바이어들이 오면 항시 코스야. 나이트클럽도 그렇고."

엄마는 나이트클럽이 무엇인지 물었고 선희는 댄스를 하는 곳이라고 간단하게 답하며 이치로의 얼굴을 보며 윙크를 했다.

오후 일찍 학교를 마친 아이들이 창경원에서 하늘을 빙빙 돌며 타는 것들 주변에 몰려 있다.

"서울은 두 번째 와 봤지만 처음이나 마찬가지야. 이렇게 좋을 줄 몰랐네."

엄마가 선희가 세 살 때 처음으로 서울에 왔었다고 했다. 감옥에 있는 외삼촌 면회를 하려고 선희와 왔었다고 했지만 선희는 기억에 없다.

그 외삼촌은 몇 년 전 출소했고 지금 고향에서 농사를 짓는 둥 마는 둥 하면서 폐인처럼 지내고 있다고 했다.

저녁이 되어 아까 그가 말한 대로 선희가 근무했던 호텔에서 저녁을 먹기로 했다.

전에는 여기서 근무를 했지만 오늘은 손님으로 간다.

안으로 들어서니 이전 그대로다. K 언니와 M 언니도 그대로 있었다. 선희를 본 그녀들이 반가워하고 선희는 엄마를 그녀들에게 소개했다.

오늘의 일정은 엄마에게도 그렇지만 선희에게도 꿈같은 하루였다. 그가 엄마를 일과 관련된 어떤 다른 손님 이상으로 극진하게 챙겨 주는 것이 고마웠다.

그가 감동을 줄 때마다 스스로 항상 하는 맹세가 있다. 목숨이 아깝지 않을 정도로 사랑해 주겠다는 그런 맹세.

하루 일정이 끝나고 이치로는 다시 집으로 모녀를 데려다주었다. 그리고 내일 아침 다시 오겠다고 하며 엄마에게 따로 말하는 것이 있다.

"어머니, 이제 저를 아들같이 생각하시고 말씀을 놓으세요."

이치로의 부탁 같은 말에 엄마는 그러겠다고 하면서 손을 흔들어 조심해서 가라고 했다.

방에 들어가면서 엄마는 그에게 쉽게 말이 놓아질 것 같지 않다고 하셨다.

"아주 귀하고 높아 보이기도 하고 사실 좀 어려워. 더구나 나이도 엄마하고 12살 차이 정도밖에 나지 않으니 그것도 좀 그래. 시간이 지나면 자연스럽게 그렇게 되겠지."

구경 다니는 것이 참 힘든 일인지 두 모녀는 자리를 펴자마자 곯아떨어졌다.

이튿날 아침 그가 다시 왔고 오늘은 선희 회사를 구경하고 터미널로 모시고 가겠다고 했다.

“오빠, 오늘 일요일인데…. 회사 문 잠겨 있을 거야.”

선희의 의문에 이치로는 웃어 보이며 이미 얘기를 해 놓아서 괜찮다고 한다.

회사는 문이 닫혀 있고 수위 아저씨만 근무하고 있었다.

이치로의 차가 정문 앞에서 경적을 울리자 문이 열렸다. 그리고 미끄러져 들어가는 차를 보고 수위 아저씨가 인사를 했다. 그런 아저씨에게 이치로도 손을 흔들어 주며 고맙다는 인사를 했다.

선희가 일하는 품질 검사부뿐만 아니라 회사 곳곳을 보여 주었다.

엄마는 그런 그를 보면서 자신의 딸이 그를 얼마나 믿고 있는지 이해가 되는가 보다.

회사를 나와 터미널로 향했고 도착해서는 혼자 부지런히 뛰면서 차표도 사 왔다.

엄마는 말을 놓는 것이 쉽지 않을 거라고 했지만 처음으로 말을 놓았다.

“내가 와서 괜한 고생을 시켰네. 너무 고맙고 내 딸 잘 부탁하네. 내 딸에 비해 너무 과분한 사람인데 염치없지만 부탁하네.”

엄마는 눈물을 글썽이고 그런 엄마를 살짝 안아 주는 이치로의 눈도 촉촉하다.

“어머니에게 약속합니다. 선희는 앞으로 제가 지킬 거예요. 힘든 일 절대 없을 거예요. 믿어 주셔도 됩니다.”

엄마는 고개를 끄덕이며 차에 오르고 곧 차는 떠났다.

선희의 눈에도 눈물이 고여 있었다. 엄마를 실은 차가 보이지 않을 때 선희는 이치로의 가슴에 얼굴을 묻고 한참을 울었다.

엄마와의 이별이 슬퍼서가 아니라 선희가 보는 앞에서 엄마에게 해 준 그의 약속 때문에 행복한 눈물이다.

⬩◆⬩

엄마가 내려가고 며칠 후 이치로는 본사로 출장을 갔다.

엄마가 오기 얼마 전 이미 선희에게 며칠 다녀오겠다고 했었다.

그가 떠나면서 이번에 돌아올 때는 그의 누나와 같이 올 것이라고 얘기했다.

지금까지 한국 땅을 한 번도 밟아 보지 않았던 그녀가 선희를 만나 보겠다고 해서 같이 들어온다고 했다. 그 말을 들은 선희는 안절부절못했다. 혼자 며칠을 어떻게 지낼지 고민하던 마음은 일순간에 긴장과 겁먹은 상황으로 뒤집혔다.

그가 일본에 가 있는 그 며칠 동안 선희는 회사에서도 집에서도 편하지 않았고 그 불편한 마음을 달래기 위해 매일 집 청소를 하면서 시간을 보냈다.

구석구석 매일 반복하여 쓸고 닦았다. 먼지 한 톨도 없을 정도였다.

그가 오기 전날 전화가 왔다. 공항에서 곧바로 충무로의 S 호텔로 가기로 했으니 그리로 오라고 했다. 오후 늦은 시간의 도착이고 선희가 집에서 옷을 갈아입어야 시간도 있으니 오후 조퇴를 하기로 했다. 내일 휴가를 냈는데 오늘도 조퇴를 하니 옆 동료의 눈치가 보였다. 사장님에게는 미안하지 않았다. 어차피 그의 누나가 체류하는 날 중 한번 식사를 같이 하자고 제안했기에 선희로서는 반공식적인 참여가 되는 것이지만 옆의 동료들은 그런 사실을 잘 알지 못할 것 같아 눈치가 보였다.

회사에서 일이 손에 잡히지 않은 상태에서 오전 시간이 흘렀다.

집에서 이 옷 저 옷을 입어 보는데 선희가 보는 눈에는 마땅하지 않았다. 그의 누나를 만나는데 옷을 사 볼 생각도 못 한 것이 바보 같았다.

이 옷은 너무 화려하고, 이 옷은 너무 성의가 없는 스타일 같고, 몇 번을 망설이다 겨우 골라 입고 나간다. 머리는 미용실에 들르지 않고 고무줄만 풀러 잘 정리했다.

행여 시간이 늦을까 서둘렀더니 한 시간이나 일찍 도착해서 충무로 주변을 서성이며 마음을 진정시켰다. 사진으로 본 그녀의 얼굴은 나와 많이 닮았는데 실물이나 성격은 얼마나 닮았을지 궁금했다.

그가 말해 준 커피숍에서 기다리고 있었다. 그가 얘기한 시간과 거의 정확하게 그와 그의 누나가 들어선다.

놀라울 정도로 닮은 얼굴이다. 그녀가 선희의 나이 정도였다면 쌍둥이라고 할 정도로 닮았다.

지금은 삼십 대 중후반의 나이여도 매우 닮았고 선희가 놀라는 만큼 그녀도 놀라고 있었다. 일본식으로 허리를 굽혀 인사하고 그의 누나도 그런 식으로 인사를 받는다.

"선희 씨, 정말 반가워요. 정말 동생 말대로 우리 많이 닮았네요. 물론 사진을 보고도 놀랐지만 실물도 이러니 우리는 무슨 인연이죠? 나는 하나코라고 해요."

그녀의 이름이 하나코라는 것은 들어서 이미 알고 있었다.

그녀의 말은 이치로의 말보다 더 일본 톤이 있었다. 그러나 진심을 전하는 데는 부족하지 않았다.

그녀의 지독하게 힘든 시절에 대한 풍상은 얼굴에 보이지 않고 편한 얼굴이다. 차라리 온화한 얼굴이다. '나도 십여 년 후 저런 얼굴을 가질 수 있을까?' 하는 생각도 들었다.

이치로는 두 사람을 자리에 앉게 하고 하나코의 체크인을 하기 위해 프런트로 갔다.

그가 수속을 밟고 있는 동안 하나코는 이치로의 이야기를 해 주었다. 물론 그의 영특함에 대한 얘기가 위주였다. 집안에서는 어떤 아들이었으며 누나에게는 어떤 동생이었는지 등의 얘기들이다.

선희의 집이나 주변에 대해서는 일부러 피하는 것처럼 묻지 않았다. 아마도 이치로는 선희의 과거를 포함해 모든 얘기를 누나에게 해 주었을 것이다.

저녁은 호텔 안에서 먹기로 했다. 오늘 호텔에서 쉬고 내일 이치로의 집으로 가서 점심을 먹기로 했다. 그리고 호텔 쪽으로 돌아와 사장님이 예약해 놓은 식당으로 가기로 일정이 잡혀 있다.

하나코는 가시방석에 앉은 듯한 선희를 편하게 해 주려 했고 일본 말이 더 편한 남매는 급하면 일본어로 하다가 선희를 의식하고는 한국말로 돌아와 선희를 보며 웃어 주기도 했다.

좀 배워서 어느 정도 일본어가 자신 있다는 선희도 그 둘이 하는 일본어는 알아듣기 어려웠다.

선희가 일본어를 공부했다는 것을 하나코도 알고 있다. 선희의 일본어 실력을 가늠해 보겠다며 묻고 잘 모르면 놀리기도 했다. 그렇게 웃고 떠드는 시간은 선희의 긴장감을 완전히 풀어 주었다.

그 화기애애한 시간은 늦게까지 지속되었다. 이튿날 아침 일찍 오겠다고 하고 그날 저녁은 헤어졌고 돌아오는 길에 이치로는 누나와 일본 말로 한 얘기에 대하여 선희에게 설명해 주었다.

"아까 누나하고 일본 말을 한 것 무슨 소리인지 모르지? 선희 못난이같이 생겼다고 한 말이야. 그래서 내가 뭐라고 한 줄 알아? 그러면 누나도 못난이고 두 여자 다 못난이 자매구나 했지. 그래서 웃고 그랬던 거야. 그런 소리인 줄 못 알아들었지? 오사카 사투리를 해서 더 못 알아들었을 거야."

참 좋았다. 하나코의 온화한 성품이 좋았고 세심하게 배려해 주는 그녀가 좋았다.

아침에 선희는 점심 준비를 하기로 했고 이치로는 호텔에 가서 누나와 아침을 먹겠다고 혼자 일찍 나섰다. 선희 혼자 준비해야 하는 부담감이 있었지만 그간 어깨너머로 배운 이치로의 요리법과 비슷하게 준비하기로 했다. 이치로는 그렇게 비슷하게 하면 누나는 잘 먹을 거라는 자신감을 주고 웃으며 나갔다.

서투른 솜씨는 오전 내내 요리를 해도 시간이 모자랄 지경이었고 하나코와 이치로는 점심 전에 집에 도착했다.

하나코는 그렇게 며칠을 쓸고 닦아 깔끔하게 정리된 집을 대충 둘러보고 선희가 준비하는 상을 같이 거들어 준다.

이치로는 더없이 좋은 표정이다. 그가 사랑하는 두 여자 속에서 웃고 떠드는 이치로의 모습은 너무 환하다.

회사 사장님과의 약속이 저녁 시간이어서 그 약속 전에 남산을 둘러보기로 해서 집을 나왔다.

엄마와 다녔던 코스 그대로 남산을 다니고 다음 날은 창경원, 비원 등을 돌아볼 예정이다.

이치로는 하나코의 옆에서 잠시도 떨어지지 않고 앞에서 걷고 선희는 그 뒤를 따라갔다.

이치로는 누나의 어깨를 감싸기도 하고 팔을 잡기도 하면서 걷는다. '누나가 얼마나 좋으면 저렇게 신나서 좋아할까?' 하는 생각이 든다.

저녁 무렵 호텔로 돌아왔고 회사 사장님이 기다리고 있었다.

약속 장소인 커피숍으로 들어서니 사장님이 일어서서 맞이했다. 하나코와 이치로 두 사람이 앞서고 선희는 뒤에서 따라갔다.

사장님은 하나코를 보고 인사를 하려다 멈칫했다. 뒤로 보이는 선희와 앞에 있는 하나코를 보고는 그 역시 놀란 것 같다.

"아, 이런 일도 있나요? 이제 이해가 갑니다. 지점장님이 미스 리의 미모 때문에 반했다고 생각했는데 그것보다 이런 이유가 있었군요. 이런 일을 운명이라고 하나요?"

사장님이 놀라며 하는 말에 하나코도 웃으며 말했다.

"네, 인연이라고 하기보다는 운명인지 기적인지 뭐 그런 것 같아요. 저도 우리 선희 씨도 서로 놀랐는데 남들은 더 하겠지요. 아 그리고 저는 곤 하나코라고 합니다. 이치로의 누나입니다. 사장님 얘기는 동생 통해 자주 들었습니다. 우리 동생이 많이 의지하는 분이라고 들었습니다. 앞으로도 계속 잘 부탁드리겠습니다. 착한 동생이에요."

"아, 네. 이치로 지점장님은 정말 일 잘하시고 유능한 분입니다. 지점장님과 거래한 이후로 저희 회사가 엄청 커졌어요. 항시 감사하고 있죠. SANEI 이치로 지점장님 아니었으면 아마도 저는 작은 하청 공장 수준에서 머물러 있었을 겁니다. 저를 이렇게 끌어 주신 분이 이치로 지점장님이지요.

저보다 나이가 많이 아래인 지점장님이지만 참 훌륭한 분이십니다. 일본어와 한국어 그리고 영어까지 3개 국어를 그렇게 유창하게 하시는 분은 이 한국 땅에 별로 없을 겁니다.

그러니 SANEI 본사에서도 나이는 어리지만 능력이 되니 한국 지점장으로 발령 내셨겠지요.

듣기로는 직급이 차장이나 부장이 되어야 해외 지점장이 될 수 있는데 이치로 지점장님은 과장 직급을 달면서 파격적으로 발령이 났다고 하더군요."

사장님이 말하는 이치로의 평가와 칭찬에 하나코는 연신 고개를 끄덕이고 사장님과 이치로의 얼굴을 번갈아 보며 환한 미소를 보인다.

옆에서 듣고 있는 선희도 뿌듯하다. 회사에서 엄격한 분이라 직원들 모두 조심하는 사장님이 이치로 앞에서 공손하게 처신하는 것은 생소한 광경이었다.

사실 그가 회사에 가끔 오는 것은 알지만 그가 와도 품질 검사부를 들르거나 따로 선희를 보지 않았기에 셋이서 같이 대면하는 일은 없었다. 회사에는 SANEI 담당 직원들이 거의 매주 두세 번 오고 회사에서도 개발 부서나 생산 부서 등에서 자주 SANEI로 가는 것은 알고 있다

이치로는 한 달에 한두 번 정도 회사를 방문하고 회사 사장님도 가끔 SANEI에 다녀온다는 얘기를 들은 적이 있다.

지금 사장님이 얘기하는 내용들은 선희에게는 새로운 사실들이었다.

이치로 덕분에 회사가 커졌고 SANEI 본사에서 이치로의 능력을 크게 평가해서 과장 직급으로 외국 지점장이 되었다는 얘기는 처음 듣는 얘기였다. 거기에 더해서 영어도 할 줄 안다는 얘기도 처음 듣는다.

이 사람의 따듯한 가슴은 항시 선희를 편하게 해 주었고 이 사람의 온화한 말이나 행동은 산다는 것이 얼마나 즐거운 것인지 알게 해 주었다. 그런데 외적으로도 이렇게 훌륭한 사람인지는 처음 듣는다. 항시 감사하게 살

고 있지만 분에 넘치는 사람을 만난 것이다.

자리를 식당으로 옮겼다. 어딘지 모르는 곳으로 이십여 분 이상 걸리는 곳이었다. 식당이라고 하는 것보다 요정이라고 해야 할 정도의 장소였다.

물론 선희는 그런 곳이 처음이고 생소하다. 한복을 예쁘게 입은 선희 또래의 아가씨들이 음식 시중을 들어 주는 곳이다. 선희 일행이 네 명이었고 따라붙어 시중을 드는 아가씨도 네 명이었다. 들어 보았던 기생집은 아닌 것 같은데 일하는 직원들은 모두 한복 차림이었다. 남자들끼리 왔다면 각자 옆에 붙어 시중을 드는 것이 자연스럽지만 여자 손님 옆에도 앉아 시중을 들어 주니 영 불편하고 그 아가씨에게 미안했다.

옆에서 이러지 않아도 되니 그만 가서 다른 일을 보라고 얘기하려다 문득 팁에 대한 생각이 났다. 그만 가라고 하면 이 아가씨에게는 아마도 팁이 없을 수도 있다는 생각에 말하지 않았다.

사장님의 저녁 초대는 하나코나 선희에게는 새로운 문화에 대한 경험이었다. 하나코는 즐기는 것 같았다. 저녁 식사가 끝나고 선희 일행은 호텔로 향하면서 사장님과 헤어졌다.

하나코를 호텔에 내려 주고 두 사람은 마포 집으로 돌아갔다. 이튿날은 일정대로 창경원, 비원 등 고궁을 구경하기로 했다. 이치로는 그의 누나가 혼자 밥을 먹게 하지 않기 위해 아침에 호텔로 올 것이니 다 같이 먹자고 했다.

하루 종일 평소와 같이 편한 대화를 하지 못하다가 집으로 가는 차 안에서 그와 같이 있는 시간이 너무 편했다. 그리고 그가 너무 자랑스러웠다.

"나는 오빠가 훌륭한 사람인 줄 알고 있었지만 오늘 들어 보니 더 훌륭한 오빠네."

선희의 말에 이치로는 그렇게 말해 줘서 고맙다고 하며 더 훌륭한 사람이 되도록 노력하겠다고 한다.

이튿날 하나코는 고궁에 데려다주기만 하고 선희와 둘이서만 구경할 테니 이치로는 물건을 좀 사러 가라고 했다. 일본에 가져갈 김이나 인삼 등을 사 놓고 오후 3시까지 다시 오라고 했다. 이치로 없이 하나코는 선희와 대화할 수 있는 시간을 가지려 하는 것 같았다.

"선희 씨, 앞으로 내게 언니라고 불러 주세요. 나 선희 씨 무척 좋아하고 감사하게 생각해요.

내 동생이 무척 밝아지고 예전의 이치로 그대로 돌아온 것이 다 선희 씨 덕분이에요."

그렇게 말을 시작한 하나코는 전에 그로부터 들었던 옛날의 애인에 대하여 얘기해 주었다.

그녀의 이름은 미하루라고 했다. 하나코의 입장에서는 동생이 그녀를 만나 너무 힘들었고 집안까지 피해를 보았기에 그녀가 싫었다고 했다.

하지만 이제는 미하루의 집안과 그녀를 이해한다고 했다. 일본에서는 조선인을 조센징이라고 비하하고 차별이 너무 심한데 오사카 지역은 더 심하다고 했다. 많은 재일 교포가 '빠찡꼬'라는 도박장을 운영하고 술집에 종사하여 더 그렇다고 했다.

그러니 국회의원인 그녀의 집에서 극심한 반대를 하는 것을 이해한다고 했다. 그리고 미하루를 미워할 수도 없는 것이 그녀는 집을 나오기도 했고 도와 달라고 하나코를 수없이 찾아왔다고 했다.

지금도 그녀는 결혼하지 않고 있다고 했다. 서른이 넘었지만 아직도 그 누구와 결혼을 거부한다는 것이다. 그런 미하루를 미워할 수 없고 오히려 가엽게 생각한다고 했다.

두 사람의 그런 힘든 세월이 지금까지 흘러오다가 다행히 이치로는 선희를 만나면서 감정을 정리할 수 있었던 것 같다고 했다.

하나코가 몇 번을 되물어도 이치로는 확실하게 정리되었다는 말을 했고 예전의 밝은 동생으로 돌아온 것을 보고는 이제 의심할 여지가 없다고 했다.

과거 이치로의 말이 떠올랐다. 마음의 준비가 되지 않았다는 말이 미하루에 대한 것이었음을 알게 되었다.

그리고 또 한 가지, 이치로는 항시 자신에게 빚이 있다고 생각하는 것이 걱정된다고 했다.

자신과 비슷한 용모의 아가씨를 만나 미하루의 늪에서 벗어난 동생을 볼 때 그가 얼마나 누나를 사랑하는지 알고 있고 앞으로 둘이 맺어지면 동생의 마음속에 있는 빚도 사라질 수 있다는 기대를 가져 본다고 했다. 하나코는 그런 동생과 선희에게 고맙다고 했다.

그의 아팠던 사랑에 대하여 그리고 두 남매가 얼마나 서로 사랑하는지에 대하여 듣는 내내 선희는 눈물을 글썽였다. 선희에게 고맙고 동생을 잘 부탁한다는 하나코의 말에는 눈물이 나왔다.

하나코가 돌아가고 한 달 후 정도에 이치로는 이사를 하자고 했다.

계약 기간이 두 달 정도 남아 있는데 그대로 갱신하는 것보다 여의도 쪽으로 가는 것이 좋겠다고 했다. 여의도 새로 지은 아파트로 가면 우선 이치로의 회사와 가깝고 선희가 구로동으로 출근하는 것도 수월했다.

지금까지는 이치로가 선희를 회사 근처에 내려 주고 다시 SANEI로 출근을 하고 있었다. 여의도에서 구로동까지 가는 것이 마포에서 가는 것보다 훨씬 짧은 거리였다.

그렇게 결정이 나고 여의도 아파트로 구경을 갔다. 아파트라는 것은 얘기만 들었고 멀리서 보기는 했는데 직접 가서 보니 너무 편리하게 구조가 되어 있었다.

지나는 사람들의 차림새도 좀 달랐다. 돈이 많은 사람들은 좀 달라 보였다.

이 아파트 단지에 영화배우도 살고 있다고 했다. 이런 곳에서 한번 살고 싶은 생각이 들었다. 구경을 하고 맘에 드는지 그가 묻는다.

"이런 아파트에서 살아 보고 싶어. 너무 좋아 보여."

진심으로 좋아하는 말은 표정에도 그대로 묻어 나왔고 이치로도 맘에 든다고 했다.

계약은 그 이튿날 하게 되었고 이사는 그 주 일요일에 전광석화처럼 끝났다.

아침 7시 반에 여의도에서 출발하면 구로동 회사 8시 출근에 문제가 없었다. 이치로 회사의 출근 시간은 9시까지다. 선희를 내려 주고 다시 회사로 가도 9시 훨씬 전에 도착한다.

새로운 환경의 새집에서 마음껏 즐기며 살았다. 가끔은 나이트클럽도 다녔다. 한창 다닐 때 이치로의 불만과 우려가 남의 시선이었기에 옷도 수수하게 입고 스테이지에서도 적당한 몸놀림으로 시선을 끌지 않게 노력했다.

회사에서는 선희가 SANEI 지점장과 결혼할 사이라는 소문이 퍼져 있었다.

정문의 수위 아저씨부터 현장의 공원까지 다 알고 있었다. 이 회사가 SANEI의 주문으로 유지되고 있다는 것을 모두 알고 있다.

출근할 때 SANEI 지점장 차로 출근하는 것을 다수가 목격했으니 회사 내에서는 큰 화젯거리이면서 아마도 별 추측이 난무할 거라고 짐작이 된다.

어느 날 사장님이 품질 검사부로 들어오셨고 대충 둘러보더니 나가면서 선희에게 눈짓을 보낸다. 다른 직원 눈치채지 않게 잠깐 나오라는 뜻이다.

밖으로 나가니 사장님이 기다리고 있었고 사장실로 가자고 한다.

"수고가 많으시죠? 회사 일도 그렇고 얼마 전 이사했다는 이야기 지점장님에게 들었어요."

사장님은 이마부터 정수리 부분까지 머리가 없고 덩치도 손도 큰 분이다. 그 큰 손으로 선희에게 커피를 타 주며 아주 부드럽게 말했다.

"아직도 많이 부족해서 주변 다른 직원들에게 미안해요. 수고는 그 직원들이 하죠."

사실 선희는 뒤에 이치로 지점장이 있어 대충 일한다는 말이 돌까 봐 걱정이 되어 더 열심히 하고 더 배우려 노력했다. 사소한 일은 물론이고 일이 끝나면 사무실 바닥 청소도 한다.

사장님은 이사를 했으니 집들이라도 해야 하지 않겠냐는 말씀도 하셨다.

"어차피 지금 회사 사람들 모두 미스 리가 어떤 사람인지 알고 있으니 집들이를 하면 우리 부장 4명하고 모두 같이 갈 테니 그때 공식적으로 인사하면 어떨까요?"

사장님의 제안은 너무 부담스럽고 내가 뭐라고 회사 높으신 부장님들을 집으로 오시게 하나 싶은 생각에 어려운 자리가 될 것이라고 했다.

"하지만 사장님 혼자 오시면 솜씨가 없지만 저녁 한번 해 드릴 수 있어요."

다.

집 이사와 함께 전화번호가 변경되었다. 청주 엄마에게 알려 주고 지숙이에게도 이미 알려 주었다. 김 원장 언니에게는 전화하면서 아예 한번 볼까 해서 미루고 있었다.

주말에 이치로 혼자 두고 나갈 수가 없어 차일피일 미루던 중 미국과 일본에서 손님이 들어온다고 했다.

그 손님들이 오면 이치로도 바쁘고 회사 사장님과 개발 부서도 바쁘다. 손님들이 오면 주말에도 이치로는 출근을 한다.

선희의 전화를 받은 김 원장 언니는 전화를 몇 번 했지만 다른 사람이 받기에 많이 놀랐고 지금까지 걱정하고 있었다고 한다. 목소리는 크고 타박하는 듯한 말투였다.

늦게 전화하게 된 것은 죄송하고 사실은 이러저러해서 그랬다고 설명을 하니 김 원장 언니는 좀 누그러진 말로 그러면 되었다고 한다. 비원에서 만나기로 했다.

가을 단풍은 고궁 중 비원이 최고였고 다방이나 식당에서 보는 것보다 색다른 맛이 있을 것 같아 선희가 제안했는데 김 원장 언니도 너무 좋다고 했다.

시간 맞춰 비원 안으로 들어갔고 예상대로 멀리 보이는 단풍들은 가을색을 뽐내고 있었다.

먼저 왔겠다 싶어 한쪽에 앉으려는데 김 원장 언니의 부르는 소리가 났다.

김 원장 언니가 먼저 와 있었다.

"아, 언니. 일찍 나오셨네요. 제가 늦은 것은 아닌데."

선희가 약속 시간이 늦지 않았음을 확인하면서 말했다.

"안 늦었지. 내가 일찍 온 거야. 온 지 한 30분 정도? 일부러 먼저 나왔어. 사실 가을 이때쯤 단풍 보러 매년 오곤 했어. 이때쯤 여기 오면 단풍에 취해 한숨 소리가 절로 나와. 네가 여기서 보자고 했을 때 속으로 놀랐지. 이심전심으로 통하는구나 싶어 놀랐어. 근데 너 많이 변했다. 어쩜 이렇게 편해 보이니? 한창 꽃피는 나이에 품격 있게 보인다."

"아, 그래요? 칭찬해 주시니 몸 둘 바를 모르겠네요. 언니도 변함없이 예뻐요."

두 사람은 사람들이 많이 붐비지 않는 한적한 곳만 찾아 걸었다. 숲 사이사이로 보이는 누각과 누각을 둘러싸고 있는 연못들은 단풍을 비추고 있었다.

김 원장 언니가 선희에게 전화를 했던 것은 오래 보지 못할 것 같아 만나려고 했다고 한다. 김 원장 언니는 한적한 숲길 한편의 벤치에 앉자고 했다.

"나 이민 가기로 했어…. 캐나다로. 기술 이민이라는 비자로 가기로 했어. 물론 내가 기술이 있어 그런 비자로 가는 것은 아니고 돈을 써서 위장 결혼 형태로 가는 거야.

수속이 좀 오래 걸렸지만 이제 다 끝나서 가기만 하면 돼. 그래서 통화가 안 되니 내가 얼마나 열불 났는지 이해되니?

무엇보다도 숨어 사는 여자에서 벗어나고 싶었어. 그런 위치가 항시 불안했어.

그분 사모님이 들이닥쳐 때려 부수고 난리 치는 꿈도 자주 꿨어. 그 꿈에서 내 딸이 무서워 벌벌 떨며 울고 있는 그런 꿈. 너무 무서웠어.

이렇게는 못 살겠다고 하니 그분이 보내 주는 거야. 딸 교육 문제도 있고 여러 가지 방법과 고민을 하다가 이 방법을 생각하게 된 거지. 안 보내 주려고 했어. 그이는 나하고 자려고 오는 것보다 자기 딸을 보러 오는 거야. 자기 딸은 많이 사랑해."

거기까지 얘기한 김 원장 언니는 담배 연기를 깊게 들이마시고 길게 내뿜었다.

의외의 새로운 변화가 진행 중인 김 원장 언니의 말에 선희는 숨죽여 듣고 있다. 하지만 이상하게도 궁금하거나 묻고 싶은 것이 없었다.

"아, 그리고 또 한 가지, 전에 내가 얘기한 돈 있지? 50만 원. 그 돈 네 통장에 넣고 가려고.

그 통장 아직 살아 있지? 그건 원래 네가 번 돈이니 아무 소리 말고 받아."

전에도 괜찮다고 했지만 이번에 또 사양하면 안 될 것 같아 아무 말도 하지 않았다.

김 원장 언니로서는 그 돈만큼은 선희에게 주어야 편할 것 같으니 아무 말도 하지 않았다.

김 원장 언니는 돈이 많은 것으로 알고 있고 그 돈은 남에게는 엄청 큰돈이지만 김 원장 언니가 갖고 있는 돈에 비하면 아무것도 아닐 수 있다. 그래서 아무 말도 하지 않았다.

두 사람은 다시 천천히 단풍 숲을 걸었다. 이번에는 선희가 얘기를 시작한다.

"언니, 나는 항시 언니에게 감사해요. 전에도 말했지만 언니를 만나서 내 인생이 확 달라졌어요. 언니를 만났기에 지금 그 사람을 만나게 되었고 그 사람은 나에게 너무 과분해요. 나를 너무 사랑해 주고요."

선희는 그간의 얘기를 김 원장 언니에게 다 해 주었다. 그의 누나와 닮은 용모로 인해 운명처럼 만나게 되었고 얼마 전 그의 누나가 만나고 간 얘기도 했다. 어쩌면 일본에 가서 살 수 있을지도 모른다는 얘기도 했다. 그리고 지금 그가 거래하는 회사에 다니면서 일도 잘 배우고 있다는 말도.

김 원장 언니와 헤어지고 집으로 돌아왔다. 이치로는 아직 오지 않았고 아마도 저녁 늦게 들어올 것 같다. 손님이 오면 항시 그랬다.

모처럼의 혼자 시간에 청소를 하기로 했다. 열심히 쓸고 닦고 있는데 전화벨이 울린다.

이치로 전화였다.

"선희야, 오늘 손님들이 호텔 나이트를 가기로 했어. 미국 손님이 세 명인데 다 여자들이고 일본 본사 직원도 두 사람이야. 본사 직원은 다 남자고. 이 미국 여자들 춤추는 거 좋아하는 사람들이야. 그래서 방금 생각나서 전화한 거야. 이 손님들하고 같이 놀아 줘."

그저 '늦게 들어오겠지.'라는 생각만 하고 있었는데 손님들과 춤을 추라고 하니 기가 막히는 말이다.

"말도 안 돼! 내가 그런 자리에 어떻게 가. 더군다나 우리 회사 사장님도 같이 있을 거고. 나 못 해. 그런 일은 SANEI 직원이 나와서 해 줘야 하는 거 아니야? 내가 뭐라고 그런 데 가."

생각 외로 완강한 표현으로 거부하는 선희의 반응에 이치로는 당혹해서 사정하듯이 말했다.

"선희야, 부탁하는 거야. 내 비즈니스이니까 도와주라고. SANEI 직원이 해야 하는 것 맞는 말이지만 선희는 나의 약혼녀이기에 오히려 그 사람들이 더 좋아할 거야.

그리고 선희 정도 되어야 그 미국 여자들 상대가 될 것 같아서 그래."

이치로 비즈니스라고 했다. 그의 약혼녀 자격이라는 명분이라면 응하지 않을 이유가 없다.

준비하겠다고 하니 추가 요청이 더 있었다. 최대한 멋있게 하고 오라고 했다. 야한 복장도 이번만큼은 해도 좋다고 했다. 또 한 가지 주의 사항은 미국 여자들에게는 한국이나 일본 사람처럼 공손하게 하지 말고 다소 건방

지게 보이더라도 당당하게 한국말로 인사하라고 했다.

본사의 일본 사람들에게는 예의 바른 일본식 인사를 하고 일본어로 말하라고 했다.

회사 차 운전기사 아저씨가 8시까지 선희를 데리러 집으로 온다고 했다. 시간을 보니 아직 4시간이나 여유가 있었다.

미용실에 머리를 할 시간과 옷을 고를 시간도 충분했다.

기사 아저씨가 시간보다 빨리 왔고 호텔 나이트에도 약속 시간보다 이르게 도착해서 기다리고 있었다.

십 분 이상 기다렸을 때 일행이 모습을 나타냈다.

세 명의 미국 여자와 두 명의 일본 남자 그리고 회사 사장님도 있었다. 선희는 그들에게 손을 흔들어 보이고 한국말로 인사를 했다. 이치로의 여자로서 당당하게. 미국 여자들도 선희에게 인사를 하지만 당연히 알아들을 수 없는 말이다. 선희는 두 일본인에게 일본 말로 깍듯하게 인사를 하고 그들과 일본 말로 대화도 했다. 당연히 회사 사장님에게도 밤늦게까지 고생하신다는 인사를 했다.

대충의 인사가 끝나자마자 미국 여자들은 스테이지에 곧바로 올라가 흔들어 대며 선희에게도 오라는 손짓을 보낸다. 선희가 올라가려 하는데 뒤에서 이치로의 속삭임이 들렸다.

여신 별명답게 저 여자들 콧대를 꺾어 놓으라고. 선희는 알았다고 하며 스테이지로 갔다.

미국 여자들 셋이 흔들어 대는 광경은 좀처럼 보기 힘든 것이어서 앉아 있는 사람들이나 스테이지에서 춤을 추는 사람들이나 모두 미국 여자들에게 시선이 집중되었다.

거기에 선희까지 합세해서 현란한 몸놀림으로 춤을 추니 사람들이 자리를 내주며 이들을 빙 둘러서 박수까지 쳐 준다.

선희의 춤은 부드럽고 율동이 자연스러운데 미국 여자들의 춤은 허리 아래의 동작이 과감했다. 힘이 있고 과격한 몸놀림이었다.

선희의 춤에 대한 재능은 모방과 창의적인 해석이다. 곧바로 그들의 몸놀림을 따라 하며 그들보다 더 과감한 춤을 추었다.

그런 선희에게 미국 여자들도 환호했다. 뭐라고 하는지 모르지만 표정을 봐서는 대단하다는 의미로 보인다. 엄지손가락을 세우기도 했다.

체력은 선희도 괜찮다는 자신감이 있었는데 이 여자들의 체력도 만만치 않았다.

즐기는 것보다 일이라고 생각했다. 이치로 오빠를 위한 일이라고 생각하고 또 이 미국 여자들에게 한국에는 나 같은 사람도 있다는 것을 보여 주기라도 하듯 이 시간을 불살랐다.

네 여자의 춤이 끝나니 구경하던 사람들이 일제히 박수를 쳐 준다. DJ는 아예 블루스 음악을 생략하고 고고 춤 음악으로 계속 틀어 주기도 했다.

정말 네 여자가 온몸을 불살라 버린 시간이었다.

◆◆◆

갑작스러운 변화가 예고되었다. 잔잔하던 일상이 흔들려 마음은 갈피를 못 잡고 있다.

SANEI 본사에서 이치로의 보직을 변경해 본사 근무로 발령을 냈다고 했다. 본사 귀환 후 새로 대만 지점을 개설하는 임무를 맡기는 것으로 결정이 났다고 했다.

SANEI는 대만 지점이 없었고 현재 추이로 볼 때 대만 지점이 꼭 개설되어야 한다는 본사의 판단으로 이치로 지점장이 최적의 인물이어서 그렇게 되었다고 했다.

중국의 개방 정책이 시작되어 대만 업체가 중국 본토에 들어가서 공장을 운영할 수 있는 여건이 되고 있다고 한다. 그래서 대만 지점이 빠른 시간 내에 개설되어야 했다.

처음 그 발령 소식을 접했을 때 선희가 당황하고 두려워하는 것만큼 이치로도 당황했다.

하지만 이치로는 선희에게 걱정하지 말라고 했다.

"걱정하지 않아도 돼. 차라리 잘된 것 같아. 이참에 일본에 가면 혼인 수속 밟도록 서류 준비를 하고 혼인 증명서 나오면 일본 여권이 나올 수 있어. 그러면 우리 둘 같이 대만 가서 살면 되지, 뭐."

정말 그렇게만 된다면 이치로의 말대로 차라리 잘된 일이다.

"그럼 언제 들어가야 하죠?

일단 심적인 안정감은 찾았지만 그래도 오랜 기간 그를 보지 못할 수 있다는 불안감에 걱정스러운 얼굴로 물었다.

"본사에서는 급하게 서두르네. 일단 새로운 지점장이 내정될 때까지 내 자리는 공석으로 하고 일단 10일 내로 들어오라고 해."

"그렇게 빨리?"

마음이 바빠졌다. 당장 무엇을 어떻게 해야 할지 모르게 머릿속이 하얗다.

전처럼 갔다가 돌아오는 것이 아니고 이제는 내가 일본으로 가서 그를 봐야 한다.

그런데 언제 갈 수 있을지도 모르는 일이고 얼마나 그와 떨어져 있어야 하는지도 모른다.

"괜찮아, 일단 준비할 것도 없어. 그냥 몸만 갈 거고 선희는 국제결혼에 대한 서류를 천천히 알아봐. 시간도 꽤 걸릴 거야. 나도 일본 가는 즉시 준비하도록 할게."

이치로는 불안해하는 선희를 안아 주면서 말했다.

그 이튿날 출근하니 사장님이 보자고 부르셨다.

선희의 불안하고 어두운 표정만큼이나 사장님도 걱정하는 얼굴이다. 사장님 입장에서는 지금까지 이치로 지점장의 전폭적인 지원에 힘입어 회사가 발전할 수 있었는데 다른 사람이 오면 상황이 바뀔 수밖에 없다는 우려가 컸다.

"미스 리, 어떻게 되는 거예요? 이치로 지점장이 어제 전화로 알려 주기는 했는데…. 대만 지점장으로 간다고 하니 이 무슨 날벼락인지, 참…. 그러면 미스 리는 어떻게 해야 하는 거예요?"

"저 보고 서류 준비를 하라고 해요. 일본에서 혼인 신고를 하고 같이 대만으로 가자고 그러세요."

"아, 네…. 그러면 되겠네요. 그런데 이 회사는 큰일이에요. 앞으로 어떻게 될지 참 걱정이네요."

이치로가 출발하는 날, 선희도 공항에 같이 가기로 했다. 떨어져 살아야 하는 시간이 얼마나 될지도 모르는 상황이라 이번에는 공항에서 배웅을 하기로 했다. 회사 사장님도 SANEI에 오셔서 인사를 나누고 돌아가셨다.

공항에 도착하니 비행기를 타려는 사람과 도착한 사람들이 인산인해를 이루고 있었다. 수속을 끝낸 그는 선희를 살짝 안아 주며 빨리 볼 수 있도록 준비를 서두르자고 했다.

눈물을 참느라 말이 나오지 않아 그러겠다고 고개를 끄덕였다.

그가 안으로 들어가면서 뒤돌아보고 손을 흔들어 준다. 그의 눈시울도 붉어져 있었다.

선희는 그가 안으로 들어가 모습이 보이지 않아도 한참을 그 자리에 서 있었다.

그를 빨리 보기 위해서는 서류를 최대한 서둘러 준비하는 수밖에 없다.

사장님이 오늘 결근을 허락했지만 딱히 할 일도 없었고 또 집에 가 봤자 방에 혼자 있어야 하니 오후 시간이지만 회사로 갔다.

품질 검사부로 들어가기 전 사장님 방에 먼저 들러 인사를 하기로 했다.

사장님도 마음이 허전할 것이고 회사의 앞날에 대한 걱정도 많을 것이기에 위로라도 해 드리고 싶었다.

선희가 문을 열고 들어가자 선희를 본 사장님은 놀라면서도 오래 보지 못했던 사람을 만난 것처럼 반가워한다.

퇴근하여 집에 들어가니 너무 조용하고 깊은 산속의 절간에 온 듯하다. 전화가 왔다.

혹시 이미 도착한 이치로의 전화일까 싶었다. 하지만 지숙이었다. 만나서 할 얘기가 있다고 한다. 내일 퇴근 후 여의도로 오라고 했다. 가능하다면 지숙이가 같이 자고 갔으면 하는 생각이다. 홀로 있는 이 공간이 적막하고 무섭다. 이 집에 항상 있던 그가 보이지 않으니 집이 낯설다.

또 전화벨이 울렸다. 이번에는 이치로 전화다. 이미 집에 도착해서 전화하는 거라고 했다.

그의 목소리에 목이 메고 가슴이 울컥한다. 틈이 나는 대로 자주 전화하겠다고 한다.

전화로 자주 목소리라도 들으면 견딜 만하다는 생각이 든다.

서류를 준비하려면 따로 시간이 필요해서 3일 정도 휴가를 요청했다.

선희의 휴가 요청에 사장님은 빨리 준비하고 도와주어야 할 일 있으면 도와줄 테니 언제든지 말해 주라고 했다.

여권을 내고 국제결혼에 대한 서류를 준비하는데 청주에서 떼어야 하는 서류도 있었다.

청주에서 떼어야 하는 서류는 엄마한테 얘기해서 등기로 받으면 문제가 없다.

우선 여권 발급에 대한 양식을 받아 오고 그와 함께 제출할 서류들을 보니 꽤 요구 사항이 많았다.

지숙이가 오기로 한 시간에 약속 장소로 나가니 지숙이는 이미 와서 선희를 기다리고 있었다. 표정이 밝지만은 않았다.

"자주 연락도 못 하고 미안해. 자주 얼굴도 보고 해야 했는데. 우리 저녁은 집에 가서 같이 해 먹자. 그리고 오늘 나하고 자고 내일 아침 가도 되지?"

지숙도 괜찮다고 했다. 한 번도 그럴 기회가 없었는데 그러고 싶다고 했다.

선희네 아파트로 들어가면서 지숙은 이렇게 좋은 집인 줄 몰랐다고 했다. 집 안을 둘러본 지숙은 당연히 선희가 혼자 살고 있지 않다는 것을 눈치챘다.

"내가 오늘 여기서 자고 가도 되는 거야? 같이 사는 사람이 있나 본데."

선희는 지숙이 이상한 오해를 할 것 같아 얼른 말했다.

"그럼, 괜찮지. 괜찮으니까 오자고 했지. 나 곧 결혼할 거야. 재일 교포인데 지금 일본에 가 있어. 국제결혼 수속도 해야 하고 그래서 지금 집에 없어."

전혀 상상하지도 못했던 선희의 대답에 지숙은 놀라 눈만 크게 뜨고 있었다.

부럽다고 했다. 정말 잘된 일이라고 축하해 주었다. 너는 그렇게 행복한 삶을 살고 있는데 나는 참 힘들다는 말을 했다.

청주로 내려갈 거라고 했다. 그러고 보니 지숙이가 이모 밑에서 일한 미용실 생활이 4년 넘게 흘렀다.

지숙이는 청주에서 미용실을 스스로 차려 보려는 계획이다.

돈이 좀 있는 이모는 지숙을 조카로 보기보다는 그저 미용실에서 일하는 종업원 정도로 대했다. 지숙은 그런 이모에게 서운했고 더 참기 어려운 것은 이모의 자식들인 이종사촌이라는 형제들이 지숙을 무시하는 것이라고 했다. 이종사촌이 아니라 자기 엄마의 미용실에 근무하는 종업원 취급을 한다는 것이다. 엄마를 잘 둔 덕에 언니와 오빠는 대학을 졸업하고 또 졸업 예정인 여동생 둘, 남동생 하나가 더 있다고 했다. 그런 그들은 고등학교 중퇴의 지숙을 깔보며 함부로 대한다고 했다.

지숙이 선희에게 하고자 하는 중요한 얘기는 돈이었다.

청주 어디든지 미용실을 오픈할 수 있지만 동네에서 하는 것보다 가급적 길목이 좋은 곳에서 해야 하는데 그러려면 세가 비싸서 선희에게 도움을 요청하는 것이다.

"내가 도울 수 있으면 도와야지. 얼마 정도 있으면 되니? 당장 해 줄 수 있는 돈은 50만 원 정도인데. 이 정도 보태면 되지 않을까? 청주에서 목 좋은 곳이라고 해도 서울에 비하면 아무것도 아닐 텐데."

선희의 흔쾌한 대답에 지숙은 너무 고맙다고 하며 그 정도면 충분하고 빠른 시간 내에 서울의 헤어 살롱처럼 키울 수 있다고 했다.

지숙은 몇 번이고 고맙다는 말을 했고 그렇게 큰돈을 선뜻 내주겠다는 선희가 은인이라는 말까지 했다.

지숙과 김 원장 언니 아니었으면 그를 만나는 일이 없었을 것이라는 생각에 지숙과 김 원장 언니에게는 무엇이라도 보답을 하고 싶었다.

김 원장 언니가 돌려준 50만 원을 지숙에게 주는 것은 하나도 아깝지 않았다. 나중에 돌려받을 생각도 하지 않는다.

우선은 여권 발급에 필요한 서류 및 모든 것을 준비해서 여권 신청을 했다.

이제나저제나 언제 여권이 나올까 노심초사하며 기다리는데 등기로 연락이 왔다. 청천벽력 같은 통지다. 회사로 연락처를 기입했기에 회사로 등기가 왔다.

이선희 씨에게는 여권 발급이 어렵다는 통지다. 북으로 넘어간 아버지 때문이었다. 아버지가 자진해서 북으로 넘어갔고 그 직계 가족들은 해외로 나갈 수 없다고 했다.

하늘이 무너졌다. 정신이 아득하고 그의 얼굴이 떠오른다. 그대로 회사를 나왔다. 다리는 풀려 술에 취한 걸음이다. 길가 한쪽에 주저앉아 망연자실 허공만 응시했다.

집으로 어떻게 왔는지 모를 정도로 정신은 나가 있었다. 구두도 벗는 둥 마는 둥 하면서 바닥에 누워 천장만 바라보았다.

그가 너무 보고 싶다. 이대로 끝나는 것은 아니겠지 싶다가도 그렇게 될까 두려웠다.

'만약 그렇게 된다면 나는 어떻게 하지?' 하는 두려움에 눈을 감는다. 눈을 떠도 세상이 캄캄하다.

'밀항'이라는 말이 생각났다. 할 수만 있으면 하고 싶었다. 이 나라를 떠나고 싶은 생각이다.

아버지 없이 살아온 것에 불편하다는 생각은 없었다. 남들 다 있는 아버지가 없다는 것에 대해 가끔은, 아주 가끔은 아버지에 대한 원망이 있었지만 그것은 원망이라고 하는 것보다 어쩌면 그리움일 수 있다.

북한으로 간 사람의 가족들은 해외에 가지 못한다는 말을 들어 본 적이 없었다. 그런데 그렇다고 한다. 내가 나라에 잘못한 것이 없는데 내 인생을, 내 사랑을 막고 있다. 내가 살고 있는 이 나라가 나에게 이럴 줄 정말 몰랐다.

그렇게 몇 시간을 누워 있었고 전화가 왔다. 평상시의 이치로 목소리다. 안부를 묻고 서류는 어디까지 진행되었는지 묻는다.

"오빠, 나 여권 발급 안 된다고 하네."

선희의 죽어 가는 목소리에 놀란 이치로는 다급하게 무슨 일이냐고 물었다.

선희는 아버지에 대한 자초지종을 얘기했다. 보이지 않지만 이치로 역시 크게 낙담하고 있다. 다시 전화할 테니 일단 끊으라고 했다.

10분 정도나 되었을 즈음 전화가 다시 왔다.

"선희야, 힘내자. 네가 일본에 오지 못하면 내가 한국으로 가서 살면 돼. 귀화를 해서 한국에서 살면 되니까 걱정하지 마. 회사에 사표 내고 다른 길 찾아볼 거니 걱정하지 말고 기다려.

이참에 나도 독립해서 내 회사 운영하는 것이 차라리 좋을 것 같아. 독립할 생각은 오래전부터 해 왔어. 지금이 그때라고 생각해."

그의 말은 무너진 하늘에 구멍을 하나 만들어 주었다. 숨통이 트이고 정신이 돌아왔다.

그런 방법이 있었구나. 그러면 되는 것을. 그 간단한 것을 생각하지 못하고 정신 줄을 놓고 있었다는 생각이 들면서 벌떡 일어났다. 집 안의 등이란 등도 다 켜고 밝은 세상을 보고 싶었다. 방 안을, 거실을 뛰어다니고 밖으로도 나와 거리를 뛰어다녔다. 막혔던 가슴이 확 트인다. 가슴이 트이고 정신은 돌아왔지만 앞으로 전개될 일에 대한 걱정마저 없어진 것은 아니다.

회사 사장님이 인정하는 실력을 갖고 있으니 별문제는 없겠지만 그래도 가슴 한구석에 걱정이 남아 있다. '정 안 되면 나라도 벌어서 살면 되니까….'라는 생각을 해 본다.

그런 생각을 하니 마음이 한결 가벼워진다. 생각은 내친김에 마음대로 질주한다.

정 안 되면 지숙이 미용실이 비빌 언덕이 될 수도 있겠다는 생각이 든다. 지숙이도 선희가 어려운 상황이라면 발 벗고 나서 줄 수 있는 친구다.

서류 준비는 포기했고 다시 마음을 다잡고 회사 일에 전념했다.

이치로는 사표를 냈다고 했다. 그리고 곧 미국에 가기로 했으니 오랜 시간 연락이 되지 않을 거라고 했다.

중요한 얘기는 지금 사는 집이 SANEI 한국 지점장 집으로 되어 있으니 다른 곳으로 집을 옮겨야 한다는 것이다. 새로운 지점장이 가면 비워 주어야 하니 이사를 서두르라고 했다.

그리고 이치로의 물건들은 회사 사장님과 상의해서 장소를 마련하여 보관하라고 했다.

마지막으로 힘주어 하는 말은 아마도 시간은 많이 걸릴 수 있으나 절대 흔들리지 말고 기다리라는 것이다.

머리가 하얗게 되는 긴 시간이라도 기다리겠다고 했다. 그리고 청주 엄마 집 전화번호를 알려 주고 나중에 혹시 연락이 되지 않을 시 엄마에게 연락하라고 했다.

◆◆◆

회사로 출근하여 오전에 사장님 방으로 올라갔다.

이치로 상황에 대하여 얘기하고 짐을 옮기는 문제에 대하여 상의하고자 했다. 이치로의 퇴사에 대해서는 아직 사장님도 모르고 있었다.

"아니 그게 무슨 소리예요? 난 아직 아무런 연락을 받은 것이 없는데. 지점장님이 직접 그렇게 말했어요? 여기 SANEI에서도 전혀 눈치를 못 채고 있는 것 같은데. 아니, 왜 그렇게 되었지요? 가기 전에는 대만 지점 활성화시켜 놓고 다시 한국 지점으로 오겠다고 했는데…. 허 참, 믿기 어려운 말이네요."

왜 그렇게 되었는지에 대하여 사장님께는 전후 사정을 얘기해 주어야 할 것 같았다.

"저 때문이에요. 제가 여기서 여권을 내고 국제결혼 서류를 준비하기로 했는데 저는 안 된다고 해요. 제 아버지가 북으로 넘어갔고 외가의 삼촌도 십수 년간 좌익분자로 감옥에 있었고 그래서 저는 해외로 나가지 못한대요. 그렇게 되어 버리니 이치로 오빠가 한국으로 귀화하겠다고 하면서 기다리라고 했어요. 일단 미국으로 가겠다고 했고 시간이 많이 걸릴 거라고 하네요."

그제야 사장님은 상황을 이해하는 것 같았다.

그날부터 퇴근 후에는 집을 알아보기로 했다. 회사에서 가까운 곳을 찾아 가급적 차를 타지 않고 걸어서 출퇴근을 할 수 있는 곳으로 알아보기로 했다.

근처의 세를 놓는 방들은 대개 작고 다닥다닥 붙어 있는 방들이었다.

여의도 아파트에서 살다가 그런 셋방이 불편할 수도 있지만 차라리 사람들하고 마주치며 사는 이곳의 셋방들이 더 좋다. 지금은 그렇다. 이치로 없는 그 넓은 여의도 아파트는 들어가기가 무서울 정도로 적막한 곳이 되어버렸고 아파트라는 특성상 옆집 사람 얼굴도 모르고 산다.

지금은 사람들이 그립다. 그래서 차라리 이런 지지고 볶고 사는 곳이 좋다.

세를 놓고 사는 집이라고 짐작되면 무조건 들어가서 물어보았다.

그중 한 집이 마음에 들었다. 원래 혼자 방을 쓰려고 했는데 이미 세 들어 사는 한 아가씨가 말을 붙여 왔다. 비슷한 또래였고 서로 눈이 마주쳤을 때 그녀의 맑은 눈이 선희의 마음에 들었다. 그녀와 친해지고 싶다는 생각이 들게 했다. 얼굴에는 잔잔한 미소를 띠고 있는 그녀가 오랜 친구처럼 느껴졌다. 같은 방에서 살면 어떻겠냐고 했다. 그것도 괜찮을 듯싶었다. 방이 좁을 듯해서 망설이고 있자 옆방을 터서 한 방으로 하고 주방 시설도 들여놓자는 제안을 하며 적극적이다. 그런 그녀의 활달하고 적극적인 면이 마음에 들었다.

김명자와의 생활이 그렇게 시작되었다.

이사를 해 놓고 사장님도 이치로의 짐을 회사 창고 한 곳에 공간을 만들어 옮겨 놓았다.

새로 이사 갈 명자의 방 크기를 감안할 때 선희가 가져갈 짐은 최소화해야 했다.

주방에서 쓰던 용품 거의 전부와 대부분의 옷은 당장 필요한 일부만 남기고 이치로의 짐과 함께 보관했다.

모두 정리가 되고 사장님이 선희를 따로 불렀다. 그리고 두툼한 봉투를 내민다.

"미스 리, 이 돈은 이치로 지점장님에 대한 전별금으로 생각해요. 미스 리에게 주는 돈이 아니고 지점장님이 나에게 도움을 많이 주었고 그래서 지점장님께 드리는 돈이에요.

애초부터 한국으로 오지 않거나 퇴사를 한다면 그때 주는 것이 맞는데 올 줄 알고 있어서 이런 전별금을 생각할 수 없었지요. 그러니 미스 리가 받아 두었다가 괜찮은 집 전세 얻는 것으로 생각해 보세요."

받지 않을 수가 없었다. 이치로 지점장님에게 주는 전별금이라고 하니 선희에게는 받고 말고 할 권한이 없었기에 고맙다고 하며 받았다.

이백만 원이었다. 선희가 한 푼도 쓰지 않고 3년 가까이 모아야 할 큰돈이다.

선희는 스스로를 돌아보며 남들은 돈 때문에 그렇게 힘들게 아등바등하며 사는데 자신은 특별한 운이 있는 것 같은 생각이 들었다. 호스티스 시절에도 쉽게 돈을 벌었고 김 원장 언니가 준 돈이며 지금도 이치로 오빠로 인해 또 큰돈이 생겼다. 청주에서도 돈 때문에 힘들었던 기억은 없었다. 돈 때문에 서울로 온 것도 아니었다. 그런데 돈이 이렇게 붙어 주는 특별한 팔자가 있는가 보다.

이치로가 없어 한동안은 힘들게 보냈다. 그 공허함을 명자가 채워 주었다.

그 허전함 때문이었는지 선희는 아주 짧은 시간에 명자에게 빠져들었다. 명자에게는 밝은 에너지가 있었다. 항시 떠들고 웃어 주는 그녀의 에너지가 선희에게도 전달된다.

명자가 카세트테이프의 노래에 관심을 보이는 것 같아 〈블루 라이트 요코하마〉를 틀어 주었다.

선희가 따라서 부르니 일본 노래를 부르는 사람은 처음 본다며 박수도 쳐 주었다.

내가 명자에게 무한한 신뢰로 그 어떤 친구보다 의지하고 있는 것처럼 명자 또한 나와 같은 그런 마음이 전해져 온다. 명자와 생활하면서 자주 웃게 되었다. 명자를 만나 수다를 떨고 밥을 먹는 재미에 퇴근 시간도 기다려진다.

SANEI 새로운 지점장이 왔다는 말이 들렸다. 어느 오후 시간 SANEI 직원 두 명과 일본 사람 한 명이 사장님의 배웅을 받고 나가는 모습이 보였다.

그들의 모습을 보고 선희는 가슴이 갑자기 막힌다. 저 한국 직원 두 명은 이치로 밑에서 같이 일하던 사람들인데 이치로 아닌 다른 사람과 다니는 이 상황이 굉장히 낯설었다.

이치로는 지금 어디서 무엇을 하는지 아직 소식이 없다.

그들이 가고 사장님이 선희를 찾았다.

"새로 온 지점장이라는 분이 방금 왔다 갔어요. 일본 본사에서 부장급으로 있다가 온 거라고 하더군요. 뭐 사람은 괜찮아 보이고 앞으로도 서로 협조해서 잘 하자는 말을 하더군요.

그저 인사로 온 것이죠. 이치로 지점장에 대해서 물어보았더니 자기는 전혀 아는 것이 없다고 해요. 퇴사하고 무엇을 하는지 전혀 모른다고 해요. 그렇지 않아도 한국 지점으로 오기 전 참고삼아 들을 말도 있고 해서 연락을 해 보았는데 연결이 안 되었다고 그래요. 이미 미국에 가 있어 그럴 수 있다는 생각이에요."

사장님 방을 나서면서 말씀 감사하다고 했다. 추정이라도 해 주시는 말씀이 불안감을 희석시키는 데 도움이 되었다.

회사에서는 이치로 지점장이 대만 지점장으로 가고 나중에 다시 온다는 처음의 얘기들이 아직 유효했고 선희를 끈 떨어진 사람으로 생각하지 않았다. 이치로 지점장이 퇴사했다는 소식은 사장님 외에 아직 모르고 있는 것 같았다. 하지만 알려지는 것은 시간문제이고 그렇게 되었을 때 회사 직원들이 선희를 어떻게 대할지 궁금하기도 하고 걱정도 된다.

하지만 그런 것은 큰 걱정이 아니다. 가장 큰 걱정은 그가 잘 헤쳐 나가야 하는데 순탄한 여정이 되지 않을까 하는 것이다.

새로운 지점장이 다녀가는 것을 보고 마음이 심란하다. 사장님의 긍정적인 위로 비슷한 것이 도움은 되었지만 잔잔했던 일상에 작은 파문이 이는 느낌이다.

선희가 퇴근하는 시간에 명자도 비슷하게 퇴근한다. 서로가 좀 일찍 오는 날이 있고 좀 늦게 오는 날이 있다. 오늘은 명자가 먼저 와서 저녁 준비를 하고 있었다.

"명자야, 오늘 밖에서 먹자. 밥하지 말고. 영등포 시내 가서 놀다 오자."

갑작스러운 제안에 명자는 어리둥절한 표정이다. 그러면서도 따라나선다.

"시내 나가서 밥 먹고 춤추러 가자. 너 딱 보아하니 고고장도 출입해 보지 않은 촌닭인 것 같아 내가 한번 데려갈게."

"야, 나 춤 못 춰. 그런 곳 한 번도 가 보지 않았어."

"괜찮아, 내가 가르쳐 주면 금방 배워."

명자는 새로운 것에 호기심이 많아 뒤로 빼고 있지만 가 보고 싶어 하는 눈치다.

보면서 따라 하면 되니 굳이 가르쳐 줄 필요도 없었다. 명자는 내가 하는 대로 잘 따라서 하더니 금방 자연스럽게 춘다. 그리고 알아서 스스로 즐기고 있다.

술도 마시지 않았는데 명자의 얼굴은 발그레하게 상기되어 있다. 어느 정도 시간이 되어 가자고 하니 많이 아쉬운 표정이다.

“이런 재미가 있는 줄 모르고 맨날 일만 하며 살았네, 등신 같이. 야, 선희야. 이번 주말에 또 오자.”

“그러지 뭐. 너 근데 춤에 소질이 있는 것 같다. 나도 어디 가서 춤으로는 안 빠지는데 처음인 네가 그렇게 잘 출지 상상도 못 했다.”

“아, 그래? 칭찬해 주니 고맙네. 근데 정말 너 춤 잘 추더라. 옆에 있는 사람들이 다 너만 보는 것 같더라. 내 친구 선희, 네 정체는 도대체 뭐냐?”

그렇게 말하는 명자는 깔깔대면서 자랑스러운 친구라고 선희를 껴안기도 한다.

지금 이치로는 무엇을 하고 있는지, 잠은 잘 자는지, 밥은 잘 챙겨 먹고 다니는지 항시 가슴 한 곳에 걱정이 자리하고 있다. 그리고 그립다. 그가 많이 보고 싶은데 목소리를 들은 지도 오래다. 그런 걱정과 그리움이 꿈틀대면 명자와 수다를 떤다. 누워서 명자가 잠들 때까지 말을 시킨다.

명자는 춤에 빠져서 매주 시내로 가자고 한다. 늦바람이 무섭다고 하니 그저 웃는다.

그 웃는 얼굴 뒤편 어딘가 명자에게도 뭔가 감추고 있는 것이 보인다.

“춤을 출 때는 모든 상념이 없어지는 것 같아. 그저 흔들고 큰 음악 소리는 그 순간만 집중하게 해 주더라."

어느 토요일 저녁에 명자가 시내로 나가 술을 마시자고 했다. 그날은 춤을 추러 가지 않고 그저 술만 마셨다.

가끔 방에서 술 한두 잔을 한 적은 있지만 오늘같이 본격적으로 술을 마신 적은 없었다.

명자의 주량은 생각보다 셌다. 그런데 명자는 오늘 나 때문에 술을 마시자고 했다는 것이다.

"전에 너 음악 틀어 놓고 눈물 짜는 것 몰래 본 적 있어. 나만큼 힘들지는 않을 거라고 생각해. 너에게 무슨 사연이 있는지 묻지 않겠어. 단지 네가 전에 잠깐 얘기한 그 재일 교포 그 사람 일인 것은 알아. 네가 친구이기에 내 얘기를 해 줄게."

명자는 진규와의 얘기들을 했다. 그로 인해 지금 겉은 멀쩡한 것 같지만 멀쩡하게 보이는 척을 할 뿐이고 죽고 싶어도 아들 때문에 죽지도 못한다고 했다.

선희도 이치로를 포함하여 자신의 과거 모든 것에 대하여 말해 주고 싶은 충동이 일어났지만 다음에 기회가 되면 말하겠다고 하고 입을 다물었다.

호스티스 전력을 얘기하면 자랑스러운 친구로 생각하는 명자에게 실망을 안겨 줄 수 있다는 생각이다.

명자 말대로 선희는 명자만큼 힘들지는 않았다.

구정이 지나고 다시금 일상이 시작된 어느 저녁에 주인집 아주머니가 명자에게 전화가 왔다고 했다. 전화를 받고 돌아온 명자는 선희에게 미안한 표정으로 양해를 구한다.

"전에 여기서 나하고 같이 살았던 국희 언니라고 있지. 그 언니가 전화했는데 고향 후배가 올 거니 잠시 좀 같이 있게 해 달라는 거야. 한 달 정도 후에는 따로 나가서 살 거니 잠시 도와주라고."

"난 괜찮아. 언제 온대?"

명자는 웃으면서 지금 마중을 나가야 한다고 했다. 어제 전화 통화가 되지 못했고 오늘 이미 출발을 해서 오고 있다고 했다.

선희도 급히 옷을 찾아 입고 둘은 이 무슨 도깨비 같은 짓이냐고 깔깔거리며 뛰었다.

차를 타고 나오면서 명자는 지금 오는 사람은 이미 결혼을 했고 아이가 있다는 얘기를 했다.

그리고 내색은 하지 말라는 국희 언니의 당부도 있었다고 했다.

둘이 터미널에 도착하니 그 여자가 보였다.

결혼을 해서 아이가 있는 아줌마로 생각했는데 아가씨처럼 보였다.

솔직한 인상이었다. 수줍음도 있고 순박하고 솔직한 얼굴이었다. 처음 인사에서 그런 것들을 읽을 수 있었다. 백영주라고 했다.

가지고 온 짐 보따리에서도 시골 처녀 상경기를 볼 수 있는 것 같았다. 지금의 선희와 명자에 비해 행색은 초라하지만 자존심 있는 여자라는 것을 느낄 수 있었다.

집으로 가는 차 안에서 대화를 나눠 보니 천하지 않고 당당하기도 하면서 말은 예의가 있었다.

선희는 오히려 자신이 갖고 있지 못한 것을 갖고 있는 그녀가 부러웠다. 남편이 있고 자식이 있는 그녀가 부러웠다.

이 나이에 이런 생각을 하는 것이 맞는 것인지 생각하면서 선희는 속으로 혼자 웃었다.

◆◆◆

영주가 다닐 가발 회사는 선희의 회사와 지근거리에 있어 이미 알고 있었다.

영주를 데려다주고 출근한 그날 오전 시간에 사장님이 선희를 급히 불렀다.

순간적으로 직감이 왔다. 그가 전화한 것이라는 직감이다. 쏜살같이 뛰어 올라가 노크도 없이 문을 열고 들어서니 사장님은 그와 통화하고 있었다. 선희를 보자 사장님은 손을 흔들어 보였다.

"지점장님 전화야."

사장님은 그와 통화하면서 나지막하게 말했다. 잠시 기다리라는 말과 함께 수화기를 선희에게 건네준 사장님은 자리를 피해 주려고 방 밖으로 나가셨다.

수화기를 통해 흘러나오는 그의 그리운 목소리에 눈물이 났다. 목이 메어 말이 나오지 않았다.

"선희야, 나야. 혼자 두고 와서 항상 걱정했는데 별일 없이 잘 지내지? 나 없어도 잘 살고 있다는 소리 하면 내가 섭섭해. 여보세요? 왜 아무 말이 없어? 울고 있는 거야?"

다섯 달 만에 들어 보는 그의 목소리는 변함이 없다. 유머라고 하는 싱거운 소리도 변함이 없다. 어눌한 한국말의 높낮이 없는 목소리 톤도 변함이 없었다.

"잘 못 지내. 매일 힘들게 보내. 각오는 했지만 너무 힘들어. 다섯 달 동안 중간에 전화 하나 없이 내가 잘 지낼 거라고 생각해? 미안해요. 투정 부려서. 근데 지금 일본이에요?"

일본에는 어제 도착했다고 했다. 그간 계속 미국에 있었고 일이 생각보다 쉽게 풀리지 않아 전화를 해 볼 마음의 여유가 없었다고 했다.

"밥은 잘 챙겨 먹는지, 잠은 잘 자고 있는지, 나를 잊었는지 매일 그런 걱정으로 사는데 전화 한 번 하지 않으면 내가 어떨지 생각은 해 보았어요? 일이 잘 안되고 힘들면 그냥 여기로 와요. 내가 벌어서 살면 되니까 걱정하지 말고 와요. 그냥 같이 있어 주기만 하면 돼."

선희의 진심이다. 그저 그만 옆에 있으면 조금씩 벌어서라도 소탈하게 살고 싶은 진심이다.

선희의 말에 이치로는 웃으며 걱정하지 않아도 된다고 했다. 자신의 독립을 지원할 미국 회사를 찾아 얘기가 잘 되었다고 했다.

우선은 한국으로 귀화할 서류를 준비해야 한다고 했다. 지금은 전과 상황이 달라 한국에서 일할 수 있는 취업 비자를 받을 수 없고 잠깐 오려면 관광 비자로 와야 하기에 아예 귀화 수속을 밟겠다는 것이다. 전에는 SANEI 한국 지점장 신분으로 취업 비자를 받을 수 있었는데 지금은 개인 자격이라 취업 비자를 받기 어렵다고 했다. 물론 지금 사장님의 회사에서 초청 형식으로 하면 가능하겠지만 귀화를 목적으로 하기에 한 번에 처리하려고 한다고 했다.

이제는 일본에 있으니 자주 전화하겠다고 했다. 가슴이 뻥 뚫리고 창밖으로 보이는 풍경이 평화로웠다.

통화가 끝나고 사장님이 들어오셨다. 문밖에서 통화가 끝날 때까지 기다리셨던 것 같다.

눈물 콧물 짠 자국 그대로의 얼굴로 선희는 헤벌쭉한 웃음과 함께 얼굴을 손으로 훔쳤다.

"허 참…. 그렇게 좋아요?"

사장님은 자리에 앉으면서 놀리는 말투로 웃으며 말했다.

"네."

그렇게 대답하면서도 아직도 눈물을 찔끔대고 콧물도 훌쩍거린다. 그러면서 웃기도 했다.

사장님 앞이라도 체면이고 뭐고 없이 그저 실실 웃고 좋아서 어쩔 줄 모르겠다.

"자, 진정하고, 요즘 연애하는 사람들은 다 이렇게 티 나게 하나요? 나도 그런 시절이 있었나? 나는 없던 것 같은데. 미스 리가 유난한 것이지요?"

사장님은 계속 놀리는 말을 했지만 선희는 그런 사장님의 놀리는 말도 좋았다.

사장님 방 바로 옆에는 경리과가 있다. 경리과 막내 정도의 여직원이 차를 두 잔 타서 들고 왔다. 가끔 마주치는 얼굴이었다. 그녀도 차를 내려놓으면서 눈길로 살짝 인사를 했다.

사장님은 선희에게 오늘 그와 통화한 다른 내용에 대하여 얘기해 주었다. 선희에게 하지 않은 일과 관련된 얘기였다.

"오늘 들어 보니 이치로 지점장님이 사표를 내고 곧바로 미국으로 가지 않았다고 하더군요.

곧바로 가면 SANEI에서 오해할까 해서요. 만약 이치로 지점장님이 지금 거래하는 미국 바이어를 손대면 SANEI 측 손실이 커지니까 어떤 대응을 하려 하겠지요. 그렇게 되면 우리 회사에도 문제가 될 수 있고 또 상도의를 생각해서는 그러면 안 되는 거로 생각하고 있더군요.

올바른 생각이지요. 지금까지 SANEI에서는 이치로 지점장님을 다른 사람보다 높이 평가해서 고속 승진을 시켜 주었고 또 대만 지점 개설의 중책을 믿고 맡겼는데 스스로 독립해서 지금 거래선에 손을 대면 배신이 되겠지요. 그런 배신은 일본 사회에서도 자주 있지만 이치로 지점장님은 재일교포라는 특성상 조금 다르겠죠. 왜 그 조센징이라고 하잖아요? 조센징은 할 수 없는 종족이야. 조센징이니 그렇지. 조센징은 상종하면 안 돼. 그런 식으로 재일 교포 모두에게 편협한 생각을 더 부추길 수 있으니 조심하자는 거지요."

탁자에 놓인 차를 한 모금 마시면서 선희에게도 권한다. 그리고 사장님의 말은 계속되었다.

다른 바이어를 찾는 일이 쉽지 않았다고 했다. 주로 뉴욕과 LA를 오가며 여러 회사를 만났지만 어느 회사는 이치로의 구미에 맞지 않았고 어느 회사는 공급처가 잘해 주고 있어 새로운 공급처를 생각하지 않고 모든 게 쉽지 않았다. 게다가 업무로 가는 비즈니스 비자가 아닌 개인 관광 비자로 갔기에 시간이 짧아 다시 일본으로 돌아왔다가 들어가는 두 번의 미국 방문이었다고 했다.

사장님의 말씀을 선희도 진지하게 경청했다. 다 듣고 일어서서 나오려는데 또 웃음이 나온다. 그런 선희를 보고 사장님은 "저렇게 좋을까." 하며 또 놀리신다.

그리고 한마디 더 하셨다.

"이치로 지점장님이 내게 부탁한 것이 있어요. 품질 검사부에 전화 한 대 놓아 달라고 하더군요. 미스 리하고 통화할 때 직접 품질 검사부로 전화해서 통화하겠다고. 내 오늘 당장 신청할 거예요."

"어머 정말이에요? 사장님, 저는 어떻게 사장님에게 보답을 해 드려야 할지…."

예의와 체면은 이미 모른 척을 하기로 했기에 사장님 최고라는 표시로 엄지손가락을 펴면서 허리를 90도로 굽혀 인사를 하고 나왔다.

품질 검사부로 내려오니 김 과장님도 있었다. 선희는 김 과장을 보고 갑자기 좋은 생각이 떠올랐다.

"과장님, 오늘 우리 회식해요."

뜬금없는 선희의 제안에 김 과장도 그렇지만 다른 세 명의 여직원도 의아한 표정이다.

평소 간결한 말을 하고 허튼소리나 농담도 잘 하지 않던 선희가 그런 말을 하니 의아해하는 것은 당연하다.

"나 돈 없어요. 월급 타면 그대로 마누라에게 주고 차비, 담뱃값 타서 쓰는 불쌍한 인생이에요."

김 과장은 어림없다는 식으로 말했다.

"다른 부서는 회사에서 타서 하던데…. 과장님 개인 돈 쓰라는 것 아니잖아요. 회사에 요청하면 되는 거 아니에요? 다른 부서는 대장이 다 부장님이고 우리 대장은 과장님이라서 회식비도 타 내지 못하나요?"

미스 고가 한마디 했다. 김 과장의 자존심을 건드려 보는 것이다.

다른 여직원들도 동조하는 말을 한다. 우리 대장이 힘이 없어서 우리는 불쌍하다면서 김 과장 자존심을 긁는다.

이구동성의 자존심 긁는 소리에 김 과장은 그게 아니라며 조용히 하라고 손가락을 입에 대면서 선희를 본다.

"우리 부서가 힘이 왜 없어. 나는 힘없는 과장이지만 우리 부서는 어느 부서보다 힘 있는 부서야. 우리 미스 리는 어느 부서 부장보다 힘이 센 것 몰라? 우리 회사 사장님은 미스 리 말에는 'No'가 없어요. 다들 내 말이 무슨 뜻인지 알고 있지?"

김 과장의 다소 엉뚱하고 궁색한 말에 이내 다른 여직원들도 동조하며 선희가 어떻게 해 보라는 식이다.

"오케이, 내가 나서 볼게요. 일단 그러면 오늘 퇴근해서 마시고 먹고 맘대로 놀아 보자구요. 일단 회식비는 오늘 내 돈으로 쓰고 내일 회사에 청구할게요."

모두 환호와 함께 좋다고 했다. 그저 오늘은 누구와 함께하든지 무엇을 하든지 즐기고 싶었다. 그중 부서 사람과 회식을 빌미로 즐기면서 선희만 아는 자축을 하고 싶었다.

비용은 당연히 선희가 내는 것이고 회사에 신청할 생각은 없다. 단지 부서장이 있는데 직원이 개인 돈을 내겠다고 할 수 없어서 그렇게 했다.

영등포 시내 어디 좋은 곳에 가서 사고 싶었다. 오늘은 버스를 타지 않고 택시 두 대를 잡아 영등포 시내로 갔다.

언제인지 기억이 잘 나지 않지만 그와 같이 갔던 식당이 눈에 들어왔다.

식당 안으로 들어서는데 뒤에서 수군대는 소리가 들린다. 너무 비싼 곳 아니냐고 수군대는 소리였다.

자리에 앉은 김 과장도 걱정을 한다. 너무 비싼 데 와서 회식비 청구할 때 사장님이 싫은 소리를 하면 어쩌겠냐고 걱정한다.

"나도 생각이 있고 계산이 있으니 걱정하지 마세요. 우리 부서는 과장님 포함해서 달랑 다섯밖에 되지 않잖아요? 다른 부서는 인원이 많고요. 아마 제일 많은 부서가 생산 부서이고 거기는 과장님도 다섯에 부서 직원 다 합치면 스무 명 가까이 되지요? 제일 작은 부서가 경리부인데 거기도 열 명은 넘어요. 내 계산은 부서별 인원으로 계산하지 말고 동등하게 하자는 거예요. 예를 들어 경리부 1회 회식비 예산이 만 원이면 우리 품질 검사부도 동등하게 만 원, 이렇게 하자는 거지요."

김 과장 포함 다른 직원들은 선희의 논리가 맞는 것 같으면서도 억지가 있는 듯하기도 해서 갸우뚱거린다. 이번에도 미스 고가 그 말이 맞다고 바람을 잡아 준다. 미스고의 바람에 김 과장도 힘을 얻었는지 호기를 부린다.

"그렇지, 그게 당연하지. 다 독립 부서인데 우리를 왜 차별해. 우리 하는 일이 얼마나 중요한데. 우리 아니면 회사 큰일 나. 우리가 품질 잘 잡아 주니까 선적해도 클레임 없지. 우리가 얼마나 중요한 부서인데. 아, 그리고 부서마다 부서장 판공비 따로 있는데 나는 안 주네? 나 품질 관리부 부서장인데 왜 판공비 안 주지?"

그의 너스레에 모두 웃으며 바로잡아야 한다고 했다. 김 과장의 그런 너스레에는 진담도 약간 있는 것 같았다. 그런 논리를 선희가 사장님에게 전달해 주었으면 하는 바람이 있는 것 같은데 그런 말 전달은 무리여서 한 귀로 흘렸다.

허리띠 풀어 놓고 먹고 마시자는 남자들 표현처럼 오늘은 그렇게 즐겼다.

그들과 즐기면서도 계속 이치로의 목소리가 귓가에 맴돌고 그가 해 준 말이 가슴속에 남아 있다. 그의 목소리와 그가 해 준 말을 되새기면 흥이 더 났다.

선희의 오늘 같은 모습을 처음 보는 부서 직원들이 너무 멋있는 미스 리라고 추켜세워 준다.

회식을 마치고 각자의 집으로 향했다.

선희와 같은 버스를 타는 직원은 없었다. 버스를 타기 전 명자에게 전화를 했다.

이미 회사에서 퇴근 전 회식이 있어 밖에서 밥을 먹을 거라고 연락은 했었다.

영등포 시내이고 곧 출발하는데 필요한 것은 없냐고 물었지만 명자는 곧 잘 건데 필요한 것이 뭐가 있겠냐고 빨리 들어오기나 하라고 했다.

쌀쌀한 매일의 날씨였지만 오늘은 춥게 느껴지지 않았다.

늦은 시간이라 버스의 좌석은 한가했다. 자리에 앉아 다시금 오늘 통화한 이치로의 말을 되새겨 본다. 그럴 때마다 입가에 미소가 지어진다.

그가 곧 온다고 했다. 그러면 전처럼 행복한 시간을 다시 가질 수 있다. 결혼도 곧 하겠지.

그가 오면 그를 닮은 아이를 갖고 싶다. 전에는 배란일을 계산하며 잠자리도 조심하고 피하는 일이 많았지만 이제는 그럴 필요가 없다.

나도 남편을 갖고 싶고 아이도 갖고 싶다. 오직 한 사람 그를 갖고 싶고 그의 아이를 갖고 싶다.

그가 오면 마음껏 사랑해 줄 것이다. 그가 없었던 지난 시간 동안 그가 얼마나 소중한 사람인지 절실하게 깨달았다. 물론 그가 있을 때도 그랬지만 없어 보니 절실한 사람이었다.

차에서 내리니 바람이 시원했다. 골목길로 들어서며 또 웃음이 나온다. 이런 상태로 오늘 밤 잠을 제대로 잘 수 있을지 모르겠다. 집에 들어가면 티가 날 텐데 걱정을 하면서도 웃음은 계속 나온다.

◆◆◆

엄마에게 전화를 하고 싶어졌다. 중간중간 가끔 전화를 하긴 했어도 이 소식을 전하면 엄마의 마음이 훨씬 편해질 것이기에 빨리 알려 주고 싶었다.

전에 여권 발급이 되지 않는 이유에 대해서 엄마도 선희만큼 절망 속으로 빠져 있었다.

배 속에 든 아기와 처를 생각지도 않고 책임감도 없이 홀로 북으로 넘어간 선희 아버지에 대한 증오와 분노는 잊은 듯했으나 그 일로 인해 지금도 딸의 앞길을 막고 있는 현실에 다시 한번 분노와 증오심을 일으키고 절망에 빠져 있는 엄마다.

점심시간에 회사 밖 공중전화에서 전화를 했다. 엄마는 낮에 김명길 아저씨 양복점에서 일을 하기에 그곳으로 전화를 했다.

엄마가 전화를 받았다. 힘이 없는 목소리다.

"엄마, 선희…. 잘 지내고 있지?"

선희의 목소리에 엄마는 놀라기도 하고 딸에게 면목이 없어 겨우 잘 지낸다는 말만 했다.

사위가 될 사람이 딸 때문에 회사에 사표도 내고 일본 국적을 포기하고 귀화하기로 결심했다는 내용도 선희로부터 들어 알고 있다. 그런데 아직도 소식이 없어 마음을 졸이고 있는 상태였다.

"엄마, 어제 그 사람 전화 왔어. 미국에 가 있어서 통화를 어제 처음 했어. 곧 귀화 서류 준비해서 올 거래. 그리고 미국 간 일도 잘되었다고 해.

그러니 걱정하지 않아도 돼."

보이지 않지만 엄마는 울고 있다. 이제 살 것 같다고 하며 소식을 알려 줘서 고맙다고 했다.

그리고 저녁에 전화하겠다고 했다. 옆에 김명길 아저씨가 있어 하고 싶은 말이 있어도 불편한 것이다.

선희도 일찌감치 퇴근해서 엄마의 전화를 기다렸다. 항시 그렇듯이 영주는 선희보다 반 시간이나 한 시간 정도 퇴근이 늦다. 주인아주머니가 전화가 왔다고 알려 준다.

"선희야, 엄마는 참 너무 바보같이 살았어. 너희 아빠와는 사랑도 모르고 결혼했으니….

네 외삼촌 되는 사람 탓하기 전에 내가 바보였으니…. 네가 그렇게 사랑하는 사람하고 결혼하면 그것이 최고야. 네가 사랑하면 그게 최고야. 사상을 처자식보다 중요하게 여기는 사람하고 결혼한 내가 바보였고 누구를 탓할 수도 없지. 남자를 잘못 만나 내 인생은 망가졌지만 내 딸만큼은 내가 가져 보지 못한 사랑을 두 배로 갖고 결혼해라. 이제 더 이상 너의 앞길을 막는 일들은 없겠지."

엄마의 말은 차분했고 선희는 그냥 잊자고 했다. 이제 더 무슨 일이 있겠냐고 걱정하지 말라고 엄마를 위로해 주었다.

품질 관리부에 전화가 들어왔다. 전에 사장님 말씀으로는 빨라도 보름 정도라고 했는데 열흘 만에 설치가 되었다.

김 과장과 다른 여직원들은 환호성을 질렀다. 특히 김 과장은 이제야 사장님이 품질 관리부를 중요하게 생각하시는 것 같다고 어깨를 으쓱댄다. 미스 박이 김 과장에게 묻는다.

"전에 회식할 때 우리 부서의 중요성에 대해서 과장님이 하셨던 말, 그 말들을 사장님께 말씀드려서 사장님이 인정하신 거예요? 그래서 전화도 놓아 주고?"

"그럼, 내가 다른 부서는 다 전화가 있는데 우리 부서는 없고 이런 점은 불공평하다고 했지. 단박에 전화를 놓아 주신 것을 보면 우리의 중요성을 당연히 아시는 거야."

그렇게 호기롭게 말하는 김 과장은 다른 직원이 알아채지 못하게 선희에게만 한쪽 눈을 찡긋한다. 김 과장도 전화가 왜 설치되는지 아는 것 같았다.

김광규 과장은 기본 품성이 가정적이고 성격이 좋은 사람이다. 사장님의 이모 되시는 분의 아들이니 사장님과 이종사촌이다. 김 과장이 중학교 시절 아버지가 돌아가셨고 김 과장은 여자 형제도 없는 외동아들이었다. 아버지가 없는 외동아들은 입대 대신에 방위로 복무할 수 있었기에 김 과장은 방위로 군 복무를 했다. 상업 고등학교를 나와서 어느 회사의 경리부에서 근무하다 사장님이 특별 채용 형식으로 데려왔다.

지금 나이가 서른이지만 벌써 아이들이 셋이나 된다. 아들 둘에 딸이 하나 있다고 했다.

고향에서 고등학교에 다닐 때 같은 동네의 같은 학년인 여자 친구와 결혼한 것이다.

연애할 때 첫아이가 먼저 생겨서 부랴부랴 식을 올렸다고 한다. 이 회사로 오게 된 것은 월급을 파격적으로 주면서 과장 직책을 준다고 해서 왔다고 했다.

어린아이가 셋이나 되니 항시 빠듯한 생활을 해야 했고 그 자신도 최소한의 용돈으로 사는 것 같았다.

김광규 과장이 품질 관리부로 오게 된 동기는 제품이 나와 선적을 하면 바이어로부터 클레임이 걸리는 일이 꽤 있었다고 한다.

회사의 손실이 크게 발생하는 경우도 꽤 있었던 것 같았다. 그래서 이치로 지점장이 품질 관리 부서를 두고 사장님이 관리하면 좀 더 개선이 될 수 있다고 해서 품질 관리부가 생겼고 그 책임자로 조카인 김광규 과장을 앉히게 된 것이다.

전에는 생산부에서 자체로 품질 관리원을 두고 검사를 해 왔고 문제가 있어도 납기일에 항시 쫓겨 생산부장, 생산과장들은 선적을 강행하는 일이 빈번했다.

품질 관리부가 독립 부서가 되면서 책임자는 사장 조카인 김 과장이고 게다가 김 과장은 사장님께 직접 보고를 하니 생산부는 품질에 좀 더 신경을 쓰지 않을 수밖에 없었고 품질은 많이 개선되었다.

품질 관리부 신설 이후에도 가끔 문제가 발생하는 경우가 있었다. 크지는 않아도 간간이 사소한 클레임이 들어오는 경우가 있을 시 사장님은 생산부 부장과 해당 생산과의 과장 그리고 품질 관리 부서장인 김 과장을 함께 불러 질타했다.

그러니 생산부에서는 더욱더 조심하게 되고 문제 있는 제품을 보지 못하고 통과시킨 김 과장은 자존심에 상처를 받게 되고 더 엄격하게 관리를 하지 않을 수 없었다.

전화가 사무실에 설치되고 며칠 후 그로부터 전화가 왔다. 이제는 전처럼 평상의 말들로 짧은 통화다. 선희는 오히려 자주 전화하지 말라고 했다. 사무실 다른 직원들 눈치가 보이니 열흘에 한 번 정도 해도 된다고 했다. 곧 다시 만날 시간이 다가온다고 생각하니 여유가 있다.

통화 말미에 한 그의 말에 뜨끔했다.

"나 없이 나이트클럽 가면 안 돼. 그간 간 적 없지?"

농담 식으로 하는 그의 말이지만 진짜로 하는 얘기다. 명자와 몇 번 영등포로 다닌 적이 있지만 그런 적 없다고 거짓말을 하면서 속으로는 뜨끔했다.

품질 관리부에 전화가 왜 설치되었는지 다른 여직원들이 눈치를 챈 것 같다.

여의도에 벚꽃이 피었다는 말을 들었다. 가 보고 싶었다. 그와 같이 살았던 여의도 아파트에 가 보고 싶기도 했다. 명자와 영주에게 벚꽃 구경을 가자고 해서 일요일 여의도로 향했다.

여의도 아파트를 나오고 이치로 없이 살아온 시간에는 여의도 쪽으로 오는 것이 불편했었다. 이제는 추억을 편안하게 되새기며 여의도에 가 보고 싶었다.

많은 인파 속에서 명자와 영주는 긴 꽃길을 감탄하며 즐기는 것 같았다. 이 두 여자는 저 멀리 보이는 아파트에서 선희가 살았던 일은 모른다. 두 여자가 꽃길을 걷고 얘기하는 중에 선희는 멀리 보이는 아파트에서 눈을 떼지 않고 걸었다. 그가 오면 저 아파트에서 다시 살겠다는 희망을 가져 본다.

선희가 외로울 때 힘이 되어 주었던 명자가 요즘 부쩍 힘들어하는 것을 느낀다.

명자를 위해서라면 무엇이든지 다 해 주고 싶은데 명자는 스스로 해결하려는 성격이다.

그런 성격이니 아이를 낳고도 남자에게 말도 하지 않고 혼자 키우겠다는 발상을 하는 친구다.

혼자 아파하고, 혼자 괴로워하고, 혼자 삭이는 그 성격에 어떻게 그늘진 모습이 없는지 모르겠다.

품성은 확실히 학교 공부와 관계가 없는 것 같았다. 학교 공부는 많이 하지 못한 명자이지만 경위가 바르고 똑 부러지는 그녀의 품성은 많이 배운 사람들보다 더 훌륭했다.

벚꽃 구경을 괜히 나왔나 싶었다. 어린아이들과 함께 온 가족들을 보는 명자의 눈시울이 붉어져 있는 것을 보았다. 아들 진명이 생각에 그런 것이다.

전에 살던 아파트 근처까지 가고 나서는 다른 곳으로 발걸음을 옮겨야 했다. 그가 오면 다시 같이 오겠다는 마음속 인사를 하고 여의도 길을 벗어났다.

그로부터 다시 전화가 왔다.

미국에 다시 한번 다녀와야 한다고 했다. 지난번 방문에서 큰 관심을 보이지 않았던 한 바이어가 연락을 했다고 한다. 같이 일해 보고 싶었던 큰 업체여서 당시에는 관심을 보이지 않아 아쉬웠는데 상황이 바뀌어서 새로운 거래선 개척에 관심이 있으니 다시 만나 보자고 연락이 왔다고 했다. 길어야 한 달도 안 될 것 같기에 조심해서 다녀오라고 짧은 인사로 통화를 마무리했다.

명자와 영주와 함께하는 생활은 활기가 있는 생활이었다. 청춘의 에너지가 분출되는 시기였고 웃는 일이 있으면 셋이서 배를 잡고 뒹굴기도 했다. 가끔은 우울한 공기가 있기도 했지만 주로 활기찬 에너지가 있는 공간이었다. 가끔 우울한 일은 주로 명자로 인해 그렇다.

그런 일이 있을 것 같으면 시내에 나가서 놀다 오기도 하고 셋이서 술을 퍼마시기도 했다.

선희와 명자는 곧잘 마시지만 영주는 술이 좀 약했다. 영등포 고고장에 가 보기도 했다.

이미 경지에 오른 명자는 물론 영주도 마다하지 않았다.

그런 셋이서 함께하던 시절이 막을 내리게 되었다. 명자가 아들과 엄마를 데리고 와서 살겠다고 했다. 진명이가 많이 아프고 난 후 명자는 그렇게 결심을 해서 따로 나갔다.

명자가 빠지고 영주와 단둘이서 생활을 하게 되었다.

셋이 있다가 한 사람이 빠지니 공기가 차이가 있었다. 게다가 영주는 교회에 나가기로 해서 일요일이면 선희 혼자 시간을 보내야 했다.

혼자 있는 시간에는 여의도 아파트 단지에 가서 집을 찾아보기도 했다.

그가 오면 같이 살 집을 미리 알아보는 것이다. 회사 사장님이 그에게 주라고 한 돈과 선희도 좀 갖고 있는 돈으로 전세를 알아보고 다녔다.

전에 살던 아파트도 가 보았다. 선희 인생에서 가장 행복했던 시간에 살았던 곳이다.

그와 마지막으로 통화한 지 한 달이 지났다. 최소 일주일에 한 번씩 오던 전화가 없으니 사무실 아가씨들이 요즘 왜 지점장님 전화가 없냐고 걱정해 준다. 관심과 걱정해 주는 것이 고맙기도 하지만 그런 시선이 불편했다.

미국에서 시간이 오래 걸리는 모양이라고 말은 했지만 걱정이 또 시작되는 것은 피할 수 없었다.

이치로가 있을 때 출고를 담당하던 SANEI 직원은 변함이 없다. 새로운 지점장 밑에서 일을 해도 선희를 대하는 태도가 깍듯했다. 원래 성품이 상급 회사라고 해서 군림하려 들지 않았고 특히 김 과장하고 친하다. 나이도 비슷하고 비록 업무로 만난 사이지만 친구처럼 지내는 사이다.

그가 회사로 와서 선희를 만나면 항시 이치로 지점장님은 잘 계시느냐는 말을 했다. 이치로의 퇴사 이후 그는 이치로의 지금 계획이나 상황에 대해서 전혀 알지 못한다.

그와 친한 김 과장도 이치로와 관련해서는 전혀 내색을 하지 않았다.

이번에도 이치로의 안부를 물었다. 뭐라고 답해야 할지 잠시 생각해 보았지만 마땅한 말이 떠오르지 않았다.

"이번 지점장님은 좀 힘드네요. 이치로 지점장님이 많이 그립습니다."

물건들을 들춰 보면서 지나가는 소리로 하는 말이다. 그가 이치로의 안부를 물었을 때 대답을 잘 하지 못했지만 화제가 돌려지자 선희는 얼른 말을 건넸다.

"이치로 지점장님이 잘해 주셨나 봐요. 그리울 정도예요?

선희의 말에 그는 한숨을 쉰다.

"네, 그리울 정도입니다. 이번 지점장은 너무 비교가 되네요. 아 참, 거래처에서 상사 흉보면 안 되는데."

그런 말이 오가는 중 김 과장이 내려오면서 듣고 한마디 한다.

"새 지점장은 보통 사람이고 전의 이치로 지점장이 참 좋은 사람이지. 사람이 바뀌니 그 사람이 얼마나 좋았던지 느껴지지? 그러니 있을 때 잘하라는 말이 있는 거야."

"사람이 좋고 나쁘고의 문제가 아니라 이치로 지점장님은 일을 알아서 하는 분이야. 앞일도 보면서 생각을 많이 하면서 일을 처리하는데 새로 온 사람은 일을 잘 몰라. 그래서 힘이 좀 들어."

그는 짜증 섞인 말투다.

그들의 대화를 뒤로하고 선희는 밖으로 나와 하늘을 본다. 그가 그립다.

◆◆◆

그와 통화한 지 한 달이 지나갔고 다시 2주가 더 지나도 그로부터 연락이 오지 않았다.

한 달 정도 예상은 했지만 그러고도 보름이 더 지나도 연락이 오지 않으니 또 애가 탄다.

품질 관리부에 있는 전화는 외부 전화가 거의 없었다. 하루에 두세 번 정도 올까 말까 한 정도다.

어쩌다 오는 전화벨 소리에 선희는 항시 깜짝깜짝 놀라고 실망한다.

그러던 어느 오후, 미스 고가 전화를 받으라고 했다. 이치로의 전화는 대개 점심 전 오전에 오곤 했는데 이번에는 오후 시간이다. 달려가 수화기를 미스 고로부터 넘겨받는데 미스 고가 작은 목소리로 여자라고 했다.

"선희 씨, 나 하나코예요."

하나코의 차분한 목소리가 흘러나왔다.

"아, 네. 언니, 잘 지내셨죠?"

하나코로부터 온 전화가 의외였지만 반가웠다. 이치로 전화를 기다렸지만 하나코가 전화한 이유가 있을 거라는 뭔가의 기대감이 얼핏 들기도 했다.

"선희 씨, 좋지 않은 소식 전하게 되어 많이 미안해요…."

하나코는 거기까지 말하고 잠시 침묵이 흘렀다. 순간 선희의 머릿속에는 해일 같은 두려움이 일어났다.

"언니, 무슨 일이죠?

선희의 다급한 말에도 하나코는 더 이상 말을 잇지 못하고 있다.

"내 동생 이치로…. 사고가 있었어요. 많이 다쳤고 아주 중상이에요. 차 사고가 있었어요."

하나코는 울음 섞인 소리로 겨우 말했다.

그 두려움이 이런 것이라면 헤쳐 나갈 수 있다는 생각이다. 살아만 있어 주면 된다는 생각이다.

"언제 그랬나요? 그 사고. 중상이면 어느 정도예요? 많이 다쳤어요?"

"네, 많이 다쳤어요. 회복하는 데 시간이 오래 걸릴 것 같아요."

"그나마 감사해요. 저는 오빠가 살아만 있으면 돼요. 제가 늙어 죽을 때까지 오빠 돌보면서 살 각오는 되어 있어요."

"그런데 다른 문제가 있어요. 미하루와 같이 길을 걷다가 트럭이 덮쳐서 미하루는 아직도 의식이 없을 정도로 심하게 다쳤어요."

"아, 왜…. 그 여자분과는 정리가 되었다고 했는데…. 왜 또 만나게 된 거예요?"

"일본을 떠나면서 미하루에게 최소한 말은 해야 한다는 생각에 마지막 작별 인사를 하려고 만났는데 그런 일이…."

"그랬었군요. 그래서 어떻게 되는 거지요? 저는 여기서 어떻게 해야 하고요? 당장이라도 뛰어가고 싶지만 그럴 수가 없으니 저는 어떻게 해야 하죠?"

"나도 모르겠어요. 왜 이런 시련이 내 동생에게 닥치는지."

"언니, 그가 살아만 있으면 돼요. 나는 아무리 긴 시간이라도 기다릴 거예요."

"선희 씨, 동생이 원하는 것은 그게 아니에요. 그래서 나도 아무런 생각이 나지 않아요."

"무슨 말씀이세요? 오빠가 원하는 것이 그게 아니라면…. 오빠가 원하는 것은 무엇이지요?

"동생을 기다리지 말아요. 이치로의 생각이 그렇고 이 말을 전해 달라고 하네요. 말도 안 된다고 했지만 나도 상황을 이해하니 더 다른 말을 할 수가 없었어요."

"언니, 정말 말도 안 돼요. 나는 오빠가 필요해요. 평생을 누워 지내도 나는 괜찮아요. 나에게 짐이 될까 봐 그런 생각을 하나 보죠? 절대로 그런 생각 갖지 말라고 전해 주세요. 오빠 오는 날까지 나는 여기서 한 발짝도 안 움직여요."

"하아, 어쩌면 좋아요? 방법이 없으니…. 미하루가 그렇게 된 것에 동생도 책임이 있다는 생각에 미하루를 저렇게 놔두고 갈 수가 없어서 그래요. 아마 나라도 그런 생각을 할 거예요. 그러니…."

"하지만 오빠가 오지 않아서 내가 죽는다면 그래도 오빠는 나를 버려두고 그 여자분 곁에 있을 건가요? 나는 오빠 없이 못 살아요. 그런 소리를 듣느니 죽는 게 차라리 편해요. 언니, 나 지금 미쳐 가는 것 안 보여요? 오빠가 오지 않으면 이렇게 미쳐서 죽을 거예요. 제발, 언니 도와주세요. 제발…."

"선희 씨, 우선 진정해요. 충분히 이해해요. 일단 진정하고 차분하게 얘기해요."

"알았어요, 언니. 나도 숨이 막혀요. 진정하도록 해 볼게요. 근데 언니, 이건 말도 안 돼요. 얼마 전 오겠다고 준비를 하던 사람이었는데 이럴 수는 없는 거 아니에요? 정말 믿을 수 없어요. 언니를 믿을 수 없어요. 그 사람하고 직접 얘기하고 싶어요. 그 사람이 나를 떠나겠다면 보내 줄게요.
그 사람이 내게 헤어지자고 한 적이 없어요. 우리는 작별 인사도 한 적이 없어요. 어떻게 내가 언니의 말을 믿을 수 있겠어요? 그 사람하고 통화하고 싶어요. 직접 전화하라고 해 주세요. 그의 입에서 나오는 말이면 믿을래요. 언니라면, 언니가 제 입장이라면 쉽게 수긍하고 '알았어요.' 하면서 체념할 수 있나요? 내게 직접 이제는 그만 안녕이라는 말을 해 주기 전에는 믿을 수 없어요."

"알아요, 선희 씨. 선희 씨가 한 얘기 충분히 할 만한 얘기이고 나라도 같은 생각과 같은 말을 할 거예요. 다 맞는 얘기예요. 동생이 직접 전화하게 해 볼 거예요. 근데 나는 동생을 잘 알아요. 직접 전화를 해 줄 수 있을지 장담은 못 해요. 내가 선희 씨에게 전화하기 전 각오를 했지만 생각보다 더 아파요. 나도 많이 아파요. 섭섭하게 들리겠지만 동생이 선희 씨에게 가면 미하루가 불쌍하고 동생이 미하루에게 가면 선희 씨가…. 사실 미하루도 내 눈에는 아주 불쌍해요. 일본에서 본 여자들 중에 참 특별해요. 기다림과 인내로 10년을 힘들게 산 여자예요. 부모님과 가족보다 남자를 택했던 용감한 여자였고 오로지 이치로만 생각하고 살아온 미하루가 내 눈에는 불쌍하게 보여요. 미안해요, 이런 말을 해서…. 하지만 냉정하게 생각을 정리해 보아야 할 것 같아요.

미하루와의 시간은 10년이었고 선희 씨와는 2년 남짓이지요. 시간의 길고 짧음은 의미가 없지만 이치로 입장에서는 미하루와의 10년을 간단하게 생각할 수는 없을 거예요. 그동안 선희 씨는 선희 씨와 이치로 두 사람만 있는 세상에 살았기에 이런 상황이 이해가 안 되겠지요."

"네, 언니가 한 말 그대로 나는 오빠와 둘만 있는 세상에서 살았네요. 내 가족이라고는 엄마 한 분밖에 없는데 엄마도 없는 이치로 오빠와 나만 있는 둘만의 세상에서 살고 있었네요. 그러니 어떻게 해요? 지금 나의 세상을 어떻게 지울 수가 있어요? 내가 죽으면 그 세상도 끝이 나겠지요?"

"선희 씨, 자꾸 그런 말은 하지 말아요. 지금은 감당하기 어려운 아픔이지만 시간이 지나면 무디어진다고들 하니 견뎌야 해요. 내 일이 아니어서 쉽게 말한다고 하겠지만 그렇게는 생각하지 말아요. 선희 씨가 덜 아프게 내가 위로의 말을 해 주면 선희 씨는 지푸라기라도 잡으려는 심정으로 소용없는 희망을 가질까 봐 염려스러워 무슨 말도 못 하겠어요."

"전에 오빠가 준비되면 곧 갈 테니 기다리라고 했을 때 저는 머리가 백발이 되어도 기다리겠다고 했어요. 저는 기다릴 거예요. 미하루의 10년보다 더 긴 시간이라도 기다릴 거예요. 백발이 되고도 오지 않으면 더 기다릴 거고 죽을 때까지 기다릴 거예요. 오빠에게 말해 주세요."

"선희 씨, 제발…. 지금은 그런 말밖에 할 수 없다는 것 알아요. 나라도 선희 씨 곁에서 맴돌고 싶지만 그러면 선희 씨는 동생을 영원히 잊지 못해요. 나와도 이 통화가 마지막 통화라고 생각하세요.

두 사람, 아니 미하루를 포함한 세 사람의 운명이 어떻게 될지 누구도 모르겠네요. 세 사람 다 너무도 질긴 인연으로 묶여 있어 오직 신만이 알고 있는 것 같아요."

"부탁드려요. 언니마저 끊어지면 안 돼요. 가끔 전화 주셔야 해요. 아니 언니 전화번호 주세요. 가끔 연락할 수 있게. 너무 무서워요. 언니마저 저를 외면하면 그 기다리는 긴 시간이 더 고통스러울 것 같아요. 언니의 끈을 쥐고 있으면 실낱같은 희망이라도 갖고 기다릴 수 있는데 그 끈마저 떨어지면 기다릴 힘도 없어질 것 같아요. 내가 서서히 죽어 가는 것을 원하지 않으시면 언니 전화번호 주세요."

"선희 씨가 새로운 세상을 다시 만들기를 바라요. 내가 냉정해야 선희 씨를 돕는다는 생각이에요. 지금은 냉정하다고 하겠지만 이후의 선희 씨를 생각해서는 냉정할 수밖에 없어요. 미안해요. 오늘 나와 마지막으로 생각해 줘요."

"언니, 제발…. 언니마저 나를 버리면 나는 정말 기다리지도 못하고 죽어요."

선희의 애절한 부탁에도 반응이 없고 이내 수화기를 내려놓는 소리가 들렸다.

눈앞이 캄캄하다. 사무실에 아무도 없는 것 같았다. 장시간 통화하는 선희를 볼 수 없었던지 직원 모두가 자리를 피해 준 것이다.

눈물 콧물로 얼굴이 말이 아닐 듯싶지만 그런 것은 아무런 문제가 아니었다. 회사 마당을 가로질러 정문을 나오고 길 한쪽에 쭈그려 앉았다.

반 시간 전만 해도 이런 일을 상상도 못 했다. 딱 반 시간 만에 세상이 무너져 버렸다.

웃음이 픽 나왔다. 눈물이 말라 버려 눈물은 나오지 않고 웃음이 나오는 것은 아마도 미쳐 가는 중인 것 같다.

주변을 둘러보았다. 주변의 세상은 변함이 없이 잘 돌아가는 것 같다. 지나는 사람들도 항시 지나고 머리 위의 태양은 어제의 태양과 같다. 내가 미쳐 가는 중인데 세상은 별일 없이 돌아가는 것이 억울하다.

자리를 털고 일어났다. 자, 이제는 어떻게 해야 하나. 지금 당장 내가 무엇을 해야 하는지 생각해 보았다. 당장은 여기를 그만둬야 한다는 생각에 발길을 회사로 돌렸다.

그가 이곳에 출근하게 해 주었기에 이 회사를 떠나야만 한다. 그가 오지 않는다고 하는데 여기서 계속 있을 수는 없다.

사장님 방으로 들어갔다. 대강의 얘기를 이미 들으셨는지 선희가 모습을 보이자 사장님은 자리에서 일어서며 와서 앉으라고 했다. 몰골이 말이 아닌 줄 안다. 그런 것은 상관없다.

"사장님, 죄송합니다. 여기서 더 있을 수 없어요. 청주로 내려갈게요."

사장님은 알겠다고 하며 고개를 끄덕였다.

"사장님, 저 어떻게 하죠? 그 사람이 많이 다쳤다고 하네요. 그리고 한국에 오지 않을 거라고 해요. 저라도 가 보고 싶은데 어떻게 할 수 있으면 밀항이라도 하고 싶어요."

눈물이 마른 줄 알았는데 샘솟듯 나온다. 사장님은 벽에 걸려 있던 수건을 내어 주었다.

"저 만나기 전 일본에서 10년 동안 알고 있었던 사람이 있었나 봐요. 그 사람하고 같이 있다가 트럭이 덮쳤다고 해요. 그 사람도 중상이지만 그 여자가 중태라고…. 그래서 거기서…. 그 여자를 돌보고 살 거래요. 이게 말이 되나요, 사장님?"

사장님도 고개를 뒤로 젖히며 한숨을 푹 내쉰다.

"저기, 미스 리. 사람의 일은 한 치 앞도 모르고 하늘만 알고 있다고 해요. 지금은 이렇게 되었지만 나중에는 또 어떤 일이 기다리고 있을지 누구도 몰라요. 힘들어도 버텨요. 그러다 보면 또 좋은 일이 있을 수 있지 않을까요?"

사장님의 그런 말은 선희에게 충분히 위로가 된다. 하나코가 저런 말을 해 주었으면 희망을 갖고 살아갈 수 있을 텐데 그녀는 냉정했다.

"그렇죠, 사장님? 한번 살아 보도록 노력할게요. 기다려 보기로 할게요. 올 수 있지 않을까요? 언젠가는 오겠죠?"

사장님은 그렇게 하라고 했다. 언젠가는 올 거라고, 그러니 잘 버티라고 하셨다.

선희는 청주 엄마 집의 전화번호를 써서 사장님에게 주었다. 혹시라도 무슨 일이 있으면 연락해 달라고.

하나코는 미련을 갖지 말라고 했지만 사장님 말씀대로 앞일은 모르는 것이니 연락이 올 수도 있을 것이라는 실낱같은 끈을 이곳에 매어 두고 가는 것이다. 물론 청주 번호는 이치로도 갖고는 있다.

◆◆◆

회사를 나왔다. 갈 곳도 마땅치 않았다. 그저 길이 있으면 있는 대로 걸었다. 청주로 내려가야 할 것 같은 생각이 든다.

오늘 밤을 어떻게 보내야 하는지 그것도 무섭다. 아무것도 모르는 영주에게 아무 일 없었던 것처럼 평상시 얼굴을 보여 줄 자신도 없다. 거리를 헤매다 영주가 퇴근할 시간에 들어가기로 했다.

앞으로 어떻게 살아야 할지 두렵고 무서웠다. 그를 잊고 살 자신이 없다.

비록 아버지 없이 태어나 불운을 안고 세상에 나오게 되었지만 그래도 지금까지는 운이 좋은 인생이라는 확신을 갖고 있었다. 남들과 같은 험한 시련을 겪지 않고 살아서 순탄한 인생이라고 생각했다. 남들이 돈에 매달려, 돈 때문에 나락으로 떨어질 때 돈은 선희에게 관대했다.

그 돈보다 더 중요한 것이 무엇인지 이제 알게 되었다. 오늘의 일에서 돈은 아무것도 아니라는 생각이다. 돈이 아무리 많아도 가슴이 무너지면 살기가 힘든데 돈은 소용이 없다. 그저 그 사람만 있으면 되는데 그것이 안 된다고 한다.

갑자기 짐을 싸 들고 청주로 가면 엄마가 놀랄 것이다. 오늘의 일을 얘기해 주면 얼마나 낙담하고 좌절할지 눈에 선하다. 하나코가 선희에게 했던 것처럼 헛된 희망을 갖지 않게 앞으로 여지가 전혀 없다고 말해야 할지 아니면 여지를 주는 것처럼 말해서 엄마가 헛된 희망이라도 갖게 해야 할지…. 어떻게 말해야 할지 모르겠다.

엄마가 좌절감으로 또 옛날처럼 술로 보내게 할 수는 없다. 그러면 엄마에게 희망을 주는 말을 해야 한다.

영주가 퇴근할 시간에 맞추어 집으로 들어갔다. 명자가 나가고 또 나도 나가면 영주는 혼자 생활해야 하는데 혼자 산다는 것이 무서운 일인지 영주는 아는지 모르겠다. 영주에게 미안하지만 지금 남을 걱정할 상황이 아니었다.

영주가 들어왔다. 영주를 쳐다보지 못하고 청주로 내려간다는 말을 했다.

당연히 영주는 놀라서 무슨 일이냐고 묻는다. 나중에 얘기하겠다고 했고 내일 떠난다는 말에 영주는 더 묻지 않았다. 아마도 기분이 많이 나쁜 것 같았다. 그래도 상관없다.

필요한 짐만 싸고 나머지 짐은 시간이 날 때 명자에게 보내 달라고 했다.

이런 상황에서 영주와 같이 밤을 보낼 수 없어 작은 가방 하나만 들고 영주에게 작별을 고하고 나왔다. 싸 놓은 짐은 내일 다시 가지러 오겠다고 했다.

선희의 이해하지 못할 행동에 영주는 쳐다보고만 있었고 아마도 기가 막혔을 것이다.

지숙이가 서울에 있었다면 그리로 가서 밤새 울 수 있는데 지숙은 이미 청주에서 미용실을 오픈했다.

김 원장 언니도 서울에 없다. 그 언니만 있었어도 그 집에 가서 위로를 받으며 밤새 울 수 있을 텐데 이미 캐나다로 떠난 지 오래다.

갈 곳이 없다. 명자를 생각해 보았다. 어머니와 아들이 있는 그 집에서 밤새 울 수는 없다.

한참을 걸어 영등포 시내로 나왔다. 발길은 제멋대로 방향을 잡았고 걷다 보니 전에 다녔던 일본어 학원까지 왔다. 학원을 보니 가슴이 턱 막히고 또 눈물이 솟는다. 눈을 감고 돌아서 학원이 보이지 않을 때까지 뛰었다.

여관을 찾기로 했다. 오늘은 혼자 밤새 울어 보기로 했다.

컴컴한 방이 싫었던 기억이 있기에 문을 열면서 불부터 켰다. 오늘 이런 여관방에서 혼자 견뎌 보자는 생각이다. 내일은 그래도 엄마를 만나게 되니 좀 낫지 않을까 싶다.

벽을 기대어 앉았다. 오늘 많은 시간을 걸어 다리가 아팠다.

혼자 멍하니 앉아 있으니 웃음이 나왔다. '이선희, 너 어쩌다 이렇게 된 거니?' 하는 자조적인 웃음이다.

전에는 명자가 불쌍하다고 생각했는데 지금은 명자보다 더 불쌍한 처지가 되었다. 그래도 명자는 사랑했던 사람의 아이를 키우면서 의지할 곳이 있는데 그러지도 못하는 자신이 더 불쌍하다는 생각이 든다.

그러다 문득 기회를 버려 버린 자신의 우둔함에 치를 떤다.

'만약 그의 아이를 가졌으면 이런 일도 없었을 텐데….' 하는 후회가 밀물처럼 밀려왔다.

아이를 갖지 않으려고 날짜를 계산하면서 그와 잠자리를 했던, 그 쓸데없는 짓을 한 자신의 아둔함에 땅을 치면서 스스로에게 치를 떤다.

'내가 그의 아이를 가졌다면 이치로는 미하루가 어찌 되든 무조건 여기로 올 것인데, 그러면 내가 지금 이렇게 있지도 않을 텐데….' 하는 후회가 밀려온다.

한 번도 보지 못한 미하루에 대한 이미지가 선희에게 있다. 이치로 그리고 하나코의 단편적인 얘기들로 선희 머릿속에 자리 잡은 미하루라는 여자에 대한 이미지는 좋은 여자라는 것이다.

집안도 그 지역에서 유지라고 했고 대학도 다녀 좋은 회사에 다닌다고 했으니 그 외적인 것만으로도 선희와 비교할 수 없을 정도로 좋은 조건이다. 그리고 꼭 대학을 나왔다고 해서가 아니라 총기가 있고 현명한 여자일 거라는 이미지도 있다.

무엇보다 그 오랜 세월 자신이 사랑했던 사람에 대한 끈을 놓지 않고 변함없이 포기하지 않은 그런 사람을 이치로 그는 외면할 수가 없었을 것이다.

그 미하루를 이길 수 있는 유일한 것이 바로 그의 아이를 갖는 것이었는데 이제는 돌이킬 수가 없는 일이 되어 버렸다.

홀로 보내는 밤을 스스로에 대한 책망과 후회 그리고 한숨으로 지새운다.

보고 싶고 그리운 생각은 들지 않았다. 첫날의 충격은 그런 것인가 보다.

새벽의 동이 트면서 밖은 점차 환해지고 있었다. 영주가 출근하고 나면 가서 짐을 가져오려고 천천히 움직였다. 아침 8시가 조금 넘어 집으로 들어가 어제 싸 놓은 짐을 가지고 나왔다.

다른 방의 사람들도 다 출근을 했고 집 안은 조용했다. 행여 아주머니가 나와 볼까 싶어 문소리, 발소리를 죽여 아무도 모르게 나왔다. 아주머니를 만나면 말을 시킬 터이고 그 말에 답할 상황이 아니었다.

사연이 있고 정이 들었던 이 집에 안녕이라고 마음속으로 인사를 했다. 다시 못 올 이 추억의 장소를 떠나며 안녕이라는 인사가 저절로 입에 맴돈다.

이제 청주로 향한다. 짐이 있어 택시를 타고 버스 터미널로 향했다.

택시가 영등포 시내를 가로지를 때 일본어 학원 생각이 나서 고개를 흔들었다. 생각하고 싶지 않았다.

서울 대교를 올라서며 질주할 때도 눈을 감았다. 좌측에 여의도 아파트가 보일 것이고 좀 지나면 우측으로는 처음 그와 같이 살았던 동네가 보일 것이다.

다 지났다고 싶을 때 눈을 떴다. 터미널에 내린 선희는 급할 것이 없어 천천히 걸었다. 청주 승강장 앞에 한참이나 앉아 있었다. 몇 대의 청주행 버스를 보내고 나서야 들어오는 버스에 올라탔다.

청주에 내려 숨을 깊게 한 번 들이쉬고 터미널을 나왔다. 공기도 서울과 다르다. 익숙한 청주의 거리가 그나마 마음을 어루만져 주는 것 같다.

우선 김명길 아저씨 양복점으로 가기로 했다. 지금 엄마는 그곳에서 일하고 있을 것이다.

양복점 앞에서 창문을 통해 안을 보니 역시 엄마는 일을 하고 있다.

문을 열고 들어가는데 먼저 아저씨가 선희를 보고 놀란다. 동시에 엄마도 선희를 보았다.

괜찮은 척 인사를 해도 괜찮지 않음을 두 분 다 눈치챘다.

엄마는 오늘은 이만 가 보겠다고 아저씨에게 말하고 아저씨는 얼른 그러라고 하면서 자신도 나오면서 문밖에서 배웅을 했다.

이치로의 사고 소식을 전했다. 많이 다쳐서 아마도 오지 못할 거라는 말로 간단하게 얘기했다. 미하루에 대한 얘기는 하지 않았다. 그가 마음이 변해 오지 않는다는 말을 하지 않았다.

오랜 시간 치료를 해도 정상적인 생활이 되지 않아 선희를 잊기로 했다는 거짓말로 마무리를 지었다.

그래서 너무 슬퍼서 엄마 곁에 있고 싶어 왔다고 하니 엄마는 선희를 안아 주며 잘 왔다고 했다. 엄마도 울고 있었다.

엄마가 옆에 있으니 어제의 그 무서운 고독과 처참했던 시간은 저만치 멀리 물러가 있다.

어제의 지옥에서 벗어나 엄마 곁으로 오니 피곤이 몰려왔다.

"엄마, 나 피곤하네. 잠시 눈 좀 붙일게. 이래서 엄마가 좋은 거네. 엄마가 옆에 있으니 기댈 수 있어서 좋아."

엄마는 선희가 누울 수 있도록 자리를 펴 주고 쉬라고 하면서 밖으로 나가셨다.

부엌에서 칼질을 하는 소리가 어렴풋이 들려오며 모든 주변이 조용해졌다.

일어나 보니 저녁 시간이 훌쩍 지났다. 밤 아홉 시나 되었다. 엄마는 계속 옆에 있었는지 선희가 깨어나는 것을 보고는 저녁상을 차리겠다고 하셨다.

저녁을 먹고 싶은 생각이 들었다. 살아 보기 위해서는 먹어야 한다는 생각도 들었다.

어제 온종일 그리고 지금까지 굶었기에 억지로라도 위장을 채워야 살 수 있다는 생각에 몇 숟가락을 떴다.

마당으로 나와 밤하늘을 쳐다보니 흐린 날이어서 캄캄하다. 나의 어둠은 저 밤하늘보다 더 짙은 어둠일 것이다. 갤 수 있을까? 저 캄캄한 밤하늘은 언젠가는 갤 수 있지만 나의 어둠은 갤 날이 올 수 있을까? 그 어느 날이 오지 못하고 많은 날이 지나 지쳐 갈 때 그때는 그와 정말 이별을 하는 것인가? 죽어야 이별이 될지도 모른다.

어떻게 그는 내게 이럴 수 있을까? 아무런 말도 없이 떠났다. 안녕이란 말도 없이 사라지고 목소리도 들을 수 없다. 나는 그의 따뜻한 손길에 길들어 있는데 그의 따뜻한 손을 잡을 수 없다.

내가 여기 이렇게 홀로 남아 어둠 속에 갇혀 미쳐 가는데 그는 나 아닌 다른 여자를 돌보기 위해 나를 버렸다. 그의 따뜻한 손길은 나 아닌 다른 여자를 어루만지고 있다.

그렇게 까마득히 추락을 하고 있는 중에 엄마가 어깨를 감싸는 것을 느꼈다.

“초저녁에 잠이 깨었으니 오늘 밤 잠을 자는 것은 어렵겠지. 술이 이런 때 필요하더라. 매일 우리 딸 잔소리 들으면서 끊지 못하고 중독이 되었지. 오늘 한 번만 엄마하고 한잔할까?”

엄마의 목소리는 따뜻했다. 감싸 안아 준 어깨에도 온기가 느껴졌다. 엄마를 보면서 고개를 끄덕였다. 술로 이 힘든 고통을 잊을 수만 있다면 나도 매일 그러고 싶다.

엄마는 술을 사러 같이 나가자고 했다. 바람을 쐬 주고 싶은 배려다. 앉아 있는 것보다 엄마와 같이 바깥 공기를 느껴 보는 것이 좋을 것 같았다.

부실한 속에 술이 들어가면 힘들다고 안주를 잘 먹어야 한다고 하셨다. 짧은 시간에 엄마는 제육볶음을 뚝딱 만들었다.

“엄마는 술로 잊고 싶을 정도로 크게 힘든 일이 뭐였어? 대충 짐작은 가지만 잘 모르겠어. 아버지가 가장 큰 이유로 알고 있는데.”

선희는 엄마에게 술을 따르며 물었다. 엄마는 따라 준 술을 한입에 털어 넣고 말씀하셨다.

“그렇지, 네 아버지가 가장 큰 이유지. 그다음으로는 나의 아버지이며 네 외할아버지 때문이지. 이 두 분의 공통점이 무엇인지 생각해 봐.”

그렇게 말하는 엄마의 표정은 은근한 미소를 띠고 있다. 아마도 맞추기 어려울 수 있다는 표정이다.

“글쎄…. 나는 잘 몰라요. 두 분 다 한 번도 뵌 적이 없어서….”

선희의 대답에 엄마는 웃으면서 두 분 다 남자라는 공통점이 있다고 하신다. 선희도 웃었다.

엄마가 선희를 잠깐이나마 웃게 만든다. 엄마는 계속 말을 이어 갔다.

“모든 불행이 거기서부터 시작되었으니…. 하지만 지금의 네 경우와는 조금 달라. 너는 네가 사랑했고 또 그 사랑했던 사람도 너를 깊게 사랑해 주었지만 그 사람의 불운으로 인해 너를 체념하게 된 것이 큰 아픔이지. 엄마는 사랑 때문에 힘들었던 것이 아니야. 엄마는 넉넉한 집안의 고명딸로

꿈과 패기가 많았던 시절이 있었지. 엄마가 여고를 졸업한 것은 너도 알지만 어느 여고를 나왔는지는 너도 모르지. 엄마는 서울에 있는 경기여고를 나왔어. 여고를 졸업하고 대학도 가려고 했고 그래서 비록 여자지만 집에서 살림만 하는 그런 인생을 살기 싫다는 원대한 포부도 있었어.

그런데 네 외조부인 우리 아버지는 그런 나의 생각과 많이 다르셨고 방학 때마다 집에 내려가면 항시 아버지와 다투었지. 네 할아버지는 괜히 서울로 유학을 보내 딸이 못된 것만 배워 후회한다고 하셨지. 나는 그런 아버지의 고루한 관념에 질려 아버지를 설득하겠다고 한 것이 오히려 상황을 더 나쁘게 만든 게 되었어.

서둘러 네 아버지와 혼인을 시켰어. 혼인이라는 것도 나름 엄마는 나를 담을 수 있는 큰 그릇의 사람과는 할 수 있지만 그렇지 않은 사람과는 하지 않겠다는 관념이 있었지.

몇 번 만나 본 네 아버지는 나를 담을 수 있는 큰 그릇의 사람이라고 생각하고 결혼했는데 그것이 잘못된 거지. 이상과 포부는 크기에 엄마는 착각을 한 거지. 엄마를 제일 힘들게 한 것이 가끔 들려오는 동창들의 소식이었지. 내가 결혼할 때 동창들은 이미 대학에 다니고 있었고 너를 낳을 때까지도 연락이 된 친구들의 소식은 들을 때마다 나를 더 힘들게 했지.

엄마 친구 중에 벌써 대학교수가 된 친구들도 있고 그중 가장 친한 친구 혜린이는 독일 유학도 갔다 오고 교수도 하고 자기가 원하는 삶을 살고 있는데 나는 술로 세월을 보냈으니 나에게 화가 나서 그게 제일 힘든 것이었지.

너를 낳고는 현실을 인정하고 나름 벗어나 보려고 발버둥도 많이 쳤지. 하지만 북으로 넘어간 남편이 있다는 기록과 어린 네가 딸려 있으니 일어서 보려 해도 벽이 너무 높아 좌절한 것이지. 얘기했지만 나는 사회에 나가 사회적으로 이름을 알리고 싶은 패기와 야망이 기본 성정이었는데 짓밟혀 버리니 다시 일어서 보고 싶은 의지가 사라져 버렸어."

엄마의 얘기 중간에 선희는 엄마에게 물어보았다.

“그러면 엄마는 나를 키우면서 의지하고 살겠다는 생각은 없었어?”
아들 하나 의지하고 살아가는 명자 생각이 나서 물은 것이다.

“그러고 싶었지. 그런데 너를 잘 키울 자신이 없었어. 경기여고 나온 여자가, 빨갱이 가족의 딱지가 붙어 있고 어린 딸을 데리고 있는 상황에서 어디 가서 일도 할 수가 없었어.
그래서 김명길 아저씨가 여기 청주로 오게 했고 여기서도 마땅히 할 만한 일이 없었어.
그저 가끔 김명길 아저씨가 도와주는 돈으로 겨우 살아가는데 너를 잘 키우겠다는 자신이 없었지. 네가 아들이었으면 어떤 의지가 불타오를 수 있었을까? 내가 여자의 한계를 느끼다 보니 딸에게 어떤 기대감을 갖지 못한 점도 있을 거야.”

지숙이 미용실에 가 보았다. 목도 괜찮았고 제법 서울의 큰 미용실처럼 내부도 잘 꾸며 놓았다.
밖에서 창으로 들여다본 지숙은 세련된 미용실 원장으로 손색이 없다. 직원도 3명이나 된다.
짧은 시간에 자리를 잡은 것 같았다. 미용실 안으로 들어서니 지숙이 선희를 보고 놀라며 하던 일을 멈추고 지숙을 끌어안는다.

“갑자기 어쩐 일이야? 연락도 없이. 근데 얼굴이 상했다. 무슨 일이야? 무슨 일이 있구나.”

지숙은 선희의 얼굴을 만지며 걱정스러운 눈으로 물었다. 눈물이 핑 돈다. 지숙은 뭔가 큰일이 있다는 직감을 하고 나가서 기다리라고 했다. 하던 일을 다른 직원에게 인계하고 곧바로 나와 선희를 근처 다방으로 데리고 갔다. 선희는 차라리 길을 걷자고 했다. 다방은 답답할 것 같았다. 가슴이 계속 막혀 있는데 작은 공간에서 머무르는 시간이 두려웠다.

"지숙아. 그 사람 일본에서 사고 나서 오지 못해. 크게 다쳤어."

선희는 지숙이에게는 모든 얘기를 다 해 주었다. 하나코의 전화와 미하루와 이치로의 모든 얘기를 다 해 주었다.

엄마에게는 사실에서 뺄 것은 빼고 더할 것은 더해 얘기했지만 지숙이에게는 사실 그대로를 다 얘기해 주었다. 그렇게 말하고 나니 눈물이 쏟아지면서 가슴이 좀 트이는 것 같았다.

"지숙아, 이제 들어가 봐. 가서 일해야지. 일 끝나고 나중에 봐."

괜찮다고 하는 지숙의 등을 밀어 보내고 선희는 혼자 걷기로 했다. 다음 주부터 장마가 시작될 거라고 해서 그런지 날씨는 덥고 습하기도 했다. 하천 길을 따라 걸으니 더운 습기가 몸을 휘감는 것 같다.

언제까지 이렇게 정신 줄을 놓고 살아야 하는지 모르겠다. 엄마에게 미안하다. 엄마가 서울로 올라왔을 때 그를 만나고 이제 되었다 싶었는데 이렇게 된 일에 상심하는 엄마에게 너무 미안하다.

빨리 훌훌 털어 버리고 정신을 다시 찾은 모습을 엄마에게 보여 주어야 하는데 지금으로서는 거의 가능성이 없는 것 같다. 어떻게 해야 할지.

낮이 길어진 하지의 계절에 해가 넘어가는 시간이다. 주변을 보니 사직동쯤인 것 같았다.

지숙의 미용실로 가기 전 김명길 아저씨 양복점에 들러 먼저 엄마를 보고 가기로 했다.

하루 종일 딸 때문에 노심초사하셨을 엄마에게 얼굴을 보여 주어야 했다. 엄마가 항시 저녁은 양복점에서 아저씨와 같이 먹는다고 전에 말한 것을 기억하고 있다. 혼자 해 먹는 밥보다 그게 나아 선희도 그렇게 하라고 한 적이 있다.

선희가 문을 열고 들어가자 두 분은 선희의 얼굴을 살피며 저녁을 같이 먹자고 한다.

"죄송해요. 저 지금 지숙이 만나러 가는 길이에요. 지숙이하고 먹을게요. 두 분이 같이 드세요."

엄마는 알겠다고 하면서 문밖까지 나와서 선희가 가는 모습을 한참이나 보고 있다.

저만치 가던 선희가 뒤돌아 손짓으로 들어가시라고 했다.

저녁이라 그런지 지숙의 미용실에는 한두 명의 손님만 있을 뿐 다른 직원들은 정리와 청소 중이었다. 지숙이가 잠깐 기다리라고 하여 한쪽 소파에 앉아 있는데 한 직원이 액자에 넣은 사진을 가져와서 선희에게 보여 준다.

"이 잡지 모델 하신 분 맞지요?"

보니 《선데이 코리아》 잡지다. 한쪽에서 한 손님의 머리를 마무리하던 지숙이가 소리를 들었는지 맞다고 했다.

선희는 머쓱했고 다른 직원까지 쫓아와서 사진과 선희를 비교해 보며 저마다 한마디씩 했다.

실물이 낫다, 미스 충북으로 나가야 한다, 영광이다 등. 아직 머리가 끝나지 않은 손님도 사진 좀 보자고 한다.

지숙이가 언제 구해서 사진 액자에 넣어 놓았는지 선희도 몰랐다.

지숙은 나머지 정리를 직원들에게 부탁하고 선희와 먼저 나와 근처 식당으로 갔다.

그런 지숙의 모습에서 느낀다. 이미 그녀는 미용실 원장 자세가 나오고 있고 시간이 좀 더 흐르면 아마도 서울 그녀의 이모를 뛰어넘는 청주의 유명 미용실 원장이 될 수 있을 것 같다.

“아직 아무런 생각도 할 겨를이 없었지? 마음이 가라앉으면 앞으로 어떻게 할지 같이 생각해 보자. 미용실을 같이해도 좋아. 해 보니까 계속 확장할 자신이 생기고 네가 옆에 있으면 훨씬 더 도움이 될 거야. 그냥 아까 잠시 생각해 본 거야. 무슨 말을 해도 귀에 들어가지 않을 거 알아.”

지숙의 걱정하는 마음이 전해져 온다. 그래, 이런 친구가 있어 살아야 할 이유가 있다. 그리고 서울에 있는 명자와 영주도 있다. 이런 친구들이 살아가는 데 힘을 보태어 줄 것 같았다.

“지숙아, 네 말대로 아무 생각도 없어. 아무 말도 귀에 들어오지 않아. 하지만 네가 한 말은 귀담아듣지 않을게. 그깟 돈 몇 푼 빌려주고 생색내고 싶지 않아. 그리고 친구와 같이 사업을 하면 친구를 잃어버린다는 말을 들은 적이 있어. 나도 그렇고 너도 그렇고 그런 일이 생기면 안 되지 않겠어? 그저 네가 여기 청주에서 제일 유명한 원장이 되기를 바랄 뿐이야.”

무표정한 얼굴로 어두워서 보이지도 않는 창가로 시선을 두고 말하는 선희를 지숙이 물끄러미 보면서 침묵이 흐른다.

“나는 이대로 폐인처럼 살아가는 것일까? 시간이 지나면 무디어질까? 어떻게 이런 말도 안 되는 일이 내게 일어났지? 금방 오겠다던 사람이 전에 만났던 여자 때문에 나를 버린 이런 일이 왜 일어났지? 버려진 것에 화가 나. 더 화나는 것은 다른 여자에게 가야 해서 그렇다고 하니 그것이 더 화가 나. 화가 나는 정도가 아니라 이대로 가면 곧 미칠 것 같아. 어떻게 해야 하지, 지숙아?"

눈물이 쏟아지면서 말도 제대로 나오지 않았다. 지숙도 소리 없는 울음과 눈물이 멈추지 않는다. 이 가여운 여자를 위해 아무것도 해 줄 수 없는 것이 안타까웠다.

밥이 제대로 넘어갈 리가 없었다. 비참하고 처량한 모습으로 앉아 있는 이런 모습을 언제까지 지숙에게 보여 줄 수도 없다. 기다리고 있는 엄마가 걱정할까 봐 가자고 일어섰다. 지숙이 데려다주겠다고 했지만 그저 혼자 걷고 싶어 내일 또 보자고 하면서 지숙을 보냈다.

여름의 밤공기가 탁하다. 이렇게 탁하고 답답한 여름의 밤공기가 지난 세월 속에는 없었는데 유독 지금 그런 것은 기분 때문일지도 모른다.

선희가 집 근처에 오니 엄마가 길가에 나와서 기다리고 있었다. 선희의 모습이 보이자 엄마는 뛰어오면서 회사 사장님 연락이 왔다고 알려 주었다.

무슨 일일까 궁금했다. '설마 이치로와 관련된 일일까?' 하는 생각에 화급히 들어가서 사장님 댁으로 수화기 다이얼을 돌린다. 신호가 가는 중에 선희의 가슴이 뛴다.

사장님이 전화를 받고 어떻게 지내는가 하는 그런 일상적인 안부를 묻는다. 이내 실망감이 들었다. 그와 관련된 내용은 역시 아니었다.

퇴직금을 정산해서 돈을 보냈다는 얘기를 하려고 전화를 주신 것이다. 그런데 퇴직금에 더 보태서 이번에도 큰돈을 보내셨다. 백만 원이라고 했다.

"미스 리, 우선 받아 두세요. 나는 사업을 하는 사람이에요. 살아 보니 사람의 일은 한 치 앞을 알 수가 없어요. 지금 내가 이렇게 미스 리를 도우려는 것은 일종의 투자라고 생각하세요.

이치로 지점장님이 죽은 것도 아니고 건재하고 있으니 내가 선희 씨를 호의적으로 도와주면 이치로 지점장님이 나에게 잘해 주실 것이기에 그러는 거니 그저 사양하지 마세요."

그렇게 말씀하시는 사장님은 힘들겠지만 잘 견디라는 말도 해 주셨다. 어쩌면 사장님의 말씀은 앞으로 또 어떤 좋은 일이 있을지 모르는 것이니 인내하고 기다려 보라는 의미로 들렸다.

울먹이는 소리로 감사하다고 했고 사장님은 또 연락하자고 했다.

돈이 통장에 얼마나 있는지 관심도 없다. 정말 돈은 관심이 없는데 자꾸 생긴다. 신께서 보상을 돈으로 해 주시려나 보다. 돈보다는 그 사람을 보내 주셔야 하는데 그것은 안 되는 일인가 보다.

전화를 끊고 그 자리에 그대로 멍하니 앉아 있었다. 엄마는 선희 어깨를 안아 주며 견디다 보면 살 수 있을 거라고 하신다. 그리고 제안을 하나 하셨다.

"선희야, 너의 좌절과 분노 그리고 외로움을 달래는 방법으로 기도를 했으면 해. 엄마가 했던 것처럼 절에 가서 백일기도를 드리면 어떨까 해. 마음을 다스리려면 부처님 앞에서 기도를 드리는 것이 좋을 것 같아. 절에 백일 동안 가 있으라는 것이 아니고 매일 아침 절로 가서 기도하고 집으로 오고 그러면 어떨까?"

괜찮을 것 같다는 생각이다. 어차피 매일 길거리를 헤매고 다니는 것보다 절에 다니는 것이 차라리 괜찮다는 생각이다. 그렇게 하겠다고 했고 엄마는 이튿날 선희를 데리고 절을 찾아갔다.

절은 흥덕사 가기 전 작은 구릉 뒤쪽에 위치한 작은 절이었다. 집에서 버스를 타면 20분 정도 되는 멀지 않은 곳이다.

엄마는 법당 안에서 절을 하면서 따라서 하라고 하셨다. 절은 이렇게 하는 거라는 것을 가르쳐 주시는 것이다. 선희는 절을 하면서 무슨 기도를 해야 하는지 생각해 본다. 그 사람을 보내 달라고 해야 하는지 아니면 그 사람을 잊게 해 달라고 해야 하는지 망설여진다.

보내 달라고 기도하면 끝없는 미련의 자락을 잡고 시간이 지나면 지날수록 더 힘들어질 수 있다. 잊게 해 달라는 기도도 하고 싶지 않았다.

그저 그를 위한 기도를 하는 것이다. 그가 잘되기를 기도하자. 그래야 분노도 사그라질 수 있을 것 같다. 지금 힘든 것 중 하나가 분노다. 배신감이 같이 섞여 있는 분노로 인해 더 힘든 것 같다. 그가 보고 싶고 그리워서 힘든 것이 아니다.

매일 아침 절로 향한다. 버스를 타지 않고 걸으면 한 시간 반 정도 걸린다. 걸으면서 계속 기도를 한다. 예전의 추억이 꿈틀대며 나올 때마다 머리를 흔들고 기도를 한다. 그가 탈 없이 잘 지내기를 기도한다. 절에 가서도 같은 기도다. 몇 배를 하려는 목표도 없다. 그저 할 수 있는 데까지 한다. 스님이나 다른 사람들에게 불편을 줄 것 같으면 나와서 기다리다가 들어가서 또 절을 했다.

오후 시간에는 천천히 주변을 산책하듯이 집으로 걸어온다.

열흘 정도 그렇게 다니다 보니 주지 스님의 주목을 받지 않을 수 없었다. 주지 스님은 번뇌는 기도로 다스릴 수 있으니 열심히 다니라고 하셨다.

어느 날은 집으로 돌아가려고 법당 문을 나서는데 스님이 부르셨다. 차를 마시고 가라고 하셨다.

스님은 법당 앞 큰 느티나무 그늘 아래에서 잠시 기다리라고 하고 차를 준비해서 내어 오셨다.

"힘들지요? 매일을 빠짐없이 다니고…. 벌써 보름은 넘었고 아직 한 달은 멀었지요?"

차를 따라 주시면서 하시는 말씀이다. 선희가 한 3주 정도 될 거라는 대답을 하려고 했는데 스님은 선희에게 미소를 보이며 계속 말씀하셨다. 선희의 대답은 굳이 들을 필요가 없다는 듯이.

"저기 보이는 강아지들이나 또 숲속에 있는 미물들을 포함해서 모든 생명에 비해 사람으로 태어나는 것은 혹독한 벌이라고 하더군요. 다시 말해 인생은 고통이라고 해요. 미물들은 그저 생각 없이 살다 죽으면서 좋은 세상으로 가는데 사람은 긴 시간 고통 속에 살아야 하니 최고의 형벌이지요. 모든 사람이 겉으로는 멀쩡해도 고통 없고 고뇌 없는 사람은 없어요. 이 말을 해 주려고 차를 마시자고 한 거예요."

스님은 선희가 차를 다 마신 것을 보고는 자리에서 일어서며 그만 내려가라고 하셨다.

엄마는 선희와는 별개로 가끔 절에 들르셨다. 스님과는 오랜 인연을 갖고 계신 것 같았다.

엄마는 굳이 "저 아이가 제 딸입니다."라고 말하지 않으셨고 스님도 묻지 않으셨다.

엄마는 부처님께 절을 하고 스님을 만나 잠시 이야기를 나누고 시주를 하고 나면 선희와 상관없이 혼자 집으로 가신다.

그렇게 두 달이 지나면서 절을 해도 허리가 아프지 않았고 힘도 들지 않았다. 그러면서 부처님의 얼굴을 볼 자신이 생겼다. 그동안 그저 눈을 감고 아무것도 보지 않은 채 허리 굽혀 절만 했다. 입으로는 그저 그 사람 건강하고 잘 지내게 해 달라는 기도만 하면서 절을 했다.

생각해 보면 그가 자신을 버리고 다른 여자에게 가 버렸다는 절망감과 약속을 저버린 것에 대한 분노가 선희의 평정심을 잃게 한 것이다. 그래도 용서하고 그가 잘되기를 기도하고 있으니 부처님은 선희에게 미소를 보여 준다. 부처님 앞에서 마음의 평정을 얻는 느낌이다.

길에는 코스모스가 얼굴을 보이기 시작했다. 절에 다니는 일상에 익숙해지면서 한 가지 분명하게 느끼는 것은 최소한 미쳐 가지는 않을 거라는 확신이 든다.

이런 생활도 괜찮고 번민에서 헤엄쳐 나올 수 있을 것 같다는 생각이 든다. '속세를 떠나 산다면 그것도 괜찮지 않을까?' 하는 생각이 들었다. 집에 돌아와서 엄마에게 의견을 물었다.

엄마는 당혹감으로 표정이 일그러지며 펄쩍 뛰셨다. 불같이 화를 내셨다. 말도 안 되는 소리를 한다고 하며 당장 기도도 중단하라고 하셨다. 지금까지 보지 못했던 엄마의 모습이었다.

예상보다 격한 반응을 보이는 엄마에게 선희는 당황했다. 알았다고 다시는 그런 생각을 하지 않겠다고 했지만 엄마는 또 한마디 하셨다.

"선희야, 너 내 딸이야. 이 엄마의 과거 포부와 패기가 너에게도 있어. 그리고 네 아버지의 큰 이상도 물려받았을 텐데 그런 네가 연애에 한 번 실패했다고 인생을 송두리째 던져 버리려고 하니? 사랑도 옮겨 간다고 하더라. 조금 더 버텨. 시간이 지나면 아무것도 아니야."

엄마의 그 말은 자존감을 심어 주려고 하는 것임을 알고 있다. 하지만 자신이 없다.

그를 잊을 수 없고 잊을 자신이 없다. 적어도 지금까지는 그렇다.

◆◆◆

추석을 일주일 앞두고 백일기도는 끝났다.

지숙이를 보지 못한 지 백 일이 지난 것이다. 미용실 영업이 끝나는 시간이 될 즈음 미용실로 갔다. 퇴근 준비로 분주하다.

지숙은 선희의 얼굴을 먼저 살피며 전보다 좋아졌다고 했다. 예전의 모습으로 돌아왔다고도 했다. 지숙이는 석 달 전보다 더 피어난 것 같고 일에 대한 자신감이 넘치는 모습이다.

"좋아 보인다. 네가 부러워. 나도 너처럼 살 수 있는 시간이 올 수 있을까?"

지숙을 보지 않고 앞만 보며 걸으면서 선희가 한 말이다. 백일기도를 마쳐도 크게 달라진 것이 없는 것 같다. 지금도 목소리는 자신이 없고 한숨이 섞여 있다.

"시간이 지나면…. 어떻게 되지 않을까? 근데 나는 네가 이러는 것을 보면 남자 만나는 것이 겁나. 나 사실 남자 만나는 중이야. 잘못되면 너처럼 이렇게 되는 거니? 아니면 네가 유별나게 못난 사람이니?"

지숙이는 남자를 만나고 있는 중이라고 했다. 미용실에 손님으로 온 어느 아주머니가 지숙을 눈여겨보고 며느리 삼고 싶다고 하며 아들을 소개해 주었다고 했다.

그 아주머니의 품성도 괜찮았고 아들의 직업도 괜찮아 그럼 만나 보겠다고 해서 만났는데 기대 이상으로 지숙의 마음에 들어 지금까지 만나고 있다고 했다.

"그래? 정말 잘됐네. 나 보고 겁먹지 마. 내가 원래 이런 맹추야. 나도 내가 이렇게 못난 줄 몰랐어. 그 남자를 내 사람으로 만들고 싶은 생각이 들면 먼저 아이부터 가져. 내 충고야. 내가 방심하고 등신짓을 해서 이 모양이 된 거니 꼭 명심해라."

선희가 농담을 하는 여유도 생겼나 보다. 선희의 그런 말에 지숙은 선희의 얼굴을 보면서 의외의 말에 웃어야 하나 망설이는데 선희가 먼저 크게 웃는다. 지숙도 그 말이 재미가 있기도 해서 같이 웃었다. 생각해 보니 이렇게 크게 웃는 게 참 오랜만이다.

어둠이 이미 깔린 길거리에서 두 여자가 크게 웃으며 걸었다. 그리고 지숙이 한 가지 제안을 한다.

"전에 네가 나하고 미용실 같이 운영하는 것 싫다고 해서 하는 말인데…. 그래도 뭔가는 해야 하지 않을까? 이렇게 아무 일을 하지 않고 있는 것보다 무슨 일이든 해야 한다고 생각해."

지숙의 말은 맞는 얘기다. 지금까지는 할 일이 있었다. 매일 아침 절에 가서 기도하고 저녁에 돌아오는 일상이 있었다. 당장 내일부터 어떻게 시간을 보낼지 걱정도 되지만 대책이 없다. 지숙에게 생각을 말해 보라고 했다.

"다방을 해 보는 건 어때? 레지 두고 하는 그런 다방 말고 대학교 앞에 있는 음악다방 같은 것. 왜 서울 대학가에 있는 그런 음악다방 말이야. 청주대학교 앞에서 하면 어때? 작게 하나 하면 큰돈은 필요하지 않을 것 같고…. 아직 여유가 좀 없지만 네가 빌려준 돈 내가 상환해 줄게."

전혀 생각해 보지 않은 다방 운영이었지만 괜찮은 제안인 것 같았다. 돈을 벌자고 하는 것이 아니라 아침에 일어나서 가야 할 곳이 필요했다.

"괜찮은 생각이네. 해 볼까? 근데 아직 여유가 없으면서 무리하게 돈 돌려줄 생각은 하지 않아도 돼. 그만한 돈, 아직은 있어. 단지 네가 좀 도와줘. 다방 오픈."

지숙도 다행이라고 하며 마음이 놓인다고 했다. 이마저도 관심을 갖지 않고 무기력하게 시간을 보낼까 봐 걱정했다고 한다.

지숙이 미용실이 청주대학교 근처에 있었고 선희가 미용실 근처 학교 앞에서 다방을 운영하면 가까이 있으면서 매일 볼 수 있어서 그런 생각을 했다고 한다. 지숙이 오가면서 보아 둔 곳이 있었다. 미용실에서 300미터 정도의 지근거리에 있는 곳이다.

2층에 위치한 미술 학원인데 지금은 운영하지 않고 세를 구한다는 안내문이 붙어 있었다.

이 사업을 해서 돈을 벌겠다고 한다면 이것저것 조건들을 따져 보겠지만 지금은 일상을 보낼 터전을 마련해야 해서 바로 계약을 했다. 하지만 서둘러 오픈하고 싶은 생각은 없다.

내가 하고 싶은 대로 내부 시설을 직접 꾸며 보고 싶었다. 뭔가 몰두할 것이 필요했다.

어떻게 해야 손님들이 많이 오는지를 생각하는 것이 아니라 내가 편하게 쉴 곳을 만들어야 한다는 생각이다. 아침에 눈을 떠서 이곳으로 출근하면 하루가 힘들지 않다는 희망을 갖게 하는 장소로 만들고 싶었다.

우선 실내 장식 업체를 찾아 상의를 했다. 내부 시설에 대한 자재와 어떤 식으로 내부를 꾸밀지 도면으로 서로 의견을 조율하며 확정했다. 내부 컬러는 블루로 통일하기로 했다. 조명도 파란색 조명으로 요소요소에 배치했다. 〈블루 라이트 요코하마〉에서 따온 생각이었다.

그를 잊지 않기로 했다. 그를 잊으려 하면 더 힘들었기에 억지로 잊으려고 하는 노력은 하지 않기로 했다. 그래서 간판도 〈블루 라이트〉로 달려고 한다.

공사는 추석 연휴가 끝나고 시작하기로 했다.

선희가 일에 몰두하게 되고 그렇게 일상을 회복하자 엄마와 지숙은 안도하는 것 같았다.

내부 시설에 대한 계획이 완료되면서 음향 시설에 대한 업체를 찾고 전축과 레코드판 구입에도 발품을 팔며 다녔다. DJ가 필요한 음악다방이 아니어서 클래식 판과 가곡 판 구입을 위해 시내 구석구석을 다 돌아다녔다.

손님이 오면 커피를 직접 타서 주면 된다. 손님이 떼로 몰려들지 않을 것이기에 도와주는 직원도 필요 없다.

낮에 돌아다니면서 일을 하니 몸이 피곤한 날은 새벽에도 깨지 않고 잠들 수 있었다.

다방 오픈 준비는 한 달 만에 끝났다. 더 일찍 마무리할 수도 있었지만 마음에 들지 않는 구석이 있으면 다시 바꾸고 고치고 해서 한 달의 시간이 걸렸다.

다방을 오픈하기 전 서울 정리를 하고 싶었다. 마음의 정리라고 해야 할 것 같았다. 여의도 아파트와 그전 마포 집 그리고 영등포 일본어 학원, 그 사람과 다니던 나이트클럽 등 한 번 다시 눈에 담고 내려와야 할 것 같았다. 그리고 명자와 영주도 보고 무엇보다 사장님도 뵙고 인사를 드려야 할 것 같았다.

혼자는 가기가 무서웠다. 지숙에게 같이 가 줄 수 있는지 부탁을 했다. 이틀 정도 미용실을 비워야 해서 미안했지만 그래도 지숙이가 동행해 주지 않으면 혼자 갈 자신이 없었다.

지숙이도 이참에 서울에 볼일이 있으니 잘되었다고 하면서 같이 가자고 한다.

차에 올라타니 벌써 가슴이 두근거린다. 왜인지 모르겠다. 서울로 오는 내내 가슴이 두근거렸다. 서울에 도착하니 점심 전이었다. 영등포로 가서 작은 호텔을 잡기로 했다. 돈을 아끼려 여관에 가겠다는 생각은 이미 두 여자에게는 해당되지 않는다. 점심을 대충 먹은 후 방을 잡고 각자 헤어져 일을 보고 저녁에 다시 보기로 했다. 지숙이 필요한 것은 저녁 시간 때문이다. 홀로 있는 저녁 시간의 무서움만 지숙이 메워 주면 된다.

우선 명자 회사로 전화를 했다. 선희의 전화를 받은 명자는 놀라서인지 말을 못 하다가 대뜸 화를 낸다. 욕 같은 것을 잘 모르는 명자이지만 그녀가 알고 있는 욕은 다 했다. 저녁에 보기로 했다.

택시를 타고 영주 회사로 우선 가기로 했다. 역시 선희를 본 영주도 놀라고 핀잔을 주지만 다시 보게 된 것에 대해 너무 좋아했다. 퇴근 후 만나기로 하고 영주 회사를 나와 셋이 같이 살던 그 집으로 향했다. 골목길로 들어서고 집 밖에서만 안을 살짝 보았다. 조용하다. 당연히 이 시간은 조용한 시간이고 퇴근 시간이 되어야 시끌시끌할 것이다.

다시 돌아 나와 회사로 향했다. 회사로 향하는데 가슴은 왜 이리 요동치는지 옆에 사람이 있다면 들릴 정도로 쿵쾅댄다.

수위실 앞에 서서 인사를 하는데 아저씨 두 분은 예전 그대로다. 오랜만에 보는 선희를 문밖까지 나와서 반겨 준다. 그런 아저씨들을 보니 눈물이 핑 돈다. 모든 것은 선희가 출근할 때와 달라진 것이 없다. 단지 선희만 없을 뿐.

마당을 가로질러 품질 검사부로 들어섰다. 선희를 본 직원들은 달려와 손을 잡아 주었다.

김 과장도 마침 있었다. 그들을 보니 눈물이 나온다. 그네들도 선희를 안쓰럽게 보며 눈물을 글썽인다. 어색한 인사를 끝내는 둥 마는 둥 하면서 사장님 방으로 올라갔다.

생각지 못한 선희의 방문에 사장님은 놀라 일어서며 반겨 주셨다.

"아, 미스 리. 연락도 없이…. 생각도 못 했어요. 하여간 잘 왔어요. 항시 걱정을 하고 있었는데, 어떻게 지내요?"

그저 인사치레로 하시는 말씀이 아닌 진심인 것이 전해져 온다. 선희도 애써 밝은 척을 해 보지만 잘 안된다. 언제부터인지 사장님은 아버지 같은 느낌이 들었다. 아버지 없이 자라서 그런지 모르지만 관심을 가져 주시고 걱정을 해 주시는 사장님을 보면 그런 생각이 든다.

대학교 앞에 음악다방을 내려고 준비를 했다고 말씀드렸다. 오픈하기 전 사장님도 뵙고 다른 친구들도 보고 그러려고 올라왔다고 말을 하는데 눈물이 왈칵 쏟아졌다. 정말 모르겠다.

백 일을 기도하면서 어느 정도 마음을 다스려 평정심을 찾아가고 있다고 생각했는데 말 그대로 도로 아미타불인 것 같다.

그다음부터는 말을 할 수 없었다. 그런 선희를 보는 사장님 눈에도 눈물이 맺히고 있었다.

가까스로 진정을 하고 일어섰다. 사장님은 건물 밖으로 나와 수위실을 지나서까지 배웅을 해 주셨다.

"이런 시간은 지나갈 거예요. 나중에 기억이 안 날 정도로 이 시간은 지나가요. 더 견뎌 봐요."

선희는 말이 제대로 나오지 않아 고개를 꾸벅하는 것으로 인사를 대신했다.

왜 사장님 앞에서 눈물을 쏟고 백 일간 절에 다녔던 일이 도로 아미타불이 된 것인지 생각을 해 본다. 선희와 이치로의 관계를 너무 잘 알고 있는 유일한 사람이 사장님이다. 내가 사랑한 그 사람을 사장님은 너무 잘 알고 있고, 또 나에 대해서도 잘 아는 분이 사장님이라서 그런 것 같았다.

명자와 영주를 만나기로 한 장소로 향했다. 아직 시간이 많이 남아 마음을 진정할 시간적 여유는 있었다. 두 친구에게는 이치로의 흔적이 없어 눈물을 쏟을 일은 없을 것 같다.

오랜만에 셋이 같이 한자리에 모였다. 그 시간만큼은 가슴을 내리누르는 답답함을 모르는 시간이었다. 밥도 오래간만에 잘 먹은 것 같았다. 술도 맛이 있었다. 그렇게 웃고 떠드는 중에도 순간순간 왜 나만 힘들고 슬픈 존재가 되었는지 싶은 생각이 들기도 했다.

한때 안쓰럽게 생각했던 명자도 아들에게 의지하며 그런대로 잘 지내고 영주야 고향에 남편과 아들이 있으니 여기서 돈만 열심히 벌면 된다. 그런데 나는 버려져 홀로 괴로워하고 슬퍼하고 있다. 사장님이 해 준 말씀대로 이런 시간이 지나갈 수 있을까?

두 친구와 헤어져 호텔로 돌아오니 지숙이 이미 와 있었다.

회사 사장님을 만난 얘기, 친구들을 만난 얘기를 주절거리다 잠이 들었다. 깨어 보니 밤은 한참 깊은 시간이고 옆에는 지숙이 곤하게 자고 있었다. 지숙의 존재를 확인하고는 안심이 된다. 혼자가 아닌 친구가 옆에 있어서 안심하고 다시 잠을 청할 수 있었다.

이튿날 지숙이와 간단하게 아침을 먹고 선희는 또 홀로 나섰다.

우선은 일본어 학원 쪽으로 걸어갔다. 호텔에서 멀지 않은 곳이다. 학원 앞에 서서 학원을 눈에 담는다. 그가 차를 세워 놓고 기다리던 주차장도 눈에 담았다.

그리고는 택시를 타고 처음 그와 살았던 마포 집으로 가서 집을 눈에 담고 여의도 아파트로 가서 역시 눈에 담았다.

문득 김포공항에 가고 싶다는 생각이 들었다. 그와의 마지막이 김포공항이었다. 그를 배웅하던 장면이 눈에 선하다.

다시 택시를 타고 공항으로 향했다. 그때도 이 길을 그와 같이 갔었다. 지금은 혼자 가고 있다. 아무도 오지 않는데 혼자 가고 있다. 차창 밖으로 스치는 풍경 역시 전과 다름이 없다.

옆에 그가 없을 뿐, 달라진 것이 하나도 없다.

분주히 오가는 사람들 틈을 천천히 지나면서 주변을 본다. 사람들은 모두 잰걸음이다.

배웅을 하는 사람들, 오는 사람을 맞이하는 사람들로 공항은 분주하지만 선희는 맞이하는 사람도 없고 배웅할 사람도 없이 이곳에 왔다.

전에 배웅하던 그 자리에서 한참이나 서 있었다. 오고 가는 사람들이 분주하다. 그 많은 사람 중 그는 없다.

다시 올 일은 없을 것 같은 김포공항이다. 이제 청주에 묻혀 살면 다시 올 일은 없을 것이다.

발걸음을 돌려 택시 승차장으로 갔다. 남산으로 가자고 했다.

처음 그를 만나게 해 주었던 호텔에서부터 그와 거닐던 남산 길을 다시 걸었다. 역시 변한 것은 없다. 남산에서 내려와 충무로 쪽으로 걸었다. 모든 것이 익숙한 거리다.

자주 다니던 나이트클럽도 마지막으로 눈에 담았다. 가을이 깊어지는 계절이라 해가 짧다.

이미 거리는 어두워지고 충무로의 가로등이 켜지기 시작했다. 눈을 감았다. 변함없는 충무로의 야경을 보면 또 무너질 것 같았다.

택시를 잡아 영등포로 가자고 했고 충무로를 벗어날 때까지 눈을 감았다.

◆

다시 청주로 내려온 그 이튿날부터 음악다방 〈블루 라이트〉로 출근하기 시작했다.

첫날은 문을 열지 않고 혼자서 점검을 했다. 시간대별로 클래식 판과 가곡 판을 구별하여 곡을 틀어 주는 연습을 했고 실내 구석구석 모두 점검했다.

그다음 날 개업을 했다. 엄마와 김명길 아저씨가 개업 떡을 준비해 주고 지숙이와 미용실 직원 모두가 와서 축하를 해 주었다.

가을이 깊어 가면서 손님들도 늘어나고 무엇보다 좋은 점은 항시 사람들과 같이 있다는 것이었다. 한가한 시간이라 해도 항시 두세 명 정도는 앉아 있다. 손님이 밀리는 시간에는 자리가 거의 찰 정도였다. 테이블을 많이 놓지 않았다. 널찍한 공간을 유지하려고 했기에 10개 정도의 테이블만 있다. 의자를 놓지 않았고 푹신한 소파로 통일했다. 입소문이 났는지 손님들은 끊이지 않았다. 수입이 좋은 것보다는 하루를 바쁘게 보내는 것이 좋았다.

또한 클래식 음악다방을 찾는 사람들은 나름대로 수준이 있다고 해야 할까. 귀찮게 하는 손님들은 거의 없었다. 대부분이 청주대학교 학생이고 가끔은 학교 관계자나 교수처럼 보이는 손님들도 있었다.

가끔 당황할 때는 누구의 어떤 곡이 있는지 물을 때다. 클래식이나 가곡에 문외한인 선희로서는 그럴 때 당황한다. 그래서 틈이 나면 판에 쓰인 제목들을 열심히 외우려고 공부도 했다.

청주로 내려온 이후 얼굴에 화장을 한 적이 한 번도 없다. 아예 화장품이 없는 생활이었다.

머리는 고무줄로 동여매고 화장하지 않은 얼굴로 〈블루 라이트〉로 출근한다.

가끔은 쪽지를 주는 남학생들이 있다. 그럴 때는 웃으며 결혼했다고 하고 상대는 머쓱해서 도망치듯 나간다.

남녀 학생들 미팅 장소로도 자주 이용되었다. 유심히 보지는 않았지만 남학생이 자기 소지품을 테이블 위에 올려놓으면 여학생이 선택하는 그런 방식도 있고 비슷하게 짝을 이루는 다른 방식도 있었다. 짝을 이루는 데 성공한 커플은 자주 들른다.

다양한 모습의 손님들을 보고 바쁘게 커피를 타서 날라 주고 레코드판도 자주 갈고 그러다 보면 하루가 다 지나간다. 이렇게 살다 보면 매일 조금씩 그를 잊을 수 있다는 생각이 든다.

아무도 없는 황량한 벌판에 홀로 버려진 공포감은 없어지는 것 같았다. 나를 버리고 간 그 사람에 대한 배신감이나 약속을 저버린 원망도 무디어지는 것 같았다.

하지만 왜 이렇게 살아야 하는지에 대한 의문이 든다. 어떤 희망도 없이 목표도 없이 사는 것이 무슨 의미가 있을까?

거리의 가로수들이 옷을 완전히 벗어 앙상한 모습이다. 곧 12월이 되고 대학교는 겨울 방학에 들어간다. 이미 학생 손님들은 많이 빠진 것 같았다.

창밖으로 내다보는 거리는 스산하다. 가을이 이렇게 쓸쓸한 계절인 줄 몰랐다. 행인도 별로 없는 한가한 거리에 앙상한 나무와 우두커니 서 있는 전봇대가 선희의 가슴 깊이 있던 서러움을 다시 꺼내게 했다. 이런 날 눈이 오면 더 슬플 것이다.

작년 이맘때 생각에 더 아프다. 주말이면 그와 함께 신나게 나이트클럽으로 뛰고 크리스마스 전후로는 도시의 젊음과 흥분으로 불타오르던 시간에 대한 기억이 아프게 한다.

전화가 울렸다. 서울 회사 사장님의 전화였다. 〈블루 라이트〉를 오픈하고 전화가 들어왔을 때 제일 먼저 사장님께 전화번호를 알려 주었다.

이 스산한 시간에, 과거의 기억으로 아파하는 시간에 사장님의 전화는 아픔을 잠시 잊게 했다.

"미스 리, 나예요. 그 〈블루 라이트〉는 잘 되고 있지요? 한 번도 가 보지 못했는데 미안해요.

내일 내가 내려가 보려고 해요. 청주대학교 정문 근처에서 전화하면 되지요?"

사장님의 목소리가 반가웠다. 굳이 오시지 않아도 되는데 와 주신다면 감사하다고 했고 대충의 위치를 설명해 드렸다. 만남의 약속도 오랜만이고 그 약속을 고대하며 기다리는 것도 오랜만이다. 나를 알고 또 이치로 그를 아는 사장님이 보러 오겠다고 하니 고대하는 마음이 들지 않을 수 없다.

이튿날 하루 휴무 공지를 문에 써 붙이고 영업을 하지 않았다. 사장님과의 시간을 방해받고 싶지 않아서다.

약속 시간보다 일찍 도착하셨다. 근처에서 전화를 하셔서 뛰어가니 사장님 차가 보였다.

뛰어오는 선희를 보고 사장님이 차 문을 열고 나왔고 기사 아저씨도 나왔다.

휴무 안내문을 보신 사장님은 왜 오늘 휴무를 하는지 물으셨다.

선희는 대답 대신 그저 웃음으로 넘겼다. 안으로 들어오신 사장님은 내부를 둘러보시고 잘 해 놓았다고 칭찬도 하셨다.

"사장님, 제가 회사 출근할 때 사장님이 자주 저에게 커피 타 주셨는데 오늘은 제가 타 드릴게요."

선희는 그렇게 말하면서 스스로 모처럼 밝은 모습을 보이는 것 같다는 생각이 든다.

사장님은 할 말이 있어서 오셨다고 했다.

"사실 할 말이 있다기보다 부탁이 있어서 왔어요. 다음 주에 일본에서 손님이 오는데 통역 좀 부탁할까 해요. 시간 좀 내 줄 수 있지요?"

의외의 부탁이었다. 시간을 내는 것은 문제가 안 되지만 일본어가 통역을 할 정도의 고급 수준은 아니라는 생각에 부담도 되었다.

"어머, 제가 일본어를 좀 배우긴 했지만 통역은 자신 없어요. 한 번도 해 본 적 없는데…. 더구나 일에 대한 통역은 중요한데 잘하는 사람 찾아서 하시는 것이 좋지 않을까요? 그런데 이제는 직접 무역을 하시려고 하는 거예요? 손님을 직접 맞이하시는 것 보면."

선희가 난색을 표하자 사장님은 웃으면서 선희가 충분히 할 수 있기에 말을 하는 거라고 하셨다. 그리고 통역을 잘하는 사람이라도 제품에 대해서 모르니 그것이 단점인 반면 선희는 제품을 알고 있으니 더 잘할 수 있다고 했다.

최선을 다해 보겠지만 부족한 점은 참고하시고 이해해 주셔야 한다며 통역에 대한 주제는 끝을 맺었다.

"여기까지 왔는데 점심은 먹여 보내는 거지요?"

농 섞인 사장님의 말씀은 선희를 웃게 만든다. 사장님 기분도 참 좋아 보인다.

"아무렴 그 정도 못 하겠어요? 근데 사장님 너무 좋아 보여요. 다른 때보다 훨씬 좋아 보여요. 새로운 거래선이 생겨서 그런가요?"

실제로 사장님 얼굴은 좋아 보였다. 그런 사장님과 얘기하는 선희도 모처럼 밝아졌다.

전에 뵐 때 눈물범벅으로 말도 제대로 하지 못했는데 지금은 밝은 모습을 보여 주니 사장님도 다행이라고 생각하시는 것 같았다.

"아, 좋아 보여요? 뭐…. 사업하는 사람은 일이 잘되면 좋은 거니 그렇다고 할 수 있겠죠?

사장님은 애매하게 답하신다.

식당에 가서도 화기애애한 분위기다. 이렇게 제정신으로 밥을 먹어 본지 오래다.

"사장님, 너무 감사드려요. 항시 도움이 되어 주시고 힘을 내게 해 주셔서 감사합니다."

사장님이 서울로 올라가시고 이런 좋은 기분이면 지숙이 미용실에 가 보아도 될 것 같았다.

지숙은 선희의 표정에 익숙해져 있고 눈치가 백 단이다. 이제 선희가 서서히 살아나고 있다는 느낌이 들어 하던 일을 잠시 멈추고 쫓아와 〈블루 라이트〉를 비워 두고 오면 어떻게 하냐고 묻는다.

서울에서 사장님이 내려오셨고 같이 밥을 먹고 지금 가셨다고 간단하게 설명해 주었다.

지숙이 미용실은 그렇게 잠시 들르고 엄마를 보러 양복점으로 갔다.

이렇게 밝은 분위기와 밝은 모습이 퇴색되기 전 엄마에게 보여 주고 싶었다.

오늘 왜 휴무를 했는지 설명하고 사장님 부탁으로 다음 주 통역을 하러 서울에 간다고 하니 엄마 역시 이제는 딸이 살아나고 있다는 생각이 드시

나 보다.

“그러면 선희야, 너 지금 할 일 없으니 장 좀 봐서 저녁 좀 준비할 수 있지? 아저씨도 같이 가게.”

엄마는 신이 난 표정이다. 선희는 “네, 알았어요.” 하고 양복점을 나와 시장으로 향했다.

사장님이 다시 전화를 해서 만나는 장소와 시간을 알려 주셨다. D 호텔 1층 커피숍이다. 선희가 스카이라운지 바에서 일하면서 그 사람을 만나게 된 그 D 호텔이다. 왜 하필 그 호텔일까 생각하면서도 원래 일본 손님들이 주로 오는 호텔이라 하는 수 없었고 그런 것까지 사장님이 고려해야 할 사항은 아니었다.

지난 7~8개월 동안 머리에 신경을 쓰지 않아 지숙이에게 머리 손질을 부탁했다. 사장님 손님을 만나러 가는데 통역하는 사람이 추레해서는 안 될 것 같아 머리를 다시 해 보기로 했다.

이튿날 아침에는 화장도 했다. 참 오랜만에 거울 앞에 앉아 본다.

그런 선희를 보는 엄마는 딸이 제자리를 찾아가는 것 같아 웃음이 얼굴에 만연하다. 잘하고 오라는 엄마의 말을 뒤로하고 서울로 향했다.

혼자 향하는 서울이 전처럼 두렵지 않았다. 해야 하는 일이 있어 가는 서울은 평온한 여정이었다. ‘괜찮아지고 있구나.’라는 생각이 들면서 주변에서 얘기하듯 역시 시간이 지나면 무디어진다는 생각도 든다. 하지만 이렇게 그를 잊어 가는 것이 좋지만은 않은 것 같다.

서울에 버스가 도착하고 호텔까지는 택시를 탔다. 약속 시간보다 한참 이르게 도착해 호텔로 들어가지 않고 호텔 주변과 남산 오르는 길을 둘러

본다. 이 주변 모두 이치로 그 사람의 흔적이 묻어 있는 곳이다.
천천히 계단을 올라 호텔 안으로 들어갔다. 지난 시간 동안 이곳 역시 변한 것이 없다. 위에 있는 스카이라운지 바도 그럴 것이다. 그때 같이 있던 언니들이 지금도 있는지 모르겠다.
커피숍 한쪽에 자리 잡고 앉았다. 얼추 시간이 되어 사장님이 급히 들어오는 모습이 보인다.
자리에서 일어서는 선희를 보고 그냥 나오라고 손짓을 하신다.
선희가 쫓아 나가니 사장님은 빨리 가야 한다고 하시며 차를 가지고 올 테니 여기서 기다리라고 하시며 주차장 쪽으로 가셨다.
운전은 기사 아저씨가 하지 않고 사장님이 직접 하셨다.

"어디 다른 곳으로 가시는 거예요? 손님이 여기 호텔에 계신 것이 아니고요?"
손님이 여기 묵고 있으면서 회사로 가서 상담을 하는 것으로 생각하고 있었다.

"아니요. 지금 공항으로 가서 픽업해야 해요. 오는 데 고생 많았어요. 아, 전에 어머니 안부도 묻지 않았는데 잘 계시죠? 그리고 오늘 참 이쁘게 하고 와서 내가 고마워요."
사장님의 칭찬에 부끄러워졌다. 얼버무리며 감사하다고 하면서 오늘은 왜 직접 운전하시는지 물으니 기사 아저씨가 급한 일이 생겨 그렇다고 했다.

차는 공항을 향해 가고 차 안에서 선희는 사장님께 다시 한번 통역 잘 못해도 흉보지 마시라는 말을 했다. 정말 부담스러웠다. 긴장도 됐다.
공항에 도착하고 사장님은 선희에게 먼저 내리라고 했다. 차를 주차하고 들어갈 것이니 선희보고 먼저 들어가라고 했다.

"오사카에서 오는 비행기예요. 입국장에서 기다려요. 곧 갈 테니."

여기를 또 올 줄 몰랐다. 그 사람을 보낸 이곳에 다시 올 줄 몰랐다. 지난 번 여기 김포공항을 눈에 담으면서 다시는 오지 않을 것이라고 했는데 얼결에 다시 오게 되었다.

입국장으로 들어서는데 오사카에서 온 비행기가 도착했다는 방송이 들려왔다. 얼마 후 오사카에서 온 승객들이 나오는 것 같았다. 하지만 아직 사장님은 들어오시지 않았다.

얼굴도 모르는 손님인데 바로 빠져나가면 어쩌나 걱정하면서 마음이 급해 여기저기를 둘러보아도 사장님은 보이지 않는다.

그러다 눈에 익은 사람의 모습이 보였다. 전에 이치로 밑에서 일하던 SANEI 직원이다.

'저 사람은 왜 왔을까?' 하는 생각이 들었다. 한참 뒤에 사장님의 모습이 보였다.

안도감이 들면서 다시 입국하는 사람들을 주시하기 시작했다.

나오는 한 사람에게 선희의 눈이 고정되고 선희는 소스라치게 놀란다. 분명 이치로 그였다.

다시 확인해도 분명 이치로 그 사람이다. 그리고 이치로 뒤를 따라오는 여자가 있었다. 웃으며 뒤따라오는 그 여자를 보며 '설마 미하루라는 그 여자인가?' 하는 생각이 불현듯 들었다.

선희는 행여 그와 눈이 마주칠까 얼른 뒤돌아섰다. 그리고 입국장을 빠져나오는데 사장님이 부르는 소리가 들린다. 무시했다. 정신이 까마득하다. 또 아무것도 보이지 않는다.

입국장을 나와 공항 한쪽 구석에 자리 잡고 앉았다. 그가 한국으로 오면서 연락도 하지 않은 것은 미하루와 같이 오게 되니 그랬을 거라는 추정이다. 그리고 SANEI로 다시 복직을 하게 된 것 같고 그래서 SANEI 직원이 나온 것이고. 사장님의 손님은 우연히 같은 비행기를 타고 오는 것이고….

어떻게 그가 나에게 이럴 수 있을까? 약속을 이렇게 헌신짝으로 내쳐 버리는 그를 그래도 용서해야 하나?

택시를 잡았다. 청주로 가자고 했다. 기사 아저씨가 뭐라고 말을 하는 것 같은데 잘 들리지 않는다. 아마도 요금을 말하고 확인하는 것 같았다. 그냥 알았다고 하니 택시는 청주로 질주하기 시작했다.

이렇게 빨리 내 달릴 필요가 없는데, 급하지도 않은데 택시는 질주하고 있다.

엄마에게 뭐라고 해야 할지 그런 걱정도 사치다. 살아갈 자신이 없다. 막연한 미련이 있었던 것인지 모른다. 바보같이….